अब तक

पहली जिल्द

आब-ए-रवाँ | गुल आफ़ताब | रत्ब-ओ-याबिस
ग़ुबार आलूद सम्तों का सुराग़ | सर-ए-आम | ऐब-ओ-हुनर

अब तक

पहली जिल्द

ग़ज़ल समग्र

ज़फर इक़बाल

लिप्यान्तरण

आस फ़ातमी

पराग अग्रवाल

REDGRAB books
redgrabbooks.com

RG
books

Published By

Redgrab Books Pvt. Ltd.

942, Mutthiganj, Prayagraj, 211003

www.redgrabbooks.com

contact@redgrabbooks.com

First published by Redgrab Books in 2026

Printed and bound in India

Cover Design & Typesetting by Redgrab Books team

ISBN : 978-93-47915-04-8

मुहम्मद कलीम ख़ाँ के नाम

था सुर्ख़-पोश वो गुल शायद चमन के अंदर
शो'ला सा शब फिरे था सर्वो-समन के अंदर

सितम-ज़रीफ़ी-ए-क़िस्मत तो देखिए कि ज़फ़र
छुटी शराब तो यारी कलीम ख़ाँ से हुई

फ़ेहरिस्त

आबे-रवाँ

गुल आफ़ताब

रत्बो-याबिस

ग़ुबार-आलूद सम्तों का सुराग़

सरे-आम

ऐबो-हुनर

आबे-रवाँ

'अर्ज़े-नासिर'

क़ारईने-किराम। अगर आप ने अपनी गूना-गूँ मसरूफ़ियत और मशाग़िल में से मुन्दरजा-ज़ेल मा'रूज़ात के लिए कुछ लम्हात मुख़्त्तसकर लिये तो यक़ीनन आप ऐसा महसूस करेंगे कि ज़फ़र इक़बाल के फ़न और शख़्सियत के मुतअल्लिक़ कई जिहात, निकात और अहम मा'लूमात को फरोगज़ाश्त कर दिया गया था, ताहम मैं तमाम-तर महव-करदा उमूर से कमा-हक़्क़हू वाकिफ़ हूँ कि ज़फ़र इक़बाल के शे'री कुल्लियात ब-हर कैफ़ उनके बारे में तहक़ीक़ी और तनक़ीदी मुक़ाले से महफ़ूज़ होने चाहियें, अव्वल ये कि मैं बतौर नाक़िद दलाइल और दआवी के बजाय फ़क़त नाशिर की सतह पर रह कर चन्द क़ाबिले-ज़िक्र बातें अर्ज़ करने का ख़्वाहाँ हूँ! दूम, ज़फ़र इक़बाल अपने आप को मानते ही नहीं, और मान कर देते भी हैं तो सिर्फ़ इस हद तक कि उनकी शायरी में कुछ है तो वो उनके मरने (ख़ाकिम ब-दहन) के कम-अज़-कम पचास बरस से क़ब्ल Explore नहीं होगा, और बिल-फ़र्ज़ वो गुमनाम भी राह गए (जिसके इमकानात बक़ौल उनके बहुत ज़ियादा हैं) तो ये बात उनके वारिसैन के तईं इसलिए भी परेशान-कुन नहीं होनी चाहिए, कि उनके ख़ानदान में कभी कोई शायर हुआ ही नहीं, अगर वो भी न हुए तो क्या फ़र्क़ पड़ता है ।

मैं आइन्दा कोई भी जुमला बनाते हुए किसी भी जुमला-ए-मो'तरिज़ा से सर्फ़-ए-नज़र का इरादा करके ये बताना चाहता हूँ कि जब ज़फ़र इक़बाल ने उर्दू ग़ज़ल की नई रिवायत और मुनफ़रद पैराया-ए-इज़हार के एहया की ख़ातिर मौज़ूई, मा'रूज़ी, लिसानी और मा'नवी तरीक़ पर तख़लीक़ी तजुर्बे का आग़ाज़ किया तो दुनियाए-शायरी ने उन्हें तो दिल से ख़ुश-आमदीद कहा, और गुज़शता पाँच दहाईयों के दौरान उन्होंने रियाज़ते-ख़ूने-जिगर के इवज़ वाक़्यतन हक़ हलाल की दाद व तहसीन कमाई।

उन्होंने न तो ग़ैर संजीदा नौजवान तबक़े के जज़्बात से अटखेलियाँ करके नाम निहाद शौहरत हासिल करनी चाही, न फ़िल्मी नग़मे, क़व्वालियाँ, तराने और माबा'द अलतबीआती शायरी करने का पैशा इख़्तियार किया, और न ही किसी मंसूबा बंदी के तहत अवामी या दरबारी तक़ाज़ों के मुताबिक़ शे'र-गोई की । बिला-शुबह ज़फ़र इक़बाल ने तो बस हमा-वक़्त अपनी तख़्लीक़ी फ़रीज़ा अंजाम दिया।

नतीजतन राईटर्ज़ एसोसिएशन लाहौर के ज़ेरे-एहतिमाम और मल्टी मीडीया अफेयर्ज़ की जानिब से अब तक की सूरत में मे'यार और मिक़दार हर दो एतबार से फ़िल-वक़्त तीन जिल्दों में कुल्लियाते-ज़फ़र इक़बाल पर मुश्तमिल गिरां-क़द्र उर्दू-कलाम को तर्तीब दिया जाना, किसी भी सूरत में नज़र-अंदाज न किए जा सकने वाले, अहम, क़ादिर-उल-कलाम और लिसान-उल-अस्र शायर ज़फ़र इक़बाल की ख़िदमत में ख़िराजे-तहसीन है

अपने तख़्लीक़ी तनाज़ुर में ज़फ़र इक़बाल की बे-अंदाज़ा, ताज़ा, चहकती-महकती और ख़ुश-नवा ग़ज़लों का तजज़िया एक फ़्यूचरिस्ट शायर की हैसियत से बा-आसानी किया जा सकता है। हाल के साथ उनका इतना ही तअल्लुक़ है कि दोनों एक दूसरे को बसर कर रहे हैं, और हाल से उन्हें शिकायत इसलिए भी नहीं है कि ग़ालिब के ज़माने में भी उसका हाल ऐसा ही था, जिसमें उस्ताद ज़ौक़ का डंका बज रहा था, जैसे आज ज़फ़र इक़बाल के ज़माने में उनके मुआसिर दोस्त अहमद फ़राज़ का डंका बज रहा है। वो ये भी बख़ूबी समझते हैं कि संजीदा शायरी आज चन्द गिने-चुने शो'रा के अलावा किसी का सरोकार या मसअला ही कब है, इसलिए किसी ग़ैर-मुतवक़्क़े मायूसी का उनके हाँ कोई सवाल ही नहीं है

अब तक की जिल्द अव्वल में शामिल दूसरा मजमूआ-ए-कलाम 'गुल-आफ़ताब' उर्दू ग़ज़ल की तारीख़ में जहत-नुमा और अह्द साज़ सहीफ़ा है, इसकी इशाअते-अव्वल (1964) लिसानी तशकीलात की तहरीक के हरअव्वल दस्ते में नुमायाँ तरीन मुक़ाम पा चुकी है। अलबत्ता यहाँ दो शिक़ों का ज़िक्र ज़रूरी है

गुल-आफ़ताब की इशाअते-दोम (1995) की इब्तिदाई निस्फ़ ग़ज़लियात कमो-बेश इस सूरत में शा'ए की गई हैं, जैसी इब्तदन रसाइल में शा'ए हो चुकी थीं, और जिन्हें इशाअते-अव्वल मुरत्तिब करते हुए हम-आहंगी और तवाज़ुन पैदा करने के लिए एक नई ट्रीटमेंट दी गई थी । अलावा-अज़ीं ज़फ़र इक़बाल की वसातत से ज़बान में जो अस्ल तबदीली आई, वो' का' के बजाए''अलिफ़' का इस्ते'माल था। इन्होंने बिल-ख़ुसूस महसूस किया कि यूँ ''अलिफ़' के इस्ते'माल से "का" या'नी इज़ाफ़त से तो छुटकारा मिल जाता है लेकिन बेशतर अलफ़ाज़ की मा'नवी कैफ़ियत बर-अक्स हो जाती है, जैसे अटल में टल, अमर में मर अटूट में टूट के मफ़ाहीम बर-अक्स सूरत इख़्तियार कर जाते हैं ।

इशाअत दोम में मज़ीद जो तबदीली की गई है, वो ये कि पंजाबी ज़बान में मुनक़लिब किए जाने वाले अफ़आल को अज़-सरे-नौ उर्दू क़ालिब में बहाल कर दिया गया है, क्योंकि ये

काम पहले ही दक्कनी ज़बान में अंजाम पा चुका है। गो मज़कूरा बाला दोनों शिक़ों को लिसानी तशकीलात के बुनियादी मुआमलात से ज़्यादा इलाक़ा नहीं, नेज़ हर अदीब, शायर को अपनी तसनीफ़ या तजुर्बे पर नज़रे-सानी का हक़ ता दमे-आख़िर हासिल रहता है। बहरहाल "गुल-आफ़ताब" की मौजूदा सूरत में भी लिसानी तजुर्बात बदस्तूर अपनी बुनियाद पर क़ायम हैं । बिला-शुबह ज़फ़र इक़बाल ने लिसानी तशकीलात के अमल को मसनूई उसलूब नहीं बनने दिया, बल्कि उसे मा'नवी तशकीलात से हम-आहंग कर दिखाया।

उनकी हर ग़ज़ल का हर शे'र उरूज़, मा'रूज़, अंदाज़ और तजुर्बे का ग़ैर-मुख़ततिम सिलसिला है, यही इर्तिक़ाई और इर्तिफ़ाई तर्ज़े-एहसास ज़फ़र इक़बाल को अपने अह्द का एक अहम और बड़ा शायर ठहराता है। हाँ, एक और काबिल-ए-तवज्जा बात ज़फ़र इक़बाल का मौक़िफ़ ये है कि लिसानी तशकीलात के अमल में रमूज़ औक़ाफ़ो-ऐ'राब-निगारी (Punctuation) से किनारा-कशी, इज्तिनाब या इग़माज़ बरत कर ही लफ़ज़ियात, जुमले मिसरे और अशआर के नित नई तख़लीक़ी इमकानात और लामहदूद मा'नवियत तक रसाई मुम्किन है। इस के बावजूद मैंने उर्दू अदब के तलबाए-इल्म और संजीदा क़ारईन की सहूलते-क़िरअतो-तफ़हीम के लिए इन ग़ज़लियात पर भी रमूज़े-औक़ाफ़ो-एराब-निगारी का काम अंजाम दिया है। मज़ीद बरआँ तख़लीक़ी तजुर्बे पर यक़ीने-कामिल रखने वाले बा-शऊर क़ारईन इन रमूज़े-औक़ाफ़ो-एराब-निगारी से सर्फ़े-नज़र करके मौज़ूआतो-मआनी के जहान हाय दीगर की सरहद पार कर सकते हैं

ज़फ़र इक़बाल की शायरी अपने क़त'ए-नज़र और मक़सदियत के तनाज़ुर में, अपने मुआसिर अदबी रवैय्यों पर सैर हासिल इमरानी व अदबी तन्क़ीद के फ़राइज़े-मंसबी से भी ओहदा-बर-आ हुई है। ये शायरी अपने दीगर इख़तिराई व तख़लीक़ी मुहासिन के अलावा तअल्ली के बजाए अजज़ कम-माइगी के बहरूप में आ'ला महारत, और मा'सूमियत के नाम पर तबलीग़-दानिश की नज़ीर मिसाल क़ायम करती है।

ज़फ़र इक़बाल ने उर्दू के अलावा पंजाबी ज़बान में भी ख़ासा अदब तख़लीक़ किया, मुतअद्दिद ग़ज़लें नज़्में लिखीं, उनकी पंजाबी ग़ज़लों के दो मजमुए "हरे हनेरे और "काल बलेंदी' के उनवानात से शा'ए हो चुके हैं और दीगर हइय्यतों या अस्नाफ़ में भी अच्छा-ख़ासा मुवाद तख़लीक़ किया है, जब कि उनके तन्क़ीदी मज़ामीन का कुल्लियात बउनवान "हाला नस्रे मा बिशनू" भी मौजूद है, और उनके तहरीर कर्दा ला-ता'दाद सहाफ़ती, सियासी, समाजी, अदबी, मज़ाहिया और ख़याल-अफ़रोज़ कालम भी रिकार्ड पर हैं, ये सब कुछ इस अमर पर दलालत करता है कि ज़फ़र इक़बाल के हाँ फ़िक्री व फ़न्नी जुमूद का कोई तसव्वुर नहीं । वो किसी भी यकसाँ मौज़ूअ, तकनीक और अंदाज़े-बयान पर इकतिफ़ा या तकया नहीं करते। उनकी हर ग़ज़ल या तो उर्दू शायरी की क्लासिकी रिवायत में इज़ाफ़े का बा'इस है, या फिर किसी न किसी जदीद रिवायत के क़याम का मुहर्रिक..

ज़फ़र इक़बाल के हाँ तनव्वोअ का आलम ये है कि जल्द अव्वल के छयों के छह मजमु'ए किसी न किसी लिहाज़ से एक दूसरे से यकसर मुख़्तलिफ़ हैं, ग़ालिबान उसकी वजह ये है कि उनका तख़लीक़ी काम बेशतर एकेडमिक है, और कुछ ज़्यादा फैला हुआ भी। ऐन्टी ग़ज़ल और लिसानी तशकीलात के मुतवाज़ी दूसरी जिल्दों का इमतियाज़ ये है कि उनमें तीन मजमु'ए तो मोज़ू'ई हैं ।

दूसरी जिल्द में शामिल एक मजमुआ 'हे हनूमान' डाक्टर गोपी चन्द नारंग से मंसूब एक क़ौल के मिस्दाक़ ''इस सदी की सबसे ज़्यादा ज़ेरे-बहस रहने वाली किताब होगी" जब कि तीसरी जिल्द का पहला मजमूआ "तमजीद" हमदिया ग़ज़लों पर मुश्तमिल है, उन्हें क़तई मुनफ़रिद उस्लूब की हमदें कहा जा सकता है। इस के अलावा बउनवान "तक़वीम" मजमु'ए में हयातो-कायनात और अनासिरे-अर्बआ के मौज़ूआत बरुए-कार लाए गए हैं । मजमूआ बउनवान "तसाहुल" मैं दस-दस, बारह-बारह अशआर के सेट बनाए गए हैं, जब कि हर सेट में ज़रा से रद्दो-बदल के बाद एक ही ज़मीन को इख़्तियार किया गया है। इस के अलावा इन्हीं जिल्दों में लगभग डेढ़-डेढ़ सौ अशआर पर मुश्तमिल पाँच तवील ग़ज़लें भी शामिल हैं, अजब ये कि इन तूल-तवील ग़ज़लियात में भी क़ाफ़िए की तकरार दस्तयाब नहीं होती । मज़ीद बरआँ तवील ग़ज़लियात के अलावा हर ग़ज़ल नो अशआर पर मुश्तमिल है।

ये इल्तिज़ाम पहली जिल्द के मुरद्दफ़ मजमू'ए 'रतबो-याबिस' और ऐबो-हुनर' में भी रखा गया है, जब कि पहले नो मजमूओं के बाद वाले नो मजमूओं में (यानी दसवीं से अठारहवीं मजमु'ए तक हर मजमूआ, तवील ग़ज़लों समेत,121 ग़ज़लों पर मुश्तमिल है। ज़फ़र इक़बाल के हाँ नई तकनीकी और दीगर कई ज़ावियों, सतहों, परतों, सम्तों के एतबार से बहुत से इल्तिज़ामात, क़रीने, तरतीबें, तराकीब शऊरी और ला-शऊरी हर दो तरीक़ पर दस्तयाब हैं। बहुत से अस्बाब मौजूद हैं, जिनकी बिना पर ज़फ़र इक़बाल को बजा तौर पर शाइर-उल-शुअरा कहा जाता है।

ज़फ़र इक़बाल से मुतअल्लिक़ चन्द रिवायात यहाँ रक़म करना ज़रूरी समझता हूँ उनके एक हमअसर आदिल मंज़ूरी ने पंद्रह बरस पहले लिखा था 'जदीद ग़ज़ल शुरू कहीं से भी हुई हो ख़त्म तुम पर हो रही है'। इसी तरह एक और भारती शायर प्रेम गुमार नज़र ने एक ख़त में ज़फ़र इक़बाल को लिखा कि ये एक अजीब "फीना मीना" है कि आपने ब-यक वक़्त तीन नस्लों को मुतास्सिर किया है। एक नस्ल जो ख़त्म हो गई है। इसको ॥ और एक नस्ल जो ख़त्म हो रही है, इसको ॥ और एक नई नस्ल जो शुरूअ हो रही है, उसको भी मुतास्सिर कर रहे हैं । मैंने सुन रखा है कि उनके दोस्त इफ़्तिख़ार आरिफ़ कहा करते हैं

ज़फ़र भाई बात कुछ भी नहीं होती और आप शे'र बना देते हैं, जब कि यार लोगों के हाँ बात तो बे-शक होती होगी लेकिन शे'र नहीं बनता। यूँही जीलानी कामरान ने''ग़ुबार आलूद सिम्तों का सुराग़" को ज़फ़र इक़बाल का मास्टर पीस क़रार देते हुए लिखा कि ये किताब

दीवाने-ग़ालिब के मुक़ाबले में पेश की जा सकती है। मुझे आफ़ताब इक़बाल ने बताया था कि उन्हें फ़ोन पर गुफ़्तगु के दौरान में शमसुर-रहमान फ़ारूक़ी ने कहा कि मीर के बा'द ज़फ़र इक़बाल ही हैं, और जिसका सबसे बड़ा सबूत ये है कि गुज़िशता 35 बरस से पूरे बर्रे-सग़ीर में ज़फ़र इक़बाल के रंग में ग़ज़ल कहने की कोशिश की जा रही है।

गो ऐसे कलिमात सुनकर ज़फ़र इक़बाल वलवला ख़ेज़ी या Excitement में नहीं, बल्कि अजज़ में मुबतला होकर जवाबन समझाने की तदबीर करते हुए कहते हैं कि ये सब उनके चाहने वालों में शुमार होते हैं, इसलिए इन तबसरों में से 'या'नी सौ में से अगर प्यार मुहब्बत के नंबर निकाल दिए जाएँ तो वो ज़्यादा से ज़्यादा पाँच नंबरों के मुस्तहिक़ ठहरते हैं, और वो भी बहुत खींच-तान कर आपकी तरह में भी बख़ूबी जानता हूँ कि ज़फ़र इक़बाल ने जूनियर शाइरों की जिस तरह हौसला-अफ़ज़ाई की और अपने सीनीयर हम-अस्रों का जिस तरह खुले दिल से ए'तराफ़ किया है, वो एक रिकार्ड की हैसियत रखता है। मैं ये भी जानता हूँ, उनका ईमान है कि दूसरा जिस जायज़ तारीफ़ का हक़ रखता है, वो ज़रूर अदा होना चाहिए, क्यों कि वो ए'तराफ़ आप पर फ़र्ज़ है, बल्कि आपके पास एक अमानत है, जिसमें ख़यानत नहीं की जानी चाहिए। बक़ौल ज़फ़र इक़बाल

इनकार दूसरों की हक़ीक़त से हो जिसे
दुनिया में उसका अपना फ़साना कहीं नहीं

मैंने कई मवाक़े' पर ज़फ़र इक़बाल को ये कहते सुना है कि हसद और तंगनज़री के रवैय्ये से ख़ुद अपना ही नुक़्सान होता है, और वो ये कि आपके तख़लीकी काम में बरकत ही बाक़ी नहीं रहती, इसलिए जिसका जो हक़ है, इसको देना चाहिए। वो इस सिलसिले में बाइबल के इस क़ौल का हवाला भी अक्सर दिया करते हैं ''जो क़ैसर का है, वो क़ैसर को दो ॥। और जो ख़ुदा का है, वो ख़ुदा को अदा करो!' लेकिन अगर आप अपने कलाम या राय को बा-क़ा'इदा बेचना शुरू कर दें, जो कि अपनी औलाद ही को बेचने के मुतरादिफ़ है, तो आपके कलाम में से तासीर उठ जाएगी, और ये हमारे सामने की बात है

एक और काबिल-ए-ज़िक्र बात:''तब'ए-रवाँ, मंज़रे-मा'नी, और बेशुमार इमकान' के ख़ून से शमसुर-रहमान फ़ारूक़ी ने(1997) में ''कुल्लियाते-ज़फ़र इक़बाल' के लिए दीबाचा सर-क़लम किया था, जो बमुश्किल 'है हनूमान' तक की ग़ज़लियात का अहाता करता है, हालांकि इससे अगले नो शे'री मजमू'ए भी इन कुल्लियात में शामिल हैं, या'नी "अब तक" की इन तीनों जिल्दों में जितने भी दीबाचे और फ़िलीप शामिल हैं, वो ज़फ़र इक़बाल के मजमूई तख़लीक़ी अमल का कुल्ली तौर पर मुहाकमा करने से क़ासिर हैं।

यक़ीनन ये काम अगली निस्फ़ सदी में किसी भी वक़्त मुकम्मल हो जाएगा। मैंने

कुल्लियात के फ़िलीप भी अपनी ख़ातिर लिखवाने ज़रूरी जाने, ताहम ये ख़ुसूसियत हमारे पेशे-नज़र रहनी चाहिए कि अब तक' के उनवान से फ़िलहाल तीन जिल्दों में शा'ए होने वाली ये किताब, आए रोज़ तबाअत के मराहिल से गुज़रने वाली सरसरी, तिजारती तसानीफ़ से क़तई कोई इलाक़ा नहीं रखती, क्योंकि 'कुल्लियाते-ज़फ़र इक़बाल' निहायत ग़ैर-मा'मूली तख़लीक़ी रवय्यों, लिसानी तशकीलात व मुतनव्वोअ मौज़ूआत और इस्तिलाहातो-असालीब साज़ मा'नवियतों पर मुबनी है।

बिल-आख़िर 'अब तक' आप तक पहुँच चुकी है, यूँ मल्टीमीडिया अफेयर्ज़ जैसे संजीदा मुंतख़ब और मक़सदी इशाअती इदारे का बड़ा अहम मन्सूबा पाया-ए-तकमील को पहुंचा। इस अज़मत आसार शायरी की तख़लीक़ जहाँ जनाबे-ज़फ़र इक़बाल का कारनामा है, वहाँ इसके लिए इशाअती उमूर की अंजाम दही मेरे लिए वाक़्यतन बाइसे-ए'ज़ाज़ है। ये अर्ज़दाश्त मैंने कुल्लियात की तबाअत के दौरान मुख़्तसर मगर पूरी ज़िम्मेदारी से रक़म की है। अफ़सोस कि जनाब ज़फ़र इक़बाल से इसकी मंज़ूरी भी हासिल न कर सका। शायद इसमें भी मस्लिहते-एज़दी शामिल हो, वरना ये कट-कटा कर एक-आध सफ़हे जितनी रह जाती, और उल्टा डाँट भी पड़ती दर-हक़ीक़त जनाब ज़फ़र इक़बाल की शायरी न सिर्फ बीसवीं सदी की मुतनाज़े' और इक्कीसवीं सदी की मुसल्लिमा शायरी है, बल्कि उन्हें बजा तौर पर उर्दू ग़ज़ल का दबिस्ताने-जदीद गरदाना जा चुका है

अज़हर ग़ोरी सितंबर 2004

"शम्सुर-रहमान फ़ारूक़ी"

तब'ए-रवाँ, मंज़रे-मा'नी, और बेशुमार इमकान

ज़फ़र इक़बाल को हमारे ज़माने का सबसे ज़्यादा मुतनाज़े' फिया शायर कहा जा सकता है। एक ज़माना था जब मुतनाज़े' फिया होना ज़िंदगी की अलामत समझी जाती थी। या'नी वही शख़्स तो मो'रिज़े-बहस और मो'रिज़े-सवाल में आएगा, जो लोगों को तशवीश, तफ़क्कुर या मसर्रत से दो-चार करे। मुकम्मल इत्तिफ़ाक़ तो मौत ही से हो सकता है। लेकिन आज के माहौल में लोग बवजूह ज़्यादा मुहतात या ज़्यादा आफ़ियत पसंद हो गए हैं । यही नहीं कि वो ख़ुद अपने लिए आफ़ियत तलब करते हैं, बल्कि ये भी कि इन लोगों के बारे में उनकी राय फ़ौरन ख़राब हो जाती है, जो आफ़ियत तलब न हों या आफ़ियत में न हों । "अगर वो अच्छा आदमी होता तो संकट में क्यों पड़ता? आज का फ़लसफ़ा ये है कि जो शख़्स मो'रिज़े-बहस में है, वो किसी हद तक ना-मो'तबर और किसी हद तक ख़तरनाक आदमी ज़रूर होगा ।

ज़फ़र इक़बाल बहुत दिन से मौज़ू'ए-बहस (ज़्यादा-तर मुख़ालिफ़ाना बहस)) रहे हैं लेकिन उनका पहला कमाल तो यही है कि चालीस बयालिस बरस की मुद्दते-शे'र-गोई ने भी उनकी इस सलाहियत को कुंद नहीं किया है। वो ना एक कुल बैठते हैं और न अपने पढ़ने वाले को एक कुल बैठने देते हैं । बा'ज़ लोग इसे ग़ैर-संजीदगी समझते हैं (और ग़ैर संजीदा आदमी मो'तबर कैसे हो सकता है?) बा'ज़ लोग उसे ग़ज़ल के ख़िलाफ़ दहशतगर्दी समझते हैं (ख़ुदा हम सबको हिफ़्ज़ो-अमान में रखे) बा'ज़ लोग ख़याल करते हैं कि ज़फ़र इक़बाल एक अर्से से ग़ज़ल-गोई तर्क करके हज़लगोई, यावा-गोई मोहमिल-गोई की मश्क़ कर रहे हैं ।

(ग़ज़ल को बहू बेटीयों वाली चीज़ हमारे बुज़ुर्गों 'हाली', 'हसरत' वग़ैरह ने हज़ार

मुश्किल से बनाया था, उसकी बुरी आदतें छड़ाई थीं । अब ज़फ़र इक़बाल उसका किरदार फिर बिगाड़ रहे हैं) लोग ये भूल जाते हैं कि (1) ज़फ़र इक़बाल की हज़ल-गोई वग़ैरह भी इंतिहाई संजीदा चीज़ है।(२) उनके यहाँ और भी बहुत कुछ है) और (३) ज़फ़र इक़बाल जो कुछ कर रहे हैं, या जो कुछ इन्होंने किया है, वो किसी न किसी शक्ल में 'वली', 'सिराज', 'मीर', 'सौदा', 'इंशा', 'नासिख़', 'ग़ालिब' ने भी किया है। इस फ़हरिस्त में और भी नाम आ सकते हैं, मैंने सिर्फ बिलकुल सामने के नामों पर इकतिफ़ा किया है

एक मुश्किल ये है कि ख़ुद ज़फ़र इक़बाल ग़ज़ल में अपने इन्क़िलाबी और अहयाई किरदार को पूरी तरह नहीं समझते कभी वो ग़ज़ल को नज़्म के मिंतक़े की चीज़ मनवाने की बात करते हैं और कभी कहते हैं कि वो ख़ुद ग़ज़ल को पसंद ही नहीं करते। शायर के कलाम से गवाही लाने के बजाए उसके बयानात और दआवी से गवाही लाने की रस्म ; हमारे यहाँ बहुत पुरानी है। होना तो ये चाहिए था कि हम शे'र से इस्तिदलाल लाते, लेकिन होता ये है कि ज़फ़र इक़बाल ने ग़ज़ल के बारे में इधर-उधर जो बातें कही हैं, लोग उन्हें भी ज़फ़र इक़बाल का कलाम समझ लेते हैं दूसरी मुश्किल, जो बड़ी मुश्किल है, ये है कि लोग ज़फ़र इक़बाल का मुताला' 'हाली', 'हसरत' और फ़ानी की ग़ज़ल और शे'रियात की रौशनी में करते हैं । ये ग़ज़ल और ये शे'रियात ज़फ़र इक़बाल को समझने के लिए न सिर्फ नाकाफ़ी है, बल्कि मुज़िर भी है ।

हसरत मोहानी ने ग़ज़ल के लिए जिन बातों को लाज़िम क़रार दिया है (और जिनका इत्तिबाअ अंधा धुंद किया गया, और जो आज भी बड़ी हद तक जारी है) उनमें से अक्सर बातें क्लासिकी ग़ज़ल की शे'रियात से बे-ख़बरी, उसके अक्सर तसव्वुरात की नाक़द्री, अवाख़िरे-उन्नीसवीं सदी के बा'ज़ तंग-ख़याल असातिज़ा, और हाली के राइज करदा शे'रियात मुबनी थीं । उनके बर-ख़िलाफ़ ज़फ़र इक़बाल की ग़ज़ल रिवायती ग़ज़ल' से बाग़ी है और ग़ज़ल की असल रिवायत से अपना रिश्ता उस्तवार करती है, और साथ ही साथ मुआसिर ज़हीन और फ़िक्र का इज़्हार करती है।

ज़बान के बारे में इस का रवैय्या में बा'ज़ जगह जारिहाना और "ग़ैर-शाइराना" महसूस होता हो तो इसकी वजह ये हरगिज़ नहीं कि ज़फ़र इक़बाल की ग़ज़ल पटड़ी से उतरी हुई है, बल्कि ये कि हमारी तन्क़ीद और ग़ज़ल के बारे मैं हमारी फ़िक्र क्लासिकी सिराते-मुस्तक़ीम से हट कर "शायराना ज़बान" ''ग़ज़ल की ज़बान" और "तग़ज़्ज़ुल" की बे-मा'नी वादीयों में गुम करदा राही की मंज़िलें तय कर रही है। कम लोगों को इस बात का यक़ीन आएगा कि तग़ज़्ज़ुल "शायराना ज़बान'' "ग़ज़ल की ज़बान" ''ग़ज़लियत" जैसी इस्तलाहें हमारे तज़किरों में नहीं मिलतीं, और तज़किरे तो तज़किरे हैं, उर्दू शायरी के सबसे पहले और मुअस्सिर जदीद कार मुहम्मद हुसैन आज़ाद की ''आबे-हयात" में भी इन इस्तलाहों का वजूद हैं । ये इस्तलाहें (अगर उन्हें ''इस्तलाह' जैसे मुअक़्क़िर नाम से पुकारा जाये) बीसवीं सदी के शुरूअ की दहाईयों में अंग्रेज़ी की Lyric के तबअ और क़ुल और जवाब में ईजाद की गईं ।

जब हमारी ग़ज़ल के बारे में एतराज़ हुए कि इसमें "अज़ दिल ख़ेज़द व बरदिल रेज़द" वाली बात नहीं है। बल्कि ख़याली तोता-मैनाओं की उड़ानें हैं, तो कहा गया है कि नहीं,ग़ज़ल तो दरअसल ज़ाती वारदात और दाख़िली तास्सुरात का इज़हार है। अंग्रेज़ी में Lyric से मुराद लेते थे, ऐसी नज़्म या कलामे-मंजूम जिसमें शायर अपने वारदात बयान करे और इस का मुख़ातब वो ख़ुद हो, कोई और शख़्से-वाहिद और या कोई मजमा' न हो। बीसवीं सदी के शुरू में हमारे नक़्क़ादों ने मफ़रूज़ा क़ायम किया कि ग़ज़ल भी ऐसी ही शायरी है। और जिस तरह Lyric की सिफ़त Lyricism है, इसी तरह ग़ज़ल की सिफ़त "तग़ज़्ज़ुल" है।

ग़ज़ल और क़सीदे का फ़र्क़ भी इसी मफ़रुज़े के तहत यूँ बयान किया गया है कि क़सीदे में शिकोहे-अलफ़ाज़ होता है, उस का कोई मुख़ातब होता है। ग़ज़ल का कोई मुख़ातब अस्लन नहीं होता है, और ग़ज़ल में "नर्मो-नाज़ुक, सुबुक, शीरीं" अलफ़ाज़ इस्ते'माल किए जाते हैं। ज़ाहिर है कि इन लोगों ने मोमिन के । यादे-अय्याम इशरते-फ़ानी, और ग़ालिब के सुब्हे-दम दरवाज़ा-ए-ख़ावर खुला और हाँ महे-नो सुनें हम उस का नाम, जैसे क़सीदे नहीं पढ़े होंगे। वरना वो इस बात पर इसरार न करते कि क़सीदे में लाज़िमन घुन-गरज वाले शिकवा, ढोल ताशे के मिज़ाज से हम-आहंग अलफ़ाज़ इस्ते'माल होते हैं।

ग़ालिब के मुअख़्ख़िरुज़-ज़िक्र क़सीदे के बारे में तबा-तबाई जैसे सख़्त-गीर और ग़ालिब के ख़िलाफ़ तअस्सुब रखने वाले नक़्क़ाद ने लिखा है कि इस सारे क़सीदे में उमूमन .... मुसन्निफ़ ने उर्दू की ज़बान और हुस्ने-बयान की अजब शान दिखाई है।' फिर लिखते हैं कि मेरी नज़र में ये क़सीदा, ख़ुसूसन इसकी तश्बीब, एक कारनामा है मुसन्निफ़ मरहूम के कमाल का, और ज़ेवर है उर्दू की शायरी के लिए। इस ज़बान में जबसे क़सीदा-गोई शुरूअ हुई है, इस तरह की तश्बीब कम कही गई"। (मलहूज़ रहे कि तबा-तबाई ने उर्दू ज़बान और हुस्ने-बयान की शान की बात की है, और तश्बीब की ताज़गी मज़मूनो-उसलोब का ज़िक्र किया है। शिकोहे-अलफ़ाज़ और बाँगे-दहल की बात नहीं की है) ये भी न भूलिये कि अक्सर क़सीदों की तरह इस क़सीदे के अंदर भी एक ग़ज़ल मौजूद है

अब रही ग़ज़ल, तो जिन लोगों ने "नर्मो-नाज़ुक, सुबुक, शीरीं" अलफ़ाज़ की शर्त इसके लिए लगाई थी, वो लिसानियात के इस उसूल से तो ना-वाक़िफ़ थे ही, कि कोई लफ़्ज़ अस्लन "नर्मो-नाज़ुक, सुबुक, शीरीं वग़ैरा नहीं होता, बल्कि उस का महल-इस्ते'माल उसे इन सिफ़ात से मुत्तसिफ़ करता है। उन्हें ग़ज़ल और क़सीदे की तारीख़ से भी कुछ ज़्यादा लगाव न था। वरना वो फ़ारसी में मनु-चहर और क़ाआनी जैसे कसीदा-निगारों से वाक़िफ़ होते और उर्दू में 'आबरू', 'नासिख़', 'ग़ालिब', 'इंशा', 'सौदा', 'मीर' जैसे शो'रा की ज़बान के बारे में इस ख़ुश फ़हमी में मुबतला न होते कि उनकी ज़बान हर जगह बहुत ''नाज़ुक' और 'सुबुक' है। अरबी की तराकीब और अलफ़ाज़ के बारे में हमारे यहाँ ये ख़याल आम है कि उनका आहंग हमारी ज़बान के आहंग से मुताबिक़त नहीं रखता। और यही वजह है कि हम लोगों ने कस्रा-ए-

इज़ाफ़त तो क़बूल कर लिया लेकिन अरबी का अलिफ़ लाम हज़्म कर पाए ।

इसके बावजूद मीर को अलिफ़ लाम वाली इज़ाफ़तों को बरतने और ख़ासी कसरत से बरतने, और अरबी अलफ़ाज़ और फ़िक़रे ग़ज़ल में नज़्म करने से कोई आर न था। अरबी को उर्दू में हल करने की रिवायत (मैं महज़ नज़्म करने की नहीं, बल्कि हल करने की बात कहता हूँ) हमारे यहाँ इक़बाल की ग़ज़लों तक आई है

नए और अनोखे या ना-मानूस अलफ़ाज़, या पड़ोसी ज़बानों के अलफ़ाज़ बक़द्रे-ज़रूरत या ब-क़द्रे-शौक़ इस्ते'माल करने की रस्म हमारे यहाँ छः सौ बरस से राइज थी। गुजरी और दक्कनी (यानी क़दीम उर्दू) के चन्द सफ़हात का मुताला इस बात को वाज़ेह कर देगा। फिर 'वली' और 'सिराज' तक आते आते ज़बान कम पेचीदा और मौजूदा तर्ज़ के मुताबिक़ हो चली तो ग़ैर ज़बानों और अरबी की आमेज़िश का चलन कम न हुआ, बल्कि उसके तर्ज़ में ज़रा ज़्यादा नफ़ासत आ गई। 'वली' और 'सिराज' और जा'फ़र ज़टुल्ली' को पढ़ना हमें 'ग़व्वासी' और 'नुस्रती' और मुहम्मद क़ुली क़ुतुब शाह के मुक़ाबले में हल मालूम होता है, लेकिन इसलिए नहीं कि अव्वलुज़-ज़िक्र की ज़बान में वो हरकी तबाई (dynamic creativity) और ख़लाक़ाना तौर तरीक़ नहीं हैं, जो मुअख्खिरुज़-ज़िक्र की ज़बान में नज़र आते हैं। इसकी अस्ल वजह सिर्फ ये है कि 'जा'फ़र ज़टुल्ली', 'वली', 'सिराज', 'आबरू' वग़ैरह की ज़बान में अलफ़ाज़ की शक्लें ज़्यादा हैं, जो आज मुरव्विज हैं। वरना अल्फ़ाज़े-ताज़ा की दर-आमद के सिलसिले में ये लोग भी कम-ओ-बेश गुजरी और दकनी वालों की तरह बा-हिम्मत और मुहिम जू हैं ।

शाह हातिम ने एक हद तक इस ताज़ा कारी को बंद करने की कोशिश की लेकिन ये किसी न किसी शक्ल में 'नासिख़' बल्कि 'ग़ालिब' तक बाक़ी रही । नया ज़माना आते ही आते शायर पर ये पाबंदी लग गई कि वो अपनी ज़बान को इस मंज़िल से आगे न बढ़ने दे, जहाँ ग़ालिब उसे छोड़ गए थे और ग़ालिब ख़ुद इस बात पर इसरार करने लगे थे कि फ़ारसी अलफ़ाज़ो-तराकीब वही इस्ते'माल हों, जिनकी सनद ईरानी अहले-ज़बान से मिल सके । अंग्रेज़ी वग़ैरह के नए अलफ़ाज़ लाई तो जाएँ (उन्होंने लिखा है कि ऐसे अलफ़ाज़ का इस्ते'माल मुझको पसंद है, और मज़ा देता है) लेकिन दुसरी तरफ़ ये भी ज़रूरी है कि मुहावरा-ए-शाह जहानाबाद का ततब्बअ किया जाये।

बीसवीं सदी के आग़ाज़ तक नौबत ब-ईं जा रसीद कि जदीद अह्द के सबसे बड़े शायर इक़बाल की ज़बान पर एतराज़ात होने लगे । फ़ुलां तरकीब ग़लत है, फ़ुलां इस्ते'माल ख़िलाफ़े-मुहावरा है, फ़ुलां फ़िक़रा ग़ैर फ़सीह है, वग़ैरा । फिर क्या तअज्जुब कि गुल-अफताब" (1966) में ज़फ़र इक़बाल को लिखना पड़ा कि "उसूलन ये पंजाबी, अंग्रेज़ी, बंगला वग़ैरह और उर्दू का दरमियानी फ़ासला कम करने की एक इब्तिदाई कोशिश है। ये ताज़ा ख़ून उर्दू ज़बान की मौजूदा थकन और पज़मुर्दगी दूर करने के लिए ज़रूरी था........... अब मैं साँस ले सकता हूँ" अपने पहले मजमू'ए'आबे-रवाँ (1962) को ज़फ़र इक़बाल ने "डेढ़ ईंट की

मस्जिद" अपने लिए अलग बनाने से ता'बीर किया था। लेकिन वहाँ बात का पहलू लिसानी तशकीलात की तरफ़ इतना ज़्यादा हैं, जितना दुनिया को दरयाफ़्त करने और बयान करने के सफ़र की सऊबतों की तरफ़ था।"गुल-आफ़ताब" में शायर ने ख़ुद को दरयाफ़्त करने और बयान करने का बीड़ा उठाया था और इस मुहिम में उसने सब से ज़्यादा काम ज़बान से लिया । ज़ंग-आलूदा ज़बान और मोहतात असालीब की हाबिस फ़िज़ा से नफ़रत इस किताब में क़दम क़दम पर नुमायाँ है ''गुल-आफ़ताब' के अव्वल ऐडीशन मैं सुनाने के तौर पर कोई शे'र ना था। इस के दूसरे ऐडीशन (1995) में मुंदरजा ज़ैल शे'र को सरनामा बनाया गया है

ज़फ़र ये वक़्त ही बतलाएगा कि आख़िर हम
बिगाड़ते हैं ज़बाँ या ज़बाँ बनाते हैं

ये शे'र 'रतबो-याबिस' (अव्वलीन इशाअत इलाहाबाद 1970) से लिया गया है, या'नी "गुल-आफ़ताब' की तसनीफ़ के वक़्त इसका वजूद न था। शे'र है तो बिलकुल हस्बे-हाल, और मेरा ख़याल है, वक़्त का फ़ैसला यही होगा कि ज़फ़र इक़बाल ने ज़बान के साथ वही सुलूक किया था जो 'मोमिन' के मतले में बादे-सबा ने ज़ुल्फ़े-यार के साथ किया था (बिगड़ने में भी ज़ुल्फ़ उसकी बना की) लेकिन इस शेर को जो किताब की तसनीफ़ के वक़्त मौजूद न था, इस किताब के दूसरे ऐडीशन का सरनामा बनाने में थोड़ी बहुत मा'ज़रत थोड़े बहुत दिफ़ाई अंदाज़ की झलक तो नहीं? कहीं ऐसा तो नहीं कि अपने तमाम मुजाहिदाना, सर-फ़रोशाना अज़ाइम और कारनामों के बावजूद ज़फ़र इक़बाल महसूस करते हैं कि "गुल-आफ़ताब" जैसी ग़ैर-मा'मूली किताब को इशाअत के तक़रीबन तीस साल बा'द भी ऐसी किसी तवज्जीया, किसी जवाज़ की ज़रूरत है

अगर ऐसा है तो इसमें ज़फ़र इक़बाल की थोड़ी बहुत शिकस्त और जदीद ग़ज़ल के नाम-लेवाओं की बहुत बड़ी शिकस्त है। ज़फ़र इक़बाल की थोड़ी बहुत शिकस्त मैंने इसलिए कहा कि काम तो इन्होंने अपना कर ही दिया। इन्होंने ग़ज़ल के तक़रीबन तमाम इमकानात को छू लिया या उनकी तरफ़ इशारा कर दिया कि देखो इस तरह से कहते हैं । अब अगर उनका असर ख़ातिर-ख़्वाह क़बूल न किया गया तो इसमें उनका क़सूर और उनकी शिकस्त नहीं, बल्कि हमारे मुहतात, लिजलिजे कम-कोश, मग़रिबी शायरी के बारे में ग़लत नज़रिया रखने वाले नक़्क़ादों, ग़ज़ल गोइयों और पढ़ने वालों का अलमिया है। बलराज कोमल ने बहुत पहले लिखा था कि

महफ़ूज़, नाम निहाद शाइस्ता ज़बान का ज़ायक़ा हमारा पीछा नहीं छोड़ता, और इफ़्तिख़ार जालिब ने उनसे भी पहले अपने रहने की ख़ातिर थोड़ी सी जगह के लिए दुहाई दी थी । सलीम अहमद ने इन दोनों से भी पहले सौदा और 'इंशा' को दोबारा दरयाफ़्त करके

जदीद ग़ज़ल में उनका नाम बुलंद किया था। बलराज कोमल के सिलसिले में दिलचस्प बात ये है कि वो ख़ुद निहायत मुहतात और मुहज़्ज़ब" ज़बान में नज़्म कहते थे और कहते हैं, और इसके बावजूद 'ग़ैर मुहतात और ग़ैर महफ़ूज़' ज़बान में लिखने वालों के हक़ के लिए नबर्द-आज़मा थे

सलीम अहमद ने तजुर्बे और दिलावरी की मंज़िलें अपने तौर पर तय कीं, फिर वो ज़ाती मह्ज़ूनी और तीसरी दुनिया के लिए और तारीख़ पर मबनी शायरी की तरफ़ चल पड़े आदिल मंसूरी और मुहम्मद अलवी उसूलन और असलन तोड़-फोड़ और ता'मीरे-नौ पर अमल पैरा रहे और हिन्दोस्तान में उन्हें क़बूलीयत भी मिली । 'ज़ेब ग़ौरी', 'बानी', 'शकेब जलाली', बा'द में 'अनवर शुऊर' 'जमाल एहसानी' और उनके भी बाद में 'अफ़ज़ाल अहमद सय्यद' ने तजुर्बे को मुसबत क़द्र के तौर पर क़बूल किया लेकिन उनमें से किसी को (ज़बान के मुमकिन इस्तसना के सिवा) ग़ज़ल के मिसाली नज़रिया साज़ और अमल तराज़ की हैसियत न मिल सकी । ये रुतबा एक हद तक ज़फ़र इक़बाल को मिला लेकिन उनकी नज़रिया साज़ी और अमल तराज़ी को शैतानी हैसियत हासिल हुई, ईमानी नहीं मिसाल के तौर पर, मेरे पास ऐसी ग़ज़लें बग़रज़े-इशाअत बहुत आती हैं जिनके मुसन्निफ़ कहते हैं कि ये ज़फ़र इक़बाल के रंग में हैं । दूसरे रिसालों में भी ऐसी ग़ज़लें नज़र आती हैं जिनके बारे में मुसन्निफ़ कहता हुआ मालूम होता है कि हमने ज़फ़र इक़बाल को अपना नमूना क़रार दिया है। लेकिन ऐसी बेश-अज़-बेश ग़ज़लें ज़फ़र इक़बाल के उस अंदाज़ की होती हैं जिनमें ज़बान और मज़मून दोनों का अंदाज़ लफ़ंगे-पन पर मबनी होता है, और उसमें थोड़ी सी भोंडी जिन्स की चाशनी होती है।

पहली बात तो ये है कि ज़बान, मज़मून, लहजा, उनमें ज़फ़र इक़बाल जब बे-तकल्लुफ़ी, या मलंग-पन, या लफ़ंगे-पन, या बुलंद कोशी और मुहिम जोई का इज़हार करते हैं तो उसके पीछे बड़ा गहरा रियाज़, और उर्दू ग़ज़ल की रिवायत का बड़ा गहरा इरफ़ान होता है। आहंग की बे साख़्त बू-क़ल्मूनी, उरूज़ पर कामिल दस्तरस, दूसरी ज़बानों, ख़ासकर पंजाबी के शे'री आहंग का पूरा पूरा चाव, ज़बाने-उर्दू के तख़लीक़ी इमकानात को ब-रूए-कार लाने की भरपूर सलाहियत, ये सब चीज़ें मौजूद होती हैं। उनके बग़ैर मलंग पन नहीं बल्कि भोंडा पन, बहादुरी और बांकपन की जगह तसन्नोअ और बे-लुत्फ़ सहल पसंदी, आहंग की रंगा-रंगी की जगह सपाट-पन और ज़बान पर हाकिमाना तसल्लुत के बजाए तक़लीद और इमकानात से ला-इल्मी का दौरे-दौरा नज़र आता है।

फिर ज़फ़र इक़बाल का मिज़ाह है, जो मिज़ाहुल-मोमिनीन की तरह मुहतात और शरमाया हुआ सा नहीं, बल्कि बे-झिजक, बे झपक है इसमें शदीद तंज़ से लेकर 'अपना मक़सद आप ही' का मा'सूमाना रंग रखने वाले ज़राफ़त तक के अंदाज़ मौजूद हैं और मायूसी या शिकस्त या फ़रेब शिकस्तगी के आलम में भी ख़ुद पर हँस लेने और अपना मज़ाक़ उड़ाने की अदा भी पाई जाती है। इफ़्तिख़ार जालिब ने ज़फ़र इक़बाल की ज़राफ़त तबअ का ज़िक्र तहसीनी अंदाज़ में किया था। मैं इस पर इतना इज़ाफ़ा करना चाहता हूँ कि ये ज़राफ़त ना-

मुनफ़अल और एक तरह के "मर्दाना" मिज़ाज की पैदावार है। इस कूचे में क़दम रखने वाले को इन्फ़िआलियत से सरोकार नहीं होता, और इसकी सबसे अच्छी मिसालें 'मीर' और 'नासिख़' के यहाँ नज़र आती हैं । (नासिख़ के नाम पर चोंकिये नहीं, उन्हें पढ़ कर देखिये और ये न भूलिए कि 'नासिख़' भी मो'तक़िदे-मीर थे)।

दूसरी और शायद ज़्यादा अहम बात ये है कि ज़फ़र इक़बाल के मुक़ल्लिदों और मुआनिदों ने उनकी सिर्फ ऐन्टी ग़ज़ल (अगर हम इस इस्तिलाह को आज भी क़ायम रखें) को नज़र में रखा और ज़फ़र इक़बाल ने जो और दसियों तरह की शायरी की है, उसे पलट कर देखा तक नहीं । ये बात की है कि तरह तरह की ज़बान और तरह-तरह के तजुर्बाती रगों पर मुश्तमिल ग़ज़ल लिखने वाला ज़फ़र इक़बाल हर जगह एक ही है (जिस तरह 'मीर' के ख़राब/पस्त' शे'र भी 'मीर' ही के रंग के हैं, हमाशमा की सतह के नहीं) लेकिन कोई भी शायर हो, वो इक़बाल ही क्यों न हों, मीर अनीस ही क्यों न हों,। उसकी जलवा-गरी मुकम्मल क़बूलियत और मुकम्मल मुताले' का तक़ाज़ा करती है। "मस्जिद क़ुर्तुबा" को क़बूल करना और 'राम' को रद करना या "ज़ौक़ो-शौक" को क़बूल करना और इबलीस की 'मजलिसे-शूरा' को तर्क करना, इक़बाल और उर्दू शायरी दोनों के साथ ना-इंसाफ़ी है। इक़बाल के यहाँ मा-बा'द-उल-तबीआत भी है और आलमी व क़ौमी हालाते-हाज़रा भी।

इक़बाल न इसके बग़ैर मुकम्मल हैं और न उसके बग़ैर मुकम्मल हैं । इसी तरह ज़फ़र इक़बाल के यहाँ फ़लसफ़ियाना मख़ज़ूनी भी है, फ़ारसी की नफ़ासत और लताफ़त भी है। ठेठ उर्दू की बे-तकल्लुफ़ी और पंजाबी का जारिहाना अंदाज़ भी है, ज़ाती अलमिया और कायनाती एहसास भी है, और"टकसाली, मे'यारी उर्दू" भी है, बल्कि फ़ारसी और "मे'यारी" उर्दू को ज़फ़र इक़बाल ने जिस तरह कामयाबी से बरता है, इसकी मिसाल आज 1997 के ज़माने में बमुश्किल ही मिलेगी । इसको बयान करने के लिए सिर्फ इतना कहना काफ़ी नहीं है कि ज़फ़र इक़बाल को क्लासिकी मुहावरे पर मुकम्मल क़ुदरत हासिल है। ये बात तो बहुत से अच्छे शाइरों के बारे में कही जा सकती है। फिर ज़फ़र इक़बाल की तख़सीस किया है

देखने की बात दरअस्ल ये है कि क्लासिकी या मे'यारी ज़बान से शायर ने काम क्या लिया है? या'नी उसके ज़री'ए क्या और किस तरह के मज़मून बयान किए गए हैं? सब जानते हैं कि ग़ज़ल में नए मज़ामीन का क़हत है, और नए मज़ामीन ही की तलाश ने ख़याल-बंदी को रिवाज दिया, जिसके बाइस हमें 'शाह नसीर', 'नासिख़', 'ज़ौक़' और 'ग़ालिब' जैसे शायर मिले जो "मज़ामीने-नौ" की तलाश में आशियानो-गुलशन से बहुत दूर निकल जाने हत्ता कि वापस न आने का भी जोखिम मोल लेने को तैयार रहते थे। नए ज़माने में बहुत से पुराने मज़ामीन तर्क हुए, बहुत से क़ायम रहे।

बहुत से तर्क होने के बाद दुबारा इख़्तियार किए गए, और बहुत से बिलकुल नए तो नहीं लेकिन निस्बतन ताज़ा मज़ामीन दरयाफ़्त या ईजाद हुए। क्लासिकी मुहावरे से रिश्ता

उस्तवार रखने के एक मा'नी ये भी हैं कि शायर ने पिछलों के ख़यालात या इस्तिआरों या तास्सुरात को किस तरह बरता है। इन बातों की रौशनी में 'रतबो-याबिस' की वो ग़ज़ल तमाम व कमाल देखें जिसका एक शे'र ज़फ़र इक़बाल ने "गुल-आफ़ताब" के दूसरे ऐडीशन का सरनामा क़रार दिया है--

यक़ीं की ख़ाक उड़ाते गुमाँ बनाते हैं
मगर ये तुरफ़ा इमारत कहाँ बनाते हैं

लगा रहे हैं नए ज़ायक़ों के ज़ख़्म अभी
असासे-फ़िक्र न तर्ज़े-बयाँ बनाते हैं

क़रीबो-दूर से बे-जोड़ अक्स अश्या के
तलाश करते हैं और दास्ताँ बनाते हैं

कि मिल सके न हमारा सुराग़ हमको भी
बिना-ए-अब्रो-हवा पर मकाँ बनाते हैं

पुराने ज़ुल्म में लज़्ज़त नहीं हमारे लिए
हम अपने सर पे नया आसमाँ बनाते हैं

नहीं नसीब में मरना सवादे-साहिल पर
जो डूबने के लिए कश्तियाँ बनाते हैं

फ़लक पे ढूँढते हैं गर्दे-रंगे-रफ़्ता-ए-दिल
ज़मीं पे शामे-तलब का निशाँ बनाते हैं

वो जिसकी लय पे लरज़ता है बर्ग-बर्ग बदन
उस एक रंग से नक़्शे-ख़िज़ाँ बनाते हैं

'ज़फ़र' ये वक़्त ही बतलाएगा कि आख़िर हम
बिगाड़ते हैं ज़बाँ या ज़बाँ बनाते हैं

नो शे'रों की इस ग़ज़ल का मुफ़स्सल तजज़िया मुख़्तसर मज़मून के हदूद में नहीं समा सकता। लेकिन बा'ज़ बुनियादी बातें हस्बे-ज़ैल हैं ..

(1) इस ग़ज़ल में एक मह्ज़ूनी नज़्मे-काएनात के सामने एक तरह की बेचारगी और साथ ही एक तरह का तनतना व नख़वत भी है, यानी इस बेचारगी में रहम तलबी नहीं है। ये अंदाज़ मीरो-ग़ालिब दोनों के यहाँ है। ग़ालिब के कलाम में बिलकुल नुमायाँ, और मीर के यहाँ उनकी मा'मूला चाबुक-दस्ती और क़ारी फ़रेबी की अदाओं के बाइस ज़रा ज़ेरे-ज़मीं है। क्लासिकी शो'रा में से अक्सर के यहाँ ये सिफ़त कमो-बेश मिल जाएगी । ग़ालिब और मीर की मिसालें सामने की हैं, वरना ये फ़न उनसे मख़सूस नहीं है

(2) इस ग़ज़ल का लहजा किसी मुआसिर शायर से नहीं मिलता । ज़रा दूर जा कर ग़ालिब और नासिख़ को इस लहजे का असल नमूना Paradigm कर सकते हैं

(3) इस ग़ज़ल में वो सिफ़त बहुत कम है जिसे 'कैफ़ियत' कहते हैं। लेकिन इन अशआर का हुस्न बराहे-रास्त जज़्बा-अंगेज़ी और दिल पर असर करने में नहीं, बल्कि ऐसे मज़ामीन में है जिनकी ख़ूबी ज़रा ग़ौर करने पर समझ में आती है। नासिर काज़मी, मुनीर नियाज़ी, मुहम्मद अलवी ,शहरयार, शकेब जलाली, आख़री दौर के सलीम अहमद, ये कैफ़ियत के शो'रा हैं। ज़फ़र इक़बाल, बानी, ज़ेब ग़ौरी, बाल कृष्ण, अश्क, आदिल मंसूरी, मज़मून के शो'रा हैं। उनके डांडे नसीम देहलवी, ग़ालिब, ज़ौक़ वग़ैरह से मिलते हैं। ग़ालिब के यहाँ कैफ़ियत बहुत कम है मज़मून पर ज़ोर ज़्यादा है। कैफ़ियत वाले शे'र उमूमन आशिक़ाना होते हैं

मज़मून के भी शे'र अगर हों तो ख़ूब हैं
कुछ हो नहीं गई ग़ज़ले-आशिक़ाना फ़र्ज़
(नसीम देहलवी)

(3) इस ग़ज़ल में बा'ज़ बातें नुमायाँ हैं। मसलन शगुफ़्ता फ़ारसियत, रदीफ़ का इबहाम, इस बात का एहसास (या दा'वा) कि ग़ज़ल की शे'रियात में कुछ बदल रहा है। एक बात ये भी है कि मुतकल्लिम कभी ख़ुद पर हँसता है कभी रंजीदा होता है। या'नी ग़ज़ल के काम का तअय्युन दुशवार है। मुलाहिज़ा हो शगुफ़्ता फ़ारसियत (1) बिनाए-अब्रो-हवा (बिनाए-अब्रो-हवा पर मकान बनाने में मज़ीद लुत्फ़ है) "बिना" के एक मा'नी इमारत भी होते हैं। ये मज़ीदअलिया है। (2) सवादे-साहिल (दरिया समन्दर की मौज के लिए भी "सवाद" लाते हैं । 'बेदिल' का मिसरा है "चश्मे-माही अज़ सवादे-मौजे-दरिया रौशन-अस्त" । ये मज़ीद लुत्फ़ है, या'नी दूसरे मिसरे में डूबने का ज़िक्र है कि सवादे-साहिल पर मरना नसीब में नहीं । लेकिन सवादे-साहिल में डूबने का इशारा फिर भी है।

(3) गर्दे-रंगे-रफ़्ता-ए-दिल (या'नी रंगे-दिल तो ज़ा'ए हो ही गया) अब उसकी ख़ाक ढूंढ रहे हैं कि शायद उड़ कर आसमान को गई हो। ये तरकीब ता'रीफ़ से मुस्तग़ना है)। (4) बर्ग-बर्ग बदन (यहाँ "बर्ग-बर्ग और "बदन" को मुज़ाफ़, मुजाफ़ अलिया, यानी "बर्ग-बर्ग"और 'बदन' के दरमियान कसरा-ए-इज़ाफ़त फ़र्ज़ कर सकते हैं। या फिर बर्ग-बर्ग बदन को एक तरकीब से इज़ाफ़त फ़र्ज़ कर सकते हैं)। (5) नक़्शे-ख़िज़ाँ (रंग की लय और फिर उस से नक़्शे-ख़िज़ाँ बनाना हिस (Sense) की मुख़्तलिफ़ कुव्वतों का इदग़ाम करता हुआ मालूम होता है।) रदीफ़ का इबहाम या'नी हम बनाते हैं (मैं बनाता हूँ), हम लोग बनाते हैं, वो लोग बनाते हैं । बा'ज़ शे'रों में तीनों इमकानात हैं

ग़ज़ल की शे'रियात मुंदरजा ज़ैल अशआर में मुतकल्लिम/ शायर बा'ज़ बातों की तरफ़ इशारा करता हुआ मा'लूम होता है, जिनका तअल्लुक़ ग़ज़ल की शे'रियात से है

लगा रहे हैं नए ज़ायक़ों के ज़ख़्म अभी
असासे-फ़िक्र न तर्ज़े-बयाँ बनाते हैं

क़रीबो-दूर से बे-जोड़ अक्स अश्या के
तलाश करते हैं और दास्ताँ बनाते हैं

'ज़फ़र' ये वक़्त ही बतलाएगा कि आख़िर हम
बिगाड़ते हैं ज़बाँ या ज़बाँ बनाते हैं

अशआर से मा'लूम होता है कि ज़बान और लफ़्ज़ियात में तबदीलियों के बाइस पढ़ने सुनने वालों को ग़ज़ल में नए ज़ाइक़े का एहसास हो रहा है, और ये ज़ायक़ा इस क़दर अजनबी है कि सुनने पढ़ने वाले पर ज़ख़्म का सा असर कर सकता है (ग़ज़ल की ज़बान में नए ज़ाइक़े की असास का तज़क्कुर ख़लील-उल-रहमान आ'ज़मी ने अपने एक मज़मून में किया था।

इस ज़िम्न में उन्होंने कई ऐसे अलफ़ाज़ दर्ज किए हैं जिनका इस्ते'माल ज़फ़र इक़बाल ने ख़ास कामयाबी के साथ किया है) ग़नी काश्मीरी ने चेहरे के रंग को अपने घर की बुनियाद क़रार दिया है। (रंग-रेख़तन=बुनियाद डालना) शे'र 2 में मज़मून ये है कि हम मुख़्तलिफ़ और दूर-दराज़ की चीज़ों को जमा करके (अपनी दुनिया की/ लोगों की) दास्तान बनाते हैं। इस मज़मून पर कोलरज की भी छूट पड़ती हुई दिखाई देती है शे'र 3 में ये दा'वा है कि ग़ज़ल की ज़बान के साथ जो ज़्यादतियाँ या आज़ादियाँ हम बरत रहे हैं वो दरअस्ल ज़बान की ता'मीर और तरक़्क़ी का काम है

मुतकल्लिम की शख़्सियत का अदम तअय्युन; ज़फ़र इक़बाल के यहाँ ऐसे शे'र कसरत से हैं जिनके बारे में कहना मुश्किल है कि मुतकल्लिम का लहजा क्या है। ये भी कि उनका मुतकल्लिम मुख़्तलिफ़ शे'रों में मुख़्तलिफ़ मालूम होता है। ये सिफ़त क्लासिकी ग़ज़ल में है। जदीद और क़ब्ल-अज़-जदीद ग़ज़ल मुतकल्लिम की यक-रंगी और वहदत पर ज़्यादा ज़ोर देती मा'लूम होती है अंदलीब शादानी ने इस बात पर बड़ा ज़ोरे-क़लम सर्फ़ किया है कि ग़ज़ल के शायर को अपने ज़ाती महसूसातो-तजुर्बात ही नज़्म करना चाहियें ।

वो क़ब्ले-जदीद ग़ज़ल गोइयों मसलन हसरत, जिगर, फ़ानी वग़ैरह से इसलिए ख़फ़ा हैं कि उनके कलाम में (बक़ौल शादानी) ज़ाती तजुर्बात नहीं बयान होते हैं । ज़फ़र इक़बाल ने क्लासिकी ग़ज़ल को क़ायम रखते हुए मुतकल्लिम की हमा-रंगी को दुबारा राइज किया है। मुंदरजा ज़ैल अशआर मुलाहिज़ा हूँ

यक़ीं की ख़ाक उड़ाते गुमाँ बनाते हैं
मगर ये तुरफ़ा इमारत कहाँ बनाते हैं

तय करना मुश्किल है कि फ़ाइल (Subject)अपनी तहसीन कर रहा है या अपना मज़ाक़ उड़ा रहा है।या बयक-वक़्त दोनों ही काम कर रहा है

कि मिल सके न हमारा सुराग़ हमको भी
बिना-ए-अब्रो-हवा पर मकाँ बनाते हैं

मतले की गूँज यहाँ भी सुनाई देती है। साफ़ खुलता नहीं कि इस काम में चालाकी है यासादा-लोही । मीर ने बिलकुल अख़ीर उम्र में कहा था

ऐ मीर घर जहाँ में लड़कों के से बनाए
जब चाहा तब मिटाया बुनियाद क्या जहाँ की
(दीवान शशुम)

मुंदरजा ज़ैल शे'र में मज़लूमियत से मुहब्बत पर तन्ज़ भी है और उसे बतौर लाहिया-ए-हयात भी बयान किया गया है

पुराने इल्म में लज़्ज़त नहीं हमारे लिए
हम अपने सर पे नया आसमाँ बनाते हैं

मीर ने बड़ा बरजस्ता शे'र कहा था कि ग़ैर को तो सिर्फ क़त्ल किया और मुझ पर सितम भी किया, फिर क़त्ल किया। इस सूरते-हाल में बच्चों का सा तफ़ाख़ुर भी है और तौक़ीरे-लज़्ज़ते-आज़ार भी, जिसे ग़ालिब ने आम किया था। "मीर", दीवान पंजुम

ग़ैर के मेरे मर जाने में तफ़ावुत अर्ज़ो-समा का है
मारा उनने दोनों को लेकिन मुझको करके सितम मारा

इस पर तुर्रा ये कि मीर का तफ़ाख़ुर यक गूना शिकायत भी है, कि मुझ पर बड़े बड़े ज़ुल्म किए। रुला-रुला कर मारा। ग़ालिब की लज़्ज़ते-आज़ार में यक-रंगी है

हसरते-लज़्ज़ते-आज़ार रही जाती है
जादा-ए-राहे-वफ़ा जुज़ दमे-शमशीर नहीं

ग़ालिब का एक शे'र "गर्दे-रंगे-फ़िल्ला-ए-दिल" वाले शे'र के सामने रखें तो यही सूरत नज़र आती है कि दोनों के शे'रों में महज़ूनी और ख़ुद पर तंज़ है। ग़ालिब के यहाँ तंज़ नुमायाँ है और ज़फ़र इक़बाल के यहाँ सईये-ला-हासिल पर महज़ूनी। हाँ ग़ालिब का शे'र रवानी और ज़राफ़त की हल्की सी लहर के बाइस ज़फ़र इक़बाल के शे'र पर फ़ौक़ियत रखता है

फ़लक से हमको ऐशे-रफ़्ता का क्या-क्या तक़ाज़ा है
मता-ए-बर्दा को समझे हुए हैं क़र्ज़ रहज़न पर

मुंदरजा बाला मुख़्तसर तजज़िये पर इस ग़ज़ल का जायज़ा ख़त्म नहीं होता मैंने वक़्त और सफ़हात का लिहाज़ रखते हुए बात यहाँ तमाम कर दी है। वरना अभी इन शे'रों का ज़िक्र तो बाक़ी ही है जो तजज़िये में नहीं आए, और ख़ुद उन शे'रों पर भी, जो तजज़िये में शामिल हैं, बहुत कुछ कहा जा सकता है। इतनी बात तो अब भी साफ़ है कि इस ग़ज़ल में मज़मून व मा'नी की जितनी दबाज़त और घनापन है, और फ़न के मुख़्तलिफ़ पहलूओं पर जितनी दस्तरस इस ग़ज़ल से नुमायाँ है।

इसकी मिसाल किसी और शायर के यहाँ आज न मिलेगी । ये तो मुम्किन है कि नो शे'र

की ग़ज़ल में किसी और शायर के यहाँ तीन चार पाँच शे'र ऐसे हों जिनमें पैकर और इस्तिआरा की तवांगरी ऐसी हो, फ़िक्र और मज़मून की बुलंदी और मा'नी का घनापन ऐसा हो जैसा ज़फ़र इक़बाल के यहाँ नो के नो शे'रों में है लेकिन पूरी ग़ज़ल इतनी बुलंद रुत्बा कहीं न मिलेगी इस पर तुर्रा ये कि ग़ज़ल की फ़िज़ा जदीद है लेकिन रब्त बैन-उल-मिस्रअतीन ,रवानी, अलफ़ाज़ की मुनासबत और दरो-बस्त में ख़ालिस क्लासिकी आदाब की पाबंदी भी है

ज़फ़र इक़बाल की और जदीद उर्दू ग़ज़ल की बद किसमती ये है कि ज़फ़र इक़बाल को महज़ एंटी ग़ज़ल का शायर क़रार दिया जाने लगा। (इस मफ़रुज़े को आम करने में ज़फ़र इक़बाल का भी थोड़ा हाथ है, वो अलग बात है)। लोगों ने ता'रीफ़ या तन्क़ीस में ज़फ़र इक़बाल के जिस रंग की तक़लीद की या इस्तेहज़ा किया, वो यही ऐन्टी ग़ज़ल का रंग था और इसमें भी कोई शक नहीं कि ज़फ़र इक़बाल की शायरी का मजमूई इन्क़िलाबी रंग, और ख़ास कर ज़बान के बारे में उनकी जुरअत मंदी, ख़ल्लाक़ी और तबाई क़बूल करना और हज़्म करना उन लोगों का काम हैं जिनकी शे'रियात "आबे-हयात" ''मुक़द्दमा शे'रो-शायरी" ''काशिफ़-उल-हक़ाइक़", "शे'र-उल-अजम" "हमारी शायरी" ''मआइबे-सुख़न" और तबा-तबाई की "शरह ग़ालिब" पर मबनी है।

उनमें से अक्सर लोग ऐसे हैं जो अंग्रेज़ी शायरी को फ़ी-नफ़सी उर्दू शायरी पर फ़ौक़ियत देते हैं और वो उर्दू में वही देखना चाहते हैं जो उनके ख़याल में अंग्रेज़ी में है। पंजाब, जहाँ उर्दू शायरी में जदीदियत और जिद्दत का आग़ाज़ अब से सवा सौ बरस पहले हुआ, वहाँ भी "गुल-आफ़ताब" को ग़ैर मशरूत तौर पर क़बूल न किया गया। रिसालों के एडीटरों में ज़फ़र इक़बाल की क़बूलियत की तारीख़ इस सिलसिले में सबक़ आमोज़ है

''आबे-रवाँ" की इशाअत के बाद ज़्यादा-तर लोगों ने महसूस किया कि जदीद ग़ज़ल में ताज़ा फ़िक्री, ज़बान पर क़ुदरत और उरूज़ो-आहंग में बे-तकल्लुफ़ी की एक नई मिसाल क़ायम हो रही है

"गुल-आफ़ताब" के बारे में एक-बार मैंने लिखा था कि दीवाने-ग़ालिब की अव्वल इशाअत 1841 के बाद उर्दू ग़ज़ल की तारीख़ में दूसरा इन्क़िलाबी क़दम "गुल-आफ़ताब" की इशाअत 1966 थी। बीच में कुछ न था। लेकिन ये बात ग़ौर-तलब है कि अपनी तमाम-तर ताज़गी और जदीद कारी के बावजूद (बल्कि इसकी वजह से) ज़फ़र इक़बाल का कलाम पंजाब से बाहर के रिसालों में बिलकुल न छपा। कराची के हलक़ों में ज़फ़र इक़बाल को आम तौर पर शक, और ख़ौफ़ और अदम एतिमादी के साथ देखा गया। ख़ुद पंजाब के ऐसे रिसाले, जिनके मुदीर उन में 'हिसे-मिज़ाह (या शय-लतीफ़) कम थी,ज़फ़र इक़बाल का कलाम शा'ए करने से गुरेज़ करते रहे और गुरेज़ करते हैं। हिन्दोस्तान में उनका कलाम सिर्फ़ "शब-ख़ून" में छपता था और है, और अक्सर उसके ख़िलाफ़ ख़ुतूत और एतराज़ात (ग़ैरसंजीदा है, ज़बान ग़लत है,ग़ज़ल की नज़ाकत को ग़तरबूद कर दिया गया है) छपते रहते हैं। कराची के रिसालों ने उन्हें

बहुत देर में दर ख़ोरे-ए'तना क़रार दिया, और वो भी बड़े तहफ़्फ़ुज़ात और तकल्लुफ़ात के साथ

"ऐबो-हुनर" में एक ग़ज़ल है "हलक़ूम की हद तक मा''लूम की हद तक" । रदीफ़ो-क़ाफ़िया की ही ताज़गी इस ग़ज़ल को कहीं भी नुमायाँ मुक़ाम दिलाने के लिए काफ़ी है। कराची के एक मुअक़्क़र रिसाले में ये ग़ज़ल शा'ए हुई तो मुदीर ने इस के चन्द शे'र हज़्फ़ कर दिए और बाद में अपने इदारीए में कुछ एतिज़ार के साथ उन्हें छापा उनमें एक शे'र ये भी था

सिवाए शिक्वा-ए-मक़सूम ख़ुद भी कुछ किया होता
ख़ुदारा इस तरह मत कीजिये मक़सूम की हत तक

ज़ाहिर है कि दाल और ताय फ़ौक़ानी के इजतिमा के बिना पर रदीफ़ हदतक को हत तक' पढ़ या सुन सकते हैं । लेकिन इस इमकान पर नज़र जाना बड़ी ख़ल्लाक़ी की दलील है, और इस इमकान को बिल-क़ुव्वत से बिल-फ़े'ल बनाना बड़ी जुरअत की दलील है, और इस बात की भी, कि शायर अपने बुज़ुर्ग पेश रोऊँ के तौर तरीक़ों से वाक़िफ़ है। ज़फ़र इक़बाल ने मज़ीद ये किया कि अरबी लफ़्ज़ 'हतक' (बर वज़न कबक', जो उर्दू में बरोज़न कफ़क' है का पंजाबी तलफ़्फ़ुज़ (बरोज़न "कब तक") इस्ते'माल किया, और इस तरह हत तक की बे-मा'नवियत को मा'नी बख़्श दिए। ऐसे शायर को ख़ल्लाक़-मा'नी नहीं तो क्या कहें । लेकिन कराची के मुदीरे-गिरामी को ये शे'र छापने की हिम्मत न हुई, या उन्हें ज़्यादती अच्छी न लगी । कराची के एक ख़ास ज़ख़ीम रिसाले की ताज़ा इशाअत में ज़फ़र इक़बाल की एक ग़ज़ल के साथ उनके ख़िलाफ़ तीस सफ़हे का मज़मून भी शा'ए हुआ है

अदबी तहज़ीबों का आम उसूल है कि ज़बान जैसे-जैसे तरक़्क़ी करती है, शो'रा की आज़ादियाँ बढ़ती जाती हैं और वो उनके साथ तरह-तरह के तजुर्बे करते और नित-नए तर्ज़ बरतने लगते हैं। फ़्रांसीसी जैसी क़दामत परस्त ज़बान भी लिसान (यानीLangue) के खल्लाक़ाना इस्ते'माल के सामने घुटने टेकती रहती है और हर साल दर्जनों अलफ़ाज़ के बारे में Academic francaise का ऐलान बादिल-नख़्वास्ता शा'ए होता है कि अच्छा साहिब इन-इन "अजनबी" या "ग़ैर मुहज़्ज़ब" अलफ़ाज़ को फ़्रांसीसी ज़बान में दाख़िल होने का परवाना दिया जाता है।

रोलां बारत डरते-डरते कहता है, मगर कहता है कि शायर ज़बान के साथ इस तरह खेलता है जिस तरह बच्चा माँ के बदन से खेलता है, और ज़रूरत पड़ने पर वो ज़बान पर तशद्दुद और तोड़ फोड़ भी रवा रखता है। लेकिन उर्दू का मुआमला हमेशा से नहीं, हमेशा से तो नहीं, लेकिन एक अरसा-ए-दराज़ से उल्टी गंगा बहाने का रहा है। यहाँ अलफ़ाज़ को दाख़िल करने के बजाए ख़ारिज करने और अलफ़ाज़ व क़वाफ़ी की ताज़ा शक्लों को क़बूल करने के बजाए रद्द करने और मर्दूद क़रार देने को मूजिबे-फ़ख़्रो-मुबाहात क़रार दिया गया है। बहुत से लोगों का दा'वाए-उस्तादी इस बात पर क़ायम था कि हमने इतने अलफ़ाज़ मतरूक

क़रार दिए हैं, इतने फ़िक्रों और तराकीब पर ग़लत होने का हुक्म लगाया है, और क़ाफ़िए की फ़ुलां-फ़ुलां मज़ीद पाबंदियाँ अपने ऊपर आइद की हैं, और फ़ुलां-फ़ुलां हुरूफ़े-अरबी व फ़ारसी' के दबने को मा'यूब गरदाना है

मुसहफ़ी के ज़माने तक ये सूरते-हाल न थी। उनसे एक-बार किसी ने कहा कि आपने फ़ुलां जगह लफ़्ज़ मुफ़्ती' की याए-तहतानी दबा दी है, दर-हाले कि वो लफ़्ज़ अरबी का है। इन्होंने जवाब दिया ख़ुद मेरे तख़ल्लुस (जो असलन अरबी है) की तहतानी सैकड़ों जगह साक़ित हुई है। किस को दिमाग़ है कि उसे दरुस्त करे। इस ज़माने तक "बहारे-दामन/मारे-दामन" (दरद)"ज़ेबाई शमअ/मंगवाए

शमअ"(क़ायम) "वाह-रे में/ बाहरे में"(इंशा) जैसे क़वाफ़ी, और रदीफ़ों में तसर्रुफ़ (जैसा कि इंशा की मुंदरजा बाला मिसाल या "आई ना/ आईना" वग़ैरह मा'यूब न थे। आबरू के ज़माने से 1685 ता 1733 तक सीन/साद, ते/ता वग़ैरज का क़ाफ़िया आम था, और ज़रूरते-शे'री के तहत अरबी फ़ारसी अलफ़ाज़ के तलफ़्फ़ुज़ में तसर्रुफ़ भी बे दरेग़ होता था। या फिर अरबी फ़ारसी अलफ़ाज़ को उनके आम तलफ़्फ़ुज़ के एतबार से नज़्म करते थे। कई शो'रा के यहाँ तो तसर्रुफ़, आम तलफ़्फ़ुज़ की पाबंदी और रवानी की ख़ातिर लफ़्ज़ के तलफ़्फ़ुज़ में तबदीली करने की रविश आम थी। दक्कनियों के यहाँ बयान में खल्लाक़ाना तसर्रुफ़ और आज़ादी की इस क़दर ख़ुशगुवार फ़िज़ा मिलती है, ओर तख़लीक़ी जोश की वो कसरत नज़र आती है कि मुझे अपने मुआसिरों पर तरस आता है कि किस क़दर ग़ैर फ़ित्री पाबंदियों में जी रहे हैं ।

ज़फ़र इक़बाल अगर इन पाबंदियों को कहीं-कहीं और कभी-कभी तोड़ रहे हैं तो हमें उनका शुक्रगुज़ार होना चाहिए, न कि शाकी । मुनासिब बात तो यह थी कि उनसे दरख़ास्त की जाती कि 'हल मिन मज़ीद? लेकिन हम उर्दू के अदीब ही ऐसी क़ौम हैं जो ज़ंजीरों को ज़ेवर की तरह क़बूल करते हैं। वरना आम बोलने वाला तो बे-तकल्लुफ़ अपने रुजहान और उनके मिज़ाज की पाबंदी करता है, और क्यों न हो? उसने हमारी किताबें पढ़ी नहीं हैं

शेक्सपियर की तरह मीर को ये बात मा'लूम थी कि ज़बान के इस्ते'माल में वो सब बातें क़ाबिले-क़बूल और क़ाबिले-अमल हैं जिन्हें "अशराफ़" ना पसंद करेंगे, और उन्हें "लफंगा-पन" ’’ क़बाहत से गिराँ-बार और शराफ़त" से दूर क़रार देंगे। आम पढ़े लिखे आदमी की लफ़्ज़ियात बारह पंद्रह सौ से ज़्यादा नहीं होती । औसत दर्जे का अच्छा मुसन्निफ़ ढाई हज़ार अलफ़ाज़ में गुज़ारा कर लेता है। फिर शेक्सपियर ने छब्बीस हज़ार (26000) अलफ़ाज़ कहाँ से बरत लिए, जब कि बक़ौल बिन जॉनसन (Ben Jonson) इस का मुबल्लिग़-ए-इल्म Small Latin and less Greek (थोड़ी सी लातीनी और इस से भी क़लील यूनानी)से ज़्यादा ना था? ज़ाहिर है कि अगर वो हमारी तरह क़दग़नों में रहता तो इतने अलफ़ाज़ का निस्फ़ भी उसको नसीब न होता, और अगर मीर हर लफ़्ज़ और फ़िक़रे की मंज़ूरी का परवाना

अरबी फ़ारसी के आलम से माँगने जाते तो उनका भी ज़ख़ीरा-ए-अलफ़ाज़ आज के शो'रा की तरह हज़ार दो हज़ार अलफ़ाज़ से आगे न जाता । और ऐसा नहीं है कि मीर पढ़े लिखे न थे। क़ाज़ी अब्दुल-वदूद जैसे शख़्स ने मीर की इल्मियत का लोहा माना है और उनके मुक़ाबले में सौदा को 'जाहिल ठहराया है।'मुसहफ़ी' और 'जुरअत' का भी कलाम आज इसी लिए ज़िंदा और मुश्तर्क मालूम होता है कि उनके यहाँ नित-नए अलफ़ाज़ और इसतिआरात नज़र आते हैं । अफ़सोस कि ताज़गी का सरचश्मा हनफ़ी के बाद सूखने लगा, और नासिख़ और शाह नसीर की आँख बंद होते होते वो ऐन बिलकुल ही ख़ुश्क हो गया ।

ग़ालिब अगर फ़ारसी तराकीब के इस क़दर ग़ैर-मा'मूली माहिर न होते तो उनकी लफ़्ज़ियात बेहद मायूस-कुन होती । लेकिन आज के शायर को फ़ारसी इस तरह नहीं आती और उर्दू के बाहर मुक़ामी ज़बानों से इस का रब्त-ज़ब्त वो नहीं जैसा कि मुसहफ़ी और उनके मुआसिरों तक बाक़ी था। इस वक़्त के लोग उर्दू के अलावा अवधी या बिरिज या पूरबी से (और अक्सर इन तीनों से वाक़िफ़ होते थे) मीर और मुसहफ़ी के यहाँ इनके अलावा पंजाबी का भी हल्का सा लुत्फ़ है। फिर फ़ारसी अरबी तो उन लोगों की आलमी ज़बान थी ही । इंशा तो और भी कई ज़बानों से काम लेते थे । ज़फ़र इक़बाल ने पंजाबी से वो ही काम लेना चाहा है जो मीर व मुसहफ़ी और जुरअत ने अवधी और पूरबी से लिया था। ज़फ़र इक़बाल के यहाँ अलफ़ाज़ की फ़रावानी फ़ारसी और पंजाबी की मर्हूने-मिन्नत है। और उनके यहाँ मज़ामीन की फ़रावानी ख़ुद उनकी तख़लीक़ी क़ुव्वत के अलावा 'मीर', 'ग़ालिब', 'मुसहफी', 'इंशा'और 'नज़ीर अकबराबादी' की मर्हूने-मिन्नत है

इंतिज़ार हुसैन ने "ऐबो-हुनर" के दीबाचे में ज़फ़र इक़बाल के कलाम को टपके हुए या दरख़्त पर पके हुए आमों की नांद से तशबीया दी है। वो लिखते हैं:'अचानक मेरे तसव्वुर ने पीछे की तरफ़ एक ज़क़न्द लगाई और में अपने बचपन के ज़माने में पहुँच गया। बस जैसे रिमझिम बारिश हो रही है, नाँद में भरे पानी में तर बतर आम रखे हैं । मैं आम चूस रहा हूँ :एक खट्टा, दूसरा खट्टा, तीसरा कुछ गला हुआ, चौथा कच्ची केरी और फिर जो आम मेरे हाथ में आता है तो तालू और ज़बान के बीच रस घुल जाता है और अब मुझे ज़फ़र इक़बाल की शायरी में लुत्फ़ आने लगा था।

अब मुझे पता चल गया था कि इस शायर को कैसे पढ़ना चाहिए। अब मैं दूसरों से भी यही कहता हूँ कि भाई उसे ऐसे मत पढ़िये जैसे और शाइरों को पढ़ते हो। ज़फ़र इक़बाल की ग़ज़लें ऐसे पढ़ो जैसे आम खा रहे हो टेबल पर बैठ कर छुरी के क़लमी आम नहीं, बल्कि जैसे खट्टे मीठे दी आमों से भरी नाँद आपके सामने रखी है और आप आसतीनें चढ़ा कर इत्मिनान से बैठे आम चूस रहे हैं। अब इस लाजवाब नस्र का जवाब में क्या लिख सकता हूँ लेकिन इंतिज़ार हुसैन की बात से बात ज़रूर मिलाना चाहता हूँ ।

इसमें कोई शक नहीं कि ज़फ़र इक़बाल की ग़ज़ल पढ़ कर एक नामियाती जोश, एक

तख़लीक़ी आबशार का एहसास होता है। उसकी ग़ज़ल की सबसे बड़ी (या सबसे नुमायाँ) ख़ूबी उस का वक़ूर, उसकी कसरत, उसकी हमा-हमी और भरा-पुरा पन (Plenitude) है, जिसके बाइस ज़फ़र इक़बाल का कलाम तख़लीक़ी फ़िल्लत की बेलगाम क़ुव्वत का एहसास दिलाता है। लेकिन इस से ये नतीजा निकालना ग़लत होगा कि इस के कलाम में अच्छा बुरा, पस्त बुलंद, ख़राबो-ख़ूब बेदर्दी से रिले-मिले हुए हैं और ख़राब की ज़्यादती है, लेकिन सबको एक साथ क़बूल करना होगा । और हर बार दरयाफ़्त के इस्तिजाब का लुत्फ़ उठाने के लिए तैयार रहना होगा ।

ऐसा नहीं है कि आमों के पेड़ की तरह ज़फ़र इक़बाल का कलाम किसी क़ाएदे क़ानून का पाबंद हैं । एक ही डाल पर चार आम खट्टे, दो-चार खट-मीठे और एक दो मीठे निकलेंगे । ज़फ़र इक़बाल के कलाम में अच्छे बुरे शे'र ताश के पत्तों की तरह फेंटे हुए नहीं हैं और उनके क़ारी को खिलाड़ी नहीं बनाना चाहिए कि जुआरी की तरह हर बार किसी तवक़्क़ो और उम्मीद के साथ गड्डी में हाथ डालता है कि अब की बार लगता हुआ पत्ता या जोकर हाथ आएगा। ऐसा नहीं है कि ज़फ़र इक़बाल ने ख़राब शे'र नहीं कहे हैं । ज़रूर कहे हैं लेकिन उन्होंने अजज़े-नज़्म के बाइस या लापरवाई के बाइस ग़लत शे'र नहीं कहे हैं। हमें ये हक़ तो है कि हम उन के बा'ज़ शे'रों को अपनी ज़ाती पसंद नापसंद की रौशनी में मुस्तर्द कर दें ।

लेकिन हमें ये बात ख़याल में रखनी चाहिए कि ज़फ़र इक़बाल की अपनी शे'रियात है और ये बड़ी हद तक क्लासिकी ग़ज़ल की शे'रियात है, और इसकी रू से ज़फ़र इक़बाल के इन ही शे'रों का जवाज़ बनता है और उनकी क़द्र मुतअय्यन होती है जिन्हें इंतिज़ार हुसैन या दूसरे क़ारी नापसंद करते हैं । ज़फ़र इक़बाल के बहुत से शे'र हद्दे-एतिदाल से मुतजावुज़ मालूम होते हैं । लेकिन ये हद वो है जो हसरत मोहानी, असग़र गोंडवी, जिगर मुरादाबादी, फ़ानी बदायूनी और फ़िराक़ गोरखपुर वग़ैरह ने मुक़र्रर की थी, ग़ालिब, मीर, सौदा, इंशा, मुसहफ़ी, नासिख़ और जुरअत ने नहीं इंतिज़ार हुसैन का ज़िक्र मैंने इसलिए किया कि उनसे अच्छा क़ारी कम ही आज के ज़माने में किसी को मयस्सर आएगा।

वो जितने अच्छे अफ़्साना-निगार और नस्र-नवीस हैं, इतने ही अच्छे नक़्क़ाद भी हैं । और क्लासिकी मुआशरे, उसकी तहज़ीब, मफ़रूज़ात और तसव्वुरे-कायनात से उनकी वाक़फ़ियत गहरी है। यही वजह है कि उन्हें ज़फ़र इक़बाल के कलाम में लुत्फ़ आता है। उन्हें और हम सबको इस बात का ख़याल रखना चाहिए कि अगर हमें ज़फ़र इक़बाल के कलाम में hit or miss की कैफ़ियत नज़र आती है तो सही बात तो लोग मीर के बारे में भी कहा करते थे और शायद अब भी कहते हैं) । डाक्टर एजाज़ हुसैन मरहूम मुझसे फ़रमाया करते थे कि मीर के यहाँ खेत खेत पर एक शे'र नज़र आता है।

मीर के बारे मैं ये बात अब ग़लत साबित होने की है। मुम्किन है ज़फ़र इक़बाल के साथ भी यही मुआमला हो। फिर ये भी है कि मुसहफ़ी को पढ़ते-पढ़ते हम थक जाते हैं, लेकिन

मुसहफ़ी शे'र कहते-कहते नहीं थकते (और शे'र भी ऐसे वैसे नहीं, ऐसे शे'र जो सबके सब बहुत नादिर न भी हों तो निक सक से दरुस्त ज़रूर होते थे) ज़फ़र इक़बाल की पुर गोई के डांडे मीर और मुसहफ़ी की पुर गोई से मिलते हैं। हम उन लोगों के बहुत से शे'रों को ना पसंद या मुस्तर्द कर सकते हैं लेकिन हमें ये न भूलना चाहिए कि इन लोगों का मुआमला अजज़े-नज़्म या तख़य्युल की नाकामी का मुआमला नहीं है। उनकी शायरी की पुश्त पर एक बाक़ायदा, तरक़्क़ी याफ़्ता शे'रियात है

यहाँ दो बज़ाहिर ग़ैर मुताल्लिक़ लोगों का ज़िक्र मुआमले को मज़ीद वाज़ेह करने की ग़रज़ से करता हूँ लोकाच ने यूरोपी नॉवेल का मुफ़ज़्ज़ल फ़लसफ़ियाना और अदबी मुताला अपनी मशहूर किताब Studies in European Realism मैं किया है। अस्पंडर से एक गुफ़्तगु के दौरान उसने जवाइस और फ्रांस के नए नॉवेल लिखने वाले नॉवेल-निगारों का ज़िक्र किया । जिनकी हक़ीक़त निगारी बज़ाहिर रिवायती हक़ीक़त निगारी और बयानिया की नफ़ी करती है। वो उन लोगों की अज़मत और एहमियत का क़ाइल है लेकिन कहता है कि वो मुझे मुतास्सिर नहीं करते। न वो हक़ीक़त पसँद नॉवेल के लिए नमूने का काम कर सकते हैं, और न ज़िंदगी के बारे में इस के इल्म में कोई इज़ाफ़ा करते हैं। प्रोस्त को वो फिर भी बहुत पसंद करता है। दूसरी तरफ़, लोकाच, से कुछ पहले फ़रोयड ने अपने ज़माने में तेज़ी से मक़बूल होते हुए मुसव्विरी के तजरीदी और "ग़ैर वाक़इय्यत परस्त" असालीब पर राय ज़नी की है। कम लोगों को ये ख़याल रहता है कि फ़र्र विंडने तख़लीक़ी अमल, मिज़ाह, मुसव्विरी वग़ैरह के तअल्लुक़ से बड़ी अहम बातें लिखी हैं । फ़रोयड को तजरीदी मुसव्विरों से ये शिकायत थी कि वो सीधी लकीरें नहीं खेंचते, हर चीज़ बिगाड़ कर टेढ़ी-मेढ़ी कर देते हैं । लेकिन उसने ये भी लिखा कि बे-शक ऐसा करना आसान नहीं, और टेढ़ी तिरछी लकीरों को मुसव्विरी का दर्जा दे सकना, उसी वक़्त मुम्किन है जब मुसव्विर सीधी लकीर और मा'रूफ़ रंग को बरतने में पूरी तरह माहिर हो चुका हो। ये अलग बात है कि ये लोग मुझे पसंद नहीं आते, लेकिन इनकी अगरचे प्रोस्त भी रिवायती किस्म का हक़ीक़त निगार नहीं महारत का एतराफ़ न करना बे इंसाफ़ी है

कुछ यही मुआमला ज़फ़र इक़बाल के साथ भी हो तो इन्साफ़ का थोड़ा बहुत हक़ अदा हो। हमें तस्लीम करना चाहिए कि उनके साथ जो तशद्दुद ज़फ़र इक़बाल ने कहीं कहीं रवा रखा है वो इसी वजह से मुम्किन हुआ है कि वो हमारे

ज़माने के सबसे क़ादिर-उल-कलाम शायर हैं, और ज़बान के रिवायती असालीबो-क़वाइद को वो बख़ूबी बरत सकते हैं और अपने हस्बे-दिल-ख़्वाह बरतते हैं भी। बयान और मुहावरे में तसर्रुफ़ वही कर सकता है जो ज़बान और मुहावरे से पूरी तरह वाक़िफ़ हो, वरना बात ही न बनेगी। इसमें कोई शक नहीं कि ज़फ़र इक़बाल क़दम-क़दम पर अपनी महारत और लियाक़त का सबूत देते हैं। इसी तरह, जो लोग उन के यहाँ ग़ज़ल की रिवायती ख़ूबियाँ देखने में नाकाम रहते हैं, वो लोकाच का क़ौल मद्दे-नज़र रखें तो उन्हें मुश्किल न

हो। जवाइस का नॉवेल हक़ीक़त पसंदी की नफ़ी नहीं करता, लेकिन वो लोकाच के मक़सूद की हक़ीक़त-पसंदाना ता'बीर भी नहीं करता। लिहाज़ा वो लोकाच के काम का नहीं मगर वो उसकी एहमियत का मो'तरिफ़ है। ज़फ़र इक़बाल की एहमियत का एतराफ़ न करना ख़ुद एतिमादी की कमी पर दलालत करता है

हसरत मोहानी वग़ैरा के ज़ेरे-असर तरवीज-ओ-फ़रोग़ पाने वाली ग़ज़ल की ज़बान और शे'रियात को मुस्तर्द करके ज़फ़र इक़बाल ने बड़ी क़ुर्बानी दी है। अगर वो "आबेरवाँ" की हदूद में रहते तो मो'तरिज़ीन को मौक़ा कम मिलता । लेकिन फिर जदीद ग़ज़ल की वो तौसीअ और जगह-जगह से ता'मीरे-नौ भी न होती जो ज़फ़र इक़बाल के हाथों अंजाम पाई। ज़फ़र इक़बाल आज भी कम-कोश और कम-बीं लोगों के लिए फ़ैज़ानो-इलहाम नहीं बल्कि ख़ौफ़ो-इनकार का सरचश्मा हैं । इसकी एक वजह ये भी है कि ज़फ़र इक़बाल की तक़लीद आसान नहीं । जिस तरह जवाइस और प्रोस्त का नॉवेल बा'द वालों के लिए नमूने का काम न दे सकता था। इसी तरह ज़फ़र इक़बाल की ग़ज़ल दूसरों के लिए नमूना नहीं बन सकती। जो उन की नक़ल करता है, मुँह की खाता है, और फिर ज़फ़र इक़बाल पर बरसता है कि आप शायरी को ख़राब कर रहे हैं। कर दन सद ऐब व न कर दन यक ऐब के मुज़म्मिरात से ज़फ़र इक़बाल को ख़ूबवास्ता पड़ा है

ज़फ़र इक़बाल की ज़बान के इतने चर्चे हैं कि हम लोग अक्सर ये पूछना भूल जाते हैं कि ज़फ़र इक़बाल ने इस बयान को किन मज़ामीनो-मौज़ूआत के बयान के लिए इस्ते'माल किया है? इस ज़बान से उन्होंने कैसे पैकर और इस्तिआरे बनाए हैं? उनकी इस्तिआरा साज़ी की क़ुव्वत किस तरह की है और किस चीज़ में है? इन बातों की तरफ़ थोड़ा सा इशारा इफ़्तिख़ार जालिब ने किया था।

उन्होंने ज़फ़र इक़बाल के इस्तिआरों में "मख़फ़ी लिसानी मुनासिबतों" के अलावा किसी और शय का निशान बाक़ी न रहने का ज़िक्र किया था। फिर जहाँ तक पैकरों और इस्तिआरों के बाहम दरोबस्त का सवाल है, इन्होंने दो ग़ज़लों (1)"लहू की सर सब्ज़ तीरगी है कि रंग उड़ते लिबास का है', और (2) "मैदान थे जहाँ वहाँ जंगले जंगल हुए" का ग़ैरमामूली तजज़िया पेश किया था और दिखाया था कि यहाँ महसूस और मा'क़ूल के ज़रि'ए मा'मूली और ग़ैर-मा'मूली, जिन्सी और रूहानी, हर तरह के तजुर्बे को "महसूसात की साबितो-सालिम शक्ल" अता की गई है ।

"गुल-आफ़ताब" के बहुत से अशआर के लिए ये हुक्म बिलकुल दरुस्त है। लेकिन ये ज़फ़र इक़बाल के उस तर्ज़ की तरफ़ हमें मुनअतिफ़ नहीं करता जो 'आबे-रवाँ' की अक्सर ग़ज़लों में झलकता है, और 'रतबो-याबिस' और 'ग़ुबार-आलूद रास्तों का सुराग़' के ज़्यादा-तर शे'रों में और भी वाज़ेह हो गया है। इस उस्लूब में इस्तिआरे की सलाबत मा'क़ूल से ज़्यादा महसूस ओर तख़य्युल से ज़्यादा फ़िक्र से तशकील पाती है। यहाँ सबसे पहली बात मुआसिर दुनिया का

ख़ारिजी सतह पर शऊर है, जबकि 'गुल-आफ़ताब' में ये शऊर ज़्यादा-तर दाख़िली सतह पर था। लेकिन अब ख़ारिजी हवाले ज़्यादा साफ़ दिखाई देते हैं, इबहाम कम हो गया है और इसकी जगह बासिरा, शामा सामिआ और लामसा ने बराहे-रास्त तरसील का काम शुरूअ कर दिया है

कुछ कह सको तो गोश बर-आवाज़ हैं दरख़्त
इन जंगलों में मर्गे-सदा का ख़तर नहीं

गिर के सद-पारा हुआ अब्र में अटका हुआ चाँद
सर पे चादर सी नज़र आई शबे-तार मुझे

मुझे दिया न कभी मेरे दुश्मनों का पता
मुझे हवा से लड़ाते रहे जहाँ वाले

मिला तो मंज़िले-जाँ में उतारने न दिया
वो खो गया तो किसी ने पुकारने न दिया

पड़े बरहना-सरी को दुआएँ दो कि यहाँ
जिन्हें कुलाह का ख़तरा था उनका सर भी गया

फिर सरे-सुब्ह किसी दर्द के दर वा करने
धान के खेत से इक मौजे-हवा आई है

कोई शरर न उठा संगे-तीरा-बख़्ती से
कोई गुहर न यमे-हादिसात से निकला

मैं चुप रहूँ तो ज़फ़र मेरी मौत है इसमें
यही फुग़ाँ मेरी जाँ है पुर-असर न सही

फ़राज़े-शाम से गिरता रहा फ़साना-ए-शब
गदा-ए-गौहरे-गुफ़्तार ने सुना ही नहीं

पड़े रहो कि ये झनकार भी ग़नीमत है
करोगे हल्क़ा-ए-ज़ंजीर से निकल कर क्या

सैलाब था यहाँ से भी होकर निकल गया
अब याद है शिकस्तने-दीवारो-दर किसे

इन अशआर में ज़ाती अलमिया और ख़ारिजी दुनिया का शोर कमो-बेश बराबर का दर्जा रखते हैं, और बा'ज़-औक़ात दोनों एक हो जाते हैं। बुनियादी बात ये है कि यहाँ पैकर और इस्तिआरा दोनों मुजर्रिद से महसूस की तरफ़ माइल नज़र आते हैं। शुरू के दोनों शे'र ख़ासतौर पर तवज्जा तलब हैं। रायगानी, इन्सानी आमालो-ताम्मुलात की बे-असरी, और इज़हार की बेचैनी बल्कि मजबूरी, इस शायर के ख़ास औसाफ़ हैं। आठवीं शे'र में (ख़याल रहे कि मिसरा-ए-सानी में तसकीन औसत है) कहा गया कि इज़हार बराबर है ज़िंदगी के, फ़ुग़ाँ अलामत है वजूद की, और बयान रूह है, ज़िंदगी है। इस के बग़ैर मुतकल्लिम को हर तरफ़ मौत नज़र आती है। इस बात को टाडा राफ़ ने अलिफ़-लैला के हवाले से कहा है कि जब तक कहानी बाक़ी है ज़िंदगी बाक़ी है। कहानी बराबर है ज़िंदगी के, और ख़ामोशी मुरादिफ़े-मौत है। नौवीं शे'र से मा'लूम होता है कि न सुनना भी एक तरह की ख़ामोशी, और इसलिए एक तरह की मौत है दसवीं शे'र में इसी बात को और रंग से कहा है ऊपर जो शे'र मैंने नक़ल किए वो सब 'आबे-रवाँ' से लिए गए हैं। उनमें ज़फ़र इक़बाल के तमाम सरोकार, ज़िंदगी (दाख़िली और ख़ारिजी) के बारे में उनके रवैय्ये, शे'र के बारे

मैं उनका तसव्वुर, अलामत, पैकर और इस्तिआरे से उनका शग़फ़, सब नज़र आते हैं। आम हालात में तो "आब-ए-रवाँ के मुसन्निफ़ को ज़िंदगी-भर इन अशआर की कमाई खानी चाहिए थी लेकिन ज़फ़र इक़बाल आम शायर नहीं, और वो आम हालात में यक़ीन भी नहीं रखते । "गुल-आफ़ताब" में"आबे-रवाँ के बुनियादी रँगों को तेज़-तर करते हुए एक नया उनसुर शामिल होता है। इफ़्तिख़ार जालिब ने "गुल-आफ़ताब" के बुनियादी रंग हस्बे-ज़ैल बताए थे ज़बान, तजरीद और मिज़ाह । हक़ीक़त ये है कि हल्के ही सही, लेकिन ये सब रंग "आबे-रवाँ" में साफ़ नज़र आते हैं लेकिन ये भी है कि "आबे-रवाँ" से "गुल-आफ़ताब" तक एक तवील जस्त है जिसे Quantum Jump ही कह सकते हैं, या'नी ऐसी जस्त जो बी1च के मनाज़िल को छोड़ती हुई अमल में आए ।

"गुल-आफ़ताब' मैं जिन्स और इसकी मायूसियों का तजुर्बा अपने ऊपर हँसने का अंदाज़ और इश्क़-ओ-हवस दोनों के रायगाँ होने का एहसास, ये सब चीज़ें निसबतन नई हैं । ज़बान के साथ वो सुलूक जिसे रोमन या किबसन ने मुनज़्ज़म "तशद्दुद" कहा है, और जिसे उसने शायरी की बुनियादी सिफ़त बताया है, यहाँ तक़रीबन हर ग़ज़ल में नुमायाँ है। किताब ख़त्म होते होते

ऐसी ग़ज़लें सामने आने लगती हैं जिनमें ज़बान के बंद तक़रीबन टूट चुके हैं ।

ये भी लगता है कि ज़बान के बंधन पूरी तरह न तोड़ सकने के बाइस शायर को ख़ुद पर शदीद ग़ुस्सा है, और वो ज़बान के आहिनी दरो-दीवार से सर टकरा कर ग़ुस्से को ज़ाहिर कर रहा है, या'नी "गुल-आफ़ताब" की आख़िरी ग़ज़लों की बदहवास कुन बे-मानवियत ख़ुद ही इस्तिआरा है, इस बात का कि हम बाक़ौल नत्श ''ज़ुबान के ज़िंदाँ" में क़ैद हैं । हम कुछ भी करें, अगर हमें ज़िंदा रहना और कलाम करना है तो हम ज़बान के बाहर नहीं जा सकते ।

ज़फ़र इक़बाल ने ज़बान (Parole) को वसीअ करने और उसे लिसान (Langue) से बेश-अज़-बेश हिस्सा दिलाने की कोशिश की थी। इसकोशिश की कामयाबी और नाकामी दोनों का इज़हार इन ग़ज़लों में हुआ है मुंदरजा ज़ैल अशआर में दोनों (कामयाबी और नाकामी) के माबैन तनाव साफ़ चमकता है

लहू लहलूट स्याही फैलवीं फब
कुढब काग़ज़ तलब तहरीर ने के
दिन दरगाहों लिख्या लेख हवा के नीले वरकाँ
रत करत चमक चानन में फ़र्क़ ज़मीन आसमाँ का

अमुश्किल पैरवी अंजान ईजाद
मगुन मथीड अजब अशआर ने का

फ़सीह फ्रास्ट अज़ाइम बलीग़ अनक़ा में
कुदाम ख़ाक उडाईम दश्त दरिया में

इस बात से क़त'ए-नज़र कि (दिलदार ने का/ इनकार ने का) वाली ग़ज़ल जिन्सी तजुर्बे के तलज़्ज़ुज़ का एक ऐसा शाहकार बयान है कि शायद मतबनी या अबूनवास के यहाँ, या फिर ovid के यहाँ उसकी मिसाल मिले इन तमाम ग़ज़लों में रेख़्ता (यानी फ़ारसी उर्दू मिली जुली ज़बान, जो क़दीम उर्दू का एक रूप थी) का असर नुमायाँ है। रेख़्ता एक तरह की कचरी ज़बान (Creole) थी और ज़्यादा दिन चली नहीं । लेकिन ज़फ़र इक़बाल के यहाँ इस करेवल कारी (Creolisation) के ज़रा'ए ज़बान की हदूद वसीअ करने की कोशिश का भी एतराफ़ करना चाहिए। "गुल-आफ़ताब" की ये आख़िरी ग़ज़लें नमूने (Model) और ज़ीस्त पज़ीर (Viable) शायरी की हैसियत से नाकाम सही, लेकिन इसी ग़ज़लें कहने वाले की बे-मिसाल जुरअत और बे-नज़ीर क़ादिर-उल-कलामी की दाद ज़रूर देनी चाहिए। बा'द

के मजमूओं, ख़ासकर 'अतराफ़' और 'ऐबो-हुनर' में शायर ने इस तजुर्बे से काम भी लिया है जो उसे "गुल-आफ़ताब" की इन ग़ज़लों को कह कर हासिल हुआ

'गुल-आफ़ताब' की मुहव्वला बाला ग़ज़लों के साथ-साथ ज़फ़र इक़बाल की मुमलिकते-सुख़न में इस्तिहकाम और इंतिज़ामो-इंसिराम की अलामत के तौर पर उनके लहजे में वो चीज़ माइल होकर नज़र आती है, जिसे में 'हाकिमाना क़ुदरत' का नाम देता हूँ । अपने-अपने तौर पर ये सिफ़त 'मीर', 'सिराज', 'सौदा', 'वली', 'क़ायम चाँद पूरी', 'ग़ालिब', 'नासिख़' सबके यहाँ है । या'नी शायर ख़ुद से, मा'शूक़ से, आपसे, ज़माने से यूँ गुफ़्तुगू करता है गोया वो सब में मुमताज़ और सबसे अलग हो, और शायद सबसे बेहतर भी । गुज़शता मजमूओं में तअल्ली और दर मिदह ख़ुद के इशारे थे लेकिन अब उसकी ज़रूरत नहीं । अब शायर वाक़ई फ़राज़ मंद से गुफ़्तुगू कर रहा है। 'रतबो-याबिस' में 'ऐन्टी ग़ज़ल' का जोश है, और हाकिमाना ग़ज़ल का भी। अपने तौर पर ऐन्टी ग़ज़ल भी हाकिमाना है, लेकिन वो अलग बहस है। पढ़ने वालों ने ऐन्टी ग़ज़ल के आगे निगाह न की, वरना मुंदरजा ज़ैल तरह की ग़ज़लें ''रतबो-याबिस' में और फिर बाद के मजमूओं में कसरत से हैं

इक दिन इधर सवार समन्दर सफ़र तो आए
ख़ुद बढ़के रोक लेंगे कहीं वो नज़र तो आए

कुछ देर फड़फड़ा के निकल जाइये मगर
वो दाम दिल-पज़ीर कहीं ज़ेरे-पर तो आए

वो दर्द ला-दवा ही सही दिल पे वा तो हो
वो हुस्न इक बला ही सही अपने सर तो आए

ये क्या कि आबगीना सलामत ही ले के जाएँ
कुछ टूट-फूट तो रहे कोई ज़रर तो आए

शामिल नहीं जलूस हमारे में वो तो क्या
ये भी बहुत है बाम से नीचे उतर तो आए

अर्ज़ां है ख़ूने-ख़ल्क़ तो फिर कू-ब-कू तो हो
है दस्तके-सितम तो ज़रा दर-ब-दर तो आए

आँखें चमक दिखाएँ तो आसाँ हो राहे-मर्ग
लेकिन सहर से पहले चराग़ो-सहर तो आए

कुछ बन सके न हम तो बिगड़कर दिखा दिया
यूँ कारगाहे-शौक़ में कुछ काम कर तो आए

नाज़ाँ हूँ अपने ऐबे-सुख़न पर हज़ार बार
लाज़िम है आदमी को 'ज़फ़र' कुछ हुनर तो आए

क़ाफ़िये ठुस, रदीफ़ मुश्किल लेकिन एक शे'र भी ऐसा नहीं जो औसत दर्जे का हो। सबके सब बुलंद रुत्बा सब की बंदिश चुस्त मज़मून हर शे'र में पूरा-पूरा बयान हुआ है । और मुनासिबते-अलफ़ाज़, रब्त, लहजे का बांकपन, कसरते-मा'नी सब मौजूद है। पूरी ग़ज़ल हश्वो-ज़वाइद से महफ़ूज़ है। ऊपर-ऊपर ज़रा ख़ुश-तबई और थोड़ी सी छेड़-छाड़ के रंग की तह में बरहमी, अलमिया और सियासी नुक्ता-चीनी के भी कनाए हैं । शायर/मुतकल्लिम का अपने ऊपर ए'तिमाद और लहजे में बरतरी का आहंग इन चीज़ों ने इस ग़ज़ल को ख़ारजियत दाख़लियत की बहसों से ऊपर उठा दिया है। बाहर वालों से और ख़ुद से तख़ातुब, दोनों में एक तरह की सच्चाई नुमायाँ है।

सियासी राय-ज़नी से ज़फ़र इक़बाल का शग़फ़ पुराना है । लेकिन''अहदे-ज़ियाँ'' जो नई ग़ज़लें हैं (अक्सर ग़ज़लें जूं की तूं या ब-अदना तग़य्युर "रतबो-याबिस" की हैं) उनमें सियासी बातों को ग़ज़ल की ज़बान में बयान करने की तरफ़ दिलचस्पी बढ़ गई है। "ग़ुबार-आलूद सिमतों का सुराग़" में लहजा और कैफ़ियत बदल कर ज़ाती नारसाई और महरूमी, और इस महरूमी पर ज़रा ख़ुश्क तंज़ और ख़ुश-मिज़ाज ख़ुद इस्तिहज़ा का रंग चमक उठा है। "ऐबो-हुनर" से सियासी मज़ामीन की कसरत दुबारा होने लगती है। "सरे-आम" में ये मज़ामीन बिलकुल बे-परदा होकर सामने आते हैं

सिराज मुनीर ने "सरे-आम" की ग़ज़लों के लिए सियासी मुआमला-बंदी का दिलचस्प फ़ुक़रा तराशा था। ये है तो हस्बे-हाल लेकिन पूरा हाल नहीं बयान करता । ख़ुद ज़फ़र इक़बाल इसे "अपनी नाकाम शायरी" क़रार देते हैं । उनके ख़याल में इन ग़ज़लों में मौज़ूअ और शे'रियत का तवाज़ुन बरक़रार नहीं रखा गया है। यहाँ ख़ुद ज़फ़र इक़बाल को वो ग़लत फ़हमी हुई है जो उनके मुख़ालिफ़ीन का शेवा है।

सियासी राय-ज़नी क्लासिकी ग़ज़ल की शे'रियात में दाख़िल है, बशर्ते कि राय-ज़नी किसी पार्टी लाईन पर मबनी न हो, बल्कि ख़ुद मुतकल्लिम/ शायर ने समाज के फ़र्दे-आज़ाद

की हैसियत से ये राय-ज़नी की हो। ग़ज़ल का मुतकल्लिम हमेशा ''बाहर का आदमी' (Outsider) और 'ग़ैर-मुक़ल्लिद' (nonconformist) रहा है।

जब वो ज़ाहिद और मुल्ला और शाह व शहना पर बे-मुहाबा नुक्ता-चीनी कर सकता है तो उसकी आज़ादी-ए-राय में क्या शक? हाँ तहदारी और बिल-वास्तगी और कसीर-उल-मा'नवियत ग़ज़ल की दुनिया में निहायत पसंदीदा हैं, और अगर सियासी राय-ज़नी इन सिफ़ात के साथ आए तो क्या ख़ूब लेकिन 'आबरू' से लेकर 'हसरत मोहानी' और 'मौलाना मुहम्मद अली जोहर' तक ग़ज़ल में सियासी ख़यालात का जब इज़्हार किया गया तो बरमला ही किया गया। ''मुसहफ़ी'' के कलाम में अंग्रेज़ों पर जो तनक़ीद मिलती है वो इस बात को बड़ी ख़ूबी से वाज़ेह करती है

हिन्दोस्ताँ में दौलतो-हशमत जो कुछ भी थी
काफ़िर फ़िरंगियों ने ब-तदबीर खींच ली
(दीवाने-सोम)

है ये फ़लक सुफ़्ला वो फीका सा फ़िरंगी
रखता है महो-ख़ोर से जो पास अपने दो बिस्कुट
(दीवाने-हफ़्तुम)

तोड़-जोड़ आवे है क्या ख़ूब नसारा के तईं
फ़ौजे-दुश्मन से वही लेते हैं सरदार को तोड़
(दीवाने-हशतुम)

दीवाने-हफ़तुम के शे'र में पैकेर और इस्तिआरा की थोड़ी सी कार-फ़रमाई है। वरना बकिया दो शे'रों में तल्ख़ी (दीवाने-सोम) और तंज़ (दीवाने-हश्तुम) नुमायाँ हैं । मालूम हुआ कि सियासी ग़ज़ल-गोई की शे'रियात इस तहदारी और पेचीदगी-ए-बयान का तक़ाज़ा नहीं करती जो ग़ज़ल की उमूमी सिफ़त है। इस के बजाए बरहमी, तंज़ ,तल्ख़ी, सख़्त-ओ-दुरुश्त लहजा ये चीज़ें ब-रू-ए-कार आती हैं । यहाँ सवाल उठ सकता है कि ऐसा है तो नियाज़ हैदर और हबीब जालिब को नमाईंदा शायर क्यों ना माना जाये? इस का एक जवाब ये है कि उन लोगों के यहाँ शोर ज़्यादा है तल्ख़ी कम और तंज़ बहुत अवाइली सतह का है।

लेकिन दूसरा और ज़्यादा मुअस्सिर जवाब ये है कि उन लोगों की शायरी मुक़र्ररा राहों पर और जानी पहचानी सम्तों में सफ़र करती है और पहले से तयशुदा नताएज निकालती

है। और ये नताएज नियाज़ हैदर और हबीब जालिब नहीं, बल्कि कोई और निकाल कर उनके हवाले करता है, और वो अपनी नज़्म उन नताएज के चारों तरफ़ ता'मीर करते हैं । "सरे-आम" की ग़ज़लों में सबसे अहम बात ये है कि शायर हर तरह की ना-इंसाफ़ी और इस्तिहसाल के ख़िलाफ़ है। इसकी बरहमी के लिए चन्द मख़सूस ही हदफ़ नहीं हैं ।

मसलन तरक़्क़ी पसंदों के लिए वेत नाम के ख़िलाफ़ लिखना आसान था और हंगरी या अफ़ग़ानिस्तान में रूसी इस्तिबदाद और ख़ूँ-रेज़ी के ख़िलाफ़ लिखना ग़ैर मुम्किन था । मुम्किन है सरे-आम' का शायर भी कुछ अमली सियासी नज़रियात रखता हो, लेकिन वो कॉमियो की तरह हमेशा हर तरह के इस्तिहसाल और झूट से नबर्द-आज़मा नज़र आता है। इलावा बरीं 'सरे-आम' में ऐसी भी ग़ज़लें हैं जो ग़ज़ल की आम शे'रियात पर पूरी उतरती हैं । बराहे-रास्त बयान और बिल-वास्ता बयान, इन दोनों तर्ज़ों का इंज़िमाम भी बा'ज़ ग़ज़लों में है, और वो ग़ज़लें हमारे ज़माने का क़ीमती सरमाया हैं

अर्श पाताल हो गए मेरे
लोग बदहाल हो गए मेरे

शहर वीरान हो गया यक्सर
बाग़ पामाल हो गए मेरे

कोयलें मेरी हो गईं ख़ामोश
मोर बे-चाल हो गए मेरे

कोई मंज़र कहीं बचा ही नहीं
ख़्वाब कंगाल हो गए मेरे

रात-दिन बोझ बाँटने वाले
फ़ारिगुल-बाल हो गए मेरे

गिरह कट चोर उठाई गीर सभी
क़ाफ़िले-वाल हो गए मेरे

दिल के अंदर गिरा था ख़ून मगर
फ़र्श क्यों लाल हो गए मेरे

कोई पहचान ही नहीं पाता
क्या ख़दो-ख़ाल हो गए मेरे

गर्म गुफ़्तार हूँ 'ज़फ़र' कितना
हर्फ़ सय्याल हो गए मेरे

अब इस से बढ़कर कोई क्या कहेगा? और लुत्फ़ ये कि ज़बान का चोंचाल पन, मुनासिबते-अलफ़ाज़, तवाज़ुने-बैनुल मिस्रअतीन क्लासिकी ग़ज़ल की तरफ़ इशारे और सदाए-बाज़गश्त सब मौजूद हैं । शे'र (2) की रंजीदगी ओर तल्ख़ी यकसाँ वार करती हैं । "मेरे" की कसीरुल-मा'नवियत किस क़दर दिलकश है। बा'ज़ दूसरी ग़ज़लों में सर्फ़ो-नहू की पेचीदगी से इस्तिआरे का काम लिया गया है

ग़लत है और मैं इसे मुस्तर्द भी करता हूँ
यही कि मेरा मुक़द्दर दिया गया है मुझे

बयान देता रहा कौन सुल्ह-जोई के
इरादा और ही बैनुल-सतूर किसका था

वो नोके-तेग़ पे रख लाए थे 'ज़फ़र' दस्तार
क़बूल करके ही आख़िर बचा है सर मेरा

तीसरे शे'र में पैकेर की ड्रामाई दहश्त नाकी क़ाबिले-लिहाज़ है। इमाम अबूहनीफ़ा को क़ाज़ी का ओहदा पेश किया गया और बार-बार पेश किया गया। उन्होंने हमेशा इनकार किया, आख़िर ज़िंदानी किए गए, और महबस ही में वासिल-बहक़ हो गए । तारीख़ को शे'र में यूँ ढालते हैं । ये नहीं कि कहीं मशकीज़ा लिख दिया, कहीं दश्त लिख दिया, कहीं क़ुर्बानी का ज़िक्र कर दिया और समझा कि इस्तिआरा, अलामत तमसील का सब हक़ अदा हो गया। इस्तिआरे की ताज़गी के इलावा इस शे'र में बड़ी बात ये है कि इसमें ख़ुद तरहमी का शाइबा तक नहीं । फिर शे'र की सूरते-हाल में ड्रामा है, लेकिन इस ड्रामे के मर्कज़ी किरदार वो लोग (वे क़ुव्वतें, इदारे) क़रार दिए गए हैं जो नोके-तेग़ पर दस्तार रखकर लाए थे

ज़फ़र इक़बाल के लिए इस्तिआरा हमेशा मुकाशफ़ा शिफ़ा और तौसी'ए-मा'नी के लिए आता है। बा'ज़-औक़ात तो उनका इस्तिआरा इस क़दर बिल-वास्ता होता है कि फ़ौरी तौर

पर महसूस नहीं होता। ब्यानिया की सतह पर शे'र मुतास्सिर करता है, जब ग़ौर करें तो उसके दूसरे इबआद खुलते हैं। मिसाल के तौर पर "गुल-आफ़ताब" का एक बदनाम शे'र है

फिरता हूँ बाज़ार में रुक जाऊँ लेता चलूँ
उसकी ख़ातिर ब्रेज़िअर अपने लिए दवाईयाँ

इस बात से क़त'ए-नज़र कि दोहे की बहर को ग़ज़ल में बिलकुल सही-सही बरता गया है, और ये ख़ुद ही एक तरह का इस्तिआरा है, काबिले-दीद नुक्ता ये है कि बाज़ार में बे-मक़्सद फिरने वाला शख़्स दरअसल इस्तिआरा है, आजकल के इन्सान का, जो जिस्मानी और जज़्बाती (या दोनों) लिहाज़ से नामर्द है।

या फिर वो कोई बूढ़ा है जिसकी जवान बीवी है बदन में ताक़त न होने के बाइस वो ख़ुद को बीवी के सामने चोर महसूस करता है और उस का सामना करने से घबराता है । लेकिन घर तो जाना ही है, और अगर बीवी के लिए कोई तोहफ़ा ख़रीद ले तो शायद आँख मिलाना आसान हो। तोहफ़े में ब्रेज़िअर इस्तिआरा है, बीवी की जवानी का और अपने लिए दवाएं इस्तिआरा हैं मुतकल्लिम की जिस्मानी ना-अहली का शे'र में अव्वलीन तह तंज़ की है लेकिन जब इस तह को खोलें तो इस्तिआरा मिलता है

इस्तिआरों की ये लताफ़त "ऐबो-हुनर" के अशआर में क़दम क़दम पर मिलती है लेकिन फ़र्क़ ये है कि अब तमाशाए-दुनिया में एक थकन, एक इज़्मिहलाल शामिल हो गया है। मुम्किन है ये मुतकल्लिम/शायर के रुहानी इर्तिक़ा और ज़हनी सफ़र की एक मंज़िल हो। या फिर ये शे'र हमारे सारे ज़माने और सदी के आख़िरी दस बारह बरसों की दुनिया का इस्तिआरा हों । गोया ज़फ़र इक़बाल का कुल्लियात एक अज़ीमुश्शान स्टेज हो जिस पर दुनिया रूप बदल-बदल कर सामने आ रही हो। जिससे शग़फ़ भी अब कम हो गया है। न कामयाबी के जश्न हैं, न नाकामी के रंज, और न अपनी हवस या नामर्दी पर तंज़। ये सरासर वो चीज़ नहीं है जिसे मिल्टन ने "ज़हन का सुकून, सारे जज़्बे -दर्द व जोश का निबड़ जाना" कहा था, बल्कि इसमें किसी ताज़ा आगही की शान भी शामिल है। लेकिन यहाँ इख़्तिताम नहीं, बल्कि नई तरह की वारदात आने का मुआमला है

रात जग-मग कर उठी है कुछ अँधेरा सा मगर
दिल के अंदर थोड़ी थोड़ी शाम रह जाने से है

बहता है न रहता है किनारों में सिमट कर
दरिया ही कुछ ऐसा है कि दरिया नहीं लगता

अब वो खट-मीठी मुहब्बत क़िस्सा माज़ी सही लेकिन
सौ तरह के भूले-बिसरे ज़ायके अब तक ज़बाँ पर हैं

एक उसके वस्ल की ख़ुशबू के पीछे फिरने वालों का
ये शरफ़ भी कौन सा कम है कि रख़्शे-रायगाँ पर हैं

शे'र 3 और 4 की बहर(रमल मुसम्मन सालिम के आख़िर में एक सबबे-ख़फ़ीफ़ बढ़ाया है ग़ैर-मा'मूली अरूज़ी महारत का सबूत तो है ही, ये इस बात का इस्तिआरा भी है कि तख़लीक़ी क़ुव्वत का वफ़ूर है, जहाँ से ये माल आया है वहाँ अभी और भी है। लिहाज़ा इसमें तअज्जुब की कोई बात नहीं कि "ऐबो-हुनर" में निसबतन अजनबी बहरें कई बार इस्ते'माल हुई हैं। और "वहमो-गुमान" में अशआर मुहव्विला बहर में भी हैं । इस पर तुर्रा ये कि ऐसी अजनबी बहर और हर ग़ज़ल में वो रवानी कि बायद-ओ-शायद "ऐबो-हुनर" और "वहमो-गुमाँ" दोनों में अंदाज़ की बे-तकल्लुफ़ी, लहजे की सफ़ाई,शे'री रवानी, ये सब मुश्किल चीज़ें ख़ुद इंतिक़ाद (Self Criticism) ख़ुद इस्तेहज़ा (Self mocking) कारोबारे-हयात और कारोबारे-इश्क़ का बयान जैसी ग़ैर-मुतवक़्क़े' चीज़ों के साथ मिल गई हैं कि जदीद ग़ज़ल का एक बिलकुल नया और ना-काबिले-तक़लीद रंग पैदा हो गया है।

मुहम्मद हसन अस्करी ने लिखा है कि "मीर" का बहुत सा कलाम ऐसा है कि पूरी ग़ज़ल पढ़े बग़ैर उस का मुकम्मल लुत्फ़ नहीं हासिल होता । या'नी किसी न किसी तरह की नई बात हर शे'र में होती है, और लहजे की बेसाख़्तगी और रवानी उसके लिए मौसीक़ीयाती संगत मालूम होती है। ज़फ़र इक़बाल ने 'ऐबो-हुनर' की ग़ज़लों से जो अंदाज़ इख़्तियार किया है वो भी कुछ ऐसा ही है। मुंदरजा ज़ैल दो ग़ज़लें मुलाहिज़ा हूँ । पहली ग़ज़ल "ऐबो-हुनर" से है और दूसरी "वहमो-गुमाँ" से

(1)

मुद्दत से कोई मेरे भी जैसा नहीं आया
मैं यूँही तो मंज़र पे दुबारा नहीं आया

बाक़ी अभी कितना है बदी का ये समन्दर
हूँ कब से रवाँ और किनारा नहीं आया

मौसम कई गुज़रे हैं कि इस परदा-ए-दिल पर
बाज़ू नहीं लहराए हैं चेहरा नहीं आया

निकले थे ये किस अँधे अँधेरे के सफ़र पर
आँखें तो पलट आईं तमाशा नहीं आया

कहते हैं कि पानी अभी गुज़रा नहीं सर से
सैलाब अभी शहर में इतना नहीं आया

है कैसी मसाफ़त कि मेरी राह में अक्सर
दीवार तो आई है दरीचा नहीं आया

हम भी वहीं फिरते रहे अतराफ़ में उसके
अलबत्ता मुलाक़ात का मौक़ा नहीं आया

ये तुरफ़ा लतीफ़ा है कि इस आग में हमको
चलना नहीं आया कभी रुकना नहीं आया

लोगों में 'ज़फ़र' आप ज़बाँ-साज़ भी कहलाए
और बात भी करने का सलीक़ा नहीं आया

(2)

शहरे-ख़्वाबीदा के अंदर नहीं जाने वाली
ये सदा वो है जो घर-घर नहीं जाने वाली

ख़ुद तो मैं और ज़ियादा नहीं जीने का मगर
मुझमें इक चीज़ है जो मर नहीं जाने वाली

आगे-पीछे रही वो शामे-तमाशा मुझसे
कि अभी मेरे बराबर नहीं जाने वाली

इक हवा है जो मेरे चारों तरफ़ चलती है
और किसी एक ही रुख़ पर नहीं जाने वाली

रफ़्ता-रफ़्ता कोई मुझमें से गुज़रती हुई शय
जा रही है जो सरासर नहीं जाने वाली

लहर सी एक ज़मानों की मेरे साथ ही साथ
जाती रहती है जो अक्सर नहीं जाने वाली

क्यों न दुशवार हो उस शहर को जाती हुई राह
जो मेरी ख़ाक से होकर नहीं जाने वाली

उस तरफ़ डरती लरज़ती हुई ये मौजे-निगाह
जाएगी भी तो मुकर्रर नहीं जाने वाली

मेरे अंदर जो खिला करता है इक फूल 'ज़फ़र'
उसकी ख़ुशबू कहीं बाहर नहीं जाने वाली

इन अशआर के तजज़िये और तौज़ीअ में कई सफ़हे लिखे जा सकते हैं । लेकिन अब तक जो कुछ मैं कहता रहा हूँ उसकी रौशनी में शायद तफ़सील की ज़रूरत न हो।''अतराफ़' के दीबाचे में अबदुर्रशीद ने लिखा है कि ज़फ़र इक़बाल की शायरी एक ऐसे मुआशरे में, जो अदम तहफ़्फ़ुज़ का शिकार है, जहाँ लफ़्ज़ अपने रिवायती मा'नी खो चुके हैं, और असरी हक़ीक़त क़बूल करने को तैयार हैं, अपनी वारदात बयान करने की स'ई करती है।

बात बड़ी हद तक है लेकिन जहाँ तक लफ़्ज़ों के रिवायती मा'नी के खो जाने का सवाल है तो सच्ची बात ये है कि हर बड़ा शायर ज़बान को अपने आप में ज़िंदा करता है। इसी लिए वालेरी ने कहा था कि शायर का मन्सब और वज़ीफ़ा ये है कि वो क़बीले की ज़बान को मुज़क्का (purify) करे

ये तब ही मुम्किन है जब शायर ज़बान के तमाम गली कूचों से वाक़िफ़ हो। लेकिन वो एक तरफ़ "वहमो-गुमाँ" में ऐसे ऐसे शे'र डाल सकता हो कि 'सौदा', 'इंशा" 'यावर' 'जुरअत' की हिज्जओं को पसीना आ जाये

मुतवक्किल, ज़िंदाबाद
तक़दीरों वाले थोह

गुड़-शक्कर भूला 'ज़फ़र'
इंजीरों वाले थोह

गोरे-गोरे पाँव तले
काली ईंटें काले रोड़

थोड़ी सी इस ज़मीन पे रिमझिम का है सवाल
छोटी सी आसमाँ पे धनक माँगते हैं लोग

वो जागे हों कि सोते खा रहे हैं
इधर हम सिर्फ ग़ोते खा रहे हैं

पूछा तो नाचार 'ज़फ़र' ने
अपनी ज़ात बताई रोटी

वर्दी में आने का कुछ और मज़ा है भाई डकैत
पहले आने वालों से, यही बचा है भाई डकैत

इन सब अशआर में गुस्सा ज़्यादा है, उतना ज़्यादा कि अगर ज़बान की लगाम हाथ से छूट जाती तो अजब न था। लेकिन शायर ने ज़बान की एक-आध नज़ाकत हर शे'र में फिर भी रख दी है।

दूसरी तरफ़ अब तक के आख़िरी मजमुए का नाम''इतराफ़' है, लेकिन शायर ने ये वाज़ेह नहीं किया कि ''इतराफ़ बरोज़ने 'इक़बाल' है ब-मा'नी "नई-नई चीज़ में पैदा करना", या बरोज़न ''आ'माल' है ब-मा'नी "तरफ़ या सिम्त की जमअ" मीर ने भी कुछ ऐसी ही चालाकी से काम लिया है, लेकिन इन्होंने दूसरे मिसरे में जिस तरह का इस्तिआरा/ पैकर रख दिया वो ज़बान को ज़िंदा करने और मुज़क्का करने का ऐसा नमूना है जो किसी भी ज़माने के शायर के लिए आदर्श का काम कर सकता है। दीवाने-शशुम में है

फैले शिगाफ़ सीने के अतराफ़ दर्द से
कूचा हर एक ज़ख़्म का बाज़ार हो गया

ज़फ़र इक़बाल उसी रास्ते में हैं, लेकिन वो जगह-जगह क्लासिकी मज़ामीन को subvert भी करते चलते हैं । मीर का मशहूरे-ज़माना शे'र है

रंग हवा से यूँ टपके है जैसे शराब चुवाते हैं
आगे हो मयख़ाने के निकलो अह्दे-बादा-गुसाराँ है

मीर ने हवा से रंग टपकने का मज़मून मीर रज़ी दानिश से लिया लेकिन इसमें मा'नी के इतने इमकान रख दिए कि रज़ी दानिश का रंग फीका पड़ गया। रज़ी दानिश

दर-दश्त अब्रे-रंग शबिस्तान लाला रेख़्त
नक़्शो-निगार-ख़ाना तमाशा चे मी कनी

मीर रज़ी दानिश का दीवान शा'ए नहीं हुआ। ये शे'र आसिफ़ नईम की मुरत्तिब करदा ब्याज़ "गंजीना -ए-बाज़-याफ़्त" में है। ये ब्याज़ ब्रिटिश म्यूज़ियम में महफ़ूज़ रखे हुए खतूतों पर मबनी है। तफ़सील इसलिए बयान कर रहा हूँ कि शे'र-शोर-अंगेज़ में मीर के मनक़ूला बाला शे'र पर गुफ़्तुगू करते हुए मैंने रज़ी दानिश के शे'र का हवाला दिया था। आसिफ़ नईम की किताब उस वक़्त मो'रिज़े-वजूद में न आई थी, और न "वहमो-गुमाँ" जहाँ से मैं मुंदरजा ज़ैल शे'र नक़ल करता हूँ

रंग सा फैलता जाता वो हवा का हर-सम्त
वहम सा फिर भी है ये थर-थरी है भी कि नहीं

यहाँ क्लासिकी मुशाहिदे (वहम? को जिस तरह मो'रिज़े-सवाल में लाया गया है, इस पर बेहस की ज़रूरत नहीं । लेकिन लफ़्ज़ थरथरी' की पैकरी शिद्दत और कसीर-उल-मा'नवियत की दाद दिए बग़ैर नहीं बनती। विक्टर हीयूगो ने बोदलेयर को लिखा था कि तुमने आसमाने-शे'र पर एक नई थरथरी (frisson) फैला दी है। बोदलेयर की लाई हुई थरथरी अब तक बाक़ी है।ऊपर मैंने "सरे-आम" की ग़ज़लों का ज़िक्र किया है। अगर उन ग़ज़लों में शायर ने जगह-जगह अपनी बरहमी और तल्ख़ी को बकिया तमाम ताम्मुलात और तहफ़्फ़ुज़ात पर हावी आ जाने दिया है और ऐसी शायरी तख़लीक़ की है जो क़दीम अरबों (और बा'ज़ हालात में जदीद अरबों) की हजवियात और मंजूम मुजादिलों की याद दिलाती है, तो "हे-हनूमान" तक पहुंचते-पहुंचते शायर और उसके सब्र का दामन एक दूसरे से बिलकुल अलग हो जाते हैं ।

ये बात क़ाबिले-ग़ौर है कि शायरी, और ख़ासकर ग़ज़ल की शायरी में जो तकल्लुफ़ व तमकीन का तक़ाज़ा करती है "हे-हनूमान" की बरहना गुफ़तारी की मुतहम्मुल हो भी सकती है कि नहीं । लेकिन ज़रा ठहरें और "हे-हनूमान" को दुबारा पढ़ जाएँ तो महसूस होता है कि इस बरहना-गोई के पीछे बड़ा नज़्मो-ज़ब्त और मा'नी का बड़ा एहतिरामो-लिहाज़ भी है। ख़ुद ज़फ़र इक़बाल अपने दीबाचे के ज़री'ए हमें बावर कराना चाहते हैं कि 'हनूमान' कई चीज़ों का इस्तिआरा है और बा'ज़-औक़ात ये चीज़ें कुछ मुतज़ाद भी हैं ।

शायर की तवज्जीया को नज़र अंदाज़ करके हम शे'र को देखें तो मा'लूम होता है कि "हनूमान" इस्तिआरे से ज़्यादा उम्रो-अय्यार की ज़ंबील है, या सैंटर का परदा है जिसमें से शायर अपने मतलब के मुवाफ़िक़ हनूमान जी की देवमालाई शख़्सियत की जगह जदीद इन्सान की बहीमाना, या हरीसाना, या ज़र-परस्ताना, या जिन्स आलूदा, या इस्तेहसाल की चोट खाई हुई मूरत निकाल कर हमें दिखाता और हमें शर्मिंदा करता है। "है हनूमान" की कामयाबी इस बात में है कि ये किताब हमें क़दम-क़दम पर शर्मिंदा करती है। इसकी दूसरी कामयाबी ये है कि यहाँ भी शायर ने ज़बान और अरूज़ के साथ वही मुँह-ज़ोर रवैय्या इख़्तियार किया है जो इस का तुर्रा-ए-इमतियाज़ रहा है। ज़फ़र इक़बाल भी कोई चालीस बरस से उर्दू ग़ज़ल में एक नई थरथरी फैला रहे हैं, और ये अभी तो रुकती हुई नहीं मा'लूम होती । आगे का हाल अल्लाह जाने

शम्सुर्रहमान फ़ारूक़ी

इलाहाबाद जनवरी 1997

पेश-लफ़्ज़

ख़ुश्की के दरियाओं की अपनी चाल है। हिर-फिर कर वो समंदरों में जा गिरते हैं, लेकिन समंदरों में भी दरिया हैं जो बस बहते रहते हैं। समंदर का दरिया गिरे तो कहाँ गिरे? वो तो आप ही समंदर है। इस से भी अजीब-तर बात ये है कि समन्दर के गर्म दरिया, हज़ारों मील दूर जा कर ठंडे देसों के साहिलों और मौसमों को गर्माते हैं और ठंडे दरिया जाके गर्म देसों के साहिलों और मौसमों को ठिठराते हैं। सब चीज़ें अपनी ज़िद की तरफ़ हरकत करती हैं, अपनी ज़िद से तवानाई हासिल करती हैं और हिज़ उठाती हैं

कुछ इसी तरह ज़फ़र इक़बाल की ग़ज़लों में भी दो रवें साथ-साथ चलती हैं, एक दूसरी को उलटती हुईं, एक दूसरी की सकत को परखती हुईं। इंबिसात की रो, यासस की रो, जैसे एक ही समुंदर की जुड़वाँ, दो-धारी खेतियाँ । इंबिसात की रो, यास के मुनाज़िर में इस तरह दर आती है जैसे हरारत का कोई फव्वारा उबल कर अंधेरों में कोई कोई जगमगाहट बिखेरता जाये । यास की रो इंबिसात की ज़मीनों में यूँ बैठती है, जैसे कोई बला का सर्द थपेड़ा किसी गर्म, रौशन मंज़र को कुम्हला दे और पलकों पर बर्फ़ की क़लमें जमने लगें। यहाँ कुछ भी महफ़ूज़ नहीं। ये ऐसी ग़ज़लें हैं जिनमें फूट फूट तक में एक नामियाती सा तवाज़ुन पैदा हो गया है। टूट-फूट यहाँ उगती ही नहीं, चलती फूलती भी है। ये सब आख़िर क्या है?

ज़फ़र इक़बाल मिलावट का क़ाइल है, बल्कि क़ाइल का लफ़्ज़ तो यहाँ नामौज़ूं है। वो मिलावट पर मजबूर है। इस का मिज़ाज कुछ ऐसा है कि वो किसी चीज़ को किसी वारदात को किसी शख़्स को (हत्ता कि महबूब को भी) जूं का तूं क़बूल नहीं कर सकता।

वो उसे उस वक़्त तक अपने पास जगह देने को तैयार नहीं होता जब तक उसमें अपने पास से या इधर उधर से कुछ और न मिला दे, और वो भी कोई ऐसी चीज़ जो पहली चीज़ की उलट हो और इसमें पूरी तरह हल होने से क़ासिर या इंकारी हो।

यहाँ पर ये ए'तराज़ वारिद हो सकता है कि ये अमल तो सभी करते हैं क्यों कि जो चीज़ या बात हम तक पहुँचती है। जो कुछ हमारे साथ पेश आता है, जिन लोगों से हम मिलते-जुलते हैं, उनमें अपनी तरफ़ से थोड़ा बहुत घटाते बढ़ाते ज़रूर हैं, बल्कि बात हमारी समझ में आती ही तब है, जब इसमें हमारी ज़ात की कुछ मिलावट हो चुकी हो। ये सहीह है। लेकिन बेशतर हालात में अमल शऊरी सतह पर वाकेअ नहीं होता। दूसरे ये कि ये तजुर्बा आम सही मगर उसे शे'र में बदलने की तौफ़ीक़ कितनों को होती है? हर आदमी के लिए ये मुम्किन कहाँ है कि वो अपनी बीती को तराश-ख़राश कर दूसरों के वास्ते बा-मा'नी, हैरत-नाक और हिला देने वाली बना सके

ये मिलावट ज़फ़र इक़बाल की तवानाई की ज़िम्मेदार भी है और ख़राबी की भी । मिलावट का ये ख़त्म न होने वाला अमल नई-नई सूरतों और सऊबतों को ज़हूर में लाता है। ज़फ़र इक़बाल इश्क़ में हवस, बेदारी में ख़्वाब, सियासत में मिसालेत पसंदी, शाईस्तगी में बाज़ारी पन, संजीदगी में हंज़ल, सच में झूट, यास में निशात मिला-मिला कर देखता जाता है, जिस तरह की तजुर्बा गाह में कोई सनकी मुहक़्क़िक़ तरह-तरह की चीज़ों को मिला कर देखता हो, ये पर्वा किए बग़ैर कि इस नाम के अटकल पचो तजरबों से धमाका भी हो सकता है, आग भी लग सकती है, ज़हर हलाहिल भी बन सकता है, तिरयाक़ भी वजूद में आ सकता है ।

लेकिन ज़फ़र इक़बाल कुछ ईजाद करने के दरपे हैं । वो तो अपने अंदर की दुनिया को सँभाला देना चाहता है, अपने फ़न्नी इज़्तिराब के मुख़्तलिफ़ मंतिक़ों के माबैन तवाज़ुन क़ायम रखने की कोशिश करता है। इधर से कोई चीज़ उठा कर उधर किसी ख़ाने में डालना, पाइंती से कुछ तोड़ कर आइंती में जोड़ना, यही बड़ा उलट-फेर है। इस उखाड़-पिछाड़ में कभी निरवान या रिहाई का लम्हा भी आ सकता होगा । ख़बर नहीं ।

इतना मालूम है कि शायरी ने उसकी शख़्सियत के ताने-बाने को उधड़ने से बचाया है, वरना सब कुछ कभी का तार-तार हो चुका होता। इस का अपना आलम तो ये है कि वो अपने आपको दूसरों से मनवाना भी चाहता है, और दूसरी तरफ़ ख़ुद अपने अंदर अपने आपको रद भी किए जाता है। जिस इंबिसात और प्यास का पहले ज़िक्र हुआ है, इस के तसादुम बल्कि तरवीज के बा'ज़ अच्छे नक़्शे इन अशआर में नज़र आते हैं । मसलन बिगाड़ में बनाव और बनाव में बिगाड़ की कई तसव्वुरें यहाँ ऊपर तले जमअ हैं

कितने दिये जला गई शाम की तुन्द-रू हवा
फूल गिरा किताब से, चाँद झड़ा नक़ाब से

इसी तरह ये दो शे'र भी क़ाबिले-ज़िक्र हैं

कितने हंगामों से बरपा कर रहा हूँ जश्ने-मर्ग
कोई क्यों जाने कि मुझको ज़िंदगी का ग़म भी है

दिल में ख़ुशबू-ए-गुनह भी है रवाँ चारों तरफ़
इस ज़मीं का चप्पा-चप्पा दामने-मरियम भी है

यहाँ भी बहुत सी मुख़ालिफ़ चीज़ें शे'री पैकर में एक दूसरे में नसब हो गई हैं। गुनाह की ख़ुश्बू की तुरुफ़गी अपनी जगह लेकिन मा'सियत को बहाव की और मा'सूमियत को ठहराव की कैफ़ियत से मुतअल्लिक़ कर देना भी ख़ाली अज़ इल्लत नहीं

सियाह ख़ाना-ए-दिल से निकल के आया हूँ
तुम्हीं बताओ, डरूँगा अँधेरी रात से क्या

और इस के फ़ौरन बा'द ये शे'र

वो मा'र्के मेरी आँखों में गर्म हैं कि 'ज़फ़र'
मैं सोचता हूँ मुझे दिल की वारदात से क्या

जो पहले शे'र की साफ़ नफ़ी है

यूँ तो उन ग़ज़लों में कहीं-कहीं बहार आने, इत्र में डूबा हुआ ख़त आ जाने, किसी के पहले ख़त से दयारे-दिल में लहर बहर होने, ज़रनिगार और गुल-इज़ार सूरतों और हरे-भरे बदन का भी ज़िक्र है। लेकिन उनका तअल्लुक़ इंबिसात से कम-कम ही नज़र आता है

इंबिसात की जो रो कभी हल्की कभी तेज़, पूरी किताब में फैली हुई है वो दरअस्ल शे'र कहने के अमल से मुताल्लिक़ है। अपने हिसी और फ़िक्री तजरबों और उधेड़-बुन को

उनकी तमाम पेच दर पेच तहों समेत शे'री क़ालिब में समोने में कामयाबी बजाए ख़ुद बहुत बड़ी लज़्ज़त है। शायर होने का एहसास रेले की तरह आदमी को कहीं से कहीं पहुँचाता रहता है। ये अलग बात है कि ख़ुद अशआर में जो कुछ कहा गया है, वो महज़ इंबिसात या महज़ पास से बाला-ए-तर कोई चीज़ है

यास की रो का सरचश्मा तलाश करने में शायद ज़्यादा वक़्त न हो। बात ये है कि ज़ाहिरी सतह पर दुनिया में बहुत कुछ ऐसा है जो पेश पा उफ़्तादा, क़तअन मा'मूली और तकरार से इबारत है। हर चीज़ बार-बार दुहराई जाती है, लोग अपने बंधे-टिके अंदाज़ में, चाबी से चलने वाले पुतलों की तरह, सुबह को शाम और शाम को सुबह करते रहते हैं। शायरी इस मा'मूल के ख़िलाफ़ बग़ावत है।

सिर्फ़ शायर और फ़नकार ही यकसानियत के इस फंदे से बाहर निकल सकते हैं, ज़ाहिरी की मोटी, संगीन परत को तोड़ कर उस पार झाँक सकते हैं। ऐसे लम्हे सरमस्ती और एहतिज़ाज़ के लिए होते हैं। शायर यूँ करता है कि वो अब दुनिया को अपने और दूसरों के लिए, बदल कर रख देगा, रोज़मर्रा की ऊटपटांग बे-रंगी पर अपने ने-रंग की छाप हमेशा के लिए सबत कर देगा। जज़्बो-मस्ती का ये आलम महज़ सराब है। जब तख़्लीक़ का जोश ठंडा पड़ता है और नशा उतरता है तो शायर देखता है कि दीवारें और रुकावटें उसी तरह की हैं, दुनिया का मा'मूली पन उसी तरह बरक़रार है, कुछ भी तो नहीं बदला।

दुनिया का दुनियापन उस सबको झुटलाता है जो शायर ने दरयाफ़्त के लम्हे में देखा और शे'र में बयान किया। वो ये तसलीम करने पर मजबूर हो जाता है कि शायरी दुनिया को बदल नहीं सकती, लेकिन वो अपने आपको दोहराने से बाज़ भी नहीं आता। शे'र कहना भी अस्ल में एक तरह की सज़ा है, इसरार से परदा उठाने की कोशिश की सज़ा, और शायर सज़ा-याफ़्ता बाग़ी है। वो सिर्फ़ मा'फ़ी माँग कर क़ैद से बाहर आ सकता है। उसे अपने ज़ख़्मों को कुरेदते जाने में मज़ा आता है, हालांकि वो ख़ूब जानता है कि इस तरह ज़ख़्म कभी भर नहीं सकेंगे

हमारे ज़ख़्मे-निहाँ पर फ़सुर्दा हो न कोई
हैं पुर-बहार इसी नक़्शे-ना-तमाम से हम

"आबे-रवाँ" आज से उन्नीस साल पहले छपी थी। ज़फ़र इक़बाल की हालिया ग़ज़लों को पढ़ कर ये गुमान होता है कि शायद उसने दुनिया के मा'मूली पन को क़बूल कर लिया

है। ये क़नाअत शायर को ज़ेब नहीं दे सकती । कम-अज़-कम "आबे-रवाँ" में वो तमाम कुशीदगियाँ, जो बनी बनाई दुनिया को ठुकरा कर उसके मुक़ाबले में अपनी दुनिया आप बनाने के अमल से पैदा होती हैं, न सिर्फ मौजूद हैं बल्कि मानूस भी लगती हैं

मुहम्मद सलीम-उल-रहमान
(दीबाचा-ए-तबअ सानी व सोम)

लब पे तकरीमे-तमन्ना-ए-सुबकपाई है
पसे-दीवार वही सिलसिला पैमाई है

तख़्ता-ए-लाला की हर शम'ए-फ़रोज़ाँ, जाने
किस भुलावे में मुझे देख के लहराई है

ख़ाक-दर-ख़ाक छुपी है मेरी आँखों की चमक
जिस ख़राबे में तेरी अंजुमन-आराई है

अपने ही पाँव की आवाज़ से डर जाता हूँ
मैं हूँ और रहगुज़रे-बेशा-ए-तन्हाई है

फिर सरे-सुब्ह किसी दर्द के दर वा करने
धान के खेत से इक मौजे-हवा आई है

ये नर्म-नर्म घास, ये फूलों भरी ज़मीं
इक दिन बहा था ख़ून का दरिया यहीं-कहीं

किस को पता है टूटते पत्तों की टोलियाँ
उड़ती हवा के साथ किसे ढूँढ़ने चलीं

छाने लगी ख़याल पे दूदे-रवाँ की छाँव
बुझने लगा चमकती हुई आँख का नगीं

चुपचाप तीरगी के नशेबों में सो रहे
जिनकी नज़र में जागती शमएँ भी हेच थीं

यूँही रहेगा ज़हर भरी चाँदनी का रंग
रूठे रहेंगे किरिया-ए-महताब के मकीं

टूटेगा किससे घूमती आवाज़ का तिलिस्म
सरगोशियाँ अगर इसी रौ में रवाँ रहीं

किस जुस्तजू में जिस्म जलाते हैं रात-दिन
सच पूछिये तो इसकी हमें भी ख़बर नहीं

ज़फ़र इक़बाल

शब-भर रवाँ रही गुले-महताब की महक
पौ फूटते ही ख़ुश्क हुआ चश्मा-ए-फ़लक

मौजे-हवा से काँप गया रूह का चराग़
सैले-सदा में डूब गई याद की धनक

फिर जा रुकेगी बुझते ख़राबों के देस में
सूनी, सुलगती, सोचती, सुनसान सी सड़क

रुख़ फेर कर जो अब्रे-शबाना में छिप गया
जी में फिरा करेगी उसी चाँद की चमक

फिर पिछले पहर आइना-ए-अश्क में 'ज़फ़र'
लरज़ाँ रही वो साँवली सूरत सवेर तक

जो फूल खिला ज़ेरे-ज़मीं, है मेरे दिल में
वो जबसे हुआ परदा-नशीं, है मेरे दिल में

आए हैं जिसे शहर-बदर करके ये नादाँ
वो शो'ला-ए-लब रंग यहीं है मेरे दिल में

कुछ आबला-ए-पा से फ़रोज़ाँ है रहे-ज़ीस्त
कुछ रौशनी-ए- शम'ए-यक़ीं है मेरे दिल में

ना-चीज़ है सद मुहरे-सुलेमाँ मेरे नज़दीक
बिल्क़ीस के होंटों का नगीं है मेरे दिल में

तरसेगा इन्हीं काँपती किरनों को ज़माना
ता-देर न ये माहे-मुबीं है मेरे दिल में

उस शक्ले-मुरक़्क़ा में जो अफ़्सूँ है, कहाँ है
कहने को तो सौ नक़्श हसीं है मेरे दिल में

फिरते हैं निगाहों में किसी ख़्वाब के पैकर
धुँदली सी कोई याद नहीं है मेरे दिल में

वाबस्ता-ए-संगे-दरे-दौराँ ही नहीं मैं
इक मोम की मूरत भी मकीं है मेरे दिल में

क्या बे-हुनरों को मैं दिखाता फिरूँ, वरना
है कौन सा जलवा जो नहीं है मेरे दिल में

आबे-रवाँ

तेरे लबों पे अगर सुर्ख़ी-ए-वफ़ा ही नहीं
तो ये बनाव, ये सज-धज तुझे रवा ही नहीं

मैं तेरी रूह की पत्ती की तरह काँप गया
हवा-ए-सुबहे-सुबुक-गाम को पता ही नहीं

किसी उमीद के फूलों भरे शबिस्ताँ से
जो आँख मल के उठा हूँ तो वो हुआ ही नहीं

फ़राज़े-शाम से गिरता रहा फ़साना-ए-शब
गदाए-गौहरे-गुफ़्तार ने सुना ही नहीं

चमक रहा है मेरी ज़िंदगी का हर लम्हा
मैं क्या करूँ कि मेरी आँख में ज़िया ही नहीं

हमीं से था लबे-ख़ामोश का क़रीना भी
हमीं से टूट गया ज़ब्त का नगीना भी

हवा में घोल के मीठी मुराद की ख़ुश्बू
उदास कर गई उम्मीद की हसीना भी

किसी ख़याल से टकरा के टूट जाएगा
कहीं ये रोग भरी साँस का सफ़ीना भी

जबीने-सुबहे-मसर्रत के चूमने वाले
उठा चुके हैं कभी सख़्ती-ए-शबीना भी

चलो, हवा न सही, लू ही चल पड़े, यारो
यही बहुत है अगर ख़ुश्क हो पसीना भी

ज़फ़र इक़बाल

आबे-रवाँ

किसने पेशानी-ए-ख़ाक को ज़र्द पत्तों के झूमर दिए
किसके पल दर्शनी-मोह से ख़ुश्क जंगल हरे हो गए

शाम तक नन्ही परियाँ तिलिस्मी महकमों में दुबकी रहीं
शाम तक वादी-ए-क़ाफ़ में बर्फ़ के फूल गिरते रहे

शायद इक बार फिर जगमगाए ये बारिश भरी तीरगी
शायद इक बार फिर गहरे बादल की हब्शी हसीना हँसे

फिर हवा एक भटकी हुई रूह की तरह, आहिस्ता-रौ
आई यादों के तालाब में दर्द की कंकरी फेंकने

रूप के आसमानों की सूरजमुखी, मेरे दिल की बहन
तू कहाँ है? मेरी उँगलियाँ थक गईं, आ इन्हें चूम ले

मुझे तेरी न तुझे मेरी ख़बर जाएगी
ईद अबके भी दबे पाँव गुज़र जाएगी

पौ फटे आएगा इक यास का झोंका, जिससे
पत्ती-पत्ती गुले-हसरत की बिखर जाएगी

सुर्ख़ सूरज की लचकती हुई नौ-ख़ेज़ किरन
तीर बनकर मेरे पहलू में उतर जाएगी

सोचती आँखों में फिर तेरे तसव्वुर की परी
दिल-ब-दस्त आएगी और ख़ाक-बसर जाएगी

गलियों बाज़ारों में दर आएँगे खिलते चेहरे
फिर मेरे दिल की कली दर्द से भर जाएगी

ज़फ़र इक़बाल

आबे-रवाँ

छुप सकी न लोगों से तेरी कम-निगाही भी
शहर भर में रुस्वा है मेरी बेगुनाही भी

अब तो सुल्ह कर डालें, कोई दिन की मेहमाँ है
तेरी कज-कुलाही भी, मेरी बादशाही भी

दिल का फूल क्या खिलता आँसुओं की शबनम से
उसने तो बहा दी है आँख की स्याही भी

अक्सर अपनी हसरत को ख़ुद ही लूट लेता हूँ
जादा-ए-वफ़ा में हूँ राहज़न भी, राही भी

न कोई ज़ख़्म लगा है, न कोई दाग़ पड़ा है
ये घर बहार की रातों में बे-चराग़ पड़ा है

अजब नहीं यही कैफ़-आफ़रीं हो शामे-अबद तक
जो ताक़-सीना में इक ख़ून का अयाग़ पड़ा है

कभी रुलाएगी उस यारे-बेवफ़ा की तमन्ना
जो ज़िंदगी है तो सद लम्हा-ए-फ़राग़ पड़ा है

ये एक शाख़चा-ए-ग़म से इतने फूल झड़े हैं
कभी क़रीब से गुज़रो तो एक बाग़ पड़ा है

ज़फ़र इक़बाल

आबे-रवाँ

सदाबहार न थे तेरे गुलकदे, लेकिन
दिलों के दाग़ दमकते हैं आज भी तुझ बिन

न-जाने कब से यही गर्मियों का मौसम है
कड़कती धूप, दहकती ज़मीं, हवा साकिन

अभी जो कुलबा-ए-शामे-अलम से निकलेंगे
तो बाल खोले खड़ी होगी रात की डाइन

कुछ ऐसे क़हर से बदनामियों की लहर चली
कि फिर कभी तेरा मिलना न हो सका मुम्किन

वो शाम, पहले-पहल जब तेरा ख़त आया था
दयारे-दिल में अजब नहर-बहर थी उस दिन

दर पे सूरज है खड़ा, उठ बैठो
सहरे-शब टूट चुका, उठ बैठो

चश्मा-ए-सुब्ह से क़तरा-क़तरा
गिर रही है ये सदा "उठ बैठो"

जू-ए-इमरोज़ का ये सैले-रवाँ
फिर तो आने से रहा, उठ बैठो

सरख़ुशे-ख़्वाब रहोगे कब तक
शहर भर जाग उठा, उठ बैठो

फिर किसी दर्द ने पहलू बदला
और चुपके से कहा "उठ बैठो"

ज़फ़र इक़बाल

आबे-रवाँ

शबे-सियाह में उम्मीद का दिया भी मैं
निशाना-ए-सितमे-मौजा-ए-सबा भी मैं

कड़कती धूप में सहराओं से गुज़रने का
मुझी को हुक्म हुआ है, बरहना-पा भी मैं

दिखा रहा हूँ अभी पिछली रात के तेवर
जो मेरे साथ चलो तो सहर-नुमा भी मैं

बचा सकूँ ख़सो-ख़ाशाके-आरज़ू कैसे?
यहाँ शरार भी मैं हूँ, दमे-हवा भी मैं

जनाब को नज़र आया है कौन सा पहलू
कि बुझती राख भी मैं और कीमिया भी मैं

ग़म का चर्चा तो करो, ज़ख़्म को रुस्वा तो करो
क्या ख़बर राह पर आ जाएँ, तक़ाज़ा तो करो

अब भी उस वादी-ए-दुशवार की जानिब हैं रवाँ
लोग अम्बोह-दर-अम्बोह, तमाशा तो करो

अब भी वो सर्वे-रवाँ राहते-जाँ है सबका
अब भी कर सकते हो उसको चमन-आरा, तो करो

एक दर बंद हुआ है तो बुझे बैठे हो
रास्ते और भी हैं, चश्मे-जुनूँ वा तो करो

फिर वही क़ाफ़िला-ए-रंगे-फ़रावाँ इक दिन
क्यों न उतरेगा यहाँ? ख़ुद पे भरोसा तो करो

अरसा-ए-उम्र से चुपचाप गुज़र जाना क्या
मौत की तो न सही, ज़ीस्त की परवा तो करो

ज़फ़र इक़बाल

महताब में न रहगुज़रे-कहकशाँ में था
थी जिसकी जुस्तजू मेरे इज्ज़े-बयाँ में था

जिस दिल को आज कुंजे-अमाँ कह रहे हैं लोग
आसेबे-आरज़ू इसी उजड़े मकाँ में था

खोया है ख़ुद ख़राबा-ए-जाँ में उसे कहीं
जो अक्से-नाज़नीं मेरी चश्मे-तपाँ में था

दिल का पता सरिश्के-मुसलसल से पूछिये
आख़िर वो बे-वतन भी इसी कारवाँ में था

उड़ता फिरा हूँ शाम तलक यूँ तो दूर-दूर
लेकिन हर आन, ध्यान मेरा आशियाँ में था

परियों ऐसा रूप है जिसका, लड़कों ऐसा नाँव
सारे धंदे छोड़-छाड़ के चलिये उसके गाँव

पक्की सड़कों वाले शहर में किससे मिलने जाएँ
हौले से भी पाँव पड़े तो बज उठती हैं खड़ाव

आते हैं, खुलता दरवाज़ा देख के रुक जाते हैं
दिल पर नक़्श बिठा जाते हैं यही ठिठकते पाँव

प्यासा कव्वा जंगल के चश्मे में डूब मरा
दीवाना कर देती है पेड़ों की महकती छाँव

अभी नई बाज़ी होगी, फिर से पत्ता डालेंगे
कोई बात नहीं जो हार गए हैं पहला दाँव

आबे-रवाँ

साँवले-भाँवले मुख से शर्मों के घूँघट उठाते नहीं
दूर ही दूर से जी जलाते हैं और पास आते नहीं

दिल में मीठा, घना शहद है, आँख में घोलता ज़हर है
हम भी देखेंगे वो कब तलक दिल को आँखों में लाते नहीं

यूँ तो सारे ज़माने से हँस-हँस के बातें करेंगे, मगर
जाने क्या राज़ है, एक हमसे ही नज़रें मिलाते नहीं

कोई तो शय शरारत भरी, काली आँखों में बेचैन है
कुछ तो है जिसपे हम शम'ए-उम्मीद की लौ बुझाते नहीं

हँसते गालों के गहरे नशीबों में क्या जाने क्या सहर है
वरना हमसे पुराने खिलाड़ी तो यूँ मात खाते नहीं

दिल वो बिगड़ा हुआ बच्चा है कि जो माँगेगा
गर उसी वक़्त न देंगे तो मचल जाएगा

रात फिर आएगी, फिर ज़हन के दरवाज़े पर
कोई मेहंदी में रंगे हाथ से दस्तक देगा

धूप है, साया नहीं आँख के सहरा में कहीं
दीद का क़ाफ़िला आया तो कहाँ ठहरेगा

वो तो ख़ुश्बू है, उसे चूम सकोगे कैसे
मर भी जाओ तो ये अरमाँ न कभी निकलेगा

देखकर शम'ए-तमन्ना की ज़िया आँखों में
मुस्कुराएगा, मगर बात नहीं मानेगा

आहट आते ही निगाहों को झुका लो, कि उसे
देख लोगे तो लिपटने को भी जी चाहेगा

ज़फ़र इक़बाल

आबे-रवाँ

वक़्त बतलाएगा इक रोज़ तुझे मैं क्या हूँ
आग हूँ, राख हूँ, ख़ुरशीद हूँ, या ज़र्रा हूँ

दाग़े-दिल तेरे चमन-ज़ार का हमसर न सही
मैं भी छोटा सा ख़ज़ाना तो लिए फिरता हूँ

तू मुनक़्क़श है मेरी रूह की दीवारों पर
मुझसे चेहरा न छिपा, मैं तो तेरा परदा हूँ

रख के आँखों में किसी वादी-ए-दुशवार का अक्स
ना-रसाई के बयाबाँ में पड़ा जलता हूँ

दिन भर एहसास पे चादर सी तनी रहती है
शाम ढलती है तो शबनम की तरह रोता हूँ

लहर आती है, मिरा अक्स मिटा जाती है
डूब ही जाऊँ कि मुद्दत से लबे-दरिया हूँ

ज़फ़र इक़बाल

यहाँ किसी को भी कुछ हस्बे-आरज़ू न मिला
किसी को हम न मिले और हमको तू न मिला

ग़ज़ाले-अश्क सरे-सुब्ह दूबे-मिज़्गाँ पर
कब आँख अपनी खुली और लहू-लहू न मिला

चमकते चाँद भी थे शहरे-शब के ऐवाँ में
निगारे-ग़म सा मगर कोई शमअ-रू न मिला

उन्हीं की रम्ज़ चली है गली-गली में यहाँ
जिन्हें उधर से कभी इज़्ने-गुफ़्तुगू न मिला

फिर आज मयकदा-ए-दिल से लौट आए हैं
फिर आज हमको ठिकाने का हम-सुबू न मिला

आबे-रवाँ

अब और चाहता क्या है, मुझे बता तो सही
कि मैंने तेरे तग़ाफ़ुल की हर अदा तो सही

गुज़र न जा मेरे दिल के दयार से चुपचाप
अजीब दश्त है ये, इसमें ख़ाक उड़ा तो सही

मिरा ही अक्स न हो दर पसे-ख़से-मिज़्गाँ
ये सोचती हुई चिलमन ज़रा उठा तो सही

मैं ख़ूनो-ख़ाक में लिथड़ा तुझे पुकारता हूँ
मुझे उठा न सही, आके देख जा तो सही

ये कू-ए-शामे-ग़रीबी, ये शोरे-नाला-ए-दिल
समझ पड़े न पड़े, मैंने कुछ कहा तो सही

रात देखी है पिघलती हुई ज़ंजीर कोई
मुझे बतलाएगा इस ख़्वाब की ता'बीर कोई

पढ़ने बैठूँ तो उभर आएगी हर सफ़हे पर
बात करती हुई, हँसती हुई तस्वीर कोई

सहमा-सहमा है सजावट में तेरा साँवलापन
सुर्ख़ी-ए-लब है कि है शो'ला-ए-शबगीर कोई

ले गया जान का आराम वो रुख़स्त का सलाम
शहरे-याराँ में भी रहने लगा दिलगीर कोई

ख़ूने-दिल से उसे लिक्खा तो है ख़त, लेकिन अब
उसे पहुँचाने की भी सोचिये तदबीर कोई

ज़फ़र इक़बाल

आँखों में लहराए लाला-ज़ार, बहार आ गई
जान हुई और बे-क़रार, बहार आ गई

शाख़ों ने फैलाई ही थीं बरहना बाँहें अभी
लेके तरो-ताज़ा बर्गो-बार, बहार आ गई

सुबह चलें महकी हवाएँ तो हर इक शहर से
शोर उठा "आ गई बहार, बहार आ गई"

ख़ून की सुर्ख़ी गुदाज़ गालों पे रक़्साँ हुई
धूप में दहके गुलो-गुलज़ार, बहार आ गई

सोये हुए जज़्बे आँखें मलते हुए जाग उठे
सूने दिलों में फिर एक बार बहार आ गई

शहरे-ग़ज़ल पर फ़राज़े-शाम से गिरने लगे
भीगते रंगों के आबशार, बहार आ गई

आ ही गया ख़त किसी का इत्र में डूबा हुआ
मान गया रूठा हुआ यार, बहार आ गई

ज़फ़र इक़बाल

आप ही क़ज़्ज़ाक़ थे, ख़ुद ही से थी मार-धाड़
सो रहे आराम से, जब हुई बस्ती उजाड़

साथ चले क्या कोई, ऐ महे-आवारगी
एक तेरी दोस्ती, सारे जहाँ से बिगाड़

दाग़े-दुरूँ चाहिए, सर में जुनूँ चाहिए
शहर से नाता न तोड़, लहर में कपड़े न फाड़

देख लिया, ख़ुदनुमा! तूले-सफ़र भी बजा
मुँह का पसीना न पोंछ, पाँव से मिट्टी तो झाड़

एक तो बे-तेशा हूँ, फिर ये ज़वाले-जुनूँ !
किसके लिए छोड़ दूँ, आह ये ऊँचा पहाड़

आबे-रवाँ

ख़ुशी मिली तो ये आलम था बदहवासी का
कि ध्यान ही न रहा ग़म की बे-लिबासी का

चमक उठे हैं जो दिल के कलस, यहाँ से अभी
गुज़र हुआ है ख़यालों की देवदासी का

गुज़र न जा युँही रुख़ फेरकर, सलाम तो ले
हमें तो देर से दा'वा है रू-शनासी का

ख़ुदा को मान, कि तुझ लब के चूमने के सिवा
कोई ईलाज नहीं आज की उदासी का

गिरे पड़े हुए पत्तों में शहर ढूँढता है
अजीब तौर है इस जंगलों के बासी का

झूठी ख़ुशी सही, वो कहीं देखता न हो
यूँ ज़ोर-ज़ोर से न हँसो, सुन रहा न हो

मौसम की बे-हिसी तो कुछ ऐसी गिराँ न थी
आँसू के आइने में वही बे-अदा न हो

क्या जानते थे जी में समाएगा इस तरह
जो शोख़ अभी कुछ ऐसा जवाँ भी हुआ न हो

काग़ज़ पे लिख के चूमते रहते हैं उसका नाम
जो ख़्वाब में भी हमसे कभी आश्ना न हो

कब तक चलेगी दूर की ख़ुश्बू से दोस्ती
दुनिया उजाड़ होती है जिस दिन हवा न हो

देखा न जाये शौक़ का जलता हुआ ये शहर
अब तो मिलेंगे उससे जो मिलकर जुदा न हो

ज़फ़र इक़बाल

ठहरी हुई थी दिलो-जिगर तक
पहुँची है जो आग बालो-पर तक

बचपन है वही शबाब में भी
सोता है वो शोख़ दोपहर तक

आगे भी तो कितनी मंज़िलें हैं
नाले की तो दौड़ थी असर तक

ये क़ुर्ब ही फ़ासला है अबके
सौ कोस हैं शाख़ से शजर तक

धुँदला गई आँख, छुप गए चाँद
जलवों का जहान था नज़र तक

यूँ दिल से गुज़र गया है कोई
हैरान है ख़ाके-रहगुज़र तक

ज़िंदानी-ए-ग़ुँचा ही रहे हम
पूछी न हवाओं ने ख़बर तक

फ़रोग़े-जिस्म न रँगीनी-ए-क़बा देखूँ
जो देख पाऊँ तो इन सबसे मावरा देखूँ

वो हाथ आँखों पे रख लूँ तो ठंड पड़ जाये
अगरचे लाख रमे-शो'ला-ए-हिना देखूँ

वो चेहरा हाथों में लेकर किताब की सूरत
हर एक लफ़्ज़, हर इक नक़्श की अदा देखूँ

बुरीदा-ज़ुल्फ़ के कुंडल, वो पेच-पेच भँवर
कभी तुझे भी वहाँ डूबता हुआ देखूँ

वो दिन भी हो कि कड़ी दोपहर में, आँखों के
उदास दश्त में तुझको बरहना-पा देखूँ

वो शब भी हो, तुझे बाँहों में ले के सारी रात
मैं तुझको याद करूँ, तेरा रास्ता देखूँ

बदन से पैरहने-ख़ाक उतारकर इक बार
तेरी सजी हुई आँखों में आइना देखूँ

पहुँच तो जाऊँ तेरे शहर तक, मगर ऐ काश
बरूने-शहर तुझे मुंतज़िर खड़ा देखूँ

आबे-रवाँ

रविश-रविश रवाँ हुई हैं रंगदार सूरतें
महक रही हैं शाम से ही गुलल-अज़ार सूरतें

गिरेगी क़ुमक़ुमों की दूधिया फुवार रात-भर
युँही बनी रहेंगी माल का सिंगार, सूरतें

चमक-झमक रहे हैं सुर्ख़, ज़र्द, सुरमई मकाँ
खुली हैं खिड़कियाँ, खड़ी हैं ताब-कार सूरतें

जलौ में झिलमिलाहटों के कारवाँ लिए हुए
गुज़र रही हैं मोटरों में, ज़रनिगार सूरतें

बहिश्त की सरिश्त दे रही हैं ख़ाको-ख़िश्त को
नज़ारा-बार मूरतें, सितारा-वार सूरतें

जवानियों के ज़ोर में, रवानियों के शोर में
मनाए जा रही हैं जश्ने-रहगुज़ार सूरतें

अभी तो रक़्स कर रही थीं कूचा-ए-ख़याल में
कहाँ चली गईं, क़तार-दर-क़तार, सूरतें

पड़े रहो तो हैं यही उदासियाँ, निरासियाँ
उठो तो जान के क़रार की हज़ार सूरतें

जहाँ निगारे-सहर पैरहन उतारती है
वहीं ये रात सितारों का खेल हारती है

शबे-विसाल तेरे दिल के साथ लगकर भी
मेरी कटी हुई दुनिया तुझे पुकारती है

शुमारे-शौक़ में उलझी हुई शुआ'ए-नज़र
हज़ार रूठते रंगों के रूप धारती है

उफ़ुक़ से फूटते महताब की महक जैसे
सुकूने-बहर में इक लहर सी उभारती है

पसे-दरीचा-ए-दिल यादे-बू-ए-जू-ए-निशात
न जाने कब से खड़ी काकुलें सँवारती है

दरे-उमीद से होकर निकलने लगता हूँ
तो यास रौज़ने-ज़िंदाँ से आँख मारती है

जहाँ से कुछ न मिले हुस्ने-मा'ज़रत के सिवा
ये आरज़ू उसी चौखट पे शब गुज़ारती है

जो एक जिस्म जलाती है बर्क़े-अब्रे-ख़याल
तो लाख ज़ंग-ज़दा आइने निखारती है

ज़फ़र इक़बाल

दिल की सदा पुकारती है रात-भर किसे
कूए-सियह मैं शो'ला मिला भी, मगर किसे

माथे के घाव ही ने किया इतना शर्मसार
इस हाल में दिखाइये ज़ख़्मे-जिगर किसे

साये भी जल के राख हुए, इतनी धूप है
इस दोपहर में ढूँढते हो बाम पर किसे

सैलाब था, यहाँ से भी होकर निकल गया
अब याद है शिकस्तने-दीवारो-दर किसे

मक़सद है आबो-दाना, तहे-दाम ही सही
ऐसी फ़िज़ाओं में हवसे-बालो-पर किसे

दिल का इलाज ख़ुद ही किया चाहिए, कि अब
उस बुत के बाद कीजिएगा चारागर किसे

सीना है और साँस की तलवार है 'ज़फ़र'
इस मा'रके में फ़ुरसते-अर्ज़े-हुनर किसे

हज़ार रब्त बढ़ाएँ ख़याले-ख़ाम से हम
निकल न पाएँगे तन्हाइयों के दाम से हम

जो शामे-ग़म में लबों पर लरज़ गया कई बार
कभी के भागे हुए थे उस एक नाम से हम

शबे-ख़ुमार थी, मय थी, बहार थी, लेकिन
लिपट के सो रहे अक्से-फ़रोग़े-जाम से हम

उलझ रहेंगे किसी और बहरे-बे-तह में
निकल भी जाएँ अगर सैले-सुब्हो-शाम से हम

ये और बात कि सोहबत ही मिल गई ऐसी
वगरना शहर में आए थे अपने काम से हम

जो दूसरों के लिए आबदार रखते थे
हुए हैं क़त्ल उसी तेग़े-बे-नियाम से हम

रवाँ-दवाँ रही दुनिया मिसाले-मूरो-मगस
उतर के देख न पाए फ़राज़े-बाम से हम

हमारे ज़ख़्मे-निहाँ पर फ़सुर्दा हो न कोई
हैं पुर-बहार इसी नक़्शे-ना-तमाम से हम

हमारे शे'र हमीं पर न खुल सकें शायद
डरे हुए हैं कुछ ऐसे क़बूले-आम से हम

आबे-रवाँ

सुख़न-सराई तमाशा है, शे'र बंदर है
शिकम की मार है, शायर नहीं, मछन्दर है

है जुस्तजू कभी अपना भी अक्से-रुख़ देखूँ
तेरी तलाश नहीं, तू तो मेरे अंदर है

कहीं छुपाए से छुपती है बे-हिसी दिल की
हज़ार कहते फिरें मस्त है, क़लंदर है

मज़े की बात है, उसको भजन सिखाते हैं
जो ख़ुद ही मूर्ती है और ख़ुद ही मंदर है

जज़ीरा-ए-जुहला में घिरा हुआ हूँ 'ज़फ़र'
निकल के जाऊँ कहाँ, चारसू समंदर है

बज़्मे-सुख़न में हम पे न उट्ठी निगाह भी
अहबाब अगरचे करते रहे वाह-वाह भी

कल फिर वो मौजे-आब की सूरत निकल गया
हाइल न हो सकी हवसे-बेपनाह भी

दिल-ख़ूँ अगर न हो तो यहाँ पूछता है कौन
लेकर फिरा करे कोई हाले-तबाह भी

बे-दिल न हो कि रेगे-बयाबाने-यास पर
सद ख़ेमा-ए-बहार है बर्गे-गयाह भी

वो दिन भी थे कि बादिया-पैमाई शग़्ल था
अब जाँ-गुदाज़ है सफ़रे-गाह-गाह भी

जो अश्क था सो तख़्ते-हवा पर बिखर गया
टूटा फ़ुसूने-गिरिया-ए-अब्रे-सियाह भी

बेजा सितम न ढाओ कि अब जानता हूँ मैं
इस शहरे-बे-अमाँ से निकलने की राह भी

ज़फ़र इक़बाल

बचा न कोई भी, ग़व्वास क्या, शनावर क्या
जो बहर ही में नहीं, पाओगे वो गौहर क्या

उस आफ़ताब की रौनक़ नहीं मुक़द्दर में
तो ऐसी तीरा-शबी में सजाइये घर क्या

है दिल के चारों तरफ़ आबे-ताज़ा की ख़ुश्बू
बरस गया है कोई अब्र इस ज़मीं पर क्या?

निगाह में वही बे-बर्ग शाख़ फिरती है
बना है अब के भरी ज़िंदगी का महवर क्या

ख़िज़ाँ ने जेबो-गिरेबाँ जला के ख़ाक किए
अब आ भी जाये तो हमको बहार का डर क्या

फ़साद सारे बदन में रचा हुआ हो जहाँ
वहाँ, बताओ, करे एक नोके-नश्तर क्या

तेरा ख़ुद आइना नाज़ुक है, मेरी जान, 'ज़फ़र'
तू दूसरों की तरफ़ फेंकता है पत्थर क्या

सफ़र कठिन ही सही, जान से गुज़रना क्या
जो चल पड़े हैं तो अब राह में ठहरना क्या

जो दिल में गूँजती हो, आँख से झलकती हो
किसी के सामने उस बात से मुकरना क्या

इन्हीं रवाँ-दवाँ लहरों पे ज़िंदगी कट जाये
हो तेरा साथ मयस्सर तो पार उतरना क्या

मिले न गौहरे-मक़्सूद डूब कर भी अगर
तो लाश बन के फिर उस बहर से उभरना क्या

जिस आब-रूद की औक़ात चन्द क़तरे हों
तो उसको फाँदना क्या, उसमें पाँव धरना क्या

जहाँ गुरूरे-हुनरे-परवरी हो पम्बा-ए-गोश
वहाँ तकल्लुफ़े-अर्ज़े-नियाज़ करना क्या

फ़सादे-ख़ल्क़ भी हंगामा दीदनी था 'ज़फ़र'
फिर एक-बार वही शोशा छोड़, डरना क्या

आबे-रवाँ

अब की बहार में तो अजब माजरा हुआ
ज़ख़्मों का बाग़ एक ही शब में हरा हुआ

आ देख मेरे सीने में है दिल ही दिल तमाम
और वो भी तेरे शोरो-शग़ब से भरा हुआ

सहरा-ए-दिल में ख़ाक उड़ाती हैं ख़्वाहिशें
हर ज़र्रा इस दयार का वहशत-सरा हुआ

दुनिया के कारोबार में लगता नहीं था दिल
दुक्काने-शौक़ में यही खोटा, खरा हुआ

सच है, शफ़क़ की आग जलाती नहीं, मगर
मैं हूँ किसी के रंगे-हिना का डरा हुआ

रौशन है इसकी याद शबे-बर्शगाल में
ताक़े-ख़याल में ये दिया सा धरा हुआ

कोई तो ले गया तेरी नींदों की नर्मियाँ
ऐ हीला-जू वो मैं न हुआ, दूसरा हुआ

देने वाले, मुझे ये दर्दे-ख़ुश आग़ाज़ न दे
या फ़ुग़ाँ के लिए उजड़ा हुआ अंदाज़ न दे

दिले-बरबाद सही मेरा मुक़द्दर, लेकिन
इस ख़मोशी में मुझे टूटा हुआ साज़ न दे

आन कर साया-ए-दीवार में बैठा हूँ अभी
फिर मेरे हाथों में तस्वीरे-तगो-ताज़ न दे

सैरे-अफ़लाक मुझे रास नहीं आएगी
ख़ाक का ढेर हूँ मैं, मुझको ये एज़ाज़ न दे

तू कि हसरत से मुझे ढूँडेगा, पछताएगा
आज बेहतर है जो मुझको परे-परवाज़ न दे

मैं हवा हूँ, मुझे गलियों से गुज़रना है अभी
ऐ गुले-सुर्ख़, मुझे अपना कोई राज़ न दे

इसी ज़ंजीरे-ज़मिस्ताँ से लिपट कर सोचा
रूठ कर जाते हुए शो'ले को आवाज़ न दे

नक़्दे-दिल था, सो ज़फ़र, सिक्का-ए-बातिल निकला
अब रवा है जो वो याक़ूते-लबे-नाज़ न दे

ज़फ़र इक़बाल

रौ में आए तो वो ख़ुद गर्मी-ए-बाज़ार हुए
हम जिन्हें हाथ लगाकर ही गुनहगार हुए

दिन का दीदार भी फ़िरदौसे-नज़र था, लेकिन
रात चमकी तो अजब नक़्श नमूदार हुए

था हमीं के लिए अन-देखे दयारों का सफ़र
लेकिन इस बार तो कुछ यार भी तैयार हुए

उन्हें इस दौर में दा'वा है मसीहाई का
हम जिन्हें दूर से ही देख के बीमार हुए

आज तसख़ीरे-महो-महर की धुन है उनको
जिनसे इस दश्त के ज़र्रे ही न बेदार हुए

इसी दिल में न बची बूँद लहू की, वरना
रात महफ़िल में कई जाम निगूँ-सार हुए

न मिला, गौहरे-गुफ़्तार हमीं को न मिला
हम तो इन गूँजती गलियों में अबस ख़्वार हुए

ग़ैर भी फूलों से हल्के थे कभी इस दिल को
आज ये हाल कि अहबाब गिराँ-बार हुए

दुश्मनी है तो 'ज़फ़र', सामने आओ, ये क्या
जब हुए अपने ही से बरसरे-पैकार हुए

ज़फ़र इक़बाल

कुछ बादे-तुंद का है यहाँ ज़ोर भी बहुत
कुछ यार हैं मचाए हुए शोर भी बहुत

ढूंढ़ो अगर तो वहशते-बेरंग ही नहीं
इन जंगलों में नाचते हैं मोर भी बहुत

सोचो अगर तो कम नहीं आँखों के चाँद भी
देखो अगर तो रात है घनघोर भी बहुत

सौ बार दिल में किश्ते-वफ़ा बोइए, मगर
ये देख लें कि है ये ज़मीं शोर भी बहुत

आख़िर को ख़ुद ही अपनी नज़र में समा गए
देखा है वरना हमने तेरी ओर भी बहुत

टूटा मकाँ सही, मगर अपना तो है मियाँ
इस दौरे-सख़्त में तो है ये ठोर भी बहुत

लरज़ा गया है साया-ए-ख़ुरशीदे-उम्र भी
सहमा रही है तीरगी-ए-गोर भी बहुत

बेजा न यूँ उछालते फिरिये मता-ए-फ़िक्र
इस दश्ते-बे-कनार में हैं चोर भी बहुत

वैसे तो कह ही लेता है अच्छी ग़ज़ल 'ज़फ़र'
होते हैं बा'ज़ शे'र मगर बोर भी बहुत

कभी हुजूमे-हवस में हो गुल-बदन होना
तो मुंतज़िर ही मिलेगा उदास बन होना

तमाम उम्र फिरे दिल के आस-पास, मगर
नसीब में न हुआ अहले-अंजुमन होना

वही है अपने भी सर में ख़ुमारे-तेशा तलब
हमें भी रास न आएगा कोहकन होना

बनी है रात कि आराम कर सके दुनिया
न ये कि उसके लिए दिल में सू-ए-ज़न होना

ये मौज आह, जिसे रायगाँ समझते थे
इसी के दम से मयस्सर हुआ चमन होना

जो ग़म मिला जबीं के शिकन में छिपा लिया
दिल सी गुदाज़ चीज़ को पत्थर बना लिया

जो आह थी शिकस्ता-शबी साथ ले गई
जो अश्क था हवा-ए-सहर ने उड़ा लिया

काग़ज़ के फूल सर पे सजाकर चली हयात
निकली बरूने-शहर तो बारिश ने आ लिया

ऐसे है जैसे आँख से बीनाई उड़ गई
ऐसे है जैसे दिल ने कोई भेद पा लिया

इक मैं ही वाहिमा नहीं, तू भी फ़रेब है
अपनी ही ज़ात से है तेरा भी पता लिया

इक उम्र जिसकी मार पे रहकर बचे रहे
पहुँचे थे ओट में कि वही तीर खा लिया

हम भी शिकस्ते-शौक़ पे नालाँ रहे, मगर
दिल ने तो आसमान ही सर पर उठा लिया

हमने, कि बख़्ते-ख़ुफ़्ता न जाग उट्ठे, ऐ 'ज़फ़र'
मा'मूरा-ए-अज़ल से दिले-बे-सदा लिया

बिन सुने बरसा रहे हैं दाद भी, बेदाद भी
हातिमे-दौराँ हैं अपने दौर के नक़्क़ाद भी

जिस तरह जिन्नात गुज़रे हों अभी इस शहर से
दूर तक मिलती नहीं है बू-ए-आदमज़ाद भी

इक तरफ़ पुरशोर गलियाँ, इक तरफ़ मलबे के ढेर
दिल को मत पूछो, कि है बर्बाद भी, आबाद भी

बात सच्ची है 'ज़फ़र', इसमें चमन का क्या क़सूर
आप ही बुलबुल है तू और आप ही सय्याद भी

ज़फ़र इक़बाल

वो एक अक्स कि आईना-ए-नज़र में नहीं
वगरना कौन सी शय है जो अपने घर में नहीं

नशे में जितने मनाज़िर दिखाए थे दिल ने
फ़ुग़ाँ, कि एक भी दामाने-चश्मे-तर में नहीं

कुछ आज दूर से कोहसार का नज़ारा करूँ
कि आज ताबो-तवाँ मेरे बालो-पर में नहीं

जो दूर तीरा-शबी में दिखाई देता है
वो पेचो-ताब अभी शो'ला-ए-सहर में नहीं

हज़ार साया हवा-दार भी, घना भी है
मगर जो बात थी दीवार में, शजर में नहीं

वो एक क़तरा, वो इक ज़र्रा ही सही, लेकिन
मैं जिसको ढूँढता हूँ, तेरे बहरो-बर में नहीं

मेरे ही दिल का जहन्नुम जला गया मुझको
कि इतने ज़ोर की आतिश तेरे शरर में नहीं

आबे-रवाँ

सब्ज़ा-ए-गुलज़ार पर चूमा है जिसको ख़्वाब में
रौशनी के रंग थे उस गौहरे-नायाब में

बादा-ए-मंज़िल से भी मख़मूर था सारा बदन
रास्ते भर की थकन भी थी मेरे आ'साब में

आज की शब दिल की है ज़ोर-आज़माई ग़म के साथ
शाम ही से ठन गई है रुस्तमो-सोहराब में

कुछ भरे दरियाओं में भी थी न ऐसी कैफ़ियत
जो भँवर पैदा हुए हैं इस दिले-पायाब में

चुप रहो, गर मो'तरिज़ भी हों मुदीराने-किराम
मुस्तनद समझो उन्हीं को शायरी के बाब में

ज़ख़्म को मंज़र बनाऊँ, चश्म को उरियाँ करूँ
नींद फ़ुर्सत दे तो कोई ऐश का सामाँ करूँ

मैं, कि बहरे-बेकराँ क़तरा दिखाई दे मुझे
ये हुनर मुझमें कहाँ, क़तरे को बे-पायाँ करूँ

वो तो वो, उसकी महक भी इस तरफ़ आई नहीं
अब दिले-बे-ख़्वाब से कोई नया पैमाँ करूँ

तिश्नगी भी है, मगर दिल में नदीदा-पन भी है
अब्र से गर भीक माँगूँ, दश्त को दामाँ करूँ

तंग-ज़र्फ़ी ने मुझे तेरे ही जैसा कर दिया
वरना मैं चाहूँ तो कितनी मुश्किलें आसाँ करूँ

तेरे मेरे दरमियाँ हैं आसमाँ फैले हुए
क्या तुझे दिल में बिठाऊँ, क्या तेरा अरमाँ करूँ

ज़फ़र इक़बाल

किसी के साथ अगर दो क़दम भी चलता हूँ
तो ख़ुद-नुमाई के सहरा में जा निकलता हूँ

हज़ार उज़्र तराशे बहारे-लाला-फ़रोश
मैं अपना हिस्सा गुलिस्ताँ से ले के टलता हूँ

अभी तो राह पे निकला हूँ लड़खड़ाता हुआ
अभी ख़बर नहीं, गिरता हूँ या सँभलता हूँ

किसी ने आइने में भी उतार कर न दिया
वो चाँद, जिसके लिए रात-भर मचलता हूँ

जो दिल से दूर हैं, आँखों का नूर हैं वो लोग
जो दिल-नशीं हैं उन्हें देख-देख जलता हूँ

कभी वो ला'ल गँवाया था इस ख़राबे में
कि अब भी सोचता हूँ और हाथ मलता हूँ

किसी गए हुए मौसम के दाग़ हैं दिल पर
निहाले-ख़ुश्क हूँ मैं, फूलता न फलता हूँ

मेरी ग़ज़ल मेरे दोज़ख़ का एक शो'ला है
कि आग फाँकता हूँ, आग ही उगलता हूँ

ज़फ़र इक़बाल

वो जान माँगे तो दे दो, इसी पे बस क्या है
जो फंस गए हो तो अब और पेशो-पस क्या है

चलो वो शोख़ तो बेगाना ही सही, लेकिन
ये दिल तो ग़ैर नहीं, इस पे अपना बस क्या है?

जो ठन गई है तो अब है सवाल इज़्ज़त का
वगरना उससे गले मिलने की हवस क्या है

तुझे जगाए तो शायद कोई डरावना ख़्वाब
वगरना तेरे लिए शोरिशे-जरस क्या है

तेरी निगाह में है आबो-ताबो-रोग़नो-रंग
तुझे ख़बर ही नहीं ज़िंदगी का मस क्या है

मैं वो कि मुहबिसे-इम्काँ से भी निकल जाऊँ
मेरी नज़र में ये टूटा हुआ क़फ़स क्या है

ज़ुबाना रखता हूँ मुँह में, 'ज़फ़र', बजा-ए ज़ुबाँ
तुम्हीं कहो, मेरे आगे ये ख़ारो-ख़स क्या है?

उसकी हर तर्ज़े-तग़ाफ़ुल पे नज़र रखती है
आँख है, दिल तो नहीं, सारी ख़बर रखती है

लब तक आएगी, मगर आ के पलट जाएगी
टूटा-फूटा सही, ये आह भी घर रखती है

दिल से उभरा है जुदाई का चमकता सूरज
रात भी आज तबो-ताबे-सहर रखती है

चाँद की चाँदनी देती है क़रार आँखों को
दिल की मौजों को मगर ज़ेरो-ज़बर रखती है

मुझसे आगे हैं मेरे साथ निकलने वाले
एक ही बात मुझे गर्मे-सफ़र रखती है

तूने, ऐ मुंतज़िरे-मर्ग, न सोचा, वरना
ज़िंदगी भी इसी वादी में गुज़र रखती है

बेदिली तेरी कोई दम की है मेहमान, कि ये
तौदा-ए-बर्फ़ है, सीने में शरर रखती है

उसे मंज़ूर नहीं, छोड़, झगड़ता क्या है
दिल ही कम-माया है अपना तू अकड़ता क्या है

अपने सोये हुए सूरज की ख़बर ले जाकर
इस कमीं-गाह में किरनों को पकड़ता क्या है

जानता है कि उतर जाएगी दिल में मेरी बात
वरना सुन ले तो बता, तेरा बिगड़ता क्या है

शबनमे-ताज़ा है ये, फूल हैं, या पत्ते हैं
देख शाख़े-शजरे-शाम से झड़ता क्या है

दो क़दम है शबे-ग़म से शबे-वा'दा, ऐ दिल
चन्द आहों के सिवा राह में पड़ता क्या है

दिल तो भरपूर समन्दर है 'ज़फ़र', क्या कीजे
दो-घड़ी बैठ के रोने से निबड़ता क्या है

और, ये उफ़्ताद है कैसी, उसी से रम भी है
जिसका इक दीदार मेरे ज़ख़्म का मरहम भी है

दूर के जलवों पे समझौता हुआ है दिल के साथ
गो समझता हूँ कि जीने के लिए ये कम भी है

दिल से हँस-हँस के न यूँ बातें कर ऐ परदा-नशीं
एक तो रुस्वा बहुत है, फिर ये ना-महरम भी है

कितने हंगामों से बरपा कर रहा हूँ जश्ने-मर्ग
कोई क्यों जाने कि मुझको ज़िंदगी का ग़म भी है

कौन हूँ मैं, और कहाँ हूँ? कुछ तो बतलाता मुझे
मेरे किस मसरफ़ ये दिल, सौ-बार जामे-जम भी है

दिल में ख़ुशबू-ए-गुनह भी है रवाँ चारों तरफ़
इस ज़मीं का चप्पा-चप्पा दामने-मरियम भी है

क़तरे को मत देख, अपने ज़र्फ़ का अंदाज़ा कर
डूबना चाहे तो ये तेरे लिए कुल्ज़म भी है

ज़ुल्फ़ की ज़ंजीर में जकड़े हुए हैं तेरे पाँव
क्या तमाशा है कि तेरे हाथ में परचम भी है

टूटने पाया नहीं अपनी ख़मोशी का तिलिस्म
वरना यारों की नवा में शोरिशे-पैहम भी है

दिल का ये दश्त अरसा-ए-मह्शर लगा मुझे
मैं क्या बला हूँ, रात बहुत डर लगा मुझे

आए भी इश्क़ में हुईं रुस्वाइयाँ, मगर
अब के वफ़ा का ज़ख़्म जबीं पर लगा मुझे

ऐ दिल वो मेहरबाँ है, यूँही बदगुमाँ न हो
मारा था उसने ग़ैर को पत्थर, लगा मुझे

हर-सू तेरे वजूद की ख़ुशबू थी ख़ेमा-ज़न
वो दिन, कि अपना घर भी तेरा घर लगा मुझे

हँसकर न टाल जा, कि ये उम्मीद की किरण
वो तीर है कि सीने के अंदर लगा मुझे

तारीकी-ए-हयात का अंदाज़ा कर, कि आज
दाग़े-शिकस्त मुहरे-मुनव्वर लगा मुझे

साँचे तो थे ग़ज़ल के सिवा भी, मगर 'ज़फ़र'
क्या जाने क्यों ये ज़र्फ़ हसीं-तर लगा मुझे

आबे-रवाँ

बजा कि तख़्ते-हवा पर तेरी नशिस्त भी है
मगर ये राज़ कि तू आशियाँ परस्त भी है

तुझे उठाएगी क्या फ़िक्रे-फ़ित्ना-ए-फ़र्दा
कि तेरे सर में अभी नश्शा-ए-अलस्त भी है

न तोड़ सिलसिला-ए-आहे-सर्द को, नादाँ
इस एक मौज से दिल की कुशादो-बस्त भी है

तमाम शोरे-तमन्ना, तमाम-तर फ़रियाद
ये दिल, कि दूर से देखो तो हाल मस्त भी है

हदे-निगाह से आगे है वस्ल का महताब
तिलिस्मे-शौक़ से निकलो तो एक जस्त भी है

ठनी हो जिनकी ज़मानो-मकाँ से शामो-सहर
भला उन्हें कोई परवा-ए-बूदो-हस्त भी है

'ज़फ़र' को दस्तो-गिरेबाँ ही पाओगे सबसे
मगर हरीमे-हवस में, कि दिल-बदस्त भी है

नहीं, कि ऊँची हवा में कभी सफ़र न किया
नज़र ज़मीं पे रखी, नाज़े-बालो-पर न किया

ये सब हैं कहने की बातें, मैं ला-मकाँ भी सही
किया ही क्या है अगर उसके दिल में घर न किया

कोई ख़राबा-ए-दिल से गुज़र गया चुपचाप
ज़रा भी मातमे-दीवारो-बामो-दर न किया

फ़क़त मुझे दिले-वहशी अता किया, लेकिन
मुझी को रेगे-बियाबाँ से बहरा-वर न किया

लगी है सर पे तो जागा हूँ ख़्वाब से, वरना
नवा-ए-नर्म ने इस ख़ाक पर असर न किया

उसी में तुन्दी-ए-तूफ़ाँ की आहटें थीं, मगर
सुकूते-बहर ने भी मुझको बा-ख़बर न किया

सुना गया हूँ फ़साने यहाँ-वहाँ के 'ज़फ़र'
पते की बात न की, क़िस्सा मुख़्तसर न किया

ज़फ़र इक़बाल

बस एक-बार किसी ने गले लगाया था
फिर उसके बा'द न मैं था, न मेरा साया था

गली में लोग भी थे, मेरे उसके दुश्मन लोग
वो सब पे बहता हुआ मेरे दिल में आया था

उस एक दश्त में सौ शहर हो गए आबाद
जहाँ किसी ने कभी कारवाँ लुटाया था

वो मुझसे अपना पता पूछने को आ निकले
कि जिनसे मैंने ख़ुद अपना सुराग़ पाया था

मेरे वजूद से गुलज़ार हो के निकली है
वो आग, जिसने तेरा पैरहन जलाया था

मुझी को ता'ना-ए-ग़ारतगरी न दे, प्यारे
ये नक़्श मैंने तेरे हाथ से मिटाया था

उसी ने रूप बदलकर जगा दिया आख़िर
जो ज़हर मुझपे कभी नींद बन के छाया था

'ज़फ़र' की ख़ाक में है किसकी हसरते-ता'मीर
ख़यालो-ख़्वाब में किसने ये घर बनाया था

ज़फ़र इक़बाल

सभी तसलीम है, ऐ मो'तक़िदे-मीर, मुझे
अपने भी शे'र की दिखला कभी तासीर मुझे

मैं किसी नर्म इशारे का तमन्नाई हूँ
और वो आके सुना जाते हैं तक़रीर मुझे

कितने नादीदा महो-महर थे मेरे दिल में
यही हसरत रही, करता कोई तसख़ीर मुझे

मैं तेरे पास तो हूँ तुझसे जुदा होकर भी
यही समझाती है शब-भर तेरी तस्वीर मुझे

जैसे बे-वज्ह न हों दिल के सियह-सन्नाटे
जैसे मा'लूम हो इस ख़्वाब की ता'बीर मुझे

एक झोंके से लरज़ जाती है बुनियाद मेरी
कौन सी शाख़ पे तूने किया ता'मीर मुझे

जोशे-गुल में कभी पूछा नहीं नादानों ने
फूल मुरझाए तो करने लगे ज़ंजीर मुझे

मैं तो इस तुरफ़ा कमीं-गाह से वाक़िफ़ था बहुत
खींच लाई है यहाँ पाँव की ज़ंजीर मुझे

ले चलो ख़ित्ता-ए-ओकाड़ा में मुझको, कि 'ज़फ़र'
मरज़े-ग़म में वही ख़ाक है अकसीर मुझे

आबे-रवाँ

सच है कि मेरे चारों तरफ़ जमघटा भी है
मैं पूछता हूँ "क्या कोई मेरे सिवा भी है"?

दिल से गुज़र गया है जो बेगाना-वार आज
वो सूरत-आश्ना ही नहीं, आश्ना भी है

ख़ुश है वो अपने घर में, चलो ठीक है, मगर
इतनी सी बात ने मुझे तड़पा दिया भी है

आँखों के शोरो-गुल में सुनाई न दी मुझे
वरना शिकस्ते-शीशा-ए-दिल की सदा भी है

ये दिल बुरा सही, सरे-बाज़ार तो न कह
आख़िर तू इस मकान में कुछ दिन रहा भी है

हरीफ़े-आतिशे-पिनहाँ ये चश्मे-तर न सही
जिगर भी इक शो'ला है, बरूने-दर न सही

खड़ा तो हूँ सरे-रह, टूटकर गिरा तो नहीं
नहीं मुक़द्दर में मेरे बर्गो-बर, न सही

जो ख़ारो-ख़स फैले हैं यहाँ-वहाँ, तुझसे
जुदा नहीं, तुझे इस बात की ख़बर न सही

फ़राज़े-बाम से ही दे कभी नवीदे-नुमू
बहार होकर यूँ पास से गुज़र न सही

बदन पे सोचते साहिल की नर्म रेत ही मल
हरे समंदर की रूह में उतर न सही

बरहना हो के कभी धूप से विसाल तो कर
ये अजनबी सूरज तेरा हम-सफ़र न सही

ये सब्ज़ा-ए-सरकश, इसको पायमाल तो कर
दमीदा गुलशन में रात-भर ठहर न सही

ये घर की क्या हालत है, ज़रा ख़याल तो कर
तेरा भी हिस्सा है इसमें, तमाम-तर न सही

मैं चुप रहूँ तो 'ज़फ़र' मेरी मौत है इसमें
यही फ़ुग़ाँ मेरी जाँ है, पुरअसर न सही

ज़फ़र इक़बाल

शाम से तन्हा खड़ा हूँ अधखुले दर की तरफ़
आँख भरकर देख भी लेता हूँ बिस्तर की तरफ़

दहर की हमदर्दियों का बोझ ले डूबा मुझे
क्यों इशारा कर दिया सीने के पत्थर की तरफ़

यूँही बे-आबाद लगता है ये बोसीदा मकाँ
वरना किसने झाँक कर देखा है अंदर की तरफ़

किसने दरवाज़े के शीशों पर सियाही फेर दी
देख बैठे थे कभी किस माह पैकर की तरफ़

कौन बेपरदा हुआ आँखों के वीराँ दश्त में
किसने फेंके रंग उस बे-नूर-मंज़र की तरफ़

सब सुनहरे, सब्ज़ जंगल की फ़िज़ा में खो गए
रुख नहीं करता कोई उजड़े हुए घर की तरफ़

आज मैं मंज़िल नहीं हूँ, राह का फैलाव हूँ
आज है मेरा सफ़र अंदर से बाहर की तरफ़

वरना इस आईने में सूरत उसी की थी 'ज़फ़र'
उसने देखा ही नहीं आँखों के जौहर की तरफ़

चले हैं तेरे लिए तीर शश-जिहात से क्या
गिला है, यार, तुझे एक मेरी ज़ात से क्या

मैं तेरे ख़ून में बिजली की नर्म-रौ ही सही
ख़बर भी है मेरे रिश्ते हैं कायनात से क्या

पिघल पड़े कि बिखर जाये, तुझसे क्या मतलब
तू संग देख, तुझे संग की सिफ़ात से क्या

मिसाले-मौजे-सबा लब-कुशा हुआ था कोई
पड़े-पड़े भड़क उठ्ठा हूँ बात-बात से क्या

जो देखिये तो ये शो'ले हैं मेरा पैराहन
जो सोचिये तो मुझे इन मुआमलात से क्या

सियाह ख़ाना-ए-दिल से निकल के आया हूँ
तुम्हीं बताओ, डरूँगा अँधेरी रात से क्या

वो मा'र्के मेरी आँखों में गर्म हैं कि 'ज़फ़र'
मैं सोचता हूँ मुझे दिल की वारदात से क्या

आबे-रवाँ

ख़ूब है सिलसिला-ए-जुर्मो-सज़ा, रहने दे
और कुछ देर यही हश्र बपा रहने दे

चारा-ए-ज़ख़्म न कर, ताज़ा हवा आती है
ये दरीचा ही कोई रोज़ खुला रहने दे

दिल तो जो माँगता है बस में नहीं तेरे भी
आँख जो चाहती है जल्वा-नुमा रहने दे

मुझसे मिलना है तो दिल खोल के मिलना होगा
या मुलाक़ात की ज़हमत न उठा, रहने दे

चूमने दे मुझे माथे पे सजी ज़ुल्फ़ की लहर
सुर्ख़ी-ए-लब को अभी शो'ला-नवा रहने दे

इसी वीराने में है गुँजे-गिराँ-माया तेरा
दिल को पहचान, इसे यूँ न गँवा, रहने दे

इसी ज़ुलमात से है गौहरे-शबनम की नमूद
गुले-उम्मीद को आग़ोश-कुशा रहने दे

कौन सर-बस्ता इशारों को समझता है 'ज़फ़र'
क़िस्सा-ए-दर्द को पाबंदे-सदा रहने दे

उमीदे-दीद के सूरज दिखा-दिखा के मुझे
सपुर्द कर गए आख़िर शबे-बला के मुझे

मुआमलाते-मुहब्बत में सख़्त-गीर हैं हम
वो कह रहे थे किसी से, सुना-सुना के मुझे

शबे-हयात में उस मेहरबाँ का मेहमाँ था
जो शहर छोड़ गया शहर में बुला के मुझे

वो आँख है कि जिसे चूमकर लरज़ जाऊँ
वो ज़ुल्फ़ है कि उड़ा दे धुँआ बना के मुझे

हुजूमे-रंग वो चेहरा बड़े गुलाब का फूल
मिला न फिर कभी शाख़ों में मुँह छिपा के मुझे

ये बे-हुज़ूर बदन अपने नूर से भर दे
बस एक रात कभी सामने बिठा के मुझे

मुझे ख़बर है कि तू ख़ुद ही अपना ज़िंदाँ है
फ़रेब दे नहीं ज़ंजीर की सदा के मुझे

मेरे वजूद से आगे भी मैं हूँ जल्वा-नुमा
यक़ीं न हो तो कभी देख ले भुला के मुझे

लरज़ रही थी मेरी लौ पड़े-पड़े ही 'ज़फ़र'
वो ले चले हैं कहाँ सामने हवा के मुझे

ज़फ़र इक़बाल

जिससे चाहा था बिखरने से बचा ले मुझको
कर गया तुन्द हवाओं के हवाले मुझको

तुझको सोचा तो तेरी रूह का इज़हार था मैं
तुझको चाहा तो पड़े जान के लाले मुझको

क्या ज़माना था कि जब पाँव में ज़ंजीर न थी
क़ैदे-उम्मीद से अब तू ही निकाले मुझको

मैं वो बुत हूँ कि तेरी याद मुझे पूजती है
फिर भी डर है ये कहीं तोड़ न डाले मुझको

रंगे-राहत नहीं मैं, मुझको तमाशा न बना
हसरते-दीद हूँ, आँखों में छिपा ले मुझको

काँच का शहर हूँ, दम-भर में उजड़ जाऊँगा
फ़ुर्सते-शौक़ ग़नीमत है, सजा ले मुझको

ख़ुश्क पत्ते का सफ़र है मेरी बुनियादे-हयात
रास्ते में कोई अपना न बना ले मुझको

मैं यहीं हूँ, इसी वीराने का इक हिस्सा हूँ
जो ज़रा शौक़ से ढूँढ़े वही पा ले मुझको

तोहफ़ा-ए-दीद ही इक ऐसा खिलौना है 'ज़फ़र'
कि ये देकर कोई जब चाहे मना ले मुझको

ज़फ़र इक़बाल

नक़ाबे-ग़म से न अब्रे-निशात से निकला
वो चाँद हूँ कि ख़ुद अपनी ही ज़ात से निकला

ये गर्म दिन कि दर आया है तेरी आँखों में
मेरी जुदाइयों की सर्द रात से निकला

ये क्या फ़ुसूँ है कि सुब्हे-गुरेज़ का पहलू
शबे-विसाल तेरी बात-बात से निकला

चलो ये अक्स भी आईने से हुआ रुख़्सत
चलो ये बुत भी मेरे सोमनात से निकला

कोई शरर न उठा संगे-तीरा-बख़्ती से
कोई गुहर न यमे-हादिसात से निकला

शजर हजर सभी चुप सो गए तो आख़िरे-शब
ग़ज़ाले-ग़म का शिकारी भी घात से निकला

बस इक सदा रही दश्ते-अबद पे साया-फ़गन
बस एक शख़्स भरी कायनात से निकला

आबे-रवाँ

जुनूने-बे-ख़तर ओ ज़ख़्मे-बे-निशाँ रखिये
कि इतने चाँद सितारे कहाँ-कहाँ रखिये

जहाँ कभी हवसे-हासिले-शिकस्त रही
हज़ार हैफ़ कि अब रंजे-रायगाँ रखिये

चले हैं शहपरे-आवारगी समेट के अब
कि झूठ-सच कहीं बुनियादे-आशियाँ रखिये

किसी लचकते हुए तीर से विसाल के बा'द
किसी तुली हुई तलवार पर ज़ुबाँ रखिये

ख़ुद अपनी आँखों से बे-मेहर देखिये उसको
मगर तरसते हुए दिल में सौ गुमाँ रखिये

असर हो, बे-असरी हो, न कीजिये कोई फ़िक्र
बस एक बात, कि अंदाज़ा-ए-फ़ुग़ाँ रखिये

निगाह में न सही, कोई आस-पास तो है
सदा-ए-पाए-तमन्ना को दरमियाँ रखिये

नहीं बहार की झनकार, दिल उदास तो है
ख़याले-ख़ूबी-ओ-ख़ामोशी-ए-ख़िज़ाँ रखिये

ठहर ही जाएगा दिल, तू रहीने-यास तो है
'ज़फ़र', उमीद के छींटे को बे-कराँ रखिये

मकाँ लरज़ते रहे, सैले-ग़म गुज़र भी गया
चढ़ा ही था अभी दरिया, अभी उतर भी गया

पड़े बरहना सरी को दुआएँ दो कि यहाँ
जिन्हें कुलाह का ख़तरा था उनका सर भी गया

वो जान देने को तैयार है हमारे लिए
जो घर में बैठ के रुस्वाइयों से डर भी गया

अभी से चूम के ज़ुल्फ़ों में टाँक ले, वरना
अभी हवा चली और मैं अभी बिखर भी गया

तुझे ये ग़म, तेरी आवाज़ में वो लोच नहीं
मुझे ये दुःख है, तेरी बात से असर भी गया

वो तू, कि जिसको नई ज़िंदगी भी रास नहीं
मुझे भी देख कि जो तेरी मौत मर भी गया

बस एक ख़्वाबे-ख़ुनुक से निचुड़ गया है बदन
बस एक रात के मेहमाँ के साथ घर भी गया

कोई तो मंज़रे-मंज़िल-नुमा दिखाई दिया
जो चलते-चलते सरे-राह में ठहर भी गया

ये छाँव ख़ूब है, लेकिन मैं क्या करूँगा 'ज़फ़र'
सफ़र के साथ अगर शो'ला-ए-सफ़र भी गया

ज़फ़र इक़बाल

आबे-रवाँ

एक ही रिश्ता हो उससे, ये कि वो बेगाना हो
काश मिल जाये कहीं जिसको मेरी परवा न हो

दूरियों ही दूरियों में क़ुर्ब का शो'ला उड़े
आन में जल जाएँ जंगल और धुआँ पैदा न हो

कौन सी तस्वीर आँखों में सजा कर बैठिये
रोइये किस रंग में उसको जिसे देखा न हो

क्या क़यामत है कि सर भी फोड़ बैठे हैं,और अब
दिल से वहशी के लिए भी सोहबते-सहरा न हो

अपनी ही ख़ुशबू की आतिश से भड़क उठते हैं बाग़
जिनकी क़िस्मत में हवा का एक भी झोंका न हो

आज इन गलियों में पत्थर मारने वाले कहाँ
फिर जो पछताएगा प्यारे, सोचकर दीवाना हो

पाँव को ज़ंजीर हो जाये तेरा ज़ौक़े-सफ़र
मंज़िलों के दिल धड़कते हैं, कहीं ऐसा न हो

मुस्तक़िल हंगामा तेरी ज़ात से बरपा रहे
इस भरी महफ़िल में तू हो, या तेरा अफ़साना हो

ऐ 'ज़फ़र', हमको कभी उस बज़्म में ले चल, जहाँ
तू ही शम'-ए-नाज़ हो, तू ही दिले-परवाना हो

ज़फ़र इक़बाल

उसी से आए हैं आशोब आसमाँ वाले
जिसे ग़ुबार समझते थे कारवाँ वाले

मैं अपनी धुन में यहाँ आँधियाँ उठाता हूँ
मगर कहाँ वो मज़े ख़ाके-आशियाँ वाले

मुझे दिया न कभी मेरे दुश्मनों का पता
मुझे हवा से लड़ाते रहे जहाँ वाले

मेरे सराबे-तमन्ना पे रश्क था जिनको
बने हैं आज वही बहरे-बेकराँ वाले

मैं नाला हूँ, मुझे अपने लबों से दूर न रख
मुझी से ज़िंदा है तू मेरे जिस्मो-जाँ वाले!

ये मुश्ते-ख़ाक, 'ज़फ़र', मेरा पैरहन ही तो है
मुझे ज़मीं से डराएँ न कहकशाँ वाले

आबे-रवाँ

मिला तो मंज़िले-जाँ में उतारने न दिया
वो खो गया तो किसी ने पुकारने न दिया

रवाँ-दवाँ है युँही कश्ती-ए-ज़माँ अब भी
मगर वो लम्हा, जो दिल ने गुज़ारने न दिया

लगी थी जान की बाज़ी, बिसात उलट डाली
ये खेल भी हमें यारों ने हारने न दिया

कोई सदा मेरे सब्रो-सुकूत से न उठी
कोई मज़ा तेरे क़ौलो-क़रार ने न दिया

वही इलाजे-शबे-सख़्ती-ए-ख़िज़ाँ था 'ज़फ़र'
जो एक फूल किसी नौ-बहार ने न दिया

मिल ही जाएगा कहीं वो, जुस्तजू क्या कीजिये
सुन ही पाएगा कभी तो, हाव-हू क्या कीजिये

आश्ना होगा तो ख़ुद ही आ मिलेगा दश्त में
अजनबी शहरों में तौफ़े-काख़ो-कू क्या कीजिये

मिलने ही वाले थे दो सच्चे दिलों के जिस्मो-जाँ
आड़े आई एक झूटी आबरू, क्या कीजिये

कोई आए और ऐसी छाँव वाले पेड़ को
काट डाले, वरना ऐ ज़ौक़े-नुमू, क्या कीजिये

साथ कुछ हिम्मत भी अब करनी पड़ेगी ऐ 'ज़फ़र'
वक़्त नाज़ुक है, अकेली आरज़ू क्या कीजिये

आबे-रवाँ

किसका सुराग़ पाइये टूटे हुए ख़ुमार से
कौन सा घर जलाइये साँस के इक शरार से

सुब्ह के रेगज़ार से चलता है कारवाने-ग़म
जलता है आशियाने-ग़म, आतिशे-इंतिज़ार से

पास बिठा के प्यार से रूह में ज़हर भर दिया
ख़ाक सियाह कर दिया शो'ला-ए-एतबार से

शौक़ के रहगुज़ार से गिर के सँभल ही जायेंगे
बच के निकल ही जायेंगे दर्द के आबशार से

कुल्ला-ए-कोहसार से आ के हवा पलट गई
वक़्त की नब्ज़ कट गई बर्फ़ की तेज़ धार से

आँख में छा गया 'ज़फ़र' कोई हरा-भरा बदन
शामे-ख़िज़ाँ लरज़ उठी मो'जिज़ा-ए-बहार से

ज़फ़र इक़बाल

जो चाँद डूब चुका है तो रात क्यों है वही?
कि मौजे-ख़ूँ है वही, बहरे-बे-सुकूँ है वही

तू मावरा भी न था सैले-वक़्त से, लेकिन
हनूज़ तू है वही और तेरा फ़ुसूँ है वही

शबे-सियाह को महरूमे-इंतिज़ार न जान
कि मेरी आँख के दर में चराग़-ख़ूँ है वही

मेरी निगाह का मर्कज़ बदल रहा है फ़क़त
मुझे ख़याल वही है, मुझे जुनूँ है वही

मिले हैं मंज़िले-शीरीं के सब निशाँ, लेकिन
सितादा रास्ते में ज़हर का सुतूँ है वही

आबे-रवाँ

हरा-भरा किसी वादी में एक बन है कोई
और उसके वस्त में उजड़ा हुआ चमन है कोई

जो अपने आप में है ख़ुद ही बे-कनार, तो क्यों
मेरे ही डूबते साहिल मो'जिज़न है कोई

अभी तो शो'ला-ए-आवाज़ का हूँ परवाना
अभी नज़र में बदन है न पैरहन है कोई

उसी को ढूँढें, उसी को ख़ुदा बना डालें
सियाह ख़ाना-ए-दिल में अगर किरन है कोई

बिसाते-बामे-सुरैय्या पे जाके भूल गए
कि फ़र्शे-ख़ाक पे भी गर्म अंजुमन है कोई

शोरिशे-रंगे-जुनूँ आम है, सर ख़ाली हैं
ख़ून आवारा है गलियों में, जिगर ख़ाली हैं

फूल-पत्ते हैं वही, छाँव की चादर है वही
जाने किस शय से परे शाख़ो-शजर ख़ाली हैं

खुली आँखों से गुज़र जा, कहीं आवाज़ न दे
कि ज़मानों से ये बर्बाद नगर ख़ाली हैं

आ चुके जैसे सभी दौर के आने वाले
गोशा-ए-बाम पे कोई नहीं, दर ख़ाली हैं

आसमाँ हो कि ज़मीं, मेरे सिवा कुछ भी नहीं
देखता जाता हूँ, औराक़ नज़र ख़ाली हैं

ज़फ़र इक़बाल

था गरचे इसी ख़ाक की पोशाक समन्दर
मिट्टी की मिलावट से रहा पाक समन्दर

है ख़ुद ही कभी मौज, कभी मुन्तज़िरे-मौज
और मौज में आ जाये तो पैराक समन्दर

सीने पे सजाये था गुले-हल्क़ा-ए-आग़ोश
ज़ाहिर में गुरेज़ाँ रहा चालाक समन्दर

चुपचाप समन्दर पे रवाँ ख़्वाब की कश्ती
और ख़्वाब की कश्ती में ग़ज़ब-नाक समन्दर

पानी की सियह साँप सी लहराती हुई लहर
डस ले तो इसी ज़हर का तिरयाक समन्दर

सीपी है, न घोंगा है, न गौहर है, न माही
वीरान पड़ा है तहे-अफ़्लाक समन्दर

हो जाये जो मंज़ूर दुआ-ए-लबे-साहिल
ले जाये बहाकर ख़सो-ख़ाशाक समन्दर

आ-आ के पलट जाती हैं जब दर्द की लहरें
देता है दिखाई दिले-सद-चाक, समन्दर

ऐ जाने-ज़फ़र, तुन्दी-ए-तूफ़ाँ हो जहाँ तू
आराम से बैठेगा वहाँ ख़ाक समन्दर

ज़फ़र इक़बाल

देखा तो इक आवाज़ का पैकर नज़र आया
सोचा तो कोई और ही मंज़र नज़र आया

इक शो'ला-ए-आवारा है अक्से-रुख़े-रंगीं
बाहर नज़र आया कभी अंदर नज़र आया

छाया हुआ आँखों पे किसी ख़्वाब का बादल
गुज़रा तो कहीं माहे-मुनव्वर नज़र आया

सोते हैं कि हालात ही अपने हैं कुछ ऐसे
खोली है कभी आँख तो बिस्तर नज़र आया

हम अपने कुँवें से निकल आए भी तो हमको
दरिया नज़र आया, न समन्दर नज़र आया

जो है इसी वीराने में है गुँजे-गिरामी
सब वहम है जो आँख से बाहर नज़र आया

चुपचाप रवाँ था सफ़रे-दिल का मुसाफ़िर
क्यों पेट पे बाँधा हुआ पत्थर नज़र आया

क्यों पाँव में काँटा सी चुभी वहम की तस्वीर
क्यों एक हयूला सा बराबर नज़र आया

देखा था 'ज़फ़र' जो भी, दिखा बैठा हूँ सबको
अब पूछने आ जाऐंगे क्यूँकर नज़र आया

दे के दिल ख़ुश हूँ, चलो पाँव से काँटा निकला
तुमने तो ज़िद से लिया था, कहो, कैसा निकला

चश्मकें करता रहा कोई पसे-अब्रे-ख़याल
कभी आँचल, कभी बाज़ू, कभी चेहरा निकला

पास आए तो सही, शक्ल दिखाए तो सही
चूमकर सीने में रख लूँगा, वो जैसा निकला

मुन्तज़िर कोई तो है बहर की गहराई में
मुद्दतें हो गईं, सर से न ये सौदा निकला

दिल के पाताल का तारीक मुसाफ़िर, ये लहू
गोशा-ए-चश्म से उभरा तो तमाशा निकला

सर सलामत है अभी, हुस्न की दीवार न तोड़
क्या करेगा जो उधर भी यही सहरा निकला

ख़ाक पर आके सुबक-सैर हुआ है, वरना
कोह से झाग उड़ाता हुआ दरिया निकला

कश्मकश ख़त्म हुई, जान में जान आई वहीं
दिल से जिस लम्हा 'ज़फ़र' तीरे-तमन्ना निकला

यही तेग़े-तेज़ तुली हुई, यही ज़ख़्मे-नाब खिला हुआ
सरे-शाख़े-ज़ुल्मते-ज़िंदगी यही माहताब खिला हुआ

कभी उँगलियों की इशारतों में छुपी-छुपाई इबारतें
कभी ला'ले-शोख़ में गुफ़्तुगू का बरहना बाब खिला हुआ

ये महक जो तीर की तरह मेरे मशामे-जाँ में दर आई है
इसी बाग़ में है यहीं-कहीं वो सियह गुलाब खिला हुआ

कहीं परबतों की तराइयों पे रिदा-ए-रंग तनी हुई
कहीं बादलों की बहिश्त में गुले-आफ़्ताब खिला हुआ

उसी ज़र्द-फूल की बददुआ है 'ज़फ़र' ये दिल की फ़सुर्दगी
मेरा मुंतज़िर रहा मुद्दतों जो पसे-नक़ाब, खिला हुआ

ज़फ़र इक़बाल

माना, गुलो-गुलज़ार पे रा'नाई वही है
मंज़र तो बदल दे कि तमाशाई वही है

उजड़ा था अभी कल ही तमन्नाओं का बाज़ार
और आज यहाँ ज़ीनतो-ज़ेबाई वही है

चूमा है यहाँ मैंने हर आवाज़ का चेहरा
इन गूँजती गलियों से शनासाई वही है

ख़ुशबू की तरह उड़ के पहुँचती है ख़बर भी
हर-चन्द नया शहर है, रुस्वाई वही है

अगली सी मेरी आँख में बीनाई नहीं वो
ऐ आबे-तमाशा तेरी गहराई वही है

हलचल न हुई गाँव के तालाब में इक दिन
ठहरा हुआ पानी है वही, काई वही है

दरयाफ़्त हुई दहर में क्या-क्या न ज़मीनें
इस दिल को मगर दा'वा-ए-यकताई वही है

इस धूप में इक सोच का साया रहा सर पर
उठ्ठी है जो अंदर से घटा छाई वही है

कहता हूँ 'ज़फ़र' शे'र तो सहता हूँ बदन पर
तन्हाई वही, क़ाफ़िया-पैमाई वही है

ज़फ़र इक़बाल

ख़ून की रेतली दीवार गिराए न कहीं
दिन मुझे तोड़ के बाहर निकल आए न कहीं

रात रौशन है, मेरे दिल का नज़ारा कर लो
सुब्ह पड़ जाएँ किसी अब्र के साये न कहीं

ईदे-नज़्ज़ारा हुई तेज़ हवा के दम से
देख पाए न कहीं, पर्दे गिराए न कहीं

आज तन्हाई में जो अह्द किए हैं ख़ुद से
दिल बहुत सादा है, जा उसको बताए न कहीं

फिर वही मैं हूँ, वही शहरे-ख़मोशाने-ख़याल
फिर कोई क़ब्र से बाहर निकल आए न कहीं

दिल का दरबान बना बैठा हूँ और देखता हूँ
कोई उम्मीद, कोई ख़्वाब दर आए न कहीं

मुझमें ये कौन है, ऐ हसरते-ता'मीरे-हयात
तूने जो नक़्श बनाए हैं, मिटाए न कहीं

ज़हर जो सीने में है, ऐ ख़सो-ख़ाशाके-निशात
बाहर आए न कहीं, आग लगाए न कहीं

सब्ज़ जंगल से गुज़रता हुआ डरता हूँ 'ज़फ़र'
फिर कोई शाख़ मुझे पास बुलाए न कहीं

दिल को सदा न दूँ, मगर अपने जहान में
शामिल है ये भी मंज़िले-ग़म के निशान में

जिसको कभी भुला के बहुत ख़ुश हुआ था मैं
फिरता है आज भी मेरे वहमो-गुमान में

ज़ुल्मात के शिकार को निकली थी ज़िंदगी
चिल्ले पे चाँद रख के लचकती कमान में

बाहर गली में चलते हुए लोग थम गए
तन्हाइयों का शोर था ख़ाली मकान में

छोड़ी हुई ज़मीन की महकार के सिवा
सारे मज़े मिले मुझे ऊँची उड़ान में

आँखों की ख़ाके-ख़ुश्क भी सैराब हो गई
आवाज़ ने वो अक्स उतारा है कान में

देखा करूँ युँही, कि ये मंज़र उजाड़ दूँ
शब-भर पड़ा रहा हूँ बड़े इम्तिहान में

मेरा और उनका फ़ासिला जब मिट चला तो अब
दीवारे-इश्क़ आन पड़ी दरमियान में

लौ दे उठीं फिसलती हुई उँगलियाँ 'ज़फ़र'
वो आग थी खुले हुए रेशम के थान में

सहबा-ए-ग़म से आज न टूटा ख़ुमारे-ख़ूँ
है किसके इंतिज़ार में शम-ए-शरारे-ख़ूँ

दूभर हुआ है ख़ाक से अफ़्लाक का सफ़र
जिस दिन से दिल के पाँव में टूटा है ख़ारे-ख़ूँ

फैला हुआ है चारों तरफ़ ख़ार-ज़ारे-ख़ौफ़
और तन पे एक पैरहने-तार-तारे-ख़ूँ

पहुँचे तो दस्तयाब हुई इक सदा की लाश
सुब्हे-अज़ल से गूँज रहा था हिसारे-ख़ूँ

क्या माहताब था कि 'ज़फ़र' जिसके रूबरू
ज़ेरो-ज़बर हुआ है यमे-बे-कनारे-ख़ूँ

दिल की वीरानी का मंज़र इस क़दर काला न था
फ़र्श पर मिट्टी न थी, दीवार पर जाला न था

बर्फ़ की टिकिया हो जैसे आसमाँ के दश्त में
चाँदनी बे-आब थी या चाँद पर हाला न था

मैं नहीं था सुब्ह की पहली हवा के दोश पर
घास की पत्ती थी जिसको ओस ने पाला न था

कुछ पता चलता नहीं ये आसमाँ है या ज़मीं
था, मगर इतना ये नज़्ज़ारा तहो-बाला न था

एक पल में तय हुआ सुन्सान आँखों का सफ़र
राह पथरीली नहीं थी, पाँव में छाला न था

रायगाँ हर शाख़ पर मैं फूल की सूरत खिला
इस भरे जंगल में कोई देखने वाला न था

तुंदी-ए-तूफ़ाँ में क्या-क्या बंद बाँधे थे, मगर
ग़म तो दरिया है 'ज़फ़र', कोई नदी-नाला न था

अक्स कोई उतार लूँ आईना-ए-सराब से
नक़्श कोई निखार लूँ रेज़ा-ए-ख़ूने-नाब से

तीरा-दरख़्त पर पड़ी आबे-रवाँ की रौशनी
सुब्ह लिपट-लिपट गई मौजा-ए-बारयाब से

रेत की लहर-लहर पर दिल का रुवाँ-रुवाँ जला
बुझ न सकी बदन की प्यास चश्मा-ए-आफ़ताब से

कितने दिए जला गई शाम की तुन्दरू हवा
फूल गिरा किताब से, चाँद झड़ा नक़ाब से

गाल से लग के सो गई दर्द की ज़र्द-रू किरन
ज़ख़्म की आँख खुल गई ख़ारे-ख़ुमारे-ख़्वाब से

रेल के ज़ोर शोर से सारा मकाँ लरज़ गया
ओस अलग न हो सकी खिलते हुए गुलाब से

राह में राख हो गईं धूप की पत्तियाँ, 'ज़फ़र'
आँख बिखर-बिखर गई अपनी ही आबो-ताब से

न सूरज, न दश्ते-सफ़र गर्म है
सफ़र करने वाले का सर गर्म है

कोई राह जाती नहीं उस तरफ़
लहू रंगे-महफ़िल जिधर गर्म है

मनाज़िर सभी बर्फ़ में दब गए
फ़क़त एक ज़ख़्मे-नज़र गर्म है

जो देखी थी पर्बत पे जलती हुई
उसी आग से सारा घर गर्म है

जिसे छू के गुज़री थी काली किरन
अभी तक वो शाख़े-शजर गर्म है

किसी ज़हर से आँख रौशन करूँ
हरा है ये सब्ज़ा, मगर गर्म है

किसे चूम कर आई है सुब्ह-दम
हवा का बदन किस क़दर गर्म है

न साये की चादर, न चश्मे का शोर
कहीं जाओ, ख़ाके-मुनर गर्म है

तग़ज़्ज़ुल का बाज़ार ठंडा हुआ
कोई और ही दोपहर गर्म है

ज़फ़र इक़बाल

आबे-रवाँ

मंज़िल पे ख़ाक डाल, सफ़र का निशाँ तो है
कश्ती नहीं रही, न सही, बादबाँ तो है

मैं, और आँख भर के ये तस्वीर देख लूँ
दिल की ख़ुशी थी, वरना नज़र का ज़ियाँ तो है

पहना था पेड़-पेड़ ने पत्थर का पैरहन
ये अम्र वाक़िआ न सही, दास्ताँ तो है

बुक-शेल्फ़ पर गुलाब की टहनी हिला गई
मौजे-हवा, कि सिलसिला-ए-रायगाँ तो है

दुनिया को एक तुर्फ़ा-तमाशा दिखा चलूँ
मुट्ठी में आज मोहलते-उम्रे-रवाँ तो है

गाड़ी के गिर्द भागते हैं दूर के दरख़्त
यूँ हो न हो मगर मुझे ऐसा गुमाँ तो है

ज़िंदा रखेंगी ख़ाक उड़ाने की लज़्ज़तें
सहरा-ए-बेकराँ न सही, आशियाँ तो है

अंदर की आग देखिये, रौशन है या नहीं
उठता हुआ मकान के सर से धुआँ तो है

मुझ पर 'ज़फ़र' ख़ुदा की ज़मीं तंग ही सही
ख़ुश हूँ कि मेरे सर पे खुला आसमाँ तो है

कितने वलों में वा शुदे-ज़ख़्मे-सफ़र नहीं
क्या-क्या मकाँ हैं जिनमें हवा का गुज़र नहीं

उतरो तो कोई खींच के ले जाये तह-ब-तह
देखो तो सतहे-आब पे कोई भँवर नहीं

तन्हा फिर आज गुज़रे हुए दिन के दश्त में
क्या ढूँढता फिरा हूँ, मुझे कुछ ख़बर नहीं

जिसकी तलाश में मेरे ज़र्रे बिखर गए
वो आफ़ताबे-ताज़ा किसी बाम पर नहीं

लेता हूँ अपनी ख़ाक की गहराइयाँ अभी
पहनाइये-फ़लक मेरे पेशे-नज़र नहीं

कुछ कर सको तो गोश बर-आवाज़ हैं दरख़्त
इन जंगलों में मर्गे-सदा का ख़तर नहीं

सोये हुओं को नींद का झोंका जगा गया
ये क्या बला है, शामे-क़यामत अगर नहीं

ख़ुद रास्ता बदल के निकल जाइये, कि अब
इन पत्थरों पे अपनी नवा कारगर नहीं

कुछ तो बताओ, दिल की ज़मीं सख़्त है 'ज़फ़र'
या फिर यहाँ की आबो-हवा में असर नहीं

कुछ हमें हिम्मत-फ़ज़ा कोहसार का मंज़र भी था
कुछ यही मंज़र हमारी राह का पत्थर भी था

ख़ंदक़ों में छिप के बैठे सूरमाओं के लिए
फ़िक्रे-दुश्मन ही न थी, इक दूसरे का डर भी था

साये का सब्ज़ा हुआ पामाल सबके सामने
बादलों के पीछे-पीछे धूप का लश्कर भी था

पत्ती-पत्ती करके बिखराया है मुझको ख़ाक पर
इस तरह जैसे हवा के हाथ में ख़ँजर भी था

थरथराती पाँव में तारीक मिट्टी ही न थी
रौशनी का बोझ मेरे काँपते सर पर भी था

भूक के टीले पे मेरे पेट में गोली लगी
रेतली आँखों में बरपा प्यास का महशर भी था

सबको अपने साथ लाया था, कि मेरे वास्ते
बंद कमरे में खुला औहाम का दफ़्तर भी था

आरज़ू की शख़्सियत में सादगी भी थी बहुत
ख़ुशनुमा, उजली जबीं पर ज़ख़्म का ज़ेवर भी था

उम्र-भर देखा किये अंदर के हंगामे, 'ज़फ़र'
आज कुछ-कुछ याद पड़ता है कोई बाहर भी था

ज़फ़र इक़बाल

बहुत सहे हैं सितम, दौरे-आसमाँ जो हुआ
मज़ा उसी ने दिया, रंज नागहाँ जो हुआ

भरी हुई थी फ़िज़ा सर्द, ज़र्द कोहरे से
समंदरों के सफ़र पर कोई रवाँ जो हुआ

वो अक्स ढूँढ़ने आया हूँ नहर के पुल पर
कि मौज-मौज पे लिक्खा था, बेकराँ जो हुआ

सफ़ेद, सुर्ख़, सियह, साँवला, सलेटी, सब्ज़
हज़ार रंग में चमकेगा, दरमियाँ जो हुआ

ज़ुबाँ का ज़ायक़ा बदले तो कुछ नज़र आए
हवा ही फाँक रहा हूँ, मगर धुआँ जो हुआ

रहूँ कहाँ जो ख़सो-ख़ाक से गुरेज़ करूँ
यही मकाँ जो हुआ, गोशा-ए-अमाँ जो हुआ

ये जश्न और किसी दिन पे अब उठा रखिये
कि सद्दे-राह तमाशा ग़ुबारे-जाँ जो हुआ

मेरी क़ज़ा है मेरे इख़्तियार में, लेकिन
मैं ख़ुश नहीं हूँ, तिरे ज़हर का ज़ियाँ जो हुआ

सिमट के, रौज़ने-दर से मैं देखता था, 'ज़फ़र'
ज़रा सी बात पे हंगामा कल यहाँ जो हुआ

खींच लाई है यहाँ लज़्ज़ते-आज़ार मुझे
जहाँ पानी न मिले आज वहाँ मार मुझे

धूप ज़ालिम ही सही, जिस्म तवाना है अभी
याद आएगा कभी साया-ए-अश्जार मुझे

साल-हा-साल से ख़ामोश थे गहरे पानी
अब नज़र आए हैं आवाज़ के आसार मुझे

बाग़ की क़ब्र पे रोते हुए देखा था जिसे
नज़र आया वही साया सरे-दीवार मुझे

गिर के सद-पारा हुआ अब्र में अटका हुआ चाँद
सर पे चादर सी नज़र आई शबे-तार मुझे

साँस में था किसी जलते हुए जंगल का धुआँ
सैरे-गुलज़ार दिखाते रहे बेकार मुझे

रात के दश्त में टूटी थी हवा की ज़ंजीर
सुब्ह महसूस हुई रेत की झनकार मुझे

वही जामा, कि मेरे तन पे न ठीक आता था
वही इनआम मिला आक़िबते-कार मुझे

जबसे देखा है 'ज़फ़र' ख़्वाबे-शबिस्ताने-ख़याल
बिस्तरे-ख़ाक पे सोना हुआ दुशवार मुझे

मज़मून

ये जो डेढ़ ईंट की मस्जिद मैंने अपने लिए अलग बनाई है तो इसलिए कि बा'ज़ वक़्त अपना सर फोड़ने के लिए दूरो-नज़दीक कोई पत्थर तक नहीं मिलता । ज़िमनन, मैंने कुछ बातें समझने की कोशिश की है, और अक्सर नाकाम रहा हूँ । मेरी उलझन रुहानी भी है और सियासी भी, जिसे मैंने अपनी ज़ात के हवाले से हल करना चाहा, और ये ज़ात बजाए ख़ुद एक भरा-पुरा चीसतान निकली

सात साल का ये सफ़र, अपनी सऊबतों के साथ, दिलचस्प भी था। सर पर धूप की चादर और तलवों के नीचे रेत के फूल । पूरी और अधूरी मोहब्बतों के झाड़-झंकाड़ भी तादेर साथ रहे। उधर अपना जुग़राफ़िया गर्दे-सफ़र से अटा पड़ा था। झाड़-फटक के बाद भी फ़र्क़ सिर्फ इतना पड़ा कि वो धूल अब आँखों में थी। धुँदलके और धुंदलाहटें । यही अब्र आलूद तसव्वुर में ही उलझे सीधे मुनाज़िर मैंने हवाओं पर लिखे हुए देखे हैं और आपको दिखाने चला हूँ

ज़फ़र इक़बाल

गुल-आफ़ताब

आदिल मंसूरी के नाम

नहीं गर सरो-बर्गे-इदराके-मा'नी
तमाशा-ए-नीरंगे-सूरत सलामत
ग़ालिब

पेश लफ़्ज़

'मीर' व 'ग़ालिब' के तनाज़ुर में उर्दू शायरी का मजमूई उसलूब फ़ैज़ के मुकम्मल लहजे की तमीज़ के बाद जिस मुनफ़रिद, तवाना और ख़ुद-मुख़्तार तजरीद में मुतशक्किल हुआ है, इसका वो मुक़ाम कि जिससे न सिर्फ हम अस्र तख़लीक़ का तख़मीना लगाया जा सके, बल्कि अदबी विरासत और विरसा की क़दरो-मंजिलत का भी अज़ सरे-नौ तअय्युन किया जा सके, ज़फ़र इक़बाल से शुरू होती, निकलती, एक दूसरे को काटती और आपस में दर-आवेज़ां लकीरों से बनने वाले गिर्दो-पेश और रक़बा में पाबंद है। साहिबे-अह्द की यही शनाख़्त है। साहिबे-अह्द अपना मे'यार क़ायम करते हुए मुआसिरीन की दर्जा-बंदी का उसूल भी बनता है। साहिबे-अह्द के हवाले से ज़िंदा हाल की तख़लीक़ी कुव्वतों को राहें और हदें मयस्सर आती हैं बेशुमार, शुमार के ज़ेल में आता है कि मे'यार फ़ालतू और ज़ाइद की मिनहाई करता है, अच्छे को बुरे से मुमय्यज़ करके अपने अमल की ख़ूबी से दूसरों के इरादों को इस्तिक़ामत बख़्शता है, दा'वों, बहानों और हीला-साज़ियों की बदौलत बज़ाहिर फैली हुई मगर फ़िल-अस्ल कम-अय्यार शख़्सियतों को सुकेड़ता है, नाहक़ की बुलंद क़ामती छीनता है।

साहिबे-अह्द की मर्कज़ियत से मौजूदगी और इमकान के दरमियानी फ़ासले को निस्फ़ क़तर, मे'यारों का मे'यार, बुनियादी रंग और शर्ते-अव्वल का रुत्बा हासिल होता है कि दायरे का हर क़तअ फ़ासले की इस इकाई से मरबूत हुए बग़ैर उम्र की मा'नवियत की कड़ियों में नहीं आता, महज़ उज़ूए-मुअत्तल रहता है। साहिबे-अह्द का मा-क़ब्ल और मा-बा'द उसके ज़िंदा हाल की रौशनी में यूँ तग़य्युर आश्ना होता है कि बाक़ियात-उस-सालिहात के नए ख़द्दो-ख़ाल उभरते हैं, चाहे और पूजे गए ताक़े-निस्याँ की ज़ीनत बनते हैं, छुपा हुआ

ज़ाहिर होता है, आने वाला दिन ज़िंदा हाल के नैन-नक़्श का कोई ख़त, किनारा और रंग अपनी तजल्लियों में शामिल करता है

वो तअय्युनात कि जिनका मंबा-ओ-मख़रज अपनी मख़सूस हैय्यत में ज़फ़र इक़बाल से मुश्तक़ है, मुश्तमिल बर तजरीद, ज़बान और मिज़ाह हैं। चुनाँचे इन अनासिर के ज़री'ए आदमी का जो नक़्शा मुरत्तिब होता है

उसकी हदें कुछ यूँ हैं कि तजरीद जो एक सतह पर ठोस वाक़ियातो-हादिसात में मुश्तर्क शक्ल-ओ-सूरत को गिरफ़्त में लेने के मिस्दाक़ है, और दूसरी सतह पर ग़ैर मुजर्रिद, रक़ीक़-उल़-क़ल्बी से ममलू और कच्ची वारदातों की तरदीदो-तक़ज़ीब है, अपने अमल से तर्तीब की ना-हमवारी को वाज़ेह करने के लिए ए'तिक़ादात, अतवार और जज़्बात के मुतनाक़िस टुकड़ों को उभार कर सामने लाती है, मौजूदगी की नक्शा-कशी में शिरकत और अलैहदगी का मिला-जुला किरदार बनती है, ता आँ कि मिज़ाह का वाज़ेह रंग ज़ुबानो-बयान को तग़य्युर आश्ना करता है।

हैरत होती है कि आज तक किस बे-दरीगी से ज़बानो-बयान को शरीके-तजुर्बा होने से महरूम रखा गया है? ये मफ़रूज़ा अभी तक नाफ़िज़ है कि ज़बान ख़यालातो-जज़्बात को बयान करने का महज़ एक वसीला है। हर-चन्द कि हमारी शे'री रिवायत को इस्तिहकाम देने वाले इस मफ़रुज़े की पाबंदी को मलहूज़े-नज़र रखते रहे हैं, अब ये अज़-बस ज़रूरी है कि ज़बानो-बयान को ख़यालातो-जज़बात की तशकीली जन्मभूमि क़रार दिया जाये और महज़ वसीले का मफ़रूज़ा तर्क करके ज़बानो-बयान और तजुर्बे को बतौर इकाई तसलीम किया जाये । ज़फ़र इक़बाल की तजरीद और मिज़ाह ने ज़बानो-बयान को तग़य्युर-ओ-तबद्दुल की असासी इकाई से रौशनास करवाया है ठोस ज़बान को तजरीद आमेज़ पहनावा देने के साथ साथ अस्मा-ओ-सिफ़ात की हद्दे-फ़ासिल तोड़ दी है, अलफ़ाज़ की बंदिश का उसूल बदल दिया है। अब अलफ़ाज़ महज़ मक़बूल अवामी रिश्तों में नहीं बंद है, फ़नकार की क़ुदरत और इरादे से कि सरासर इन्फ़िरादी है, आपस में जुड़ते हैं

ज़बान ज़री'आ-ए-इज़हार के फ़ितराक में कई कारहाय-नुमायाँ सर-अंजाम देती है। फ़िक्री नशो-नुमा में ज़बान का ये वज़ीफ़ा ला-महदूद इफ़ादियत का हामिल है। मुंज़ब्त फ़िक्र के लिए मुंज़ब्त ज़री'आ-ए-इज़हार की मौजूदगी बेहद ज़रूरी है। ज़बान के इस्ते'माल में जितनी इस्तिक़ामत हो, फ़िक्र उतना ही वाज़ेह और सहीह होता है। एक सतह पर तो ये फ़िक्र और ज़बान का एक दूसरे के बग़ैर तसव्वुर भी नहीं किया जा सकता। अगर फ़िक्र और ज़बान की इस्तिक़ामत की ये सतह दरयाफ़्त हो जाये तो बेशतर बर-ख़ुद ग़लत मे'यारात कि दरुस्त और ना दरुस्त की जदूलें बनाते हैं, मा'दूम हो जाएँ, सहीह और ग़लत का अंदाज़ा

फ़िक्र और ज़बान की इस्तिक़ामत पर इन्हिसार करे। इस इंतिहाई मुक़ाम का हुसूल बहुत ही मुश्किल बात है। जो चीज़ बग़ायत अहम है, वो फ़िक्र और ज़बान की इस्तिक़ामत है कि ख़ारिजी मा'रूज़ी अवामिल को तर्तीब के सिलसिले में फ़ौक़ियत देती है । फ़िक्र और ज़बान की इस्तिक़ामत के ख़ुतूत ज़मानो-मकान के एमप्रीकल तअय्युनात से नहज लेते हैं । ज़बान बतौर ज़री'आ-ए-इज़हार इस मुक़ाम को पाने की मंज़िल में है

इस सिलसिले में ये अम्र मलहूज़े-नज़र रहना चाहिए कि ज़बानो-ओ-फ़िक्र की ये इस्तिक़ामत ख़ारिजी मा'रूज़ी अवामिल के हुक्म से क़दम उठाती है, अज़-ख़ुद आगे नहीं बढ़ती मुहावरात व ज़र्बुल-इमसाल समेत अलफ़ाज़ की तर्तीब, जुमले की साख़्त और पैराग्राफ़ की तशकील में ख़ारिज और मा'रूज़ का फ़ैसला हतमी होता है। ख़्वाहिश और मर्ज़ी का कोई दख़ल नहीं होता। ख़ारिजी मा'रुज़ी अवामिल तमाम मराहिल पर अपना फ़ैसला सादिर करते रहते हैं, हत्ता कि मतलूबा बयान मो'रिज़े-वजूद में आ जाता है। ज़बानो-फ़िक्र की इस्तिक़ामत में रिवायती उसलूब दख़ल-अंदाज़ी करता रहता है। चुनाँचे जुमले और पैराग्राफ़ बसा-औक़ात ए'तिक़ादी मफ़रूज़ों के ज़ेरे-अमल से वो कुछ नहीं कर पाते जो ख़ारिजी मा'रुज़ी अवामिल का बुनियादी तक़ाज़ा होता है।

मर जाने को, मिसाल के तौर पर, रिवायती उसलूब दारे-फ़ानी से कूच क़रार दे तो जानिए कि एक मफ़रूज़ा इस दुनिया के मिट जाने का है जो ये भी फ़र्ज़ करता है कि कोई दाइम क़ायम जहान कहीं और है, मरने के बा'द कोई सूरत ऐसी भी है जो सफ़र के काबिल रहती है, मुकम्मल मौत नहीं होती । ज़िंदगी के मकान से रवानगी के बा'द की मकानियत मौत की मंज़िल है। वक़्त कि इन्सानी तहर्रुक और तनफ्फ़ुस से तजुर्बे और इदराक में आता है, मिनहा होने के बावजूद मौजूद है 'बरोज़ की सूरत में, चिमटा हुआ?

ये ए'तिक़ादी मफ़रूज़े मौत के तबीई अमल को जिस तौर बयान करते हैं, ज़मानो-मकान की एक शक्ल उन में दिखाई देती है। ज़मानो-मकान की ये शक्ल या उसके बरअक्स ज़मानो-मकान के जदीद तसव्वुरात पर मबनी शक्ल ज़बान को गिरफ़्त में लिए रहती है ग्रामर का दबाव इस पर मुस्तज़ाद है। ज़मानो-मकान, ग्रामर और मफ़रुज़े मन-मानी कार्रवाई की राहें मस्दूद किये रहते हैं। जब तक ज़बान जरी'आ-ए-इज़हार के फ़राइज़ अदा करती रहेगी, ये पाबंदीयाँ और दुश्वारियाँ पैदा और हल होती रहेंगी

ज़बान महज़ ज़री'आ-ए-इज़हार नहीं, ख़यालातो-जज़्बात की तशकीली जन्मभूमि भी है। अदब में ज़बान का पूरा वजूद बरुए-कार आता है। ज़बान इकाई-इकाई लफ़्ज़ों से जुमलों में, फ़र्द-फ़र्द जुमलों से पैराग्राफों में और पैराग्राफों के इत्तिहाद से मुकम्मल मज़मून बनती है तो फ़िक्र के रिश्ते से, शे'र के हवाले से नहीं कि शे'र बज़ात वो इकाई है जिसकी

टूट-फूट में पैराग्राफ़, फ़िक़रे और अलफ़ाज़ तलाश किए जा सकते हैं, उनके इत्तिहादे-महज़ से शे'र यूँ नहीं बनता कि लफ़्ज़ों, फ़िक़्रों और पैरा ग्राफों का उखठ-फ़िक्र, ग्रामर और मुरव्विजा जज़्बाती उस्लूब के तहत हो सकता है, तरीक़ते-शे'र के ज़री'ए नहीं । अगर हम अपनी तवज्जेह ज़बान पर मर्कूज़ करते हुए मुंज़ब्त फ़िक्र का जायज़ा लें तो सबसे अहम रुक्न जो अपनी वहदत का इस्बात करता है, वो जुमला है। सादा जुमले में फ़ाइल मफ़ऊल और फ़े'ल की तर्तीब बहुत मुतअय्यन और वाज़ेह है। शायरी में मुंज़ब्त तर्तीब को पहले भी कई बार तोड़ा जा चुका है। फ़ाइल मफ़ऊल और फ़े'ल के ग्रामर के लिहाज़ से मुअतय्यन मुक़ामात से इन्हिराफ़ अव्वलन जुज़वी रहा है और सानियन इस तर्तीबी स्कीम का कोई हिस्सा भी ग़ायब नहीं हुआ। अब देखिये तो बतौर उसलूब, मसलन

इन मिसरों में गुमनाम का सब्ज़ है न पीला, मटियाला सामज़े का मौजूद, घास के घनघोर में रस की भरी अंजीर थी, जिस्म के बेहदो-बेअंदाज़ में चारों तरफ़, तुंद की तह में तलब थी। तंग में ताख़ीर थी। मज़े का मौजूद और तुन्द की तह वग़ैरा किस-किस ग़ायाबो-हुज़ूर की ख़बर देते हैं साहिबे-अहद की शिनाख़्त के लिए मिनजुम्ला दीगर शवाहिद के एक शहादत इसकी क़ुव्वते-इख़्तिराअ है मसलन अक़्ल में अफ़तूर, सफ़ेदा गुलाब, कि ला मौजूद को वजूद बख़्शती है और ज़बानो-बयान की ख़फ़ी मुनासिबतों को मौजूद के रुतबे से ख़ल्क़े-जदीद और हश्र की गुँधी हुई हालत अर्ज़ानी करती है। इख़्तिराअ के तवातुर की दास्तान पे-ब-पे रक़म होती है कि सयाक़ो-सबाक़ की बर-तरफ़ी में इस्मा व

अफ़आल मुनक़लिब होते हैं, जुमले की तर्तीबी स्कीम में कमी बेशी होती है। उर्दू शायरी में तर्तीबी स्कीम में जो जो तग़य्युरात हुए उनका रिश्ता मुस्तक़ीम जुमले से हमेशा बरक़रार रहा। ज़फ़र इक़बाल के यहाँ तर्तीबी स्कीम कई मुक़ामात पर अली-उल-ऐलान मुस्तक़ीम जुमले की तरदीद करती है। अलफ़ाज़ के झुरमुट कि जिनमें फ़ाइल, मफ़ऊल, फ़े'ल, के तअय्युनात यकसर ग़ायब हैं, बतदरीज उमड़े चले आते हैं ।

मुख़्तलिफ़ अलफ़ाज़ एक दूसरे से पैकर, ग्रामर और जज़्बाती उस्लूब से नहीं बंधते, बल्कि अलफ़ाज़ की मख़फ़ी मुनासिबतें चह बलिहाज़ मा'नी और चह बलिहाज़ सौतो-आहंग वो रिश्ते मुहय्या करती हैं जिन पर उनके झुरमुट बनने का दारो-मदार है। अलफ़ाज़ के झुरमुट की कशिश इस अम्र में है कि ज़बान आ'साबी आसूदगी का ज़री'आ है जिसकी सूरत आ'साबी ज़रूरियात के मुताबिक़ यूँ बदली है कि मुकम्मल की जो शक्ल पहले मौजूद थी, उस का इर्तिहाल जुज़्व-जुज़्व पेचां व ना-मुकम्मल पर इस तरह मंतज हुआ है कि एहतियाज का रकबा मुख़्तसर मगर हैजानी कैफ़ियात का हामिल होते हुए जिस किस्म का तक़ाज़ा करता है, उसकी तशफ़्फ़ी तजुर्बे की मुख्तलिफ़-उन-न्नौअ मुमलिकतों के अनमल

बेजोड़ लख़्त-लख़्त किनाए यकजा होकर मुहय्या करते हैं।

अलफ़ाज़ के झुरमुट जसता-जसता किनारों को एक दूसरे के क़रीब ला कर इंतिहाई इख़्तिसारो-ईजाज़ से वो कुछ मो'रिज़े-वजूद में लाते हैं जिसका हुसूल बेशुमार जुमलों और पैरा ग्राफों की हक़ीक़ी एकता या इमकानी इत्तिहाद से शायद ही मुम्किन हो कि शे'री सुतूर, चाहे रिवायती ही क्यों न हों, जब अपने अमल में अव्वलन सीधी-सादी मा'नवियत, सानियन सीधी-सादी मा'नवियत से मुताल्लिक़ हुस्ने-तलब और सालिसन ईतिलाफ़ के फैलाव को मुत्तहिद करती हैं तो उन सुतूर का मर्कज़ी हवाला मुंतख़ब लफ़्ज़ या फ़रीज़ की सूरत में इस सह-गाना अमल का वारिस होकर, ऐसे ही दीगर वुरसा की म'इय्यत में, सुतूर हा सुतूर को मुल्क-बदर करके उनके ख़ज़ाइन और इक़दार को लिए हुए जब सरीर आरए-तासीर होता है तो जिला-वतन सुतूर अपने वुरसा के इर्द-गिर्द अपने आसार छोड़ जाती हैं जिससे वुरसा के ज़ाती जाहो-जलाल का ताल मेल भरपूर तलाज़ुमाती अमल का आग़ाज़ करता है

लटके हुए फ़िज़ा में शफ़क़ धुँध आइने
भटके हुए सदा में सियह-बाम हर तरफ़

आबे-सफ़ा की तह में पथर पेश कहनगी
सतहे-सियह पे नक़्शे-नवी आम हर तरफ़

आँखों में साँवला है ज़मीं-ज़ंग ज़र्क़-बर्क़
सर में है सब्ज़ मौजे-फ़लक-फ़ाम हर तरफ़

हँसता रहा वो धूप समर शाख़ काटकर
मचता रहा सियाह में कोहराम हर तरफ़

अक्स में उफ़्तादगी थी नक़्श में नासूर था
कुहर ख़्वाब आहंग मंज़र मौत का मुसतूर था

सब्ज़ कोट-अफ़्सूँ नशीली छाई थी चारों तरफ़
हमहमा हंजार हैकल हाव-हू से दूर था

तस्वीरे-तरंग बर्क़ बारिश
अक्सी, नक़्शी हर आइने में

सिल संग सबात सनसनाहट
आहंग उसार टूटते हैं

चलती हुई सी जमे हुए पर
जलती हूँ सी रुके हुए हैं

मींह मर्ग मुजामिअत महूरत
मुंदरज लहू के लाहिए में

ज़ंगीं ख़ंजर हवस हवा का
टूटा रत रक़्स रेतले में

अलफ़ाज़ के झुरमुट इस्बात के तवक़्क़ु'आती मंतिक़ों में मोतिद ब-तग़य्युरो-तबद्दुल का मूजिब बनते हैं । हर जुमला किसी ना किसी अम्र का बराहे-रास्त या बिल-वास्ता इस्बात करता है। मसलन, ज़ैद एक मर्द है, में ज़ैद के मर्द होने का इस्बात किया गया है। इस जुमले की एक मख़सूस साख़्त है। इस मख़सूस साख़्त के हर जुमले से जो इस्बात होगा, उस का एक मंतिक़ा है जो इस्बात का तवक़्क़ु'आती मंतिक़ा है ।

जुमले की मख़सूस साख़्त और तवक़्क़ु'आती मंतिक़े का आपस में गहरा तअल्लुक़ है। इस तअल्लुक़ की दरयाफ़्त, दुरुस्ती और हक़ीक़त ख़ारिजी दुनिया के हवाले से पैदा होती है। इस मख़सूस साख़्त के जुमले और इस्बात के तवक़्क़ु'आती मंतिक़े में उस वक़्त फ़ौरन गड़-बड़ हो जाती है, जब हम ये कहते हैं कि ज़ैद एक पहाड़ है, क्यों कि इस जुमले की मख़सूस साख़्त ऐन मेन पहले जुमले की साख़्त से मिलती जुलती है, लेकिन इस्बात का तवक़्क़ु'आती मंतिक़ा ठीक से नहीं बैठता कि ख़ारिजी दुनिया ज़ैद के पहाड़ होने को क़ायम नहीं करती।

ज़ैद के पहाड़ होने को क़ायम करने के लिए इस्तिआरे का सहारा लेते ही इस्बात की तवक़्क़ुआत को जो धचका लगता था, वो बहाल हो जाता है। अलफ़ाज़ के झुरमुट इस्बात

के तवक़्क़ु'आती मंतिक़ों को तशद्दुद का निशाना बनाते हैं कि अव्वलन जुमले की मख़सूस साख़्त की तक़लील और सानियन ख़ारिजी हवालों का मुकम्मल इख़राज कि सिवाए मख़फ़ी लिसानी मुनासिबतों के किसी चीज़ का निशान नहीं रहने देता।

इस सूरते-हाल से जिज़-बिज़ होने के बजाए तवक़्क़ु'आती इस्बात से किनारा-कश होकर इसतिआराती उस्लूब की नैरंगियों से आश्नाई पैदा करनी चाहिए कि अलफ़ाज़ के झुरमुट लाईट मोटीफ़ दर लाईट मोटीफ़ जो कॉम्प्लेक्स मुरत्तिब करते हैं इस से बहरावर होने के लिए उम्दा-तरीन सलाहियतें दरकार हैं । जो अक़्दे-सुरय्या को पहचान नहीं सकते उन्हें फ़लक मंज़र को इंतिशार क़रार देने से पहले अपनी आँख पर शुबह की नज़र डाल लेनी चाहिए

तजरीद तअक़्क़ुल का वज़ीफ़ा है। मुख़्तलिफ़ अशिया को शऊर के दायरे में ला कर उनकी क़दरे-मुश्तर्क कि नौअ कहलाती है, दरयाफ़्त करते हुए तजरीद का ज़हूर होता है। तजरीदे-नौअ की हैय्यती शिनाख़्त है। महसूसात की तअल्लुक़ाती हैय्यती शिनाख़्त को बरुए-कार लाना कुछ इतना दुशवार है कि ज़िंदगी करने की तरीक़त भी आम हालात में साज़गार साबित नहीं होती ।

तअल्लुक़ाती हैय्यती शिनाख़्त के अहल, वो जो तजरीद के हफ़्त-ख़्वाँ तय कर सकते हों, उँगलियों पर गिने जा सकते हैं । महसूसात की तअल्लुक़ाती हैय्यती शिनाख़्त को शे'री वारदात में ज़म करने वालों को शुमार करने के लिए तो उँगलियों की ज़रूरत भी नहीं कि ये साहिबे-अह्द ही का मुक़द्दर है कि वो असातीरी मिनहाज को क़ायम करके देवमालाई तसव्वुर उस्तवार करे। दर्जे-ज़ेल शे'री वारदात से;

लहू की सर-सब्ज़ तीरगी है कि रंग उड़ते लिबास का है
समझ में आए कहाँ कि मंज़र हवास के आस-पास का है

मज़े की मुठ्ठी में क़ैद सी है ये ख़ोशा-चीं नर्म-गर्म लड़की
सड़क के दोनों तरफ़ कटी हुई फ़स्ल में दूध प्यास का है

गुले-गुनह की दबीज़ ख़ुशबू में चूर हैं बामो-दर हवा के
जो है तो इक गोशा-ए-सियह में ख़ुमार ख़ाली गिलास का है

अजीब था उस हरे-भरे खेत से गुज़रने का तजुरिबा भी
मगर ये हर अज़्व की ज़बाँ पर जो ज़ायक़ा ज़र्द घास का है

यहीं पे रुक-कर अँधेरी आँखें उतारकर जेब में उड़स लो
कि इस घने वहम के उक़ब में सफ़ेद जंगल कपास का है

कहाँ गया 'ज़फ़र' उसके ताज़ा-तर जिस्म के जाल से निकलकर
सफ़ेद बेड-शीट पर पड़ा ये बोसा उसी बदहवास का है

महसूसात की तअक़्क़ुलाती हैय्यत शिनाख़्त कीजिये! लहू की सरसब्ज़ तीरगी । इस टुकड़े से कई बे-नाम अंधी कैफ़ियात जन्म लेती हैं । ख़ोशाचीं नर्म-गर्म लड़की इन बे-नाम कैफ़ियात का बहाव मुतअय्यन करती है । गुले-गुनह अस्ल में दूध प्यास का, हरे-भरे खेत से गुज़रने का तजुर्बा, लहू की सरसब्ज़ तीरगी को फैलाता है।

गुले-गुनह बातिनी इशारे के तौर पर उभरता है इस बातिनी इशारे का मा'रूज़ी सियाक़ो-सबाक़ गोशा-ए-सियाह, सियह-नोशी के इस्तिहसाल के पहलू-ब-पहलू बा'द-अज़ हंगाम नाव-नोश की कैफ़ियात को ख़ाली गिलास से मुवासलत देता है, ख़ुमार और ख़ाली गिलास में जो छिपा हुआ रब्त है उसे भी पेशे-नज़र रखिये, बदन का एक मख़सूस हालत से बाहर आते हुए, ख़ाली होते हुए टूटना, ख़ाली गिलास के माद्दी और नीम-अलामती रंग से मुत्तहिद है।

ख़ाली गिलास माद्दी तअय्युन को फलाँग कर नीम-अलामती हो गया है कि उसी से मुंसलिक हरे-भरे खेत से गुज़रने का तजुर्बा है जो कि बा'द की, एक कैफ़ियत के ख़त्म होने के नतीजे में पैदा होने वाली हालत है जिसमें मिनहाई, असल से कम, घुटती हुई, यादों में ज़िंदा कैफ़ियत है। ये एक ज़ायक़ा है, ज़बान का नहीं, हर उज़ू की ज़बान का, तमाम वजूद का, ज़र्द घास से। ये महसूसाती मुक़ाम अब एक तग़य्युर से आश्ना होता है, अंधेरी आँखें उतार कर जेब में उड़स लो कि घने वहम के उक़ब में सफ़ेद जंगल कपास का है। सफ़ेद जंगल कपास का किसी की तरफ़ इशारा है मुतअय्यन नहीं किया गया।

वो सियह-कैफ़ियत जो सर-सब्ज़ तीरगी, गुले-गुनह और अँधेरी आँखों की सिफ़ते-मुश्तर्क, तारीकी, से पैदा हुई है, उसे वहम की तारीकी से मुमासिल करके तमाम महसूसाती कायनात का बहाव बदल दिया गया है। नर्म-गर्म शोशा-चीं लड़की, कटी हुई फ़स्ल, हरे-भरे खेत, ज़र्द घास, सफ़ेद जंगल का ज़ख़ीरा-ए-अलफ़ाज़ बार-बार बाहर के मंज़र-नामे को

उजागर करता है। आख़िरी शे'र में सफ़ेद बेडशीट इस बैरूनी मंज़र को पसे-मंज़र में ले जाती है। चुनाँचे इब्तिदा की स्याही आख़िर-आख़िर सफ़ेदी में तबदील होती नज़र आती है। स्याह रंगों में सफ़ेद रंग की शमूलियत मुसलसल है दूध, सफ़ेद जंगल, कपास, सफ़ेद बेडशीट । शुरूअ में सफ़ेदी बहुत मा'मूली सी है। आख़िरी अशआर में सफ़ेद जंगल, कपास, सफ़ेद बेडशीट के ज़रीये सफ़ेदी का पे-ब-पे तज़किरा स्याही पर छा जाता है। जिस कैफ़ियत का बुनियादी तौर पर तज़किरा किया गया है, उस में मज़े की जिन्सी कैफ़ियत और सियह-नोशी की यकजाई है ये मुजतमअ हक़ीक़त वहम के हवाले से मुनक़लिब की गई है।

फिर उसे दरूने-ख़ाना बेडशीट से मुलव्विस किया गया है। सफ़ेद बेडशीट पर पड़ा हुआ बोसा महज़ एक सूरते-हाल नहीं पेश करता। इस के मा'नी बहुत वसीअ हैं । स्याही की कैफ़ियात की तशकील के बाद अँधेरी आँखें उतार कर जेब में उड़स लेने को कहा गया है क्यों कि अँधेरी आँखों की बसारत गंवाना इसलिए ज़रूरी है कि घने वहम के उक़ब में सफ़ेद जंगल कपास का है। कपास का सफ़ेद जंगल अंधेरी आँखों की बसारत से नहीं जाना जा सकता। सफ़ेदी की ख़लाई कैफ़ियत तक पहुंचने के लिए इन वसाइल से किनारा-कशी लाज़िमी है। किनारा-कश होते ही मंज़र बदलता है। सफ़ेद बेडशीट पर पड़े हुए बोसे का इमेज ज़ाहिर होता है। ये इमेज सफ़ेद कपास के जंगल का किनाया है। सफ़ेदी के मंज़र को ब-क़ाइमी होशो-हवास पा लेना मुम्किन नहीं, यहाँ तो बदहवास होगी!

बदहवासी की ये हालत उस इमेजरी के तलाज़ुमाती सफ़र को रुहानी तजुर्बा बनाती है। कई मिसरों का आहंग कि बज़ाहिर उखड़ा हुआ नज़र आता है, बदहवास पर ढाला गया है। आहंग और दाख़िली कैफ़ियत के साथ-साथ स्याही सफ़ेदी में तबदील होती है। आमना-सामना कि सफ़ेदी की तहसील के मुतरादिफ़ है, हिसे-बसारत को त्याग कर मयस्सर आया है। बदहवासी ग़ैर मुतवक़्क़े सूरत से दो-चार होने की एक ऐसी शक्ल है जो पुरानी तशकील को मिस्मार करके नई तशकील की राहें खौलती है इस ज़िम्न में जिन्स का इस्तिआरा ज़फ़र इक़बाल के यहाँ मुसफ़्फ़ा हो गया है

जिन्स का मौज़ूअ अब शदीद रोल पैदा नहीं करता कि ज़िंदगी के इस मंज़र का मुसलसल इज़हार तमाम राहें रोक चुका है। इस ज़िम्न में क़ारी और नक़्क़ाद बहुत उलझते रहे हैं। उन्हें ये बात समझ नहीं आती थी कि जिसका बरमला तज़किरा फ़ह्हाशी और बे-राह-रवी के ज़ेल में क्यों नहीं आता? वो ख़ुद को, अपने-अपने तौर पर ये कहने में हक़-बजानिब समझते थे कि इज़हार का ये अमल ना-पुख़्ता ज़हनों की ख़राबी का बाइस है कि इसमें जज़्बाती अंगेख़्त की जो मख़फ़ी और ज़िमनी सूरतें हैं वो तहज़ीबी रवाबित को, कि दर-हक़ीक़त जिन्स की ना-आसूदगी के ग़ैर सेहत मंदाना इख़फ़ा-ओ-इनकार

पर मबनी होते हुए क़दग़न की ऐसी ऐसी फ़सीलें खड़ी करते थे कि एक ज़रा से शिगाफ़ का इमकान ला-ता'दाद मफ़रूज़ों को क़ायम करके हज़याती नफ़रतो-तज़हीक का तूफ़ान बरपा करता था, मलहूज़ न रखने से अख़लाक़ की दायरा-दरदायरा क़द्रों से माख़ुज़ इस्तिहसालो-ग़ारत-गरी की परदापोशी के ज़री'ए गुफ़्तनी या ना-गुफ़्तनी की हदें बाँधने वाले हिफ़्ज़े-मरातिब के इन ज़ाबतों की जो तक़वीमे-अहसन के क़रार वाक़ई मो'तमिद ठहर सकते हों, यख़कनी करते हैं कि तश्ख़ीस से शुरूअ होकर इस्लाह तक ले जाने वाला इशारा, कि ख़ुद बबवीद न कि अत्तार बवीद, जिस हद तक बलीग़ हो उसी क़दर बुराई की तस्वीरों के हाशिए शोख़ और अच्छाई के मुरक़्क़'ओं के रंग माँद पड़ जाते हैं, ता-आँ कि मा'सिय्यत के आसार पर मुतख़य्युला की आँच सुहागे का काम करके बालिग़-नज़री, कि तिफ़्ले-नादाँ को लज़्ज़ते-जिमाअ से आश्ना करने का दर्जा रखती है, हासिल नहीं होने देती । अदब में इस सूए-ज़न की गुंजाइश यूँ भी नहीं कि अवामिरो-नवाही की ये सूरत क्लासीक नाम की चीज़ में कभी बार नहीं पा सकी।

बार-बार की याद-दहानी आड़े आई, क़ारी और नक़्क़ाद तस्लीम कर गए कि जिन्स अदब के मोज़ू'आत में शामिल है। इस से हक़ीक़तों की रूनुमाई होती है। घुटन से नजात मिलती है, इस्लाह की राहें मिलती हैं । जिन्स मौज़ू के तौर पर तसलीम होकर मंज़िल ठहरी तो क़ारी भी ठहर गए । अब मुआमला ये है कि इन्हितात की निशानदेही करना हो, समाजी ना-हमवारी का तज़किरा मक़सूद हो, अच्छाई-बुराई की तमीज़ मतलूब हो, इन्फ़िरादी नफ़सियाती उलझनों की कशूद पेशे-नज़र हो, जिन्स शक्लें बदलती आ बिराजमान होती है।

अब फ़ह्हाशी और बे-राह-रवी की तोहमत तो नहीं लगती लेकिन जिन्स का ज़िक्र क़द्रों से बैन तौर पर मुलव्विस दिखाई देता है। जिन्स चाहे मौज़ूअ हो चाहे ज़रीआ-ए-इज़हार, समाजी हवाले सफ़े-अव्वल में जगह पाते हैं । जिन्स का मौज़ूअ और सीग़ा अभी तक अख़लाक़ियात से मामून नहीं हुआ। अब अशद ज़रूरी है कि जिन्स का मौज़ूअ और सीग़ा अदबी सियाक़ो-सबाक़ में क़ायम हो। ज़

फ़र इक़बाल के यहाँ जिन्स का मौज़ूअ और सीग़ा अक्सरो-बेशतर अदबी सियाक़ो-सबाक़ में क़ायम हुआ है, फिर भी ऐसे अशआर मिल जाते हैं

बत्ती जला के देख ले, सब कुछ यहीं पे है
बनियान मेरे नीचे है, शलवार उस तरफ़

नम-नशीं थी सुरमई सिलवट की संग-आमेज़ सत्ह
एक फुट के फ़ासले पर दो सफ़ेद अगलाब थे

पेड़ के पत्ते हवस हैरत हवा मैं हीला-जू
घास के घनघोर में रस की भरी इंजीर थी

एफ़ ऐल इसरार ख़श्म-ख़ूबी
अकसाँ रक़्साँ नमू-नमू पर

ऐसी मिसालों से क़त'ए-नज़र ज़फ़र इक़बाल की शायरी में जिन्स अदबी सियाक़ो-सबाक़ में नज़र आती है कि अख़लाक़ी क़द्रों से मुलव्विस नहीं । अदब में एक सतह ऐसी भी है जहाँ अख़लाक़ और ग़ैर अख़लाक़ के सवालात पैदा ही नहीं होते अदब की तहज़ीबी हैसियत में इसको बिल-उमूम नज़रअंदाज कर दिया जाता है। अपनी नज़र में ये बात मुस्तहसिन नहीं अशिया अदब की मुमलिकत में जब पूरे हुक़ूक़े-शहरियत हासिल कर लेती हैं तो उनके वतनों के हवाले मौक़ूफ़ हो जाते हैं । फिर वो अदब की सर-ज़मीन में नशवो-नुमा पाती हैं जहाँ पिछले इलाक़ों के अख़लाक़ी लाहिक़े पीछा छोड़ देते हैं । लहू की सर-सब्ज़ तीरगी वाली वारदात और दर्जे-ज़ेल शे'री वारदात में जिन्स का अदबी सियाक़ो-सबाक़ मुश्तर्क होने के अलावा महसूसाती त अक़्क़ुलाती हैय्यत भी एक जैसी है;

मैदान थे जहाँ वहाँ जंगले जंगल हुए
बे जिस्मो-जाँ जड़ें किसी डर के डन्ठल हुए

जंगल में जागने लगी 'ख़ुश्बूई' ख़्वाब की
झाड़ाँ गुलाब थी गए, कीकर संदल हुए

साये से, आठ के जिस्म की जन्नत से, जा-बजा
ज़ंजीरे-ज़महरीं में काले कुंडल हुए

आँखों के आँगनों में उड़ा चन्द्र का ग़ुबार
ज़र्राते-ज़र्द ज़र-गरीए मुख-मंडल हुए

लोहे की लाठ बन के अड़े उम्र-भर तो हम
जब टूटने लगे तो सरहों की गंदल हुए

पत्तों की पैरहन पर नयन अक्स की, ज़फ़र
झलकार यूँ पड़ी कि जंगल में मंगल हुए

क़वाफ़ी के तेवर चौंकाने वाले हैं, साबितो-सालिम नून को नून-ग़ुन्ना में बदल कर क़ाफ़िया सह हर्फ़ी कर दिया गया है जिसकी वजह से एक अजीब लुढ़कने की कैफ़ियत पैदा हो गई है। तमाम के तमाम क़वाफ़ी पर फ़नकार ने अपनी तख़लीक़ी मुहर सब्त कर दी है। हर क़ाफ़िया पहले भी मौजूद था, चार हर्फ़ी लफ़्ज़ की सूरत में, मौजूदा हालत में नहीं, ये हालत तो ज़फ़र इक़बाल ने पैदा की है। सह हर्फ़ी जंगल वग़ैरह शायर की मिल्कियत हो गए हैं। मज़ीद बरआँ झाड़ां गुलाब थी गए' मैं दो बातों की लज़्ज़त जिस तरह शेरो-शुक्र हुई है इस का रंग ख़ास-उल-ख़ास है। फिर ज़रगरी मुखमंडल में इज़ाफ़त की तमकनत दीदनी है। मतले का मिसरा-ए-सानी ख़ालिस लिसानी तशकील है। बे जिस्मो-जाँ जड़ें किसी डर के डंठल हुए ज़हन के हलाओं में ये लिसानी तशकील फैलती तो है लेकिन मुतशद्दिदाना गिरफ़्त, कि मा'नी के हतमी इस्तिख़राज की ज़ामिन हो सके, हासिल नहीं होती, लज़्ज़त और ज़ाइक़े के मंतक़ी असीर नहीं होते। डर, वहम, ख़ौफ़ और ख़्वाब की सरहदें कई मुक़ामात पर मिल जाती हैं

बे जिस्मो-जाँ जड़ों और ख़्वाब की ख़ुश्बूई में बवज्ह ग़ैर मरिय्यत एक इत्तिहादे-दाख़िली है। बे जिस्मो-जाँ जड़ें डर के डंठल हैं तो ख़्वाब की ख़ुशबूई, कि जिससे झाड़ां गुलाब और कीकर संदल हो गए हैं, इस बंजर ज़मीन को जहाँ झाड़ और कीकर हैं कि उनके डंठल हैं, डर के डंठलों के मुतवाज़ी रखकर गुलाब और संदल बनाती है। डर, ख़ुशबू से मुत्तहिद हो जाता है, ख़ुशी में मुनक़लिब हो जाता है। चुनाँचे इसी ख़ौफ़ और ख़्वाब की सिफ़ात से मुलव्विस हो जाता है। मैदान कि जहाँ जंगले जंगल नहीं, मुनज़्ज़ा कैफ़ियत का इस्तिआरा बन जाता है। मुनज़्ज़ा लेकिन ख़ाली, बेरंग, बे-बू। जिस्म की जन्नत से पहले झाड़ हैं,! किताबे-मुक़द्दस की जन्नत, आदम-ओ-हवा का मस्कन, और साये। काले कुंडल तलाज़िमाती तौर पर अव्वलीं गुनाह के मुहर्रिक, साँप को ज़हन में लाता है। साये काले कुंडल होकर गुत्थम-गुत्था और आपस में धंसे हुए जिस्मों में एक उनसुर ठोस जिस्मियत रखता है और दूसरा उनसुर एक सिफ़ते-महज़ है। ये मुरक्कब एक दाख़िली कैफ़ियत का मा'रुज़ी इस्तिआरा है। यहाँ से ग़ज़ल का बहाव दाख़िली होना शुरूअ हो जाता है। चन्द्र का गुबार आँखों के आँगनों में उड़ता है तो ख़बर होती है कि आँगन एक चार-दीवारी रखता है, खुला होने के साथ साथ अंदरूनी कमरों की बंद हालत को लिए हुए दाख़िल ख़ारिज के बैन-बैन सूरत पैदा करता है। ज़र्राते-ज़र्द, चन्द्र का गुबार, ज़रगरी मुख-मंडल में एक

क़द्रे-मुश्तर्क रंग है। दूसरी क़द्रे-मुश्तर्क ज़र्रात और ग़ुबार में जिस्मानी हालत की है। फिर ये कैफ़ियत उस सूरत के बिलकुल बरअक्स है जो मैदान से मुतअल्लिक़ है। ठोस, अपनी हालत में क़ायम । ज़र्रात और ग़ुबार अपनी जामिद हालत पर क़ायम नहीं । ये तो टूट-फूट और शिकस्तो-रेख़्त से अपना वजूद पाते हैं ।

चन्द्र के ग़ुबार और ज़र्राते-ज़र्द की ये हालत अपने अंदर टूटने का जो इशारा रखती है वो अगली स्तरों में वाज़ेह हो जाता है टूटने लगे तो सरहों की गंदल हुए! ये टूटना कैसा है? इरादे और पा-मर्दी से लोहे की लाठ बन कर उम्र-भर की साबित क़दमी के बा'द जब टूटने पर आए तो कितने नाज़ुक निकले! सरहों की गंदल नबाताती ख़ानवादे से मुस्तआर है । यहीं से पत्तों का, नबातात का हवाला फिर से आन मौजूद होता है। इस ग़ज़ल में जमादात और नबातात के एक दूसरे से जन्म लेते और एक दूसरे में मुदग़म होते इस्तिआरे बकसरत मौजूद हैं । आँखों के आँगनों में चन्द्र का ग़ुबार अब नैन अक्स की सूरत जलवागर हुआ है, जिसकी झलकार पड़ने से जंगल में मंगल हुए । फिर पत्तों के पैरहन में जो इशारा मख़फ़ी है उस का एक रिश्ता वो भी है जिसकी जानिब जिस्म की जन्नत कुशां-कुशां लिए जाती है। डर से रौशनी तक का एक सफ़र तय हो गया। इस सफ़र के दौरान में ज़ात की शिकस्तो-रेख़्त भी होती है

महसूसात की इन हर दो त अक़्क़ुलाती हैय्यतों के तक़ाबुल से हमें जिस चीज़ की आगही मिलती है, वो ख़मीर का इश्तिराक है। महसूसात की वो साबितो-सालिम शक्ल जिसकी तरफ़ ये हर दो तअक़्क़ुलाती हैय्यतें इशारा करती हैं । महसूसात की साबितो-सालिम शक्ल के कई पहलू हैं । हर पहलू में कुछ तो वो है जो दीगर पहलूओं में भी मौजूद है और कुछ वो है जो मुख़्तलिफ़ है। ये कि जो मुख़्तलिफ़ है हर पहलू में नई आन-बान से ज़ाहिर होता है। मुख़्तलिफ़ के हर पहलू से पैदा होने वाले ज़ाविये उससे कि मुश्तर्क है, मिलकर साबितो-सालिम शक्ल की अफ़्ज़ाइश करते हैं महसूसात की इस बुनियादी शक्ल को जिसके बेशुमार पहलू बिखरे पड़े हैं,ज़फ़र इक़बाल ने गिरफ़्त में लिया हुआ है मुश्तर्क जल्वे नज़र आ गए, अब मुख़्तलिफ़ की तलाश आपके ज़िम्मे है। अपनी ज़िम्मेदारी पूरी कीजिये, फिर देखिए असातीरी मिनहाज परदा-ए-ज़ंगारी के पीछे से किस तौर जल्वा-फ़िगन है

इफ़्तिख़ार जालिब
10 जनवरी1965

और भी हैं क़फ़स कई दूर शबे-मलाल से
पाँव निकालिए कभी सिलसिला-ए-सवाल से

सैले-हवा के साथ-साथ ज़र्द लहू की लहर थी
कौन सी मय छलक गई किसके ख़मे-ख़याल से

धुंद खिली हुई न थी सर्वे-रवाँ के आस-पास
चेहरा घिरा हुआ न था शर्म शुमार शाल से

आँख में तैरती रही नंग-धड़ंग आरज़ू
आइन्दा काँपता रहा मो'जिज़ा-ए-मुहाल से

रात वही है अरजुमंद, ज़ात वही है सर-बुलंद
लम्हा-ए-जाँ गुज़र गया जिस्म के माहो-साल से

सर पे रहेगी साथ-साथ वहम की नर्म-गर्म धूप
दामने-ख़ारज़ार तक सब्ज़ा-ए-पायमाल से

ख़िलअते-ख़ाक से 'ज़फ़र' मेरे बदन की आबरू
काश उसे बचा सकूँ शो'ला-ए-बर्शगाल से

मैं भी शरीके-मर्ग हूँ, मर मेरे सामने
मेरी सदा के फूल, बिखर मेरे सामने

आख़िर वो आरज़ू मेरे सर पर सवार थी
लाए थे जिसको ख़ाक बसर मेरे सामने

कहते नहीं हैं उसका सुख़न मेरे आस-पास
देते नहीं हैं उसकी ख़बर मेरे सामने

आगे बढ़ूँ तो ज़र्द घटा मेरे रूबरू
पीछे मुड़ूँ तो गर्दे-सफ़र मेरे सामने

मैं ख़ुद किसी के ख़ून की आँधी हूँ इन दिनों
उड़ती हुई हवा से न डर मेरे सामने

आँखों में राख डाल के निकला हूँ सैर को
शाख़ों पे नाचते हैं शरर मेरे सामने

तारी है इक सुकूत 'ज़फ़र' ख़ाको-ख़िश्त पर
जारी है बादलों का सफ़र मेरे सामने

गुल-आफ़ताब

जिस्म जो चाहता है उससे जुदा लगती हो
सीनरी हो मगर आँखों को सदा लगती हो

सर पे आ जाए तो भर जाए धुआँ साँसों में
दूर से देखते रहिये तो घटा लगती हो

फड़फड़ाता हो सियह शाख़ में उलझा हुआ चाँद
चाँदनी अक्स कोई उड़ता हुआ लगती हो

चश्मा-ए-चश्म रवाँ हो कि मिटे प्यास का नक़्श
रौज़ने-ज़ख़्म खुला हो कि हवा लगती हो

ऐसी आवाज़ ख़लाओं में उड़ाई जाये
जो लबों तक ही रहे और रसा लगती हो

ऐसी तलवार अँधेरे में चलाई जाये
कि कुजा चाहते हों और कुजा लगती हो

जिस्म के रेग-ज़ार में शामो-सहर सदा करूँ
मंज़िले-जाँ तो दूर है तय यही फ़ासला करूँ

ये जो रवाँ हैं चारसू इतने धुँए के आदमी
किसलिए चोबे-सब्ज़ को आग से आश्ना करूँ

क़ैद करे तो आप है क़ैद सहे तो आप है
मैं किसे रोकता फिरूँ और किसे रिहा करूँ

रात रुकी है आन-कर ज़र्द-सफ़ेद घास पर
लाख सुख़न है दरमियाँ किससे किसे जुदा करूँ

शाख़ हिली तो डर गया, धूप खिली तो मर गया
काश कभी तो जीते-जी सुब्ह का सामना करूँ

ज़फ़र इक़बाल

कहाँ की आग थी क्या जाने और धुआँ कैसा
बदल गया था 'ज़फ़र' रंगे-आसमाँ कैसा

उड़ा गुबार न मौजूद नक़्शे-पा है कोई
गुज़र गया है इधर से ये कारवाँ कैसा

दिया है तेग़े-तग़ाफ़ुल का वार अगर ख़ाली
तो शाख़े-दिल पे है ये ज़ख़्म का निशाँ कैसा

दमकती रेत का दरवाज़ा वा है किसके लिए
किनारे-दश्त पे आबाद है मकाँ कैसा

फ़िज़ा की फ़ौज में ये जंग हो रही है कहाँ
हवा की मौज में ये रंग है रवाँ कैसा

वो रौशनी है कि मंज़र है एक सा हरसू
मुझे ख़बर नहीं कुछ, कौन है कहाँ कैसा

ग़ज़ल का शोर है अंदर पुराना
बहुत गूँजेगा ये पैकर पुराना

बदन पर है वही मिट्टी का मलबूस
नज़र में है वही मंज़र पुराना

वही है हसरते-मंज़िल दिलों में
वही है राह का पत्थर पुराना

पढ़ी जाती नहीं ख़्वाहिश की तहरीर
हुआ एहसास का दफ़्तर पुराना

लुटा रख़्ते-सफ़र दश्ते-हवस में
बग़ल में रह गया बिस्तर पुराना

कभी उम्मीद से आज़ाद होंगे
कभी बदलेंगे ये महवर पुराना

'ज़फ़र' दिल से निकल तो जाऐंगे हम
बहुत याद आएगा ये घर पुराना

गुल-आफ़ताब

दरियाए-तुन्द मौज को सहरा बताइए
सीधा भी हो सवाल तो उल्टा बताइए

जैसा भी है वो सामने सबके है किसलिए
ऐसा बताइए, उसे वैसा बताइए

क्यों छोड़कर गया था वो, क्यों फिर से आ गया
आगे बता भी सकते थे, अब क्या बताइए

महफ़िल की रौनक़ें हों कि बाज़ार का हुजूम
ये दिल जहाँ भी हो इसे तन्हा बताइए

या क़त्ल कीजिये उसे अपने ही नाम पर
या अजनबी को शहर का रस्ता बताइए

जिसकी कभी झलक भी न देखी हो उम्र-भर
तू ही बता 'ज़फ़र' उसे कैसा बताइए

ज़फ़र इक़बाल

नज़र-नवाज़ तो हैं बहरो-बर हमारे लिए
वबाले-जाँ ही सही बालो-पर हमारे लिए

कहीं फ़िज़ा में बसाया है अक्से-नाब का शहर
कहीं हवा में बनाया है घर हमारे लिए

ये बर्गे-ताज़ा नहीं लौहे-सब्ज़ थी जिस पर
लिखी हुई थी नई इक ख़बर हमारे लिए

हमारी मौजे-निगह ने मिटा दिए वरना
हज़ार नक़्श बने ख़ाक पर हमारे लिए

पड़े हुए थे ख़सो-ख़ार की तरह लेकिन
उठा न संगे-सियह से शरर हमारे लिए

कोई बरसता रहा क़हर की घटा बनकर
कोई तरसता रहा उम्र-भर हमारे लिए

किनारे-दश्त पे दीवार सा खड़ा है अभी
बला-ए-ख़्वाबे-सफ़र का ख़तर हमारे लिए

किया हलाक़ हमें दुश्मनों ने रस्ते में
बने हुए थे यहाँ बामो-दर हमारे लिए

ग़ज़ल में टाँकते हैं वस्लो-हिज्र के मज़मून
कि रह गया है यही इक हुनर हमारे लिए

गुल-आफ़ताब

बिखर-बिखर गए अलफ़ाज़ से अदा न हुए
ये ज़मज़मे जो किसी दर्द की दवा न हुए

सफ़र में गोश बर-आवाज़ था हर इक ज़र्रा
खुला था सामने सहरा हमीं सदा न हुए

नई हवा में महक है पुराने पत्तों की
जो ख़ाक हो गए, पर शाख़ से जुदा न हुए

हवा के साथ कई अश्क से उड़े तो सही
किसी तो रेतली मिट्टी का आबो-दाना हुए

ग़ज़ल में थे बहुत आज़ाद-रू 'ज़फ़र' लेकिन
तलाज़मात की ज़ंजीर से रिहा न हुए

ख़ाली ख़ोली ग़ुबार निकला
इस ख़ाक से जो सवार निकला

आया जब दूसरा किनारा
दरिया, दरिया के पार निकला

मस्ती नहीं आँख में तलब है
नश्शे की जगह ख़ुमार निकला

तलवार की तेज़ धार था जो
आख़िर को ख़ाकसार निकला

कंधे पे उठाए ही फिरा घर
घर से जो एक-बार निकला

ज़फ़र इक़बाल

मक़बूले-अवाम हो गया मैं
गोया कि तमाम हो गया मैं

एहसास की आग से गुज़र कर
कुछ और भी ख़ाम हो गया मैं

दीवारे-हवा पर लिख गया वो
यूँ नक़्शे-दवाम हो गया मैं

पत्थर के पाँव धो रहा था
पानी का पयाम हो गया मैं

उड़ता हुआ अक्स देखते ही
फैला हुआ दाम हो गया मैं

गुंग है ख़ाकसतरे-ख़ूँ बोलता फिरता हूँ मैं
ख़्वाब के मोती हैं जिनको रोलता फिरता हूँ मैं

मेरी संग-उफ़्ताद आँखों में नहीं सजता ये रंग
जामे-शामे-ज़र्द में कुछ घोलता फिरता हूँ मैं

शहर सारा सो रहा है नींद की गर्मी में गुम
बंद दरवाज़े हवा के खोलता फिरता हूँ मैं

क्या मिला मुझको पहनकर तुझको ऐ नाज़ुक बदन
ढीला-ढाला पैरहन हूँ, झूलता फिरता हूँ मैं

सरसराकर क्यों फ़िज़ा में जम नहीं जाता 'ज़फ़र'
डोर क़ायम है तो फिर क्यों डोलता फिरता हूँ मैं

गुल-आफ़ताब

गया शोरे-शब-ख़ूने-ग़म भी गया
खुला आरज़ू का अलम भी गया

हर इक मस्नदे-ख़ास ख़ाली हुई
ख़ुदा तो गया था सनम भी गया

बदन जंगलों की सदा सो गई
रमे-शो'ला-ए-दमक़दम भी गया

फ़िज़ाओं के मंज़र तो क्या देखते
हवाओं का एहसासे-कम भी गया

कोई और नक़्शा जमाते कि अब
तग़ज़्ज़ुल का तूफ़ान थम भी गया

तस्वीरे-बाग़ो-मंज़रे-दरिया उलट गया
बैठे बिठाए ताक़े-तमाशा उलट गया

हम भी गए थे गर्मी-ए-बाज़ार देखने
वो भीड़ थी कि चौक में ताँगा उलट गया

कैसा हमें सताए रखा चशमकों के साथ
की हमने छेड़-छाड़ तो कैसा उलट गया

काम आ सका यहाँ न दिलों का धुआँ भी कुछ
आख़िर बिसाते-रंग वो तन्हा उलट गया

चलने लगे तो वहम के झक्कड़ थे चारसू
पाया निशाने-राह तो सहरा उलट गया

जैसे गए थे मौत की महफ़िल से लौट आए
हाथों में आ के ज़हर का प्याला उलट गया

क्यों इतनी जल्द साँस हवा की उखड़ गई
क्यों रास्ते में तश्ते-तमन्ना उलट गया

जिन्नात वो उठे हैं कि रू-ए-ज़मीन पर
इन्साँ के इक़्तदार का तख़्ता उलट गया

नक़्क़ादे-कुहना पर असरे-शे'रे-नौ है ये
पढ़कर ग़ज़ल ग़रीब का भेजा उलट गया

ज़फ़र इक़बाल

उल्टे-पुल्टे हिन्दसे देते रहे दुहाइयाँ
आपस में लड़ती रहीं पीली ज़र्द इकाइयाँ

मुंह पर मलकर सो रहे काली कीचड़ ज़िंदगी
जैसे यूँ ढल जाएँगी होने की रुस्वाइयाँ

गिर कर ठंडा हो गया हिलता हाथ फ़क़ीर का
जेबों ही में रह गईं सब की नेक कमाइयाँ

फिरता हूँ बाज़ार में, रुक जाऊँ, लेता चलूं
उसकी ख़ातिर ब्रेज़ियर अपने लिए दवाइयाँ

घर-वाली के वास्ते बची न प्याली चाय की
कुत्ते-पिल्ले आन कर खा गए केक मिठाइयाँ

नंगा अलिफ़ दरख़्त हूँ हंगामों की धूप में
सूख सुलग कर झड़ गईं हरी-भरी तन्हाइयाँ

क्या क़दमों में खड़ी थीं अक्स उतार पुजारनें
क्या पत्थर का देवता लेता था अंगड़ाइयाँ

चलता फिरता गोद में नीला गोला ऊन का
गर्म गुलाबी उँगलियाँ, गहरी सब्ज़ सलाइयाँ

ज़र्रे में सहरा 'ज़फ़र' जागा गहरी नींद से
बादल बन कर छा गईं मिट्टी की गहराइयाँ

कैसी हार थी कैसी जीत और क्या छग्गी पर सत्ता
तुन्द हवा की लहर उड़ा कर ले गई पत्ता-पत्ता

तन भी नंगा मैं भी नंगा सूरज भी है सख़्त
धूप की चादर देकर कोई ले गया कपड़ा लत्ता

आसमान पर चढ़ी हुई बादल बरसात पतंग
और सड़क पर पड़ा हुआ पीपल का पीला पत्ता

मैं कंकर था किसने मुझे चलाया ज़ोर से इतने
आन की आन में कैसा बिखरा ज़र्द भिड़ों का छत्ता

लैस थी सारी फ़ौज तग़ज़्ज़ुल के सब हथियारों से
जिसके मुक़ाबिल लड़ने वाला तन्हा और निहत्ता

ख़त्म हुआ पैट्रोल तो आख़िर रुकी शे'र की गाड़ी
टैंकी में ये एक क़ाफ़िया बाक़ी था अलबत्ता

ज़फ़र इक़बाल

शायर वही शाइरों में अच्छा
खा जाये जो शायरी को कच्चा

जारी है रगों में ख़ून बन कर
इक झूट सफ़ेद और सच्चा

बोदे हुए दुःख उठ उठा कर
धचका था कभी सो अब है धच्चा

करते रहे अपने आपको क़त्ल
देते रहे दूसरों को ग़च्चा

दर्दें थीं लगी हुई मियाँ को
बच्चा जन कर खड़ी थी ज़च्चा

आदम न सहेड़ता ये झंजट
होता अगर आदमी का बच्चा

पानी फिर बह गया किनारों
फिर जिस्म से भर गया चोबच्चा

ऊपर नीचे वजूद मौजूद
मचा रहा देर तक धमच्चा

मतले में 'ज़फ़र' को रोकता कौन
अच्छा को जो बांध लेते अच्चा

बद-रंग है ज़मीं अभी काला है आसमाँ
आँखें पिघल सकें तो उजाला है आसमाँ

ख़ामोश है फ़िज़ा कहीं बेहोश है हवा
गोया सरों पे टूटने वाला है आसमाँ

है पांव में पड़ी हुई ज़ंजीर ये ज़मीं
सर में खुबा हुआ कोई भाला है आसमाँ

पानी में अक्स काँपता है दूर दूर तक
जैसे किसी ने ख़ाक पे डाला है आसमाँ

दिन को वही धुएँ के बगोले हैं जा-बजा
रातों को देखिये तो निराला है आसमाँ

मैंने कि देख-देख के जलता हूँ अब 'ज़फ़र'
अपनी ही पस्तियों से उछाला है आसमाँ

सनसनाती हुई फ़िज़ा के सिवा
कुछ नहीं है कहीं हवा के सिवा

बहर सुनसान है गुहर के बग़ैर
दश्त वीराँ है नक़्शे-पा के सिवा

धूप ही धूप है जिधर देखो
सर में छत छाँवली घटा के सिवा

पसे-दीवार कुछ नहीं बाक़ी
नोहा-ए-नक़्शे-ना-रसा के सिवा

है ये सहरा मेरा गवाह कि मैं
और कुछ भी नहीं सदा के सिवा

चारा-ए-चश्म और क्या हो 'ज़फ़र'
इशरते-अक्से-जा-बजा के सिवा

ज़र्रों का इख़्तियार नहीं था हवाओं पर
उम्रें गुज़र गईं वही धुँदला है गाँव पर

इसको भला कहूं कि बुरा कोई नाम दूँ
सारी गुज़र-बसर है उसी धूप छाओं पर

सिमटा हूँ अपनी आँख की पुतली में और कभी
फैला था आसमाँ की तरह इन ख़लाओं पर

क्या सुब्ह थी कि दिल का सदफ़ काँपता रहा
सूने समंदरों की सिसकती सदाओं पर

है किसका नक़्श रात के पत्थर पे जा-बजा
थी किसकी मुहर रौशनियों की रिदाओं पर

सोकर उठे तो शहर का नक़्शा ही और था
छाई हुई थी मौत की मस्ती फ़िज़ाओं पर

मंज़िल की मौज थी कि सरों से गुज़र गई
राहों का रंग है कि चमकता है पांव पर

ज़फ़र इक़बाल

गुल-आफ़ताब

जिसकी फ़िज़ा आफ़ताब, जिसकी हवा आफ़ताब
आज उसी दश्त में सर्द हुआ आफ़ताब

उस का सफ़र और है, राहगुज़र और है
तीरगी-ए-दिल कुजा, और कुजा आफ़ताब

सात-समुंदर मेरे सर में ठिठरते रहे
सात फ़लक थे मगर कोई न था आफ़ताब

आँख में है अब्र सा अब्र, में है आँख सी
या'नी खुला आफ़ताब, या'नी छुपा आफ़ताब

धूप का चक्कर भी वो, राह का पत्थर भी वो
सारे सफ़र में मेरे साथ रहा आफ़ताब

मौजे-मुराद उससे है, सारा फ़साद उससे है
दुःख की दवा आफ़ताब, सुख की सज़ा आफ़ताब

रात के जंगल में था इतना अंधेरा 'ज़फ़र'
पाँव का छाला जो था, मुझको लगा आफ़ताब

वैसी ही शाम है वही नक़्शा है नाम का
होगा कोई तो अक्स यहाँ मेरे काम का

गलियों का नाम पूछता फिरता हूँ शहर में
जैसे मैं रहने वाला नहीं इस मुक़ाम का

छाई हुई है रात घटा-घोर हर तरफ़
घर जाऊँ किस तरह कि मैं भूला हूँ शाम का

मेरे बदन का हिस्सा न था कोई मेरे साथ
या खो गया था हर्फ़ कोई मेरे नाम का

सूरज के साथ सो रहूँ कपड़े उतार कर
मतलब यही है धूप के पीले पयाम का

है पुर-बहार कांच की प्याली पे आज तक
जो नक़्श रह गया था लबे-लाला-फ़ाम का

आगे भी वो था, पीछे भी वो, दरमियाँ था मैं
मेरा और उस का फ़र्क़ रहा एक गाम का

टूटा पड़ा है आईना सा जा-बजा 'ज़फ़र'
फाटक के पास जिस जगह पौदा है पाम का

ज़फ़र इक़बाल

उड़ी चाँद चिलमन चमक चारसू
तमाशा लगा दूर तक चारसू

वही रात-दिन आमने सामने
वही जंगलों की महक चारसू

वही ख़ामुशी दरमियाँ-दरमियाँ
वही पायलों की छनक चारसू

वो आया न गुज़रा यहाँ से, मगर
दिलों में है कैसी धमक चारसू

मिटाती रहेगी हवा हर घड़ी
फिराता रहेगा फ़लक चारसू

सुनोगे अब उसकी सदा हर तरफ़
न देखोगे उसकी झलक चारसू

फ़िज़ाओं में टूटा है वो आइना
रहेगी हमेशा खनक चारसू

दुबक जाइये दिल के अंदर 'ज़फ़र'
कि है बिजलियों की लपक चारसू

ज़फ़र इक़बाल

गुल-आफ़ताब

सूरज दरिया में गिर रहा था
मैं दूर से छुप के देखता था

पेड़ों पर हुई थी बर्फ़ बारिश
पत्थर का पहाड़ बच रहा था

बादल की सियाह सरज़मीं पर
बिजली का दरख़्त सा उगा था

मछली बाहर गई हुई थी
पानी का मकान बे-सदा था

अफ़रातफ़री मची हुई थी
ख़ुशबू का चराग़ बुझ गया था

धड़की थी रात की ख़मोशी
तांगा दरवाज़े पर रुका था

अंधी थीं इंतिज़ार आँखें
सावन में हर तरफ़ हरा था

सर में तलवार सी चली थी
सीने पर फूल सा खिला था

दीदार का नामा-बर कबूतर
आँखों के घर मरा पड़ा था

धोका हुआ था आबे-रवाँ पर सराब का
रख़्ते-सफ़र है इक वही लम्हा अज़ाब का

आँखों में ख़ाक धूलती गुज़री थी जो कभी
दीवाना है ये शहर उसी आबो-ताब का

जारी नहीं है लाश कभी डूब कर यहाँ
बदला नहीं है रुख़ कभी दरियाए-ख़्वाब का

गुज़रा था ज़र्द-ज़र्द ख़लाओं से एक-बार
इक तीर सनसनाता हुआ अक्से-नाब का

दिल से सियाह सफ़्हों की तहरीर मिट गई
आँखों में बुझ गया कोई मंज़र किताब का

चलती हुई हवा ब हवा तिश्नगी की लहर
लिख्खेगी शाख़-शाख़ पे नश्शा शराब का

पत्थर है वो कि राह से हटता नहीं कहीं
कहने को एक फूल है काले गुलाब का

सहराए-मर्ग से मुझे दे के सदा 'ज़फ़र'
मुद्दत से मुंतज़िर है वो मेरे जवाब का

शो'ले शफ़क़ शरार वो दीवारे-संग पर
मैं दंग रह गया था लहू की तरंग पर

दिल पर ख़ुशी का बोझ पड़ा इस तरह कि हो
बादल घिरा हुआ कोई सहराए-तंग पर

जैसे चढ़ा हुआ हो सदा पर ग़िलाफ़ सा
तह सी जमी हुई हो कोई जैसे रंग पर

पानी पे तैरता फिरा पत्ते की तरह मैं
बारिश हुई वो रात को दिल की उमंग पर

सोने के सात कील गड़े थे निगाह में
रेशम का एक ढेर पड़ा था पलंग पर

सर में खुला ही था कोई संगीन दर 'ज़फ़र'
हल्की हवा के फूल खिले अंग-अंग पर

बिजली गिरी है कल किसी उजड़े मकान पर
रोने लगूँ कि हँस पड़ूँ इस दास्तान पर

वो क़हर था कि रात का पत्थर पिघल पड़ा
क्या आतिशीं गुलाब खिला आसमान पर

इक नक़्श सा निखरता रहेगा निगाह में
इक हर्फ़ सा लरज़ता रहेगा ज़ुबान पर

अपने लिए ही आँख का परदा हूँ रात-दिन
मैं वरना आशकार हूँ सारे जहान पर

शेर आ के चीर फाड़ गया मुझको ख़्वाब में
दम-भर को मेरी आँख गई थी मचान पर

प्यासी है रूह, जिस्म शराबोर है तो क्या
बेकार मींह बरसता रहा सायबान पर

पीली हवा में ख़ून का ज़र्रा उड़ा ही था
पागल हुआ ये शहर ज़रा से निशान पर

ख़ाली पड़ी हैं बेद की बीमार कुर्सियाँ
ख़ूँ-ख़्वाब धूप धुंद बरसती है लॉन पर

किस ताज़ा मा'र्के पे गया आज फिर 'ज़फ़र'
तलवार ताक़ में है ना घोड़ा है थान पर

धुँदला गया निशाने-सफ़र भी निगाह में
ख़ुद से जुदा हुआ हूँ कुछ इस तरह राह में

नागाह मेरे सर पे वो दीवार गिर पड़ी
बैठा था एक उम्र से जिसकी पनाह में

नीचे ज़मीन है न मेरे सर पे आसमाँ
मुझको डराए रखते हैं ऐसे ही वाहमे

तारीक जिस्म तोड़ के निकला तो रात-भर
मैं डूबता-उभरता फिरा मौजे-माह में

इक धूल सि जमी हुई आँखों के आस-पास
इक रंग सा उड़ा हुआ दिल के नवाह में

इक हर्फ़ सा खुदा हुआ रूए-ज़मीन पर
इक शक्ल सी बनी हुई अब्रे-सियाह में

सोई हुई फ़िज़ा है सिमट सेज सू-ब-सू
रोई हुई हवा भी है अक्से-गुनाह में

मैं हूँ यहाँ न वो है मेरे पास इस घड़ी
भीगी हुई सदा है फ़क़त ख़ाबगाह में

होने लगा असर भी उसी रोज़ से 'ज़फ़र'
जिस रोज़ से हवस की मिलावट है आह में

बिखरी हुई फ़लक-ब-फ़लक शाम है कोई
आँखों में शो'ला-ए-हवसे-ख़ाम है कोई

हिलते हैं ज़ाविये तो लरज़ता हूँ मैं भी साथ
आबे-रवाँ पे अक्से-दरो-बाम है कोई

इतने हुजूम में किसे डसता है देखिए
सब्ज़े पर सरसराता हुआ नाम है कोई

तलवार ऐसे उसके बदन में उतार दी
जैसे कि आदमी नहीं वो नाम है कोई

इस तरह ख़्वाबे-ख़ाक में उलझा हूँ ऐ 'ज़फ़र'
गोया ज़मीं का ज़र्रा नहीं दाम है कोई

आँखों में रुका हुस्न का हंगाम सफ़र में
मंज़िल से बहुत दूर हुई शाम सफ़र में

आगे है वही वहम का तारीक तमाशा
देती थीं हवाएं यही पैग़ाम सफ़र में

उस रेत का हर ज़र्रा उड़ा ले गई आँधी
आता था नज़र दश्त का अंजाम सफ़र में

बैठा हूँ वहीं पर कि चला था मैं जहाँ से
सद-पारा हुआ हूँ इसी बेनाम सफ़र में

सामाने-सफ़र भी है मुसाफ़िर ही नहीं वो
साथ उसके भला क्या है मेरा काम सफ़र में

गुल-आफ़ताब

फूटा उदास जिस्म से मौसम बहार का
मौजे-हवा पे फूल खिला इंतिज़ार का

ऐसे है जैसे आँख की पुतली के वस्त में
नक़्शा बना हुआ हो किसी ख़्वाब-ज़ार का

अब्रे-ख़िज़ाँ है छाँव-छतर मेरे आर-पार
नश्शा मेरे वजूद में है नोके-ख़ार का

आँखें अटी हुई किसी साहिल की रेत से
मंज़र खुला हुआ किसी दरिया के पार का

'आदिल' को भी बुलाऐं मुरम्मत के वास्ते
पत्थर उखड़ गया है ग़ज़ल के मज़ार का

ज़फ़र इक़बाल

दर है कोई वजूद के अंदर खुला हुआ
ये राज़ वो है जो नहीं मुझ पर खुला हुआ

ऊपर घिरी हुई किसी चुप की घटाऐं सी
नीचे किसी सदा का समन्दर खुला हुआ

आ तू भी देख, ताबे-तमाशा तुझे भी थी
बंदर बंधा हुआ है, मुछन्दर खुला हुआ

तेग़े-तलब है ख़ाक के अंदर खुबी हुई
ख़ूने-ख़ुदा है ज़ख़्म से बाहर खुला हुआ

थक कर गिरी सराबे-सफ़र आरज़ू 'ज़फ़र'
हर सुर्ख़ रेगे-मौज थी बिस्तर खुला हुआ

गुल-आफ़ताब

सुकूते-ज़र्द में इक सुर्ख़ी-ए-सदा होकर
मुझे दिखाई दिया ज़हर क्या से क्या होकर

रवाँ रहा मेरे सीने पे रात का दरिया
घिरा था सर पे सियह आसमाँ घटा होकर

सफ़ेद साँप कि लेटा हुआ था जंगल में
चमक गया मेरी आँखों में रास्ता होकर

सफ़र सज़ा थी चमक मौसमों की मजबूरी
सियाह घास पे चलना बरहना पा होकर

हवस हिसार हवा कर गई मुझे यकसू
मैं मुजतमअ हूँ 'ज़फ़र' टूटता हुआ होकर

रात का ज़हर बुझाते रहे बीनाई में
छुप के बैठी रही तस्वीर तमाशाई में

बर्फ़ का शहर बुआ चश्मे-ज़दन में बर्बाद
धूप की लहर थी उलझी हुई अंगड़ाई में

लोग ही आन के यकजा मुझे करते हैं कि मैं
रेत की तरह बिखर जाता हूँ तन्हाई में

सतह का नक़्श किसी को नज़र आता कैसे
देखा-देखी सब उतरते गए गहराई में

आसमाँ फैले हुए दाम की सूरत है 'ज़फ़र'
अक्स पड़ते हैं पिघलती हुई पहनाई में

भर जाता है तारीक धुआँ तंग मकाँ में
तुन्दी नहीं अगली सी वो अब शो'ला-ए-जाँ में

फिर जा के गिरूँगा मैं निशाने से बहुत दूर
उसने मुझे फिर खींच के रख्खा है कमाँ में

फिरता है लहू लफ़्ज़ मेरी नोके-ज़ुबाँ पर
आती है बदन बात मेरे वहमो-गुमाँ में

गलियों में भटकना मेरी तक़दीर है वरना
इस शहर का नक़्शा है इसी दिल के निशाँ में

देखा था 'ज़फ़र' जिसको अभी नहर के पुल पर
रौशन है वही शमअ किताबों की दुकाँ में

बेकार दिल धड़कता है दुनिया कोई नहीं
आँखें तरस गई हैं, तमाशा कोई नहीं

कौन आ के तोड़-फोड़ गया है हर एक शय
मैंने तो अपनी आँख से देखा कोई नहीं

सूखा है अपना ख़ून समन्दर भी देर से
और डूबने को शहर में दरिया कोई नहीं

सर पर किसी के हाथ किसी का नहीं यहाँ
बंदा कोई नहीं है कि मौला कोई नहीं

सूरज ढला है गर्द उड़ाता हुआ 'ज़फ़र'
सारे फ़लक पे अब्र का टुकड़ा कोई नहीं

फिर आई हवा डूबी हुई रात के रस में
निखरेगा नज़र नक़्श भी तस्वीरे-हवस में

बुत सा कोई साये का धुआँ-धार सड़क पर
हिलता हुआ एक हाथ सा चलती हुई बस में

किस शय की तलब लाई है दरिया के किनारे
इसरार है क्या चढ़ती हुई मौज के मस में

धुँदली है मेरे चेहरे की तहरीर अभी से
मिट जाऊँगा कुछ और भी दो-चार बरस में

ता-सुब्ह दमकती रही सोना सी मेरी लाश
किस ज़हर की ज़र्दी थी 'ज़फ़र' नैशे-नफ़स में

आँख भी वा हुई सूरज भी सफ़र से आया
ज़र्रा-ए-ज़र्द न सहराए-हुनर से आया

कौन था जिसका यहाँ जी न लगा जंगल में
कौन था जो किसी गुनजान शहर से आया

सभी अहवाल के अंदाज़े लगाते रहे ख़ुद
पूछ लेता कोई उससे भी जो घर से आया

ख़त्म होता कहीं साहिल पे ही पानी का सफ़र
लौट जाएगा उधर को ही जिधर से आया

जाग कर भाग पड़े थे यूँही बे-सम्त 'ज़फ़र'
अब खड़े सोचिये आवाज़ा किधर से आया

गुल-आफ़ताब

ख़बर नहीं सफ़रे-ख़ाक में कहाँ हूँ मैं
कहीं अँधेरे-उजाले के दरमियाँ हूँ मैं

पड़ा हूँ कब से गुज़र-गाहे-बादो-बाराँ पर
मिटा हुआ सा किसी नक़्श का निशाँ हूँ मैं

गई थी आग बहुत दूर मेरे मंज़र से
सो बुझ चुकी मगर अब तक धुआँ-धुआँ हूँ मैं

न गर्द है, न गुलिस्ताँ न ख़्वाब हैं न ख़ुदा
कोई नहीं है, इस वहम का गुमाँ हूँ मैं

हूँ अपने आपसे टकरा के पारा-पारा 'ज़फ़र'
बिखर गया हूँ फ़िज़ा में, जहाँ-तहाँ हूँ मैं

और भी डर था कोई ख़ौफ़े-ख़ुदाओं बग़ैर
प्यास बदन की बुझी आने-फ़नाओं बग़ैर

गौहर अख़्तर मिला बहरे-फ़लक से मुझे
दस्त दुआओं बग़ैर नक़्शे-नवाओं बग़ैर

सर में उड़ी जा-बजा गर्म गुनाहों की गर्द
फूल खिला ज़ख़्म का संगे-सज़ाओं बग़ैर

बुझने-उलझने लगा मंज़रे-ख़ूँ इस तरह
ख़्वाब से जागा हूँ मैं सुब्हे-सदाओं बग़ैर

शोर मचाती हुई आँधियाँ अंदर 'ज़फ़र'
लर्ज़िशे-बर्गे-ख़िज़ाँ हर्ख़ हवाओं बग़ैर

ज़फ़र इक़बाल

गुल-आफ़ताब

मैं लड़खड़ाता फिरा बाग़ के बराबर में
खुली हुई थी कोई शय हवा के साग़र में

वही पहाड़ वही नद्दियाँ वही दरिया
भरा था रंग ज़मीं आसमाँ के मंज़र में

मेरे बदन से गुज़र कर पहुँच सकी है वहाँ
ये थरथरी कि चमकती है चश्मे-अख़्तर में

पुकार टूटते हथियार मौत की यलग़ार
लगी हुई हो कोई लाम जिस तरह सर में

चमक-चमक के बुझा चाँद का चराग़ 'ज़फ़र'
उठी न लहर कोई सातवीं समन्दर में

टूटते पत्तों का मौसम हर तरफ़ छाया हुआ
चाँद मुरझाया हुआ सा, फूल गहनाया हुआ

कौन से अक्से-अजब का मुंतज़िर हूँ सुब्ह से
राह पर बैठा हूँ आईना है चमकाया हुआ

आग जंगल में लगी है सात दरियाओं के पार
और कोई शहर में फिरता है घबराया हुआ

हैं ज़ुबां पर ज़र्द ज़हरीली हवा के ज़ायक़े
दश्त में रख्खा मुझे ज़र्रे को तरसाया हुआ

आसमाँ पर तो अज़ल से ख़ाक उड़ती है 'ज़फ़र'
कौन सा बादल है ये आँखों में लहराया हुआ

अक्से-अदा ही और है नक़्शे-नवा ही और है
मेरी निगाह का है फ़र्क़ या वो बला ही और है

सब्ज़ो-सियाह ख़ाक पर साया जला-जला है क्यों
पूछने किससे जाइये सर पे घटा ही और है

ख़्वाब हो या सराब हो मेरे लिए नया नहीं
ऐ नमे-चश्मे-शीशा रंग ये तो फ़िज़ा ही और है

मर भी गए तो क्या हुआ मर के जिए तो फिर भी क्या
सर से गुज़र गई है जो मौजे-फ़ना ही और है

मुफ़्त हुआ बपा 'ज़फ़र' इतना फ़साद शहर में
मैंने कहा कुछ और था सबने सुना ही और है

ये उड़ते हुए रंग हैं या संग हवा में
किस बात पे ज़र्रों की हुई जंग हवा में

बिजली सा चमक जाता है आँखों के उफ़ुक़ पर
सोये हुए दरिया का हरा रंग हवा में

शाख़ों से बहुत दूर शगूफ़ों के बहुत पास
ये टूटता बनता हुआ आहंग हवा में

बिखरा है किसी अक्स का अर्ज़ंग ज़मीं पर
बिखरा है किसी नक़्श का नेरंग हवा में

धुँदला गई तस्वीरे-फ़लक बर्गे-ख़िज़ाँ पर
आईना-ए-शबनम को लगा ज़ंग हवा में

इस दोज़ख़े-दिल में तो उतर जाएगा फिर भी
कुछ सीख सुलगने का अभी ढंग हवा में

गुल-आफ़ताब

गुज़र गया है नज़र से कोई सराब ऐसा
कि दश्तो-दर में धुंदलका का है ख़्वाबे-आब ऐसा

ख़ुमारे-मर्ग से है अब ये कैफ़ियत कि कभी
पिया है ज़हर तो नश्शा चढ़ा शराब ऐसा

ख़िज़ाँ की शाम थी या अक्से-नौ-बहार कोई
कि अब्रे-शाख़े-हवा पर खिला गुलाब ऐसा

छुपी हुई सी चट्टानें लिखे हुए से दरख़्त
खुला था सामने मंज़र कोई किताब ऐसा

बिखेर दी हैं 'ज़फ़र' किर्चियाँ तमाज़त की
फ़िज़ा में तोड़ के आईना आफ़ताब ऐसा

देखूँ वही तमाशा रुत की रवानियों में
काला कंवल खिला हो रुत रक़्स पानियों में

छाई घटा फ़लक पर बरसी सियह सड़क पर
गुम था पहाड़ अपनी आतिश-फ़िशानियों में

पत्ता सा उड़ गया जो बा'दे-फ़ना की रौ पर
पहला है नाम उस का इस घर के बानियों में

सोने सियह खन्डर में महसूर हो गया वो
मशहूर था कभी जो सब ला-मकानियों में

सो भी 'ज़फ़र' हुआ हूँ मिट्टी के साथ मिट्टी बाक़ी
बाक़ी था एक में ही उसकी निशानियों में

गुल-आफ़ताब

ख़ाली ख़ला है और हवा में रखा है क्या
तू ख़ुद कहीं नहीं है किसे ढूँढता है क्या

मुख मर्ग मंज़िलों पे पड़े पर शिकस्त ख़्वाब
इस से ज़ियादा और सफ़र की सज़ा है क्या

दरवाज़े में खिची हुई दीवार सी है क्यों
छत पर चमक दमकता हुआ फ़र्श सा है क्या

किस को ख़बर कि पाँव के नीचे ज़मीं है
कौन किस को पता कि सर पे गरजती घटा है क्या

क्या हूँ 'ज़फ़र' अँधेरे-उजाले की जंग में
दिन सा मेरे वजूद में ये डूबता है क्या

नम निगाह थी क्या शय समे-सराब है क्या
वो ज़र्क़-बर्क़ थी कैसी ये आबो-ताब है क्या

मैं उसको देख रहा था कि उससे पूछता था
खुली किताब है किसकी बड़ा गुलाब है क्या

फ़िज़ा में उड़ता हुआ रंगे-रहगुज़ार है क्यों
हवा में घुलता हुआ अक्से-आफ़ताब है क्या

हुए हैं गुम वो मुनाज़िर कहीं बदन में ही
जो यूँ नहीं है तो सर में ख़ुमारे-ख़्वाब है क्या

ये अब्र है न ही आँधी है मेरे सर पे 'ज़फ़'र
मुझे समझ नहीं आती कि ये अज़ाब है क्या

ज़फ़र इक़बाल

सफ़र में साथ सुलगता रहा निशाँ उसका
जो वहम है तो बस अपना है या गुमाँ उसका

जो आग ख़ाक सियह कर गई बयाबां को
ये अब्र है कि उमड़ता हुआ धुआँ उसका

हवा के साथ न उड़ जाये जिस्म की चादर
संभालिये कि बना लेंगे बादबाँ उसका

ज़मीं का ज़ायक़ा लिख्खा है अपनी क़िस्मत में
चले चलो कि नहीं बहरे-बेकराँ उसका

ज़फ़र पुरान पथर सा वो नक़्श आँखों से
लुढक गया सो पता पूछिये कहाँ उसका

सदा के साँप को सब सामने असा करके
दिखा भी सकता हूँ दरिया में रास्ता करके

बदन में ख़ून का एक ज़र्रा भी नहीं बाक़ी
निचड़ गया हूँ समन्दर का सामना करके

कुंदन कनार है सहरा तो हो मुझे क्या काम
मैं अपनी ख़ाक को रोता हूँ कीमिया करके

है रेशा-रेशा मै मेरा सब्ज़ तीरगी का समर
कभी तो देख मुझे शाख़ से जुदा करके

वहाँ से आगे कोई सिम्त है न सीध 'ज़फ़र'
जहाँ से गिर के उठा हूँ ख़ुदा-ख़ुदा करके

मरने पे हो चले सभी तैयार किसलिए
खोला है किसने मौत का आसरार किसलिए

अंदर का तेज़ो-तुंद अंधेरा ही था बहुत
सर पर तुली खड़ी है शबे-तार किसलिए

दौलत भी ख़ुद थे चोर भी ख़ुद, रात भी वो ख़ुद
करता है कौन किस को ख़बरदार किसलिए

आँखें तो थीं सज़ा के सफ़र पर गई हुईं
बिखरे पड़े थे सुनके ये आसार किसलिए

किसके लिए हरी हुई हर शाख़ जिस्म की
बे मौसमा खुला है ये गुलज़ार किसलिए

बे-अक्स बारिदा के धुँदलकों में ऐ 'ज़फ़र'
उड़ते हैं आफ़ताब के अनवार किसलिए

रंगों का तमन्नाई न सौदाई हूँ रस का
नश्शा है मेरे ख़ूँ में अभी मौत के मस का

बैठा हूँ किसी और सदा के लिए वरना
गुज़रा है मेरे सर से भी आवाज़ा जरस का

है रूह का शब शोर तलातुम तो बड़ी चीज़
ये जिस्म का जोहड़ ही नहीं है मेरे बस का

बहता हुआ पत्ता था कोई मौजे-रवाँ पर
चढ़ता हुआ सर में कोई दरिया था हवस का

निकला हूँ नया हो के समन्दर के सफ़र पर
पेशानी से हर दाग़ धुला पिछले बरस का

इस तरह 'ज़फ़र' सबको हवा क़ैद करेगी
देगा न दिखाई कहीं दरवाज़ा क़फ़स का

गुल-आफ़ताब

आसारे-आब, सैले-सदा, रंजे-रायगाँ
क्या-क्या हवा की रौ पे लरज़ता है बादबाँ

पानी पे काँपता है कोई पारा-पारा अक्स
पत्थर को चाटता है कोई नक़्श बे-निशाँ

जैसे गुले-सियाह बिखरता हो अर्श पर
गिरती रहीं ज़मीं पे अँधेरे की पत्तियाँ

किस दश्ते-बे-कनार से गुज़रा हूँ ऐ ख़ुदा
सारे बदन में रेत की लहरें सी हैं रवाँ

अब मैं नहीं तो मेरे सिवा सब सफ़र में हैं
सुनता हूँ अब्र से दिले-दरिया की दास्ताँ

मौजे-हवस उभर के वहीं रह गई 'ज़फ़र'
दीवारे-दोस्ती थी मेरे उसके दरमियाँ

मैं यूँ तो हँस दिया था सफ़र के सवाल पर
दिल काँपता था ख़ौफ़ के ख़ाली ख़याल पर

कैसी कसी हुई थी कमाँ आबो-रंग की
क्या अक्स पड़ रहा था चमकदार ढाल पर

तकमे खुले हुए किसी काली क़मीस के
बूटे बने हुए किसी शब शर्म शाल पर

बुझती हुई शफ़क़ थी वही सब्ज़ आँख में
जलता हुआ दिया था वही ज़र्द गाल पर

गोया अभी वो ख़ाक की ख़ुश्बू में मस्त है
गोया पड़ी नहीं है नज़र उसकी जाल पर

ख़ुद भी वो ख़ूब चौकसो-चालाक है 'ज़फ़र'
मुद्दत से आपकी है नज़र जिसके माल पर

ज़फ़र इक़बाल

सदाए-संग भी थी रंगे-रहगुज़ार भी था
ख़लीजे-ख़ूँ में किसी ख़्वाब का ख़ुमार भी था

चमक उठी थीं फ़ज़ाएँ हवा के ख़ंजर से
जो मैंने देखा तो जंगल के आर-पार भी था

पटी पड़ी थी ज़मीं ज़र्द भूसली रुत से
कि रास्ते में तमन्ना का मर्ग ज़ार भी था

बंधा वो ज़ोरे-ज़मिस्ताँ कि जम गई हर शय
वगरना बर्फ़ के बुत में कहीं शरार भी था

गिरे हैं टूट के अपनी कमान के सब तीर
कि उसके चारों तरफ़ हुस्न का हिसार भी था

नज़र में था कोई नेरंग भी 'ज़फ़र' उस दिन
वो अक्से-आब हक़ीक़त में बे-कनार भी था

जुनूँ भी सर में है उस बहर से गुज़रने का
यही नहीं कि इरादा हो डूब मरने का

निकल पड़ा तो मैं चलता गया यूँही बे-सम्त
न था जवाज़ कोई राह में ठहरने का

महक उठी कोई तस्वीर सब्ज़ पत्तों की
चमक गया कहीं पानी हवा के झरने का

खुला हुआ किसी मंज़िल महार सहरा में
मैं मुंतज़िर हूँ सदा की तरह बिखरने का

है उसके अक्स का आँखों में ज़ायक़ा तो 'ज़फ़र'
चखो मज़ा भी कभी उससे बात करने का

कुछ इतनी दूर से दी वहम ने सदा मुझको
कि मुड़ के एक नज़र देखना पड़ा मुझको

वो रौशनी है सफ़र में कि सूझता नहीं कुछ
सियाही दिल की दिखाती है रास्ता मुझको

बरस गया हूँ समन्दर की लहर पर वरना
कहाँ-कहाँ लिए फिरती रही घटा मुझको

न शाख़ हूँ न शजर जाने किसलिए शब-भर
ख़िज़ाँ के ख़्वाब दिखाती रही हवा मुझको

'ज़फ़र' लहू में हैं लफ़्ज़ों के जोड़-तोड़ अजब
छिपे हुए ने है ज़ाहिर किया हुआ मुझको

मौत मद्दाह मेरी मौत पे माइल मैं भी
क्या फिरा हूँ सफ़रे-संग से ग़ाफ़िल मैं भी

कुछ ठहरता नहीं यलग़ार हवा के आगे
था ख़िज़ाँ के ख़सो-ख़ाशाक में शामिल मैं भी

कोई भी सब्ज़ समन्दर की सदा पर न उठा
देखता था ये तमाशा सरे-साहिल मैं भी

आइना अक्से-रुख़े-रंग से ख़ाली है कि हूँ
सात पर्दों के सिवा आठवां हाइल मैं भी

सामना करते ही उस ताज़ा हक़ीक़त का 'ज़फ़र'
ऐसे लगता है कि हो जाऊँगा बातिल मैं भी

गुल-आफ़ताब

अक्स उड़ते हैं अजब आतिशे-आवाज़ के साथ
नक़्श करेंगे नज़र के परे-परवाज़ के साथ

दश्त की आँख में ये प्यास चमकती ही रही
कि उड़े सब्ज़ कबूतर भी कभी बाज़ के साथ

जो दिखाई भी न दे और सुनाई भी न दे
है कड़ी वो भी मेरे सिलसिला-ए-साज़ के साथ

रह गई दिल में किसी सुबहे-गिरेबाँ की झलक
रौशनी चलती है रुक-रुक के बड़े राज़ के साथ

मौसमों से बहुत आगे निकल आया हूँ 'ज़फ़र'
खिल के मुरझाऊंगा मैं अब नए अंदाज़ के साथ

ज़र्दी खिंडी हुई थी जहाँ नक़्शे-नाब में
मंज़र अजीब था वही तस्वीरे-ख़्वाब में

क्या धूप थी कि आँख ठहरती न थी कहीं
था किसका अक्स आइना-ए-आफ़ताब में

ऐसे है जैसे मैं ही नहीं शौक़ का शिकार
है मुब्तिला फ़लक भी ज़मीं के अज़ाब में

मैं चूम-चूम कर उसे पागल हुआ था क्यों
मोती सा क्या वो लफ़्ज़ जड़ा था किताब में

हैं जितने दायरे नई टी-शर्ट पर 'ज़फ़र'
सूराख़ उसी क़दर हैं पुरानी जुराब में

गुल-आफ़ताब

लहू की सर-सब्ज़ तीरगी है कि रंग उड़ते लिबास का है
समझ में आए कहाँ कि मंज़र हवास के आस-पास का है

मज़े की मुट्ठी में क़ैद सि है ये ख़ोशा-चीं नर्म-गर्म लड़की
सड़क के दोनों तरफ़ कटी हुई फ़स्ल में दूध प्यास का है

गुले-गुनह की दबीज़ ख़ुश्बू में चूर हैं बामो-दर हवा के
जो है तो इक गोशा-ए-सियह में ख़ुमार ख़ाली गिलास का है

अजीब था उस हरे-भरे खेत से गुज़रने का तजुर्बा भी
मगर ये हर उज़्व की ज़बां पर जो ज़ायक़ा ज़र्द घास का है

यहीं पर रुक कर अँधेरी आँखें उतार कर जेब में उड़स लो
कि इस घने वहम के उक़ब में सफ़ेद जंगल कपास का है

कहाँ गया 'ज़फ़र' उसके ताज़ा-तर जिस्म के जाल से निकल कर
सफ़ेद बेडशीट पर पड़ा ये बोसा उसी बदहवास का है

जैसा ख़ुमारे-ख़्वाब ने चाहा भी आएगा
अब रूबरू बुरा है तो अच्छा भी आएगा

महराबो-दर गुज़र गए अंधी हवाओं के
बैठे रहो कि ताक़े-तमाशा भी आएगा

ज़ाहिर फिरा किए तो यहाँ फ़िक्र है किसे
खो जाइये तो ढूँढ़ने वाला भी आएगा

जो सब किये कराए पे पानी ही फेर दे
ऐ चश्मे-मुंतज़िर कोई ऐसा भी आएगा

माना ये रेत ज़हर नहीं ख़ाक है मगर
बेदिल न हो कि राह में दरिया भी आएगा

हंगामा गर्म है तो मज़ा ये भी ले ज़फ़र
तू देख तो सही कभी तन्हा भी आएगा

क्या-क्या गुलाब खिलते हैं अंदर की धूप में
आ देख मिल के मुझको दिसंबर की धूप में

बिखरे का राज़ रंग खुले आसमान पर
निखरेगा नाज़ नक़्श बराबर की धूप में

काले कठोर अक्स हवस हड़ हवाओं के
आए नहा के अर्सा-ए-मह्शर की धूप में

ओझल रहे दो-रूया मनाज़िर निगाह से
रफ़्तार तेज़-तर थी स्कूटर की धूप में

पत्ता सा वो भी काँप गया वस्ल वहमसे
जलने लगा था मैं भी किसी डर की धूप में

क्या-क्या सराब देखता हूँ दूर से 'ज़फ़र'
मैं बारिदा के मुहरे-मुनव्वर की धूप में

फ़िज़ा में उड़ते शरार देखो धुँए की तारीक धार देखो
रवाँ-दवाँ बर्फ़ के ब्याबां में आतिशे-इंतिज़ार देखो

कहीं वही धुंद की धनकवीं कहीं चमक चाँदनी झलकवीं
ज़रा नज़र का निखार देखो, ज़रा ख़बर का ख़ुमार देखो

इन्हीं किनारों इन्हीं हिसारों में गौहरे-ख़ाक बे-निशाँ है
सफ़र का सूरज ढले तो पहले बदन में उड़ता ग़ुबार देखो

रची हुई सर्द-ज़र्द शाख़ों में सनसनाहट हरे लहू की
मची हुई बाग़ बारिदा में गुले-ख़िज़ाँ की बिहार देखो

कभी मिलेगा तो उसको चूमेंगे नर्म हाथों पे, और कहेंगे
कि हम तो फ़र्ज़ंद हैं तुम्हारे ज़रा हमें आर-पार देखो

हवा के अंधे कुँवें में गिर कर 'ज़फ़र' बचोगे तो देख लेंगे
अभी तो ये दौरवाँ तमाशा खड़े सरे-रहगुज़ार देखो

पकड़ा गया मैं ज़ौक़े-तमाशा के ज़ोर में
होता है यूँ भी फ़र्क़ 'ज़फ़र' चोर-चोर में

आया था घर से एक झलक देखने तेरी
मैं खो के रह गया तेरे बच्चों के शोर में

ज़ंजीर सी बनी हुई बालों के उस तरफ़
तस्वीर सि तनी हुई आँखों की ओर मैं

इक राज़ था चमकते हुए सुर्ख़-रंग का
संगीन कारनिस पे धरे सब्ज़ मोर में

गुजरूँगा उसके जिस्म के जंगल से किस तरह
आतिश भरी हुई है मेरी पोर-पोर में

बिखरे हुओं को मोतियों की तरह ऐ 'ज़फ़र'
किसने पिरो दिया है किसी डर की डोर में

झोंका ये तरो-ताज़ा तभी जान में आया
इतना सा जो रख़्ना मेरे ईमान में आया

आगे थी वही रेत मेरे ज़र्द बदन की
मैं शहर से निकला तो बयाबान में आया

आईना-ए-आवाज़ में चमका कोई मंज़र
तस्वीर सा इक शोर मेरे कान में आया

अंदर से नया हो के निकलता हुआ जैसे
साये से जुदा हो के वो दालान में आया

देखा तो किया मैं उसे हैरान सा होकर
जब जा ही चुका तब मेरी पहचान में आया

बेकार ही जाता हूँ 'ज़फ़र' वरना मुझे क्या
ख़ुरशीद अगर उसके गिरेबान में आया

दू-ब-दू आकर लड़ेगा जिस घड़ी जानेंगे हम
दूर की इन धमकियों से किस तरह मानेंगे हम

रेत पर फैलाई है दिल के लहू की सब्ज़ बूँद
कड़कड़ाती धूप में चादर यही तानेंगे हम

ख़ाक की उड़ती हुई इनकार के झोंके में थी
अब नहा धो कर ही अपनी शक्ल पहचानेंगे हम

दुश्मनी है शहर भर से, कुंद है ख़ंजर की धार
मौत ही वो संग है जिस पर इसे सानेंगे हम

है नज़र के रूबरू पीले पहाड़ों की चमक
उस तरफ़ हो लें तो अपनी ख़ाक भी छानेंगे हम

चोर है सीने के अंदर, शोर है बाहर 'ज़फ़र'
देखिए कब तक यहाँ किस-किस को गर्दानेंगे हम

किसलिए राह में रुकने लगी रफ़्तार मेरी
आँख पड़ती है ये किस अक्स पे हर बार मेरी

वो दफ़ीना हूँ कि मस्तूर हूँ सबसे अब तक
तोड़ता ही नहीं आकर कोई दीवार मेरी

उस तरफ़ ज़ंग ज़मिस्ताँ कि तेरी ताक में है
इस तरफ़ बुझती हुई आतिशे-इज़हार मेरी

ज़हर भी कल न मिलेगा तुझे मरने के लिए
क़त्ल हो ले कि अभी तेज़ है तलवार मेरी

मैं बिखर जाऊँगा ज़ंजीर की कड़ियों की तरह
और रह जाएगी इस दश्त में झनकार मेरी

हर तरफ़ टूटी हुई बर्फ़ के टुकड़े थे 'ज़फ़र'
याद होगी उसे कोहसार पे यलग़ार मेरी

ख़्वाहिशे-ख़ानुमाँ तो है, काहिशे-कारवाँ तो है
तूले-सफ़र की मौज में क़त'ए सफ़र निहां तो है

आँख में नक़्श हो न हो अख़्तरे-शाम की झलक
बर्गे-हवाए-सर्द सा सर में मेरे रवाँ तो है

जिस्म के रास्तों पे है गर्दे-गुनाह की चमक
संगे-सज़ा की जुस्तजू राहते-रायगाँ तो है

ख़्वाबे-ख़ुमारे-ख़ाक से जाग पड़ूँगा एक दिन
बहर ये बेकराँ तो है ज़हर ये बे-अमाँ तो है

उसके लिए नया नहीं गर्म दिलों का बचपना
और वो कुछ भी हो मगर मादरे-मेहरबां तो है

देख नहीं सका अगर उसको सुना ही दे 'ज़फ़र'
रुकती हुई नज़र के साथ चलती हुई ज़ुबाँ तो है

सदाए-संग से था या हवा के हाथ से था
फ़सादे-सब्ज़ किसी ताज़ा वारदात से था

झलक दिखा के जो फिर खो गया लहू-ब-लहू
डरा हुआ मैं उसी अक्से-बे-सबात से था

कहीं फ़िज़ा में फ़रोज़ां था ख़्वाब ख़ून का नक़्श
जो था कभी तो यही रब्त कायनात से था

बिखर गया था गुले-ख़ाक हर तरफ़ जैसे
ये सानिहा भी सफ़र के तनाज़ुआत से था

उठा के ले ही गए दिन की रौशनी में उसे
मुझे ये वहम जो सच पूछिए तो रात से था

वो और कुछ भी सही इश्क़ तो नहीं था 'ज़फ़र'
जो सिलसिला सा मुझे उसकी ज़र्द ज़ात से था

गुल-आफ़ताब

उड़ती हुई आवाज़ के अरमाँ की तरह था
वो नक़्श कि मिट कर भी नुमायाँ की तरह था

सूरज में नहाया हुआ ज़र्रा था हर इक शख़्स
कहते हैं कभी शहरे-बयाबां की तरह था

चिंघाड़ती चिल्लाती हुई सब्ज़ हवा में
इक राज़ उतरते हुए तूफ़ाँ की तरह था

मौसम के मुज़ाफ़ात पर बरसा है वही अब्र
जो सर में मेरे दूदे-परेशां की तरह था

थीं चारों तरफ़ धूप की दुशवार फ़सीलें
यूँ मेरे लिए दश्त भी ज़िंदाँ की तरह था

आँखों की चमक थी कि बिखरते हुए पत्ते
कुछ ख़्वाब ख़िज़ाँ मतला-ए-मिज़्गाँ की तरह था

उरियाँ के उक़ब ज़ार को जाता हुआ जंगल
मुश्किल तो बहुत था मगर आसाँ की तरह था

आईना-ए-आशोब में धुँदलाया हुआ अक्स
उनवां की तरह था, कभी इम्काँ की तरह था

रौशन था 'ज़फ़र' वस्त में महताबे-मुलाक़ात
मैं चारों तरफ़ हाला-ए-हिजरां की तरह था

पीली पड़ी है धूप न सहरा ही ज़र्द है
इन्सान के सफ़र का सरापा ही ज़र्द है

बदले हैं आबो-ख़ाक ने कितने ही पैरहन
ये अक्स आसमाँ है कि वैसा ही ज़र्द है

बिखरा हुआ है ख़्वाबे-ख़िज़ाँ दिल के आस-पास
ख़ुद तो हरा-भरा हूँ तमन्ना ही ज़र्द है

आँखों में शोरो-शर है बदन के बसंत का
मैं वो हूँ जिसने हुस्न को देखा ही ज़र्द है

उठे अब इस नवाह से किस तरह मौजे-सब्ज़
बहता हुआ ये ख़ाक का दरिया ही ज़र्द है

चेहरों की धुंद बुझने लगी चारसू 'ज़फ़र'
रंगे-हवाए-शाम कुछ ऐसा ही ज़र्द है

ज़फ़र इक़बाल

अक्स थरथराता है आसमान प्याले में
गर्द सा चमकता हूँ यूँ हवा के हाले में

साथ हैं मेरे अब भी गूँजती घनी गलियाँ
क्या मज़ा मिला उसको शहर से निकाले में

क्यों उलझ पड़ीं बाहम रंगली लकीरें सी
राज़ है फ़लक जैसा नक़्श के निराले में

मैं निकल सकूँ कैसे, मैं पहुँच सकूँ क्यूँ-कर
सब्ज़ के अँधेरे से ज़र्द के उजाले में

रह गए कहाँ कैसे आफ़ताब आँखों के
धुँध है लहू ऐसी हुस्न के हवाले में

ऐ 'ज़फ़र' कभी उसका सामना तो कर, मूरख
जान की हरारत भी होगी जिस्म वाले में

मैदान थे जहाँ वहाँ जंगले जंगल हुए
बे-जिस्मो-जाँ जड़ें किसी डर के डंठल हुए

जंगल में जागने लगी ख़ुश्बूए-ख़्वाब की
झाड़ां गुलाब थी गए कीकर संदल हुए

साये से उठ के जिस्म की जन्नत से जा-बजा
ज़ंजीरे-ज़महरीर में काले लंडल हुए

आँखों के आँगनों में उड़ा चन्द्र का गुबार
ज़र्राते-ज़र्द ज़रगरीए-मुखमंडल हुए

लोहे की लाठ बन के उड़े उम्र-भर तो हम
अब टूटने लगे तो सरहों की गंदल हुए

पत्तों के पैरहन नैन-अक्स की 'ज़फ़र'
झलकार यूँ पड़ी कि जंगल में मंगल हुए

मुझे क़हर था मैं बरसता रहा
वो आँखों ही आँखों में हँसता रहा

हरे हमहमों की हदों पर कहीं
हवा का हयूला उमसता रहा

वो अपने मियाँ की वफ़ादार थी
मगर दिल उसी पर हवसता रहा

पुराना शहर मेरी यलग़ार से
उजड़ता रहा या'नी बसता रहा

मआनी के मल्बे से निकला तो मैं
ग्रामर की दलदल में धंसता रहा

ज़फ़र रात का रास्ता ख़म-ब-ख़म
मुझे साँप की तरह डसता रहा

सदा भी साँस में उलझे बदन भी डर के रहे
मगर वो ज़िंदा ज़हर अपना काम करके रहे

लहू में लौट के लहराई भी नहीं थी अभी
फ़लक फ़िज़ा में तमाशे भी तेग़-तर के रहे

हमारे सर में भी सुख मंज़िलों की ख़ाक उड़ी
हमारे पाँव में भी सिलसिले सफ़र के रहे

ये लाज़िमी है कि मुझको वही ख़ुश आएगा
जो तेरे साथ तेरी सत्ह पर उतर के रहे

जो था तो सिर्फ हमारे लिए ये जामा-ए-जाँ
अगर सिमट के रहे हम अगर पिसर के रहे

अरे ये धुंद भरा रास्ता तो है अपना
चलो न घर के रहे हम न दर-ब-दर के रहे

जो एक आन में सर से गुज़र गई थी कभी
भँवर नज़र में उसी मौजे-मो'तबर के रहे

वो रोकते ही रहे और ख़्वाब ख़ाकों में
हम आंधियों के अँधेरे का रंग भर के रहे

'ज़फ़र', मज़ाक है ये रोज़ का कि मजबूरी
वो आ के जमअ करे और तू बिखर के रहे

नवा में निखरा हुआ राज़े-रह-गुज़र ही न हो
हवा में बिखरा हुआ सा वो रंगे-दर ही न हो

मैं मर रहा हूँ वो महताबे-सब्ज़ है सर पर
मैं डर रहा हूँ ये मोहलत भी मुख़्तसर ही न हो

अभी मैं साबितो-सालिम अभी बुरीदा-बदन
कहीं लहू में छिपा ख़ाक का ख़ंजर ही न हो

हैं मेरे चारों तरफ़ घूमते घुमरते मकाँ
वो जिसमें डूब के उभरा था ये भँवर ही न हो

मज़े तो जब है कि उस चश्मे-सब्ज़ को अब तक
मरे ख़ुमारे-ख़िज़ाँ ख़्वाब की ख़बर ही न हो

सदा भी ख़ाक में गड़ जाये बे-निशाँ है नक़्श
पड़े जो ज़र्ब तो आहन पे कुछ असर ही न हो

न रोइये कि जहाँ सर पे हाथ हो उसका
न सोइए कि जहाँ ख़्वाब का ख़तर ही न हो

निकल तो जाइये काली हवा के ज़िंदाँ से
मगर सरों पे खुला आसमान अगर ही न हो

ज़मीं को सहमे-सफ़र से निकालिये तो 'ज़फ़र'
मगर न यूँ कि इसे आसमाँ का डर ही न हो

नवा के ज़ेरो-ज़बर नोहा-ए-नवा ही तो है
ख़ला के जिस भी तरफ़ देखिये ख़ला ही तो है

लरज़ गई है जो आँखों के आइनों में कहीं
कटे-फटे हुए अंदर की इंतिहा ही तो है

कि मैं 'ज़फ़र' ही तो हूँ वहम हो तो हो उसको
मेरे लबों पे लिखा था वो बारिदा ही तो है

मैं उसको हाथ लगाने की मौत मर जाता
मुझे ये था कि अभी साथ चल रहा ही तो है

हवा का टूटा हुआ अक्स काँपता है अभी
जहाँ से बर्गे-तमाशा गुज़र गया ही तो है

सदा के मोड़ से आगे है ख़िश्तो-ख़ूँ की चमक
मैं चुप रहूं कि पलट जाऊँ रास्ता ही तो है

समे-सियाह से है जिस्म आज भी सरसब्ज़
नमे-निगाह ने इसको मिटा दिया ही तो है

मिलेगी ख़ाक तो आँखों में डालने के लिए
उतर न जाएँ यहीं, साहिले-सज़ा ही तो है

अभी से बर्फ़ की बुनियाद हिल रही है 'ज़फ़र'
सफ़ेद घास के घर से धुआँ उठा ही तो है

गुल-आफ़ताब

धुँदला गई हवा पसे-दीवार उस तरफ़
बिखरा हो जैसे बर्फ़ का बेकार उस तरफ़

दरिया ने ज़र्द साँस लिया जिस नवाह में
बरसी हुई घटा है धनक-धार उस तरफ़

टूटा है दोपहर का किनारा फिर एक-बार
फिर जमअ हैं ख़बर के ख़रीदार उस तरफ़

मौजे-बला उड़ी हुई दरिया के दरमियाँ
फ़ौजे-फ़ना खड़ी हुई तैयार उस तरफ़

सोया हूँ मैं तो नम हुई अनवार फ़स्ल ख़ाक
खोया हूँ मैं तो खुल गए बाज़ार उस तरफ़

बत्ती जला के देख ले सब कुछ यहीं पे है बयान
बनियान मेरे नीचे है शलवार उस तरफ़

जिस सिम्त गर्द बादे-गुनह का है शोरो-शर
जाना है सबको आक़िबते-कार उस तरफ़

धुँदले बदन में शाम हुई थी जहाँ 'ज़फ़र'
उड़ते हैं आफ़ताब के आसार उस तरफ़

बे-अक्स बे-दरख़्त वही शाम हर तरफ़
टूटा हुआ पड़ा था मेरा नाम हर तरफ़

लटके हुए हवा में शफ़क़ धुँध आइने
भटके हुए सदा में सियह पाम हर तरफ़

आबे-सफ़ा की तह मैं पथरर पेश कोहनगी
सतहे-सियह पे नक़्श-नवी आम हर तरफ़

आँखों में साँवला है ज़मीं-ज़ंग ज़र्क़-बर्क़
सर में है सब्ज़ मौजे-फ़लक-फ़ाम हर तरफ़

हँसता रहा वो धूप समर शाख़ काट कर
मचता रहा सियाह में कोहराम हर तरफ़

रखते न थे क़दम कि सफ़र साहमना न हो
फैला हुआ था ख़्वाब ख़बर दाम हर तरफ़

हाइल है फिर तबाह की तस्वीर सू-ब-सू
ज़ाइल है फिर पनाह का पैग़ाम हर तरफ़

ऐसा भँवर है ज़ेरो-ज़बर कुछ ख़बर नहीं
आग़ाज़ हर तरफ़ है कि अंजाम हर तरफ़

बे-सुर है टूटते हुए नश्शे की ने 'ज़फ़र'
ख़ाली पड़ा है जिस्म का हर जाम हर तरफ़

ज़फ़र इक़बाल

अक्स में उफ़्तादगी थी नक़्श में नासूर था
कुहर ख़्वाब आहंग मंज़र मौत का मस्तूर था

दो धड़ों के दरमियाँ जब गाँव में गोली चली
आँगनां में सनसनी थी बैरियाँ पूर बूर था

सब्ज़ कोट अफ़्सूँ नशीली छाई थी चारां तरफ़
हमहमा हंजार हैकल हाव-हू से दूर था

कंकरे बिखरे पड़े थे संग सूरत की जगह
या'नी उस पत्थर पे पहला वार ही भरपूर था

इंतिज़ार आँखों में उगड़े ही नहीं अलफ़ाज़े-अक्स
वैसे इस फ़हरिस्त में उसका भी नाम ज़रूर था

हर्फ़ की ज़ंजीर ज़र्द आज़ार थी मेरे लिए
मैं अलिफ़ की आरज़ू में शीन से मजबूर था

पाँच नंबर के मकाँ में तीन तस्वीरां की माँ
ये हवाला दास्ताँ दर दास्ताँ मज़कूर था

सरसराती सि हवस जंजाल काली रौशनी
रेतले राहवां पे उसका नंग था या नूर था

सीधे-सीधे शे'र कहते, सबको ख़ुश आते 'ज़फ़र'
क्या-किया जाए कि अपनी अक़्ल में अफ़तूर था

ज़फ़र इक़बाल

तुन्द की तह में तलब थी तंग में ताख़ीर थी
तल्ख़ी-ए-तस्कीं तआक़ुब तेज़ की तस्वीर थी

मैं हटाने के लिए पहुंचा तो उसके भाई के
बाल थे बिखरे हुए फूटी हुई नक्सीर थी

खींच ही लाई मुझे आख़िर हरे के हर्ग से
पाँव में ज़रफ़ाम ज़िंदा ज़र्द की ज़ंजीर थी

क़हर था काली कसैली भूक से मरता बदन
आँख से अंधा था मैं बिस्तर पे टेढ़ी खीर थी

दूध की दीवार सी बेकार सी और वस्त में
साँवली की दर्ज़ थी लेकिन गिरेबान गीर थी

पेड़ के पत्ते हवस हैरत हवा में हीला-जू
घास के घनघोर में रस की भरी इंजीर थी

अव्वलीं लग़्ज़िश तो उसने टाल दी हँसकर मगर
दर गुज़रता किस तरह ये तीसरी तक़सीर थी

ज़ुल्म के ज़ाहिर में ज़ंग औज़ार था काला क़लम
बत्न के बर्बाद पर पिघली हुई तहरीर थी

जिस्म था मलबूस जैसा जंग से पहले 'ज़फ़र'
जीत कर जाने लगी तो इक लहू की लीर थी

गुल-आफ़ताब

साहिलों सूने सियह थे पानियों पायाब थे
दूर के दरिया बज़ाहिर सब्ज़ी-ए-सैलाब थे

आसमाँ इनकार था राज़ों का रब्ते-रायगाँ
ज़र्द से ज़रदाब थे या सुर्ख़ से सुर्ख़ाब थे

जिस्म के बेहद्दो-बेअंदाज़ में चारों तरफ़
बहर से उठती थी आँधी गर्द में गिर्दाब थे

तीरगी ता'बीर की ख़ाली ख़िज़ाँ ख़िरमन हुआ
पेड़ पर पत्ते न थे नीले नुकीले ख़्वाब थे

बात क्या चलती अंधेरा था बहुत अलफ़ाज़ में
चूमते किस रंग उसके अक्स ही बर्फ़ाब थे

नम-नशीं थी सुरमई सिलवट की संग-आमेज़ सत्ह
एक फुट के फ़ासले पर दो सफ़ेद अगलाब थे

अंग-अंगया से अभी उभरा न था मर्ग-आफ़ताब
ज़िंदगी ज़र्रे बिखरने के लिए बे-ताब थे

साले-नौ की तहनियत भेजी तो है उसको मगर
साथ कुछ पाटे पुराने दिन भी रंज रिकाब थे

ऐ 'ज़फ़र' वो यार था कैसा कि उसके नैन-नक़्श
ख़ून में शामिल थे आँखों के लिए नायाब थे

ज़फ़र इक़बाल

इनकार ख़ंदक़ है रास्ते में
दीवार बदन है देखने में

तस्वीर तरंग बर्क़ बारिश
अक्सी नक़्शी हर आइने में

सिल संग सबात सनसनाहट
आहंग उसार टूटते में

जलती हुई सी जमे हुए पर
चलती हुई सी रुके हुए में

मींह मर्ग मुजामिअत महूरत
मुंदरज लहू के लाहिये में

जंगीं ख़ंजरे-हवस हवा का
टूटा रुत रक़्स रेतले में

गुमनाम का सब्ज़ है न पीला
माथे पर लिखे हुए पते में

उस नाम सफ़र अलिफ़ से आग़ाज़
करता हुआ ख़त्म होगा रे में

सुख साँप की तरह था 'ज़फ़र' क्या
सरसर करता हरे-भरे में

गरजा घनघोर कू-ब-कू पर
बरसा मुँह-ज़ोर आरज़ू पर

गड़ बड़ तज्सीम सामना सा
अर्ज़ंग उतार दू-ब-दू पर

मटियाला सा मज़े का मौजूद
निथरा हुआ नंग हू-ब-हू पर

दूधों जगमग सियाह कारी
सांपों सरसर चहार सू पर

एफ़ एल इसरार ख़श्म ख़ूबी
अकसां रक़्साँ नुमू-नुमू पर

तलकन तंबीह रेग तख़्ती
तहरीर तरंग मू-ब-मू पर

अन भोल अदेख अंग आफ़त
नाज़िल नागाह नाज़-बू पर

छब छाँव नवा नफ़ी नवेली
रुख रूप रिदाएँ हाव-हू पर

रटना फटना हटना सिमटना
है ख़त्म 'ज़फ़र' मियाँ-मिठ्ठू पर

ज़फ़र इक़बाल

गुल-आफ़ताब

अंधा धुंद अंदाज़ अंदरे अंदर
तलब तीरगी का तिकोना सुंदर

जड़ा आरज़ू ने बड़े जोखिमो
इमारत नई में पुराना पत्थर

बदन बूंद जब तक चमकती रही
मसहरी से बाहर न निकला मच्छर

डबल डैकरें सी पसो-पेश थीं
न जाने लगी किस तरफ़ से टक्कर

चखा सब्ज़ रू ने ज़हर ज़ायक़ा
गिरा दूधिया में अंधेरा कंकर

मैं उस कैफ़ियत तो नहीं जानता
मुझे तीसरी बार आया सबर

बहुत ख़ून में सनसनाता फिरा
चका-चौंद चोंचाल काला कुफ़र

कोई और शय है मेरे आर-पार
हवा है न है पत्तों का पीला चकर

सदासुर सफ़रसाल साँसों में है
'ज़फ़र' कौन सी आंधियों का इतर

गुल - आफ़ताब

चमक चुमकारने शब शीर ने के
मज़े मोहकम अलिफ़ इंजीर ने के

लहू लहलूट स्याही फैलवीं फब
कुढब काग़ज़ तलब तहरीर ने के

सब्ज़ दरख़्त सुर्ख़ सुख सेब, झिलमिल
चढ़न चख चीरने कश्मीर ने के

महूरत माजरा मंज़र मुनाज़िर
जिस्म दीवारवीं तस्वीर ने के

महक मुख माँग मस मत मर्ग मौसम
तुनक तक़सीर ने ज़ंजीर ने के

गरज गड़ गड़ घटा बन-बास बिजली
झपट झट पट झुलस तहरीर ने के

अंधेर अंदर बिखर बेनाम बक़ुल
निखर नक़्शे तड़प तशहीर ने के

सड़क सिल सिलसिले नंगीं दबंगीं
छतर छल छाँवले रहगीर ने के

'ज़फ़र' खुरचन खड़क तर माल तैयार
लपक लम लेट कस कफ़गीर ने के

ज़फ़र इक़बाल

राख सराब ये जंगलां मैं प्यासा नाम निशाँ का
फिरता था इक वा-ए-विरोला कुछ भी थां का

दिन दरगाहों किया लिखे हुआ के नीले वरकां
रुत कर्त चक चलाइन में फ़र्क़ ज़मीं इसां का

जिन्न रीतां पर ढोप धड़कती कपड़े लाह कर
नाचे पल्ले बांध के सफ़राँ को चढ़नी छां का

झड़ती रुत का ज़हर नुकीला साँझ सरीर में रुड़के
ज़र्द हुआ सुनसान ख़ुदा मत नक्शे शेर गिरां का

हम उसके वो होर किसे का भी पुख़्ता डोरी अपना
दिल अपना मज़हब क्या झगड़ा चोन चनां का

के सर के दिन रातें दम ज़ंजीर पानी बोहे
खोल के बैठे ज़फ़रा नानक नाथ जहाँ का

गुल-आफ़ताब

दलद्दर दरमियां दिलदारने दा
तलग़ तन्हा अलिफ़ इनकारने दा

विलादत छीन वीरां तरबतर ते
रऊनत रास्ता गुलकारने दा

गरम कुन पग पथर नर नोक नश्तर
कुंदन कुच कारवां तैयारने का

सिफ़र मुश्किल बटा आसां अक़ूबत
मसावी बे अदू ज़िन्हारने का

मुकट मुख मोड़ बे बातिन हुआ हढ़
अरक़ आग़ोश खुल अदबारने का

शकल मिट शाम शक दरमांदगी दिल
गुरद घुल मिल सवार अग़बारने का

जलन जुड़ जान जोखम जानुमां ख़ाक
ज़हर ज़र्रा फ़लक सैय्यारने का

सुरख़ सोना फ़लक फ़ानूस मलबूस
किरन कांटा जमीं ज़रतारने का

मईनों कर कमीनों ज़र जमीनों
सबक़ सरदारने सरकारने का

किरन करची शिरक शीशा अहर सू
झपक झूलन पलक पिंदारने का

सरापा सर ब सर तस्लीम तरदीद
कुफ़र कुल्फ़त कुलफ़ दस्तारने का

कमर ढो बोझ बोझिल मौत मिट्टी
पकड़ बे गह जकड़ बेगारने का

शररवां शोबदा सद आग तक़सीम
मरग पारा लटक लहकारने का

इधरवां दर उधरवां बर्क़ बादल
धनकवें धुन्द फिर फिर फुआरने का

ज़फ़र इक़बाल

गुल-आफ़ताब

सदफ़ सफ़ रेत रक़्स अरझंग आहंग
तमाशा तेरहवां सद बारने का

गुजरवां गेट मुड़ कालिज कहन पेड़
निकलवां नाज़नीं नज़्ज़ारने का

लहर ललकार लिख लुट कुहर कुश्ती
दरस दरिया सहम सुख पारने का

अंदर चश्म आसमां उफ़्ताद ज़न ज़ात
मरद मछ मावरा सत्तारने का

कड़ी कड़ील अनोख अंदाम अघ सघ
सफ़र सुख सिलसिला झंकारने का

चतर चौरंग चुप अंदर अबाहर
तिलिस्म इक़रारने आज़ारने का

सबक सड़ खाल खौलाहट धुआं ढोड़
अबस इशरत अज़ाब अंगारने का

तमन्ना ताइफ़ा तस्वीर तलछट
मुहब्बत मसख़रा दरबारने का

लहर ललकार लक लश्कन लरज़वां
दमक होंटन गुहर गुफ़्तारने का

जब्र ए जौलां जड़त जंजाल जलवा
इश्क़ अय्यार आलम आरने का

पशम पाकोल मन मानी मुलायम
खिरद खब खुरदुरा बाज़ारने का

नरम नैरंगियां नैरंग छब छेद
नक़्श दुख दूरवां दीदारने का

उतरवें रंग रसवें धम धमक धूप
बिखरवां बन समर असमारने का

लिथड़ लीरां लंगार अन घड़ हमल होल
चमकवां गोलवां परकारने का

गुल-आफ़ताब

छटकवें छांव धूप आशोब अग बूंद
बदी बादल अजीब आसारने का

नरम सब्ज़ा गरम गुल शादमां शाख़
चमन चख चोंचला तकरारने का

कुफल शिकनी कुफ़र शिकनी बराबर
पथर पख रास्ता हमवारने का

लजालत लिजलिजी लख़जी लजीली
गिरेबां गेरना दरकारने का

खड़े खेतां रड़े रेतां तनाज़र
सहज़ सूरज सराब इतवारने का

फ़रक़ फ़ुक़दान दोनों आग औरत
जिसम चादर तमाशा नारने का

खड़क खड़का धड़क धड़का अहर पल
मज़ा मद्धम परेशां प्यारने का

सफ़र सैंतीसवान इस पेश पैकार
समुंदर सामने मुझ यारने का

पहुंच पहुंचे ठमक ठोड़ी हवस हाथ
तरस तहरीरना बेकारने का

फ़िज़ूं तर फ़ासिला रातों बरातों
उलट पलटा असर इसरारने का

मचल मौजां रुकावट नहर दूधी
तलब तेशा पथर पैकारने का

तअलुक़ ताज़गी फूलन क़ुबूलन
अदरिया दरमियां अपनारने का

सनोवर सो शहर ख़्वाब अरवाह ताबीर
जंगल जज़्बा बदन बेदारने का

चतर चातर चशम मीनज़ बहाना
दरूँ दरबारने अय्यारने का

ज़फ़र इक़बाल

गुल-आफ़ताब

उमीद उफ़्तादगी फ़ुरक़त फरेबी
चपड़वें चुप अंदाज़ इक़रारने का

मरज़ मजबूरवां ख़ुशारवां मुख
छिपावां छल इशक़ अत्तारने का

उड़न बोसा मुड़न झप्पी, जुड़न जान
अंधेर आंगन अलिफ़ अनवारने का

मडलवां मसख़रा मस्जिद शिकन मस्त
तलज़्ज़ुज़ तजरुबा मीनारने का

बरस बिजली बसन्त अर्ज़ंग रंग ढंग
मज़ा मलबूस तन त्योहारने का

जतन जंजाल जड़ गहरी गनहरी
सुनहरी सेब ऐश अंबारने का

ज़ना ज़िंगार जीता जागता जस
बदन बिस्तर हवस हंजारने का

वस्ल वंजार वहमी भेड़िया भूख
निपल नजदीकने ख़ूंखारने का

कड़क बिजली भड़क शोला धड़क धूप
बदन बादल उमड़ कुहसारने का

असल ज़र आंच आतिश सूद दर सूद
गुल आग़ोश गुना ब्यौवहारने का

लकड़वें लाग बन बैठन चमन चौक
गुल अंदर गुल अखूं फव्वारने का

तुनक तंबीह तिरोपे तोड़ लप लाग
जिस्म जंगाह जट गुलनारने का

स्याह संगीत संगीं सन घटा घास
हवस हुंकारने महलारने का

अगन इनकार बुझ भड़कन अपस्तां
कलप कुंदन कलेजा ठारने का

ज़फ़र इक़बाल

गुल-आफ़ताब

अनां गीरांदनी किसवें ज़ना ज़ीन
उम्मीदाँ सू ब सू रहवारने का

सुरख़वें नील गरदा गर्द चक छत
ज़ुल्म ज़ानू ज़ख़म अशुमारने का

शहद सिंगार चुप चिंगार लब लम्स
नथरवां नम मगस गुंजारने का

चमन वादी गुलो गुल दाख दीदार
दमन दर्रा दख़ल दुश्वारने का

कदूरत कार कज बुनियाद ख़ू ख़ुश्त
असर सौदा महल मेमारने का

अक़ूबत अझ़दहा खिच खाल खड़ताल
सरक सख रेंग रेशम ग़ारने का

खुलन खोज आसन इन्दाम आबगीना
लहू बाग़ आरज़ू तातारने का

छलक छट आंगनी उरियां इमारत
सख़त सट सांवला मिस्मारने का

अड़ी अड़ियल उठक बैठक सड़क सच
अथक आसारने असवारने का

दहक दोज़ख़ महक जन्नत ज़बर ज़ेर
तज़ाद अन्दोह शब सलवारने का

धनक धुंधलहटें आगे अपीछे
क़तल क़ालीन कट तलवारने का

भंवर भूचाल अंध अंधेरे सुफ़ने
चन्दर चप्पू चमक मँझधारने का

दिया दिखता लिया चुप चूर लथपथ
ख़लिश ख़ाक आईना ब्यौपारने का

धमकवीं धांधली ऊपर अनीचे
दमकवां दर्द अस्तग़फ़ारने का

ज़फ़र इक़बाल

गुल-आफ़ताब

शबो शब कुलबा रानी आब पाशी
फ़सल फूलां फटकवां क्यारने का

चलकवीं चीज़ चढ़ चौगान चौमुख
किरन क़ाबू हरग हुशियारने का

बदनवीं बर्फ़ दीवारी पिघलवीं
वसल वेहड़ा नफ़स नचकारने का

हुसन क़िलअ हवस महसूर मफ़्तूह
तक़ाज़ा तर सिपाह सालारने का

फ़तेह फ़रमान जारी चार खूंटों
क़तल क़ैद अर्ज़नी कफ़्फ़ारने का

तबर तक़सीर अव्व्ल आरज़ू रुख
हरा हरियालिया संगसारने का

रक़सवां रांगला चमकीन सर फूल
छटक छींटा महक मेआरने का

ज़हर ज़ार आसमां गहरा जंगल सब्ज़
झलक झील आईना लश्कारने का

सर ओ सर बे हवा बे बू घुमर घास
फबन फल फूलने गुलज़ारने का

तपिश तलवों तमाशा तोबतो तंग
बरफ़ती बूंदनों ख़स ख़ारने दा

बरसवीं रूप रसवीं ख़्वाब ख़ुशबू
डलक डाली सबज़ महकारने का

सिमटवां सोग सरकंडों दर अंदर
मुसर्रत कोयला चिंगारने का

सबज़ सीख आहटों रंग रोपती रू
ज़रद ज़गीं हुनर संसारने का

बदन बुत बारदा मुस्तक़बिल इमकान
शिग़ाफ़ आँखों अकस झलकारने का

निचड़वें नींद जल थल जल्द जम जाम
जरस झोंका बरस बेदारने का

सबर सरसाम गर्दिश गात कुन गीर
ठनक ठंडकारने सुर धारने का

ज़फ़र इक़बाल

गुल-आफ़ताब

ठरक ठंडक थिरक थूकें छिनक छींक
अजबवां अस्र नक निस्वारने का

मुकरवां मुद्दई मुल्ज़िम मुसरवां
अदावत आईना ज़िंगारने का

सलग साड़ आहलना अन सन अचनछा
नथर नाज़ेब नंग अख़बारने का

अंदर अफ़रा तफ़र बच्चों बर्दोस्त
सिमट सामान उलट घर बारने का

अमुश्किल पैरवी अनजान ईजाद
मगन मेथड अजब अशआरने का

कलरफ़ुल क्रैश लैंडिंग अब अंदाज़
तअब तख़लीक़ रम रफ़्तारने का

गुरेज़ां गुफ़्तनी अफ़्तूर दस्तूर
अहिम्मत हौसला दरकारने का

लफ़ज़ लौलाक आफ़त आफरीनीश
सबर सूतक सतर इज़हारने का

पटख़ पाटी पुरानी पंक्चुएशन
चटख़ चंदन असीध अफ़कारने का

तर्ज़ तूफ़ां अकेल अहसास रावी
पतन पीला करब किरदारने का

ज़बांज़ादो मिलन मौक़ा मुनासिब
फ़लक अशगाफ़ हाहाकारने का

तिफ़ल तनक़ीस हंगामा हदफ़ हाल
जिगर जलवा अलमबरदारने का

तलाश इनआम तन तस्दीक़ तीरह
असरगर्दा ज़लील ओ ख़्वारने का

घड़ी घनघोर जप जादू जुदाई
मतन मजबूरने खुश्शारने का

ज़फ़र बे अंत बड़बातां बतंगड़
बतन बेकारने बेचारने का

ज़फ़र इक़बाल

गुल-आफ़ताब

अजल ख़्वाब आईना आग़ाज़ अक्स इन्दाम दरियावां
चंचल चतुर आरज़ू तूफ़ां अबस अंजाम दरियावां

ज़मस्ताँ ज़ायक़ों ज़िन्दा तमाशा तोड़ तबिंदा
बरी बंध बानोरा ठंडक पिघल पैग़ाम दरियावां

सबज़ गर सामना मट मौज ज़र्द ओझल चशम चिलमन
अघड़वां नक़्श झिलमिल झाड़ झुरमुट फ़ाम दरियावां

लहर सब्ज़ा सरर सर छलक छिड़काव छल छब छंद
महक मछली फिसलवीं फैलवीं गुल दाम दरियावां

मखों मजबूरना बर बर सखों सिंदूरना जल थल
तमन्ना तह ब तह तनहा हवस हंगाम दरियावां

गरम गिरदाब गहरीली उमस आज़ार बंद अंभोल
सिमट संजोगवीं साहिल कुफ़र कोहराम दरियावां

उथल पुथली गुना गुथली रईन रस रास्तों रकवीं
मगर मछ माजरा मढ़ भेड़ शबनम शाम दरियावां

बतन बदबास बोझिल तोलिया तस्वीर तर कछवां
अतर सैलाब पल पायाब अत आराम दरियावां

ज़फ़र उरियाँ अज़ल अफ़्तूर दुःख दस्तूर दस्तावेज़
बदन बिसराम सहरावां नज़र नीलाम दरियावां

गुल-आफ़ताब

दीवार दरज़ दू ब दू अर्ज़ंग असरवां
सर ब सर बिखर सतह अनीरंग नज़रवां

शब शोर तमाशों अतर इमकान सदा सर
पल छिन तह ओ बाला अजब आहंग असरवां

रत रात सितारों उफ़क़ अन्दोह किनारों
मन मौज हवा दोश अनोरंग निसरवां

जड़ जिंस हरफ़ हर्ज़ फ़ना फ़र्क़ लिपट लाग
तज तोल दहश दायरा पासंग पथरवां

सुख सांझ सनम सेज सुलग सांस तलब तेग़
बुझ बांध लरज़ लाईहा चुप चंग चतुरवां

पत पैरहनों परदा परी पैकरवीं प्यास
चत चश्मा चलक चांद उमस अंग उभरवां।

मुख मिहर दमक दूध चशम चाक ज़ुलफ़ ज़ोर
रत रान रसों रक़्स नक़श नंग नथरवां

रुक रेत घड़ी रंज हवस होल स्याह सोग
सच सार सरू सांभ सख़त संग सफ़र वां।

तन तोड़ नक़ब नाज़ ख़बर ख़ाम तिफ़ल तर्श
जम जोड़ कुफ़र क़फ़्ल ज़ुलम ज़ंग ज़फ़रवां

गुल-आफ़ताब

तन तुगियानी तह ब तह नींद नवा चुप चांगली
लहर अतहर किनारवें दर दीवार उलांगली

सांप सुर्ख़ सलवार या रेंग रपट रंग रोशनों
उड़ इनकार अलिफ़ अदा रेत रिदा नम नांगली

नाली नक़्श नवेलनी ख़ून ख़रीद गुलाब कुन
छांट छुरी छनकार छट मुर्ग़ी मुड़ मुड़ बांगली

थक थड़थई थल थिर थिरक थाल थपक थन थूथना
थोर थड़ी थम थामनी थप थैली थक थांगली

रत रफ़्तार उभर अक्स बुत बेदार कलर बक्स
हरग हवा असफ़ेद सर पत पगडंडी रांगली

पाखर पहुंच पड़ाव पल ख़्वाब ख़राब ख़ुमार ख़स
डर डंड उस उगास अड़ बज बंधन सज सांगली

ज़र्द पकड़ ज़र ज़ायक़े होंझ हसन हर हरमची
दुख दामन दरियावला सुख सब्ज़ी मुख मांगली

मौज मुहूरत सू ब सू फ़ौज फ़ितूरत कू ब कू
ज़ोज ज़रूरत मू ब मू बांझ बदन ज़फ़रांगली

पत्थर पुकार पायंचा पेचाक सांवली
घूंघट घटाओं घास चन्दन चाक सांवली

मौसम महार सोग समर अक़्स रक़्स राज़
पत परदा शाख़ शर्म झलक झाक सांवली

खुल खेल नक़्श नाज़ गर्म गिन गिरह गुदाज़
बुत बंद मर्ग मंद सथन साक सांवली

चख चूम चाट चूस नमक ज़ायक़ा ज़हर
नम नर्म गात गर्म तलब ताक सांवली

शब खूँ शुमार शग़ल निखर नंग नेज़ा नक़्श
चौकस चमन चंगीर ख़बर ख़ाक सांवली

रस रात मस्त मात सुकूँ सांझ ख़्वाब ख़ल्क़
चढ़ चोर जर्द ज़ोर नक़ब नाक सांवली

फिसलन फिसल निकल नफ़स भूत फेरियां
हल हरग बात बर्ग अचालाक सांवली

सट सिख तंग तराज़ दंगल दास्तां दराज़
पहलू पशम पनाह पथर पाक सांवली

सलवार शोर सांप सरक बिल बिसात बंध
सैलाब सुर सदाइया ज़फ़राक सांवली

गुल-आफ़ताब

पथर पैरहन रुत रहा बारदा
जनम जुस्तजू जा ब जा बारदा

मगन मौत मस्तूर खूंख्वार ख़्वाब
सफ़र सब्ज़ नम नारसा बारदा

फसल फूल खुल खेल बुझ बात बर्फ़
सिमट सोग सहरा सदा बारदा

हजल ख़ाक धल धूप छत छांवली
तरस बूंद छींटा घटा बारदा

ज़बर ज़ेर मध मौज ख़ाली ख़ुमार
हमाइल हवस हढ़ हवा बारदा

ख़बर ख़ून ख़ाका तुनक तब्सिरा
सुरख़ सर वरक़ जोगिया बारदा

ख़तो ख़त ख़शम बे उतर बे ख़्वाब
जंगल ज़र्द पत झड़ पता बारदा

तरब तंज़ तहरीर मलबूस मोह
महक मुख रईन रास्ता बारदा

दरस दूर तर तीरगी वस्ल वहम
ज़फ़र ज़ुल्मनों बारदा बारदा

गुल-आफ़ताब

महक मावरा चीख़ चादर चन्दन
समर सब्ज़ रुख रास्तों रुत रंगन

अलिफ़ आरज़ू आहलना अर्ज़ अत
अगन आंच बुझ बीच काला कुंदन

सलग सोच सब्ज़ा गरम गर्द गात
लहू लहर मलबूस टहनी टंगन

ज़ुलफ़ ज़ोर चुप चोर लब लोलता
लमस लाट चन चाननी मुंह मंगन

धुआं धुंध शक शाम चिंगार चोट
अटल आईना अक्स आहट अंगन

ज़बर ज़ीन ज़ीना तड़प तीरगी
जकड़ जंग नम नंग भीतर भंगन

दंगल दायरा सुर सदा मच मज़ा
फ़रश फ़ौत रम रायगां कच कंगन

मतन मिहर मट्टी रवां रक़्स राज़
अरक़ आबरू गिर्द गौहर गंदहन

ज़फ़र अब्र आज़ाद गुल कुन हवा
जिसम जान जंजाल बिस्तर बंधन

ज़फ़र इक़बाल

जिसे डोबना था उसे तार गया
वो दुश्मन था कौन उस की मत मार गया

रुका राह में पील पत्तर कहीं
बदन आँख तक सिर्फ़ खड़कार गया

जंगल झाड़ झंकाड़ तन तोड़ फोड़
अलिफ़ अंग असवार तन्हार गया

चमक चीख़ उघड़ी घटा दर घटा
तलब तीर जद आर तों पार गया

वहीं हो गया होर का होर वो
जो अंदरों निकल के ज़रा बाहर गया

पस ओ पेश दायम ललक लहर बहर
कि ऐसार आया तो वैसार गया

मरन मुहलतां देने वालार सी
ज़ुलफ़ ज़िंदगी होर उलझार गया

चुरा ले गया कौन मानी मखन
यहां ग़ैर आया न अपनार गया

बुजुर्गां को जाना पड़ेगा ज़फ़र
जहां जिस तरफ़ बाग़ परवार गया

कड़ा कुरलाट सुफ़न संघना हढ़ हू नझ हवावां जिथे
सिक सुनसान गरज गड़गड़ झक नीं बदल फिस लिथे

अट इनकार सुख़न सुखनी मिट मौत नक़श दरगाहों
वज वंजार कुफ़र वन्झली रच रल जंगलीं जाह छिथे

मुक मजबूरी ज़ोर ज़रब टुक टुकड़े सांझ संगलियां
फस फड़कार डरन डोरी असमान ज़मीनां नित्थे

भुक दरिया ललकार लशक रुख रोहड़ कढ़ी कमज़ोरी
तन तीला विचकार विलक अन मौज महार उलथे

अख अख़्तर चुप चान चमक पख परदे राज़ रंगलवें
मुख मज़मून मगन मतलब सुख सड़ दफ़्तर दुख दिथे

नच नच यार मनावन मढ सच सोहल ज़फ़र ज़ुल्मताँ
हर हंकार तरोड़ तर्क भर भाग जागुस मत्थे

गुल-आफ़ताब

अत इग्नोर शफ़क़ सोना पायाब हवा परछाईं
जागे रात रिवाज हवेली सोवें सच्चा साईं

गूंज गवाच कुनाहों दर दर सावन सद्दा सखना
ख़ून ओ ख़ून बदन परछत्ती शोह तस्वीर किथाईं

वस्ल वल्हेट अलिफ़ अंगियारे तानबा तास तनावर
थर थर होंठ गुदाज़ गुज़ीदा हाफ़ हमाइल बाहें

मेज़ बसासत कुरसी करवट हलचल मेंडी क्राफ्ट
कार उतर बाज़ार बिखर हस मखवीं चाएं चाएं

बुछ तरतीब लटक लटकीली आपनी कीमन आछन
साँवल सांझ अवाइल इक मक दम दम दूर बलाएं

नेक नशे सत रंगे सफ़ने अंडरवीयर अजायब
बोझिल बास इतर अंगनाई अंदरे धुम धमाएं

ज़र्द जंगल मढ खिड़ खिड़ हुस्न नेचर फ़स्ल क़राइन
दाने दाने मुहर मअसियत ख़िलवत ख़्वाब खुदाएं

मिक्स महासन लफ़्ज़ लज़ायज़ दस्तर ख़्वान हुजूमी
भाशा भात पुकार पकावे भुख भांबड़ ज़फ़राएं

फ़सीह फ़ास्ट अज़ाइम बलीग़ अन्क़ा में
कदाम ख़ाक उड़ाईम दश्त दरिया में

पिघल सवेर तमाशा महीन क्या है पर
वसल दवाह ख़राबी दबीज़ क्या था मैं

लफ़ज़ लपेट हवस पेश कश अजब यूनीक
दरश्त दायरा उसलूबियाँ मुसफ़ा मैं

लहू लुहानिया शोहीद ख़ाक मस्त ख़राब
फ़टीग फौज महाज़ आरज़ू मुहैया मैं

फ़लक फ़राज़ हवा दोज़ गिर्द मीनारी
अबस गुबारियां कीमन शिग़ाफ़ मौला मैं

चमन चिराग़ गुलो गुल सफ़ेद रुश्नाई
घवेर घास हलन हार तीरा तन्हा मैं

नबेड़ नौहा नवीसंद परत पूछँदो
मरग महारिया हेवी हवास यकता मैं

सुराग़ सब्ज़ क़तल चीच दूधियां वहमन
नुक़ूश लायहा ज़ग ज़ेग जुस्त जोया मैं

अलिफ़ उलार तशफ़ी बदन बरवहां मुढ
कमर तरोड़ अलज़्ज़त ग़याब ज़फ़रा मैं

रतबो-याबिस

(दीवान मुरद्दफ़)

ये किताब उर्दू मुस्तक़बिल का ख़्वाब नामा है, धुँदला और अधूरा। मुरव्विज उर्दू के साथ अपनी कुछ बन नहीं आई, चुनाँचे शे'री तजुर्बे की हिद्दत में पिघल कर उसने ये सूरत इख़्तियार की है। जिन चश्मों से इस ज़बान ने इब्तिदा में तवानाई हासिल की, और जो एक मुद्दत से इस पर रोक दिए गए थे, मैंने उन्हें फिर से रवाँ कर दिया है, कुछ गलियों का एहया किया है। कुछ वज़अ किए हैं । ऐसा करने में कुछ और पर्दे भी हटे हैं

उसूलन ये पंजाबी, अंग्रेज़ी, बंगला वग़ैरा और उर्दू का दरमियानी फ़ासिला कम करने की एक इब्तिदाई कोशिश है। पंजाबी पैवंद मैंने खासतौर पर जा-बजा लगाए हैं, ये ताज़ा ख़ून उर्दू ज़बान की मौजूदा थकन और पज़मुर्दगी दूर करने के लिए ज़रूरी था और कली-शेज़ का ये पहाड़ काटने के लिए जहाँ मैंने लफ़्ज़ों को नए जोड़-तोड़ से रौशनास किया है, वहाँ किसी क़दर तोड़-फोड़ भी रवा रखी।है, और बेशुमार तलवार उलार लम्हों से सलामत निकल आया हूँ । इस डिस्टोर्शन से लफ़्ज़ों की शख़्सियत अंदर से भी बदली है,नई साज़-बाज़ से लफ़्ज़ों के माबैन नए रिश्ते उस्तिवार हुए हैं और इबलाग़ की नई सतहें दरयाफ़्त हुई हैं

छुई-मुई के बजाए ज़बान को ज़िंदा मुतहर्रिक शय गरदानते हुए मैंने उसके साथ ये आज़ादियाँ ली हैं। पंकचुवेशन यकसर उड़ा दी है कि मआनी को महदूद और पाबंद करती है। इज़ाफ़त से हत्तुल-इमकान गुरेज़ किया है। ग्रामरी घुटन भी अब वैसी नहीं रही। अब मैं साँस ले सकता हूँ

ताहम मौजूदा ऐडीशन में इस लिसानी जकड़ बंद को क़दरे ढीला कर दिया गया है, क्यों कि इस के बेशतर मक़ासिद हासिल किए जा चुके हैं। मसअला बाक़ी मुआमलात को जूं का तूं रखते हुए जहाँ पंजाबी की जगह उर्दू अफ़आल को बहाल किया है वहाँ का, के, की के बजाए अलिफ़ के इस्तिमाल को तर्क कर दिया गया है

ज़फ़र इक़बाल

ज़फ़र इक़बाल की शायरी मुझे बेशुमार ख़ुसूसियत की बिना पर पसंद है, इन सब पर गुफ़्तुगू कोई दूसरे मौक़ा पर करूँगा। इस वक़्त मुझे सिर्फ इस इत्तिहादे-सुलासा का तज़किरा करना है, जो इस शायरी को पहले की शायरी से अलग करता है, और जिसकी बिना पर इफ़्तिख़ार जालिब का हम ज़बान होकर मैं ज़फ़र इक़बाल को साहिबे-अहद शायर कहता हूँ । इत्तिहादे-सुलासा ॥ लफ़्ज़ ॥ वजूद ॥ ज़मीन

ज़फ़र इक़बाल की शायरी में अलफ़ाज़, लिसानी असातीर नहीं तख़लीक़ी तजुर्बा हैं । ये किसने कहा कि तख़लीक़ी तजुर्बा मा'लूम और मानूस चीजों के ज़रीए हासिल होता है। या ये बात किसके मुँह से निकली कि तजुर्बा मा'लूम चीज़ों के रास्ते तबदील करने से पैदा होता है।

मानूस चीज़ों से हासिल होने वाला तजुर्बा हमारी रोज़-मर्रा कोल्हू के बैल वाली ज़िंदगी से तअल्लुक़ रखता है, ये अलग बात है कि हम अक्सर चीज़ों को भूल चुके होते हैं और वो हमें दुबारा याद आ जाती हैं, तो इसमें हमारे हाफ़िज़े का क़ुसूर है, इस हाफ़िज़े के नुक़्स को तख़लीक़ी अमल कहना कहाँ का इन्साफ़ है? इसी तरह मा'लूम चीज़ों के रास्ते तबदील करना तख़लीक़ी फ़नकार का काम नहीं ,सर्कस के मदारी का वज़ीफ़ा है।

तख़लीक़ी तजुर्बा फ़नकार की ज़ात का अख़बार है, जो "मौजूदा अब" से तआल्लुक़ रखती है। ये 'अब' अक़ीदों और बेगार का मसअला नहीं, बल्कि इरफ़ाने-ज़ात का मसअला है। वो ज़ात जिसकी तर्बीयत ज़मीन पर जुग़राफ़ियाई तफ़्सीरात के तहत हुई, वो ज़ात जो अपनी विरासत में जिस्म और ज़मीन को मिनहा नहीं करती, ज़मीनी और जुग़राफ़ियाई असरात जिस्मानी मिज़ाज को, जिस्मानी मिज़ाज की लज़्ज़तें या साँस की दरो-बस्त को, और साँस की दरो-बस्त लफ़्ज़ को जन्म देती है, फिर लफ़्ज़ों को अक़ीदे का मसअला समझना हवा में तीर छोड़ने के बराबर नहीं तो और क्या है?

ज़फ़र इक़बाल की शायरी में इस्ते'माल होने वाला लफ़्ज़ उस ज़मीन के साथ वाबस्ता है जिसने ज़फ़र इक़बाल को जन्म दिया है। पंजाब की मिट्टी का ये अलमिया रहा है कि उसे पाँव का आशोब नसीब नहीं हुआ ख़्वाह वो पाँव का आशोब हमला आवरों के घोड़ों की टापों से पैदा हुआ अक़ीदों में बसने वाले मस्नूई और हवा में उड़ने वाले बे-वज़्न जिस्मों के मनफ़ी रद्दे-अमल से। पंजाब की मिट्टी अपना हक़ माँगती है और अपने लफ़्ज़ को अपने से पैदा होने वाले जिस्म को बतौर रिवायत सुपुर्द करना चाहती है

ज़फ़र इक़बाल के हाँ इन्सानी तशकीलात का अमल हमारी क्लासिकी तन्क़ीद की इस्तिलाह "नुदरते-बयान" से बेहतर तौर पर वाज़ेह किया जा सकता है। नुदरते-बयान से अब उनकी मुराद ये थी कि शे'र में अलफ़ाज़ का तख़लीक़ी अमल मआनी और तजुर्बे की

नई-नई राहें दरयाफ़्त करता हुआ नज़र आए। आपको ज़फ़र इक़बाल के अशआर की इन्सानी और सौती दरो-बस्त से शदीद इख़्तिलाफ़ होगा।

आप सच कहते हैं, इसलिए कि आपके कानों को ज़ूद-निसाई इस्तिआरे की तर्बीयत हासिल है। लेकिन क्या ज़ूद-फ़हम लिसानी इस्तिआरे जो हमारी रोज़-मर्रा मैकांगीगी ज़िंदगी से वाबस्ता होते हैं, शायरी हैं । आपको ज़फ़र इक़बाल के मिसरों में च और थ की अजनबी ज़ंजीरों से घबराहट महसूस होगी लेकिन अपने क्लासिकी शाइरों के ऐसे अशआर पर की वहाँ देखे कई तिफ़्ल परीज़ाद अरे रे रे अरे रे अरे रे आपको कोई तअज्जुब नहीं होगा ।

आप इन सब बातों को छोड़ें, अच्छा शायर लफ़्ज़ के इस्ते'माल में इस बात का पाबंद नहीं है कि कौन किस तरह बंदिश पसंद करता है । मैं आपसे एक सवाल बड़े अदब से करता हूँ और वो ये कि क्लासिकी मौसीक़ी में तबले की तालें और रागों के जो सरगम मौजूद हैं । उनके अलफ़ाज़ क्या बे-मा'नी हैं? अगर वो अलफ़ाज़ बे-मा'नी हैं तो आपका सारा ज़ौक़ बे-मा'नी है

आपको ज़फ़र इक़बाल के अशआर पर सबसे पहला एतराज़ तो ये होगा कि वलोदिल, राहरुक, बदलांगे, निकल्या, दिलदारना जैसे अलफ़ाज़ क्यों इस्ते'माल हुए हैं, जिनका आरज़ू की रिवायती शायरी में कहीं निशान नहीं मिलता । तो इस का जवाब देने के बजाए मैं ख़ुद आप ही से एक सवाल क्यों न पूछ लूँ कि लखनऊ वाले जगह को जागह क्यों कहते हैं।

दिल्ली वाले लफ़्ज़ों को दरबारी-पन से क्यों अदा करे हैं। दिल्ली की शायरी में कहता के बजाय बोलना, पास के बजाए कने रूमाल के बजाए पंखा, कोल्हू के बजाय घान, बहुत के बजाए बोत की तरह के बजाए ग़न क्यों का इस्ते'माल हुआ है? अगर दिल्ली, दक्कनन और लखनऊ के अदब में, मक़ामी रोज़मर्रा के इस्ते'माल और इस रोज़मर्रा के दरमियान शदीद इख़्तिलाफ़ के बावजूद शायरी शायरी रहती है। तो ज़फ़र इक़बाल के हाँ बदलेंगे के बजाए बदलांगे, या राह रोकने वाले के बजाए राह रुक इस्ते'माल होगा, तो इस से उर्दू ज़बान किस तरह ज़ईफ़ हुई? ब-हर हाल ये सब बातें ऐसी हैं जिन पर आपको ख़ुद ठंडे दिल से सोचना चाहिए।

मैं तो सिर्फ इस क़दर अर्ज़ करना चाहता हूँ कि ज़फ़र इक़बाल इन लफ़्ज़ों को इस्ते'माल करने के बावजूद उर्दू ही लिख रहा है, और दिल्ली और लखनऊ के मुहावरे की नक़ल उतारने के बजाय पंजाब के रोज़मर्रा को इस्ते'माल करके ज़्यादा अदबी दियानतदारी का सबूत दे रहा है। और अभी तो ज़फ़र इक़बाल रिवायत की गिरफ़्त से बहुत कम आज़ाद हो सका है

तलाज़ुमात का तौक़ गले में पहनने से ज़फ़र को क्या फ़ायदा हुआ? मैं इस के बारे में

कुछ नहीं जानता, अच्छा होता अगर वो इस क़ैद से भी आज़ाद हो जाता। यारों ने जब उसे नहीं बख़्शा तो फिर इस से ज़्यादा क्या कर लेते तो ये एक इन्फ़िरादी तजुर्बा है जो सिर्फ़ ज़फ़र इक़बाल के हाँ हमें नज़र आता है। अगर आपने इस एक आदमी के तजुर्बे को चैलेंज

दिया तो वो आपकी सारी शायरी को चैलेंज कर देगा । बेहतर ये है कि जहाँ आपने इस क़दर लिसानी तजुर्बात की मुसीबतें गले डाल रखी हैं और उनसे उर्दू ज़बान में कोई ग़लाज़त पैदा नहीं हुई तो एक और सही, मुम्किन है, ये भी अपनी हैसियत मनवा ले। यूँ ही चीं-बचीं होने से न आप नए तजुर्बे को रोक सकते हैं, और न वो रुक सकता है

डाक्टर गौहर नौशाही

काश संजीदी कि बहरे-क़त्ले-मा'नी यकक़लम
जल्वए-किल्को-रक़म दारो-रसन ख़्वाइद शुदन

चश्मे-कौर आईना-ए-दा'वा ब-कफ़ ख़्वाइद गिरफ़्त
दस्ते-शल मुश्शातए-ज़ुल्फ़े-सुख़न ख़्वाइद शुदन

ग़ालिब

चन्दा, उवैस,मरयम शहरयार हसनैन और

मोमिना के नाम

हमारी तो मी'याद पूरी हुई
ज़माना तुम्हारा ज़माना है अब

"रतब-ओ-याबिस का शायर"

मेरे एक साबिक़ अदबी रफ़ीक़ कार इफ़्तिख़ार जालिब शे'री लिसानियात के बाब में ख़ुद ऐसे उलझे हुए हैं कि दूसरों को भी उलझा देते हैं। मुग़ालितों की जदलियात के इस नक़्क़ाद ने ज़फ़र इक़बाल की शायरी के बारे में एक मन माना मुग़ालता पैदा करके इसकी शायरी की तहसीन का दर बंद कर दिया है।"अब अलफ़ाज़ महज़ मक़बूल अवामी रिश्तों में नहीं बंधते, फ़नकार की क़ुदरत और इरादे से कि सरासर इन्फ़िरादी है, आपस में जुड़ते हैं" (दीबाचा गुल-आफ़ताब । इफ़्तिख़ार जालिब)

नक़्क़ाद ने शायर को गुमराह किया, शायर ने गुलाब को अगलाब लिख कर नक़्क़ाद को ख़ुश किया, लेकिन जल्द ही इबरत का दामन थामा कि शायरी में नया लिसानी शेवा अलिफ़ के इज़ाफ़े या 'याय' के गिराने से पैदा नहीं होता, बल्कि लफ़्ज़ और शय के तअल्लुक़ की दरयाफ़्त से वजूद इख़्तियार करता है। ज़फ़र इक़बाल ने लफ़्ज़ और शय का जो रब्त दरयाफ़्त किया है उसकी बुनियाद शख़्सी बुल-अजबी के बजाए एक तहज़ीबी तनाज़ुर से दूसरे तहज़ीबी तनाज़ुर की तरफ़ रवानगी का सफ़र है। इफ़्तिख़ार जालिब इस ग़लतफ़हमी का शिकार हैं कि ज़फ़र इक़बाल ने अलफ़ाज़ को अमूमी रिश्तों से इन्क़िता के ज़रीए अपनी इन्फ़िरादियत का नक़्श क़ायम किया है। इस अवामी नक़्क़ाद ने ज़फ़र इक़बाल की इन्फ़िरादियत को मुग़ालते का एक मे'यार बना दिया है। उसके नज़दीक फ़नकार की इन्फ़िरादियते-अलफ़ाज़ "रतब-ओ-याबिस", इस दा'वे और मुग़ालते की तक़्ज़ीब है

रतब-ओ-याबिस ज़फ़र इक़बाल का तीसरा शे'री मजमूआ 1970ए- में इलाहाबाद से शा'ए हुआ

इशाअत का इफ़्तिख़ार एक दूसरे मुल्क को हुआ। जिस मुल्क के रतब-ओ-याबिस के बारे में ये 'रतब-ओ-याबिस' मुरत्तिब किया गया उसके नाशिरीन दूसरे रतब-ओ-याबिस की इशाअत में मसरूफ़ रहे। ख़ैर मजमूआ तो शा'ए हुआ। फ़ी ज़माना ये भी एक ग़नीमत है, बे-शक हमारी मौक़इयत एक इजतिमाई रतब-ओ-याबिस है, जिसे ज़फ़र इक़बाल ने इस तरह मुरत्तिब किया है कि ये मजमूआ हमारी मुआशरती, सियासी और तहज़ीबी ज़िंदगी की बू-क़लमूं रंगीन तस्वीर बन गया है। इस कूड़-कबाड़ और ख़ुराफ़ात से जो तस्वीर मुरत्तिब हुई है वो हमारी है जो देखने में रंगीन है और छूने में खुरदरी और बे-कैफ़ ।ज़फ़र इक़बाल ने हमें अपने आपको इतने क़रीब से दिखाया है कि ख़ुद अपना वजूद देखकर इतनी घिन्न आती है कि काश ये नंग कोई और न देखता। रतब-ओ-याबिस एक ऐसा शे'री मजमूआ है जो रद्दे-अमल पैदा करता है, यही इसकी सबसे अहम हक़ीक़त है। ये शे'री मजमूआ

तजुर्बात की नौईयत और पैराया-ए-बयान के एतबार से1947ए- के बाद शा'ए होने वाले ग़ज़लों के तमाम मजमूओं में सबसे मुनफ़रिद है। आईए इस मुग़ालता-नुमा बयान की ताईद या सराहत के लिए रतब-ओ-याबिस में एक मुसाफ़िर की तरह दाख़िल होकर शायर की ता'मीर-कर्दा कायनात के मा'नवी उस्लूब की शिनाख़्त करें । ज़फ़र इक़बाल ने अपनी शे'री कायनात ख़ुद ता'मीर की है। अपने तजुर्बात को ख़ुद दरयाफ़्त किया है, और तजुर्बात के इमतिज़ाज से मुआफ़ी का जो क़रीना मुदव्वन किया है, वो उसकी शख़्सी काविश है। ज़फ़र इक़बाल एक जागता हुआ शायर है जो उर्दू क्लासिकी ग़ज़ल की रिवायात से बख़ूबी आश्ना है। उसे ये भी एहसास है कि ग़ज़ल का क्लासिकी लिसानी उसलूब फ़ी ज़माना किस हद तक तासीर और मा'नवी ता'मीर का ज़ामिन हो सकता है। रतब-ओ-याबिस की ग़ज़लियात उर्दू ग़ज़ल की रिवायत में मा'नवी और मुसव्वरी तजुर्बा हैं, और इस तजुर्बे के हवाले से उसने नए तजुर्बात का डोल डाला है

रतब-ओ-याबिस में ज़फ़र इक़बाल का, उर्दू ग़ज़ल की रिवायत के बारे में गहरा शऊर झाँकता है, यूँ तो उर्दू के ग़ज़लगो शो'रा लफ़्ज़ो-मआनी के तअल्लुक़ के बारे में उमूमन एक दो अशआर का क़ैलूला ज़रूर करते हैं, और फिर रस्मन तंग नाए ग़ज़ल का रोना रो कर इत्मिनान से ग़ज़ल को तंग-तर बनाने की मज़ीद कोशिश करते हैं, ऐसे ग़ज़लगो शो'रा के अलर्रग़म ज़फ़र इक़बाल ने तंग नाए की तंगी को कुछ और तरीक़े से महसूस किया है क़ाफ़िये की बंद गलियों का गदागर कर दिया उसने कैसे काम पर मुझको मुक़र्रर कर दिया

कंकर पत्थर के क़ाफ़ियों से
करता है ज़फ़र ग़ज़ल मुरस्सा

जान छुड़वाओ इस ग़ज़ल से भी
लिक्खो मक़ता ज़फ़र निकालो यभ

मर्ग तबई से मेरे, देर के बीमार थे लफ़्ज़
और पकड़ा गया मैं सिर्फ दवा देने में

ज़फ़र ये वक़्त ही बतलाएगा कि आख़िर
हम बिगाड़ते हैं ज़बाँ या ज़बाँ बनाते हैं

रास आई है सुख़न की गर्म-बाज़ारी मुझे
लफ़्ज़ की खोटी चवन्नी को चला देता हूँ मैं

सत्र-पोशी है क़ाफ़ीया-बंदी
हाँ ज़रा कस के बाँधिये शलवार

काम कितनों ही का तमाम हुआ
जब भी ओछा पड़ा ज़बान का वार

तन्हा ही जश्ने-मर्गे-मआनी मनाएं हम
लेकिन हिसारे-हर्फ़ से बाहर सदा तो आए

मुतज़क्किरा बाला अशआर में ज़फ़र इक़बाल का ज़बान और मआनी के बारे में रवैय्या ख़ुसूसी है। ये रद्दे-अमल क्लासिकी ग़ज़ल की कवराना तक़लीद के ख़िलाफ़ है। वो इसी तक़लीद के ख़िलाफ़ एहतिजाज करता है कि उसे जबरन क़ाफ़ियों की बंद गलियों की गदा गिरी पर मजबूर किया गया है। ज़फ़र इक़बाल को शिद्दत से एहसास है कि क़ाफ़िया शायरी पर एक जब्र है। क्लासिकी ग़ज़ल के लफ़्ज़ मर्गे-तबई को पहुंच चुके हैं। इस जश्ने-मर्ग पर अगर शिरकत के लिए कोई और आमादा नहीं तो शायर की वाहिद ज़ात ये जश्न मनाने का तहय्या किए हुए है।

ज़फ़र इक़बाल को अपने तजुर्बात और ज़बान-साज़ी पर इतना एतिमाद है कि ये इसका फ़ैसला वक़्त पर छोड़ देता है कि उसने ज़बान-साज़ी की है या ज़बान-शिकनी! वो अपने अस्र से ख़्वाजा-सराओं की ज़बान में गुफ़्तुगू करना नहीं चाहता

सोचीए शे'र का नया कोई कोड़
साथ चलता नहीं है ये भी मोड़

ज़फ़र इक़बाल मुरव्वजा ग़ज़ल के उस्लूब से बर्गशता है, और उसने इस बर्गशतगी का इज़हार भी अनोखे अंदाज़ से किया है, वो इसलिए शे'र का नया दस्तूर उल-अमल तलाश करता है कि मुरव्वजा उस्लूब-ए-ग़ज़ल उसके तजुर्बात का साथ नहीं देता। चुनाँचे वो रद्दे-अमल के तौर पर ग़ज़ल की मुरव्वजा लिसानी ख़ुरमतों की बुरी तरह से तोड़-फोड़

करता है, और फिर उस मनफ़ी रोल की हंगामियत से आगे बढ़कर अपने तजुर्बात का लहजा मुतय्यन करता है। ज़फ़र इक़बाल का रिवायती ग़ज़ल के ख़िलाफ़ रद्दे-अमल इतना शदीद है कि वो वसीअ-तर इज़हार की तमन्ना में इस शे'री मजमुए के सफ़हा60 पर, ग़ज़ल का रस्मी क़ालिब तोड़ कर आज़ाद ग़ज़ल लिखने लगता है, जो पैरोडी भी है और ग़ज़ल के नए तसव्वुर की निशानदेही भी करती है। इस एहसास के साथ कि ग़ज़ल का मुरव्वजा शे'री मुहावरा नई बसारतों का मुतहम्मिल नहीं हो सकता। ज़फ़र इक़बाल ने ग़ज़ल की सर्फ़ो-नह्व और इस के लिसानी उस्लूब को दरहम-बरहम कर दिया है, वो लफ़्ज़ की खोटी चवन्नी चलाता है। इस खोटी चवन्नी के उक़ब में हमारे क्लासिकी शो'रा का बयान की पाकीज़गी और 'सनाबरी' का वो तसव्वुर है, जिसने उर्दू ग़ज़ल के ज़ख़ीरा-ए-अलफ़ाज़ को महदूद तर कर दिया है। रतब-ओ-याबिस में ज़फ़र इक़बाल ने ये शहादत दी है कि हर तरह के अलफ़ाज़ जुज़वे-ग़ज़ल बन सकते हैं ।चुनाँचे वो हर तरह के अलफ़ाज़ को इज़हारो-मआनी का सीग़ा बनाता है। मिलारमे के अलफ़ाज़ में ज़फ़र इक़बाल ने अलफ़ाज़ की शायरी की है, वो अलफ़ाज़ को तसव्वुरात का जामा पहना कर लफ़्ज़-ओ-मआनी की सनवियत

की बिदअत से बच कर बज़ाते-ख़ुद अलफ़ाज़ को तसव्वुरात में तबदील करता है जिससे लफ़्ज़ की शय्यत उसकी बुनियादी महिय्यत पर हावी हो जाती है। बा'ज़ ग़ज़लियात में उसने मआनी की ता'मीर के लिए अलफ़ाज़ की अस्वात को इस्ते'माल किया है, यानी लफ़्ज़ की सौत को सियाक़ो-सबाक़ की बदौलत उसके वजूद पर इस तरह नाफ़िज़ किया है कि सौत के पेचो-ख़म मआनी का उनवान मुरत्तिब करते हैं । ज़फ़र इक़बाल क़ाफ़िया को सतर-पोशी कह कर मुरव्वजा ग़ज़लगो पर तंज़ करता है कि इस शलवार को कस के बांधना चाहिए। ज़फ़र इक़बाल ने रतब-ओ-याबिस की बेशतर ग़ज़लियात में क़ाफ़ियों को इस तरह कसा है कि मुआसिर ग़ज़लगो बरहना हो गए हैं, चुनाँचे वो मुरव्वजा क़ाफ़ियों से इन्हिराफ़ करके क़ाफ़ियों की अस्वात के ज़रीये मआनी की तशकील करता है

धूप से कुछ बिचार रहता है
सर पे रखते हैं शायरी का टोप

अब तो रख्खी है देखने के लिए
कभी चलती भी थी ज़फ़र, ये तोप

रोकोगे तो हम करेंगे दंगा
बन जाएगा बात का बतंगा

ख़ैर, आप भी बदमाश होंगे
मैं हूँ ज़रा मुख़्तलिफ़ लफ़ंगा

मिसाल नंबर1मशाल नंबर2 में टोप और तोप के क़ाफ़िये से शायर ने हर दो अशआर की मा'नवियत का दारो-मदार इन दो क़वाफ़ी पर रखा है। दस्तारे-इल्म या फ़ज़ीलत को टोप में मुंतक़िल करके शायर ने टोप, धूप के अलफ़ाज़ को एक मा'नवी रिश्ते में पिरो दिया है। पहले दस्तारे-फ़ज़ीलत, तजुर्रे-इल्मी की निशानी थी। अब वो शायरी का टोप बन कर धूप से बचाती है। इसी तरह मिसाल नंबर2 को मिसाल नंबर1 से मिला कर पढ़ा जाये तो टोप और तोप से ज़हन तोते के मदारी, भंगियों की तोप और न जाने किस-किस सिम्त में हरकत करता है। इस तरह संजीदगी और मुज़हका से तजुर्बा की जिहतें फैलने लगती हैं । अल-हाज़ा उल-क़यास मिसाल नंबर4, 3 मैं दंगा, बतनगा और लफंगा के क़वाफ़ी के इस्ते'माल से मा'नवियत अस्वात से मुरत्तिब होती है। ग़ज़ल में क़ाफ़िये के इस्ते'माल की ये नहज मा'नवी एतबार से तमसख़ुर से संजीदगी का क़रीना पैदा करती है। उमूमन हमारे यहाँ अलफ़ाज़ की अस्वात उनके मा'नवी पैराए से बाहर रहती हैं, लेकिन ज़फ़र इक़बाल ने अस्वात को मआनी का जुज़्व बना दिया

है। ये हरबा ज़फ़र इक़बाल की शे'री इन्फ़िरादियत में मा'क़ूल एहमीयत का हामिल है

एक तरफ़ ज़फ़र इक़बाल ने ग़ज़ल के लिसानी उस्लूब में ममनूआत के इस्ते'माल से घुटन की फ़िज़ा को ख़त्म किया है, दूसरी तरफ़ उसने ग़ज़ल को एक जज़्बे की क़ैद से निजात दिला कर इसे वसीअ तख़्लीक़ियत के सपुर्द किया है, जहाँ ग़ज़ल और नज़्म के फ़ुरूई इमतियाज़ात ख़ुद-बख़ुद उठ जाते हैं । इक़बाल के बाद की उर्दू ग़ज़ल मौज़ूआती एतबार से डांवां-डोल नज़र आती है। इसकी बे-हैय्यती को ज़फ़र इक़बाल ने एक तरह का तयक़्कुन दिया है कि ग़ज़ल के हाथ-पाँव इतने बंधे हुए नहीं हैं जितने बांध दिए गए हैं

रतब-ओ-याबिस में तीन तरह की ग़ज़लियात मिलती हैं, अव्वल वो ग़ज़लियात जिनमें जज़्ब-ए-इश्क़ के लवाज़िम के ज़रीए तजुर्बात की तशकील की गई है। इस शेवा-ए-इज़हार में भी ज़फ़र इक़बाल ने अपनी इन्फ़िरादियत की हिफ़ाज़त की है

कुछ तेरे भाइयों ने मार रखा
कुछ पड़ें अपने घर से भी डांगें

मैं इतना बदमाश नहीं या'नी खुल के बैठ
चुभने लगी है धूप, स्वेटर उतार दे

बदन का सारा लहू खिंच आ गया रुख़ पर
वो एक बोसा हमें दे के सुर्ख़ुरू है बहुत

अब के उस बज़्म में कुछ अपना पता भी देना
पाँव पर पाँव जो रखना तो दबा भी देना

देखा आपने ज़फ़र इक़बाल भी आशिक़ है मगर थोड़ा सा लुच्चा और लफंगा। मिसाल नंबर 1 मैं भाइयों की मार और अपने घर की डांगों से शायर ने आजकल के आशिक़ की सूरते-हाल की अक्कासी की है, जो वाक़िआती हक़ीक़त होते हुए भी मज़हका-ख़ेज़ है। मिसाल नंबर 2 मैं ख़्वाहिश और लज़्ज़त का तज़किरा किस बे-तकल्लुफ़ी से बराहे-रास्त अंदाज़ में किया गया है। मिसाल नंबर 3 मैं बोसे के वक़्त जज़्बाती तशननुज और बा'द की ख़जालत को एक हक़ीक़ी नफ़सियाती कैफ़ियत के तौर पर पेश किया है। ऐसे तजुर्बात के इदराक का ये अंदाज़ एक मख़सूस ज़िंदा ज़मानी तनाज़ुर से वाबस्तगी का नतीजा है। शायर अपने तजुर्बात को गैरहाज़िर तमद्दुनी पस मंज़र से उख़ज़ करने के बजाय अपने अह्द की ज़िंदगी को एहमियत देता है। इस नौईयत की ग़ज़लियात में बे-तकल्लुफ़ी और गुफ़्तुगू के अंदाज़ से ये वाज़ेह होता है कि नई ग़ज़ल के अनासिर की तशकील में ज़फ़र इक़बाल ने क्लासिकी ग़ज़ल के मसूई शिकवा से गुरेज़ किया है। रतब-ओ-याबिस में दूसरी किस्म की ग़ज़लियात का तअल्लुक़ शायर की नफ़सियाती कैफ़ियात से है जो एक मख़सूस सियासी व तमद्दुनी निज़ाम की पैदा-कर्दा हैं। इस नौईयत की ग़ज़लियात में ज़फ़र इक़बाल निस्बतन ज़्यादा तजरीदी है, उसने मुरव्वजा ग़ज़ल के लिसानी उस्लूब की नई मा'नवी दलालतें तलाश की हैं

सफ़रे-ख़्वाब का सिला माँगें
सूजते पैर, काँपती टांगें

पुराने ज़ुल्म में लज़्ज़त नहीं हमारे लिए
हम अपने सर पे नया आसमान बनाते हैं

सब रौशनाई उड़ गई शब-भर में क्या लिखें
ढकना खुला रहा कहीं दिल की दवात का

हूँ मैं वो ख़ूँ कि बहाया है मुझे सड़कों पर
मैं हूँ वो रंग के चेहरों से उड़ाया है मुझे

हवास में हैं कहीं ख़ौफ़ के नशेबो-फ़राज़
जो ख़ुद से भागता हूँ राह में ठहरते हुए

ख़्वाब के सफ़र में पैरों का सूजना, अपने लिए नए ज़ुल्म की तलाश, हवास पर ख़ौफ़ का निफ़ाज़ ही वो कैफ़ियात हैं जो अदम मुवाफ़िक़ निज़ामे-ज़ीस्त से ता'बीर लेती हैं । इसी ग़ज़लियात में जज़्बाती तुंदी और नफ़सियाती कैफ़ियात मिलती हैं जो शख़्सी कैफ़ियात के दायरे शिकस्ता करके अपने मा'रुज़ी अलाइक़ उस ख़ारिज से मुत्तसिल करती हैं जो बतौर मुहर्रिक शायर को रद्दे-अमल पर उकसाता है

रतब-ओ-याबिस में ग़ज़लियात की तीसरी शक़ तजुर्बात और लिसानी मुहावरे के एतबार से हर दो से मुख़्तलिफ़ हैं, और जो ग़ायत-दर्जा तजुर्बाती हैं । शायरी बुनियादी तौर पर ज़िंदगी और कायनात के बारे में एक रवैय्या है। शायर एक रवैय्ये से बहुत से रवैय्ये मुख़्तरअ करता है। सिर्फ वही शायर रवैय्ये की ता'मीर कर सकता है, जो इन्सानी तअल्लुक़ात, इन्सानी तारीख़ और बैनुल-इन्सानी मुआमलात के बारे में किसी किस्म का फ़िक्र करता है। जो फ़र्द या शायर इन्सानी मुआमलात में और कायनात के अस्बाबो-अलल के तनासुब में किसी किस्म का ख़लल ना देखता हो, उसके लिए ज़िंदगी एक सपाट हक़ीक़त है, लेकिन जो शायर ज़फ़र इक़बाल की तरह गुस्ताख और शरीर हो, उसके लिए ज़िंदगी तज़ादात से भरपूर तलातुम है।1947ए- के बाद के उर्दू ग़ज़लगो शो'रा में ज़फ़र इक़बाल ही एक ऐसा शायर है जिसने मुआसिरे-ज़िंदगी के ज़्यादा तज़ादात सबसे ज़्यादा महसूस किए हैं । वो ज़िंदगी के जदलियाती अमल पर यक़ीन रखता है। उसे हर जगह तज़ाद नज़र आता है, मुआसिरे-ज़िंदगी का कोई शो'बा उसके तजुर्बे की ज़द से महफ़ूज़ नहीं है, बल्कि कहा जा सकता है कि एक इस्तेहसाली निज़ाम में शायर ने अदम मुफ़ाहमत के ज़रीए

एक नागुज़ीर सूरते-हाल पैदा कर दी है। ख़्वाह वो सलीम-ओ-रियाज़ का एडिटराना और नाशिराना इस्तेहसाल हो या किसी और का इस्तिबदाद, ज़फ़र इक़बाल दोनों के ख़िलाफ़ नबर्द-आज़मा है। ज़फ़र इक़बाल जुरत-मंद शायर है, वो ज़िंदगी के अक़ाएद, इक़दार और इन्सानी तअल्लुक़ात के मुस्लिमात से मुनकिर है, क्यों कि इस के नज़दीक इक़दार और रवैयों में तबदीली की ज़रूरत है, वो एक नई माबा'दुत-तबीआत से इन्सानी रिश्तों को अज़-सरे-नौ मुनज़्ज़म करता है

उम्मीदे-फ़स्ल हो बंजर, क़दीम बीवियों से क्या
घरों को छोड़िये और खेत में उगाइये ग़ल्ला

ये मुस्लिमात और अक़ाएद महज़ शो'बदे हैं जिन्होंने
इन्सान की असल हक़ीक़त को मसख़ कर दिया

शो'बदों के शोर में इन्सान साये रह गए
मो'जिज़ों की मार ने लट्ठे को मलमल कर दिया

ज़फ़र इक़बाल इन्सान को वो छिना हुआ मुक़ाम वापस दिलाना चाहता है

अब तीसरी तरफ़ को भटकता है ध्यान क्या
मुनकिर हैं अपने, और हैं काफ़िर ख़ुदा के हम

ख़ूब अपनी भी गुज़रती है ज़फ़र
ख़ल्क़ से बैर, ख़ुदा से नाराज़

अपना इनकार, ख़ुदा की ज़ात से इन्हिराफ़, एक निज़ामे-इक़दार से अलैहदगी इख़्तियार करना है कि वो नई हक़ीक़तों का मुतलाशी है। वो इसी तलाश में ख़ल्क़ से बैर और ख़ुदा से नाराज़ी मोल लेता है। उसे एहसास है कि इक़तिदार के ख़ला से बातिन टूट जाता है

और वीरान हुआ जाता हूँ अंदर से ज़फ़र
रब्त कुछ है तो सही शहर की ता'मीर के साथ

लेकिन शहर की तामीर की ख़्वाहिश उसे वीरानी को बर्दाश्त करने का हौसला देती है। ये बयाबानी महज़ वक़्ती नहीं, एक बद हैय्यत मुआशरे के बातिन में इक़दार के ज़ेरो-ज़बर होने का अमल है। वो इसी ख़लफ़शार में नहीलज़्म की तरफ़ रुजूअ करने के बजाए ता'मीर का हौसला रखता है। वो दिल-शिकन सूरते-हाल में दुनिया को त्यागने या दीवानगी का रवैय्या इख़्तियार करने के बजाए तंज़ और इस्तिहज़ा के ज़रीये मुआशरती तज़ादात की जदलियात मुरत्तिब करता है। वो तमाम ना-मुवाफ़िक़ हालात के बावजूद ज़िंदगी पर अपनी गिरफ़्त मज़बूत रखना चाहता है, क्यों कि उसे शायर के मन्सब और ज़िम्मेदारी का एहसास है:

हुई मी'याद मैंबरी की ख़त्म
रह गए लाल दीन से लालू

जिसने चोरी की थी सो पच्चास पर छोड़ा उसे
जो सड़क पर जा रहा था उसको अंदर कर दिया

अदालत है हुकूमत की ख़ुद अपनी
हुकूमत पर करे क्या कोई दा'वा

हुई सेहत रिआया की ज़रा ठीक
पड़े बीमार जब सुलतान संजर

लाल दीन से लालू बनना, सौ पच्चास रुपये लेकर छोड़ देना, हुकूमत की अपनी अदालत, रिआया की सेहत और सुलतान की बीमारी, इबनुलवक़्ती, ना इंसाफ़ी और इस्तिबदाद की वो अलामतें हैं जिन्हें हम अमली तौर पर बसर कर रहे हैं । ज़फ़र इक़बाल की मुसलसल ग़ज़लियात में ऐसे तज़ादात के इदराक के साथ-साथ उस का रवैय्या ज़्यादा शदीद होता जाता है, और वो रद्दे-अमल की ज़द में आकर कहता है

हमने मे'यार ही बदल डाला
ऐब महफ़ूज़ कर, हुनर ज़ा'ए

ऐब की हिफ़ाज़त और हुनर का ज़ियाअ एक बहुत बड़े इजतिमाई अलमिये के आसार हैं जिनकी निशानदेही ज़फ़र इक़बाल ने की है। इसकी अपने अह्द से गुफ़्तुगू बड़ी भरपूर है

ज़फ़र इक़बाल बेहद मुनफ़रिद शायर है और उसने अपनी इन्फ़िरादियत की हिफ़ाज़त की है। उसने मा'नी-आफ़रीनी के ज़रीए अपने इन्फ़िरादी ख़ुतूत मुआसिर ग़ज़लगो शो'रा से जुदागाना क़ायम किए

उर्दू की क्लासिकी और मुरव्वजा ग़ज़ल में उमूमन अमूमी बयानात या कैफ़ियात का मुबहम इज़हार मिलता है जिनकी हैसियत ग़ैर वाज़ेह तास्सुरात की है जो शायर के तजुर्बात के सियाक़ो-सबाक़ की हदों को मुतअय्यन नहीं करते । ज़फ़र इक़बाल ने अपने मुआसिरीन के बरअक्स मा'नी-आफ़रीनी के लिए एक नज़्मगो का रवैय्या इख़्तियार किया है

खड़े-खड़े तरीक़े से बात करने के बजाय मरबूत और मुसलसल तर्ज़े-एहसास की बदौलत उसने ग़ज़ल में मा'नवी तसलसुल के तसव्वुर को तक़वियत दी है। वो तजुर्बे की मा'नवी इकाई की तकमील ग़ज़ल की सूरत में करता है । ज़फ़र इक़बाल मुख़्तलिफ़ अंदाज़ से मा'नी-आफ़रीनी करता है। वो ज़िंदगी के मुख़्तलिफ़ तज़ादात को और हक़ायक़ को एक दूसरे के रूबरू करके मज़हकाख़ेज़ सूरत पैदा करता है। वो ज़िंदगी को एक मुतवस्सित तबक़े के फ़र्द की निगाह से देखता है जिसे बा'ज़ दफ़ा छोटी-छोटी बातें ज़्यादा अहम मालूम होती हैं । ज़फ़र इक़बाल का रवैय्या किसी क़दर तशवीशनाक भी है ।सनअती शहर की ज़िंदगी के बारे में इस का रवैय्या एक मुफ़स्सिल के बाशिंदे का है, क्यों कि वो शहर में भी अपनी इन्फ़िरादियत की हिफ़ाज़त चाहता है। आजकल की ज़िंदगी के मसाइल लस्सी के बाद खट्टे डकारों, छोटे छोटे मैंबरों और औकाड़े के अमरूदों से ज़्यादा अहम हैं । ज़फ़र इक़बाल को अभी सनअती कल्चर से पैदा शुदा इन्सानी सूरते-हाल में से अज़ीम-तर मा'नवियत का सफ़र करना है। रतब-ओ-याबिस, मन-हैसुल-मजमूई एक तरो-ताज़ा और तवाना शे'री मजमूआ है जो जानदार अदना अदब की तवानाई का हामिल है, और जिसमें आ'ला अदब के इमकानात भी मुज़म्मिर हैं

ज़फ़र इक़बाल बेहद इन्फ़िरादी शायर है।1947ए- के बाद के उर्दू ग़ज़लगो शो'रा में नासिर काज़मी और मुनीर नियाज़ी के साथ साथ ज़फ़र इक़बाल ने अपने तजुर्बात की हुदूद इस तरह मुतअय्यन की हैं कि इनकी इन्फ़िरादियत उस तक मुख़्तस नहीं है। वो बुनियादी तौर पर इजतिहादी शायर है जो नक़्क़ाली या रिवायत के मसख़ तसव्वुर की लकीर पीटने के बजाय अपने शऊर की बेबाकी पर यक़ीन रखता है। उसने अपनी इन्फ़िरादियत की तशकील में ग़ज़ल की ज़बान को यकसर बदल दिया और इफ़्तिख़ार जालिब के इस दा'वे की तरदीद की है कि उसने अलफ़ाज़ का अवामी रिश्ता मुनक़ते करके ज़बान-साज़ी की है।

ज़फ़र इक़बाल ने इस के बरअक्स मुक़ामी लहजों और ज़बान के उमूमी मआनी की इस तरह क़लबे-माहियत की है कि अमूमी मा'नी सियाक़ो-सबाक़ की बदौलत ख़ुसूसी और इन्फ़िरादी बन गए हैं । रतब-ओ-याबिस ग़ज़ल में नई मा'नवियत की तलाश है। ये तलाश महज़ तजुर्बा नहीं है, एक मुसल्लिम क़दम है। रतब-ओ-याबिस के हवाले से जदीद उर्दू ग़ज़ल का एक वाज़ेह तसव्वुर क़ायम होता है कि नई ग़ज़ल की ता'मीर के लिए ग़ज़ल के तजुर्बाती और लिसानी उस्लूब से इन्हिराफ़ की ज़रूरत है। एक के बजाए तमाम जज़्बात के तजुर्बात को इस मैदान में शामिल करने की ज़रूरत है। ग़ज़ल के घुटे हुए अलाइमो-रमूज़ को आज़ादी देने की ज़रूरत है कि इस के मा'रुज़ी अलाइक़ क़ायम हो सकें । नई ग़ज़ल में फ़िक्रे-मुसलसल की ज़रूरत है। नई ग़ज़ल के लिए मा-बा'दुत-तबीआती निज़ाम से इन्हिराफ़ की ज़रूरत है। ज़फ़र इक़बाल ने इन तमाम जरूरतों को पूरा करने की कोशिश की है, बल्कि इस हद तक कहा जा सकता है कि इस शे'री मजमूआ के बग़ैर जदीद ग़ज़ल का तसव्वुर तिश्ना रहता है। रतब-ओ-याबिस नई ग़ज़ल का दस्तूरुल-अमल है जिसके अनासिर ग़ज़ल की मुरव्वजा रिवायत से इन्हिराफ़ और इनकार से जन्म लेते हैं

अनीस नागी

(मुसन्निफ़ के मजमूआ-ए-मज़ामीन तसव्वुरात से माख़ुज़)

काश संजीदी कि बहरे-क़त्ले-मा'नी यकक़लम
जल्वए-किल्को-रक़म दारो-रसन ख़्वाइद शुदन

चश्मे-कौर आईना-ए-दा'वा ब-कफ़ ख़्वाइद गिरफ़्त
दस्ते-शल मुश्शातए-ज़ुल्फ़े-सुख़न ख़्वाइद शुदन

ग़ालिब

नक़्श था जा-बजा मुहम्मद का
मंज़र ऐसा खुला मुहम्मद का

सुख़ने-सब्ज़ फिर हुआ है बुलंद
दश्त फिर गूँज उठा मुहम्मद का

और ही तरह से है अक्स अंदाज़
आइना है जुदा मुहम्मद का

मौसमों पर फ़िज़ा मुहम्मद की
ख़ुशबुओं में ख़ला मुहम्मद का

दिन है संगे-निशाँ सफ़र का अगर
रात है रास्ता मुहम्मद का

कुछ रगों में रवाँ लहू की तरह
है कोई ख़्वाब सा मुहम्मद का

दिल में उड़ता बिखरता रहता है
रंग सुबहो-मसा मुहम्मद का

वारिस उस का न हो सका कोई
तख़्त ख़ाली रहा मुहम्मद का

काम भी कोई इस तरह का, 'ज़फ़र'
नाम तो ले लिया मुहम्मद का

ज़फ़र इक़बाल

वो तो अपना था, ये धोका उसे क्या देना था
मैं नहीं हूँ, उसे पहले ही बता देना था

मैं जो होता भी तो इस तुन्द हवा ने मुझको
ख़सो-ख़ाशाक के हमराह उड़ा देना था

नक़्श कह कर किसी दीवार में जड़ते न अगर
लफ़्ज़ करके किसी मिसरे में फंसा देना था

सतह पर जम गया ख़ुद बर्फ़ की सूरत आख़िर
जिसने ठहरे हुए पानी को चला देना था

पाँव फिर रोक दिये हैरते-मंज़र ने मेरे
या'नी, दीवार को रस्ते से हटा देना था

बे-निशाँ हूँ, मगर इतना सा है पछतावा भी
दाग़ मिटता हुआ उसको भी दिखा देना था

भरे बाज़ार में फिरता था खुले मुँह
उसने देखकर मेरी झलक परदा गिरा देना था

में भी तैयार था सड़कों पे बिखर जाने को
उसने भी दूर से रूमाल हिला देना था

'ज़फ़र', अफ़साने सुना जाते हो जिसके आकर
तुमने तो उसको मेरे पास बुला देना था

रतबो-याबिस

हवाए-दिल भी न थी, मौसमे-दुआ भी न था
बदन पे वक़्त कुछ ऐसा कभी पड़ा भी न था

बिखर गया था ज़रा सा वो रंगे-राज़, तो अब
मुझे ही फ़िक्र थी सारी, उसे पता भी न था

चटक के फूल बना और मुझे ख़बर न हुई
वो एक बोसा जो कुछ इतना बे-सदा भी न था

ज़रा सी जुरअते-रिंदाना चाहिए थी वहाँ
बुलंद अब के बहुत ख़ोशा-ए-ख़ता भी न था

उसी के ख़्वाब से रौशन है शामे-दश्ते-हवस
वो दाग़ अक्से-तमाशा कि जा-बजा भी न था

रवा-रवी में ही ख़त उसने लिख दिया, वरना
उदास मुझसे जुदा हो के वो ज़रा भी न था

खुली थी आँख मेरी मंज़रे-नज़र से परे
खड़ा था चौक में और कोई रास्ता भी न था

वहाँ उछाल के फेंका था मौजे-दिल ने मुझे
जहाँ से ख़ल्क़ भी ग़ायब थी और ख़ुदा भी न था

मैं एक साँस की सिलवट पे मर-मिटा था, 'ज़फ़र'
कि मेरे चारों तरफ़ हाला-ए-हवा भी न था

मैं, यूँ तो नहीं है कि मुहब्बत में नहीं था
अलबत्ता कभी इतनी मुसीबत में नहीं था

अस्बाब तो पैदा भी हुए थे, मगर अब के
उस शोख़ से मिलना मेरी क़िस्मत में नहीं था

तय मैंने किया दिन का सफ़र जिसकी हवस में
देखा तो वही रात ज़ियाफ़त में नहीं था

इक लहर थी, ग़ायब थी जो तूफ़ाने-हवा से
इक लफ़्ज़ था जो ख़त की इबारत में नहीं था

कैफ़ियतें सारी थीं फ़क़त हिज्र तक उसके
मैं सामने आकर किसी हालत में नहीं था

बदले गए एहसास के अंदाज़ ही अब के
दरिया का बयाँ दिल की हिकायत में नहीं था

बे-रब्त सा इक शोर रहा शहर में कुछ दिन
मैं था भी यहाँ पर तो हक़ीक़त में नहीं था

क्या रंग थे लहराए जो बे-राह-रवी में
क्या नूर था जो शम'ए-हिदायत में नहीं था

लग़ज़िश हुई कुछ मुझसे भी तुग़याने-तलब में
कुछ वो भी, 'ज़फ़र', अपनी तबीअत में नहीं था

ज़फ़र इक़बाल

अब के उस बज़्म में कुछ अपना पता भी देना
पाँव पर पाँव जो रखना तो दबा भी देना

यूँही अनजान बना रहता है, दिल का अहवाल
लाख ज़ाहिर भी हो चेहरे से, सुना भी देना

शबे-इनकार है और रौशनीए-शो'ला-ए-दिल
ढब पे आ जाये तो ये शम्अ बुझा भी देना

आ निकलता है इधर भी, सो ग़नीमत है
बहुत वहाँ जाने का गिला तो उसे क्या भी देना

उसकी ताईद तो करनी ही पड़ेगी आख़िर
मुँह से जो कुछ भी कहो, हाथ उठा भी देना

दिल कहाँ है, कभी इस शय का लगाना भी सुराग़
हाथ लग जाये तो ये ख़ाक उड़ा भी देना

दश्ते-दुशवार को आसान भी करना मुझ पर
साँप अगर रास्ता रोके तो असा भी देना

रास्ती पर हूँ, मुझे और भी करना मोहकम
और, अगर हर्फ़े--ग़लत हूँ तो मिटा भी देना

इतने चेहरों में उसे ढूंढ ही लेते यूँ भी
क्या ज़रूरी था, 'ज़फ़र', उसको सदा भी देना

ज़फ़र इक़बाल

गर्मे-सफ़र है, बे-सरो-सामान है तो क्या
इन्सान है तो क्या, जो बयाबान है तो क्या

इसमें अगर कहीं नहीं उगती सदाए-सब्ज़
जंगल हवाए-दर्द का गुनजान है तो क्या

बूझे तो उस बदन की बुझारत कोई, मगर
कुछ और अता-पता भी हो, सुनसान है तो क्या

सीने में उसके शौक़ का मौसम बदल सके
मुश्किल है तो किसे कहें, आसान है तो क्या

यूँही रहेगी बंद महक इत्रे-राज़ की
उसको यक़ीं भी चाहिए, ईमान है तो क्या

अपनी तो एक उम्र गई इज़्तिराब में
दो-चार दिन से वो भी परेशान है तो क्या

गुज़रें न किस गली से, जो गुज़रें तो किसके साथ
ये हुक्म है तो किसका है, फ़रमान है तो क्या

मैदाने-दोस्ती का भगोड़ा है, छोड़िये
सादिक़ नसीम, फ़ौज में कप्तान है तो क्या

वैसा तो कोई भी न तही-दस्त हो, 'ज़फ़र'
अब कुछ तो हाथ में है, गिरेबान है तो क्या

रतबो-याबिस

क्या इल्म था यूँ अक्स-नुमा मुझको मिलेगा
आँखों के उक़ब-ज़ार में जा मुझको मिलेगा

शोलों में धनक-धार रही जिससे मुलाक़ात
शाख़ों में वो हम-रंगे-हवा मुझको मिलेगा

ऐ संगे-बदन क्या हूँ तेरी हमसफ़री में
रस्ते में वही नर्म-नवा मुझको मिलेगा

बिखरेगा मेरे चारों तरफ़ धुंद के मानिंद
सब सामने और सबसे जुदा मुझको मिलेगा

लरज़ेगा वही वो, मेरे अंदर, मेरे बाहर
इनकार के मौसम में दुता मुझको मिलेगा

भूका नहीं और ख़्वाने-नअम है मेरी ख़ातिर
प्यासा नहीं मैं, आबे-सफ़ा मुझको मिलेगा

वैसी थी मेरी तर्ज़ तो क्या छिन गया मुझसे
ऐसी हो मरी अर्ज़ तो क्या मुझको मिलेगा

रुपोश रहूं शहरे-ख़ता में कि बहर-तौर
आगे तो वही दश्ते-सज़ा मुझको मिलेगा

मैं हूँ, 'ज़फ़र', ओकाड़ा है और ख़ौफ़ की ख़ुश्बू
दुश्मन है तो पिंडी से भी आ मुझको मिलेगा

शरहो-शुमारे-शौक़ की हालत में आएगा
आया तो इक अदा से अदालत में आएगा

देखे भी होंगे सबने वकालत के मा'र्के
अब के मज़ा तो उसकी असालत में आएगा

कुछ ताज़ा-तर सवाल उठाएगा इश्क़ भी
कुछ हुस्न का बयाँ भी तवालत में आएगा

होगा हुजूमे-होश में कुछ वो भी मौज मस्त
कुछ मुद्दई भी जोशे-जहालत में आएगा

बहसे-वफ़ा में लाएँगे आदाबे-आशिक़ी
इक नुक्ता ये भी दरसे-दलालत में आएगा

फूटेगा फ़र्दे-जुर्म से कुछ रंगे-मस्लिहत
कुछ ज़िक्रे-ख़ैर हर्फ़े-ख़िजालत में आएगा

नीचे की तोड़-फोड़ कि ऊपर की लूट-मार
किसका शुमार ज़ुल्मो-ज़लालत में आएगा

ज़र्राते-ज़र की तरह बिखर जाएगा यूँही
या दाग़े-दिल हवस की कफ़ालत में आएगा

इक फ़त्ह और अपने मुक़द्दर में है, 'ज़फ़र'
इक ग़ज़वा और अपनी रिसालत में आएगा

ज़फ़र इक़बाल

खुला भी मौसमे-जाँ, क़र्ज़े-दिल अदा भी हुआ
जो काम अह्दे-हवस में न हो सका, भी हुआ

निहां जो रेगे-रवाँ था सुकूते-सहरा में
उसी का जलवा सरे-साहिले-सदा भी हुआ

बिसाते-मुदरसा उसने लपेट दी आख़िर
कि था वो रौशनी-ए-तबअ से डरा भी हुआ

गया है रंजे-सफ़र अक्से-आफ़ियत के सबब
मताअ भी गई, नुक़साने-बोरिया भी हुआ

बचा सके कोई आँखें कहाँ बिखरने से
कभी तो उसकी तरफ़ हमने देखना भी हुआ

वो मुझको छोड़ने आया था दूर तक, लेकिन
मिला था जैसे, उसी नाज़ से जुदा भी हुआ

जहाँ कहीं भी है वो, ख़ुश रहे, वो है तो सही
अगर नहीं है मेरे रूबरू तो क्या भी हुआ

कहीं ठहर तो सही ऐ दिले-तुनक ता'बीर
मुक़ाबिल अब के तो इक ख़्वाबे-ख़ुशनुमा भी हुआ

उड़े नहीं ख़सो-ख़ाशाक अभी क़फ़स के, 'ज़फ़र'
अगरचे शहर में हंगामा-ए-हवा भी हुआ

ज़फ़र इक़बाल

रतबो-याबिस

यारी है वही, वही बलप्पा
आग़ाज़ हो जिसका धौल-धप्पा

मेरे ही लिए है क्यों ये ताकीद
अपना भी समेट लूर-लप्पा

है क़ाबिले-दीद चीज़ अब भी
उजड़ा हुआ हुस्न का हड़प्पा

नक़्क़ाल बड़ा बड़ा पड़ा है
हम लाख लगाऐं अपना ठप्पा

मेरी तो ग़ज़ल थी फुसफुसी ही
अब आप सुनाएँ कोई टप्पा

पांऊँ कब शे'र से ख़लासी
डाला अंधे ने ख़ूब झफ्फा

टांगें तोड़ी हैं डाकुओं ने
सर में भी खुला हुआ है खप्पा

इक ज़र्रा-ए-महरमी की ख़ातिर
छाना है बदन का चप्पा-चप्पा

उतनी ही चटपटी भी होगी
जितनी है, 'ज़फ़र', वो गोल-गप्पा

रतबो-याबिस

तोड़ डालीं सब हदें और मसअला हल कर दिया
ख़ुद भी सौदाई हुए, उसको भी पागल कर दिया

टूट कर उलझी बदन से वस्ल की सरकश हवा
एक ही झोंके ने क्या जंगल में मंगल कर दिया

तोहफ़ा-ए-दाग़ो-तमाशा ही से हम ख़ुश थे बहुत
अब के उसने इत्र भी रूमाल पर मलकर दिया

था, मगर बारे-सफ़र इतना न था पहले कभी
इक ज़रा सी आरज़ू ने दिल को बोझल कर दिया

एक धुँदले नक़्श ने सहरा को बख़्शा इज़्तिराब
एक ज़ीरीं लहर ने दरिया को बेकल कर दिया

देखना हुस्ने-करामत, इक निगाहे-नर्म से
पीरे-कामिल ने मेरे सोने को पीतल कर दिया

शो'बदों के शोर में इन्सान साये रह गए
मो'जिज़ों की मार ने लट्ठे को मलमल कर दिया

उड़ते-फिरते सर में रंगा-रंग टुकड़े अब्र के
ऐसे टकराए कि पेशानी को जल-थल कर दिया

ख़ातिमुल-शुअरा हमें मानें न मानें वो, 'ज़फ़र'
शायरी के दीन को हमने मुकम्मल कर दिया

मुझ पर वो जमाए क्यों ना धव्वा
मैं ही घर में हूँ बे बटव्वा

तक़दीर में लिख दिया गया है
आदम के लिए अज़ाबे-हव्वा

क्या बात करें कि आजकल तो
बन जाता है बात का बतव्वा

भागी वो अपने यार के साथ
जिस दिन होना था बर दिखव्वा

जज़्बात की भीड़ थी कुछ ऐसी
खव्वे से छिल रहा था खव्वा

डरने लगी इश्क़ से भी अब वो
बतलाती है हवस का हव्वा

अध्या की औरतें हैं अपनी
जनती हैं साल बाद पव्वा

गाहक की हो गई हजामत
था जैसे दुकानदार नव्वा

अंगुश्तनुमा सभी हैं उस पर
ऐसा है 'ज़फ़र' सफ़ेद कव्वा

ज़फ़र इक़बाल

दिल के सफ़हे पे ख़ूब छापा
उस हुस्न का साँवला सरापा

खींचेगी तूल ये जुदाई
लाएगा रंग ये स्यापा

अंदाज़े सब ग़लत ही निकले
गहराई को डूब कर ही नापा

बटुए मेरे को ले उड़ा कौन
डी सी ऑफ़िस के बस स्टॉपा

हैं जेब में अपनी दो रुपये, और
उसकी क़ीमत है सब्ज़ पापा

उल्टा ही लिख गया हूँ, या'नी
आपा धापी को आपी धापा

बीवी बाहर गई कमाने
दिन-भर वो घर में धूप तापा

आधा मिसरा हुआ बरामद
मारा एडीटरों ने छापा

इतना चुप रह के भी 'ज़फ़र' ने
बे-वक़्त का राग ही अलापा

पड़ा है दश्ते-अबद में अज़ल से एक अकल्ला
कोई सबील किया चाहिए, उदास है अल्लाह

हैं आसमाँ भी कई अर्शे-आरज़ू के सफ़र में
हुआ है राह में हाइल अभी तो फ़र्शे-मुअल्ला

पिगल पड़ा दिले-संगीं न जाने किसके भुलेखे
है उसकी तर्ज़ अनोखी न उस का तौर अवल्ला

अभी जो देखें तो हासिल वसूल कुछ भी नहीं है
विदा-ओ-वस्ल में भारी है छेड़-छाड़ का पल्ला

दुकाने-अशवा-फ़रोशां है मेहमाँ कोई दिन की
कि खाल उतारते हैं और फिर दिखाते हैं खल्ला

नजात भी नहीं इस पर, नशा भी और कहीं है
फ़लक की फोड़ सुराही, ज़मीं का फाड़ मुसल्ला

उम्मीदे-फ़स्ल हो बंजर क़दीम बीवियों से क्या
घरों को छोड़िये और खेत में उगाइये ग़ल्ला

जो इजतिमा'ए-हरीफ़ां में सर पर चढ़ कर बोले
कहाँ वो मज्मा-ए-याराँ में बैठता है निचल्ला

दिखा के और ही कुछ अब कहीं दिलाए न कुछ और
नया है शहर, 'ज़फ़र', और होशियार है दल्ला

रतबो-याबिस

क़ाफ़िये की बंद गलियों का गदागर कर दिया
उसने कैसे काम पर मुझको मुक़र्रर कर दिया

हम कई थे, और हमारे रास्ते भी थे कई
वो अकेला था सो उसने मा'र्का सर कर दिया

जा-बजा ये धूल के धब्बे, धुँए की धारियाँ
आसमाँ का आइना किसने मुकद्दर कर दिया

जिसने चोरी की थी सो पच्चास पर छोड़ा उसे
जो सड़क पर जा रहा था उसको अंदर कर दिया

छत ज़मीं पर आ रही, नाज़ुक थे शहतीर इस क़दर
गिर पड़ी दीवार भी, ऐसा पलसतर कर दिया

रौशनी अब राह से भटका भी देती है मियाँ
उसकी आँखों की चमक ने मुझको बे-घर कर दिया

रख़्ते-ख़्वाब उसके सफ़र में था मुझे काफ़ी, मगर
ख़ार-ज़ारे-ख़ौफ़ ने चलना ही दूभर कर दिया

मैंने ख़ुद से भी छुपा रखा था, रंगे-राज़े-दिल
उसकी तबअ ख़ाम ने सब पर उजागर कर दिया

झूट-मूट आख़िर गले मिलकर, ब ज़ो'मे-ख़ुद, 'ज़फ़र'
अगला-पिछ्ला सब हिसाब उसने बराबर कर दिया

है सारी मुसीबतों का मंबा
ज़ख़्मों पर तसल्लियों का फंबा

चुप रहते हो और ज़िंदा भी हो
ये बात है और भी अचम्बा

वोट उसके हैं नक़्द नोट जिसके
क़ायम दाइम खड़ा है खंबा

दी हैं ये गाजरें ख़ुदा ने
रख हाथ में सुबहो-शाम रम्बा

इस शाम के सिलसिले हैं बेहद
इस रात का रास्ता है लंबा

चलती नहीं अब हवा हवस की
खिलता नहीं ख़्वाहिशों का चंबा

छाई थी एक ख़ुश्क-साली
चलता था सारी रात बंबा

सौ मील अभी पड़ा है मुल्तान
मुल्तान से आगे है तुलम्बा

आया तेरी लाश पर, 'ज़फ़र' वो
ले, ईद के बाद फूंक तंबा

ज़फ़र इक़बाल

खाया किसी और ही ने मेवा
जिसपेड़ की हमने की है सेवा

टकराव लहू की लहर पर हो
रूठे जिस्मों का हो मनेवा

ज़िंदानी-ए-हब्से-आरज़ू को
जंगल की हवा है जान-लेवा

देखे कोई तुझको बात करते
मुंद्री तेरे होंट, लफ़्ज़ थेवा

मुर्ग़ी भी दूर होगी अपनी
जैसे अपना हुआ मंगेवा

अंडे हों चाहे सारे गंदे
मुर्ग़ी कब छोड़ती है सेवा

में तो काफ़ी खपा चुका सर
अब तुम ही लगाओ कोई टेवा

सज-धज है और ही ग़ज़ल की
जिस रोज़ से ये हुई है बेवा

अंदरसे, ज़फ़र, हूँ और अगर, तो
बदलूँ बाहर से भी परहेवा

पर्दे में यूँ तो फूल खिला एहतियात का
चर्चा है शहर भर में इसी वारदात का

फिर आग से गुज़र के मिटी है स्याह भूक
आटा तनूर में नज़र आया परात का

मोहलत ही दी न अपने दिले-शर-पसंद ने
परहेज़ था उसे तो बहुत छूत-छात का

मोड़ा जो मैंने चहरा, वो सारा ही मर गया
जैसे बना हुआ हो किसी सख़्त धात का

दो-चार हाथ खेलिये खुल कर बस अपने साथ
ऐसा नहीं ख़याल हमें जीत-मात का

सब रौशनाई उड़ गई शब-भर में, क्या लिखें
ढकना खुला रह कहीं दिल की दवात का

घर बेच कर ही अब के चुकाया है क़र्ज़े-ग़म
हम बोझ कब सहार सके उसकी बात का

कुछ रेत फैलती हुई सहराए-सब्र की
कुछ ज़ोर टूटता1 हुआ दरियाए-ज़ात का

आँखों से आते-जाते, उलझता है, ऐ 'ज़फ़र'
दीवार पर लिखा हुआ कुछ उसके हाथ का

रतबो-याबिस

तुम्ही बतलाओ, क्या कुछ मुदावा
बिगड़ जाये अगर आवे का आवा

अदालत है हुकूमत की ख़ुद अपनी
हुकूमत पर करे क्या कोई दा'वा

कुजावे में फंसी है ऊंट की टांग
धंसा है ऊंट के अंदर कुजावा

मुहब्बत भी है, मोटर कार भी है
उन्हें कुछ चाहिए उसके अलावा

पता चलने नहीं देते किसी को
कि रोते हैं कि है ख़ाली डरावा

लड़ाई रह गई किस बात की अब
वही है सब्ज़ जो होता है सावा

मुझे बाहर के अलझेड़ों से क्या काम
मुझे काफ़ी है अंदर का सतावा

बदन पर सब्ज़, हल्की सब्ज़, जर्सी
उक़ब में गंदुमी, गहरा बुलावा

अभी हो, और अभी बिलकुल नहीं हो
'ज़फ़र', शायर हो या कोई छलावा

ज़फ़र इक़बाल

दो दिन में ही उसको छोड़ नस्सा
क्या था वो हयूला-ए-हवस सा

रंगत ही बदल गई बदन की
जब साँप ने पहली बार डस्सा

उसको ही अगर नहीं है एहसास
तुम भी क्यों खींचते हो रस्सा

चिपकी रहती है छेड़िये तो
आता नहीं उसको ग़ुस्सा-ग़स्सा

देते हैं उधार इस दुकाँ पर
लेकिन ज़रा तौलते हैं कस्सा

अब बहस यहाँ रुकी है आकर
मंटो है बड़ा कि शेख़ बस्सा

ढीले हैं पड़े हुए मियाँ तो
बेगम का अभी वही है ठस्सा

पानी इतना मिला के उसने
लस्सी का बना दिया है लस्सा

कंकर पत्थर के क़ाफ़ियों से
करता है 'ज़फ़र' ग़ज़ल मुरस्सा

रोकोगे तो हम करेंगे दंगा
बन जाएगा बात का बतंगा

ख़ैर, आप भी बदमाश होंगे
मैं हूँ ज़रा मुख़्तलिफ़ लफ़ंगा

हाँ, ख़्वाजा-सराओं की ज़ुबाँ में
कहते हैं वो शे'र चोन चंगा

ख़स्सी हों ख़यालो-ख़्वाब जिनके
दिल क्यों न हो उनका बे-उमंगा

कपड़े पहनाऊं क्या सुख़न को
सर पर मेरे आसमाँ है नँगा

भुगतो अब क़ारईन को भी
क्यों मुफ़्त में ले लिया था पंगा

बाहर कहीं जा के ख़ाक उड़ाऊँ
घर में तो बह रही है गंगा

अपनी ज़द में नहीं अभी मैं
उसका ही अभी किया है कंघा

होता भी, 'ज़फ़र', निबाह क्यूँ-कर
छोटा था पतंग से पतंगा

ज़फ़र इक़बाल

रतबो-याबिस

ऐनक लीजे अगर बदलवा
रोज़ आए नज़र नया ही जलवा

क्यूँ-कर कीजे कुफ़राने-ने'मत
उतरा ही क्यों है मन-ओ-सल्वा

अंधे फिर किसलिए हुए हो
खाना ही अगर नहीं था हलवा

जिस बात को पी गए हैं फ़िलहाल
उस पर होकर रहेगा बलवा

हाँ, भेज के रोज़ एक नया ख़त
जल्दी घर से मुझे निकलवा

हो और तो क्या उमीद तुझसे
बारे गुल फूल ही मसलवा

तस्मा तो है बूट का सलामत
क्या है जो घिस चुका है तलवा

शायर छोटा नहीं है अब वो
अलवी था आगे, अब है अलवा

सब काठ कबाड़ देख ले वो
रख दरवाज़ा-ए-ग़ज़ल वा

रतबो-याबिस

देर हो जाएगी, नहा लें अब
हसरतों का भरा रखा है टब

ये लतीफ़ा सुनाएँगे सबको
दश्ते-दिल में खिला है लाला-ए-लब

हवसो-इश्क़ से उसे क्या काम
और है उसकी दोस्ती का सबब

शायरी ही शिआर है, हज़रत
या कोई दूसरा भी है करतब

है, मगर क्यों है, कुछ नहीं मा'लूम
साज़ बे ढंग और सदा बेढब

या'नी तकलीफ़ जब ज़ियादा हो
कर्ब को बांध बैठते हैं करब

और अब किस तरह से समझाऊँ
बात है ख़ुद ही बात का मतलब

मौत अगर आपको न दिखलाऊँ
आप ज़हमत क़ुबूलते हैं कब

जान छुड़वाओ इस ग़ज़ल से भी
लिक्खो मक़ता, 'ज़फ़र', निकालो यभ

मैंने पूछा था, है कोई स्कोप?
मुस्कुरा कर कहा गया, नो होप

खा कभी ख़ौफ़ भी ख़ुदा का कुछ
ख़ाली इल्ज़ाम मेरे सर पे न थोप

जिसकी इमला बताई थी हमको
कौन सा लफ़्ज़ था वो, रेप कि रोप?

दो से तक़सीम कर दिया है मुझे
पीछे बीवी है, आगे बायस्कोप

चाय थोड़ी निकालनी होगी
इतना भर कर दिया न कीजे कोप

फिर से लिखवाएं, एक बाल सफ़ा
तीन बिनयान, चार टायलट सोप

हम भी मर जाऐंगे कभी न कभी
जिस तरह मर गया बिचारा गोप

धूप से कुछ बचाव रहता है
सर पे रखते हैं शायरी का टोप

अब तो रख्खी है देखने के लिए
कभी चलती भी थी, 'ज़फ़र', ये तोप

ज़फ़र इक़बाल

हमें भी मतलबो-मा'नी की जुस्तजू है बहुत
हरीफ़े-हर्फ़, मगर, अब के दू-ब-दू है बहुत

वक़ार घर की तवाज़े'अ ही पर नहीं मौक़ूफ़
ब-फ़ैज़े-शायरी बाहर भी आबरू है बहुत

फटे-पुराने दिलों की ख़बर नहीं लेता
अगरचे जानता है हाजते-रफ़ू है बहुत

बदन का सारा लहू खिंच के आ गया रुख़ पर
वो, एक बोसा हमें दे के सुरख़ुरू है बहुत

इधर उधर यूँही मुँह मारते भी हैं, लेकिन
ये मानते भी हैं दिल से कि हमको तू है बहुत

अब उसकी दीद मुहब्बत नहीं, ज़रूरत है
कि उससे मिल के बिछड़ने की आरज़ू है बहुत

यही है बे-सरो-पा बात कहने का मौक़ा
पता चलेगा किसे, शोर चारसू है बहुत

ये हाल है तो बदन को बचाइए कब तक
सदा में धूप बहुत है, लहू में लू है बहुत

यही है फ़िक्र, कहीं मान ही न जाएँ ,'ज़फ़र'
हमारे मो'जिज़ा-ए-फ़न पे गुफ़्तगु है बहुत

ज़फ़र इक़बाल

रतबो-याबिस

दिल में होती है ख़ला की आहट
ख़ाक पर छाई फ़िज़ा की आहट

फैल जाते ही धुआँ आँखों में
कान पड़ती है घटा की आहट

साँप सा सर में सरकता है कभी
कभी आती है असा की आहट

खुल गए घर के सभी दरवाज़े
आई जब सैले-बला की आहट

मंज़रे-बहरे-ख़िज़ाँ के पीछे
खो गई सब्ज़ हवा की आहट

सफ़रे-शौक़ के आग़ाज़ में ही
आएगी लग़्ज़िशे-पा की आहट

भाग उठते हैं कुजा दीवाने
और होती है कुजा की आहट

मौसमे-क़हते-हवा में कभी सुन
लर्ज़िशे-बर्गे-नवा की आहट

ख़ल्क़ हैबतज़दा सुनती है, 'ज़फ़र'
आसमानों पे ख़ुदा की आहट

रतबो-याबिस

नहीं ऐसा कि हर हुनर है अबस
शायरी वाइरी मगर है अबस

ग़म के औक़ात हो गए तबदील
शाम है राएगाँ, सहर है अबस

दिल से उठता नहीं धुआँ भी यहाँ
ख़िरमने-ख़ाक में शरर है अबस

नालए-ना-रसा भी है बेसूद
जिस तरह आहे-बे-असर है अबस

उसके इनकार का नशा है अभी
उसके इक़रार की ख़बर है अबस

ख़ौफ़ अपने से बच सको तो बचो
इश्क़ में दूसरों का डर है अबस

और ढूंढ़ो कोई ईलाज उसका
लबे-लरज़ाँ व चश्मे-तर है अबस

कहीं सूरत निकालिये कोई
इस तरह तो गुज़र बसर है अबस

इसे फिर छोड़ क्यों नहीं देते
ऐ 'ज़फ़र', काम ये अगर है अबस

और तो कुछ है आज काम न काज
पूछिये चल के शायरी के मिज़ाज

रोज़ तक़रीर करती है छलनी
देखिए बोलता है किस दिन छाज

और तो मानता नहीं कोई
आप ही अपने सर पर रखिये ताज

कभी क़ालीन भी बिछाएंगे
अब तो इस ज़र्द घास पर ही बिराज

क्यों निकलता है बार-बार बटन
कुछ खुला रह गया है शायद काज

ख़ूब है कल के साथ सोने से
बोसा एक-आध ही सही, पर आज

भला आगे वो पुछते कब थे
अब जो फ़हरिस्त से हुआ इख़राज

उस डली के तो हम नहीं गाहक
इस घड़ी का बताइए, अल्हाज

अब कहाँ जाइयेगा, जाने-'ज़फ़र'
होती जाती है गुमरही भी रिवाज

ज़फ़र इक़बाल

क़ैद के क़हर में नजात की आँच
आई ख़ुद से अजाइबात की आँच

ज़रे-दिल से पनाह माँगता हूँ
ख़ाक के दरमियाँ है धात की आँच

गर्मिए-ख़्वाबे-ख़ूँ है आँखों में
दिन में शामिल हुई है रात की आँच

रूह की रौशनाई सूख गई
थी क़लम से सिवा दवात की आँच

भड़क उठे हैं ला'ले-सुर्ख़ बहुत
तपिशे-बोसा है कि बात की आँच

एक ने ख़ाक कर दिया सब कुछ
घर में होती जो पाँच सात की आँच

कुछ ठहरता नहीं हथेली पर
ले मरेगी हमें ये हाथ की आँच

रुक न जाये कहीं रगों में लहू
नर्म-तर है तअल्लुक़ात की आँच

ये ग़ज़ल ख़ाम रह गई है ,'ज़फ़र'
दे इसे और एक ज़ात की आँच

सुन ले बस एक बात सितमगर किसी तरह
घर से निकल के आई वो बाहर किसी तरह

हर-रोज़ खींच लेता है दीवार वो भी एक
और मैं भी देख लेता हूँ अंदर किसी तरह

आया नहीं है अक्स बहुत साफ़ अब की बार
आईना हो गया है मुकद्दर किसी तरह

दिन-भर उड़ा किये मेरे ज़र्रात हर तरफ़
होने को आई शाम, चलूं घर किसी तरह

दिल से निकल सके ये तमन्ना किसी सबब
आँखों को भूल जाये वो मंज़र किसी तरह

बुझने लगा बदन में बदी का चिराग़ भी
ये रात हो सकी न मुनव्वर किसी तरह

मुद्दत से हसरतों की कमाई पे है पड़ा
ये दिल कि मानता नहीं कंजर की तरह

या'नी हिसाबे-इश्क़ो-हवस पाक हो कहीं
या'नी बपा तो कीजिये महशर किसी तरह

तूले-सफ़र ही क़त'ए-सफ़र हो ,अगर 'ज़फ़र'
वो शोख़ बैठ जाये बराबर किसी तरह

रतबो-याबिस

रोज़ पकती है शायरी की बतख़
ख़ूब 'शब-ख़ून' का चला मतबख़

क़ब्र में भी रहेगी मश्क़े-सुख़न
दाद-गर होंगे अपने मोरो-मलख़

फ़र्क़ दोनों में कुछ न कुछ होगा
वरना नस को ही लोग कहते नसख़

ज़ोर देकर कहा गया, या'नी
ज़िंदगी हो गई है इतनी तलख़

राय उसकी ही आख़िरी ठहरी
जिसने मिर्रीख़ को पढ़ा मरयख़

कहीं पहुंचाए या न पहुंचाए
होती रहती तो है मगर टख़-टख़

आग सा तप रहा था वो चेहरा
और, थे हाथ उसके ठंडे यख़

टांग टूटी वहाँ के दिल टूटा
हो रही थी बहुत चटाख़-चटख़

यूँ तो सुनता नहीं वो बात 'ज़फ़र'
लिख ग़ज़ल और सर पे उसके पटख़

खिलाएं उसको औकाड़े के अमरूद अ
अगर आएँ सलाहुद्दीन महमूद

अगर फ़रमाएं तो ढाके से मंगवाएँ
यहाँ पकता नहीं हलवाए-बेदूद

वहीं के हो रहें अब अहले-ईमाँ
कि राहें मैंने कर रखी हैं मस्दूद

उलटवांसी कहूं तो कुछ असर हो
कि सीधी बात अब कहना है बेसूद

मज़ामीं चाहियें आ'ला सुख़न में
सुख़न में शायरी बे-शक हो मफ़क़ूद

कोई तरकीब, कोई इस्तिआरा
जो कुछ हो जाये बेचारों की बहबूद

भटकना भी ज़रूरी है नज़र का
किया है आपने मंज़र को महदूद

भड़कता है हवस के दश्तो-दर में
वही उस का लबे-इनकार आलूद

ज़फ़र, इस दरगुज़र से अब गुज़र भी
कहीं इस तरह भी मरता है मर्दूद

ज़फ़र इक़बाल

सोचिये शे'र का नया कोई कोड़
साथ चलता नहीं है ये भी मोड़

गाड़ी इतनी नहीं पुरानी भी
बात किया है जो खींचती नहीं लोड

सख़्त है, टूटता नहीं उनसे
क्यों न अखरोट को लिखूँ अख़रोड़

नाम अभी याद है मुझे अपना
एहतियातन लगा रखा है बोर्ड

इकनॉमिक्स पर भी शायद कुछ
लिखे गए हैं जनाब सी। ऐम। जोड़

जब भी शहज़ाद हमको याद आया
साथ याद आई उसकी निसबत रोड

आप तो हैं मिले जले सय्यद
हम ब फ़ज़्ले-ख़ुदा हैं ख़ालिस ओड़

कोई गड़बड़ अगर नहीं है कहीं
साथ रखते हो क्यों भला ये कमोड

और भी कोई काम कार ,'ज़फ़र'
हो चुकी शायरी बहुत, अब छोड़

ज़फ़र इक़बाल

रतबो-याबिस

हो गया ख़ौफ़ पुर-ख़तर नाफ़िज़
या'नी बाहर पे भी है घर नाफ़िज़

उसने कर ही दिया तो क्या कीजे
आपको मुझ ग़रीब पर नाफ़िज़

ख़ाक पर हो गई हवा नाज़िम
ख़िरमनों पर हुआ शरर नाफ़िज़

लोग इस से ज़रा बिदकते हैं
कीजीए और कोई ख़र नाफ़िज़

सोचना भी हो वाजिबे-ता'ज़ीर
कोई क़ानून ऐसा कर नाफ़िज़

या'नी आदाबे-आशिक़ी हम पर
कीजिये, पर न इस क़दर नाफ़िज़

दिल का फ़रमान ही हुआ जारी
जिस्म पर हो सका न सर नाफ़िज़

क्या मिले कोई गोशा-ए-तन्हा
शाम से हो चली सहर नाफ़िज़

ग़दर अक़लीम शे'र में फैला
हुए जिस रोज़ से 'ज़फ़र' नाफ़िज़

ख़्वाबो-याबिस

करता हूँ जमअ ख़ुद को बिखरने के नाम पर
जीता हूँ इस नवाह में मरने के नाम पर

सहरा की रेत उनकी रगों में रवाँ है अब
जो फंस गए थे पार उतरने के नाम पर

आवाज़ दब गई है उभरने की आड़ में
तूफ़ान सो गया है बिफरने के नाम पर

उलझेगी बात और समझने की सई में
बिगड़ेंगे काम और, सँवरने के नाम पर

इस बहर का नशेबो-फ़राज़ एक है, यही
डूबा करेगी ख़ल्क़ उभरने के नाम पर

यारों को कुछ फ़रेब भी देना पड़ा मुझे
तय ये सफ़र किया है ठहरने के नाम पर

सारी फ़लाह, सारी फ़ज़ीलत मुझे मिली
इस दिल के रास्ते से गुज़रने के नाम पर

वैसे भी धूप तेज़ थी उसकोहसार की
भड़की थी प्यास और भी झरने के नाम पर

पड़ता है कुछ हुनर भी बुराई में ,ऐ 'ज़फ़र'
करता हूँ सारे काम न करने के नाम पर

क़त्लो-ग़ारत में ही कटा इतवार
ख़ाक थी और ख़ाक की तलवार

कुछ में तंग भी किया उसने
और कुछ आदमी थे हम भी गँवार

सत्र-पोशी है क़ाफ़िया-बंदी
हाँ, ज़रा कस के बाँधिये शलवार

एक बोसा, हवाई सा वो भी,
इससे किस-किस को दीजिये निसवार

ढूंढ कर देख लें । अगर मिल जाये
कोई हमसे ज़्यादा नेक अत्वार

शे'र कहने से पहले शायरी के
उन्हें गिन कर बताइए अदवार

काम कितनों ही का तमाम हुआ
जब भी ओछा पड़ा ज़बान का वार

या'नी लिख दी उसी तरह की ग़ज़ल
हो गया जिस तरह का भूत सवार

काम बिगड़े बने-बनाए, 'ज़फ़र'
उजलते-इश्क़ पर ख़ुदा की सँवार

ज़फ़र इक़बाल

रतबो-याबिस

कहेगा वस्ल इसको कौन कंजर
हुआ ढीला कोई अंजर न पंजर

अगर उगती नहीं ख़ाहिश तो सुन लो
ज़मीने-जिस्म है बेकार, बंजर

जहाँ ताज़ा लहू की आँच आई
लपक कर नियाम से निकलेगा ख़ंजर

पड़ा है ट्यूबवेल फिर देर से बंद
बदलवाना पड़े शायद पिलंजर

ज़रा रुक कर पढ़ो इस गाँव का बोर्ड
कि हंजर-वाल है या वाल हंजर

हुई सेहत रिआया की ज़रा ठीक
पड़े बीमार जब सुलतान संजर

दिलों का हाज़मा बिगड़ा है अब के
यहाँ काम आएगा सोडा न जनजर

रगों में नाचती है एक चूहीया
छनक छन छन छनन छन छन छनंजर

'ज़फ़र', अंदर से में भी हिल चुका हूँ
मगर वो तो है अब बिलकुल ही भंजर

ज़फ़र इक़बाल

न चमकी उस बदन की धूप दम-भर
रगों में जम गया सारा दिसम्बर

मियाँ दौरे पे जाएँ या न जाएँ
करो मिल बैठने का कुछ अड़मबर

कहा किसका तू आख़िर मानती है
कोई है भी तेरा पीरो-पयम्बर

नशे में भाई फेरो आन पहुंचे
हमें वैसे उतर जाना था जंबर

उसे भी खींचकर बाहर निकालो
छिपा है मौलवी भी ज़ेरे-मिंबर

सरों पर टूट कर गिरता नहीं क्यों
हमारा आसमाँ, भारत का अम्बर

उन्होंने फाड़ फेंका डायरी से
वो सफ़हा जिस पर आया छह सितंबर

जला लेते हैं कुछ दिल का लहू हम
यही अपने लिए है औदो-अंबर

मरा बैठा हूँ, देखें कब निकालें
"सवेरा" का 'ज़फ़र' इक़बाल नंबर

रतबो-याबिस

रहते हो मुतफ़क्कर
आख़िर क्या है चक्कर

धंसा कार में छकड़ा
हुई है ऐसी टक्कर

कुछ नायाब हैं बोसे
कुछ महंगी है शक्कर

इस तूफ़ाने-हवस में
कभी तो हमको पक्कर

ख़ाली रख्खूँ दिल की
कोई नुक्कर नक्कर

छाती से भी लगाया
गई न उसकी अक्कर

वो तो गई है मायके
क्यों बैठे हो दुबक कर

जम गए सारे जज़्बे
पड़ा है ऐसा कक्कर

बचनिकलीवो'ज़फ़र'से
कैसा है ये मुज़क्कर

चर गई ककड़ी, कक्कड़
मकड़ी थी या मक्कड़

भोली थी सूरत से
अंदर से थी पक्कड़

मतला सुन कर बोली
बंद करो ये फक्कड़

शक्कर है लाहौरी
इसीलिए है शक्कड़

पड़ गई मेरे पीछे
लिए हाथ में लक्कड़

तुलता है हर मिसरा
लगा हुआ है तक्कड़

आख़िर पागल ख़ाने
पहुंचा बूझ बुझक्कड़

उड़े दिलों के पुर्ज़े
रात चला वो झक्कड़

छोड़ो बात 'ज़फ़र' की
मार रहा है यक्कड़

ज़फ़र इक़बाल

गिरते हुए हाथ, गिरती आवाज़
गिर कर न उठे दुआओं के राज़

ऊपर-नीचे हुए हैं गुड़-मुड़
साज़ो - आवाज़ो - नाज़ो - अंदाज़

ज़िंदा है स्याहो-सुर्ख़ लज़्ज़त
बे-बुत, बे-जान हैं बदन बाज़

उस हुस्न की कैफ़ियत अलग थी
अंजाम के बा'द था वो आग़ाज़

ख़ंजर की चमक थी उस बदन में
दरअस्ल नियाम थी वो पशवाज़

इक उम्र से मुंतज़िर खड़ा हूँ
मुँह से कुछ फूटते ये अलफ़ाज़

अब तीर निकल चुका कमाँ से
इनकार को लिख गया हूँ इन्काज़

ये शे'र भी फ़ालतू समझिये
हूँ आपके बावजूद तन्हाज़

हो जाये 'ज़फ़र' ये क़ाफ़िया भी
हो लें कुछ और भी वो नाराज़

ज़फ़र इक़बाल

रतबो-याबिस

चीज़ें अच्छी हैं दोनों, पोडर, रूज़
और फिर दोनों में है बेहतर रूज़

कौन सा हो पसंद, बंधवा लें
सामने है जनाब के हर रूज़

ख़ैर कोई कहाँ गुज़ारता है
हो जिसे जिस क़दर मयस्सर रूज़

उसकी अपनी बहार, अपने गुलाब
रंगे-लब के हुआ बराबर रूज़

तू तो दाना है आप ही, या'नी
साथ भी अपने कुछ रखा कर रूज़

मैं तो अंदर पड़ा हूँ, जाने-अज़ीज़
किसे दिखलाइयेगा बाहर रूज़

उम्र का क्या तनाज़ुआ है यहाँ
दूर कर देगा सब दलिद्दर रूज़

हाँ, अगर आप देख सकते हों
खुरदुरे लफ़्ज़ के है अंदर रूज़

दाग़-धब्बे न छुप सकेंगे, 'ज़फ़र'
शायरी के मलो न मुंह पर रूज़

दूध देगी नहीं हमेशा भैंस
साथ अब के रदीफ़ रखना भैंस

सिर्फ़ उधड़ी हुई ज़मीं थी वहाँ
गैर-हाज़िर थे दोनों, भैंसा, भैंस

दिल के सायों में सोई रहती है
है तेरे वस्ल की तमन्ना भैंस

मेम-साहब ने भी दिया फ़तवा
जिसका लाठी इधर उसी का भैंस

लड़ते रहते हैं कटड़िया कटड़े
देखती रहती है तमाशा भैंस

पालतू हैं कि फ़ालतू, मत पूछ
मैं, कबूतर, चकोर, कुत्ता, भैंस

लिया आते ही उसने सींगों पर
अब कहो अक़्ल है बड़ी या भैंस

आप हिलती नहीं हो बिस्तर से
और कहती हो मुझको उल्टा भैंस

बीन जबसे बजा रहा हूँ, 'ज़फ़र'
मेरे चारों तरफ़ है क्या-क्या भैंस

ज़फ़र इक़बाल

रत्बो-याबिस

नीले नशे की टूट में चमका वो बर्क़ वश
सालिम सुरूर दे गया बोसे का निस्फ़-कश

नुक़्ते हैं पूरे, सिर्फ़ तलफ़्फ़ुज़ का फेर है
फिर भी क़बूल करने में उनको है पेशो-पश

कल शाहराहे-शौक़ पे ट्रैफ़िक रुका रहा
कुछ बढ़ चला था ऐसा ग़लत ख़्वाहिशों का रश

ऐसा कहाँ था आगे हरीफ़ों का ज़ोर शोर
आख़िर को रंग लाई मेरी उसकी चपक़लश

बेगम दहाड़ती हैं उधर, नाशते पर आओ!
और मैं ग़रीब इधर अभी करने लगा हूँ बरश

बेहतर तो है यहाँ से भी अब कूच कीजिये
दो दिन में आम हो गई जो ख़ास थी रविश

आगे भी बे-लगाम न फिरते थे हम कभी
पर अब तो बात बात पे होती है सरज़नश

तफ़सीरे-दिल लिखूँ तो चढ़ाते हैं नाक भों
कारी-गरी दिखाऊँ तो करते हैं अश-अश

कुछ इस ग़ज़ल में क़हते-क़वाफ़ी भी था, 'ज़फ़र'
बाँधा सुख़न के पेट पे पत्थर ही आख़िरश

रतबो-याबिस

जिनके रहता है ख़ुद बयान में नुक़्स
खोजते हैं मेरी ज़बान में नुक़्स

थे बहुत वो भी नींद के माते
और था अपनी भी अज़ान में नुक़्स

आँख से देखता हूँ सुनता भी
जबसे पैदा हुआ है कान में नुक़्स

तीर लगने लगा निशाने पर
पड़ गया क्या कोई कमान में नुक़्स

साफ़ जब तक कि ख़ुद नहीं होते
नज़र आएगा इक जहान में नुक़्स

दिल में वो मेहमाँ नहीं होता
रह गया क्या कहीं मकान में नुक़्स

ज़ायक़ा मन का है ख़राब अब तक
था कोई उसके पान-दान में नुक़्स

नाम दस बीस अगर न गिनवाए
आए नक़्क़ाद की दुकान में नुक़्स

धूप अंदर की तेज़-तर है ,'ज़फ़र'
क्या बताते हो सायबान में नुक़्स

ज़फ़र इक़बाल

कुछ हुए ख़ौफ़े-ख़ता से नाराज़
और बाक़ी हैं सज़ा से नाराज़

बर्गो-बार अपने पे क़ाबू ही न था
और रहते थे हवा से नाराज़

आँख बेज़ार है मंज़र से बहुत
कान हैं सैले-सदा से नाराज़

एक है अपने लिए रद्दो-क़ुबूल
हम कि हैं दस्ते-दुआ से नाराज़

क्या हमें ज़ो'मे-कलीमी हो यहाँ
हम कि फिरते हैं असा से नाराज़

नक़्श ख़ुद-मस्त है, लेकिन है अभी
अक्से-आईना-नुमा से नाराज़

बहर है आबे-गुहर से नाख़ुश
दश्त नक़्शे-कफ़े--पा से नाराज़

ज़ुल्मते-शौक़ में सोने वाले
हुए इक ज़र्बे-ज़िया से नाराज़

ख़ूब अपनी भी गुज़रती है ,'ज़फ़र'
ख़ल्क़ से बैर, ख़ुदा से नाराज़

रतबो-याबिस

कब से बेकार हो, सलीम-ओ-रियाज़
काम कोई करो, सलीम-ओ-रियाज़

पर्चा अपना निकालते नहीं क्यों
कुछ ख़ुदा से डरो, सलीम-ओ-रियाज़

खो गई है किताब मुझसे, अब
आप फ़रमाएं जो, सलीम-ओ-रियाज़

जल्द भेजूँगा हलवा-ए-मौऊद
मुंह ज़रा धो रखो, सलीम-ओ-रियाज़

चाय मंगवाइये, सलाहुद्दीन
खिड़कियाँ खोल दो, सलीम-ओ-रियाज़

वाव हैं तीन, आदमी हैं चार
ताबिश-ओ-ज़ाहिद-ओ-सलीम-ओ-रियाज़

और क्या चाहिए अगर मिल जाएँ
राह में एक दो सलीम-ओ-रियाज़

गिन के बतलाइये कि हैं कितने
या'नी मैं, आप, वो, सलीम-ओ-रियाज़

जब वो कहता है ऐ 'ज़फ़र इक़बाल'
मैं समझता हूँ ओ सलीम-ओ-रियाज़

ज़फ़र इक़बाल

सफ़र में नहीं मैं ही तन्हा ग़लत
ये सहरा है मुझसे ज़ियादा ग़लत

कुछ अंदाज़ा अपना ही निकला ग़लत
कि तूफ़ाँ ग़लत था न दरिया ग़लत

दुरुस्ती की उम्मीद क्या कीजिये
यहाँ पर है क्या जाने क्या-क्या ग़लत

भटकता न मैं दश्ते-दिल में कहीं
मगर था मेरे पास नक़्शा ग़लत

लगी देर पहचानने में उसे
कि गुज़री पहन कर वो बुर्क़ा ग़लत

सरे-राह कुछ वो भी ग़ुस्से में थी
कुछ उस का सुख़न मैं भी समझा ग़लत

इमारत बनेगी बहुत लाजवाब
ज़रा संगे-बुनियाद रखना ग़लत

हमें कुछ नहीं चाहिए था मगर
समझती रही हमको दुनिया ग़लत

मची धूम तो चारसू, पर, 'ज़फ़र'
लगाया ये हमने तमाशा ग़लत

ख़ुद से आज़ाद, ख़बर से महफ़ूज़
ख़ैर से दूर हूँ, शर से महफ़ूज़

ऐ ख़ुदा, अब तो दुआ है कि मुझे
रखियो ऐब और हुनर से महफ़ूज़

तुम भी सुन लो कभी आकर, कि मेरे
शे'र होते हैं असर से महफ़ूज़

कोई गड़-बड़ नहीं होने पाती
रात रहती है सहर से महफ़ूज़

नाम भी लूँ न कभी बाहर का
आज रह जाऊँ जो घर से महफ़ूज़

क्या शबो-रोज़ थे वो भी, जब हम
थे ज़मीनो-ज़नो-ज़र से महफ़ूज़

टूट सकता नहीं जिस्मों का जमूद
ख़िरमने-ख़ूँ है शरर से महफ़ूज़

है तो बेकार सी इक चीज़, मगर
रहूं दिल के भी ज़रर से महफ़ूज़

देखना ये है कि अब रहते हो
कितने रोज़ और 'ज़फ़र' से महफ़ूज़

ज़फ़र इक़बाल

रख़्ते-ग़म रायगाँ, सफ़र ज़ा'ए
हो चुके दिल के दश्तो-दर ज़ा'ए

घर तो ज़ेरो-ज़बर हुआ सो हुआ
देख, बाहर को तो न कर ज़ा'ए

किसी परवाज़े-बेमुहार में अब
कीजिये अपने बालो-पर ज़ा'ए

हमने मे'यार ही बदल डाला
ऐब महफ़ूज़ कर, हुनर ज़ा'ए

शुक्र है जंग में बचा कुछ तो
पाँव बाक़ी हैं और सर ज़ा'ए

सूद के बे-हिसाब लालच में
कर लिया हमने अस्ल ज़र ज़ा'ए

एक इतवार तूअनो-करहन
कीजिये ख़ाकसार पर ज़ा'ए

एक लम्हे की पेश-दस्ती से
उम्र-भर का हुआ असर ज़ा'ए

आपने इक फ़िज़ूल सी ज़िद में
आख़िरश कर लिया 'ज़फ़र' ज़ा'ए

रतबो-याबिस

इस मकाँ को उस मकीं से है शरफ़
यानी इक अफ़्वाह की उड़ने लगी है हर तरफ़

ये हवा पुर्ज़े उड़ा देगी हमारे
काश कर लेते वो अपने साथ लफ़

चोर हूँ, और चोर का हो क्या इलाज
मासिवा-ए-हैंड - कफ़ कफ़-ब-कफ़ सफ़-ब-सफ़

वस्ल का वा'दा वो कितनी ख़ुश-दिल्ली से कर रहा था
हमको भी मालूम था, करता है ब्लफ

मो'तरिज़ के मुँह से कुत्ता बंधा
इसलिए सुनना पड़ेगी अफ़-अफ़

हाँ! अगर रखते चलें फ़न के लवाज़िम का ख़याल
काम तो ख़ासा है टफ

ख़ूब है दीवान, लेकिन ख़ूब-तर होता
अगर कुछ हिस्सा कर देते हज़्फ़

नज़रे-सानी भी करेंगे इस ग़ज़ल पर, ऐ 'ज़फ़र'
फ़िलहाल तो लिखी है रफ

कोई निकला कि आए हम नाहक़
उसे खाना पड़ी क़सम नाहक़

सर बचाना भी शर्त है, लेकिन
वहाँ रखना भी है क़दम नाहक़

सबकी है अपनी-अपनी मजबूरी
कोई करता नहीं सितम नाहक़

मैं तो अपना हदफ़ हूँ आप ही ख़ुद
आप करते हैं मुझसे रम नाहक़

शे'र कहने पे उनको उज़्र नहीं
वरना ये भी नहीं था कम नाहक़

नासज़ा हो सुख़न ज़बाँ पे जहाँ
क्यों न लिखे वहाँ क़लम नाहक़

मैं न लेने में, और न देने में
नाक में कर दिया है दम नाहक़

जब ग़रज़ दरमियाँ न हो कोई
कौन खाए किसी का ग़म नाहक़

कोई पैरौ अगर नहीं था ,'ज़फ़र'
क्यों उठाए फिरे अलम नाहक़

ज़फ़र इक़बाल

रूह में ख़ाक, रह-गुज़ार में ख़ाक
उड़ रही है मेरी गुबार में ख़ाक

तय नहीं होगा ये सियाह सफ़र
भर गई फ़िक्र के मदार में ख़ाक

कोई सूरत नहीं रिहाई की
क़ैद है ख़ाक के हिसार में ख़ाक

डूबता ही गया में आब-दर-आब
नाम को भी न ख़्वाब-ज़ार में ख़ाक

ले उड़ी बर्ग ज़ार को वो हवा
मिल गई सारे कारोबार में ख़ाक

आना उस का नज़र न आएगा
डालिये चश्मे-इन्तिज़ार में ख़ाक

अक्स उस आइने का पड़ते ही
चमक उठी मेरी हज़ार में ख़ाक

वो गुले-वस्ल तो खिला ही न था
लुत्फ़ आता मुझे बहार में ख़ाक

छा गईं गर्द की घटाऐं ,'ज़फ़र'
थी बहुत मेरे आर-पार में ख़ाक

क्या पता किस जुर्म की किस को सज़ा देता हूँ मैं
रंग सा इक बाँधता हूँ, फिर भुला देता हूँ मैं

अपने आगे अब तो मैं ख़ुद भी ठहर सकता नहीं
सामना होते ही चुटकी में उड़ा देता हूँ मैं

रास आई है सुख़न की गर्म-बाज़ारी मुझे
लफ़्ज़ की खोटी चवन्नी को चला देता हूँ मैं

मो'जिज़ा अगला तो अब जैसे पुराना हो चुका
देखना, अब के कोई चक्कर नया देता हूँ मैं

मुझसे आगे भी निकल जाना बहुत मुश्किल नहीं
आजकल आहिस्ता रौ हूँ, रास्ता देता हूँ मैं

शोर सा उठता है और उठते ही दब जाता है अब
हर्फ़ सा लिखने से पहले ही मिटा देता हूँ मैं

ताकि मेरी सुलह-जोई को लगे कुछ भाव भी
हर नए फ़ित्ने को दर-परदा हवा देता हूँ मैं

नक़्दे-ख़्वाब उसके लिए लगता है आख़िर दाव पर
रात-भर की जीत को दिन में हरा देता हूँ मैं

बात भी सुनता नहीं हूँ वस्ल में दिल की ,'ज़फ़र'
ऐसे ख़रमस्तों को महफ़िल से उठा देता हूँ मैं

रतबो-याबिस

तीरगी-ए-ख़ैर मैं शो'ला-ए-शर है अलग
ऐब है अपना जुदा, अपना हुनर है अलग

रूह को रखते हैं क़ैद, रंग सियाह-ओ-सफ़ेद
सख़्ती-ए-शाम और है, बारे-सहर है अलग

बे-समरो-साया है, या'नी शजर है अजीब
बे ख़सो-ख़ाशाक है, या'नी शरर है अलग

ज़हरे-हवस है रवाँ अक्से-उफ़ुक़ पर अभी
रूए-फ़लक पर अभी नीले-नज़र है अलग

सामने आने तो दो, हाथ उठाने तो दो
मेरा अगर है हरीफ़, मुझसे अगर है अलग

और भी ,आकर, बढ़ी सादा-दिल्ली हुस्न की
शहर के माहौल का इस पे असर है अलग

ख़्वाबे-सफ़र ही मेरा ज़ादे-सफ़र हो तो हो
दश्ते-ख़ता-ख़ेज़ का ख़ौफ़ो-ख़तर है अलग

फिर सुख़ने-गर्म से ख़ाक में हैं लरज़िशें
बहरे-हवा चारसू ज़ेरो-ज़बर है अलग

जेल में फांसी किसे दी गई नाहक़ ,'ज़फ़र'
आज के अख़बार में एक ख़बर है अलग

बहुत क़ैद काटी है, घर से निकल
निकल, ऐ समर, अब शजर से निकल

बिछा है मेरे जिस्म का जाल सा
वहीं मैं खड़ा हूँ, जिधर से निकल

अभी सादा-ओ-साफ़ है लोहे-दिल
किसी शाम हब्से-हजर से निकल

वो शय जिसका ख़तरा है इतना तुझे
उसे फेंक दे और ख़तर से निकल

मुसीबत के साहिल को भी आज़मा
कभी आफ़ियत के भँवर से निकल

उलट दे चिराग़े-हवस हाथ से
पसे-मतला-ए-मुंतज़र से निकल

बताता हूँ सारी कहानी तुझे
ज़रा शहर के शोरो-शर से निकल

खिले आब ज़ारों की हसरत में हम
गए गर्द-बादे-हुनर से निकल

यहाँ और भी ज़ाइक़े हैं ,'ज़फ़र'
कहीं तू भी अपने असर से निकल

ज़फ़र इक़बाल

सरगुश्ता-ए-सराब थे दश्ते-सदा के हम
ऐसे कि ख़ुद भटक गए रस्ता दिखा के हम

अब पोल खुल भी जाये अगर शहर में तो क्या
आगे बहुत निकल गए धूमें मचा के हम

आमेज़ाह एक हमसे रहे ये भी यादगार
तहसीं-तलब हैं ख़ाक में ख़ुश्बू मिला के हम

सब उड़ गया हवा पे जमाने की सई में
वो एक नक़्श लाए थे जिसको बचा के हम

अंदर की धूप ही कहीं अब रास हो तो हो
भीगे हुए हैं एक नमे-ना-रसा के हम

अब तीसरी तरफ़ में भटकता है ध्यान क्या
मुनकिर हैं अपने, और हैं काफ़िर ख़ुदा के हम

अब रूठ ही गया है तो उसको मनाएं भी
आख़िर को लौट आए हैं कुछ दूर जा के हम

जीने का इक जवाज़ तो हो, झूट-सच कहीं
यूँ ज़िंदा रह तो सकते हैं उसको भुला के हम

कैसा सफ़र, कहाँ की मुलाक़ात, ऐ 'ज़फ़र'
अब के तो आ गए हैं यूँही फिर-फिरा के हम

ज़फ़र इक़बाल

मुस्कुरा देने में, होंटों की ज़िया देने में
फ़ासले हैं अभी रस्ते का पता देने में

जो भी इसरार है, अब दिल के लहू की लय है
दूर से मेरे लिए हाथ हिला देने में

पूछ आओ, कि मैं वैसा ही खड़ा सूखता हूँ
देर कितनी है मुझे बर्गो-नवा देने में

एक ही नक़्श है, अब सोच समझ लो, कि नहीं
फ़र्क़ मिटने में कोई, और, मिटा देने में

और ही मुहर जमाओ कोई, अनघड़ ही सही
लुत्फ़ क्या देखे हुए ख़्वाब दिखा देने में

सर उठाया नहीं तूने कि सलामत रह जाए
उज़्र क्या है तुझे अब हाथ उठा देने में

मुफ़्त की मो'तबरी है, तेरा नुक़्सान है क्या
जो तेरे पास नहीं उसको लुटा देने में

मर्गए-तबई से मरे, देर के बीमार थे लफ़्ज़
और, पकड़ा गया मैं सिर्फ दवा देने में

मैं अगर हूँ तो कहीं सामने आ जाऊँ, 'ज़फ़र'
मस्लेहत और न थी कोई सदा देने में

रतबो-याबिस

यक़ीं की ख़ाक उड़ाते, गुमाँ बनाते हैं
मगर, ये तुरफ़ा इमारत कहाँ बनाते हैं

लगा रहे हैं नए ज़ायक़ों के ज़ख़्म अभी
असासे-फ़िक्र न तर्ज़े-बयाँ बनाते हैं

क़रीबो-दूर से बेजोड़ अक्स अश्या के
तलाश करते हैं और दास्ताँ बनाते हैं

कि मिल सके न हमारा सुराग़ हमको भी
बिनाए-अब्रो-हवा पर मकाँ बनाते हैं

पुराने ज़ुल्म में लज़्ज़त नहीं हमारे लिए
हम अपने सर पे नया आसमाँ बनाते हैं

नहीं नसीब में मरना सवादे-साहिल पर
जो डूबने के लिए कश्तियाँ बनाते हैं

फ़लक पे ढूंडते हैं गर्द रंगे-रफ़्ता-ए-दिल
ज़मीं पे शामे-तलब का निशाँ बनाते हैं

वो जिसकी लय पे लरज़ता है बर्ग-बर्ग बदन
उस एक रंग से नक़्शे-ख़िज़ाँ बनाते हैं

'ज़फ़र', ये वक़्त ही बतलाएगा कि आख़िर हम
बिगाड़ते हैं ज़ुबाँ या ज़ुबाँ बनाते हैं

ज़फ़र इक़बाल

सब ख़ुर्दो-ख़रीद हो मुबारक
हर दीदो-शनीद हो मुबारक

हम सबकी तरफ़ से आप सबको
ये सुब्हे-सईद हो मुबारक

शम्स-अल-रहमान फ़ारूक़ी
ये राय मज़ीद हो मुबारक

जैसी भी है शायरी हमारी
तुमको तन्क़ीद हो मुबारक

नय्यर-मसऊद के लिए भी
थोड़ी सी ईद हो मुबारक

आदिल क्या सख़्त-जान निकला
अब के जो शहीद हो, मुबारक

इस ख़त का जवाब चाहता हूँ
उस ख़त की रसीद हो मुबारक

देते हैं नवीदे-वस्ल ख़ुद वो
जो वा'दा-ए-वईद हो, मुबारक

जीने की नवाह में 'ज़फ़र' को
मरने की उम्मीद हो मुबारक

शोर उठा फिर सुख़ने-गर्म का बाज़ारों में
खलबली मच गई ग़ालिब के तरफ़दारों में

तड़प उठी है फ़िज़ा, नारा-ए-बातिल है तो क्या
बात कुछ है तो सही उसके गुनहगारों में

इक ज़रा गर्मिए-हंगामा थी उसके दम से
जिससे डरते थे वही आ गया अख़बारों में

कल को ऐसा न हो अपना भी हो अंजाम यही
आजकल हम भी हैं कुछ हाशिया बरदारों में

अब तो बेगार भी बेगार नहीं लगती है
ऐसे घुल मिल गए हम वक़्त के ख़रकारों में

एक यलग़ार है अब सारी मुसीबत का इलाज
हैं दफ़ीने इन्हें गिरती हुई दीवारों में

हाथ पड़ने को हैं दामाने-मसीहा पे यहाँ
मश्वरे होने लगे रोज़ के बीमारों में

वक़्त आया तो फिर इन आँखों से देखोगे कि वो
बैठे उड़ जाने को तैयार हैं तय्यारों में

दार पर खींचना आसां जो नहीं है तो, 'ज़फ़र'
नाम लिख लीजिये पहले मेरा ग़द्दारों में

ज़फ़र इक़बाल

रतबो-याबिस

ख़ैर, जा'ली है कि फ़र्ज़ी है, मियाँ
रख तो लू, वस्ल की अर्ज़ी है, मियाँ

जो बला हम पे हुई है नाज़िल
वो समावी है न अर्ज़ी है, मियाँ

उसी चौखट पे पड़ा रहता है
दिल है, क्या कीजिये, ग़र्ज़ी है, मियाँ

उम्र-भर में नहीं उतरा सर से
क़र्ज़ तो क्या है वो क़र्ज़ी है, मियाँ

है यहाँ अक्से-हवा भी नायाब
शाख़ तो आप ही लर्ज़ी है, मियाँ

ख़ुद ही धो लेते हैं, सी लेते हैं
बीवी धोबन है तो दर्ज़ी है मियाँ

शे'र कच्चा भी निकल जाता है
सारी अल्लाह की मर्ज़ी है, मियाँ

बस इसी पर नहीं दीवाने-ग़ज़ल
और भी क़ाफ़िया वर्ज़ी है मियाँ

है जुदा तौर तुम्हारा भी, 'ज़फ़र'
वो भी सौ तरह का तर्ज़ी है, मियाँ

रत्बो-याबिस

ख़ुद से भी चाल चलता रहता हूँ
दरिया हूँ, रुख़ बदलता रहता हूँ

अंधे हो, और, देखते नहीं कुछ
साँचे हैं, और, ढलता रहता हूँ

मेरे उसके लहू का चाँद चढ़े
कैसा-कैसा मचलता रहता हूँ

चिकना है सब्ज़ा-ए-हवस-चशमा
प्यासा हूँ, और, फिसलता रहता हूँ

क़ायम दाइम रगों का हब्स वही
पंखी साँसों की झलता रहता हूँ

अंदर की तरफ़ है योरिशों का रुख
ख़ुद से बाहर निकलता रहता हूँ

गूँज उठता हूँ आप ही ब्याबां में
और, आप ही फिर दहलता रहता हूँ

मटियाला डर उतारने के लिए
मिट्टी की रौ मैं रलता रहता हूँ

नाज़िल हो जाऊँ अब ज़मीं पे, 'ज़फ़र'
बे-फ़ाइदा रोज़ टलता रहता हूँ

ज़फ़र इक़बाल

अभी से वस्ले-दिल-आरा का एहतिमाम कहाँ
अभी हैं बातें ही बातें, अभी से काम कहाँ

करेगा तू ही इन्हें दाग़े-बोसा पर आज़ाद
अब और जा के बिकेंगे तेरे ग़ुलाम कहाँ

निकल के दिल से रुके अश्क-अंधेरी आँखों में
मुसाफ़िराने-मुहब्बत को आई शाम कहाँ

जो हैं तो ख़ुद से गुज़र जाएँ हम, मगर हों भी
कि वहमे-पुख़्ता कहाँ, और यक़ीने-ख़ाम कहाँ

रहे-नियाज़ से उसका गुज़र हुआ है, न हो
ये अब की बार बिछाया है दिल ने दाम कहाँ

फ़रेबे-सब्ज़ है ऐसा सवासे-साहिले-दिल
यहाँ से जाएगी ये मौजे-बे-ख़िराम कहाँ

ग़ुबार आबे-सियह की फ़सीले-वीराँ पर
हवा का नक़्श तो होगा, हवा का नाम कहाँ

हमारे क़त्ल पे इक शोर ही उठा अब के
कि अपने ख़ूँ में वो ख़ुशबूए-इंतिक़ाम कहाँ

मेरी ग़ज़ल पे, 'ज़फ़र', उनके सर हिलें क्यूँ-कर
तरीक़े-ख़ास में लुत्फ़े-मज़ाक़े-आम कहाँ

सफ़रे-ख़्वाब का सिला माँगें
सूजते पैर, कांपती टाँगें

अभी दरिया तो दूर है, साहिब
ज़रा ये दिल की आड़ तो लांघें

बोर होते हैं पास वाले से
जो ज़रा दूर है उसे ताहंगें

ख़ुद तो नगे धड़ंगे हैं ही, अब
रास्ते के दरख़्त ही छांगें

किसी लालच की लौ उभारती हैं
शाख़ को बांटती हुई सांगें

शौक़ के जाम होते पहिये को
वस्ल की वेज़लेन से वांगें

फ़ाका-मस्ती हवस की छाई है फिर
भूक से दे रहा हूँ फिर बाँगें

कुछ तेरे भाईयों ने मार रखा
कुछ पड़ें अपने घर से भी डांगें

डूब जाएँ हमारे दिल में, 'ज़फ़र'
या हमें अपने रंग में राँगें

हद हो चुकी है, शर्मे-शकेबाई ख़त्म हो
बेहतर है अब दुआ की पज़ीराई ख़त्म हो

लेंगे हिसाब मुझसे अभी लफ़्ज़-लफ़्ज़ का
या'नी ज़रा ये अंजुमन-आराई ख़त्म हो

देखा है इस नवाह में वो कुछ कि ऐ ख़ुदा
अब तो यही दिखा कि ये बीनाई ख़त्म हो

मुम्किन है मुंतज़िर हो कोई ख़ाके-ख़ुश-ख़िसाल
शायद कहीं ये साहिले-रुसवाई ख़त्म हो

है दूद ख़ाक-दार बहुत, पाक हो हवा
पानी है ज़ेर-बार बहुत, काई ख़त्म हो

ख़ुश-रंग में घुला हुआ बद-रंग हो ख़ुदा
और, शोर में छुपी हुई तन्हाई ख़त्म हो

अपने मुक़ाबिल आप ही आ जाऊँगा कभी
तंग आ चुका हूँ, अब मरी यकताई ख़त्म हो

आकर वो मेरी बात सुने, और जवाब दे
गर यूँ नहीं तो फिर ये शनासाई ख़त्म हो

बाज़ारे-बोसा तेज़ से है तेज़-तर, 'ज़फ़र'
उम्मीद तो नहीं कि ये मंहगाई ख़त्म हो

ज़फ़र इक़बाल

रतबो-याबिस

शामिले-अर्ज़े-हुनर करके रियाकारी को
आख़िर आसान किया रोज़ की दुशवारी को

आग भड़के तो सही, ताबे-तमाशा है बहुत
खोल कर सीना हवा देता हूँ चिंगारी को

वही बिखराव है, बिखराव में यकसूई भी
आइना जानता है अक्स की अय्यारी को

भूक वो नश्शा-ए-नाज़ुक है कि जब टूटेगा
जी तरस जाएगा इस तरह की सरशारी को

लोग हैं मेरे ही जैसे, मेरा हिस्सा ही तो हैं
दिल को समझाता हूँ, बहलाता हूँ बे-ज़ारी को

है यही मंज़रो-माहौल तो बेजा क्या है
मैं अगर ख़्वाब समझता रहा बेदारी को

सिक्का-ए-दिल था मेरी जेब में, वो भी खोटा
घर से निकला था मैं ख़्वाबों की ख़रीदारी को

बात भी हमसे न की शोख़ ने सीधे मुँह से
सबसे आगे थे हमीं उसकी तरफ़-दारी को

कोई सूरत हो ज़मानत पे रिहाई की, 'ज़फ़र'
इतने अय्याम हुए मेरी गिरफ़्तारी को

धूप, अक्से-हवस तमाशा, लू
बे सफ़र, बे-सदा बदन बालू

आड़े आए बड़े मियाँ ही वहाँ
उसको लड़के न कर सके चालू

वो तो ग़ुर्रा के चल रही थी, मगर
सहमा-सहमा था शेर का ख़ालू

कौन लेता है सुख की साँस यहाँ
किसकी बीवी नहीं है झगड़ालू

होई मी'याद मैंबरी की ख़त्म
रह गए लाल दीन से लालू

जिसे कुत्ते नहीं क़ुबूलते हैं
शे'र है वो सड़ा हुआ आलू

हर्फ़े-ना-गुफ़्ता से ख़ुदा की पनाह
बच रहे होंट, जल उठा तालू

क़ाफ़िया तंग होता जाता है
एक बाक़ी है, वो भी शफ़तालू

लफ़्ज़ भूके भुगत रहे हैं, 'ज़फ़र'
फ़न तमाशा है, फ़िक्र है भालू

ज़फ़र इक़बाल

थे सभी लर्ज़िशे-दीवार की तक़दीर के साथ
गिर के मैं टूट गया शाम की तस्वीर के साथ

थे यहाँ मंज़रो-मा'नी सभी उल्टे-पुल्टे
ख़्वाब सीधा न हुआ ख़्वाब की ता'बीर के साथ

वो भी रुख़स्त हुआ कुछ वक़्त से पहले शायद
और पहुंचा वहाँ मैं भी ज़रा ताख़ीर के साथ

जज़्बा-ए-दिल को तो कुछ घास न डाली उसने
आख़िरे-कार उसे क़ाइल किया तक़रीर के साथ

जिसे पाया था ब-सद हीला-ओ-हिक्मत मैंने
उसे खोया भी है आख़िर बड़ी तदबीर के साथ

वो भी मा'दूम हुआ सोज़े-सुख़न से अपने
बच गया मैं भी कहीं तल्ख़ी-ए-तहरीर के साथ

सब में शामिल भी हूँ, बेज़ार भी सबसे हूँ बहुत
वो केड़ी हूँ कि छनकती नहीं ज़ंजीर के साथ

मैं तो इक शो'ला-ए-इमकां को हवा देता था
यही तक़सीर न लिखी गई ता'ज़ीर के साथ

और वीरान हुआ जाता हूँ अंदर से, 'ज़फ़र'
रब्त कुछ है तो सही शहर की ता'मीर के साथ

ज़फ़र इक़बाल

रतबो-याबिस

साँस के आर-पार, दिल से वरा
वही वीराँ है आलम अश्या

आइना तोड़ कर ही मुम्किन है
रूठने वाले अक्स का अहया

अपने दिल में है एक और भी दिल
इस ख़ला में है एक और ख़ला

मुतमइन हैं मुख़ालिफ़त से तेरी
हमको मा'लूम है तिरा मंशा

शायरी सुस्त पड़ती जाती है
चाहिए फ़िक्र के लिए भी तुला

अपने बारे में बे-ख़बर हूँ, मगर
मेरे नक़्क़ाद को हुआ इलक़ा

यही सूरत है अब, किताब उसके
सर पे दे मार, और कह, इक़रा

सारी मायूसियों का एक ईलाज
या'नी एम-ए के बाद कीजिये लॉ

क़ाफ़िए और भी बहुत थे, 'ज़फ़र'
क्यों न नाराज़ हों जनाबे-ज़िया

लेते हैं आड़ क्यों सुख़ने-फ़िला-साज़ की
हाजत ही किया है क़त्ले-सदा के जवाज़ की

तूफ़ाँ तो बे-सदा था दमे-मर्ग की तरह
आवाज़ थी वो डूबने वाले जहाज़ की

सरकश हुई तो दस्ते-रसा से भी थी बुलंद
वो शाख़े-सुर्ख़ो-सब्ज़ गुलिस्ताने-राज़ की

चमका है आफ़ताबे-हवस जंगलों के पार
उठती है लहर बर्फ़ बदन के गुदाज़ की

दिल पर सियाह-रंग का मौसम रुका रहा
अच्छा है, तुमने चश्मे-तमाशा न बाज़ की

है संग पर निशाँ किसी नक़्शे-नियाज़ का
लर्ज़िश है आइने में किसी अक्से-नाज़ की

क्यों रायगाँ उठाए रखी मशअले-सवाल
क्यों मुफ़्त में ज़ुबाने-तमन्ना दराज़ की

मैं दुश्मनों की राह से होकर निकल गया
जिस रोज़ दोस्तों ने बहुत साज़-बाज़ की

उससे तो बेसुरा ही भला था मुझे, 'ज़फ़र'
यकसाँ नहीं थी यूँ कभी सुर मेरे साज़ की

ज़फ़र इक़बाल

रतबो-याबिस

गुम हैं किसी जुस्तजू में अब भी
ये जलवते-जिस्म के मूरब्बी

अम्मी तो उसकी है भली लोग
मिलने नहीं देते उसके अब्बी

मैं ही बे-मुर्शिदा नहीं हूँ
वो है मुझसे ज़ियादा कब्बी

मिन्नत से तो वो भले ही माने
ले जाइये भर के उसको थब्बी

कर इस्ते'माल कुछ सियासत
सज्जी दिखला के मार खब्बी

रिश्वत से बने हुए मकाँ पर
लिखवा हाज़ा मिन फ़ज़ली रब्बी

मुंद्री तो उड़ा के ले गए चोर
ख़ालम ख़ाली पड़ी है डब्बी

उर्दू को क्या हुआ तुम्हारी
छब्बीस को कह रही हो छब्बी

पिल्ले ही, 'ज़फ़र', हैं इस तरह के
कुतिया तो नहीं थी डब खड़ब्बी

ज़फ़र इक़बाल

आग दो दिन में हो गई ठंडी
हज़रते-दिल दिखा गए झंडी

अब टके सैर है पकी हुई फ़स्ल
तेज़ है जिन्से-ख़ाम की मंडी

दो क़दम भी चला नहीं जाता
निकली है दिल के पाँव पर चंडी

यूँ भी है फटी पुरानी उम्मीद
शाम के वक़्त जिस तरह रंडी

वापिस आने की राह कोई नहीं
जाती है शहर को यही डंडी

ख़ल्वते-ख़ास में पड़ा है वहाँ
एक से एक बढ़के पाखंडी

क़ैद है इन कबूतरों के लिए
ये धंसी और फंसी हुई बंडी

सींग तो काफ़ी ख़ूबसूरत हैं
दुम ज़रा शायरी की है लंडी

लाख बच कर चलो 'ज़फ़र' उससे
ले मरेगी तुम्हें वो मुश्टन्डी

रतबो-याबिस

मेरी भी न चौड़ कर तरट्टी
ऐ ख़ान क़ुतुब निसार भट्टी

दीवालीया हो के आप अब तू
करवाएगा बंद मेरी ही हट्टी

आगे ही बहुत पढ़ा हुआ हूँ
मुझको न पढ़ाओ और पट्टी

पीटा है थानेदार ने, तो
करवा लो डाक्टर से पट्टी

नज़ला है क़ौम को, इधर है
लस्सी जमहूरियत की खट्टी

ये हिज़्बे-इख़्तिलाफ़ भी कुछ
खाएगी तो होगी हट्टी-कट्टी

ठहरेगी इस दफ़ा भी क्या कुछ
झरलू के आगे ये नकट्टी

देती है ख़ैर भैंस तो दूध
लेकिन क्यों नापती है कट्टी

शायद, 'ज़फ़र', उनकी हिज्व के साथ
अपनी भी लिखा गया हूँ फट्टी

रतबो-याबिस

रात गए चढ़ दौड़ेगी कम्मी
चीखी अमरीका की अम्मी

कल्लर थौर हुईं सब राहें
तालाबों पर काई जम्मी

घरवाला था गिठ मुठया सा
थी ख़ुद तो वो ऊँची लम्मी

नम्बर दो पर रखिये इसको
पहले पर है इसकी अम्मी

मिर्च मसाले तो पूरे थे
ज़रा कचीरी थी क़तलम्मी

दिल का पर्चा बंद पड़ा है
छाप लिया करते हैं डम्मी

जबसे छुटी मुहब्बत-बाज़ी
खेल लिया करते हैं रम्मी

वही हवस का ताना-बाना
वही मुसम्मात और मसम्मी

मदहिय्या अशआर भी तेरे
उसे, 'ज़फ़र', लगते हैं ज़म्मी

इतना न संभाल माल मड्डी
अंदर हो, चल पड़ी है गड्डी

घुटने तुड़वाए फ़र्श पर ही
खेले न पलंग पर कब्बडी

अब जूस निकाल कर पियेंगे
ताज़ा है और रैड बलड्डी

अंगया में डूबता है दिन सा
विषयो सी छोड़ती है चड्डी

ताना पीटा हुए हैं ग़ायब
चलने को चल रही है खड्डी

पहुंचेगे अगरचे सबसे पहले
कहलाएँगे फिर भी हम फिसड्डी

इक आदत बद थी शायरी की
सौ वो भी हमने छोड़ छड्डी

आया है आख़िरश नज़र क्या
लगती नहीं क्यों ज़मीं पर अड्डी

चुपका वहीं हो गया, 'ज़फ़र', वो
आई जहाँ जिसके मुँह में हड्डी

ज़फ़र इक़बाल

रतबो-याबिस

तन्हाई आएगी, शबे-रुस्वाई आएगी
घर है तो इसमें ज़ीनतो-ज़ेबाई आएगी

अपना इलाज ख़ुद ही करेंगे कभी मरीज़
आते ही आते उनको मसीहाई आएगी

होगी कुछ और शक्ल तमन्ना की इस दफ़ा
चेहरे पे और तरह की ज़रदाई आएगी

अब गर्म है लहू तो इसे काम में भी ला
ये चाँद फिर चढ़ेगा न रुश्नाई आएगी

कुछ रोज़ देख तू भी इसे चश्मे-क़हर से
इस आग से ही दूध पे बालाई आएगी

जितना वो तुन्द-ख़ूँ, ज़रा देख तो सही
उतनी ही उसकी बात में नरमाई आएगी

कुछ सब्रो-ज़ब्त चाहिए, तोड़ेगा जितनी जल्द
फल में इसी हिसाब से तुरशाई आएगी

आख़िर है फ़त्ह अपनी, मगर, ये भी याद रख
इस जंग में कहीं कहीं पसपाई आएगी

उम्मीदे-वस्ल को, 'ज़फ़र', इतना ग़लत न जान
इस झूट से तो सोच में सच्चाई आएगी

ज़फ़र इक़बाल

हर्फ़ निखरा है मुहब्बत का मिटा देने से
घर बचाया है, 'ज़फ़र', आग लगा देने से

गुल मचा आप ही, बदला है अगर मौसमे-दिल
फ़ायदा क्या ये ख़बर उसको सुना देने से

लोग पहुंचाएंगे पैग़ाम ज़बानी कितने
फ़ैसला होगा उसे पास बुला देने से

सहज पकता जो ये पकवान तो मीठा होता
बात बिगड़ी है फ़क़त बात बढ़ा देने से

तुम मुझे जो भी कहो, मैं तो समझता हूँ कि मैं
मुहरमे-ख़ाक हुआ ख़ाक उड़ा देने से

मैं तो तैय्यार था, इस बहरो-ब्याबां में अगर
फ़र्क़ पड़ता कोई तूफ़ान उठा देने से

नींद की, नर्मी-ए-रफ़्तार से खुल जाएगी आँख
राह रुक जाएगी दीवार हटा देने से

एक ज़िद है कि जिसे पाल रहे हैं, वरना
मर नहीं जाऐंगे कुछ उसको भुला देने से

कुफ़्र वो ला'ले-तलब ताबे-तमाशा है, 'ज़फ़र'
रौशनी कम न हुई जिसके छुपा देने से

ज़फ़र इक़बाल

रतबो-याबिस

सहरा मेरा सफ़ीना, सदा बादबान है
मैं चारसू हूँ, सैले-सफ़र दरमियान है

हर शब नया करिश्मा दिखाती है ये ज़मीं
हर-रोज़ मेरे सर पे नया आसमान है

इक बे-तलब नशे में गिरफ़्तार है बदन
इक बेसबब हिरास की मुट्ठी में जान है

कुछ रास आ चली है मुझे वहशते-हवस
कुछ उसके जंगलों की हवा मेहरबान है

गर्दो-गुबारे-ख़्वाब से निकला नहीं अभी
या'नी वो नक़्शेआब अभी बे-निशान है

डेयुढ़ी बड़ी सी, रेलवे क्रासिंग के सामने
डेयुढ़ी से चार छह क़दम आगे मकान है

कानों से उँगलियाँ न निकालो तो कुछ नहीं
सुनते रहो तो रोज़ नई दास्तान है

सौदा सलफ़ नहीं है तो खाते खंगालिए
करते ही रहिए कुछ न कुछ, आख़िर दुकान है

उस जायक़े की ताब तो लाता कोई, 'ज़फ़र'
कहने को इक जहान के मुँह में ज़बान है

अभी तो करना पड़ेगा सफ़र दुबारा मुझे
अभी करें नहीं आराम का इशारा मुझे

लहू में आएगा तूफ़ाने-तुन्द रात-ब-रात
करेगी मौजे-बलाख़ेज़ पारा-पारा मुझे

बुझा नहीं मेरे अंदर का आफ़ताब अभी
जला के ख़ाक करेगा यही शरारा मुझे

उतार फेंकता मैं भी ये तार-तार बदन
असीरे-ख़ाक हूँ, करना पड़ा गुज़ारा मुझे

उड़े वो गर्द कि मैं चारसू बिखर जाऊँ
गुबार में नज़र आए न कोई चारा मुझे

मेरे हदूद में है मेरे आस-पास की धुंद
रहा ये शहर तो इस का नहीं इजारा मुझे

सहर हुई तो बहुत देर तक दिखाई दिया
गुरूब होती हुई रात का किनारा मुझे

मेरी फ़िज़ा में है तर्तीबे-कायनात कुछ और
अजब नहीं जो तेरा चाँद है सितारा मुझे

न छू सकूँ जिसे क्या उसका देखना भी, 'ज़फ़र'
भला लगा न कभी दूर का नज़ारा मुझे

रत्बो-याबिस

फ़ितूर अगरचे तमन्ना का सर में इतना है
ग़ज़ल कहे कोई क्या, शोर घर में इतना है

वो पारा-पारा करे, और, ये उड़ा ले जाये
जो फ़र्क़ है तो हवा-ओ-हुनर में इतना है

अभी तो जाने कहाँ है कि टूटता है बदन
ख़ुमार आमदे-गुल की ख़बर में इतना है

मैं उस का चोर हूँ और उससे छुपता फिरता हूँ
ख़बर न थी कि मज़ा उसके डर में इतना है

फ़साद सारा लहू का है, जाँचते रहिये
कि था क़याम में इतना, सफ़र में इतना है

इस एक पल के तसादुम को भी ग़नीमत जान
कि अपना हिस्सा शबे-मुख़्तसर में इतना है

है पानियों की तहों में चमक-दमक उसकी
न अक्स मौजे-बला का गुहर में इतना है

ये किस हवा में लरज़ता है बर्ग-बर्ग उसका
ये ज़हर कौन सी रुत का समर में इतना है

'ज़फ़र', वो साँवला, छोटा सा हाथ रख दिल पर
कि वो भी देखे सफ़ीना ख़तर में इतना है

ज़फ़र इक़बाल

एक ही नक़्श है, जितना भी जहाँ रह जाये
आग उड़ती फिरे हरसू कि धुँआ रह जाये

कुछ ग़रज़ इस से नहीं, रिज़्क़े-गदा हो कि न हो
कूचा-ओ-राह में आवाज़े-सगाँ रह जाये

ये सफ़र वो है कि इतना भी ग़नीमत है, अगर
अपने हमराह सही ख़ाक रवाँ रह जाये

और कुछ रोज़ रुके सुस्त लहू का मौसम
और कुछ देर यही रंगे-ख़िज़ाँ रह जाये

आजकल उसकी तरह हम भी हैं ख़ाली-ख़ाली
एक दो दिन, उसे कहियो, कि यहाँ रह जाये

कुछ तो रह जाये तगो-ताज़े-तलब में बाक़ी
वहम अपना रहे या उसका गुमाँ रह जाये

वो तमन्ना हूँ कि दिल से न गुज़र हो जिसका
वो तमाशा हूँ कि नज़रों से निहां रह जाये

ये भी इक मरहला-ए-सख़्त है, ऐ साहिबे-तर्ज़
कि बयाँ की जगह अंदाज़े-बयाँ रह जाये

नाम तो फिर भी बड़ी बात है दुनिया में, 'ज़फ़र'
ये भी क्या कम है जो कुछ अपना निशाँ रह जाये

रतबो-याबिस

सोना सा कुछ रगों में छुपाया हुआ तो है
चेहरे से रंगे-ख़ाक उड़ाया हुआ तो है

इक दर्दे-ख़्वाब हमने भी क्या जाने किसलिए
दिल की अँधेरी तह में बिठाया हुआ तो है

होना ही उसका कम नहीं, वो जिस जगह भी हो
खोया हुआ तो है उसे, पाया हुआ तो है

लफ़्ज़ों के लहर-लहर अँधेरे के बावजूद
मंज़र सदा का हमने दिखाया हुआ तो है

काम आई तो है अपनी लहू से भरी क़मीस
पर्चम सा हमदमों ने बनाया हुआ तो है

मिट्टी पे अपना बस नहीं चलता तो क्या हुआ
काग़ज़ पे हमने हश्र उठाया हुआ तो है

वो चोर है, पर इसको पकड़ता नहीं कोई
हम हैं, सो हमने शोर मचाया हुआ तो है

सहरा भी अपनी प्यास की पोशाक में है तंग
दरिया भी अपनी मौज में आया हुआ तो है

कब तक रहे ये सब्रो-सुकूँ, देखिए, 'ज़फ़र'
पिंडी के दोस्तों को भुलाया हुआ तो है

यूँ तो किस चीज़ की कमी है
हर शय, लेकिन बिखर गई है

दरिया है रुका हुआ हमारा
सहरा में रेत बह रही है

क्या नक़्श बनाइये कि घर में
दीवार कभी नहीं, कभी है

ख़्वाहिश का हिसाब भी लगाऊँ
लड़की तो बहुत नपी तुली है

दिल तंग है पास बैठने से
उठना चाहूँ तो रोकती है

होती जाती है मेरी तशकील
जूँ-जूँ मुझमें वो टूटती है

तस्वीरे-ख़िज़ाँ लहू में अब के
पीली-पीली, हरी-हरी है

बाहर से चट्टान की तरह हूँ
अंदर की फ़िज़ा में थरथरी है

पैरौ नहीं एक भी 'ज़फ़र' का
किस मज़हबे-सख़्त का नबी है

ज़फ़र इक़बाल

रतबो-याबिस

अक्से-ख़यालो-नक़्शे-सदा है तेरे लिए
आईना-ख़ाना सबसे जुदा है तेरे लिए

ज़िंदाने-एहतियात से बाहर निकल के देख
सरसब्ज़ जंगलों की हवा है तेरे लिए

सीने में दोस्ती की फ़िज़ा हो न हो मगर
अपने से दुश्मनी की अदा है तेरे लिए

रखेगा तू ही अपनी तरो-ताज़गी की शर्म
बाग़े-बदन उजाड़ दिया है तेरे लिए

इक चाँद पारा-पारा है आँखों के आर-पार
इक फूल दिल में बिखरा पड़ा है तेरे लिए

तुझको ये क्या ख़बर कि चराग़े-हवस यहाँ
किन कुंज रास्तों पे जला है तेरे लिए

चमका है तेरी ख़ाक में मेरे लहू का रंग
या'नी, मेरे किए की सज़ा है तेरे लिए

अपनी ख़ुशी से आ यहाँ, अपनी रज़ा से जा
दरवाज़ा मेरे दिल का खुला है तेरे लिए

होगा, तुही बता, तेरा किस जुग भला, 'ज़फ़र'
बीमे-बशर न ख़ौफ़े-ख़ुदा है तेरे लिए

ज़फ़र इक़बाल

रंग जलने के लिए, राज़ पिघलने के लिए
है हर इक चीज़ किसी और में ढलने के लिए

लोग हैं और ही मंज़िल के मुसाफ़िर, या'नी
ख़ाक रह जाएगी अब ख़ाक में रलने के लिए

राह पाने की ज़रा देर है, सुनते रहना
चश्मा-ए-ख़ौफ़ है बे-ताब उबलने के लिए

ज़र्राए-रेगे-बदन है मुझे दीवारे-सियाह
दर कोई चाहिये सहरा से निकलने के लिए

आ निकलता है कभी दिल के निहाँ-ख़ाने में
इक ज़रा पैरहने-नाज़ बदलने के लिए

मैं गिरा भी तो उसे ले के गिरूँगा, वरना
लड़खड़ाना तो बहाना है संभलने के लिए

दुश्मनों से नहीं मुठभेड़ अगर क़िस्मत में
हो सड़क पर कोई छिलका ही फिसलने के लिए

लफ़्ज़ छपता है वहाँ मेरे मुख़ालिफ़, तो यहाँ
बात इतनी उसे काफ़ी है उछलने के लिए

पत्तियाँ चूम के जिसकी, ज़फ़र, इतने ख़ुश हो
फूल था वो तो मेरी जान, मसलने के लिए

क़ाफ़िया चाहिए खाने के लिए
या'नी मतले में खपाने के लिए

ख़ोशा-चीनों को ख़बर है शायद
मैं कमाता हूँ लुटाने के लिए

सबसे पहले सुनी उसने मेरी बात
बज़्म से मुझको उठाने के लिए

मुफ़्त में उससे लड़ाई ले ली
कोई पहुंचा न छुड़ाने के लिए

हुआ ईजाद ख़ुशी का टीका
ग़म की मी'याद बढ़ाने के लिए

कुछ हवा चाहिए आख़िर मुझको
साँस का संख बजाने के लिए

कुछ फ़िज़ा की भी ज़रूरत है मुझे
अपनी बेपर की उड़ाने के लिए

टूट जाने के लिए जुड़ता हूँ
शे'र लिखता हूँ मिटाने के लिए

शायरी अस्ल कहाँ है, कि ज़फ़र
दाँत हैं ये तो दिखाने के लिए

रत्बो-याबिस

दिन हुआ, कट कर गिरा मैं रौशनी की धार से
ख़ल्क़ ने देखे लहू में रात के अनवार से

उड़ गया काला कबूतर, मर गई ख़्वाबों की रौ
साया-ए-दीवार ने क्या कह दिया दीवार से

क्या वो मेरे पास आता, किस तरह सुनता मेरी
मैं उसे आवाज़ देता था बदन के पार से

जबसे दिल अंधा हुआ, आँखें खुली रखता हूँ मैं
उस पे मरता भी हूँ, ग़ाफ़िल भी नहीं घर-बार से

ख़ाक पर उड़ती बिखरती पुर्ज़ा-पुर्ज़ा आरज़ू
याद है ये कुछ हवा की आख़िरी यलग़ार से

इश्क़ समझूं या अक़ीदत, शोख़ ने मेरी ग़ज़ल
पर्स में रख्खी हुई थी काट कर अख़बार से

अब तो बारिश हो ही जानी चाहिए, उसने कहा
ताकि बोझ उतरे पुरानी गर्द का अश्जार से

इश्क़ तो अब शे'र कहने का बहाना रह गया
हर्फ़ को रखता हूँ रौशन शो'ला-ए-इंकार से

शहर के नक़्शे से मैं मिट भी चुका कब का, 'ज़फ़र'
चारसू, लेकिन, चमकते हैं मेरे आसार से

ज़फ़र इक़बाल

मुश्किल का पता कर कहीं आसाँ की ख़बर दे
इक बार फिर उस नक़्शे-नुमायाँ की ख़बर दे

क्या रेत की रंगत पे है रफ़्तार लहू की
ए बे-ख़बरी कुछ तो ब्याबां की ख़बर दे

वो ख़ून ख़राबी है कि इतना नहीं कोई
अख़बार में जो क़त्ले-अज़ीज़ाँ की ख़बर दे

आवाज़ो-हवा दोनों ही ज़ंजीर हुए हैं
अब कौन है जो तुन्दी-ए-तूफ़ाँ की ख़बर दे

कुछ मुझ पे मेरे शौक़े-फ़रावाँ की गिरह खोल
कुछ उसको मेरे हाले-परेशां की ख़बर दे

दिल अक्से-हवस डालता रहता है फ़लक पर
ये आइना शायद किसी इम्काँ की ख़बर दे

इक बोसा-ए-रंगीं से दिखा आग बदन को
मज़मून से पहले ज़रा उनवाँ की ख़बर दे

आँखों से हटा परदा-गुम गुश्तशगीए-ख़्वाब
बिस्तर से उतर, सुब्हे-गिरेबाँ की ख़बर दे

जो उसने कहा था, ज़फ़र, यूज़ बात को अब छोड़
मुझको तो कुछ उसके लबे-लर्ज़ां की ख़बर दे

ईमाँ के साथ ख़ामी-ए-ईमाँ भी चाहिए
अज़्मे-सफ़र किया है तो सामाँ भी चाहिए

कुछ अस्ल तो खुले कहीं इस ज़ोरो-शोर की
दरिया के रास्ते में ब्याबां भी चाहिए

भड़का तो है बदन में लहू का गुलाब सा
मुश्किल है ये कि तंगीए-दामाँ भी चाहिए

उसके नई क़मीस के तोहफ़े का शुक्रिया
लेकिन, यहाँ तो पैरहने-जाँ भी चाहिए

इस तीरगी में परतवे-महताबे-रुख़ के साथ
कुछ अक्से-आफ़ताबे-गिरेबां भी चाहिए

मुश्किल-पसन्द ही सही मैं वस्ल में, मगर
अब के ये मरहला मुझे आसां भी चाहिए

कुछ उस तरफ़ भी जोशे-जफ़ा है नया-नया
कुछ ज़ुल्म अपनी शान के शायाँ भी चाहिए

डरते भी रहिये उससे कि इसमें भी है मज़ा
लेकिन, कभी-कभी ज़रा शूँ-शाँ भी चाहिए

मुश्शातगी-ए-मा'नी बहुत हो चुकी ,'ज़फ़र'
कुछ रोज़ अब ये ज़ुल्फ़े-परेशां भी चाहिए

रतबो-याबिस

बोसा न सही, अपना कोई ज़ायक़ा तो दे
ये हाथ है, इस पर कहीं नाख़ुन ही खुबो दे

कुछ कैफ़े-कशाकश तो रहे तेरी फ़िज़ा में
बेहतर है जो पा लेने से पहले मुझे खो दे

आलूदा है दामन मेरे होने ही से तेरा
मैं दाग़ हूँ, मेरे ही लहू से मुझे धो दे

अब लज़्ज़ते-ख़ाक अपनी ही मिट्टी से मिलेगी
तूफ़ाँ कोई ऐसा कि सफ़ीने को डुबो दे

कब से बदने-शे'र किया रख्खा है तशकील
इसमें कोई अब रूह का काँटा भी चुभो दे

मैं बर्गे-हुनर हूँ, यूँही उड़ता फिरूँ कब तक
इस ख़्वाबे-ख़िज़ाँ में कहीं मुझको भी समो दे

उस शय की तलब कर कि निशाँ भी न हो जिसका
दरयूज़ा-गरे-वस्ल को जो पास न हो, दे

बारिश कोई जल-थल भी नहीं चाहिए हमको
दफ़्तर से घर आते हुए कपड़े तो भिगो दे

है तुर्फ़ा-तमाशा, 'ज़फ़र', उसकी भी तबीयत
ख़ुश रहता उसी से है वो जिस बात पे रो दे

इक दिन इधर सवारे-समंदे-सफ़र तो आए
ख़ुद बढ़के रोक लेंगे कहीं वो नज़र तो आए

कुछ देर फड़फड़ा के निकल जाइये, मगर
वो दामे-दिल-पज़ीर कहीं ज़ेरे-पर तो आए

वो दर्द ला-दवा ही सही, दिल पे वा तो हो
वो हुस्न इक बला ही सही, अपने सर तो आए

ये क्या कि आबगीना सलामत ही ले के आएं
कुछ टूट-फूट तो रहे, कोई ज़रर तो आए

शामिल नहीं जलूस हमारे में वो तो क्या
ये भी बहुत है, बाम से नीचे उतर तो आए

अर्ज़ां है ख़ूने-ख़ल्क़ तो फिर कू-ब-कू तो हो
है दस्तके-सितम तो ज़रा दर-ब-दर तो आए

आँखें चमक दिखाएँ तो आसां हो राहे-मर्ग
या'नी सहर से पहले चराग़े-सहर तो आए

कुछ बन सके न हम तो बिगड़ कर दिखा दिया
यूँ कार गाहे-शौक़ में कुछ काम कर तो आए

नाज़ाँ हूँ अपने ऐबे-सुख़न पर हज़ार बार
लाज़िम है आदमी को, 'ज़फ़र', कुछ हुनर तो आए

ज़फ़र इक़बाल

अर्ज़ो-इज़हार से आगे है, नवा कैसी है
जुर्म से पहले है पैदा, ये सज़ा कैसी है

क्या हो उम्मीदे-शिफ़ा, कौन यहाँ जान सका
मरज़े-मर्ग है किस धार, दवा कैसी है

जानते हैं सभी, अब कौन बताए किस को
नक़्शे-दीवार है किस रंग, हवा कैसी है

क़स्रे-सुल्ताँ में खुला तरफ़े-कुला का मज़मून
तबअ, अब देखिए, किस-किसकी रसा कैसी है

ना छटेगी, ना बरसते ही बनेगी इसको
कभी पूछोगे कि सर पर ये घटा कैसी है

शौक़ को करती है यकसू, ये अदा है किसकी
सुर्ख़-रू करती है सबको, ये ख़ता कैसी है

गूँजती थी सरे-गुलज़ार, ख़मोशी थी अजब
खौलती है दरे-ज़िंदाँ, ये सदा कैसी है

उसकी तस्वीर छुपा कर कहाँ रखिये आख़िर
वुसअते-ख़ाना में ये तंगीए-जा कैसी है

एक यूसुफ़ हूँ, 'ज़फ़र', और बिरादर इतने
नीयत, अब क्या कहूं मैं, उनकी भला कैसी है

कोई किनाया कहीं और बात करते हुए
कोई इशारा ज़रा दूर से गुज़रते हुए

मेरे लहू की लपक में रहे वो हाथ, वो पाँव
कुछ आइने से कहीं डूबते उभरते हुए

शरारे-बोसा ही उस संगे-लब से हो पैदा
कि मेरे सर में कई लफ़्ज़ हैं ठिठरते हुए

न सख़्त-गीर था वो और न मैं ही बेहिम्मत
पर उसको हाथ लगाया है आज डरते हुए

जलाएँगे नमे-साहिल पे कश्तियाँ अपनी
उस आब-ज़ारे-तमाशा में पाँव धरते हुए

गुज़र ही जाएगी सर से कहीं तो मौजे-हवस
कभी तो शर्म उसे आएगी मुकरते हुए

हवास में हैं कहीं ख़ून के नशेबो-फ़राज़
जो ख़ुद से भागता हूँ राह में ठहरते हुए

ये काम और तो अब कौन ही करेगा यहाँ
समेटता भी रहूं जिस्म को बिखरते हुए

मुझे तो रंज था सबसे कहीं ज़ियादा, 'ज़फ़र'
जो देख लेता मेरी सम्त भी वो मरते हुए

ज़फ़र इक़बाल

रत्बो-याबिस

ये जो लिख्खा है मुझे, ये जो मिटाया है मुझे
ना सही और, तमाशा तो बनाया है मुझे

कोई तीरो-तबर अपना भी निकाला होता
मेरे ही असलहा से उसने डराया है मुझे

जैसे ये सब हैं, उसी तरह का हो जाऊँ अगर!
बैठे-बैठे ये ख़याल आज ही आया है मुझे

ऐब रखता हूँ कि आख़िर ये हुनर है मेरा
धूप मेरी है यही, और ये साया है मुझे

ताकि मैं कुछ ना कहूं वज़अ की मजबूरी में
इसलिए मस्नदे-ऐवाँ पे बिठाया है मुझे

सरे-तसलीम हूँ, जिस तौर झुकाया मुझको
दस्ते-ताईद हूँ, जिस रंग उठाया है मुझे

हूँ मैं वो ख़ूँ कि बहाया है मुझे सड़कों पर
मैं हूँ वो रंग कि चेहरों से उड़ाया है मुझे

फड़फड़ाता हूँ अभी ज़ोरे-हवा के रुख पर
न उठाया है अभी और न गिराया है मुझे

मैं कि इस अह्द में मुनकिर हूँ, 'ज़फ़र', अपना भी
किसलिए महफ़िले-ग़ालिब में बुलाया है मुझे

ज़हरे-ज़मीं में भी न फ़िशारे-फ़लक में है
वो हब्से-जाँ की लहर कि उसकी झलक में है

क्यूँ-कर छुपाए, सबकी नज़र से बचाए क्या
वो शौक़-बेपनाह कि तस्वीर तक में है

मिलने के ढूंढ लेगा बहाने भी आप वो
मुझसे ज़ियादा वो ही न मिलने के हक़ में है

आँखें भी ताज़ा-तर हैं मशामे-हवस के साथ
कुछ पेचो-ताबे-रंग भी गोया महक में है

आसारे-जिस्मो-जाँ भी चमकते हैं दूर-दूर
कुछ ख़ाके-ख़ूने-दिल भी ग़ुबारे-शफ़क़ में है

है यूँ तो उसका साँवला-पन साँवला ही पन
चख्खो तो इक मिठास भी उसके नमक में है

शायद हवाए-तुन्द ही मह्शर करे बपा
बादल तो आज महव ख़ुद अपनी कड़क में है

आमादा-ए-सफ़र मुझे रखती है रात-दिन
सच पूछिए तो ये जो रुकावट सड़क में है

कुछ रोज़ सिलसिले को चला और अभी, 'ज़फ़र'
रुस्वाइयाँ हैं दूर, अभी बात शक में है

ज़फ़र इक़बाल

मुश्किल भी शे'र हो तो समझ में ज़रा तो आए
येभीअगरनहोतोकम-अज़-कममज़ातोआए

तन्हा ही जश्ने-मर्गे-मआनी मनाएं हम
लेकिन, हिसारे-हर्फ़ से बाहर सदा तो आए

बीमे-बशर है बात बहुत दूर की, जनाब
हक़ में हमारे आपको ख़ौफ़े-ख़ुदा तो आए

दीवारे-दिल में डाल रखा है शिगाफ़ सा
उसकी ख़बर तो लाए, उधर से हवा तो आए

मुश्किल है इसकी साँवली रंगत का नक़्श अगर
तस्वीरे-इंतिज़ार में इसकी फ़िज़ा तो आए

अक्से-शरारे-शौक़ है या परतवे-मलाल
क्या है पसे-ग़ुबारे-हवस, देखता तो आए

इतने हुजूम में भी ग़नीमत सही, मगर
सबसे अलग मिले कभी सबसे जुदा तो आए

उसके लहू की लहर में शामिल तो हैं, मगर
किस हालचाल में हैं, कुछ अपना पता तो आए

उस से कहीं ज़ियादा मुहब्बत में हैं, 'ज़फ़र'
वो मानता न था, मगर, उसको सुना तो आए

रतबो-याबिस

बजते नहीं अब टनन-टनन-टे
चुप हैं मुख मंदिरों के घंटे

कॉलेज से उसकी वापसी तक
चौराहे में खेलते हैं बँटे

ज़ाहिर कुछ हैं, बातिन में कुछ और
ये मस्जिदे-शौक़ के मलंटे

अब चाटिये बैठ कर शराफ़त
तर माल तो ले उड़े लफ़नटे

हर रात का रास्ता जुदा है
हैरान हैं रोज़ के फिरनटे

जब शेर ने दम दिए सरे-शाम
जंगल से निकल गए हिरण्टे

तय बालग़ां है और हम
बच्चे हुए जबसे कांवन्टे

चोरी, यारी, क़मार, नश्शा
मैं एक हूँ और हज़ार टंटे

बेतुक वो भी, 'ज़फ़र', बहुत हैं
हैं आप भी एक अंट शंटे

छेड़ा उसे आज फिर, चुनाँचे
खाए हैं आज भी तमाँचे

था हासिले-जमअ गालियों का
तिया पाँचा कि तीन पाँचे?

कुछ मुंह का मज़ा बदल, निकल कर
बाहर क्या-क्या लगे हैं ख़्वांचे

ढीली ढाली क़मीस इतनी
शलवार के इतने तंग पाँचे

ढलने को हैं बेक़रार हम भी
दो-चार जो फ़ालतू हूँ सांचे

अल्लामा को बद-दुआएं मत दो
पर्चे तो लौंडिया ने जाँचे

रोटी कपड़ा है क्या ज़रूरी
चलते फिरते तो हैं ये ढांचे

गुडबाई जो आन जैक्सन वूल्फ
वेलकम शन प्याव ताँग शाँ चे

बतलाओ ज़रा हिसाब करके
आई है, 'ज़फ़र', कहाँ कहाँ चे

ज़फ़र इक़बाल

मसरूफ़े-कार तो नज़र आता भी चोर है
ये हाथ पाओ तोड़ के बैठा भी चोर है

इस से भी होशयार, कि ये चोर-चोर का
कोठे पर चढ़ के शोर मचाता भी चोर है

गठड़ी में उसका दस्ते-सफ़ेद आ घुसा है फिर
जिसको ज़मीरे-शहर समझता भी चोर है

होते थे चोर हर दो फ़रीक़े-मुक़द्दमा
कुर्सी पे अब तो बैठ के सुनता भी चोर है

मंडी लगी हुई है, पसंद अपनी आपकी
गोरा भी दस्तयाब है, काला भी चोर है

जाता है उसका चोर लिए मालो-ज़र तो क्या
पीछे ही पीछे उसके हमारा भी चोर है

कुछ तो करेगा आपकी ख़िदमत भली-बुरी
या'नी क़बूल कीजिये जैसा भी चोर है

इस साफ़-गोई की भी ज़रा दीजियेगा दाद
जो है सो अपने आपको कहता भी चोर है

दीवां ही अपने नाम से छपवा दिया ,'ज़फ़र'
ऐ सीना-ज़ोर, क्या कोई ऐसा भी चोर है

मज़मून

ज़फ़र इक़बाल की शायरी दरअसल एक ख़ूबसूरत बटन की मानिंद है। एक ऐसा बटन जो लंडे के पुराने कोट से उतार कर शहर की सबसे दीदा-ज़ेब औरत अपने चमड़े के पीले कोट में टाँक ले। ऐसे बटन की एक याददाश्त होती है। उसने न सिर्फ सात-समुंदर पार का सफ़र क्या होता है, बल्कि उसके सुराख़ों से कई मुक़ामी एहसासात की कैफ़ियतें छन-छन कर निकली होती हैं

ज़फ़र की शायरी तमन्ना की अबतरी से पैदा हुई है। तमन्ना की अबतरी ने हमेशा बड़े अच्छे शाइरों को जन्म दिया है जो बड़ी ऊँची सतह पर सोचते हैं और बड़ी आम सी डब-खड़ब्बी ज़िंदगी बसर करते हैं । आम इन्सान बड़ा ख़ुशनसीब है कि वो आम होने की सज़ा मुआशरे से पाता है। ख़ास होने की सज़ा दूनी है। अपने हिस्से की सज़ा मुआशरे से भी मिलती है और अपने आपसे भी।इसी दोहरे कीमियाई अमल से गुज़र कर शायरी का जिन्न शायर के वजूद को छोड़कर सारे मुआशरे पर मुसल्लत हो जाता है। फिर ज़फ़र इक़बाल के शे'र उसके सीने का बोझ नहीं रहते। ये दवा ख़ूबसूरत लेबल के साथ दुकानों में "रतबो-याबिस' ''गुल-आफ़ताब' और"आबे-रवाँ" बन कर बिकने लगती है। मुझसा आम इन्सान जिसे सिर्फ मुआशरे से सज़ा पा कर पाक-ओ-साफ़ हो जाने का हुक्म था, मैं इस बोतल के चार क़तरे पीती हूँ और इस तरह मेरे अंदर भी बदी का बीज सा समा जाता है

क़यामे-पाकिस्तान के साथ साथ एक बहुत बड़ा वाक़िआ ये पेश आया कि उर्दू जो 'फ़िराक़-गोरखपुरी' और 'पण्डित रतन नाथ सरशार' की ज़बान भी थी, जिसमें 'कृष्ण-चन्द्र' और 'मुंशी प्रेम चन्द' ने कहानियाँ लिखीं, वो भी महजूबो-हैरान होकर बिला-क़ुसूर, बिला-वजह हिन्दोस्तान से हिज्रत करके पाकिस्तान चली आई । मुस्लमानों से नफ़रत का हिन्दोस्तान में ये आलम था कि एक जीती-जागती, हर जगह बोली और समझी जाने वाली ज़बान को इन्होंने शुद्धी किया और हिन्दी का रूप देकर निश्चिंत हो गए

पंजाब में इस बेवा ने अजीब रूप धारा। बड़ी सेहत मंद, मुश्टन्डी और सत-रूपी निकल आई। इस रूप को संवारने में ऐसे अदीबों और शाइरों को बड़ा अमल दख़्ल रहा है जो बड़े सेहत-मंद और इस धरती से गहरे तौर पर मुंसलिक थे। लेकिन जूँ-जूँ वो उर्दू की नोक पलक सँवारते, उर्दू के पुराने चाहने वाले जो जमूद के शौक़ीन थे और उर्दू को उस दरख़्त की तरह पालना चाहते थे जो दो साल का होकर भी सवा फुट से ऊँचा नहीं होता। ऐसे उर्दू नवाज़ों को बड़ा दु:ख हुआ। उन्होंने पुकार-पुकार कर ज़बान-दानी के जुमला कवाइफ़ो-ज़वाबित से डराया। वो सजावट, वो सत-रँगी ख़ुश-पोशी जिससे उर्दू का दामन सज रहा था, इस पर ए'तराज़ किया, लेकिन ये सब बेसूद रहा

यहाँ में अपने पहले बयान की तरफ़ लौट जाना चाहती हूँ कि ज़फ़र इक़बाल की शायरी एक ख़ूबसूरत बटन है जिसमें चार सूराख़ हैं और तमन्ना की अबतरी का मज़बूत धागा । एक ज़फ़र का ऐसा वजूद है जो अंदर से डसा हुआ है। इस बटन के एक सुराख़ में उसके ज़बान के तजुर्बात का कुँआं है। दूसरे सुराख़ से आप घरों के अंदर झांक सकते हैं। तीसरे सुराख़ से गुलाबी मिज़ाह की धूप झलकती है और चौथा सुराख़ बहुत मुहीब और ग़म-दीदा है। यहाँ ख़ौफ़ की चमगादड़ें उल्टी लटकी नज़र आयेंगी । ये चारों सुराख़ हैं जिन्हें तमन्ना की अबतरी सीती है। जिस रोज़ से शुबह हो गया कि बटन दुरुस्ती से लग गया है, वो इसमें आख़िरी गाँठ लगा कर ज़फ़र के वजूद से अपना धागा तोड़ लेगी । फिर हमारे पास सिर्फ लेबल लगी किताबें रह जाएँगी । ज़फ़र हम में मौजूद नहीं होगा''

बानो क़ुदसिया
मज़मून से इक़्तिबास

मज़मून

'फ़ैज़ और नासिर काज़मी के अह्द में ग़ज़ल में शायद ही किसी शायर को इतनी इन्फ़िरादियत और इतनी शौहरत हासिल हुई है जितनी ज़फ़र इक़बाल को' दूसरे लफ़्ज़ों में अब वो हमारे अह्द का सबसे बड़ा ग़ज़लगो है। उसकी शायरी में तो मुझे एक जीता-जागता, हँसता बोलता, इश्क़ करता, मुस्कुराता, चलता-फिरता इन्सान नज़र आता है, जिसमें एक तरह का चलीला-पन भी है। तख़्लीक़ की एक नई जिहत तलाश करने की ख़्वाहिश ही नहीं उस का भरपूर इज़हार भी है। इसी के साथ उसके मिज़ाज की शरारत और मासूमियत दोनों अपनी झलक दिखाते हैं

वो रास्ता चलता ही नहीं ठोकर भी लगाता है, फूलों की ता'रीफ़ें ही नहीं करता उन्हें शाख़ों से तोड़ता भी है, कुचल कर फैंक भी देता है, और फिर उसी ज़मीन में नए-नए बीज बोता है बल्कि नई-नई ज़मीनों की तलाश में इधर-उधर मंडलाता फिरता है, लिसानी-तजुर्बे, एंटी-ग़ज़ल ।

ये सब बातें जो उसकी बदनामी का बाइस थीं, वही उसकी शौहरत का सबब बन गईं। अगर मुझे अपना मज़हब इजाज़त देता तो मैं उसे नई ग़ज़ल का जिबरईल कहता। लेकिन मैं उसे नई ग़ज़ल का जिबरईल इसलिए नहीं कर सकता कि वो दरअसल नई ग़ज़ल का पैग़ंबर है। बल्कि मैं तो ये जानता हूँ कि उर्दू में 'फ़िराक़', 'फ़ैज़' और 'नासिर काज़मी' की तलाफ़ी ज़फ़र इक़बाल का "रतबो-याबिस" कर देगा।

जी हाँ ज़फ़र इक़बाल नस्तअलीक़ और शिकस्ता दोनों तरह ग़ज़ल लिखना जानता है। सबसे बड़ी बात ये है कि ज़फ़र इक़बाल के कलाम की बुल-अजीबियाँ अच्छी लगती हैं, इसलिए कि वो उर्दू का दोस्त है, दुश्मन नहीं । हाँ ये है कि इस के कलाम में अपनी इन्फ़िरादियत है, अपनी ज़बान के रोड़े हैं, और बिलाशुबा उसने कहीं-कहीं मुहावरों के हाथ पाँव तोड़े हैं, ये सब कुछ किया है, लेकिन ख़ूब किया है।

कहीं-कहीं लफ़्ज़ों के तोता-मैना भी बनाए हैं और शहज़ादा जाने-आलम की तरह किसी तोते के पीछे शहज़ादी को देखने और उसे हासिल करने का चक्कर से न जाने कितने तिलिस्मात में लिए फिरा है, लेकिन बहर-हाल इस सारे तिलिस्मात से निकल कर ज़िंदा सलामत घर आ जाता है

क़मर जमील

ग़ुबार आलूद सिम्तों का सुराग़

मिज़गाने-तर को यार के चेहरे पे खोल 'मीर'
इस आ-बख़स्ता सब्ज़े को टुक आफ़ताब दे

नसरीन, आफ़ताब, आइशा, शानज़े, और नेहा के नाम

मैं अपने ख़्वाब यहाँ छोड़ जाऊँगा इक दिन
जो कर सको तो ज़रा देख-भाल कर लेना

बहुत बे-सूद है लेकिन अभी कुछ और दिन मुझको
सवादे-सुब्ह में रह कर शुमारे-शाम करना है

निशाँ देना है मैंने कुछ ग़ुबार आलूद सिम्तों का
कोई काफ़ी पुराना राज़ तश्त-अज़-बाम करना है

वही मंज़र बर्फ़ बरसने के, वही घड़ियाँ धूप निकलने की
सभी सिलसिला-वार सबीलें हैं तेरे मौसमे-राज़ में ढलने की

ये जो ख़्वाब ख़याल उम्मीदें हैं, ये जो वस्ल विसाल नवीदें हैं
मेरे साल सफ़र की कलीदें हैं तेरी रौशन राह पे चलने की

कहीं साअते-सब्ज़ का अक्स उड़े, कहीं गिर्या-ए-शाम की मौज मुड़े
कोई सई सईद हिजाब में है तेरा लम्स लिबास बदलने की

किसी सान गुमान करिश्मे पर कोई नक़्श लबों के लरज़ने का
किसी ख़ाब सराब समन्दर में कोई लहर लहू के उछलने की

ये जो ज़ख़्मों की फुल-झड़ियाँ हैं, यही सूरत सूरत कड़ियाँ हैं
इसी ख़ार ख़ुमार ख़राबे में मेरे गिरने और संभलने की

आराम हराम है मेरे लिए, यही शाम इनआम है मेरे लिए
तिरे हिज्र की आग में जलने की, इसी आग में फूलने-फलने की

वही मैं हूँ 'ज़फ़र' मेरी राह वही, मेरे दिल का ये संगे-सियाह वही
कहीं परदाए-ग़ैब में सूरत हो कोई इस पत्थर के पिघलने की

ग़ुबारे-आरज़ू में रौशनी है
तिरे दम से लहू में रौशनी है

धुंदलका है नई आबादियों पर
पुराने काख़ो-कू में रौशनी है

हुए जाते हैं रस्ते ख़ुद मुनव्वर
कि उसकी जुस्तजू में रौशनी है

अँधेरे में चमक उठता हूँ क्यूँ-कर
ये कैसी गुफ़्तुगू में रौशनी है

किसे मैंने पुकारा है सरे-शाम
'ज़फ़र', मेरे गुलू में रौशनी है

चमकती वुसअतों में जो गुले-सहरा खिला है
कोई कह दे अगर पहले कभी ऐसा खिला है

अज़ल से गुलशने-हस्ती में है मौजूद भी वो
मगर लगता है जैसे आज ही ताज़ा खिला है

बहम कैसे हुए हैं, देखना, ख़्वाब और ख़ुश्बू
गुज़रते मौसमों का आख़िरी तोहफ़ा खिला है

लहू में इक अलग अंदाज़ से मस्तूर था वो
सरे-शाख़े-तमाशा और भी तन्हा खिला है

कहाँ ख़ाके-मदीना और कहाँ ख़ाकिस्तरे-दिल
कहाँ का फूल था लेकिन कहाँ पर आ खिला है

कभी दिल पर गिरी थी शबनम इस्मे-मुहम्मद
मेरी हर साँस में कलियों का मजमूआ खिला है

यही रौज़न बनेगा एक दिन दीवारे-जाँ में
मेरे दिल में नदामत का जो इक लम्हा खिला है

यहीं तक लाई है ये ज़िंदगी-भर की मुसाफ़त
लबे-दरिया हूँ मैं और वो पसे-दरिया खिला है

बिखरता जा रहा है दूर तक रंगे-जुदाई
'ज़फ़र', क्या पूछते हो ज़ख़्मे-दिल कैसा खिला है

चलो इतनी तो आसानी रहेगी
मिलेंगे और परेशानी रहेगी

इसी से रौनक़े-दरियाए-दिल है
यही इक लहर तूफ़ानी रहेगी

कभी ये शौक़ ना-मानूस होगा
कभी वो शक्ल अंजानी रहेगी

निकल जाएगी सूरत आइने से
हमारे घर में हैरानी रहेगी

सुबक-सर हो के जीना है कोई दिन
अभी कुछ दिन गिराँ-जानी रहेगी

सुनोगे लफ़्ज़ में भी फड़फड़ाहट
लहू में भी पर-अफ़शानी रहेगी

हमारी गर्म-गुफ़्तारी के बा-वस्फ़
हवा इतनी ही बर्फ़ानी रहेगी

अभी दिल की सियाही ज़ोर पर है
अभी चेहरे पे ताबानी रहेगी

'ज़फ़र' मैं शहर में आ तो गया हूँ
मेरी ख़सलत ब्याबानी रहेगी

नहीं कि ज़ौक़े-समाअत बयाँ के बा'द हुआ
ज़ुबाँ का मो'जिज़ा क़त'ए ज़ुबाँ के बा'द हुआ

सफ़र की सिम्त का अंदाज़ा अब की बार मुझे
अगर हुआ तो कहीं दरमियाँ के बा'द हुआ

बड़ा मज़ा दिले-गुम-गश्ता की तलाश में है
ज़बां का फ़ायदा ज़ाहिर ज़ियाँ के बा'द हुआ

दिले-तबाह की उसने ख़बर न ली, लेकिन
ख़राब आप भी वो ख़ानमाँ के बा'द हुआ

रहा अगरचे ख़फ़ा, था तो शहर में मौजूद
बहुत उदास मैं उस बद-गुमाँ के बा'द हुआ

मेरे ज़वाल में मौसम की कोई क़ैद न थी
ख़िज़ाँ में हो न सका जो ख़िज़ाँ के बा'द हुआ

मुझे पता न चला, था मैं अपने ख़्वाब में गुम
शऊरे-बर्क़ मुझे आशियाँ के बा'द हुआ

अब इसमें गर्दे-सफ़र का क़ुसूर क्या है, 'ज़फ़र'
रवाना मैं ही अगर कारवाँ के बा'द हुआ

अभी आँखें खुली हैं और क्या-क्या देखने को
मुझे पागल किया उसने तमाशा देखने को

वो सूरत देख ली हमने तो फिर कुछ भी न देखा
अभी वरना पड़ी थी एक दुनिया देखने को

तमन्ना की किसे परवा, कि सोने जागने में
मयस्सर हैं बहुत ख़्वाबे-तमन्ना देखने को

बज़ाहिर मुतमइन मैं भी रहा उस अंजुमन में
सभी मौजूद थे, और वो भी ख़ुश था देखने को

अब उसको देखकर दिल हो गया है और बोझल
तरसता था यही देखो तो कितना देखने को

अब इतना हुस्न आँखों में सामाए भी तो क्यूँ-कर
वगरना आज उसे हमने भी देखा देखने को

छुपाया हाथ से चेहरा भी उस ना-मेहरबाँ ने
हम आए थे 'ज़फ़र', जिसका सरापा देखने को

ये फ़ैसला है कि ख़ुद से ख़फ़ा नहीं रहना
वो मिल गया तो फिर उससे जुदा नहीं रहना

हँसी ख़ुशी यूँही दिन काटना हैं फुर्क़त के
उदास फिरना नहीं, मुब्तिला नहीं रहना

वो रात रहने को आया था अपने घर से, मगर
जो मैंने पूछा तो कहने लगा, नहीं रहना

वही उम्मीदे-ख़राबी है तबअ से अपनी
अगरचे मौसमे-दिल एक सा नहीं रहना

ये कैफ़ियत है कि अब के ख़बर किसी को नहीं
कि क्या बहार में रहना है, क्या नहीं रहना

बग़ैर साँस लिए दिन गुज़ारना हैं कि अब
रहे अगर तू रहीने-हवा नहीं रहना

वो कारोबार करेंगे ख़ुदा के नाम पे हम
कि इस नवाह में नामे-ख़ुदा नहीं रहना

सियह ज़ुबां हूँ मैं, बच मेरी बददुआ से कि तू
नहीं रहेगा अगर कह दिया नहीं रहना

उम्मीदे-वस्ल ग़लत भी नहीं कि उस बुत ने
'ज़फ़र' हमेशा तो यूँ बेवफ़ा नहीं रहना

रुख़े-ज़ेबा इधर नहीं करता
चाहता है मगर नहीं करता

सोचता है, मगर समझता नहीं
देखता है, नज़र नहीं करता

बंद है उस का दर अगर मुझ पर
क्यों मुझे दर-ब-दर नहीं करता

हर्फ़े-इंकार और इतना तवील
बात को मुख़्तसर नहीं करता

न करे, शहर में वो है तो सही
मेहरबानी अगर नहीं करता

हुस्न उस का इसी मुक़ाम पे है
ये मुसाफ़िर सफ़र नहीं करता

जा के समझाएँ क्या उसे, कि 'ज़फ़र'
तू भी तो दरगुज़र नहीं करता

सराब देखने को, इंतिज़ार करने को
करो तो काम पड़े हैं हज़ार करने को

दिखाई देती हैं शक्ल अब वसूली की
कि उस से कर तो लिया है उधार करने को

वो रूठता रहे और हम उसे मनाया करें
कहा था किसने ये तक़सीमे-कार करने को

करेंगे हम भी, मगर, वक़्त चाहिए हमको
ये बे-हिसी की रविश इख़्तियार करने को

ख़ुद उसके दिल से उठेगी सदा तसल्ली की
बहुत कहो न उसे ए'तबार करने को

कलीदे-बोसा कहीं वो भी रख के भूल गया
यहाँ भी दिल नहीं मिलता निसार करने को

गुनाह-गार तो पहले करो हमें इक बार
हो बेक़रार बहुत संगसार करने को

उतार फेंकने को अब यही है चादरे-चश्म
वही है दामने-दिल तार-तार करने को

बिसाते-शौक़ ही उसने लपेट दी है, 'ज़फ़र'
उदास हो जिसे लिपटा के प्यार करने को

सीधा था मसअला मगर उल्टा समझ लिया
ग़ैरों का ग़ैर था जिसे अपना समझ लिया

अब के मुमानिअत भी इजाज़त लगी मुझे
दीवार थी कि जिसको दरीचा समझ लिया

उसकी भी उलझनें हैं, मसाइल हैं उसके भी
जलती थी आग, मैंने तमाशा समझ लिया

अपनी बुराईयों की ख़बर थी मुझे, मगर
उसने कहा तो मैंने भी अच्छा समझ लिया

मैं ही समझ सका न उस आईना-रू का भेद
वरना उसे तो जिसने भी देखा, समझ लिया

कहता है, सच बताएं, मुहब्बत है या मज़ाक़
उसने मुझे भी अपने ही जैसा समझ लिया

ना-मुम्किनात में से है वस्ल उस का ,ऐ 'ज़फ़र'
हैरान हूँ कि आपने भी क्या समझ लिया

नज़र को छोड़िये, सर्फ़े-नज़र ही मुम्किन है
क़याम कर नहीं सकते, सफ़र ही मुम्किन है

असर तो ख़ैर बड़ी बात है, कि इस बुत पर
बहुत करो तो गुमाने-असर ही मुम्किन है

हम एक-बार जो क़ाइल न कर सके उसको
तो इसलिए कि ये बारे-दिगर ही मुम्किन है

न और ऊँची सदा में पुकारना उसको
कि आजकल तो फ़क़त इस क़दर ही मुम्किन है

जिसे समझते रहे एक उम्र ना-मुमकिन
पता चला है कि वो सरबसर ही मुम्किन है

बता भी सकता हूँ कब तक भुला सकूँगा उसे
मगर, ये बात उसे देखकर ही मुम्किन है

वो मेहरबाँ है तो मिल लू जहाँ भी हो मुम्किन कि
अब के घर तो नहीं, रह-गुज़र ही मुम्किन है

फ़ुज़ूले-तूले-मुलाक़ात पर न कर इसरार
कि चल चुलाव है और मुख़्तसर ही मुम्किन है

हुनरवरी तो बहुत दूर की है बात, 'ज़फ़र'
अभी तो कोशिशे-ख़्वाबे-हुनर ही मुम्किन है

नज़र को छोड़िये, सर्फ़े-नज़र ही मुम्किन है
नहीं है ये भी मेरे इख़्तियार से बाहर

बरूने-ख़ाक नहीं मेरे नाम की तहरीर
निशाँ नहीं मेरा अक्से-ग़ुबार से बाहर

हिसाब उसका है दरपेश, हद नहीं जिसकी
शुमार उसका है जो है शुमार से बाहर

कसर निकालता है ख़ूब घर पहुंचते ही
मुझे कि रखता है वो इतने प्यार से बाहर

किसी ने रुख़ न किया उसके बाद जंगल का
न शेर ही कभी निकला कछार से बाहर

उम्मीद-वारे-करम हम भी थे वहाँ अब के
मगर, खड़े रहे शायद क़तार से बाहर

बस एक हसरते-हम-ख़्वाब दिल में थी, वो भी
निकल चुकी है लहू के मदार से बाहर

मैं एक उम्र से कोशिश में हूँ निकलने की
तिलिस्मे-दायरा-ए-इंतिज़ार से बाहर

दिखा हमें कभी उस का भी अस्ल चेहरा, 'ज़फ़र'
निकाल उसे भी हवस के हिसार से बाहर

यूँ भी नहीं कि मेरे बुलाने से आ गया
जब रह नहीं सका तो बहाने से आ गया

हम करके बात फँस गए अपने ही जाल में
कैसा पलट के तीर निशाने से आ गया

वो मरहला कि डरते रहे जिससे एक उम्र
ख़्वाबों के साथ ख़्वाब मिलाने से आ गया

आता न था कभी हमें अपना ख़याल कुछ
इतना भी उसके पास बिठाने से आ गया

क्या ला-तअल्लुक़ी से हुआ फ़ाइदा हमें
क्या उसके हाथ बात बढ़ाने से आ गया

अब जो सुलूक भी वो करे, है रवा उसे
क्यों मैं ही उठ के अपने ठिकाने से आ गया

कुछ और भी संपोलिए हक़दार थे, 'ज़फ़र'
मैं अपने आप उठ के खज़ाने से आ गया

सरकश सही, फ़िलहाल तो सर भी नहीं रखते
क्या अहले-नज़र हैं कि नज़र भी नहीं रखते

करते हैं गिला भी कि समर ही नहीं आता
कुछ राब्ता-ए-शाख़ो-शजर भी नहीं रखते

इक लर्ज़िशे-बेनाम है पहलू में गिरह-गीर
ज़ाहिर में कोई ख़ौफ़ो-ख़तर भी नहीं रखते

दुनिया से भी मुहतात हैं और दिल से भी मजबूर
रोते भी हैं और दीदा-ए-तर भी नहीं रखते

कुछ तो तेरे जाने का यक़ीं भी नहीं हमको
कुछ हम तेरे आने की ख़बर भी नहीं रखते

ये नाला-ए-दिल है कि असर ही नहीं करता
कर जाये तो हम ताबे-असर भी नहीं रखते

काफ़ी है यहाँ एक इशारा ही सफ़र का
कहते हो तो हम रख़्ते-सफ़र भी नहीं रखते

जिस दिन से उधर जाने से रोका है ज़रा सा
उस दिन से क़दम आप इधर भी नहीं रखते

शर्मिंदा बहुत हैं ज़फ़र इस ऐबे-सुख़न पर
और, इस के सिवा कोई हुनर भी नहीं रखते

अजीब सिलसिला-ए-रोज़गार रखते हैं
कि मो'तबर नहीं, और, ए'तबार रखते हैं

हमें है इशरते-आग़ाज़े-ख़्वाब ही काफ़ी
अगरचे ख़्वाहिशे-पायाने-कार रखते हैं

कुछ उसके लुत्फ़ो-करम का हिसाब है कोई
न अपनी हसरते-दिल का शुमार रखते हैं

अगर शहीदे-हवस हैं तो इस क़ुमाश के हम
कि जिसपे मरते हैं उसको भी मार रखते हैं

वो सामने हो तो बे-इख़्तियार हो जाये
हम अपने दिल पे यही इख़्तियार रखते हैं

यहाँ पे था तो ये ज़िद थी कि वो चला ही जाये
चला गया है तो अब इंतिज़ार रखते हैं

उसे ही आबो-हवा रास है मुहब्बत की
न हम ही मौसमे-दिल ख़ुशगवार रखते हैं

नजाने ख़त्म भी होगी कहीं ये बारिशे-ख़ाक
नज़र में गर्द है, दिल में ग़ुबार रखते हैं

चराग़े-चेहरा को बुझने नहीं दिया, कि 'ज़फ़र'
हम अपने गिर्द हवा का हिसार रखते हैं

छिपा हुआ ही सही ख़ौफ़े-ख़्वाब के पीछे
निकल पड़ूँगा कभी आफ़ताब के पीछे

बदन में ख़ाक उड़ाती हैं आँधियाँ क्या-क्या
जो देख लो कभी इस आबो-ताब के पीछे

है वो भी ज़हर, मगर ज़ायक़ा तो बदलेगा
बहुत सकूँ न सही इज़्तिराब के पीछे

दबा रखी है वो तहरीर ख़्वाबे-दिल में कहीं
छिपा रखा है वो मंज़र किताब के पीछे

लहू की लहर थी या सोच की कोई सिलवट
लरज़ रही थी कोई शय शराब के पीछे

जियेंगे-कशमकशे-ज़िंदगी में क्या आख़िर
मरे जो फिरते हैं ख़त के जवाब के पीछे

अजब नहीं है अगर मार ही गिराएँ उसे
जो फ़ाख़ताएँ लगी हैं उक़ाब के पीछे

भुला रखा नहीं यूँही ख़ुदा की दुनिया को
पड़े हुए नहीं यूँही जनाब के पीछे

'ज़फ़र', जो हो नहीं सकता उसी के दरपे हो
फ़ुज़ूल भाग रहे हो सराब के पीछे

जिसे भी उस पे है दा'वाए-जब्र, बकता है
हवा है वो तो, उसे कौन रोक सकता है

बस एक-बार पड़ा था उस आफ़ताब का अक्स
ये दिल, ये संगे-सियह-रात भर चमकता है

ये इत्तिफ़ाक़ नहीं है जो रंगे-ज़र्द उसका
कभी कभी मेरे चेहरे से भी झलकता है

कहीं छुपाए भी छुपती नहीं ख़ुशी उसकी
ग़म उसकी गोद में बच्चा सा जब हुमकता है

नहीं है सब्र की गुंजाइश इस क़दर दिल में
मगर, अभी ये पियाला कहाँ छलकता है

मैं क़त्ल होके भी ख़ुश्बू बिखेरता हूँ, 'ज़फ़र'
लहू गुलाब की सूरतरत पड़ा महकता है

नज़र का फेर है या माल ही कुछ ऐसा था
कि हम तो भूल गए चाल ही, कुछ ऐसा था

कोई बचाव की सूरत न थी कहीं बाक़ी
बुरे फँसे हैं, कि वो जाल ही कुछ ऐसा था

तमाम शहर सलामत है मेरे घर के सिवा
यक़ीन कीजिये, भूंचाल ही कुछ ऐसा था

कुछ अपने आप पर क़ाबू भी चाहिए, ऐ दिल
लबों का रंग अगर लाल ही कुछ ऐसा था

यूँही तो पूछता फिरता नहीं था लोगों से
कि उन दिनों में मेरा हाल ही कुछ ऐसा था

मैं ख़ुद भी उससे निकलना न चाहता था अभी
न पूछिए, कि वो जंजाल ही कुछ ऐसा था

जो ज़ुल्म उसने किए, उनका ज़िक्र क्या कीजे
हमारी उम्र में ये साल ही कुछ ऐसा था

उसे हमारी मुहब्बत पे शक बजा था, 'ज़फ़र'
हमारा नामा-ए-आमाल ही कुछ ऐसा था

मंज़र, ज़फ़र खुलें ही खुलें आफ़ताब के
उड़ने लगे हवा में किनारे नक़ाब के

होंटों से छू भी ले, मगर आँखों को बंद रख
तुग़्यानियों में हैं ये समन्दर सराब के

कॉलेज से उसको काम बहुत था मिला हुआ
मैंने भी कुछ सवाल निकाले हिसाब के

कुछ भर दिया है ख़्वाहिशे-ख़ाली में रंगे-दिल
कुछ पुर किये हैं बैठ के नक़्शे निसाब के

नश्शा था टुंड-मुंड दरख़्तों के आर-पार
थे उसके शॉर्ट कोट पे छींटे शराब के

बत्ती बुझी तो गदले अँधेरे में और भी
चमके हुरूफ़े-गर्मो-गुदाज़ ईस किताब के

इस शौक़े-बेमुहार का अंजाम हो बख़ैर
अच्छे नहीं लहू में भँवर माहताब के

यूलाझी हुई हैं सर में सदाओं की गुच्छियाँ
या पाँव में खुबे हुए टुकड़े हैं ख़्वाब के

आँखों में सुर्ख़ियों का सफ़र रुक गया, 'ज़फ़र'
देखा तो हम असीर थे नीले गुलाब के

पत्तों की तरह ज़र्द बिखरना तो चाहिए
शहरे-शबे-ख़िज़ाँ से गुज़रना तो चाहिए

डूबे हुओं को तुर्रा-ए-तूफ़ाँ ने ये कहा
सैले-सफ़र के साथ उभरना तो चाहिए

कुछ ज़िंदगी का ज़ायक़ा बदले किसी तरह
या'नी किसी के नाम पे मरना तो चाहिए

ले ही मरेंगे कुछ न कुछ, अपना ज़ियाँ है क्या
कुछ रोज़ दर पे उसके पिसरना तो चाहिए

हो जिसके घर भी चोर हमारा छिपा हुआ
इल्ज़ाम सारे शहर पे धरना तो चाहिए

आँखों में रंगे-तीरगी-ए-आबे-सब्ज़ हो
आख़िर वो नक़्शे-नाब निखरना तो चाहिए

साहिल से मौज मौज बदन का शुमार क्या
उस बहरे-बे-सदा में उतरना तो चाहिए

होगा वही जो दिल ने कहा बाबे-वस्ल में
डरने की बात और है, डरना तो चाहिए

पकड़े गए तो वो भी भुगत लेंगे, ऐ 'ज़फ़र'
फ़िलहाल उसके आगे मुकरना तो चाहिए

ग़ुबार आलूद सिम्तों का सुराग़

खोलिए आँख तो मंज़र है नया और बहुत
तू भी क्या कुछ है, मगर तेरे सिवा और बहुत

जो ख़ता की है जज़ा ख़ूब ही पाई उसकी
जो अभी की ही नहीं, उसकी सज़ा और बहुत

ख़ूब दीवार दिखाई है ये मजबूरी की
यही काफ़ी है, बहाने न बना और बहुत

देख, रह जाये न हसरत कोई दिल में तेरे
शोर कर और बहुत, ख़ाक उड़ा और बहुत

हम चले जाएँ तो क्या फ़र्क़ पड़ेगा तुझको
शहर बसता रहे, गलियों में गदा और बहुत

सर सलामत है तो सजदा भी कहीं कर लेंगे
जुस्तजू चाहिए, बंदों को ख़ुदा और बहुत

क्यों पशेमान फिरो तर्के-हया पर इतने
और बाज़ार से ले आओ, हया और बहुत

इश्क़ वो तुरफ़ा लतीफ़ा रहा, इस बार, कि मैं
उसने दोबारा सुनाया तो हँसा और बहुत

सर में छक्कड़ जो चला करता है दिन रात, 'ज़फ़र'
ये गिराएगा अभी बर्गे-नवा और बहुत

ज़फ़र इक़बाल

कश्ती हवस हवाओं के रुख़ पर उतार दे
खोए हुओं से मिल, ये दलिद्दर उतार दे

बे-सम्त की उड़ान है शोख़ी शबाब की
इस छत पे आज तू ये कबूतर उतार दे

में इतना बदमआश नहीं, या'नी खुल के बैठ
चुभने लगी है धूप, स्वेटर उतार दे

दिन रात यूँ न ख़ौफ़ का गठ्ठर उठाए फिर
ये बोझ अपने सर से झटक कर उतार दे

उसकी ही आबो-ताब से रौशन हो रेगे-दिल
ये तेग़ मेरे सीने के अंदर उतार दे

चेहरे से झाड़ पिछले बरस की कदूरतें
दीवार से पुराना कैलिंडर उतार दे

ये बात ज़र्फ़ की नहीं, है मावराए-ज़र्फ़
चाहे तो इस कुँवें में समन्दर उतार दे

लोगों के साथ मेरी लड़ाई है आजकल
बेहतर है मुझको शहर से बाहर उतार दे

तो ख़ुद तो सात पर्दों में मस्तूर है, 'ज़फ़र'
मलबूस तेरे आगे वो क्यूँ-कर उतार दे

ज़फ़र इक़बाल

जो थे अमीर अब उनको फ़क़ीर तो देखो
रिहा किए हुए अपने असीर तो देखो

हमारा एक नज़र देखना भी था मा'यूब
और, अब ये सिलसिला-ए-दारो-गीर तो देखो

वो ज़र्फ़ था कि लुटे इब्तिदाए-इश्क़ में हम
ठहर तो जाओ, हमारा अख़ीर तो देखो

हम उससे कुछ भी नहीं चाहते, वो है तो सही
हमारी ख़ाके-तलब का ख़मीर तो देखो

हँसी मज़ाक़ तो ज़ाहिर का रंग है उसका
जो उसके दिल में तराज़ू है तीर तो देखो

'ज़फ़र', ग़लत है कि मैं उसको पा नहीं सकता
ये मेरे हाथ पे उसकी लकीर तो देखो

सो भी तमाम गर्मिए-बाज़ार का बदन
याक़ूते-लब पे गौहरे-गुफ़तार का बदन

हर शाम दायरे से बनाता है मेरे गिर्द
इस जिस्मे-जाँ-गुदाज़ के इसरार का बदन

चमकेगा फिर हवाए-बयाबां की रात में
रेगे-हवस पे वादा-ए-दीदार का बदन

दिल में घुला है टूटती रातों का ज़हरे-ज़र्द
पिघला है सर में सुब्ह के आसार का बदन

फैले हुए हैं काई-ज़दा लफ़्ज़ हर तरफ़
है दरमियाँ में हसरते-इज़हार का बदन

फिरता है गर्द-बाद की सूरत कहाँ-कहाँ
दिल की फ़िज़ा में ख़ाके-ख़बरदार का बदन

आग़ाज़े-शीशा-रंग, तमन्ना की अबतरी
पानी का फूल, अक्से-गिरफ़्तार का बदन

दरिया तो अपना आप है, कैसे उबूर हो
बे-शक पुकारता रहे उस पार का बदन

मख़फ़ी है उसकी रम्ज़ बदन-दर-बदन, 'ज़फ़र'
इनकार के बदन में है इक़रार का बदन

देखते-देखते वीराँ हुए मंज़र कितने
उड़ गए बामे-तमन्ना से कबूतर कितने

हम ज़रा सब्र जो करते तो वो ख़ुद कह देता
बन गए कि के वही बात सुबक-सर कितने

लड़कियाँ सुनती नहीं, देखती रहती हैं उसे
रोज़ बेकार चले जाते हैं लेक्चर कितने

कोई मतलब है मुहब्बत का न मक़सद है कोई
ज़ाइके हैं, मगर इस ज़हर के अंदर कितने

उससे माँगा न कभी ख़ूने-तमाशा का हिसाब
उससे पूछा न कभी हैं तेरे पैकर कितने

एक उम्मीद कि झूटी ही सही, पर देखो
इसी उम्मीद से रौशन हैं यहाँ घर कितने

क्यों न झगड़ा हो यहाँ उर्से-ग़ज़ल पर हर बार
क़ब्र है एक 'ज़फ़र', और मुजावर कितने

ऐसा नहीं दादे-हुनर दीजिये मुझे
इक बार शर्मसार तो कर दीजिये मुझे

मेरी तो ख़ामियाँ हुईं सब आशकार, अब
अपनी भी ख़ूबियों की ख़बर दीजिये मुझे

दरपेश है, मुसाफ़ते-मौहूम ही सही
कुछ आप भी तो ज़ादे-सफ़र दीजिये मुझे

ता'रीफ़ को तलब ही समझ लीजिये, मगर
ता'ना तो ये न शामो-सहर दीजिये मुझे

बदनाम हूँ, बुरा हूँ, ग़लत हूँ, ग़रीब हूँ
मौक़ा तो एक-बार, मगर दीजिये मुझे

बे-फ़ाइदा है जाल बिछाना यहाँ ,'ज़फ़र'
अच्छा ही मश्वरा है अगर दीजिये मुझे

लर्ज़िशे-परदाए-इज़हार का मतलब क्या है
है ये दीवार तो दीवार का मतलब क्या है

जिसका इनकार हथेली पे लिए फिरता हूँ
जानता ही नहीं इनकार का मतलब क्या है

एक-बार उसने अगर दे ही दिया साफ़ जवाब
फिर उस बात पे इसरार का मतलब क्या है

बेचना कुछ नहीं उसने तो ख़रीदार हैं क्यों आख़िर
इस गर्मिए-बाज़ार का मतलब क्या है

उसकी राहों में बिखर जाये ये ख़ाकिस्तरे-चश्म
और अपने लिए दीदार का मतलब किया है

रब्त बाक़ी नहीं अलफ़ाज़ो-मआनी में, 'ज़फ़र'
क्या कहें इससे कि इस प्यार का मतलब क्या है

अब तो ये इंतिज़ाम रखना है
काम से अपने काम रखना है

नश्शा उन ख़्वाब-ख़्वाब आँखों का
अपने ऊपर हराम रखना है

वो भी हैं रख रखाव के क़ाइल
हमको भी एहतिराम रखना है

उसके साँचे में ढालने के लिए
तबअ को हमने ख़ाम रखना है

उसका मक़सद असीर करना नहीं
इक ज़रा ज़ेरे-दाम रखना है

उसने पैदा किया सवाल, 'ज़फ़र'
मैंने अब उस का नाम रखना है

बस्ती में है पानी तो नगर में भी है पानी
जल-थल नहीं बाज़ार ही, घर में भी है पानी

ये छत है कि छलनी है कोई, उसके अलावा
दीवार में मरता है तो दर में भी है पानी

सामान तो भीगा है कि बचता न किसी तौर
सामाँ के, मगर, ज़ेरो-ज़बर में भी है पानी

वो टूट के बरसा है, बहा ले गया हर शय
पानी में ज़रर है तो ज़रर में भी है पानी

खाता भी है लबरेज़, खतौनी भी लबालब
मैदान में भी, राहगुज़र में भी है पानी

पहुँचे कोई क्या, पाँव की ज़ंजीर है बारिश
देखे कोई क्या, ज़र्फ़े-नज़र में भी है पानी

उस हुस्न की आँखों के उफ़ुक़ पर भी हैं बादल
इस ज़ुल्फ़ के पेचीदा भँवर में भी है पानी

किस तरह ख़यालात शराबोर न होते
सोचो तो यहाँ कासा-ए-सर में भी है पानी

चुप रहिये तो बस डूबते ही जाइये हर-दम
कहिये तो ज़फ़र अर्ज़े-हुनर में भी है पानी

घोंसलें, शाख़ें, समर, सारा शजर पानी में है
क्या वज़ाहत हो कि क्या कुछ सर-बसर पानी में है

सर पर था सामाँ कि फिर बारिश ने आ घेरा हमें
जो निकाला था अभी, बारे-दिगर पानी में है

ता'ने देता था कभी ख़ाना-बदोशी के हमें
आज उस बे-मेहर का अपना भी घर पानी में है

हर कोई बाराँ गज़ीदा है, जहाँ भी, जो भी हो
ये इधर बौछार में है, वो उधर पानी में है

जो जहाँ मौजूद है इसको ग़नीमत जान लो
जो कहीं गुम हो गया उसकी ख़बर पानी में है

एक ही सफ़ में हैं, किसका हो बयाँ, किसका न हो
मो'तबर पानी में है, ना-मो'तबर पानी में है

और क्या मज़कूर हो, इतना समझ लीजिये, अगर
ज़िंदगी है इक सफ़र, रख़्ते-सफ़र पानी में है

उसका ही कुछ बच रहा हो डूबने से, देखना
क्या कहें, अपना तो सब ऐबो-हुनर पानी में है

आज़मा ले वो हमारे हौसले बे-शक, 'ज़फ़र'
देखना है, आप भी वो किस क़दर पानी में है

ये फ़र्दे-जुर्म है मुझ पर कि उससे प्यार करता हूँ
मैं इस इल्ज़ाम से फ़िलहाल तो इनकार करता हूँ

झटक देना है ख़्वाबे-वस्ल का हर रंग आँखों से
ये कोशिश, क्या कहूं, हर-रोज़ कितनी बार करता हूँ

सुला देता हूँ दिल में थपकियाँ देकर मुहब्बत को
बजाए उसके फ़र्ज़ी नफ़रतें बेदार करता हूँ

सभी हैरान हैं क्या था वो समझोता जुदाई का
न वो ऐ'लान करता है न मैं इज़हार करता हूँ

अजब क्या है अगर घाटा पड़ा मुझको मुहब्बत में
ये कारोबार है, और मैं ये कारोबार करता हूँ

बंधे वो ज़ोर ज़फ़र ख़ाक की रवानी के
कि रंग बुझने लगे ख़ून की निशानी के

खुले बदन की ज़बां से कभी पुकार उसको
उठा मज़े भी कभी अपनी बे-ज़बानी के

उलझ नहीं, रविशो-रंग का तमाशा कर
जिधर से आए, सभी रास्ते हैं पानी के

फिर आई थी वही लफ़्ज़ों की तुंदो-तेज़ हवा
उड़ा के ले गई ज़र्रे ज़रे-मआनी के

फ़लक पे चाँद बनी आमदे-ख़िज़ाँ की ख़बर
ज़मीं का रिज़्क़ हुए राज़ गुल-बयानी के

लबों पे ज़ायक़ा है मर्गे-शहद मंज़िल का
रगों में दौड़ते हैं ज़हर ज़िंदगानी के

लरज़ गया है कोई शाख़-शाख़ जिस्म, 'ज़फ़र'
चमक उठे हैं कहीं नक़्श नौजवानी के

होता रहेगा यूँही नज़ारा कि अब नहीं
पहले ही कब था अपना गुज़ारा कि अब नहीं

छोड़ा है जबसे उसने वो अंदाज़े-इलतिफ़ात
हमने भी कर लिया है किनारा कि अब नहीं

वो चाँद फिर चढ़ेगा कभी, पूछता है दिल
कहता है शामे-हिज्र का तारा कि अब नहीं

धड़केगा जब तक उसकी इजाज़त रही ये दिल
रुक जाएगा जब उसने पुकारा कि अब नहीं

राज़ी रहेंगे उसकी रज़ा पर इसी तरह
कहना पड़े न उसको दोबारा कि अब नहीं

हम इतने अक़्लमंद न होंगे, मगर 'ज़फ़र'
काफ़ी था उस का एक इशारा कि अब नहीं

वो कोई ख़्वाबे-परीशाँ था, मुहब्बत क्या थी
याद भी अब तो नहीं है मेरी हसरत क्या थी

मेरी आशुफ़्ता-सरी का भी न था कोई जवाज़
ग़म-ज़दा रहने की इसको भी ज़रूरत क्या थी

मुस्कुरा देने पे उसका तो कभी कुछ न लगा
देख लो, हमने अदा की है जो क़ीमत क्या थी

उसकी तरदीद बहर-हाल बजा थी, वरना
सभी मा'लूम है उसको भी, हक़ीक़त क्या थी

अब कहीं तमग़ा-ए-रुस्वाई मिला उसके तुफ़ैल
शहर में वरना 'ज़फ़र' आपकी इज़्ज़त क्या थी

कुछ हम में परखने का सलीक़ा भी नहीं था
ज़ालिम तो वो था ही, मगर इतना भी नहीं था

जब घर से चले थे तो ये हालत थी हमारी
दामन में कोई तारे-तमन्ना भी नहीं था

हासिल थीं उसे जुमला तफ़ासील हमारी
जब हमने उसे ग़ौर से देखा भी नहीं था

बेबस था तो दा'वे ही न वो बाँधता इतने
अब इस पर मुसिर है कि वो धोका भी नहीं था

आगे नहीं बढ़ना है तो वापिस ही पलट जाये
ये इश्क़ नहीं था तो तमाशा भी नहीं था

मैं ज़र्द आग न पानी के सर्द डर में रहा
रहा तो सोई हुई ख़ाक के ख़तर में रहा

वो गर्द बाद कि दिल की ज़ुबाँ का ज़ायक़ा है
नज़र उफ़ुक़ पे हुवैदा हुआ न सर में रहा

कि शामिल उसमें मेरी लर्ज़िशे-ख़याल भी थी
जो अस्ल छोड़ के मैं अक्स के असर में रहा

तेरे लिबास पे हो उसकी वापसी की चमक
जो एक उम्र तेरे ख़ून के सफ़र में रहा

घिरा था चारों तरफ़ धूड़ की क़नात सा मैं
मगन ज़माना किसी नक़्शे-तर-बतर में रहा

उस एक लम्हे की गुम-गश्तगी पे ख़ुश हैं सभी
जो हश्र बनके मेरे संगे-बे शरर में रहा

ये शहर ज़िंदा है, लेकिन हर एक लफ़्ज़ की लाश
जहाँ कहीं से उठी, शोर मेरे घर में रहा

चपातियाँ थीं बंधी पेट पर, मगर शब-भर
उभरता डूबता मैं भूक के भँवर में रहा

कहाँ से, कैसे, किसे, कौन ले उड़ा था, 'ज़फ़र'
जो आधी रात को रौला सा दश्तो-दर में रहा

मिलूँ उससे तो मिलने की निशानी माँग लेता हूँ
तकल्लुफ़-बरतरफ़, प्यासा हूँ, पानी माँग लेता हूँ

सवाले-वस्ल करता हूँ कि चमकाऊँ लहू दिल का
मैं अपना रंग भरने को कहानी माँग लेता हूँ

ये क्या अहले-हवस की तरह हर शय माँगते रहना
कि मैं तो सिर्फ उसकी मेहरबानी माँग लेता हूँ

वो सैरे-सुब्ह के आलम में होता है तो में उससे
घड़ी-भर के लिए ख़्वाबे-जवानी माँग लेता हूँ

जहाँ रुकने लगे मेरे दिले-बीमार की धड़कन
मैं उन क़दमों से थोड़ी सी रवानी माँग लेता हूँ

मेरा मे'यार मेरी भी समझ में कुछ नहीं आता
नए लम्हों में तस्वीरें पुरानी माँग लेता हूँ

ज़ियाँ-कारी 'ज़फ़र' बुनियाद है मेरी तिजारत की
सुबक-सारी के बदले सरगिरानी माँग लेता हूँ

दरूने-ख़ाना कि बैरूने-दर ज़रूरत हो
बुरीदा दस्ते-तलब हैं जिधर ज़रूरत हो

चलो तुम्हें तो ज़रूरत न थी मुहब्बत की
हमीं से पुछते, शायद इधर ज़रूरत हो

दिखाई देते रहो एक-बार तो दिन में
अगरचे तुम मेरी शामो-सहर ज़रूरत हो

छुपाए फिरता हूँ ख़ुद को तुम्हारी ख़्वाहिश पर
मैं हो भी सकता हूँ ज़ाहिर अगर ज़रूरत हो

ये दिल की ग़ैर ज़रूरी ज़रूरतें, या'नी
तुम आओ भी नहीं, और सर-बसर ज़रूरत हो

मिले कहीं तो 'ज़फ़र' से ये पूछ लेना ख़ुद
सवाल करता नहीं, क्या ख़बर ज़रूरत हो

खिड़कियाँ किस तरह की हैं, और, दर कैसा है वो
सोचता हूँ, जिसमें वो रहता है, घर कैसा है वो

कैसी वो आबो-हवा है जिसमें वो लेता है साँस
आता जाता है वो जिस पर रह-गुज़र कैसा है वो

कौन सी रंगत के हैं उसके ज़मीनो-आसमाँ
छाँव है जिसकी यहाँ तक भी, शजर कैसा है वो

इक नज़र में ही नज़र आ जाएगा वो सर-बसर
फिर भी उसको देखना, बारे-दिगर कैसा है वो

में तो उसके एक इक लम्हे का रखता हूँ शुमार
और, मेरे हाले-दिल से बे-ख़बर कैसा है वो

उस का होना ही बहुत है, वो कहीं है तो सही
क्या सरोकार इससे है मुझको, 'ज़फ़र', कैसा है वो

कब वो ज़ाहिर होगा और हैरान कर देगा मुझे
जितनी भी मुश्किल में हूँ, आसान कर देगा

रू-ब-रू करके कभी अपने महकते, सुर्ख़ होंट
एक दो पल के लिए गुल-दान कर देगा मुझे

रूह फूँकेगा मुहब्बत की मेरे पैकर में वो
फिर वो अपने सामने बे-जान कर देगा मुझे

ख़्वाहिशों का ख़ूँ बहायगा सरे-बाज़ारे-शौक़
और मुकम्मल बे-सरो-सामान कर देगा मुझे

मुनहदिम कर देगा आकर सारी ता'मीराते-दिल
देखते ही देखते वीरान कर देगा मुझे

एक ना-मौजूदगी रह जाएगी चारों तरफ़
रफ़्ता-रफ़्ता इस क़दर सुनसान कर देगा मुझे

या तो मुझसे वो छुड़ा देगा ग़ज़ल-गोई, 'ज़फ़र'
या किसी दिन साहिबे-दीवान कर देगा मुझे

बहुत कुछ हो तो सकता है, मगर, कुछ भी नहीं होगा
मुझे मा'लूम है उस पर असर कुछ भी नहीं होगा

मुसाफ़त में किसी ला-हासिली का रंग है शामिल
कि यूँ लगता है, अंजामे-सफ़र कुछ भी नहीं होगा

रुतों पर जैसे छा जाएगा उसके हिज्र का मौसम
शजर होंगे, मगर, अब के समर कुछ भी नहीं होगा

कशाकश दल के अंदर है कहीं, और जिस क़दर भी है
यहीं रह जाएगी, बैरूने-दर कुछ भी नहीं होगा

हटाता क्यों नहीं चेहरे से ये इसरार की चादर
बताता क्यों नहीं मुझको अगर कुछ भी नहीं होगा

मैं देखूँगा उसे, और, देखता रह जाऊँगा यक्सर
नज़र होगी न अंदाज़े-नज़र, कुछ भी नहीं होगा

वो आँखों का अंधेरा हो कि होंटों का उजाला हो
मुझे अंदाज़ा-ए-शामो-सहर कुछ भी नहीं होगा

मुहब्बत, और, मुहब्बत करने वाले कम नहीं, लेकिन
उधर ही जाएगा ये दिल जिधर कुछ भी नहीं होगा

'ज़फ़र', करना पड़ेगा उसको पहली बार ही क़ाइल
न हो पाया तो फिर बारे-दिगर कुछ भी नहीं होगा

सरे-शाख़सारे-गुलाब है कि सराब है
मेरे सामने ये किताब है कि सराब है

कोई प्यास है मेरी ख़्वाहिशों में रुकी हुई
कहीं दूर चश्मा-ए-आब है कि सराब है

ये तिलिस्मे-ख़्वाबे-विसाल है कि है वाहिमा
ये लहू में ज़ोरे-शबाब है कि सराब है

वही ना-शनास हूँ उसके नीम सुख़न का मैं
कि सवाल है कि जवाब है कि सराब है

किसी लब पे हर्फ़े-हिजाब है कि फ़ुसूँ कोई
किसी रुख़ पे नाज़े-नक़ाब है कि सराब है

तेरी उँगलियों का शुमार है मरे रू-ब-रू
कि ये हुस्न है कि हिसाब है कि सराब है

मुझे क्या ख़बर कि ये इतने दूर की दोस्ती
कोई रंजे-ख़ाना-ख़राब है कि सराब है

वही ख़स्तगी का ख़ुमार है मेरे चारसू
तेरे वस्त में मेरा ख़्वाब है कि सराब है

वो हमारा नक़्शे-नियाज़ था कि नहीं, 'ज़फ़र'
ये किसी का अक्से-इताब है कि सराब है

रफ़्ता-रफ़्ता इस दिल से जो मुहब्बत माँद पड़ी
यूँ महसूस हुआ हर एक ज़रूरत माँद पड़ी

धारों-धार बरसने वाला बादल ख़ुश्क हुआ
ख़्वाबों-ख़्वाब चमकने वाली सूरत माँद पड़ी

आहिस्ता-आहिस्ता सारे मंज़र धूल हुए
आँखों में इक नौ-ता'मीर इमारत माँद पड़ी

पहले तो उतरी उस नग़मा-नवाज़ आवाज़ की आब
फिर उस शोख़ के ताज़ा ख़त की इबारत माँद पड़ी

रात में दिन सा कर देता था याद का रौशन लम्स
फिर वो मौसम बदला, और, वो मोहलत माँद पड़ी

तंग पड़े जब आख़िर अपने जोशे-जुनूँ से हम
जंगल से वापस घर आई, वहशत माँद पड़ी

शुक्र करो, इन आँखों का वो ख़ौफ़ तमाम हुआ
और, 'ज़फ़र', इस ख़ाली दिल की दहश्त माँद पड़ी

हुस्न के इनकार से भी कुछ तो परदा रह गया
मैं भी काफ़ी मुतमइन हूँ, वो भी अच्छा रह गया

दिल में उसके मोमबत्ती सी जलाई भी, मगर
रौशनी के बावजूद इतना अंधेरा रह गया

क्या-किया जाए कि समझोता यही था उसके साथ
उस का ख़त वापस किया उसको, लिफ़ाफ़ा रह गया

ख़ूबसूरत है तो उतना ही कमीना भी है वो
एक भी दिल ने न मानी, मैं तो कहता रह गया

देखने आता भी है छोड़े हुए इस शहर को
या'नी उसके बा'द क्या उजड़ा है, कितना रह गया

मोड़ कर दरिया को दुश्मन ले गए अपनी तरफ़
और, इधर रूए-ज़मीं पर दाग़े-दरिया रह गया

और घर देखो कोई, उसके तो चेहरे पर, 'ज़फ़र'
रंगे-दिल बाक़ी नहीं अब, रंगे-दुनिया रह गया

जुर्मे-दिल की सज़ा नहीं देता
क्यों कोई फ़ैसला नहीं देता

ख़्वाबे-हसरत हूँ, देखता नहीं वो
ख़ाके-दिल हूँ, उड़ा नहीं देता

इस क़दर एहतियात है उस में
ढूँढता है, सदा नहीं देता

मेरी रखता है सब ख़बर, लेकिन
ख़ुद कहाँ है, पता नहीं देता

देखना अब तो सिर्फ ये है कि दिल
उसे कब तक भुला नहीं देता

जा के इसको क्या वकील, 'ज़फ़र'
जो कोई मश्वरा नहीं देता

बेवफ़ाई करके निकलूं या वफ़ा कर जाऊँगा
शहर को हर ज़ाइक़े से आश्ना कर जाऊँगा

तू भी ढूँडेगा मुझे शौक़े-सज़ा में एक दिन
मैं भी कोई ख़ूबसूरत सी ख़ता कर जाऊँगा

मुझसे अच्छाई भी मत कर मेरी मर्ज़ी के ख़िलाफ़
वरना मैं भी हाथ कोई दूसरा कर जाऊँगा

मुझमें हैं गहरी उदासी के जरासीम इस क़दर
मैं तुझे भी इस मरज़ में मुब्तिला कर जाऊँगा

शोर है इस घर के आँगन में 'ज़फ़र' कुछ रोज़ और
गुम्बदे-दिल को किसी दिन बे-सदा कर जाऊँगा

फ़िक्र कर ता'मीरे-दिल की, वो यहीं आ जाएगा
बन गया जिस दिन मकाँ, ख़ुद ही मकीं आ जाएगा

ख़ुद भी वो चालाक है, लेकिन अगर हिम्मत करो
पहला पहला झूट है, उसको यक़ीं आ जाएगा

कौन सा हम रोज़-रोज़ उसको बुलाते हैं यहाँ
बे-मुरव्वत है, मगर, इतना नहीं, आ जाएगा

हमसे मिल लेने का मतलब ये नहीं होगा कि अब
हर कोई उसको बुला ले, हर कहीं आ जाएगा

ज़ख़्मे-दिल तो सात पर्दों में छिपा होगा कहीं
और, सबके सामने दाग़े-जबीं आ जाएगा

हम तो समझे थे कि इस लश्कर-कशी से हुस्न का
कुछ इलाक़ा और भी ज़ेरे-नगीं आ जाएगा

अब तो जैसे ख़ुद भी आना चाहता है वो, 'ज़फ़र'
घर, गली, होटल जहाँ चाहो वहीं आ जाएगा

मुसाफ़िरत को बहाना अगर बना लेता
वो मेरी आँखों में इक रह-गुज़र बना लेता

गुनाहगार जो होती मेरी नज़र इक बार
वहीं मैं शाख़े-तमाशा पे घर बना लेता

लिए तो चलते वो दीवारे-संग तक मुझको
मैं चूमता उसे और उस में दर बना लेता

ग़रज़ कुछ और न थी दिल के इस घरौंदे से
वो तोड़ देता, मैं बारे-दिगर बना लेता

तलाशे-यार में फिरना ही था मेरी क़िस्मत
तो फिर में अपना ठिकाना किधर बना लेता

कभी वो मुहरे-ख़मोशी को तोड़ता भी, 'ज़फ़र'
वो झूट बोलता, और, मैं ख़बर बना लेता

ख़ुश है वो दे के हमें ख़्वाब सुहाने ख़ाली
पास आता नहीं, करता है बहाने ख़ाली

बैठता वो भी नहीं एक जगह पर जम कर
और, जाने लगे अपने भी निशाने ख़ाली

जाऐंगे हम वहाँ सिर्फ उसकी ज़ियारत करने
आएगा वो यहाँ क़िस्से ही सुनाने ख़ाली

दिल के हमसाये में निकलो तो नज़र आएँगे
घर कई और भी तारीक, पुराने, ख़ाली

काम कुछ कीजिये, बेगारे-मुहब्बत ही सही
बैठे रहने से तो हो जाएँ खज़ाने ख़ाली

शामे-शनवाई तरसती है दरीचे से अलग
जामे-रुस्वाई लरज़ता है सिरहाने ख़ाली

बुझ गईं ख़्वाबे-तमन्ना से छलकती आँखें
शहर बर्बाद हुआ, और, ठिकाने ख़ाली

दिलसेग़ायबहुआउसशक्ले-ख़ुश-आग़ाज़काविर्द
रह गए हाथ में तस्बीह के दाने ख़ाली

क्या करें, उम्र ही इतनी थी मुहब्बत की, 'ज़फ़र'
गुज़रे इसमें भी कई एक ज़माने ख़ाली

क़याम है अभी, सूए-सफ़र भी आता हूँ
मैं इस तरफ़ से तो होलूँ, उधर भी आता हूँ

कोई मुझे भी वहाँ अपने साथ ले जाये
मैं रास्ते पे इस उम्मीद पर भी आता हूँ

तुम्हारी बज़्म में होना है जो सुलूक, उसकी
मुझे ख़बर भी है, और, बे-ख़बर भी आता हूँ

किया तो है मुझे गुमराह भी मुहब्बत ने
मैं घूम फिर के, मगर, अपने घर भी आता हूँ

कुछ अपने ज़ाहिरो-बातिन को आप भी देखें
कि मैं तो जैसा हूँ वैसा नज़र भी आता हूँ

जहाँ-जहाँ मेरे ऐबों की आँधियाँ हैं 'ज़फ़र'
वहीं में ले के चराग़े-हुनर भी आता हूँ

नशेबे-राह में है या फ़राज़े-बाम पे है
निगाहे-गुमशुदा किस ख़्वाब के ख़िराम पे है

तग़ाफ़ुल और तवज्जोह के ज़ाइक़े हैं अजब
अभी पता नहीं चलता वो किस मुक़ाम पे है

कशिश हज़ार करे आबो-ताबे-दानए-दिल
वो राह कार है, उसकी नज़र भी दाम पे है

लहू में प्यास की परवाज़ है वही पैहम
कि इन्हिसार उसी तेग़े-बे-नियाम पे है

वो रंग अभी मेरी दीवारे-जाँ तक आया नहीं
जो तह-ब-तह तेरे होंटों के ख़ुश्क जाम पे है

बस एक बूँद मुलाक़ात की हमारे लिए
कि ये मुसाफ़िरे-दिल मुख़्तसर क़याम पे है

यक़ीने-पुख़्ता की दीवार तोड़ दी है, 'ज़फ़र'
हमारा दारो-मदार अब ख़याले-ख़ाम पे है

मैं चलते-चलते अपने घर का रस्ता भूल जाता हूँ
जब उसको याद करता हूँ तो कितना भूल जाता हूँ

ज़रूरी ज़ाब्ते, फ़ौरी फ़राइज़, क़ीमती क़द्रें
मैं उसको देखकर सारा तमाशा भूल जाता हूँ

कहाँ तक जाऐंगे दोनों, कहाँ से वापसी होगी
वो क्या कुछ याद रखता है, मैं क्या-क्या भूल जाता हूँ

भुला देता हूँ गर वो रोकता है पास आने से
दुबारा रोकता है, मैं दुबारा भूल जाता हूँ

मुक़र्रर कर भी दूँ, कोई जो मुझको याद दिलवाए
तो में उस आदमी को साथ रखना भूल जाता हूँ

नसीहत दिल-नशीं रखता हूँ उन ख़ामोश आँखों की
मगर, बंदा-बशर हूँ, रफ़्ता-रफ़्ता भूल जाता हूँ

अगर कुछ याद रहता है मुझे, तो भूल जाना ही
मैं कैसा याद रखता हूँ, मैं कैसा भूल जाता हूँ

ज़रा सी बात पर बेहाल हो जाना वो हँस-हँस कर
जो ज़ख़्म उसने लगा रखे हैं गोया भूल जाता हूँ

'ज़फ़र', ज़ो'फ़े-दिमाग़ अब इस से बढ़कर और क्या होगा
कि जाता हूँ वहाँ और वापस आना भूल जाता हूँ

हमारे नक़्शे-तलब का निशाँ भी ख़ाली है
ज़मीं तो थी ही, यहाँ आसमाँ भी ख़ाली है

जो है तो सिर्फ़ ज़ुबानी है जमओ-ख़र्च उसका
हमारे हक़ में तो वो मेहरबाँ भी ख़ाली है

मची रही यहाँ लफ़्ज़ों की लूट मार, मगर
हमारी तरह कफ़े-दीगरां भी ख़ाली है

फ़रेबे-गर्मिए-बाज़ारे-हर्फ़ तो देखो
कि भीड़ भी है वही, और दुकां भी ख़ाली है

ये हैं ख़ला मेरे अंदर कि ख़ुद ख़लाओं में हूँ
यक़ीं तो ख़ैर यक़ीं था, गुमाँ भी ख़ाली है

रहे तो जाने कहाँ तक रहे ये सूरते-हाल
कि प्यास भी नहीं लगती, कुँआं भी ख़ाली है

हमारी अपनी शराइत ही सख़्त हैं, वरना
किराया-दार भी हाज़िर, मकाँ भी ख़ाली है

लगी हो जैसे कोई बददुआ किसी की, 'ज़फ़र'
कि जिस्म भी है तही ख़्वाब, जाँ भी ख़ाली है

हमें शिकायते-पैहमसे इज्तिनाब तो है
कुछ ए'तराज़, अगर सुन सकें जनाब, तो है

किया है नर्म दिले-संग-संग को उसके
किसी क़दर हमें दा'वाए-इन्क़िलाब तो है

रवा नहीं था उसे लाजवाब कर देना
वगरना उसके सवालात का जवाब तो है

नहीं हमारे लिए उसकी रौशनी, न सही
कि इस फ़िज़ा में कहीं कोई आफ़ताब तो है

पड़ेगा कौन बहारो-ख़िज़ाँ के चक्कर में
कि ख़ूने-नाब तो है, रंग पर गुलाब तो है

नई इमारत इसी ख़ाको-ख़ूँ से उट्ठेगी
क़रारे-जाँ यही तस्वीरे-इन्क़िलाब तो है

'ज़फ़र', बला से वो गरदानते नहीं दिल को
हरीमे-ख़ास में कुछ दिन से बारयाब तो है

ज़फ़र इक़बाल

यूँ भी नहीं कि दिल में कोई ग़म नहीं रहा
ये सिलसिला कुछ इतना मुनज़्ज़म नहीं रहा

वैसा है आज भी ये तेरा हुस्ने-बे-अमाँ
वरना कहीं भी एक सा मौसम नहीं रहा

दिल से तो ख़ैर धो गई बारिश तमाम नक़्श
दीवारे-शहर का भी वो आलम नहीं रहा

ज़िद पर वो अपनी आज भी क़ायम तो है, मगर
अगला सा वो बयान में दम-ख़म नहीं रहा

छोड़ी है जबसे हमने 'ज़फ़र' आजिज़ी की ख़ू
इतना मिज़ाज उसका भी दरहम नहीं रहा

नज़र झुकाए इधर से उधर गुज़रता है
ठहरना चाहता भी है, मगर, गुज़रता है

ये क्या तिलिस्म है आख़िर कि आह का उस पर
असर नहीं है, गुमाने-असर गुज़रता है

अभी नहीं कोई धड़का ज़ियाने-ज़र का उसे
वो दश्ते-दिल से अभी बे-ख़तर गुज़रता है

शिकस्ते-ख़्वाब है ज़ंजीरे-ख़्वाब के पीछे
सफ़र के बाद ग़ुबारे-सफ़र गुज़रता है

मैं चूम लेता हूँ उस रास्ते की ख़ाक ,'ज़फ़र'
जहाँ से कोई बहुत बे-ख़बर गुज़रता है

आँख में शोख़ी नहीं चमकेगी, आँसू आएगा
पहले मैं आया था तेरी सिम्त, अब तू आएगा

मैं भी कोशिश तो करूँगा बच निकलने की बहुत
तू भी सारा ले के अपने साथ जादू आएगा

दिल ख़रीदारी को ख़ाली जेब निकलेगा यहाँ
जब बढ़ा लेंगे दुकानें, ये निखट्टू आएगा

ज़िंदगी, लिख लीजिये, जितनी भी है बे-आबो-रंग
इसमें भी इक लम्हा-ए-रुख़सारो-गैसू आएगा

कारोबारे-शौक़ जब तक गर्म है ज़ेरे-फ़लक
बाग़ में परियाँ, 'ज़फ़र', जंगल में आहू आएगा

गुलशने-ख़्वाब हूँ, ताराजे-हक़ीक़त कर दे
इतने एहसान किए, ये भी मुरव्वत कर दे

यूँ मुहब्बत से न दे मेरी मुहब्बत का जवाब
ये सज़ा सख़्त है, थोड़ी सी रिआयत कर दे

अहले-बाज़ार में होता न फिरूँ ख़्वारो-ज़बूँ
एक ही बार अगर तय मेरी क़ीमत कर दे

उसने क्या सोच के मुझको भी किया साथ ख़राब
इतना दम-ख़म जो नहीं था कि बग़ावत कर दे

ख़ूगरे-ज़ुल्म था मैं आप ही, लेकिन मैंने
कब कहा था कि वो ऐसी मेरी हालत कर दे

कुछ एहतियात भी इसमें बहुत ज़रूरी थी
हमारी उसकी मुलाक़ात बस अधूरी थी

जो होने वाला था, और, हो नहीं सका, उसका
उसे भी डर था, मुझे भी उम्मीद पूरी थी

बहुत ज़ियादा न थे फ़ासले तमन्ना के
न अपनी राह में हाइल दिलों की दूरी थी

हमारा मक़सदे-आख़िर जुदाई था उससे
कि उससे मिलने की ख़्वाहिश फ़क़त उबूरी थी

हम उसके हाँ सफ़े-अव्वल में बैठते क्यूँ-कर
कि अपने पास ख़ुशामद न जी-हुज़ूरी थी

मैं ख़्वाबे-सब्ज़ था दोनों के दरमियाँ में, 'ज़फ़र'
कि आसमाँ था सुनहरा, ज़मीन भूरी थी

और अब सिलसिला-ए-नाज़ नहीं रख सकता
मुझे सच कहने से वो बाज़ नहीं रख सकता

मेरे हालात को ना-साज़ तो कर सकता है
मेरे हालात को ना-साज़ नहीं रख सकता

फिर सदा दे के चला आएगा हो ख़ुद साथ, कि वो
अपना पैकर पसे-आवाज़ नहीं रख सकता

उसको नाराज़ तो कर लेता हूँ अक्सर, लेकिन
देर तक मैं उसे नाराज़ नहीं रख सकता

ग़ैर को तमग़-ए-रुस्वाई ना देना हरगिज़
कोई कमज़र्फ़ ये एज़ाज़ नहीं रख सकता

मैं इशारों में तेरा बोझ बटाऊँगा कभी
मैं तेरी पुश्त पे अलफ़ाज़ नहीं रख सकता

ख़ुद परेशान हुआ चाहती है ये ख़ुश्बू
मैं तेरे राज़ को अब राज़ नहीं रख सकता

अपने अंजाम को पहुँचूँगा बहुत जल्द, अगर
शर्मे-पाबंदी-ए-आग़ाज़ नहीं रख सकता

परे-परवाज़ ही इक ऐसी मुसीबत है, 'ज़फ़र'
जिसको मैं शामिले-परवाज़ नहीं रख सकता

इनकार की हदों से गुज़रते कुछ और हैं
डरते कुछ और लोग हैं, मरते कुछ और हैं

खोए हुओं का लोग लगाते तो हैं सुराग़
लेकिन लहू में अपने उतरते कुछ और हैं

उनको संभालना है क़यामत, कि सुब्हे-वस्ल
जितना समेटता हूँ, बिखरते कुछ और हैं

हर-रोज़ उनको हाथ दिखाता हूँ मैं कुछ और
इल्ज़ाम रोज़ मुझ पे वो धरते कुछ और हैं

अब तो जहाँ भी उसकी दिलाता है कोई याद
नक़्श उसको भूलने के निखरते कुछ और हैं

पड़ता है जबसे राह में अपनी किसी का घर
रुकने लगे हैं और, ठहरते कुछ और हैं

मैंने, कि है ये ऐबे-सुख़न ही मेरा हुनर
अलफ़ाज़ राइज और थे, बरते कुछ और हैं

ज़फ़र इक़बाल

रुको अगर तो रवानी बहाल कर लेना
मिसाले-सब्ज़ा हमें पाएमाल कर लेना

मुतालिबात हमारे बहुत ज़ियादा नहीं
ब-वक़्ते-फ़ैसला इतना ख़याल कर लेना

जो दूर-दूर ही रहना कोई बड़ी शय है
तो बाकमाल हो, ये भी कमाल कर लेना

मैं अपने ख़्वाब यहाँ छोड़ जाऊँगा इक दिन
जो कर सको तो ज़रा देख-भाल कर लेना

मिटेगी रोज़ की उलझन तो एक-बार, 'ज़फ़र'
जवाब कुछ तो मिलेगा, सवाल कर लेना

लड़ते हैं, मगर, मा'रका जारी नहीं रखते
ये कैसी मुहब्बत है कि तारी नहीं रखते

पहचान हमें ख़ुद ही नहीं है अगर अपनी
फिर किया है जो परवा वो हमारी नहीं रखते

शर्मिंदा हैं अपने से भी और उससे भी नादिम
हम ज़ख़्म भी रखते हैं तो कारी नहीं रखते

हमको ही ज़रूरत है ज़ियादा, उसे कहना
हम ही कोई तस्वीर तुम्हारी नहीं रखते

झगड़ा है तो किस बात पे, जैसे हैं 'ज़फ़र' आप
बस ठीक है,ऐसों से वो यारी नहीं रखते

मुहब्बत का तमाशा वस्ल की तासीर जैसा है
कि मिल बैठे नहीं और ज़ायक़ा इंजीर जैसा है

मुकम्मल ख़ामुशी है या ग़ुबार-आलूद हैरानी
हमारे दरमियाँ झगड़ा कोई तस्वीर जैसा है

मैं रोज़ाना ही उसके दिल में अपना घर बनाता हूँ
मगर ये मसअला कुछ हसरते-ता'मीर जैसा है

तेरा ख़त पढ़के जैसे तेरी सूरत देख लेता हूँ
समझता हूँ ते रा चहरा तेरी तहरीर जैसा है

ज़रा सी महरबानी और बोझल कर गई दिल को
उसे कहना कि ये इनआम तो ता'ज़ीर जैसा है

'ज़फ़र', बीमारे-उलफ़त हो तो दिल से दूर मत रहना
कसम ले लो, असर इस ख़ाक में अकसीर जैसा है

वो दिन-भर कुछ नहीं करते हैं, मैं आराम करता हूँ
वो अपना काम करते हैं, मैं अपना काम करता हूँ

बजा है, आपने तो मीठी नज़रों से नहीं देखा
मुझी को वहम है, मैं ही ख़याले-ख़ाम करता हूँ

यही मैं हूँ तो पकड़ा जाऊँगा इस जुर्म में इक दिन
कि जितनी ख़ास बातें हैं मैं उनको आम करता हूँ

मेरी कोताहियाँ मुझको हमेशा भूल जाती हैं
इसी ख़ातिर में अक्सर शिकवा-ए-अय्याम करता हूँ

लगाता फिर रहा हूँ आशिक़ों पर कुफ़्र के फ़तवे
'ज़फ़र', वाइज़ हूँ मैं और ख़िदमते-इस्लाम करता हूँ

जिसने नफ़रत ही मुझे दी न 'ज़फ़र' प्यार दिया
मैंने सब कुछ उसे क्यों हार दिया, वार दिया

इक नज़र, निस्फ़ नज़र शोख़ ने डाली दिल पर
और, इस दश्त को पैराया-ए-गुलज़ार दिया

वक़्त ज़ा'ए न करो, हम नहीं ऐसे वैसे
ये इशारा तो मुझे उसने कई बार दिया

ज़िंदा रखता था मुझे शक्ल दिखा कर अपनी
कहीं रुपोश हुआ और मुझे मार दिया

कोई इस बात को तस्लीम करे या न करे
सुबह की सैर ने मुझको दिले-बीमार दिया

ज़र्दियाँ हैं मेरे चेहरे पे 'ज़फ़र' उस घर की
उसने आख़िर मुझे रंगे-दरो-दीवार दिया

पहले तकरार करूँगा हवसे-यार के साथ
लग के सौ जाऊँगा फिर हिज्र की दीवार के साथ

बात जब कुछ भी नहीं है तो मुझे देख के क्यों
उसकी रंगत भी बदल जाती है रफ़्तार के साथ

इश्क़ बेदिल न हुआ हुस्न से महरूमी पर
लोग रुख़स्त न हुए गर्मिए-बाज़ार के साथ

शहर था शहर फ़क़त उसके यहाँ होने से
कैसे गुज़रेगी इस उजड़े हुए आसार के साथ

अभी क़ीमत भी लगाई न थी उसने अपनी
और, हम चल भी दिए उठ के ख़रीदार के साथ

सफ़रे-ताज़ा की बुनियाद रखी है जिस पर
उस बयाबां की हदें मिलती हैं गुलज़ार के साथ

उसकी दीवार पे लिख आएं ग़ज़ल जाके, 'ज़फ़र'
आजकल कुछ उसे रग़बत नहीं अख़बार के साथ

वो बेबसी है कि दिल को यक़ीं नहीं आता
मकाँ पुकार रहा है, मकीं नहीं आता

ख़िरामे-कूचा-ओ-बाज़ार है न सैरे-चमन
वो शोख़ अब कई दिन से कहीं नहीं आता

ख़याल उस का बुत ख़ुश है वुसअते-दिल में
हमारे पास ये सहरा-नशीं नहीं आता

हमारी सारी फ़तूहात के बराबर है
वो एक शहर कि ज़ेरे-नगीं नहीं आता

कुछ इस ज़मीं पे अँधेरे हैं आरज़ू के, 'ज़फ़र'
कुछ आसमान पे वे माहे-मुबीं नहीं आता

नहीं कि मिलने मिलाने का सिलसिला रखना
किसी भी सत्ह पे कोई तो राब्ता रखना

मरेंगे लोग हमारे सिवा भी तुम पे बहुत
ये जुर्म है तो फिर इस जुर्म की सज़ा रखना

मदद की तुमसे तवक़्क़ो तो ख़ैर क्या होगी
ग़रीबे-शहरे-सितम हूँ, मेरा पता रखना

बस एक शाम हमें चाहिए, न पूछना क्यों
ये बात और किसी शाम पर उठा रखना

नए सफ़र पे रवाना हुआ हूँ अज़-सरे-नौ
जब आऊँगा तो मेरा नाम भी नया रखना

फ़सीले-शौक़ उठाना, 'ज़फ़र', ज़रूर, मगर
किसी तरफ़ से निकलने का रास्ता रखना

ज़फ़र इक़बाल

देखना बारे-दिगर देखना है
क्या कोई एक नज़र देखना है

देखना ये है कि देखे वो भी
वरना क्या और किधर देखना है

देखना और तरफ़ है, या'नी
उसके बरअक्स, जिधर देखना है

खोलना है अभी सामाने-सफ़र
और, इमकाने-सफ़र देखना है

तुझे देखा है बहुत दिन हमने
ऐ बुरे, अब मेरा घर देखना है

एहतिमाम इतना है और उस बुत को
इक सरे-राहगुज़र देखना है

तोड़ लेना है तअल्लुक़ उससे
चन्द रोज़ और, मगर, देखना है

बुझती जाती हैं ये आँखें हर-दम
और अभी ख़्वाबे-हुनर देखना है

सू-ब-सूसाया-ए-शोहरत है, 'ज़फ़र'
काट कर ये भी शजर देखना है

लगा हूँ जब शाम के किनारे
चमक उठे बाम के किनारे

क़दीम होंटों पे काँपते हैं
किसी नए नाम के किनारे

मेरे किनारों से मिल चुके हैं
इक और शाम के किनारे

अलग-अलग आरज़ू की लहरें
जुदा-जुदा काम के किनारे

अभी तो पायाब है मुहब्बत
चले चलो थाम के किनारे

कहीं पे आग़ाज़ का भँवर है
न कोई अंजाम के किनारे

अब और कब तक पड़ा रहूँगा
मैं ख़्वाहिशे-ख़ाम के किनारे

ख़ामुशी अच्छी नहीं, इनकार होना चाहिए
ये तमाशा अब सरे-बाज़ार होना चाहिए

ख़्वाब की ता'बीर पुर-इसरार है जिनको अभी
पहले उनको ख़्वाब से बेदार होना चाहिए

डूब कर मरना भी उसलूबे-मुहब्बत हो तो हो
वो जो दरिया है तो उसको पार होना चाहिए

अब वही करने लगे दीदार से आगे की बात
जो कभी कहते थे बस दीदार होना चाहिए

बात पूरी है, अधूरी चाहिए, ऐ जाने-जाँ
काम आसाँ है, इसे दुशवार होना चाहिए

दोस्ती के नाम पर कीजे न क्यूँ-कर दुश्मनी
कुछ न कुछ आख़िर तरीक़े-कार होना चाहिए

झूट बोला है तो क़ायम भी रहो उस पर, 'ज़फ़र'
आदमी को साहिबे-किरदार होना चाहिए

जहाँ मेरे न होने का निशाँ फैला हुआ है
समझता हूँ ग़ुबारे-आसमाँ फैला हुआ है

में इसको देखने और भूल जाने में मगन हूँ
मेरे आगे जो ये ख़्वाबे-रवाँ फैला हुआ है

इन्हीं दो हैरतों के दरमियाँ मौजूद हूँ मैं
सरे-आबे-यक़ीं अक्से-गुमाँ फैला हुआ है

रिहाई की कोई सूरत निकलनी चाहिए अब
ज़मीं सहमी हुई है और धुआँ फैला हुआ है

कोई अंदाज़ा कर सकता है क्या उसका कि आख़िर
कहाँ तक साया-ए-अह्दे-ज़ियाँ फैला हुआ है

कहाँ डूबे, किधर उभरे बदन की नाव देखें
कि इतनी दूर तक दरयाए-जाँ फैला हुआ है

मैं दिल से भाग कर जा भी कहाँ सकता हूँ आख़िर
मेरे हरसू ये दश्ते-बे-अमाँ फैला हुआ है

मुझे कुछ भी नहीं मा'लूम, और, अंदर ही अंदर
लहू में एक दस्ते-रायगाँ फैला हुआ है

ज़फ़र, अब के सुख़न की सरज़मीं पर है ये मौसम
बयाँ ग़ायब है, और रंगे-बयाँ फैला हुआ है

दरकार है मुझे तो दवाई के तौर पर
रखते हैं एक शय जो मिठाई के तौर पर

आया भी है अगर कभी आँखों में ख़्वाबे-वस्ल
आया है एक ख़्वाबे-जुदाई के तौर पर

जैसे भी हो, उठा तो दिया बज़्म से मुझे
नफ़रत की वजह से कि सफ़ाई के तौर पर

अच्छाई मुझमें है भी कोई तो सितम-ज़रीफ़
करता है उसको पेश बुराई के तौर पर

सर्दी में गर्म रखती है क्या आतिशे-हसद
लेता हूँ इस से काम रज़ाई के तौर पर

महरूमियों का एक सबब ये भी है कि हम
हक़ अपना माँगते हैं गदाई के तौर पर

वो वक़्त है कि अर्ज़े-तमन्ना भी अहले-शौक़
करते हैं बस लगाई बुझाई के तौर पर

विजदान एक सैले-फ़लक-सैर था जिसे
हमने बिछा रखा है चटाई के तौर पर

सुनते हैं और लुत्फ़ उठाते हैं सब 'ज़फ़र'
मेरा कलाम हर्ज़ा-सराई के तौर पर

ये मत समझो किनारा करने वाला हूँ
अभी तो सिर्फ़ इशारा करने वाला हूँ

जिसे करके बहुत नादिम हुआ था मैं
वही हरकत दुबारा करने वाला हूँ

जिसे करता रहा हूँ मैं पसंद इतना
उसी को अब गवारा करने वाला हूँ

किसी की परदा-दारी के वसीले से
मैं ख़ुद को आश्कारा करने वाला हूँ

मेरी आँखें किसी दरिया में फेंक आओ
कि मैं अपना नज़ारा करने वाला हूँ

ये दिल मस्जिद तो बन पाया नहीं मुझसे
उसे अब गुरद्वारा करने वाला हूँ

मैं ख़ुद को पुर्ज़ा-पुर्ज़ा जोड़ने के बा'द
दुबारा पारा-पारा करने वाला हूँ

बहुत क़तरों को दरिया कर चुका, और अब
मैं सूरज को सितारा करने वाला हूँ

'ज़फ़र', शायर तो मैं अच्छा नहीं इतना
ब-हर सूरत, गुज़ारा करने वाला हूँ

शबे-उम्मीद भी है हिज्र की इस शाम के बा'द
इक सफ़र और है इस वक़्फ़ा-ए-आराम के बा'द

आँख रह जाएगी इक मंज़रे-बेशक्ल में गुम
जी ठहर जाएगा इक लर्ज़िशे-बेनाम के बा'द

हसरते-ख़्वाबे-फ़राग़त है वही आँखों में
काम कुछ और भी याद आए मुझे काम के बा'द

मंज़िले-वस्ल से आगे भी गुज़रना है मुझे
एक आग़ाज़ अभी और है अंजाम के बा'द

सर में इक ख़्वाहिशे-तिफ़लाना ही क्या कम है 'ज़फ़र'
और क्या चाहते हो इस हवसे-ख़ाम के बा'द

न कोई बात कहनी है न कोई काम करना है
और इसके बा'द काफ़ी देर तक आराम करना है

इस आग़ाज़े-मुहब्बत ही में पूरे हो गए हम तो
उसे अब और क्या शर्मिन्दए-अंजाम करना है

बहुत बेसूद है लेकिन अभी कुछ और दिन मुझको
सवादे-सुब्ह में रह कर शुमारे-शाम करना है

निशाँ देना है मैंने कुछ ग़ुबार आलूद सिम्तों का
कोई काफ़ी पुराना राज़ तश्त अज़ बाम करना है

बदी के तौर पर करनी है नेकी भी मुहब्बत में
कि जो भी काम करना है वो बेहंगाम करना है

अभी तो कारे-ख़ैर इतना पड़ा है सामने मेरे
अभी तो मैंने हर ख़ास आदमी को आम करना है

कोई बदला चुकाना है वफ़ा के नाम पर उससे
मुसाफ़त के लिए उठना है और बिसराम करना है

कमाई उम्र-भर की है यही इक जायदाद अपनी
सो, ये ख़्वाबे-तमाशा अब किसी के नाम करना है

इक आग़ाज़े-सफ़र है ऐ 'ज़फ़र' ये पुख़्ता-कारी भी
अभी तो मैंने अपनी पुख़्तगी को ख़ाम करना है

सरे-आम

जब आँ नीस्त कि एजाज़े-मसीहा दारी
अजब ईं अस्त कि बीमार तो बीमार तर अस्त
(इक़बाल)

अतिया, नासिर, बख़्तावर, बिलाल और नूर के नाम

तब'ए-रवाँ को लोगों की अपनी राहों पर डाल दिया
यूँ तस्वीरे-सुख़न से मैंने अपना आप निकाल दिया

पानी सा बहता फिरता था मैं पानी के साथ, 'ज़फ़र'
कोई बहुत मुँह-ज़ोर लहर थी जिसने मुझे उछाल दिया

सफ़रे-ताज़ा की बुनियाद रखी है जिस पर
उस बयाबाँ की हदें मिलती हैं गुलज़ार के साथ

सरे-आम

शोर था जिसका बहुत वो इन्क़िलाब आया नहीं
पुख़्तगी देखो, उन्हें फिर भी हिजाब आया नहीं

इस दफ़ा पानी पुलों पर से भी गुज़रेगा बहुत
और कुछ सो लो, अभी वो बाबे-ख़्वाब आया नहीं

किस क़यामत की निशानी है कि उसके अहृद में
ज़ुल्म सह कर भी दिलों में इज़्तिराब आया नहीं

ज़ोर पर है इस घड़ी झूटी नवीदों की झड़ी
इस से पहले ख़ाक पर ऐसा अज़ाब आया नहीं

वो भी आख़िर आसमाँ के नाम लिखा जाएगा
या'नी आ ही जाये अब तक जो इताब आया नहीं

मुत्मइन फिरते हैं सब, लेकिन, मुझे ये फ़िक्र है
इस ज़मीं पर देर से यौमे-हिसाब आया नहीं

लफ़्ज़ गूँगे हो चुके हैं, मान लेना चाहिए
वरना क्या हम पर कोई अहले-किताब आया नहीं

मुन्तज़िर मैं भी हूँ, मेरे दोस्त भी हैं, और इधर
शाख़े-दिल पर इक ज़माने से गुलाब आया नहीं

ख़शमगीं मुझ पर हुआ इक बार फिर वो, ऐ 'ज़फ़र'
फिर उसे मेरे सवालों का जवाब आया नहीं

ज़फ़र इक़बाल

कुछ ले सुराग़ ज़ुल्म के नीले निशान का
क्या आइनों पे अक्स पड़ा आसमान का

आँखों में क्या हँसे नई ता'मीर की ख़ुशी
दिल में अभी तो ग़म है पुराने मकान का

टकरा के सर तो फोड़ ही बैठे हैं, देखना
टुकड़ा भी शायद एक उड़ा था चटान का

मर जाइये कि साँस भी लेने से, दोस्तो
पैदा तो होगा मसअला अमनो-अमान का

कुछ ज़ंग से ही क़ुफ़्ले-तमाशा पे रंग आए
कुछ ज़हर से ही ज़ायक़ा बदले ज़बान का

अपने हदफ़ से बा'द में कर ली है जिसने सुल्ह
छोड़ा हुआ मैं तीर हूँ ऐसी कमान का

करते हैं सतहे-ज़हन से साफ़ अपने ख़र्च पर
धब्बा जहाँ उन्हें नज़र आता है ध्यान का

देगा तो क्या वो हाथ से, उल्टा है बद गुमाँ
पक्का है गाँठ का जहाँ, कच्चा है कान का

ज़िंदा है महज़ वा'दा-ए-फ़र्दा पे क्यों 'ज़फ़र'
छोड़ो ये बात, हौसला देखो जवान का

सरे-आम

गरचे कहती तो नहीं ख़ल्क़े-ख़ुदा सब अच्छा
शोर है फिर भी हर इक सिम्त बपा सब अच्छा

निय्यतें अपनी सभी आयेंगी आगे अपने
शामे-रुस्वाई हो या सुबहे-सज़ा, सब अच्छा

हू का आलम है सरासीमगीए-दिल की तरफ़
कह रही है शबे-दहश्त की हवा सब अच्छा

लफ़्ज़ के पाँव में जूते हैं मआनी के नए
जो भी लिखवाएं भला हो कि बुरा, सब अच्छा

नाज़ो-अंदाज़ में कीड़े तो निकाले मैंने
आख़िरे-कार मुझे कहना पड़ा, सब अच्छा

कुछ तुझे ज़हर भी ख़ालिस न मिला था, और कुछ
मेरे मरने में न थी उसकी रज़ा, सब अच्छा

मुझसे चाहेगा वज़ाहत भी किसी रोज़ ये दिल
मैंने इस बार उसे कह तो दिया, सब अच्छा

मुझसे भी किसने कहा था कि उसी को चाहूँ
जो सुलूक उसने मेरे साथ किया, सब अच्छा

जो मिरा हाल था ख़ुद उस पे भी ज़ाहिर था, मगर
उसने पूछा तो 'ज़फ़र' मैंने कहा, सब अच्छा

ज़फ़र इक़बाल

हज़रते-दिल तो इस दफ़ा साफ़ निकल-निकल गए
हिज्र की आग में, मगर, हाथ हमारे जल गए

सादा-दिलों को रोज़ो-शब जिनसे डरा रहे थे आप
कल के जलूस में वही आपके हम-बग़ल गए

क्यों न बिसाते-वक़्त से ख़ौफ़-ज़दा हों जाँ-निसार
आपको एक ही थी याद, आप वो चाल चल गए

किससे जवाब माँगिये, किसके हिसाब में है वो
स'ई जो बे-समर रही, क़ौल जो बेअमल गए

दूर बहुत निकल गए जोशे-वफ़ा में राह-रू
अब भी समझ सकें अगर, अब भी अगर संभल गए

इतनी हमें भी थी न कुछ बर्फ़ पे भागने की मश्क़
हम भी सभी के साथ थे, हम भी कहीं फिसल गए

जलसा-ए-नाज़ में, 'ज़फ़र 'कैसे उखड़ गई हवा
आप ही कुछ बताइए, आप तो सर के बल गए

कुछ हुए बाग़ी यहाँ, कुछ लोग बेदिल हो गए
और, कुछ शाइस्ता-ए-मे'यारे-महफ़िल हो गए

कुछ मदारिज तय किए अहले-हवस ने स'ई से
कुछ फ़वाइद ख़ुद-बख़ुद भी उनको हासिल हो गए

इक फ़रेबे-ताज़ा-तर तैयार था अपने लिए
और, हम समझा किये वो हमसे ग़ाफ़िल हो गए

जो उसूलों को बदल लेते हैं कपड़ों की तरह
आख़िर उनकी तुर्फ़गी के हम भी क़ाइल हो गए

पेश क्या करते हैं, देखें, अब नया दस्तूरे-दिल
अगले वो दा'वे मुहब्बत के तो बातिल हो गए

हमने जद्दो-जहद करना थी, 'ज़फ़र', जिनके ख़िलाफ़
वो सभी आकर हमारी सफ़ में शामिल हो गए

आदाबे-मुहब्बत जो निभाने के लिए थे
साबित हुआ आख़िर कि दिखाने के लिए थे

मे'यार मतानत के जो थे उसकी ज़बाँ पर
उसके लिए कब थे, वो ज़माने के लिए थे

जो अपने लिए थे समराते-शजरे-ख़्वाब
दरअस्ल कहीं और ही जाने के लिए थे

तक़सीमे-फ़राइज़ थी कुछ इस तरह की उनमें
या चोर थे, या शोर मचाने के लिए थे

वो साज़िशे-रुस्वाई हो या हुस्ने-तलाफ़ी
हीले वो सभी पैर जमाने के लिए थे

इज़हार के सद-रंग वसीले सहरो-शाम
आवाज़ के आसार मिटाने के लिए थे

हक़ वो है, 'ज़फ़र', छीन लिया जाये जो बढ़कर
ये फैले हुए हाथ उठाने के लिए थे

सरे-आम

शोर है ज़ेरे-ज़मीं, चश्मा उबलता क्यों नहीं
बोल, ऐ ख़ाके-वतन पानी निकलना क्यों नहीं

किसने पहनाया दिलों को सर्द लोहे का लिबास
ख़ूँ पिघलता क्यों नहीं, मौसम बदलता क्यों नहीं

उनका पानी भी भड़क उठता है, ये क्या बात है
और, अपना तेल भी, ऐ दोस्त, जलता क्यों नहीं

हमने साथ उस का दिया था क्या इसी दिन के लिए?
मा'दने-ख़्वाबे-तमन्ना ला'ल उगलता क्यों नहीं

ये शिकायत एक दिन होना ही थी मुझसे उन्हें
साथ चलता क्यों नहीं, साँचे में ढलता क्यों नहीं

अपने हाथों इस क़दर नुक़्सान करके भी, 'ज़फ़र'
बे-हिसी कैसी है ये, तू हाथ मलता क्यों नहीं

नक़्शे-हवस दिलों पे मुकर्रर बिठा दिया
हर दुश्मने-वफ़ा मेरे सर पर उठा दिया

किसकी मजाल है कि उठे उसके सामने
जो बैठता नहीं था पकड़ कर बिठा दिया

बैठा न मैं तो मोड़ के रुख़ सैले-ख़ौफ़ का
दो-चार ही दिनों में मेरा घर बिठा दिया

तारीख़ लिख रहे हैं उरूजो-ज़वाल की
जिसको उठा लिया उसे अक्सर बिठा दिया

छोटे बड़े का फ़र्क़ उठा उसके अह्द में
चोरों को डाकूओं के बराबर बिठा दिया

नाने-जवीं पे नाम हमारा भी था, मगर
तक़सीम के लिए कोई बंदर बिठा दिया

ख़ाली फ़रेब ही दिए रक्खा हमें, 'ज़फ़र'
अंदर बुला लिया कभी बाहर बिठा दिया

क्या पूछ रहे हो नाम उसका
बस देखते जाओ काम उसका

मदहोश है बिन पिये ही महफ़िल
चलता है फ़रेबे-जाम उसका

ए सैदे-हवस ! अभी तो शायद
फैला भी नहीं था दाम उसका

ये शहर है जायदाद उसकी
हर शख़्स है अब ग़ुलाम उसका

कसता है वो किस तरह तनाबें
देखे कोई इंतिज़ाम उसका

इतना भी नहीं कि कुछ न समझें
पेचीदा सही कलाम उसका

जागे तो हैं अहले-शौक़, ऐ दिल
सोना तो हुआ हराम उसका

थोड़े हैं ,'ज़फ़र', जनाब के दिन
मशहूर है इंतिक़ाम उसका

शिक्वा-ए-सख़्ती-ए-बेजा नहीं करने देते
ऐसे उल्टे हैं कि सीधा नहीं करने देते

कहते हैं काम का ये वक़्त है, बातों का नहीं
इसलिए आपको जलसा नहीं करने देते

रखा जाएगा हिसाब उस का भी पूरा, या'नी
ख़ुद वो क्या करते हैं, और क्या नहीं करने देते

हश्र करते हैं तमन्नाओं का जो, ज़ाहिर है
ये ग़लत है कि तमन्ना नहीं करने देते

सर पर रखते हैं सदा साया-ए-शफ़क़त अपना
कोई भी काम वो तन्हा नहीं करने देते

सबको उलझाए भी रखते हैं वो आपस में 'ज़फ़र'
ये भी सच है कि वो झगड़ा नहीं करने देते

ये शहर छोड़ दे कि शराफ़त इसी में है
इस के अलावा अब तेरी इज़्ज़त इसी में है

बंदिश अगर बयाने-हक़ीक़त पे है तो क्या
समझो तो ए'तराफ़े-हक़ीक़त इसी में है

करते हैं अपना काम वो लेकर हमारा नाम
सच पूछिये तो सारी शरारत इसी में है

रोके वो किस तरह से भला कारोबारे-ज़ुल्म
उस चश्मे-नाज़ की भी शिराकत इसी में है

इस अह्दे-ना-मुराद से नाख़ुश न हो, 'ज़फ़र'
आख़िर भले दिनों की बशारत इसी में है

अस्ल में सिर्फ़ सुलाने के लिए आया था
जो हमें ख़्वाब दिखाने के लिए आया था

दौलते-शहर पे उसका भी तो हक़ था, वो भी
अपना हिस्सा ही चुकाने के लिए आया था

रंग जितने थे दिखाने के लिए थे, वो तो
अपना ही रंग जमाने के लिए आया था

मेरी ताईद में तूफ़ान उठाने वाला
मेरी आवाज़ दबाने के लिए आया था

काम था मुझसे उस एहसान-फ़रामोश को जब
ख़ुद मुझे घर से बुलाने के लिए आया था

जा रहा है तो अजब क्या है, कि आख़िर वो भी
दूसरों की तरह जाने के लिए आया था

माँदा तख़्ते भी, 'ज़फ़र', बेच के बैठा है जो शख़्स
टूटी कश्ती को बचाने के लिए आया था

जो पहले कर चुका उससे मुकरना चाहता है
इसी ख़ातिर वो हमसे बात करना चाहता है

कुछ इस अंदाज़ से उसने तसल्ली दी कि हम भी
यही समझे कि वो कुछ कर गुज़रना चाहता है

रगों में क़ैद है इक उम्र से जो मौजा-ए-ख़ूँ
रिहा होकर वो सड़कों पर बिखरना चाहता है

बहुत बेज़ार है दीवार भी, इस के अलावा
पुराना पोस्टर ख़ुद भी उतरना चाहता है

वो हाथों में लिए फिरता है कालक का कनस्तर
यहाँ हर ख़्वाब का चेहरा निखरना चाहता है

ज़फ़र इक़बाल, कुछ सूदो-ज़ियाँ भी देख अपना
भले मानस ये तू किस मौत मरना चाहता है

मुझसे तो पूछता है वो, इनकार क्यों हुआ
ख़ुद भी ज़रा बताए कि इसरार क्यों हुआ

शौक़े-सफ़र पे उसके मुझे शक नहीं, मगर
अपने ही रास्ते की वो दीवार क्यों हुआ

तक़सीम कर दिया मुझे टुकड़ों मैं किसलिए
बतलाओ, मेरे हक़ में वो तलवार क्यों हुआ

रहता हूँ मैं तो उसकी शराइत पे शहर में
इस पर भी सरगिरां वो कई बार क्यों हुआ

अब ये नया फ़रेब है क्या, मेरे हाल पर
इसकी तरफ़ से रंज का इज़हार क्यों हुआ

नालां थी जिसके नाम से ख़ल्क़े-ख़ुदा, 'ज़फ़र'
दुनिया में तू ही उसका तलबगार क्यों हुआ

सरे-आम

हमारे साथ वो ज़ाहिर है जो कुछ करने वाला है
और इस के साथ ही इल्ज़ाम जिस पर धरने वाला है

शुमारे-आम में तो मुंह खाई पह-ब-पह उसने
बिसाते-ख़ास पर भी वो ये बाज़ी हरने वाला है

ज़मीं करवट बदलने के लिए तैयार हो जैसे
घड़ी रुकने को है, जंगल में आहू डरने वाला है

बहुत नींदें निछावर कर चुके, अब चैन से सोना
कहानी ख़त्म पर आई है, मजनूँ मरने वाला है

'ज़फ़र', किस-किस को दिखलाते फिरोगे, और फिर कब तक
कि ये ज़ख़्मे-तमाशा कोई दिन में भरने वाला है

लोग तो एक ही जैसे हैं
फिर ये झगड़े कैसे हैं

उनकी नस्ल है ख़ास अलख़ास
हम ही ऐसे वैसे हैं

उस का है इन्साफ़ यहाँ
जिसकी जेब में पैसे हैं

ख़ूब मवेशी ख़ाना है
भैंस नहीं और भैंसे हैं

होने देते नहीं ख़बर
वो चालाक ही ऐसे हैं

फिर नाराज़ी है कैसी
झगड़े तो सब तय से हैं

अपने रिश्ते नाते सब
एक लचकती लय से हैं

घर छुड़वाएगी हमसे
तंग बहुत है है से हैं

इस दुनिया में हम भी, 'ज़फ़र'
हैं, बस जैसे-तैसे हैं

एक बीवी है, चार बच्चे हैं
इश्क़ झूटा है, लोग सच्चे हैं

हमें देने के वास्ते उस-पास
लाख धोके, हज़ार ग़च्चे हैं

किया खरीदें, कि वस्ल के अंगूर
थोड़े खट्टे हैं, थोड़े कच्चे हैं

आप शाकी हैं आजकल जिनके
आप ही के वो ताय चच्चे हैं

वो तो अब मानता नहीं ,ऐ दिल
आप जैसा भी नाच नच्चे हैं

नालियाँ हैं ये तैरने के लिए
डूबने के लिए चौबच्चे हैं

चलना झुकना अब उनके बस में कहाँ
ये तो छकड़े ही बे क्लच्चे हैं

घर में जो ये बच रहा है चोरों से
कुछ जुराबें हैं, चन्द कच्छे हैं

उनका बर्ताव ही बुरा है ,'ज़फ़र'
वैसे वो आदमी तो अच्छे हैं

अभी तबदील कर लें जो तरीक़ा आपका है
वगरना ख़ातिमा बिल-ख़ैर पक्का आपका है

वो दिन आया ही समझें जब यहाँ देखेंगे ख़ुद आप
कि दुनिया है तमाशाई, तमाशा आपका है

किसी भी दूसरे बीच में मत डालिएगा
कि ये झगड़ा है जितना भी, हमारा आपका है

यही कीड़े मकोड़े लोग यकजा हो गए जब
तो समझें उनके काँधों पर जनाज़ा आपका है

ये दरिया आपने आमाल से खोदा है अपने
इसी में आप डूबेंगे, ये दरिया आपका है

कभी कहते थे कुछ, और, आज करते और कुछ हैं
ज़रा खुल कर दिखाएं, क्या ये चेहरा आपका है

किसी भी और का हिस्सा हो क्या कोई भी इसमें
कि जो है सामने, सारे का सारा आपका है

मुझे इक बात याद आती है यूँही बैठे-बैठे
ये सब कुछ था सभी का जिसपे क़ब्ज़ा आपका है

'ज़फ़र' को क्यों न मारे-आस्तीं कहिये कि ज़ालिम
मिला है दुश्मनों से, और, बंदा आपका है

सरे-आम

बात सच कहता हूँ, अब तुझसे तो कुछ परदा नहीं है
वो बुरा था ही, मगर, तू भी बहुत अच्छा नहीं है

आप दोनों ने जो ये चक्कर चला रखा है मिलकर
लोग इस से बे-ख़बर थे, लेकिन अब ऐसा नहीं है

तू ही तक़दीरें बदलना चाहता है ग़म-ज़दों की
या'नी ख़ुशफ़हमी कोई मुब्तिला इतना नहीं है

जो तुझे लाए थे मिलकर इस मुक़ामे-मो'तबर तक
आज उनके साथ तेरा कोई भी रिश्ता नहीं है

तेरे गिर्दा-गिर्द जैसे लोग होते हैं हमेशा
बैठ कर तू उनमें तन्हा भी है और तन्हा नहीं है

ये निज़ामे-ज़र, मुबारक हो, तुझे भी रास आया
जिसमें नादारों, ग़रीबों का कोई रौला नहीं है

तूने समझौता किया, और, ख़ल्क़ हैराँ रह गई थी
सब यही समझे हुए थे यूँ कभी होता नहीं है

और ही अब हाथ दिखलाना पड़ेंगे अहले-दिल को
सिलसिला ये भी ज़ियादा देर तक चलता नहीं है

जो उसूलों को बदल लेते हैं जूतों की तरह से
अपना उनके साथ ज़ाती तो कोई झगड़ा नहीं है

मेरे बयाबां में गुल खिला क्या इसी लिए था
वो सुब्ह-दम मौजा-ए-हवा क्या इसी लिए था

यही थी ख़्वाहिश हमारी सबकी जो रूबरू है
जो हमने देखा था ख़्वाब सा, क्या इसी लिए था

तरस गई एक लफ़्ज़े-उलफ़त को सारी मख़लूक़
वो ख़ाको-ख़ूँ का मुआशिक़ा क्या इसी लिए था

कि साँस भी कोई ले नहीं पाए इस फ़िज़ा में
वो इक हवादार सिलसिला क्या इसी लिए था

बजाए मंज़िल जो मौत की खाई सामने है
ये रह-नवर्दी, ये रास्ता किया इसी लिए था

ये रौशनी सबकी थी, इसे कौन ले उड़ा है
किया था सबने जो फ़ैसला, क्या इसी लिए था

ये रिज़्क़ था किसका, और उसे कौन खा रहा है
हर एक लुत्फ़ और ज़ायक़ा क्या इसी लिए था

दिलों की हालत ये क्या से क्या हो गई दिनों में
वो दिलबरी, वो मुआमला क्या इसी लिए था

'ज़फ़र', अब इस हिज्र-गाह से जाएँ भी कहाँ हम
कि वस्ल का था जो वाहिमा, क्या इसी लिए था

ज़फ़र इक़बाल

पीले काले एक अगर हो जाएँ तो
करमाँ वाले एक अगर हो जाएँ तो

ताक़त हैं दुनिया में सबसे बड़ी ग़रीब
लेकिन, साले एक अगर हो जाएँ तो

नए निराले तो कुछ सोचें समझेंगे
देखे-भाले एक अगर हो जाएँ तो

अय्यारों की दाल नहीं गल सकती है
भोले-भाले एक अगर हो जाएँ तो

मिलकर दरिया और समन्दर बन जाएँ
नदियाँ नाले एक अगर हो जाएँ तो

क़ुव्वत बनें जवानों और बुज़ुर्गों की
लड़के बाले एक अगर हो जाएँ तो

खोद निकालें खोया हुआ ख़ज़ाना भी
कसियाँ फाले एक अगर हो जाएँ तो

दम-भर में छट जाये पुरानी तारीकी
नए उजाले एक अगर हो जाएँ तो

एरे-ग़ैरे नत्थू-खेरे, और, 'ज़फ़र'
सभी हवाले एक अगर हो जाएँ तो

ज़फ़र इक़बाल

शायर जो भी यहाँ पर झूटे-सच्चे हैं
सारे के सारे ही मुझसे अच्छे हैं

कुछ मौक़ा तो दीजिये, गोद में सर रखकर
सो जाऐंगे, हम तो आपके बच्चे हैं

सेहत गाहे-सुख़न में भीड़ मची है क्या
ऊपर नीचे बच्चे हैं, और, ज़च्चे हैं

लफ़्ज़ों के रँगीन गुब्बारे हैं हर-सू
और, बातों के बने-बनाए लच्छे हैं

ऊपर से कपड़े भी शे'र को पहनाओ
निचे तो बनियानें हैं, और कच्छे हैं

कूदते फिरते हैं दालाने-मुहब्बत में
एक ही बात है, बछड़े हैं या बच्छे हैं

अशरफ़ बनने में कुछ वक़्त लगेगा उन्हें
पहले अच्छू होते थे, अब अच्छे हैं

चलिये कुछ तो दूसरों को देते हैं आप
बे-शक वो सब धोके हैं और ग़च्चे हैं

करते हैं क्या बात 'ज़फ़र' साहिब की आप
धुन के पक्के और कानों के कच्चे हैं

मसाइल हो तो सकते हैं, मगर, तफ़हीम भी होगी
सभी के दरमियाँ उस हुस्न की तक़सीम भी होगी

वुफ़ूरे-शौक़ हो सकता नहीं कारे-दिले-तन्हा
सो, इस यलग़ार के पीछे कोई तंज़ीम भी होगी

हवाए-हिज्र होगी इक तरफ़, और दूसरी जानिब
लरज़ती सी कोई शाख़े-उम्मीदो-बीम भी होगी

वो आदाबे-मुहब्बत आप सिखलाएंगे अब हमको
हमारे वास्ते ये लाज़मी ता'लीम भी होगी

हमारा हाल आख़िर बज़्म में क्यूँ-कर न पूछेंगे
अगर ताख़ीर होगी तो कभी तक़दीम भी होगी

हमारे दोस्तों से वो हमें मरवाएंगे, लेकिन
तवक़्क़ो है कि इस तजवीज़ में तरमीम भी होगी

सभी ये आपके ऐलान-करदा ख़्वाब अच्छे हैं
मगर, इन में से क्या एक-आध की तज्सीम भी होगी

'ज़फ़र' जिन काविशों पर आज ख़ास सो-आम के हाथों
तेरी तज़लील होती है, कभी ता'ज़ीम भी होगी

उन्हें कुछ सोच कर इल्ज़ाम देना चाहिए था
निकम्मा हूँ तो कोई काम देना चाहिए था

मैं उल्टा वाजिबे-ता'ज़ीर ठहराया गया हूँ
मुझे जिस बात पर इनआम देना चाहिए था

मुझे तफ़वीज़ करनी चाहिए थी ख़ुश-गुमानी
कहीं कोई ख़याले-ख़ाम देना चाहिए था

ये ख़्वाहिश क्या है, इसकी माहियत मालूम करके
कोई अच्छा सा इसको नाम देना चाहिए था

कभी आराम के दौरान पहुंचाई है तकलीफ़
तो, अब तकलीफ़ में आराम देना चाहिए था

यहाँ कोई नया ही गुल खिलाने के बजाए
इसी आग़ाज़ को अंजाम देना चाहिए था

मुहब्बत जिस क़दर भी थी, छुपाते क्यों रहे हम
हवाला ये तो सुबहो-शाम देना चाहिए था

बे तर्ज़े-ख़ास क्या मुझको वदीअत कर दिया है
मुझे थोड़ा क़ुबूले-आम देना चाहिए था

'ज़फ़र', शायर अगर होते तो अपनी शायरी में
कोई इस क़ौम को पैग़ाम देना चाहिए था

तरीक़ा वही देखा-भाला तो है
मुझे दूसरे दिन पे टाला तो है

सहूलत से भी मयस्सर नहीं
बहुत उसने मुश्किल में डाला तो है

करे अपने साँचे की भी फ़िक्र वो
मुझे उसने साँचे में ढाला तो है

छुपाते तो हैं आप भी कोई बात
कहीं दाल में काला-काला तो है

मैं ज़ा'ए जो करता हूँ इस उम्र को
कोई उस का मुसरिफ़ निकाला तो है

मुहब्बत में होगी न क्यों एहतियात
हथेली पे अपनी ये छाला तो है

ख़याल अपनी सेहत का रखने लगा
कोई उसने भी रोग पाला तो है

सरों से गुज़रने लगी अपनी बात
हमारा भी कुछ बोल-बाला तो है

यहाँ ज़िंदगी और क्या हो, 'ज़फ़र'
ही बस अंधेरा उजाला तो है

कौन है जिसके सिवा कोई नहीं था
जानते थे, मानता कोई नहीं था

कुछ न होने के हयूले के अलावा
दर-हक़ीक़त जो भी था, कोई नहीं था

ग़ैब में कुछ फूल से खिलते थे हरसू
चलती रहती थी हवा, कोई नहीं था

ढूंढती फिरती थी कुछ सारी ख़ुदाई
ख़ाक थी, लेकिन, ख़ुदा कोई नहीं था

जिस जगह आकर बहम होना था हमको
उस से आगे रास्ता कोई नहीं था

सन रहे थे, और, समझते कुछ नहीं थे
कह रहे थे, सोचता कोई नहीं था

शो'बदे-बाज़ों के थे वारे-न्यारे
मो'जिज़ों को पूछता कोई नहीं था

कहने वालों के लिए इनआम थे सब
करने वालों का सिला कोई नहीं था

आँख ख़ाली थी, 'ज़फ़र', रंगे-तलब से
होंट पर हर्फ़े-दुआ कोई नहीं था

मिटा है रंगे-दिल, तस्वीर आधी रह गई है
हमारे ख़्वाब की ता'बीर आधी रह गई है

ये कड़ियाँ एक-एक करके निकलती जा रही हैं
मुहब्बत है, मगर ज़ंजीर आधी रह गई है

मुझे हर अर्ज़ करनी पड़ गई है दूसरी बार
कि अपनी बात की तासीर आधी रह गई है

अधूरा तो नहीं था मेरी क़िस्मत का सितारा
मगर, फिर भी मेरी तक़दीर आधी रह गई थी

मुहब्बत का मकाँ अब किस तरह होगा मुकम्मल
कि ख़र्चा ख़त्म है ,ता'मीर आधी रह गई है

मैं अपना मुद्दुआ खुल कर बयाँ कर तो चुका हूँ
मगर, शायद मेरी तक़रीर आधी रह गई है

मैं हर ग़म को उड़ा देने लगा हूँ क्या हँसी में
दिनों में ही मेरी जागीर आधी रह गई है

मिरा जज़्बा अभी पूरे का पूरा है उसी तौर
मगर लड़ते हुए शमशीर आधी रह गई है

'ज़फ़र', बोसीदगी ने काम दिखलाया है ऐसा
मेरे दीवान की तहरीर आधी रह गई है

मुसाफ़त के अंधेरों में उजाला रास्ता है
जो ख़ुद मंज़िल ही मंज़िल है, ये कैसा रास्ता है

हम अपने रास्तों पर चल पड़े हैं, वरना अब भी
हुसैनी रास्ता ही एक सच्चा रास्ता है

वो दिन कब आएगा जिस रोज़ हम ये कह सकेंगे
तुम्हारा रास्ता ही अब हमारा रास्ता है

हमीं ने कुछ इसे आसां समझ रखा है, वरना
हक़ीक़त में बहुत मुश्किल तुम्हारा रास्ता है

हम इसको छोड़ बैठे हैं तो ये क़िस्मत हमारी
वगरना ये तो अपना देखा-भाला रास्ता है

कभी तौफ़ीक़ हो तो देखना उसपर भी चल कर
बहुत से रास्तों में जो अकेला रास्ता है

कई बल पेच हमने डाल रखे हैं ख़ुद इसमें
वगरना ये तो सादा और सीधा रास्ता है

चलें इतना कि हम इस रास्ते की ख़ाक हो जाएँ
अगर सच पूछिये तो ये इक ऐसा रास्ता है

'ज़फ़र', ये तो अभी आग़ाज़ है रंजे-सफ़र का
अभी से पूछते हो, और कितना रास्ता है

हिसाब अब कीजिये तसल्ली के साथ कितने की रोटियाँ हैं
जो खा रहे हैं वहाँ पे बैठे, हमारे हिस्से की रोटियाँ हैं

ये पाँच फ़ीसद लगे हुए हैं जो चीरने और फाड़ने में
ये दर-हक़ीक़त पिचानवे फ़ीसदों के आटे की रोटियाँ हैं

हमें तो मिलती नहीं है दो वक़्त रूखी सूखी भी क़ाइदे से
मगर, जो सालन में तरबतर हैं, ये उनके कुत्ते की रोटियाँ हैं

हमारी पहचान में है सारा सजा हुआ उनका ख़्वाने-ने'मत
तमाम चोरी के हैं ये चावल, ये सारी डाके की रोटियाँ हैं

ख़ुमारे-गंदुम की बिदअतों से बचा रहे हैं वो ख़ूब हमको
इसी लिए तो कुछ ऐसा लगता है ईंट रोड़े की रोटियाँ हैं

हमारी छाबी में आज रौनक नज़र जो आती भी है तो ऐसे
कि प्याज़ है क़र्ज़ का हमेशा से, और, उधारे की रोटियाँ हैं

वो खा रहे हैं हमारी क़िस्मत तो हम भी फ़ारिग़ नहीं हैं बैठे
कि लिखते जाते हैं, ये हमारे ही पैसे-पैसे की रोटियाँ हैं

अजब नहीं है जो उठ के गंदुम के सारे गोदाम ही जला दें
कि अपनी तक़दीर में तो पहले ही माँगे-ताँगे की रोटियाँ हैं

गुज़ारा उनका भी चलता रहता है, ऐ 'ज़फ़र', साथ-साथ सबके
कहीं कमीशन का दाल-दलिया, कहीं मुनाफ़े की रोटियाँ हैं

मुआमलात ज़ियादा हैं, गर्दनें कम हैं
कि वाजिबात ज़ियादा हैं, गर्दनें कम हैं

दबोचता कोई फिर भी नहीं उन्हें, वरना
यहाँ पे हाथ ज़ियादा हैं, गर्दनें कम हैं

तुम आगे बढ़के इन्हें नापते नहीं क्यूँ-कर
कि अब तो साथ ज़ियादा हैं, गर्दनें कम हैं

किधर किधर इन्हें लटकाएंगे दरख़्तों से
यहाँ जिहात ज़ियादा हैं, गर्दनें कम हैं

कहाँ से कीजिये पूरा ये जमओ-ख़र्च, उनकी
नवाज़िशात ज़ियादा हैं, गर्दनें कम हैं

छुरे, कुलहाड़ियाँ, पिस्तौल, रस्सियाँ, पंजे
लवाज़िमात ज़ियादा हैं, गर्दनें कम हैं

सलीब, सूलियाँ, मरघाट, फांसियाँ, फंदे
तलाज़ुमात ज़ियादा हैं, गर्दनें कम हैं

शबाना रोज़ भी काटें तो कुछ ज़ियादा नहीं है
दिन और रात ज़ियादा हैं, गर्दनें कम हैं

हिसाब करके भी देखा है बार-बार, 'ज़फ़र' ने
मुतालिबात ज़ियादा हैं, गर्दनें कम हैं

नहीं हल हो रहा ये मसअला हालांकि छोटा है
हमारी भूक दुगनी है कि उनका पेट मोटा है

ये बातों से कहाँ मानेंगे, हैं ये भूत लातों के
इलाज उनका अगर कुछ है तो ख़ाली डांग सोटा है

उगलवाएंगे तुमने माल जो खाया है सब अपना
हमारे नाम पर हमको ही जो लूट खसोटा है

हमारा ही लहू पैट्रोल बन कर है रवाँ इसमें
ये फ़र्राटे भरा करती तुम्हारी जो टयोटा है

तुम्हारा जो भी है हरगिज़ तुम्हारा हो नहीं सकता
उतारेंगे किसी दिन, ये जो सारा फूल गोटा है

इसी मिट्टी की पैदावार तुम भी हो, मगर ये क्या
हमें बोटी नहीं जुड़ती, तुम्हारे पास बोटा है

तुम्हारा पेट ही फाड़ेंगे तो निकलेगी शय कोई
कि पूरा हो रहा है सब्र का अपना जो कोटा है

तुम्हारा झूट भी बाज़ार में होता है सच होकर
मगर, सारी दुकानों पर खरा भी अपना खोटा है

अपना तो मज़हब ही इस बुनियाद पर क़ाइम है
जो जितना मुतमव्विल है, उतना ही मुजरिम है

बाढ़ ही सारा खेत खा गई, अब किससे पूछें
महा चोर है जो भी, वही हमारा हाकिम है

जो जितना भी फ़ासिक़ और मुनाफ़िक़ है, देखो
उस का लबो-लहजा उतना ही नर्मो-मुलाइम है

चलिये कुछ बहरूप तो बदला है बेचारे ने
अंदर से जाहिल पूरा, बाहर से आलिम है

ग़ौर से उसका चेहरा देखो, और क़यास करो
जो पहले होता था, क्या ये वही मुलाज़िम है

ये फ़र्सूदगी अब अपने अंजाम को पहुँचेंगी
ज़ाहिर में पहले की तरह जो क़ाइमो-दाइम है

पकड़ो उसको, और ख़ुद ही उसकी तफ़तीश करो
जो मोटी गर्दन वाला है, तुम्हारा मुल्ज़िम है

कुछ भी कहना चाहते हो तो खुल कर कहो, 'ज़फ़र'
इन हालात में सच्ची-सीधी बात ही लाज़िम है

बढ़कर जीना है या घट कर मरना है
मरना है तो सामने डट कर मरना है

मूली गाजर हो जाऐंगे हम और वो
काट के मारना है, और, कट कर मरना है

उनको मार के वापस तो जाने दो
हमने मरना है तो पलट कर मरना है

खेल ये अब जारी नहीं रह सकता है और
आज बिसाते-नाज़ उलट कर मरना है

इस तारीक सफ़र में हमने बिलआख़िर
सूरज के टुकड़ों में बट कर मरना है

मरने की मोहताजी भी अब नहीं रही
अपने ही दामन से लिपट कर मरना है

कोई हमें क्या मार सकेगा दुनिया में
हमने अपने ज़ोर में फट कर मरना है

पल भर की इस रौशनी और अँधेरे में
फेल के जीना, और, सिमट कर मरना है

हमने मर कर ज़िंदा भी होना है ,'ज़फ़र'
देखी भाली राह से हट कर मरना है

सरे-आम

भूके हो तो खलियानों पर टूट पड़ो
नंगे हो, इन ऐवानों पर टूट पड़ो

चोरों और डकैतों के मारे लोगो
उठ्ठो, और उठकर थानों पर टूट पड़ो

कंकर पत्थर जो भी हाथ लगे, लेकर
इन सब आईना-ख़ानों पर टूट पड़ो

नव्वाबों, सेठों, पीरों पर डालो हाथ
चौधरियों, मल्कों, ख़ानों पर टूट पड़ो

एक ही सूरत है अब छुटकारे की
जा'ली असली ज़िंदानों पर टूट पड़ो

महलों की यलग़ार को हो जाओ तैयार
पहले उनके दरबानों पर टूट पड़ो

हमसे पूछो, ये सब माल तुम्हारा है
सारे साज़ों, सामानों पर टूट पड़ो

उठ्ठो, और, नाकाम बना दो ये साज़िश
और, इस के ताने बानो पर टूट पड़ो

मानो बात 'ज़फ़र' जैसों की मिल-जुलकर
या फिर ऐसे दीवानों पर टूट पड़ो

बहुत बदहालियाँ झेली हैं, ख़ुशहालों पे चढ़ दौड़ो
यही जड़ हैं ख़राबी की, उठो, सालों पे चढ़ दौड़ो

धरी रह जाए ये रेशा दिवानी सबकी सब उनकी
कि सारे उनके फैलाए हुए जालों पे चढ़ दौड़ो

अब उनके रास्ते सब रोक लेना चाहिए होंगे
इकट्ठा होके इन सारे बद-आमालों पे चढ़ दौड़ो

न कोई काम करते हैं, ना कोई फ़िक्र है इनको
सब ऐसे खाते पीते फ़ारिग़-उल-बालों पे चढ़ दौड़ो

ख़बर हो जाये उनको भी हक़ीक़ी ज़िंदगी क्या है
अगर उन नाज़ो-ने'मत के सभी पालों पे चढ़ दौड़ो

ये सारा ताना-बाना मुनहदिम होगा इसी सूरत
कि उनके साथ ही साथ उनके दल्लालों पे चढ़ दौड़ो

यहाँ कारे-सवाब इस से ज़ियादा और क्या होगा
जो फूले पेटों, मोटी गर्दनों वालों पे चढ़ दौड़ो

जहाँ से उनकी जागीरें पड़ी सेराब होती हैं
सभी दरियाओं, नहरों और नदी नालों पे चढ़ दौड़ो

ज़फ़र भी हमको असली इन्क़िलाबी तो नहीं लगता
न जाने पाये ये भी, ऐसे नक़्क़ालों पे चढ़ दौड़ो

ज़फ़र इक़बाल

इन बड़े लोगों को आगे बढ़के सीधा क्यों नहीं करते
तुम अगर उनके मुख़ालिफ़ हो तो ऐसा क्यों नहीं करते

ख़ुद अगर उनकी तरह के हो नहीं सकते किसी सूरत
अमर क्या माने' है, उनको अपने जैसा क्यों नहीं करते

कुछ अगर खाया पिया उनसे उगलवाना भी है तुमको
तो ख़ुदा का नाम लेकर उनको उल्टा क्यों नहीं करते

ख़ुद बख़ुद तो कुछ भी हो पाया नहीं करता कहीं पर भी
कुछ अगर करना है तो इस का तहिय्या क्यों नहीं करते

इस तरह कैसे यहाँ इन्साफ़ भी मिल जाएगा तुमको
सामना करते, उलझते, और, झगड़ा क्यों नहीं करते

ये तुम्हारा ही लहू उनकी रगों में दौड़े जाता है
उनसे वापस क्यों नहीं लेते, तक़ाज़ा क्यों नहीं करते

चोर भी हैं और मुअज़्ज़िज़ भी वही सबसे ज़ियादा हैं
तुम सरे-बाज़ार उनको ला के रुस्वा क्यों नहीं करते

ये हुकूमत भी तुम्ही पर करने आ जाते हैं जब देखो
कोई अपने आप में से तुम भी पैदा क्यों नहीं करते

इस शराफ़त से, 'ज़फ़र', कुछ भी तुम्हें हासिल नहीं होगा
क्यों लगा रखा है दिल से इसको चलता क्यों नहीं करते

ज़िंदगी पानी की ज़ंजीर नहीं हो सकती
उसकी ख़्वाहिश मेरी तक़दीर नहीं हो सकती

ख़्वाबे-वहशत से भला दिल की तसल्ली क्या हो
अस्ल जो शय है वो तस्वीर नहीं हो सकती

अपने अंजाम को पहुँचूँगा बहुत जल्द, कि अब
और इस काम में ताख़ीर नहीं हो सकती

बेशो-कम झूट भी सच में न मिलाऊं जब तक
इसमें पैदा कोई तासीर नहीं हो सकती

लिखता रहता हूँ बहुत कुछ, मगर अफ़सोस है ये
बात जो अस्ल है, तहरीर नहीं हो सकती

ख़ाके-दिल को नज़रअंदाज तो करता हूँ, मगर
इस से बढ़कर कोई अकसीर नहीं हो सकती

शामिले-हाल है नीयत की ख़राबी जब तक
कोई तदबीर भी तदबीर नहीं हो सकती

इन्हिदाम अपना ही अब पशे-नज़र है कि 'ज़फ़र'
इस से पहले कोई ता'मीर नहीं हो सकती

क्या दुबिधा है, भाई डकैत
गेट खुला है, भाई डकैत

इस रोज़ी पर आपका भी
हक़ बनता है, भाई डकैत

नाका भी कुछ दूर नहीं
वो थाना है, भाई डकैत

खाने का फ़रमाएं शौक़
मेज़ लगा है, भाई डकैत

आख़िर किस मजबूरी से
मुंह ढाँपा है, भाई डकैत

सोये हैं पहरेदार सभी
सब अच्छा है, भाई डकैत

वर्दी में आने का कुछ
और मज़ा है, भाई डकैत

पहले आने वालों से
यही बचा है, भाई डकैत

बात 'ज़फ़र' की भी सुन लें
क्या कहता है भाई डकैत

जितनी हो जैसी छितरोल
होती है अच्छी छितरोल

इसकी अपनी हिक्मत है
यूँही नहीं होती छितरोल

ख़ुश जो फ़रीक़े-सानी है
उसकी भी होगी छितरोल

करती है ये दूध का दूध
पानी का पानी छितरोल

लेटे ही रहिये फ़िलहाल
रहती है आधी छितरोल

पैसे चार लगाते ही
ख़त्म हुई कैसी छितरोल

बाद में हुई अलेक-सलेक
पहले उसने की छितरोल

कपड़े झाड़ के उठ बैठे
झेल गए सारी छतरोल

थाना है घर में ही, 'ज़फ़र'
रहती है ख़ासी छितरोल

अगर तोड़ है और मगर तोड़ है
ये मंहगाई कितनी कमर तोड़ है

कई ऐब खोले तो जा कर खुला
कि ये काम कैसा हुनर तोड़ है

उड़ाए ख़बर कोई उसकी कहाँ
वो सबसे बड़ा ख़ुद ख़बर तोड़ है

नहीं शौक़ की कोई क़ीमत, मगर
मुहब्बत की परवाज़ पर तोड़ है

नतीजा न निकले ये है और बात
हमारी तो कोशिश भी सरतोड़ है

गिरह खोल सकती है गिर्दाब की
यही लहर ऐसी भँवर तोड़ है

उसी के मुज़ाफ़ात में ढूँढिये
यहाँ कोई उस का अगर तोड़ है

कोई ख़ाक बाँधेगा रख़्ते-सफ़र
कि ख़ुद ही ये मंज़िल सफ़र तोड़ है

मैं इस बार होता न क्यों पाश-पाश
कि ये शायरी ही 'ज़फ़र' तोड़ है

जहाँ तुम्हारे रिश्वतख़ोर
वहीं हमारे रिश्वतख़ोर

वही कनाए मा'नी-ख़ेज़
वही इशारे रिश्वतख़ोर

गिनती में ही नहीं आते
लाख हज़ारे रिश्वतख़ोर

इंतिज़ार में बैठा है
पाँव पसारे रिश्वतख़ोर

बस का किराया रहने दे
मेरे प्यारे रिश्वतख़ोर

अपने सर ले लेता है
झंजट सारे रिश्वतख़ोर

बिगड़े हुए हमेशा के
काम सँवारे रिश्वतख़ोर

सबकी नज़र में रहते हैं
ये बेचारे रिश्वतख़ोर

कम पड़ते ही उसने 'ज़फ़र'
लिये उधारे रिश्वतख़ोर

सरे-आम

पैसे माँगता है धुलवाई करने वाला
पीछे ही आता है सफ़ाई करने वाला

ढूंडते-ढूंडते और भी ख़र्चा कर बैठा हूँ
मिला नहीं मुझको महंगाई करने वाला

फ़ायदे भी होते हैं इसमें छोटे-मोटे
अच्छा लगता है रुस्वाई करने वाला

सुलह की बात ज़रा चलती है तो उस लम्हे
आ जाता है कोई बुराई करने वाला

कब से, और, कहाँ से आया है ये आख़िर
सारी महफ़िल में तन्हाई करने वाला

ये तो हमेशा अंदर ही भेजा करते हैं
होगा कोई और रिहाई करने वाला

आगे बढ़ने की निय्यत करके ही अक्सर
पीछे होता है पसपाई करने वाला

भिजवाया पैग़ामे-अख़ुव्वत जिसके हाथों
ख़ुद वो निकला मार कुटाई करने वाला

कहो, 'ज़फ़र', कैसा लगता है ख़ुद भी तुमको
ये पैराया हाल दुहाई करने वाला

आधी रात मँगाई रोटी
थोड़ी थोड़ी खाई रोटी

पास आने पर डांटा-डपटा
दूर से आप दिखाई रोटी

जान गए, पहचान गए हम
जिसने जहाँ छुपाई रोटी

काश कभी दो वक़्त हमें भी
मिलती पकी-पकाई रोटी

सामने सबके इन्हीं चोरों ने
दुनिया-भर की चुराई रोटी

खाने लगे तो उसने आकर
ख़ुद आगे से उठाई रोटी

काग़ज़ को उसने क़ैंची से
काटा, और, बनाई रोटी

कितनी देर पतंग बना कर
हमने आज उड़ाई रोटी

पूछा तो नाचार 'ज़फ़र' ने
अपनी ज़ात बताई रोटी

किसी ताज़ा सफ़र के वास्ते तैयार होना है
मगर, पहले पुराने ख़्वाब से बेदार होना है

हमें हासिल है काफ़ी नेक-नामी इस से पहले भी
सो, कम इज़्ज़त कमानी है ज़्यादा ख़्वार होना है

नहीं अच्छे बुरे का फ़र्क़ ही बाक़ी, तो हमने भी
किसी से सुर्ख़-रू होना है, और, बेकार होना है

बज़ाहिर तो यही उसलोबे-ख़ासो-आम है इस का
कहीं हमदर्द बनता है, कहीं ग़मखार होना है

अभी तो बंदिशे-लुत्फ़ो-करम तक बात है वरना
अभी उसने हमारे दरपए-आज़ार होना है

अभी से दरमियाँ में ऐसे हिम्मत हारता कैसा
ये रस्ता और अभी अपने लिए दुशवार होना है

तरफ़दारी ही उसकी अब नहीं पेशे-नज़र अपने
कुछ अपने साथ भी हमने दियानत-दार होना है

कुछ अब के फ़ैसले हो जाएंगे चुपचाप ही सारे
कोई ऐलान बाक़ी है न कुछ इज़्हार होना है

नज़र के सामने रहता है नक़्शा उस इमारत का
'ज़फ़र', जिसके लिए हमने कभी मिस्मार होना है

कोई पुकारा, कुछ तो कर
आज हमारा कुछ तो कर

बातों से टर्ख़ा न हमें
कभी ख़ुद्दारा कुछ तो कर

झूटी उम्मीदें ही बंधा
लप्पा, लारा, कुछ तो कर

टूट भी सकती है ये कमर
बोझ उतारा कुछ तो कर

इतनी तेज़ तबीअत क्या
बात गवारा कुछ तो कर

इस घर में हिस्सा तो डाल
मिट्टी, गारा, कुछ तो कर

दर्दे-सर मेरा ही सही
साथ सहारा कुछ तो कर

बदलेगा ये वक़्त कभी
अभी गुज़ारा कुछ तो कर

फीका है ये बयान, 'ज़फ़र'
इसे करारा कुछ तो कर

ज़फ़र इक़बाल

सरे-आम

क्यों उसने इशारा नहीं किया
और, वो भी दुबारा नहीं किया

हमने भी तसाहुल बरता है
उसने ही नितारा नहीं किया

कुछ बीमारी ही ऐसी थी
कुछ आप भी चारा नहीं किया

उसमें तो रवादारी थी बहुत
हमने ही गुज़ारा नहीं किया

हम टूट के ख़ुद ही बिखर गए
जिस शाम सितारा नहीं किया

मंज़र था क़ाबिले-दीद, मगर
हमने ही नज़ारा नहीं किया

बिखराया तो हमने भी लहू
इसको फ़व्वारा नहीं किया

जितनी कि ज़रूरत थी दिल को
उतना नाकारा नहीं किया

अपनी औक़ात में रहे, 'ज़फ़र'
ख़्वाहिश को ग़ुबारा नहीं किया

कहाँ से चल के आया है, कहाँ ठहरा हुआ है
ये कैसा शोर मेरे दरमियाँ ठहरा हुआ है

कोई मतलब अदा होने न पाए उसके आगे
इसी इक बात पर ज़ोरे-बयाँ ठहरा हुआ है

यही है सूरते-अहवाल, इसे अब जो भी कहिये
हवाएं चल रही हैं, और, धुँआ ठहरा हुआ है

बड़ा है जितना, है उतनी ही उस में इस्तिक़ामत
ज़मीं चल फिर रही है, आसमाँ ठहरा हुआ है

यही सुनते हैं, आगे रास्ता ही बंद है अब
खुले सहरा में अपना कारवाँ ठहरा हुआ है

कुछ उसकी आप ही कोई वज़ाहत कर सकेगा
जो उसके रास्ते में रायगाँ ठहरा हुआ है

हम इसमें रह रहे हैं और ख़बर रखते नहीं कुछ
कि पानी पर यहाँ अपना मकाँ ठहरा हुआ है

कई तबदीलियाँ भी आ चुकीं, लेकिन यहाँ पर
अभी तक मौसमे-अह्दे-ज़ियाँ ठहरा हुआ है

'ज़फ़र', ख़ुद भी पहुंच पाए नहीं होंगे वहाँ हम
लहू में जिस जगह ज़हरे-ज़ुबां ठहरा हुआ है

गोरे ठाह भई काले ठाह
कारों कोठियों वाले ठाह

मोटे ताज़े साहिब, सेठ
सब नाज़ों के पाले ठाह

बच कर कोई न जाने पाए
सारे देखे-भाले ठाह

भाई भतीजे रस्से गीर
बहनोई और साले ठाह

झूट फ़रेब अवामी राज
धोके-बाज़ जियाले ठाह

सरे-आम

मुर्ग़ कड़ाही के शौक़ीन
बोतल के मतवाले ठाह

हड-हराम, निकम्मे, सुस्त
सब ही ढीले-ढाले ठाह

तेरे मेरे घर में क्यों
भूक ने डेरे डाले, ठाह

डांग, डगौरी, पत्थर, ईंट
जो भी मिले, उठाले ठाह

दुश्मन-दारी पूरी कर
जो आवाज़ निकाले, ठाह

तेरे घर जो अंधेरा है
बाक़ी सभी उजाले ठाह

चुप रह कर तस्लीम न कर
कुछ दिन शोर मचाले, ठाह

उसके जूते मख़मल के
नंगे पाँव के छाले ठाह

हो जाये जब घेरा तंग
करना ऑल दिवाले ठाह

रूखी-सूखी ही मिल जाए
मक्खन, मिर्च-मसाले ठाह

टाट की बोरी काफ़ी है
कम्बल, शाल दोशाले ठाह

इन से पेट नहीं भरते
सब मज़मून मक़ाले ठाह

जीने की कोशिश में ही
पड़ गए जान के लाले ठाह

ख़ाली बर्तन बोलता है
चुप हैं भरे प्याले, ठाह

पीले ज़र्द उड़ेंगे अब
और, हरे हरियाले ठाह

लोक लहर आती है, 'ज़फ़र'
तोड़ ग़ज़ल के जाले, ठाह

मोटे झोटे मुर्दाबाद
दिल के खोटे मुर्दाबाद

ना'रे मारो, और, दिखाओ
डांगें सोटे मुर्दाबाद

सबसे दुबले ने ये कहा
सबसे मोटे मुर्दाबाद

बड़े-बड़े होंगे इक दिन
छोटे-छोटे, मुर्दाबाद

खा जाएँ जो हमारे भी
राशन कोटे, मुर्दाबाद

खद्दर भी कमयाब हुआ
झिलमिल गोटे मुर्दाबाद

हल्के दिल वाले मर्दूद
भारी पोटे मुर्दाबाद

रंडवो ने आवाज़ लगाई
जोड़े, जोटे मुर्दाबाद

घूमते रहते हैं जो 'ज़फ़र'
ये सब लोटे मुर्दाबाद

जागीरों वाले थूह
ज़ंजीरों वाले थूह

मुतवक्किल ज़िंदाबाद
तक़दीरों वाले थूह

सब ख़्वाब हमारे हैं
ता'बीरों वाले थूह

गुमनाम ही अच्छे हैं
तशहीरों वाले थूह

हम आले-भोले ठीक
तदबीरों वाले थूह

हक़ माँगना जुर्म नहीं
ता'ज़ीरों वाले थूह

गुस्ताख़ी अपना दीन
तकफ़ीरों वाले थूह

तारीकी अपनी ज़ात
तनवीरों वाले थूह

गुड़-शक्कर भले 'ज़फ़र'
इंजीरों वाले थूह

आने वाला है इक मोड़
आगे बढ़ या रस्ता छोड़

कैसी अमानत, किसका राज़
चौराहे में भांडा फोड़

मुझे नहीं कुछ भी दरकार
जा कर उसकी हांडी तोड़

गोरे गोरे पाँव तले
काली ईंटें, काले रोड़

मेरे ही करते हैं सुपुर्द
कोई नहीं है जिसका तोड़

मीठी बात न कर बे-शक
मुंह तो मेरी जानिब मोड़

दिल पर जब पड़ता था दाग़
दाँत में अब आती है खोड़

काम आएगा दोबारा
टूटे-फूटे दिल को जोड़

दे बैठा है बयान 'ज़फ़र'
तू अब इसको तोड़-मरोड़

बुरा हो या कि अच्छा होने वाला
नहीं है फ़र्क़ इतना होने वाला

यहाँ होता रहेगा और सब कुछ
नहीं होगा तमाशा होने वाला

मुअज़्ज़िज़ हो के जब भी बैठता हूँ
तभी होता हूँ रुस्वा होने वाला

बहुत कोशिश भी कर देखी है, लेकिन
नहीं अपना गुज़ारा होने वाला

भला होने से रुकता और कब तक
अगर अब भी न होता होने वाला

फ़लक पर लहर सी रखता है रौशन
समन्दर में सितारा होने वाला

नज़र आने लगा है साफ़ अब तो
कोई नुक़्सान अपना होने वाला

गली में फैलता जाता है, देखो
हमारे घर में झगड़ा होने वाला

'ज़फ़र', मुँह से कोई कहता नहीं है
समझते हैं कि है क्या होने वाला

कोई सूरत निकलती क्यों नहीं है
यहाँ हालत बदलती क्यों नहीं है

हमारा इम्तिहान है और कितना
घड़ी सर से ये टलती क्यों नहीं है

ये बुझता क्यों नहीं है उनका सूरज
हमारी शम्अ जलती क्यों नहीं है

हवा रहती है क्यों अपने मुख़ालिफ़
हमारे साथ चलती क्यों नहीं है

अगर हम झेल ही बैठे हैं इसको
तो फिर ये रात ढलती क्यों नहीं है

कोई शय वाक़'ई मौजूद है तो
मेरी तह से उछलती क्यों नहीं है

मुहब्बत सर को चढ़ जाती है अक्सर
मरे दिल में मचलती क्यों नहीं है

तमाशा भी तरो-ताज़ा है, लेकिन
तबीअत भी बहलती क्यों नहीं है

'ज़फ़र', जब फूलती भी है ज़ियादा
तो अपनी शाख़ फलती क्यों नहीं है

तब'ए-रवाँ को लोगों की अपनी राहों पर डाल दिया
यूँ तस्वीरे-सुख़न से मैंने अपना आप निकाल दिया

अंदर की गर्मी वैसे तो बहुत ज़ोरों पर थी, लेकिन
बहुत किया तो उसने भी बस लहू को एक उबाल दिया

अलग-अलग हम इन दोनों की ख़ैर माँगते रहते हैं
घर देने के साथ ही उसने एक हमें भूंचाल दिया

हमें ही चुप सी लगी रही, वरना तो उसकी महफ़िल में
किसी ने अपनी कथा सुनाई, किसी ने अपना हाल दिया

मौसम को तबदील कर दिया आँखों ही आँखों में कहीं
बातों ही बातों में उसने इक पौदा सा पाल दिया

होती कोई तवज्जोह पहले तो कुछ कर भी सकते हम
अब क्या कहते हो जब उसने इक साँचे में ढाल दिया

अपना-अपना तौर है, और, तबीअत है अपनी-अपनी
हमने रो कर अर्ज़ गुज़ारी, उसने हँसकर टाल दिया

अदले का बदला करके भी हम सारे घाटे में रहे
हमने उसको ख़्वाब दिए थे, उसने हमें ख़याल दिया

मैं पानी सा बहता फिरता था पानी के साथ, 'ज़फ़र'
कोई बहुत मुँह-ज़ोर लहर थी जिसने मुझे उछाल दिया

रुकता नहीं वक़्त हमारा भी
चलता है काम तुम्हारा भी

देते हैं दुहाई भी हर-दम
करते बैठे हैं गुज़ारा भी

इस राह की ख़ाक भी अपनी है
और साथ रहेगा सितारा भी

ख़स-ख़ाना भी है भरा पड़ा
है ना-मालूम शरारा भी

ईमान है अपनी मजबूरी
वो कुफ़्र था हमको प्यारा भी

डरना उस वक़्त से, जिस लम्हे
तंग आ जाएगा बिचारा भी

करते हो कारोबार अपना
हम पर रखते हो इजारा भी

ये पहली बार सही, लेकिन
गुज़रेंगे यहाँ से दुबारा भी

अब क्या करने वाले हैं, 'ज़फ़र'
देते नहीं कोई इशारा भी

ज़फ़र इक़बाल

सरे-आम

देखते ही रहिये, बाहर से कैसे हैं
शक्लें कैसी हैं, अंदर से कैसे हैं

आपके चश्मा-ए-शफ़क़त पर ये प्यासे लोग
बूँद-बूँद की ख़ातिर तरसे कैसे हैं

जाते हैं किस आईना-ख़ाने की तरफ़
सबके हाथों में पत्थर से कैसे हैं

सब कमज़ोर हुए जाते हैं ताक़तवर
अब की बार दिलों में डर से कैसे हैं

मंज़िल है दरपेश नई क्या ख़लक़त को
और, सरों पर रख़्ते-सफ़र से कैसे हैं

पीछे चलने पर कर लेते हैं मजबूर
उनके हाथों में ये हुनर से कैसे हैं

रुकना है या अंदर दाख़िल होना है
दीवारें सी क्या हैं, दर से कैसे हैं

मायूसी में ये उम्मीद सी है कैसी
तपते सहरा में ये शजर से कैसे हैं

दिल में सारा खोट-भरा है पूरम-पूर
आप, 'ज़फ़र' साहिब, ऊपर से कैसे हैं

कह देंगे होकर मजबूर
हर क़ानून है ना-मंज़ूर

आपके जी में जब आई
झाड़ दिया शाख़ों से बूर

फट सकते हैं बम की तरह
रहा करो हमसे कुछ दूर

हम नश्तर बन गए तमाम
जबसे आप हुए-नासूर

आप की गर्दन मारनी है
यही है बस अपना मनशूर

करना होगा ज़ाहिर भी
जो कुछ रखते हो मस्तूर

इक दिन पकड़े जाओगे
रहते हो कब तक मफ़रूर

रोड़ा पत्थर सब कुछ है
ख़ाली हाथ नहीं मज़दूर

शीशे की ये शाम, 'ज़फ़र'
इक दिन होगी चकनाचूर

धूप ही धूप है फैली हुई, साया कम है
अब्र मौजूद है, लेकिन, अभी छाया कम है

दूसरों की जिन्हें करना थी कफ़ालत-दारी
बोझ इन्होंने यहाँ अपना भी उठाया कम है

आए दिन क्यों न हो शोरिश की शिकायत पैदा
यहाँ सरदार ज़ियादा हैं, रिआया कम है

अभी किस तरह ज़ियादा हो मेरी बात में लुत्फ़
झूट को सच में अभी मैंने मिलाया कम है

ख़ुद-ग़रज़ मैं भी कोई कम तो नहीं हूँ कि यहाँ
ख़्वाब जो देख चुका हूँ वो दिखाया कम है

जुस्तजू ही कोई ऐसी थी कि जिसमें अब तक
मैंने खोया है बहुत कुछ, अभी पाया कम है

मौत के बाद की मुद्दत भी मिला दे इसमें
ज़िंदगी मेरे लिए मेरे ख़ुदाया कम है

अब कहीं जाके कुछ एहसास हुआ है कि ये उम्र
ख़र्च कर दी है बहुत, और, बक़ाया कम है

ऐसे लगता है कि इस आइना-ख़ाने में, 'ज़फ़र'
मैंने तोड़ा ही ज़ियादा है, बनाया कम है

'ज़फ़र', लय की जगह फ़रियाद को तब्दील करना है
इमारत को नहीं, बुनियाद को तब्दील करना है

तवज्जेह अपनी अहले-आसमाँ पर बा'द में होगी
कि पहले मैंने आदम-ज़ाद को तब्दील करना है

बग़ैर इसके बदल सकता है कब ये नारवा मौसम
किसी सूरत इस अब्रो-बाद को तब्दील करना है

तसल्ली हो नहीं पाती है इसकी शादमानी से
इसी ख़ातिर दिले-नाशाद को तब्दील करना है

जो करना है तो औरों के बजाए आप ही हमने
इस अपनी हालते-बर्बाद को तब्दील करना है

मिज़ाजे-बुलबुलो-गुल ही बदल देना नहीं हमको
तो ख़ाली किसलिए सय्याद को तब्दील करना है

हमें तरमीम है मतलूब अपने शौक़ में कोई
कि जिसके बा'द उसकी याद को तब्दील करना है

तो करनी होगी बात अब और ही अंदाज़ में उससे
जो हमने हिज्र की मी'याद को तब्दील करना है

कब इस नज़्मे-नियाज़ो-नाज़ का ध्यान आएगा आख़िर
कब इस मजमूआ-ए- अज़्दाद को तब्दील करना है

अब क्या कहें, गुज़रती है गुज़रान किस तरह
मुश्किल हमारी होती है आसान किस तरह

सच है कि आसमान को है इसकी क्या ख़बर
रहते हैं इस ज़मीन पे इन्सान किस तरह

पहले ही दिन बची नहीं इस घर में कोई चीज़
भुगताऊँगा मैं रोज़ ये मेहमान किस तरह

कुछ हम ही जानते हैं कि इस हाल में भी हम
उसके उतारते रहे एहसान किस तरह

बाहर की सिम्त खिलते हैं क्यूँ-कर गुलो-सुमन
अंदर को फैलते हैं बयाबान किस तरह

किस वसवसे में शाम को रुकता है और दिल
होती है तबअ और परेशान किस तरह

इक ख़्वाब में गुज़ार तो दी है तमाम उम्र
पूरा, मगर, करूँगा ये नुक़्सान किस तरह

उस पर तो कुछ असर नहीं इस इन्क़िलाब का
मैं रह गया हूँ देख के हैरान किस तरह

हम तो चले ही जाऐंगे पैदल भी, ऐ 'ज़फ़र'
है मसअला कि जाएगा सामान किस तरह

खोया है कहाँ ज़माना अपना
मिलता ही नहीं ख़ज़ाना अपना

दुश्वार-गुज़ार रास्तों पर
ये क़ाफ़िला-ए-रवाना अपना

कुछ और हक़ीक़तें भी हैं साथ
इतना ही नहीं फ़साना अपना

हम किस को क़सूरवार ठहराएं
पीठ अपनी है, ताज़ियाना अपना

इस रंग बिरंग सरज़मीं पर
दाम अपना है, और, दाना अपना

दुनिया के अंधेरों आंधियों में
रौशन रहा ख़्वाब ख़ाना अपना

अब ज़िद पर वो आए या न आए
फिर चूक गया निशाना अपना

हम इसको ठहर के भी दिखाते
होता जो कहीं ठिकाना अपना

सुनता कोई दूसरा, 'ज़फ़र', क्यों
था अपने लिए तराना अपना

सरे-आम

ख़ास कोई नहीं, आम कोई नहीं
हाथ मौजूद हैं, काम कोई नहीं

धूप ही धूप रहती है सर पर रवाँ
रात मंसूख़ है, शाम कोई नहीं

सिर्फ कोताहियों पर सज़ा है यहाँ
कारनामों पे इनआम कोई नहीं

ये इमारत खड़ी है बड़ी शान से
लेकिन इसमें दरो-बाम कोई नहीं

सहर सा एक छाया हुआ देखिए
सब गिरफ़्तार हैं, दाम कोई नहीं

दास्ताँ चल रही है बयाँ दर बयाँ
जिसका आग़ाज़ो-अंजाम कोई नहीं

वाक़ियात इक तसलसुल में होते हैं अब
करने वाले तो हैं, नाम कोई नहीं

कोई भी दिन गुज़रता नहीं ख़ैर से
जिसमें दुश्नामो-इल्ज़ाम कोई नहीं

शायरी बात है सामने की, 'ज़फ़र'
इसमें वही और इलहाम कोई नहीं

ज़फ़र इक़बाल

लबों पर मुहर लगी है हिकायतें अब क्या
लड़ाई है तो फिर इसमें रिआयतें अब क्या

लहू की लूट मची है, कभी तो लाएगी रंग
ज़ियाने-जाँ है तो इसमें किफ़ायतें अब क्या

ये इशक़ मक़सदे-मौहूम तो न था, ऐ दिल
वो हमसे पूछने आते हैं ग़ायतें अब क्या

नहीं मरीज़े-सदाक़त, मरीज़े-दिल हूँ फ़क़त
गुज़र चुका हूँ दवा से, हिदायतें अब क्या

बला हमीं थे जो है ये बराए-दफ़'ए-बला
वो पढ़के फूँकते रहते हैं आयतें अब किया

शिकस्तो-रेख़्त की मंज़िल में क्या नहीं शबो-रोज़
बचाइयेगा यहाँ पर रिवायतें अब क्या

सरों पे टूट पड़ा है जो आसमाँ, तो जनाब
घरों से नापिये इसकी निहायतें अब क्या

हमारे वास्ते जिसने किया नहीं कुछ भी
जता रहा है वो ख़ाली हिमायतें अब क्या

हदो-हिसाब से बाहर सितम भी हैं जिसके
शुमार कीजिये उसकी इनायतें अब क्या

जहाँ ख़ुद आए हैं, लाए नहीं गए हैं, 'ज़फ़र'
करें हम उनसे वहाँ की शिकायतें अब क्या

जो कारे-ख़ास मुकर्रर दिया गया है मुझे
मेरे हदूद से बढ़कर दिया गया है मुझे

बजाए ख़ूँ मेरी रग-रग में बरहमी है अगर
तो क्यों ये ज़हर बराबर दिया गया है मुझे

समझता सोचता ख़ुद भी हूँ, ये भी याद रहे
दिमाग़ रखता हूँ मैं, सर दिया गया है मुझे

ग़लत है, और मैं इसे मुस्तर्द भी करता हूँ
यही कि मेरा मुक़द्दर दिया गया है मुझे

ये दर्से-अम्नो-अमाँ क्या है, ख़ूब जानता हूँ
कि ये फ़रेब तो अक्सर दिया गया है मुझे

बहुत है इस ख़सो-ख़ाशाके-ज़रगरी के लिए
वो शो'ला जो मेरे अंदर दिया गया है मुझे

जो पेशगोई करूँगा, दुरुस्त निकलेगी
तभी मुक़ामे-पयम्बर दिया गया है मुझे

कुछ और है मेरा अंदाज़े-एहतिजाज, 'ज़फ़र'
उसे क़बूल नहीं, पर दिया गया है मुझे

सरे-आम

वो कांच-कांच बदन चूर-चूर किसका था
सज़ा सुनाएँगे किस को, क़सूर किसका था

उड़ी जो ख़ाक वो मौसम की मौज थी, लेकिन
पसे-गुबार इशारा, हुज़ूर, किसका था

वो हाथ जिसने दुपट्टे सरों से नोच लिए
जो हो सके तो बताना ज़रूर, किसका था

कहाँ बुनी गई सय्याद की सियह साज़िश
दिमाग़ो-बुलबुलो-गुल में फ़ितूर किसका था

बयान देता रहा कौन सुलह-जोई के
इरादा और ही बैन-उल-सतूर किसका था

दिलों के वस्त में दीवार खींच दी किसने
तुम्ही कहो, ये निफ़ाक़ो-नुफ़ूर किसका था

हम अपनी दाद रसी चाहते वहाँ, क्या ख़ूब
वो बज़्म किसकी थी, सद्र-उल-सदूर किसका था

अगर वहाँ पे थी सब्र-आज़माई की ख़्वाहिश
तो फिर यहाँ भी दिले-नासबूर किसका था

हमारी ख़ाक पे अक्से-अना था किसका, 'ज़फ़र'
हमारे ख़ूँ से ये ग़ुस्ले-ग़ुरूर किसका था

दामाने-शह से दस्ते-गदा कितनी दूर है
ऐ क़स्रे-शीशा! संगे-सज़ा कितनी दूर है

अंदाज़ा कोई कर ही नहीं पाएगा यहाँ
क्या-क्या ज़मीं है सख़्त, ख़ुदा कितनी दूर है

फेंका है जिसने ख़िरमने-ख़ामोश में शरर
उसको ख़बर न थी कि हवा कितनी दूर है

ता'ज़ीरे-ताज़ा मंज़िले-दरयाब है अगर
ता'बीरे-ख़्वाबो-ख़ौफ़े-ख़ता कितनी दूर है

देखो कि आशियाँ हैं सलामत कहाँ-कहाँ
क्या पूछते हो बर्क़े-बला कितनी दूर है

क़ौसे-क़रार तक है, सुना, किसकी दस्तरस
अब्रे-अमाँ यहाँ से, बता, कितनी दूर है

जिस आबो-ताब लम्हे की है मुन्तज़िर ये ख़ाक
ऐ नाख़ुनाने-उक़दा-कुशा, कितनी दूर है

ये फ़ैसलों का वस्ल है या फ़ासलों की फ़स्ल
कितना क़रीब है कोई, क्या कितनी दूर है

इस शहर का तो ज़िक्र ही क्या है अभी, 'ज़फ़र'
ये पूछिये कि शहर नुमा कितनी दूर है

ज़फ़र इक़बाल

इल्ज़ाम एक ये भी उठा लेना चाहिए
इस शहर बे-अमाँ को बचा लेना चाहिए

ये ज़िंदगी की आख़िरी शब ही न हो कहीं
जो सो गए हैं उनको जगा लेना चाहिए

वो किस तरफ़ चला है, लगाए कोई सुराग़
मैं किस तरफ़ रवाँ हूँ, पता लेना चाहिए

या'नी क़िमारे-इश्क़ में क्या कुछ है दाव पर
इस राज़े-वाशिगाफ़ को पा लेना चाहिए

कैसा है कौन, ये तो नज़र आ सके कहीं
परदा ये दरमियाँ से हटा लेना चाहिए

दिल पर जो यादगार रहे उसके मुक्र की
ऐसा भी कोई नक़्श बना लेना चाहिए

इस तरह भी चला है कभी कारोबारे-शौक़
रूठे कोई तो उसको मना लेना चाहिए

कीजे न कुछ मुतालिबा-ए-वस्ल, ऐ 'ज़फ़र'
की है वफ़ा तो उसका सिला लेना चाहिए

है तो ख़ूबसूरत वो, पर, ज़रा कपत्ती है
हाथ भी लगाने पर झाड़ है, दुलत्ती है

ज़ुल्फ़ के अँधेरे में ढूँढिये रुख़े-ज़ेबा
है, मगर, निकम्मी सी आरज़ू की बत्ती है

शर्म भी नहीं आती चाय माँगते दिल को
दूध है न ईंधन है, खांड है ना पत्ती है

क़ौम के मुक़द्दर में लिख दिए गए हैं ये
एक भाई फत्तू है, साथ माई फत्ती है

हैं वही बड़े फिर भी, पिड़ में जो है सब उनका
अपने पास अट्ठी है, उनके हाथ सत्ती है

इक मिसाल रखता है अपना रंगे-मज़रूबी
ख़त्म है ये फ़न उस पर, और, अभी निहत्ती है

दरमियाँ में चलती हैं सैंडिल और सलवातें
फ़र्श पर सनत्ता है, खाट पर सनत्ती है

रहम या थकावट से आख़िरश तशद्दुद में
फ़र्क़ तो हुआ पैदा, गरचे पाव रत्ती है

हाथ धो के सौ जाएँ ख़ैर से 'ज़फ़र' साहिब
इस दफ़ा तो टेढ़ी है खीर, और, तत्ती है

सरे-आम

शाइर हूँ, किताब बेचता हूँ
हाँ नान कबाब बेचता हूँ

बिखरे हुए ख़्वाब बेचता हूँ
अपने हैं, जनाब, बेचता हूँ

ज़ख़्मों के गुलाब बेचता हूँ
करता हूँ हिसाब, बेचता हूँ

है कारे-सवाब, बेचता हूँ
मैं मुफ़्त शराब बेचता हूँ

तरकीबे-शबाब बेचता हूँ
लफ़्ज़ों का ख़िज़ाब बेचता हूँ

जो कुछ है, शिताब बेचता हूँ
क्या माल ख़राब बेचता हूँ

आबो-तबो-ताब बेचता हूँ
झूटा हूँ, सराब बेचता हूँ

गूँगा हूँ ख़िताब बेचता हूँ
बहरा हूँ, जवाब बेचता हूँ

चेहरों के नक़ाब बेचता हूँ
बे हीलो-हिजाब बेचता हूँ

आवाज़ लगाई है 'ज़फ़र' ने
रावी-ओ-चनाब बेचता हूँ

ज़फ़र इक़बाल

कुछ निकाली है, कुछ घुसेड़ी है
कोई तो शय कहीं नबेड़ी है

हमने हर दास्तान के अंदर
इक नई दास्तान छेड़ी है

हुईं ग़ायब हमारी सब सिम्तें
जो मयस्सर है वो भी टेढ़ी है

जो निकाली थी उसने बाल की खाल
हमने वो खाल भी उधेड़ी है

काम अपना तमाम कर देगी
वो थपेड़ा है या थपेड़ी है

सुख़न-आराई अजनबी नहीं कुछ
हमने ये भी मशीन गेड़ी है

इस मुसीबत को और कुछ न कहो
हमने ये आप ही सहेड़ी है

बीच में ही भटक रहे हैं कहीं
अपनी चोटी है और न एड़ी है

बात अब और है कि हमने, 'ज़फ़र'
ईंट बुनियाद की उखेड़ी है

हज़ार हुस्न के सूरत कदों में रहता हूँ
डरा हुआ हूँ, मैं अपनी हदों में रहता हूँ

ये मैं कि ना'रा-ए-मस्ताना था शिआर मेरा
सदा के सहमे हुए गुम्बदों में रहता हूँ

नई-पुरानी यहाँ दफ़्न हैं सभी क़द्रें
मैं सुबहो-शाम इन्हीं मरक़दों में रहता हूँ

भरम इसी लिए क़ायम है मेरे क़ामत का
जहाँ भी रहता हूँ कोतह-क़दों में रहता हूँ

मिला हुआ हूँ मैं दर-परदा दिलबरों से, मगर
बज़ाहिर अश्क-फ़िशाँ दिल-ज़दों में रहता हूँ

कभी चढ़ेगा ख़िज़ाँ ख़्वाहिशों का रंग 'ज़फ़र'
मैं नेक ही सही, आख़िर बदों में रहता हूँ

सरे-आम

मुद्दतें गुज़रीं पर अब भी वही आलम है यहाँ
तुम तो कहते थे कि हर ज़ख़्म का मरहम है यहाँ

सहरो- शाम पे वो मुहर लगी है कि न पूछ
वही बे-मुहर हवा है वही मौसम है यहाँ

अब भी है लौहै-जबीं हर्फ़े-तमन्ना की अमीं
देखने वालों को फ़ुर्सत ही बहुत कम है यहाँ

उनको आता ही नहीं अपनी वफ़ाओं का यक़ीं
हम हैं और कब से इसी बात का मातम है यहाँ

हम ही उम्मीद के गुलज़ार खिलाने वाले
अपनी ही ज़ात मलामत कशे-आलम है यहाँ

हदीसे-शामे-ग़रीबी शजर-शजर से कहो
जो दिल पे बीत रही है ज़माने भर से कहो

कटे ज़बान तो अफ़साना-ए-ग़मे-पिन्हां
पलक-पलक पे सजा लो, नज़र-नज़र से कहो

हिकायते-शबे-गुज़रां रवाँ-दवाँ ही रहे
अगर कोई नहीं सुनता तो बामो-दर से कहो

फ़रेबे-दूरी-ए-मंज़िल, शकेबे-हम-सफ़राँ
नुक़ूशे-पा से लिपट जाओ, रह-गुज़र से कहो

जो ज़ख़्म सर पे लगे हैं वही बहुत हैं अभी
अभी मुआफ़ ही रख्खें दिलो-जिगर से कहो

ज़फ़र इक़बाल

सो-बार कर चुका हूँ, तमाशा है और भी
आँखों का अंग है कि सिमटता है और भी

सूझी है क्या कि फाँद के दीवारे-जिस्मो-जाँ
घर से निकल पड़े हैं कि दुनिया है और भी

कड़वे फलों के बोझ से टूटेगा एक दिन
वो शाख़-सारे-वहम कि ऊँचा है और भी

मौसम है क्या, ये शाम है कैसी, कि बर्गे-दिल
रुकती हुई हवा में लरज़ता है और भी

दरिया है, डूबना हो तो पायाब है, 'ज़फ़र'
साहिल पे बैठ जाओ तो गहरा है और भी

सीनों में मौज-ख़ेज़ हैं अरमाँ नए-नए
हम हैं तो आएँगे अभी तूफ़ाँ नए-नए

पलकों पे जल रही है जले जंगलों की राख
आँखों में खिल रहे हैं ख़ियाबां नए-नए

जब भी गए हैं चारा-ए-ग़म के लिए वहाँ
दामन में भर के लाए हैं पैमाँ नए-नए

माँगे हुए चराग़ की मरती हुई सी लौ
होते हैं अहले-शाम पे अहसाँ नए-नए

सुब्हे-विसाल ही से ये आलम है ऐ 'ज़फ़र'
समझो न हमको सोख़्ता-सामाँ नए-नए

सरे-आम

उठ, और फिर से रवाना हो, डर ज़ियादा नहीं
बहुत कठिन सही मंज़िल, सफ़र ज़ियादा नहीं

बयाँ में अपने सदाक़त की है कमी, वरना
ये राज़ क्या है कि उस पर असर ज़ियादा नहीं

मुझे ख़राब किया उसने, हाँ किया होगा
उसी से पूछिये, मुझको ख़बर ज़ियादा नहीं

सुना है वो मेरे बारे में सोचता है बहुत
ख़बर तो है ही, मगर मो'तबर ज़ियादा नहीं

ये जुस्तजू तो रहे, कौन है, वो कैसा है
सुराग़ कुछ तो मिलेगा, अगर ज़ियादा नहीं

अभी रवाना हूँ यकसूई से मैं दश्त-ब-दश्त
कि रेगज़ारे-सफ़र में शजर ज़ियादा नहीं

जभी तो ख़ारे-दिले-दोस्ताँ नहीं हूँ अभी
कि ऐब मुझमें बहुत हैं, हुनर ज़ियादा नहीं

दिनों की बात है अब कीमियागरी अपनी
कि रह गई है ज़रा सी कसर, ज़ियादा नहीं

'ज़फ़र', हम आपको गुमराह तो नहीं कहते
यही कि हैं भी अगर राह पर, ज़ियादा नहीं

ज़फ़र इक़बाल

तेरे ही रास्ते सही, विल से गुज़र-गुज़र तो जा
मंज़रे-आरज़ू भी देख, रुक तो सही, ठहर तो जा

ज़ुल्मो-सितम के साथ-साथ ख़ौफ़े-ख़ुदा भी चाहिए
इतनी सी बात भी क़बूल तुझको नहीं अगर तो जा

तेरे ही ख़ैर-ख़्वाह क्यों करने लगे तुझे ज़लील
उनसे ये पूछ तो सही, उठ के ज़रा उधर तो जा

उस दिले-ख़स्ता ख़्वाब की अब तो फ़िज़ा ही और है
देर के ख़ानुमाँ-ख़राब, तू कभी अपने घर तो जा

वा'दा-ए-वस्ल था कोई भूल गया कि याद है
कुछ तो जवाब दे मुझे और नहीं अगर, तो जा

हो लिए यकसू बहुत, अब तो बिखरना रह गया
जी चुके दिल खोल कर, घुट-घट के मरना रह गया

और तो अंदाज़ सब उसने बदल डाले, मगर
एक पहले की तरह कह कर मुकरना रह गया

चाहते भी थे उसे, डरते भी थे उससे, मगर
अब तो यूँ लगता है जैसे सिर्फ डरना रह गया

इसको नाकामी कहूं या कामयाबी, क्या कहूं
और तो सब कुछ हुआ, दिल में उतरना रह गया

जानता हूँ अब वहाँ पर मुंतज़िर कोई नहीं
रोज़ का उस राह से, लेकिन, गुज़रना रह गया

कार-फ़रमाई की उसने इंतिहा कर दी, 'ज़फ़र'
फिर भी यूँ है जैसे कोई काम करना रह गया

ये बात अलग है मेरा क़ातिल भी वही था
इस शहर में ता'रीफ़ के क़ाबिल भी वही था

आसां था बीत उसके लिए हर्फ़े-मुरव्वत
और, मरहला अपने लिए मुश्किल भी वही था

ता'बीर थी अपनी भी वही ख़्वाबे-सफ़र की
अफ़साना-ए-महरूमिए-मंज़िल भी वही था

इक हाथ में तलवार थी, इक हाथ में कशकोल
ज़ालिम तो वो था ही, मेरा साइल भी वही था

हम आपके अपने हैं, वो कहता रहा मुझसे
आख़िर सफ़े-अग़यार में शामिल भी वही था

मैं लौट के आया तो गुलिस्ताने-हवस में
था गुल भी वही, शोरे-अनादिल भी वही था

दा'वे थे, 'ज़फ़र', उसको बहुत बा-ख़बरी के
देखा तो मेरे हाल से ग़ाफ़िल भी वही था

ज़फ़र इक़बाल

सरे-आम

परदा ये मस्लिहत का हटा क्यों न दीजिये
जो अस्ल बात है वो बता क्यों न दीजिये

मेरा हिसाब खोल दिया इसलिए कि ये
मुजरिम नहीं तो इसको सज़ा क्यों न दीजिये

मैं ख़्वाब हूँ तो कीजिएगा पारा-पारा कब
मैं ख़ाक हूँ तो मुझको उड़ा क्यों न दीजिये

मिलना नहीं तो बात भी करना है क्या ज़रूर
अब ये तकल्लुफ़ात उठा क्यों न दीजिये

डरना ही था, जनाब, तो मरने चले थे क्यों
इस का जवाब क्यों न दिया, क्यों न दीजिये

अब शे'रो-शायरी का ज़माना नहीं, 'ज़फ़र'
कहिये तो ये दुकान बढ़ा क्यों न दीजिये

दलाइल उनके अपने हैं न हुज्जत उनकी अपनी है
फ़क़त इक सूए-ज़न रखने की आदत उनकी अपनी है

हमारा क्या तअल्लुक़ था जो यूँ रुस्वा किया हमको
कि झगड़े उनके अपने हैं, सियासत उनकी अपनी है

उछाला है उन्होंने इतनी बेदर्दी से ख़ुद जिसको
हम अब तक ये समझते थे कि इज़्ज़त उनकी अपनी है

हमें नापें न वो पैमाना-ए-इख़लास से अपने
हमें मा'लूम है जैसी कि हालत उनकी अपनी है

वो आख़िर निय्यतों का हाल भी तो जानते होंगे
हमारी बे-ज़ुबानी पर वज़ाहत उनकी अपनी है

'ज़फ़र इक़बाल' को इक़बाल है जुर्मे-सदाक़त से
सुनाते हैं सज़ा कितनी, ये हिम्मत उनकी अपनी है

ज़फ़र इक़बाल

शामे-दहश्त में कहीं संगे-सदा आया तो है
शुक्र कर, ऐ ख़्वाबे-दिल, ये मरहला आया तो है

रुत बदलने के नज़र आते तो हैं आसार कुछ
बाज़ुओं में ज़ोर, दिल मैं हौसला आया तो है

झंडियाँ भी मुंतज़िर, बैनर भी थे सब फ़र्शे-राए
देर से आया सही, वो बे-हया आया तो है

वापस लहू की अपने शफ़क़ माँगते हैं लोग
अपना ही माँगते हैं जो हक़ माँगते हैं लोग

सालिम तो ज़िंदगी कहीं देखी सुनी नहीं
मरते हैं, ज़िंदगी की रमक़ माँगते हैं लोग

इस ख़ामुशी में संगे-समाअत कहीं से आए
ये दिल ही तोड़िये कि खनक माँगते हैं लोग

घर माँगते हैं कोई, मगर, जेल के सिवा
पोलीस के बग़ैर सड़क माँगते हैं लोग

इज़हारे-आरज़ू की चहक चाहिए इन्हें
गुलज़ारे-गुफ़्तुगू की महक माँगते हैं लोग

दालानो-दिल में चाहते हैं धूप और हवा
दीवारो-दर पे एक दमक माँगते हैं लोग

थोड़ी सी इस ज़मीन पे रिमझिम का है सवाल
छोटी सी आसमाँ पे धनक माँगते हैं लोग

ज़ख़्मों पे इनके छिड़का गया है जो आज तक
क्या है जो अपना हक़्क़े-नमक माँगते हैं लोग

नादाँ हैं, छीन सकते हैं बढ़कर जो शय, 'ज़फ़र'
बेजा सहर से शाम तलक माँगते हैं लोग

फिर ज़िंदगी के नाम पे मरवा दिया गया
जो हारते न थे उन्हें हरवा दिया गया

आँखों में ख़ूँ भी उतरा हुआ देखते, अगर
चेहरों पे रंगे-ज़र्द बिखरवा दिया गया

जिससे चमक हया की थी पत्थर की आँख में
वो माँदा पैरहन भी उतरवा दिया गया

मंज़िल तो ख़ुद हमारी तरफ़ थी रवाँ, हमें
जैसे भी रास्तों से गुज़रवा दिया गया

निय्यत बजा थी उनके बक़ौल उनके, पर, 'ज़फ़र'
करना न था जो काम वो करवा दिया गया

रोटी कपड़ा भी दे, मकान भी दे
और, मुझे जान की अमान भी दे

मजलिस आराई का सिला ही नहीं
दादो-तहसीन का लगान भी दे

और सारी सहूलतें भी बजा
सर बरहना हूँ, आसमान भी दे

ज़हर कैसा है, मैं बता भी सकूँ
ज़ायक़ा तो दिया, ज़बान भी दे

तौक़े-लानत बदलता रहता है
अब कोई मुस्तक़िल निशान भी दे

सब्ज़-पोशी ही फब रही है बहुत
अब ज़रूरी नहीं अज़ान भी दे

शे'र-गोई, 'ज़फ़र', नहीं काफ़ी
या'नी अख़बार में बयान भी दे

अगरचे मनअ भी करता नहीं मुरव्वत में
मिलाए रखता है इनकार भी इजाज़त में

सुनी न उसने हमारी, खुला था दफ़्तरे-हुस्न
अगरचे दिल उसे दे भी चुके थे रिश्वत में

उसे तो आज भी जल्दी है ज़ुल्म ढाने की
ये मैं हूँ अब भी जिसे उज़्र है शिकायत में

यही सियासते-दिल है तो देखना इक दिन
बयान दीजिएगा अपनी ही मुज़म्मत में

इस आइने पे नहीं अक्से-आरज़ू का तिलिस्म
अभी तो दिल है किसी और ही मुसीबत में

ये शहर ख़ाक-बसर क्यों है, और, कब से है
कभी निकल के ज़रा देख शामे-फ़ुरसत में

मेरे हवास पे छाया हुआ है अब्र सा क्यों
तेरा वजूद अगर वहम है हक़ीक़त में

अब उसकी सोच कि साहिल से आ लगा हूँ, 'ज़फ़र'
कि एक उम्र रहा हूँ भँवर की सोहबत में

सरे-आम

अर्श पाताल हो गए मेरे
लोग बदहाल हो गए मेरे

शहर वीरान हो गया यकसर
बाग़ पामाल हो गए मेरे

कोयलें मेरी हो गईं ख़ामोश
मोर बेहाल हो गए मेरे

कोई मंज़र कहीं बचा ही नहीं
ख़्वाब कंगाल हो गए मेरे

रात-दिन बोझ बांटने वाले
फ़ारिग़ुलबाल हो गए मेरे

गिरह कट, चोर, उठाईगीर सभी
क़ाफ़िले वाल हो गए मेरे

दिल के अंदर गिरा था ख़ून, मगर
फ़र्श क्यों लाल हो गए मेरे

कोई पहचान ही नहीं पाता
क्या ख़द्द-ओ-ख़ाल हो गए मेरे

गर्म गुफ़्तार हूँ, ज़फ़र, कितना
हर्फ़ सय्याल हो गए मेरे

ख़िलाफ़े-क़ा'इदा अब के दिलों का मस क्या था
ग़लत सही, मगर, इसमें किसी का बस क्या था

उड़ा के ले गई सब ज़ाब्ते वो मौजे-हवस
हवाए-तुन्द के आगे ये ख़ारो-ख़स क्या था

वफ़ाए-वा'दा नहीं उसकी दस्तरस में अगर
तो पूछना कि वो दा'वाए-दस्तरस क्या था

खुला तो देर में जा कर खुला ये नुक़्ता-ए-राज़
कि अस्ल दुश्मने-जाँ था वो हम-नफ़स क्या था

जहाने-जब्र में था उस का जब्र क्यों शामिल
'ज़फ़र' क़फ़स में वो एक और ही क़फ़स क्या था

ग़रीबे-शहर हूँ, सड़कों पे है सफ़र मेरा
हवा की तरह कोई घाट है न घर मेरा

हैं मेरी घात में कब से किराए के क़ातिल
सुराग़ रखता है कुछ तो वो बे-ख़बर मेरा

मैं अस्ल चेहरा दिखाता हूँ उस का दुनिया को
क़सूर कोई अगर है तो इस क़दर मेरा

ज़मीर बेच दिया जाने-ना-तवाँ के इवज़
कभी सुनो तो फ़साना है मुख़्तसर मेरा

मैं उसके झूट को जारी करूँगा सच की सनद
कि रात-दिन यही ठहरा है अब हुनर मेरा

वो नोके-तेग़ पे रख लाए थे, 'ज़फ़र', दस्तार
क़बूल करके ही आख़िर बचा है सर मेरा

मचली है जहाँ ज़ुल्फ़े-ख़यालात की ख़ुश्बू
फैलेगी कभी इतरे-मुलाक़ात की ख़ुश्बू

दो-चार बरस और अभी आशुफ़्ता-सरों को
ना-साज़ है पैराहने-हालात की ख़ुश्बू

खोलेगी सबा ख़ुद ही दरे-नाफ़ा-ए-फ़र्दा
और, होगी रवाँ दौरे-मुसावात की ख़ुश्बू

है हासिले-हैरत-कदा अंबर इमरोज़
चुपचाप गुज़रते हुए लमहात की ख़ुश्बू

मैं आह के झोंके से खिला हूँ सरे-सहरा
है चारों तरफ़ एक मेरी ज़ात की ख़ुश्बू

निगारो-नक़्शे-गुलिस्ताँ तो क्या निखारोगे
रुख़े-बहार से ये रंग भी उतारोगे

ये लोग, पाँव की ठोकर बता रहे हो जिन्हें
इन्हीं के सामने कल झोलियाँ पसारोगे

जहाँ-जहाँ भी बिछाओगे मौत के कांटे
वहाँ-वहाँ ख़लिशे-ज़िंदगी उभारोगे

हमें ख़बर है कि हम ही खटक रहे हैं तुम्हें
हमें भी कोई बुरा नाम दे के मारोगे

बनी रहेगी तुम्हारी भी जान पर शब-भर
ये रात तुम भी बड़े क़हर की गुज़ारोगे

क़द्र क़ायम रही मे'यार बदल देने से
सर बदलते नहीं दस्तार बदल देने से

किस को देते हैं असीरों की रिहाई का फ़रेब
आप ज़ंजीर की झनकार बदल देने से

अस्ल इस खेल की ज़ाहिर है भरी दुनिया पर
फ़र्क़ पड़ता नहीं किरदार बदल देने से

बात गुफ़्तार से पैकार तक आ पहुंची है
या'नी बदलेंगे ये आसार, बदल देने से

सादगी देखिये, वो अब भी समझते हैं, 'ज़फ़र'
वक़्त रुक जाएगा रफ़्तार बदल देने से

ये रात, ये घन-गरज, ये बरसात
देखो मेरी सुब्ह के निशानात

होंटों पे भी आएँगे किसी दिन
आँखों में छुपे हुए सवालात

इक शो'ले की राह देखते हैं
ये शाम, ये ख़्वाब, ये ख़यालात

हर दिन है तेरी उम्मीद का दिन
हर रात है तेरे हिज्र की रात

किस दिन ये सफ़र तमाम होगा
कब होगी मेरी तरी मुलाक़ात

सरे-आम

बदले हुए मौसम की फ़िज़ा सबके लिए है
ये अब्र, ये गुलशन, ये हवा सबके लिए है

गुम-गश्ता ख़ज़ीने का पता सबके लिए है
हिम्मत हो तो दरवाज़ा खुला सबके लिए है

रह जाये न पीछे कोई अस्नाए-सफ़र में
अब जुर्मे-तसाहुल की सज़ा सबके लिए है

फ़िरऔन जहाँ पर भी हैं, जैसे भी हैं, जो भी
ये ख़ूब समझ लें कि असा सबके लिए है

बालाए-मुहब्बत नहीं उश्शाक़ में कोई
पाबंदीए-आईने-वफ़ा सबके लिए है

सब मुस्तहिक़े-जलवए-जानां हैं बराबर
बीमारी-ए-हिज्रां की दवा सबके लिए है

मुशतर्का है मीरासे-मुहब्बत, 'ज़फ़र', अब के
उस हुस्न की एक-एक अदा सबके लिए है

ज़फ़र इक़बाल

फाड़ फेंकी मेरी तहरीरे-शिकायत उसने
इसमें भी देखिए, की कितनी रिआयत उसने

ज़ुल्म करता है तो जी जान पे सियह जा ये भी
मेहरबानी भी कभी की थी निहायत उसने

सरे-इजलास हुआ मेरा क़ज़िय्या फ़ैसल
सामने सबके सुनी दिल की हिकायत उसने

इज्तिहाद इतना ही मज़मूने-मुहब्बत में हुआ
तोड़ दी पास बिठाने की रिवायत उसने

हाकिमे-शहर ने इन्साफ़ किया मेरा भी
की बहुत अहले-मुहल्ला की हिमायत उसने

इस महारत से किया था कि मैं ख़ुद हैराँ हूँ
ख़ून में ख़्वाब के मानिंद सरायत उसने

वो भी दिल-शाद हैं, देखो तो सही उस का फ़रेब
जिन पे डाला ही नहीं अक्से-इनायत उसने

जवाब दीजिये उसको अगर तो क्या कह कर
जो हमसे जान छुड़ाता है बेवफ़ा कह कर

कहाँ से ढूँढिये क्यूँ-कर मनाइये उसको
कि वो तो जा भी चुका है बुरा-भला कह कर

हज़ार शिकवे थे इस बार बद-गुमाँ से, मगर
कोई तो सामने उसके भी देखता कह कर

खुलेगा उसकी मसीहाई का भरम कुछ तो
वो ज़हर दे तो सही ख़ल्क़ को दवा कह कर

लिबास और, बदन और है, मगर, है वही
पुकारते हो उसे यूँही दूसरा कह कर

उसी की गर्द में गुम है ज़रे-अय्यारे-हुनर
जो ख़ाक हमने उड़ाई थी कीमिया कह कर

वो क्यों ख़फ़ा है, 'ज़फ़र', में तो पछता ही रहा
पर, एक लफ़्ज़ भी उसने नहीं दिया कह कर

करते हैं अपने तर्के-तमन्ना का एं'तबार
दुनिया में हैं तो क्यों न हो दुनिया का ए'तबार

हम तो शरीफ़ आदमी थे, हमसे पूछते
करना न था अगर दिले-रुस्वा का ए'तबार

चुप रह के उससे मुंसफ़ी चाहेंगे हम, कि अब
बाक़ी नहीं रहा लबे-गोया का ए'तबार

दिल पर ये लोग बंद नहीं बाँधते कभी
करते हैं आँख मीच के दरिया का ए'तबार

शक ने किया शिकार हमें, वरना आज तक
था सबको अपनी हस्ती-ए-यकता का ए'तबार

बीमार होंगे सोच समझ कर ही अब, 'ज़फ़र'
अच्छा है, उठ गया है मसीहा का ए'तबार

सहर हुई है, सफ़ीने ख़तर से निकले हैं
हज़ार ख़्वाबे-सफ़र बामो-दर से निकले हैं

दिल उसके दाम में उलझा तो छिप गए अख़बार
कई फ़साने ज़रा सी ख़बर से निकले हैं

मिला न वो तो कभी लौट कर न आएँगे हम
ये शर्त बांध के इस बार घर से निकले हैं

तिलिस्मे-ताज़ा कोई मुन्तज़िर न हो अपना
कई दिनों में तो उसके असर से निकले हैं

जवाब दे के सुबक-दोश वो हुआ ख़ुद भी
बहुत फ़ितूर हमारे भी सर से निकले हैं

जुदा नहीं हैं मुहब्बत से नफ़रतें, ऐ दिल
ये रास्ते भी उसी रहगुज़र से निकले हैं

अब उनको मुझसे लड़ाते हैं, अहले-दहर, 'ज़फ़र'
जो शाख़-सार मेरे ही शजर से निकले हैं

हर हुज्जत हीला छोड़ दिया
लफ़्ज़ों को ढीला छोड़ दिया

सूरज की तरह ग़ुरूब हुए
धरती को गीला छोड़ दिया

कहीं झाड़ू दिया सफ़ाई से
कहीं तिनका-तीला छोड़ दिया

फीके पकवान की हसरत में
सालन मिर्चीला छोड़ दिया

तफ़सील ज़रा क्या माँगी थी
उसने तफ़सीला छोड़ दिया

इस तेज़ हरे हरियाले पर
कुछ पीला-पीला छोड़ दिया

ऊपर तारीकी सी करके
नीचे चमकीला छोड़ दिया

घर में तो ख़ूब किफ़ायत की
बाहर खर्चीला छोड़ दिया

चुभता ही रहा दिन रात, 'ज़फ़र'
क्या शे'र नुकीला छोड़ दिया

दोस्तियाँ हैं बे-हिसाब, दोस्तों की बात क्या
हम तो उसी के साथ हैं, वो भी है अपने साथ क्या

और हैं जब हक़ीक़तें, फिर ये तवहहुमात क्यों
मौत है सामने अगर, फिर ये तकल्लुफ़ात क्या

बज़्मे-हवस में अहले-दिल अहले-गुरेज़ हो गए
बैठ भी जाइये तो है अपनी वहाँ बिसात क्या

वो है बुरा तो और हैं उससे ज़ियादा ही बुरे
तुम ही बताओ कीजिये क़त'ए-तअल्लुक़ात क्या

मिलते रहें तो इस तरह हल कोई मसअला भी हो
दूर रहो तो हो सकें तय ये तनाज़ुआत क्या

अपनी शनाख़्त जो भी हो, तुझसे जुदा नहीं 'ज़फ़र'
हम तेरा नक़्शे-ख़्वाब हैं, और हमारी ज़ात क्या

रंगे-दुनिया बदल नहीं सकता
वरना क्या-क्या बदल नहीं सकता

और सब कुछ बदलता रहता है
हाल अपना बदल नहीं सकता

नहीं बदलेगी कोई शय, जब तक
ये तरीक़ा बदल नहीं सकता

कुछ तो बदलेगा अब ये नक़्शा-ए-शहर
अभी इतना बदल नहीं सकता

कोशिश अब कीजियेगा सारे की
थोड़ा-थोड़ा बदल नहीं सकता

तर्ज़ अपनी बदलने से पहले
तौर उनका बदल नहीं सकता

सभी मिलकर चले हैं उसकी तरफ़
कोई रस्ता बदल नहीं सकता

ख़ुद न बदलें अगर इसे उठकर
ये ज़माना बदल नहीं सकता

ये रविश तो यूँही रहेगी, 'ज़फ़र'
ये रवैय्या बदल नहीं सकता

ये शहर वो है जिसमें कोई घर भी ख़ुश नहीं
दादे-सितम न दे कि सितमगर भी ख़ुश नहीं

रिश्तों का हो रहा है तअय्युन फिर एक-बार
मालिक जो सरगिरां है तो नौकर भी ख़ुश नहीं

साया भी जिसने नाप लिया अपने साथ-साथ
होकर वो मेरे क़द के बराबर भी ख़ुश नहीं

चलती है साथ-साथ उदासी की लहर भी
ख़ुश हूँ तो जान लो कि सरासर भी ख़ुश नहीं

कुछ भी अगर नहीं है तो क्या रंज खींचिए
सब कुछ यहाँ है जिसको मयस्सर भी ख़ुश नहीं

ग़म और ख़ुशी तो बात है उफ़्तादे-तबअ की
जो घर में ख़ुश नहीं है वो बाहर भी ख़ुश नहीं

इसरार था उन्हीं कि भुला दीजिये, 'ज़फ़र'
हमने भुला दिया तो वो इस पर भी ख़ुश नहीं

मैं पैसे धेले की सोचता हूँ
न मेले ठेले की सोचता हूँ

मेरे लहू में है कोई झगड़ा
किसी झमेले की सोचता हूँ

कपास के फूल के बजाए
मैं उसके तेले की सोचता हूँ

मैं साकिने-शहर हूँ सरासर
और, उस में बेले की सोचता हूँ

यही है मिट्टी से मेरा रिश्ता
हमेशा ढीले की सोचता हूँ

जो है सरों से गुज़रने वाला
इक ऐसे रेले की सोचता हूँ

कहीं सिरहाने की जुस्तजू है
कहीं गदीले की सोचता हूँ

मिरा है सब कारोबार उसी से
गुरु हूँ, चेले की सोचता हूँ

'ज़फ़र', गधों में है जीना मरना
जभी तवेले की सोचता हूँ

ये मेरी अपनी हिम्मत है जो मैं दुनिया में रहता हूँ
मगरमच्छ से नहीं बनती, मगर, दरिया में रहता हूँ

पता मेरा नया है, ढूँढ़ने वालो, कि मैं कब से
दिले-रुस्वा को रो बैठा, लबे-गोया में रहता हूँ

मुझे यकसू भी रखता है निशाने-नक़्श नज़्ज़ारा
परेशाने-तमाशा भी इसी अस्ना में रहता हूँ

न कोई हमसफ़र मेरा, न हम मंज़िल कोई
सूरत ब्याबाने-सफ़र के गोशए-तन्हा में रहता हूँ

उठाता था कभी मैं भी सदाए-एहतिजाज अक्सर
मगर, अब तो शुमारे-सख़्ती-ए-बेजा में रहता हूँ

'ज़फ़र', होगा कि होते-होते फिर रह जाएगा अब के
सताती है यही उलझन, इसी दुबिधा में रहता हूँ

सरे-आम

फ़र्श पर बेबसी बिछाता हूँ
जितनी कहिये, अभी बिछाता हूँ

पीछे-पीछे फ़ुग़ाँ का शोर तो है
आगे-आगे हँसी बिछाता हूँ

पारा-ए-कार और कुछ भी नहीं
ख़्वाब पर ख़्वाब ही बिछाता हूँ

चारपाई अगर नहीं ये पसंद
ठहरिए, दूसरी बिछाता हूँ

बिस्तर अपना लपेट लूँगा अभी
इक ज़रा सरसरी बिछाता हूँ

जबसे है रात का सफ़र दरपेश
राह में रौशनी बिछाता हूँ

शायरी काम दे रही है बहुत
ओढ़ता हूँ कभी बिछाता हूँ

तानता हूँ ख़याल का ख़ेमा
गुफ़्तगु की दरी बिछाता हूँ

घास उगाता हूँ आसमाँ पे 'ज़फ़र'
ख़ाक पर चाँदनी बिछाता हूँ

ज़फ़र इक़बाल

फिर ग़ज़ल आ रही है, बिसमिल्लाह
शायरी जा रही है, बिसमिल्लाह

दिन निकलते ही मेरे चारों तरफ़
रात सी छा रही है, बिसमिल्लाह

भूक उड़ने लगी है, शुक्र अलहम्द
नींद शर्मा रही है, बिसमिल्लाह

दिल को दीमक सी लग रही है कहीं
अपना ही खा रही है, बिसमिल्लाह

ये मुसीबत नहीं अकेली भी
साथ कुछ ला रही है, बिसमिल्लाह

धूप सड़कों, घरों, दरख़्तों पर
आग बरसा रही है, बिसमिल्लाह

बे-यक़ीनी भरे पुरे घर में
पाँव फैला रही है, बिसमिल्लाह

आशियाने से तंग था मैं भी
बर्क़ लहरा रही है, बिसमिल्लाह

ख़ैर-मक़्दम को मैं पड़ा हूँ, 'ज़फ़र'
मौत मंडला रही है, बिसमिल्लाह

यहाँ मत पूछिए क्या मसअला दरपेश रहता है
कि सबको एक जैसा मसअला दरपेश रहता है

मुहल्ले में बपा रहता है फिर हंगामा हर लम्हे
किसी को फिर किसी का मसअला दरपेश रहता है

जो सारे मसअले निमटा भी लें तो भाई लोगों को
हमेशा कोई ताज़ा मसअला दरपेश रहता है

अगर सब मसले हल हो गए तो क्या करेंगे वो
सो, ये सबके अलावा मसअला दरपेश रहता है

उन्हें फिर आड़े आ जाती है अब मस्रूफ़ियत कोई
हमें भी ऐसा-वैसा मसअला दरपेश रहता है

फ़क़त उलझाए रखता है हमें ही मसअला उस का
कि इसको भी हमारा मसअला दरपेश रहता है

जो वो थोड़ी तवज्जोह इस तरफ़ कर बैठते भी हैं
तो पहले से ज़ियादा मसअला दरपेश रहता है

हम अपने मसअलों से रोज़ हो जाते हैं जब फ़ारिग़
तो फिर हमको तुम्हारा मसअला दरपेश रहता है

'ज़फ़र', ये और से कुछ और ही क्यों होते जाते हो
कहो, तुमको ये कैसा मसअला दरपेश रहता है

वो जागे हों कि सोते, खा रहे हैं
इधर हम सिर्फ़ ग़ोते खा रहे हैं

उन्हें खाने से फ़ुर्सत ही नहीं कुछ
कि हँसते हैं ना रोते, खा रहे हैं

चलो, तुम ख़ुद नहीं खाते हो, फिर क्या
तुम्हारे होते सोते खा रहे हैं

तुम्हारा नाम रटने के बहाने
हमारा रिज़्क़ तोते खा रहे हैं

ख़ुशामद से चलाते हैं जो धंधा
तुम्हारे पाँव रोते, खा रहे हैं

तुम्हारा असतबल जबसे है क़ायम
सभी कुछ घोड़े खोते खा रहे हैं

बचा था जद्दे-अमजद से अगर कुछ
वही सब दाद पोते खा रहे हैं

नहीं खाते थे वो पहले-पहल तो
मगर, अब होते-होते खा रहे हैं

'ज़फ़र', क़िस्मत है अपनी, रोज़ डंडे
किसी का बोझ ढोते, खा रहे हैं

सरे-आम

काम होते नहीं सारे मेरे
यही झगड़े हैं तुम्हारे मेरे

अभी इतना भी तरद्दुद न करो
अभी चलते हैं गुज़ारे मेरे

बैठता जाता हूँ तह में कहीं आप
चढ़ते जाते हैं गुब्बारे मेरे

रात ने घेर रखा है मुझको
हैं कहाँ चाँद सितारे मेरे

मेरी ज़ाहिर है ज़रूरत उसपर
वो समझता है इशारे मेरे

उठता रहता है धुआँ आठ-पहर
कभी उड़ते हैं शरारे मेरे

फिर मिटा ही दिया उसने यकसर
पहले ख़ुद नक़्श निखारे मेरे

एक ही दूसरे को शामो-सहर
काटते रहते हैं धारे मेरे

फैल जाता हूँ, 'ज़फ़र', चारों तरफ़

जीना भी वहाँ क्यों न हो मरने के बराबर
करना हो जहाँ कुछ भी न करने के बराबर

इस शहर की हालत का पता कुछ नहीं चलता
डरने से ज़ियादा है कि डरने के बराबर

कुछ भी नहीं मा'लूम कि ये ख़्वाब में चलना
है किसके बराबर से गुज़रने के बराबर

इस दश्त में ये ख़ाक उड़ाना है कमो-बेश
चारों तरफ़ अपने ही बिखरने के बराबर

कोहसार की तसख़ीर है अब और तरह की
चढ़ने के बराबर न उतरने के बराबर

वो भूक मचलती हुई ख़िरमन के पसो-पेश
इक प्यास की तस्वीर सी झरने के बराबर

इस रंज से ख़ाली भी नहीं ज़र्फ़े-तमाशा
पहुंचा भी नहीं है कहीं भरने के बराबर

अब फ़र्क़ ही बाक़ी नहीं चीज़ों में किसी तौर
अब याद भी रखना है बिसरने के बराबर

ये कैसी मुसाफ़त है, 'ज़फ़र', कुछ नहीं खुलता
चलता हूँ, सो, वो भी है ठहरने के बराबर

ग़म भी क़ुर्बानी है, आज़ार भी क़ुर्बानी है
ज़ख़्मे-पाबंदिए-इज़हार भी क़ुर्बानी है

या'नी तंसीख़े-सुख़न में भी है ईसार का रंग
ज़ब्तिए-दौलते-दीदार भी क़ुर्बानी है

दूर-तर ही सही शाइस्ता-ए-मंज़िल होना
सफ़रे-वादीए-दुशवार भी क़ुर्बानी है

जोहदे-जाँ-सोज़ है पाबंदे-सलासिल होना
और, ये बंदिशे-बाज़ार भी क़ुर्बानी है

जब्र ने जीत के मा'नी ही बदल डाले हैं
हार कहते हैं तो ये हार भी क़ुर्बानी है

आज इस पस्ती-ए-पिंदार की बदरंगी में
रंगे-मज़बूती-ए-किरदार भी क़ुर्बानी है

हक़ तो ये है कि इस ऐवाने-ख़ुशामद में यहाँ
एक आवाज़ा-ए-इनकार भी क़ुर्बानी है

रायगाँ ही सही, इस अह्दे-ज़ियाँ में, ऐ दोस्त
ये मेरी जुर्रते-गुफ़तार भी क़ुर्बानी है

ख़ूने-दिल का, 'ज़फ़र', उस शोख़ को देता हूँ ख़िराज
कोई समझे तो मेरा प्यार भी क़ुर्बानी है

दरवाज़ा भी खोलेगा, पज़ीराई भी होगी
लाज़िम नहीं ये बात कि शुनवाई भी होगी

बचना भी है यलग़ारे-तलब से किसी सूरत
दुश्मन है मुक़ाबिल तो सफ़-आराई भी होगी

यूरिश है अभी शौक़े-फ़रावाँ की शबो-रोज़
जाता है कोई दिन ही कि पसपाई भी होगी

जिस शहर की इज़्ज़त है फ़क़त आपके दम से
उस शहर में अब आपकी रुस्वाई भी होगी

दुनिया तो समझती है कि हम मरते हैं जिस पर
उस शोख़ से कुछ अपनी शनासाई भी होगी

कुछ शोर मचाई भी ज़ियादा है ये महलूक
कुछ बर्क़-बला शहर पे लहराई भी होगी

बेरंग तो होंगे कभी मंज़र भी ज़मीं के
बे-आब कहीं चश्मे-तमाशाई भी होगी

सोचा नहीं करते हैं 'ज़फ़र' डूबने वाले
पानी अगर इतना है तो गहराई भी होगी

मज़मून

सिराज मुनीर मरहूम मेरी ऐसी काविशों को सियासी मुआमलाबंदी की ग़ज़लें कहा करते थे। जब कि मैं इसे अपनी नाकाम शायरी क़रार देता हूँ । अगरचे अपनी बाक़ीमाँदा शायरी को भी मैं कामयाब नहीं कि सकता, या यूँ कह लीजिये कि ये ग़ज़लें कुछ ज़ियादा ही नाकाम वाक़ेअ हुई हैं, इसलिए भी कि इनमें वो तनासुब और तवाज़ुन बरक़रार नहीं रखा जा सका, जो मौज़ूअ और शे'रियत के माबैन क़ायम रखना ज़रूरी होता है, बसूरते-दीगर वी नतीजा बरामद होगा जो आपके सामने है

मैं मुसलसल उस पैराए की तलाश में हूँ जो सहीह मा'नों में शायरी के शायाने-शान हो। अगरचे इस सिलसिले में हासिल वुसूल कुछ भी नहीं है, और सूरते-हाल इस से कुछ ज़ियादा मुख़्तलिफ़ नहीं कि।

मैं भागता फिरता हूँ बे-सूद तआक़ुब में
ये शे'र की तितली है जो हाथ नहीं आती

और ये तलाशो-तशवीश ही मेरे शे'र कहते रहने का जवाज़ भी है, जब कि मैं मायूस भी हूँ, और पुर-उम्मीद भी। शायद इसी लिए कुछ ऐसा लगता है कि मेरी हर ताज़ा तसनीफ़ का एक मतलब ये भी होता है कि मैं गोया अपने पिछले तमाम कलाम को मंसूख़ कर चुका हूं । बल्कि अगर ये कहा जाये तो ज़ियादा मुनासिब होगा कि मैं अपना हर नया मजमूआ बिलआख़िर मनसूख़ और मुस्तर्द ही करने के लिए तर्तीब देता हूँ ;या'नी

टूट जाने के लिए जुड़ता हूँ
शे'र लिखता हूँ मिटाने के लिए

अल्लाह-तआला मेरी हालत पर रहम फ़रमाए, जिसके इमकानात कुछ ज़ियादा रौशन नहीं हैं

पेशे-नज़र मजमू'ए को एक आउट बर्स्ट ही कहा जा सकता है जो कि बजाए ख़ुद कोई ऐसी क़ाबिले-फ़ख़्र बल्कि क़ाबिले-ज़िक्र चीज़ नहीं होती, मा-सिवाए इस के कि कुछ अलग से मुशतर्का मसाइल पर आम्मतुन-नास से बराहे-रास्त मुख़ातिब हुआ जाए, या उन्हें भी इस वावेला में शरीक किया जाये, जिस दौरान मौज़ूअ का पलड़ा भारी और शायरी का हाथ हल्का पड़ जाता है, बात दो-टूक हो जाती है और ख़ासी हद तक आमियाना, अर्श और फ़र्श में कोई फ़र्क़ बाक़ी नहीं रहता, और;

ऊपर आ नहीं सकते आप
मैं ही नीचे आता हूँ

की शर्त पूरी करने के बाद ही इस डायलॉग को मुमकिन बनाया जा सकता है। मुआशरे को तबदील करने और इसमें मौजूद गंद को साफ़ करने की कोशिश या ख़्वाहिश ग़ालिबन इन्फ़िरादी सतह पर भी की जा सकती है, खासतौर पर इस सूरत में जब ये शे'र की शक्ल में ढल कर इजतिमा'ई शऊर का हिस्सा बन जाने का इमकान भी रखती हो, वरना ये एक ख़्वाहिश और इस का इज़हार तो है ही, जो कि बज़ात विद एक ज़िम्मेदारी से ओहदा बरआ होने की एक इब्तिदाई सूरत है, चुनाँचे उम्मीद है कि ये शायरी उन लोगों को ज़रूर पसंद आएगी जो इस क़िस्म की शायरी को पसंद करते हैं

(ज़फ़र इक़बाल)

ऐबो-हुनर

बोसा-ए-बे-अदबम बर तो चुनाँ कर्द हजूम
कि लबे-ला'ले-तेरा फ़ुर्सते-दुश्नाम नबूद

(मौलाना गिरामी)

फ़रह, जुनैद अरहम
और अरसल के लिए

पेश लफ़्ज़

ग़ालिब ने आमों के सिलसिले में ये अजब शर्त लगाई थी कि बहुत से हों और मीठे हों। बहुत से होने की बात तो ख़ैर ठीक है मगर इस के साथ ये शर्त कि वो लाज़िमन सब मीठे हों, कुछ ऐसी है कि इस का पूरा होना मुश्किल तो है ही, मगर ये आमों के साथ ज़्यादती भी है। आजकल के आमों पर मत जाइए, ये तो मस्नूई तरीक़ों से पैदा किए जाते हैं, मसनूई तरीक़ों से पाए जाते हैं और मस्नूई तरीक़ों से खाए जाते हैं, इसलिए क़तई मुम्किन है कि मेज़ पर जितने आम चुने रखे हैं, वो सब मीठे हों मगर आमों के जिस घर में ग़ालिब ने आँख खोली थी उस का रंग और था, वो रंग किसी न किसी सूरत अपने बचपन के ज़माने तक क़ायम था। वो क़लमी आमों का नहीं, देसी आमों का कल्चर था।

आम गधों के हिसाब से ख़रीदे जाते थे कि जितने गधे पर लदे हुए हैं, वो ख़रीद कर नाँद में भर दिए। वो बहुत से तो होते थे लेकिन मीठे होने पर भी सब दाने मीठे नहीं होते थे। कोई खट्टा, कोई गला-सड़ा, कोई अध-कचरा, कोई बिलकुल कच्ची-केरी, और अचानक ऐसा आम निकल आता कि बक़ौल ग़ालिब अँगबीं का सर बमुहर गिलास । और इसी में आमों का लुत्फ़ भी था। ये नहीं कि एक ही ज़ायक़े के आम खाए चले जा रहे हैं । ऐसे आम कितने खाए जा सकते हैं । ज़ायक़े की रंगा-रंगी, और फिर हर आम के साथ एक नई उम्मीद कि शायद मीठा निकले, या धड़का कि कहीं खट्टा न निकल आए तो आम उन दिनों बहुत से होते थे और ज़ायक़ों की रंगारंगी के अमीन होते थे। अब आप कहेंगे कि "मारूँ घुटना फूटे आँख" पेशे-नज़र ज़फ़र इक़बाल की ग़ज़ल है और ये शख़्स ज़िक्र ले बैठा है आमों का।

अस्ल में आमों का ये सारा मज़मून मुझे ज़फ़र इक़बाल की ग़ज़ल ही ने सुझाया है। मैं जब ज़फ़र इक़बाल की ग़ज़लें पढ़ रहा था, तो बहुत देर तक मेरी समझ में न आया कि ये मेरे साथ क्या हो रहा है। बिल-उमूम शायरी के किसी मजमुए को पढ़ते हुए चन्द ग़ज़लों और चन्द नज़्मों के साथ ही पता चल जाता है कि हम किस दर्जे की शायरी पढ़ रहे हैं और कभी-कभी तो एक दाने से देग का पता चल जाता है, मगर ज़फ़र इक़बाल के सिलसिले में पहले भी मेरे साथ ऐसा ही हुआ और इस मजमुए को पढ़ते हुए फिर ये हुआ कि देर तक मैं गड़-बड़ाया हुआ रहा।

फिर मुझे 'मीर' के सिलसिले में किसी बुज़ुर्ग का ये मशहूर मुहाकमा याद आया कि "बलंदश बग़ायत बुलंदो-पुश्तिश बग़ायत पस्त" अभी मैं यहाँ तक सोच पाया था कि अचानक मेरे तसव्वुर ने पीछे की तरफ़ एक ज़क़न्द लगाई और मैं अपने बचपन के ज़माने में पहुँच गया। बस जैसे रिमझिम बारिश हो रही है, नांद में भरे पानी में तर-बतर आम रखे हैं, मैं आम चूस रहा हूँ एक खट्टा, दूसरा खट्टा, तीसरा कुछ गला हुआ, चौथा कच्ची कैरी और फिर जो आम मेरे हाथ में आता है तो तालू और ज़बान के बीच रस घुल जाता है।

और अब मुझे ज़फ़र इक़बाल की शायरी में लुत्फ़ आने लगा था। मुझे पता चल गया था कि इस शायर को कैसे पढ़ना चाहिए। अब मैं दूसरों से भी यही कहता हूँ कि भाई उसे ऐसे मत पढ़िये जैसे और शाइरों को पढ़ते हो। ज़फ़र इक़बाल की ग़ज़लें ऐसे पढ़ो जैसे आम खा रहे हो। टेबल पर बैठ कर छुरी के साथ क़लमी आम नहीं, बल्कि जैसे खट्टे-मीठे देसी आमों से भरी नांद आपके सामने रखी है और आप आस्तीनें चढ़ा कर इत्मिनान से बैठे आम चूस रहे हैं..

नासिर काज़मी की एक बात मुझे याद आ गई; कहा करता था कि अच्छा शायर वो है जो बुरा लिखने से नहीं डरता। क्या शायर, क्या अफ़साना-निगार बा'ज़ लिखने वाले इस चक्कर में पड़े रहते हैं कि जो लिखें बे-ऐब हो, कोई उंगली न रख सके। ताज-महल ता'मीर करने का ख़्वाब देखते रहते हैं, मगर उम्र गुज़र जाती है और कच्चा पक्का घर भी नहीं बना पाते। ऐसे लिखने वाले जो लिखते हैं उस में बिल-उमूम आमद से ज़्यादा आवुर्द का रंग होता है

ज़फ़र इक़बाल का रवैय्या मुख़्तलिफ़ है। इस चक्कर में शायद ही कभी पड़े हों कि जो लिखें वो शाहकार हो। उनके पहले मजमुए का नाम शायद "आबे-रवाँ" था। अगर आबे-रवाँ तो धीरे बहती नद्दी भी हो सकती है। उनकी शायरी आबे-रवाँ नहीं, सैल है। नदियाँ बरसात में चढ़ जाती हैं मगर उनकी नदी तो हर मौसम में चढ़ी रहती है, आमद का ज़ोर बारह महीने रहता है, आमद ही आमद। बस मुँह-ज़ोर धारा है कि बहे चला जा रहा है। पहली ही ग़ज़ल देखिए :शे'र हैं कि उबले चले आ रहे हैं।

ग़ज़ल जैसी सिन्फ़ कि इख़्तिसार की तालिब है, मगर ज़फ़र इक़बाल की आमद के सामने बेबस है। ग़ज़ल है कि ख़त्म होने में नहीं आ रही। ग़ालिब को तो क़सीदा कहते हुए भी ये एहसास होने लगता है कि लम्बा खिंच गया तोसने-तबअ चाहता है लगाम सौ पटड़ी बदली और ग़ज़ल की राह पर हो लिए।

ज़फ़र इक़बाल के यहाँ तोसने-तबअ बगुश्ट दौड़ता है, पटड़ी बदलने की मोहलत ही नहीं देता। शायरी के मैदान में ऐसा सवार और हमारे ज़माने में! तोसने-तबअ हवा से बातें करता है, बला का शह-सवार है, गिरने से मुतलक़ नहीं डरता। एक दफ़ा गिर भी चुका है, इस मौक़ा पर जब ज़बान को राह में रुकावट जान कर उसे रौंद कर निकल जाने की कोशिश की थी। फिर तो गिरना ही था

यार कहते हैं कि ज़फ़र इक़बाल नई लिसानी तशकीलात वालों के बहकाने में आ गया और चाल से बे चाल हो गया। अच्छी भली ग़ज़ल कहते-कहते ऊल-जलूल लिखने लगा। हाँ उस ज़माने में नई लिसानी तशकीलात का भी तो अशक़ला उठा हुआ था।

और अशक़ला में गिरने वाले ज़फ़र इक़बाल के हम अस्र ही थे, तो उस का भी असर होगा । मगर किसी के कहने से कौन बहकता है। वही बहकता है जिसके अंदर बहकने का माद्दा होता है। और ये माद्दा लिखने वाले के अंदर होना चाहिए। नाक की सीध में चलते रहना और रिवायत के बताए हुए रस्ते पर आँखें बंद करके दौड़ते चले जाना कोई सिफ़त की बात नहीं है।

लिखने वाला वो है जिसमें रिवायत से बग़ावत की हिम्मत हो और जो तजुर्बे के ख़तरे में अपने आपको डालने का हौसला रखता हो। मगर साथ में ये होशियारी भी तो हो कि सलामत वापस आ जाये। ये न हो कि रास्ते ही में खेत हो जाये । नई लिसानी तशकीलात वालों के साथ बिल-उमूम यही हुआ। बेचारे रस्ते ही में खेत हो गए । बा-हिम्मत थे, मगर होशियार नहीं थे। बग़ावत की राह पर रवाना तो हो गए, वापस नहीं आ सके। ज़फ़र इक़बाल वापस आ गया

ज़फ़र इक़बाल के लिए इस राह से मुफ़िर नहीं था। तोसने-तबअ जब इतना रवाँ हो तो राह में हर आने वाली रुकावट को तहस-नहस करने को जी चाहता है। फ़ार्म की अपनी सख़्त-गीरीयाँ होती हैं, और ज़बान का अपनापन होता है। फ़ार्म और ज़बान मिलकर शायर पर इतनी पाबंदियाँ आइद कर देते हैं कि तख़लीक़ी जोहर कसमसाने लगता है। कितने ही कसमसा कर रह जाते हैं। फिर पाबंदियों ही के अंदर रह कर इज़हार का रस्ता निकाल लेते हैं । सनोबर की तरह कि सनोबर बाग़ में आज़ाद भी है, पा ब-गिल भी है

मगर वो तबीअतें भी होती हैं जो बग़ावत पर कमर-बस्ता हो जाती हैं। ज़फ़र इक़बाल कसमसा कर रह जाने वालों में नहीं थे। इस शायर को बग़ावत करनी ही थी। मगर ज़बान के डिसिप्लिन से टक्कर लेना जान जोखों का मुआमला है। इसमें हड्डी-पसली तुड़वा कर बैठ जाने का ख़तरा होता है। लगता यही था कि ज़फ़र इक़बाल के साथ यही कुछ होगा। लेकिन पता नहीं किस तरह, शायद उसने वापसी का कोई ख़ुफ़िया इंतिज़ाम कर रखा था। कश्तियाँ जलाईं मगर कोई एक कश्ती बचा कर रख ली होगी । हमसफर डूब गए, वो जान बचा कर निकल आया

अब शायर आराम से ग़ज़ल कह रहा है। लेकिन ये ग़ज़लें पढ़ते हुए एहसास होता है कि इस सफ़रे-बग़ावत के असरात चल रहे हैं, या उन्हें समरात कह लीजिये। ज़बान के डिसिप्लिन को दुबारा क़बूल कर तो लिया है, लेकिन इस तरह कि पूरी इताअत क़बूल नहीं की है। जहाँ जी चाहा। ज़बान से, इस के मुहावरे से बे-तकल्लुफ़ हो गए, और जैसी ज़रूरत हुई, उसके हिसाब से उसे तोड़ दिया।

अगर मुझमें नक़्क़ाद वाला सलीक़ा होता तो मैं इन ग़ज़लों से मिसालें लेकर आपको बताता कि ज़फ़र इक़बाल ने कहाँ कहाँ ज़बान के साथ, मुहावरे के साथ बे-तकल्लुफ़ी बरती है, और ये कि इस से कहाँ शे'र की ज़बान में एक नया लुत्फ़ पैदा हुआ है, और एक ताज़गी आई है, और कहाँ ये बे-तकल्लुफ़ी शे'र को ले बैठी है

बस मैंने तो पढ़ते हुए ऐसा महसूस किया और आगे बढ़ गया। पीछे कौन जाए और ऐसे मुक़ामात की निशानदेही करे। वैसे भी ये काम नक़्क़ादों का है, मुझ ऐसे ला परवाह क़ारी का नहीं ।

मैंने तो यहाँ बस इतना समझने की कोशिश की है कि ये शायर है किस क़ुमाश का । और ये जो इस का क़लम इतना तेज़ दौड़ता है तो उसके पीछे है क्या॥ ये महज़ बिसयार-नवेसी है जैसा कि बा'ज़ दोस्तों ने समझ रखा है, या तख़लीक़ी जोहर का उबाल है कि उसने चढ़ती नढ़ी की सूरत इख़्तियार कर ली है।

अदब में ऐसे हक़ीक़ी जोहर से किस तरह ओहदा बरआ हुआ जाये। ऐसे तख़लीक़ी जोहर को ग़लत भी समझा जा सकता है। ज़फ़र इक़बाल ने अपनी तरफ़ से या अपनी उफ़्तादे-तबअ के असर में ऐसा एहतिमाम कर रखा है कि अच्छे भले क़ारी को आज़माइश में डाल देता है

लीजिये मुझे पिछले ज़माने का एक शायर याद आ गया। अपना कलाम सुनाने से पहले सुनने वाले को आज़माता था। कोई नौ-वारिद ख़िदमत में हाज़िर होकर कलाम सुनाने की फ़रमाइश करता तो पहले ये शे'र सुनाता

टूटी दरिया की कलाई ज़ुल्फ़ उलझी बाम में
मोर्चा मख़मल में देखा, आदमी बादाम में

सुनने वाला अगर इस शे'र पर वाह-वाह सुब्हान-अल्लाह कहता तो शायर समझ लेता कि आदमी मज़ाक़े-सुख़न से आरी है। ऐसा ही कलाम सुना कर टर्ख़ा देता। सुनने वाला ये सुनकर चुप हो जाता तो समझ लेता कि आदमी साहिब फ़हम है। और फिर अपना अस्ल कलाम सुनाता, नई शायरी वालों में कितने थे जिनके पास सुनाने के लिए था यही कुछ । और जैसी रूह वैसे फ़रिश्ते । ऐसे क़ारी भी पैदा हो गए जिन्होंने ऐसी शायरी पर व नेज़ ऐसे अफ़साने पर बहुत सर धुना। बस उसे ही नई शायरी और नया फ़साना समझा गया

ज़फ़र इक़बाल ने भी अपना नया माल तैयार कर रखा था मगर उसके पास काम का माल भी था, पर गाहक थे अक्सर बे-ख़बर, तो ज़फ़र इक़बाल नायाब माल बाक़ी माल में रिला-मिला देता है। मज़ामीने-नौ के तो वहाँ अंबार लगे हुए हैं । ख़रीदार के पास नज़र होनी चाहिए। और लीजिये फिर मुझे आमों का ख़याल आ गया। ज़फ़र इक़बाल पाल डालने और मसाले से पकाने के क़ाइल नहीं हैं

डाल से जिस तरह देता है उसी तरह हमारे सामने पेश कर देते हैं ॥ तो आपको उनके यहाँ डाल का टपका मिलेगा। दूसरे लफ़्ज़ों में यूँ समझ लीजिये कि रन्दे का इस्तिमाल क़तई नहीं करते। आमद पर भरोसा करते हैं। आवुर्द को राह नहीं देते। तो वो जो शायर होते हैं, जो एक-एक मिसरे को माँझते हैं, उनमें से नहीं हैं । और पता नहीं आपका क्या रद्दे-अमल है। मसाला लगे आम मुझे तो ज़्यादा भाते नहीं । डाल के टपके की बात ही और है॥

(इंतिज़ार हुसैन)

शर्मिंदा बहुत हैं ज़फ़र इस ऐबे-सुख़न पर
और, इस के सिवा कोई हुनर भी नहीं रखते

नफ़स नज़राना है उस का
लहू काशाना है उस का

ये दिल, ये बुतकदा अब भी
अजाइब ख़ाना है उस का ब

ड़ा आक़िल वही है, जो
बहुत दीवाना है उस का

फ़रोग़े-शमअ से बढ़कर
परे-परवाना है उस का

हक़ीक़त सर-बसर है वो
यही अफ़साना है उस का

यतीमों, बे नवाओं से
बहुत याराना है उस का

यगाना किसका है कोई
अगर बेगाना है उस का

खज़ाने दफ़्न हैं सारे
जहाँ वीराना है उस का

'ज़फ़र', ये शायरी मेरी
फ़क़त शुक्राना है उस का

ज़फ़र इक़बाल

ऐबो-हुनर

जो नारवा था इसको रवा करने आया हूँ
मैं क़र्ज़ दूसरों का अदा करने आया हूँ

इक ताज़ा-तर फ़ितूर मेरे सर में और है
जो कर चुका हूँ उस से सिवा करने आया हूँ

ख़ुद इक सवाल है मेरा आना ही इस तरफ़
अब क्या बताइए कि मैं क्या करने आया हूँ

कहनी है दूसरों से अलग मैंने कोई बात
मैं काम कोई सबसे जुदा करने आया हूँ

इक दाग़ है कि जिसका लगाना है अब सुराग़
इक ज़ख़्म है कि जिसको हरा करने आया हूँ

अंजामे-कार दिल का ये दरवाज़ा तोड़ कर
मैं सारे क़ैदियों को रिहा करने आया हूँ

रखता हूँ अपना आप बहुत खींच-तान कर
छोटा हूँ, और, ख़ुद को बड़ा करने आया हूँ

जो कर रहे हैं, ऐसे ही करते रहेंगे सब
मैं तो फ़ुज़ूल चून-ओ-चरा करने आया हूँ

ख़ैरात का मुझे कोई लालच नहीं, 'ज़फ़र'
मैं इस गली में सिर्फ सदा करने आया हूँ

ख़ास भी होना हमारा आम रह जाने से है
पुख़्तगी सारी ये अपने ख़ाम रह जाने से है

रात जगमग कर उठी है, कुछ अंधेरा सा, मगर
दिल के अंदर थोड़ी-थोड़ी शाम रह जाने से है

ताज़गी भी है सफ़र की दास्ताँ दर दास्ताँ
कुछ थकन भी तश्ना-ए-अंजाम रह जाने से है

क्या सबब किस चीज़ का है, कुछ पता चलता नहीं
दिल की आसाइश कि बे-आराम रह जाने से है

कोई हैरानी यहाँ दीवार गिरने से नहीं
कुछ अगर है भी तो मुझको बाम रह जाने से है

कुछ परेशानी उन्हें अपनी भी कम-फ़हमी से थी
कुछ हमारी बात में इबहाम रह जाने से है

दिल में कुछ उसके, असीरी का इरादा हो न हो
मक़सद अपना भी तो ज़ेरे-दाम रह जाने से है

मेरी जुमला नेक-नामी, और सारी आबरू
मेरे सर उस शोख़ का इल्ज़ाम रह जाने से है

ऐ 'ज़फ़र', सच पूछिए तो कामयाबी इश्क़ में
सर-बसर जितनी भी है, नाकाम रह जाने से है

ज़फ़र इक़बाल

ऐबो-हुनर

तमाशा नहीं, ताज़ियाना है अब
जहाँ शौक़ था, शाख़साना है अब

न वो है कहीं पर, न मैं हूँ यहाँ
मुलाक़ात बस ग़ायबाना है अब

रवाँ तो हुई है कहीं तब'ए-ख़ाम
चलो, जिस तरफ़ भी रवाना है अब

कभी शायरी थी हमारी शिनाख़्त
तबीअत फ़क़त शायराना है अब

हमारी तो मी'याद पूरी हुई
ज़माना तुम्हारा ज़माना है अब

हक़ीक़त हमारी खुली ख़ल्क़ पर
बस इतना ही अपना फ़साना है अब

अब ऐसे में बाहर कहाँ जाएँ हम
सो, कमरे में ही कारख़ाना है अब

यही वक़्त है दुश्मनी के लिए
कि माहौल कुछ दोस्ताना है अब

जला कर किया ख़ाक जिसको, 'ज़फ़र'
उसी शहर में आबो-दाना है अब

दिल में जो मुहब्बत का तमाशा नहीं लगता
लगता है, मगर दूर से ऐसा नहीं लगता

बहता है न रहता है किनारों में सिमट कर
दरिया ही कुछ ऐसा है कि दरिया नहीं लगता

हो सकता है इस गर्दे-तग़ाफ़ुल से किसी दिन
ऐसा भी निकल आए वो जैसा नहीं लगता

फ़िलहाल तो मैं ख़ुद भी नहीं जानता शायद
कैसा मुझे लगता है वो, कैसा नहीं लगता

उसके दिले-पुर-पेच की गलियों में कई बार
पहुँचा भी हूँ लेकिन, अभी पहुंचा नहीं लगता

रुकता नज़र आता नहीं इक सिलसिला-ए-ख़्वाब
इक रंग रवाँ है कि ठहरता नहीं लगता

उस शोख़ पे मरना तो बड़ी बात है, लेकिन
कहते हैं कि इस उम्र में अच्छा नहीं लगता

उलझाऊँ कुछ इस तरह से अफ़्लाक-दर-अफ़्लाक
मुझको तो सितारा भी सितारा नहीं लगता

रौनक़ ज़रा चल फिर के ही देख आएं 'ज़फ़र', आओ;
हर-रोज़ तो बाज़ारे-तमन्ना नहीं लगता

ज़फ़र इक़बाल

ऐबो-हुनर

ख़ुश हैं अलफ़ाज़ मआनी के बग़ैर
मछलियाँ फिरती हैं पानी के बग़ैर

एक आग़ाज़ अज़ल से भी परे
एक अंजाम कहानी के बग़ैर

रंग परवाज़ से ख़ाली थे वहाँ
चाल देखी है रवानी के बग़ैर

कोई देगा न सुराग़ उस का यहाँ
ढूँढिये उसको निशानी के बग़ैर

दिल को अब याद भी आता नहीं वो
ठीक सी याददहानी के बग़ैर

तोड़ मेरा भी है मौजूद कहीं
या'नी मैं भी नहीं सानी के बग़ैर

ख़ुद को पहचान नहीं सकता हूँ
अपनी आशुफ़्ता-बयानी के बग़ैर

अपने दिल में भी नहीं जा सकता
अब तो मैं नक़्ले-मकानी के बग़ैर

सर पे है बोझ मुहब्बत का, 'ज़फ़र'
लेकिन इस बारे-गिरानी के बग़ैर

ऐबो-हुनर

आँखों के आसमाँ पे जो ये अब्र-पारा है
शायद हमारी ख़ाके-तलब का इशारा है

शाख़ों से दूर-दूर लचकता हुआ तिलिस्म
पहले भी था कभी, मगर अब के दुबारा है

आँखों को एतबार भला कैसे आएगा
कहते रहो कि फूल नहीं है, शरारा है

दिन का है एक दश्त मेरी राह में अभी
और, इस के बाद शाम का पहला किनारा है

उसकी भी सर-ज़मीं पे अकेला है एक फूल
मेरे भी आसमान पर तन्हा सितारा है

दुनिया से हमने कुछ नहीं चाहा कभी यहाँ
अपने ही आबो-रंग पे अपना गुज़ारा है

आख़िर को इस गुबार ने ग़ायब किया हमें
किसकारोबारे-ख़ाक पे अपना इजारा है

आगे भी दे चुके हैं किताबो-हिसाबे-दिल
ये भी इसी बरस का नया गोशवारा है

लकड़ी की शायरी ही तराशा किये, 'ज़फ़र'
चलता हुआ हमारे भी हाँ एक आरा है

ज़फ़र इक़बाल

लफ़्ज़ मौहूम हैं, गुफ़्तुगू ख़्वाब है
दरमियाँ कुछ नहीं, चारसू ख़्वाब है

तू कहाँ है, कुछ ऐ अस्ले-हस्ती, बता
मैं जहाँ हूँ, मेरे रूबरू ख़्वाब है

आइने उग रहे हैं हवा दर हवा
आइनों में वो अक्से-नुमू ख़्वाब है

सामने ये जो फैला है शहरे-यक़ीं
है गुमाँ सरबर ,हू-ब-हू ख़्वाब है

इक ख़याले-ख़िरामाँ है ये जिस्मो-जाँ
दौड़ता भागता ये लहू ख़्वाब है

देखना भी है और जागना भी नहीं
ज़िंदगी इस क़दर दू-ब-दू ख़्वाब है

बर्फ़ जमने लगी है लहू में बहुत
और अभी धूप की जुस्तजू ख़्वाब है

इतने पुख़्ता इरादे नहीं चाहियें
देख मैं वहम हूँ, और तू ख़्वाब है

आँख खुलने का भी मुंतज़िर है, 'ज़फ़र'
किस तरह का, तेरी आरज़ू ख़्वाब है

ऐबो-हुनर

अब्र के टुकड़े हैं शाख़ों पर, तो पत्ते आसमाँ पर हैं
किस जगह चीज़ों को होना चाहिए था, और कहाँ पर हैं

वहम के पुतलों का रक़्से-रह-गुज़र है जारी-ओ-सारी
ख़्वाब में बरसी हुई बारिश के छींटे दास्ताँ पर हैं

क्या सफ़र दरपेश है हमको, अभी कुछ कह नहीं सकते
सिर्फ इतना है कि सबके साथ इस दश्ते-रवाँ पर हैं

अब वो खट-मीठी मुहब्बत क़िस्सा-ए-माज़ी सही, लेकिन
सौ तरह के भूले-बिसरे ज़ाइक़े अब तक ज़ुबाँ पर हैं

सो शिकायत इस तने-नाज़ुक से इस दिल को तो रहती है
कुछ गिले लेकिन हमें अपने भी इस रंजे-गिरां पर हैं

एक उसके वस्ल की ख़ुश्बू के पीछे फिरने वालों का
ये शरफ़ भी कौन सा कम है कि रख़्शे-रायगाँ पर हैं

ख़ुद भी हम हर-सू बिखरने के लिए तैयार हैं अब तो
ऐ हवा शायद तरी नज़रें भी ख़ाके-आशियाँ पर हैं

जो भी मिलना है, इस दरगाह से हमको अता होगा
कितनी मुद्दत से पड़े अपने ही संगे-आस्ताँ पर हैं

ऐ 'ज़फ़र', कुछ भी पता चलता नहीं उसका कि आप आख़िर
बैठे-बैठे कौन से लम्हे यहाँ हैं या वहाँ पर हैं

ज़फ़र इक़बाल

ऐबो-हुनर

ये राख से जो शरारे बनाता रहता हूँ
समझ सको तो इशारे बनाता रहता हूँ

दरअस्ल जो मुझे ख़ुद भी नज़र नहीं आते
हवाओं पर वो नज़ारे बनाता रहता हूँ

तुम्हारे साथ बनाई थी मिल के जो तस्वीर
वही बग़ैर तुम्हारे बनाता रहता हूँ

नहीं है जाँ से भी हर वक़्त खेलना मुमकिन
सो लफ़्ज़-लफ़्ज़ ग़ुबारे बनाता रहता हूँ

बिगड़ते जाते हैं जो काम एक-इक करके
ब-ज़ो'म-ख़ुवेश वो सारे बनाता रहता हूँ

खड़ा हूँ पाँव पर अपने तो किसलिए आख़िर
ये साथ-साथ सहारे बनाता रहता हूँ

मुवाद जो भी मयस्सर हुआ, ग़नीमत है
मैं ख़ाक से ही सितारे बनाता रहता हूँ

मुझे बहाव में बहना नसीब क्या होता
कि मैं तो अपने ही धारे बनाता रहता हूँ

कुछ इख़्तियार भी रखों, 'ज़फ़र', रवानी पर
हमेशा अपने किनारे बनाता रहता हूँ

ज़फ़र इक़बाल

हवा के हाथ पे रख्खा हुआ मुआमला है
सो, ये हमारा तुम्हारा भी क्या मुआमला है

कभी मिलें भी तो मौसम की बात करते हैं
हमारा उसका तअल्लुक़ ही ला-मुआमला है

हमें तो उस से मुहब्बत है, ये तो मानते हो
उसे नहीं है तो ये इक जुदा मुआमला है

हमारे वास्ते मंज़िल मुआमला नहीं इश्क़
सो, जिस क़दर भी है, बस रास्ता मुआमला है

यहाँ हमारे न होने में, और, होने में
ज़ियादा फ़र्क़ नहीं, एक सा मुआमला है

कुछ उसकी बज़्म में जाने से तो नहीं इनकार
बस उसके साथ हमारा ज़रा मुआमला है

हमारा काम तो यलग़ार है मुहब्बत की
रहा बचाव, तो ये आपका मुआमला है

अभी ये राज़ किसी पर नहीं खुला कि ये खेल
बशर मुआमला है या ख़ुदा मुआमला है

फ़साद होता ही रहता है उस गली में, 'ज़फ़र'
पर, इस दफ़ा तो कोई दूसरा मुआमला है

ऐबो-हुनर

उसके सफ़र में ज़ादे-सफ़र देखना नहीं
ख़ुद भी मिले तो एक नज़र देखना नहीं

करना है और तरह से महसूस अब उसे
फिरना है आस-पास, मगर, देखना नहीं

कोई सवार ही न निकल आए, इसलिए
हमको ग़ुबारे-राहगुज़र देखना नहीं

जब देखने चले तो हमें कुछ पता न था
किस सिम्त देखना है, किधर देखना नहीं

आँखों में एक-बार ही भर लेंगे उसकी शक्ल
देखा उसे तो बारे-दिगर देखना नहीं

इक लफ़्ज़ जो लबों पे लरज़ता है रात-दिन
कहना है, और, ख़्वाबे-असर देखना नहीं

अच्छा है, रोकिये न हमें आप भी, कि हम
देखेंगे उस तरफ़ ही जिधर देखना नहीं

तुम कुछ भी हो, हम आएँगे बस देखने तुम्हें
मक़सद तुम्हारे ऐबो-हुनर देखना नहीं

उसकी तरफ़ से बैठे हो मुँह मोड़ कर 'ज़फ़र'
आए ही किसलिए थे अगर देखना नहीं

ज़फ़र इक़बाल

खींच ले जाती है सबको, ये हुनर ख़ाक में है
आसमाँ ज़ाद हूँ, लेकिन, मेरा घर ख़ाक में है

धूल पर फैलता जाता है कोई ख़्वाबे-मुहाल
जो किसी पर नहीं मिलती वो ख़बर ख़ाक में है

ख़ुश्को-तर से है बस इतना सा तअल्लुक़ बाक़ी
पाँव पानी में हैं मेरे कभी सर ख़ाक में है

परवरिश पाता हुआ दिल में ये पौदा सा कोई
फूट निकलेगा किसी रोज़ अगर ख़ाक में है

गर्द बाद इसको भी कोई लिए फिरता है कहीं
और इस तरह से अपना भी सफ़र ख़ाक में है

जिसे रख्खा था अभी झाड़ फटक कर मैंने
ख़्वाहिशे-वस्ल है, और, बारे-दिगर ख़ाक में है

फूल मुरझाने लगे खिलने से पहले इस बार
फ़र्क़ मौसम का है या कोई कसर ख़ाक में है

कोई अफ़्लाक से उतरेगा न उनकी ख़ातिर
शब नशीनों की अगर है तो सहर ख़ाक में है

कश्तियाँ लौट के वापस नहीं आती हैं, 'ज़फ़र'
कोई ऐसा ही ज़बरदस्त भँवर ख़ाक में है

ऐबो-हुनर

रो'ब दिखा कर उसकी तवज्जेह हासिल करना चाहता हूँ
मुश्किल काम को और ज़ियादा मुश्किल करना चाहता हूँ

ख़्वाहिश को इस हाल में सर से गुज़र जाने भी दूँ लेकिन
सच पूछो तो मैं इस मौज को साहिल करना चाहता हूँ

सिर्फ़ मुहब्बत ही नहीं, उसकी इज़्ज़त भी करनी है मुझे
दरमियान में और इक परदा हाइल करना चाहता हूँ

यूँही तो ख़ारिज नहीं होना चाहता इस मंज़र से मैं
कोई तो शय किसी चीज़ में दाख़िल करना चाहता हूँ

मैंने सारी उम्र लगा के जिसे तस्वीर किया था कहीं
अब उस ख़्वाब में अपने आपको शामिल करना चाहता हूँ

काफ़ी वक़्त गंवा बैठा हूँ सुलह-सफ़ाई में रह कर
ख़ुद को आख़िरे-कार किसी के मुक़ाबिल करना चाहता हूँ

ख़ुद से ये इनकार मेरे अपने ही तक महदूद नहीं
ये ऐलाने-बग़ावत महफ़िल-महफ़िल करना चाहता हूँ

मुझ पर खुलने वाले हैं इसरार इक नई हक़ीक़त के
अपने सारे लिखे हुए को बातिल करना चाहता हूँ

जैसी पहले थी दुनिया, इस से तो वही बेहतर थी 'ज़फ़र'
रफ़्ता-रफ़्ता अपने असर को ज़ाइल करना चाहता हूँ

जा, बेजा कहने वाला
कहाँ गया कहने वाला

एक ही था, अब वो भी नहीं
भला बुरा कहने वाला

बाक़ी नहीं रहा, अफ़सोस
कोई दुआ कहने वाला

बची-कुची महफ़िल में है
रहा-सहा कहने वाला

सुनने वालों को आख़िर
ढूँडेगा कहने वाला

किसी को अंदाज़ा ही नहीं
कौन है क्या कहने वाला

ज़ाहिर होने को है कहीं
कोई नया कहने वाला

कोई तो होगा, सबसे अलग
और, जुदा कहने वाला

सावन का अंधा हूँ, 'ज़फ़र'
और, हरा कहने वाला

ज़फ़र इक़बाल

ऐबो-हुनर

मुहब्बत के ज़माने कौन से हैं
नए क्या थे, पुराने कौन से हैं

हवा का जाल फैला है कहाँ तक
हवस के ताने-बाने कौन से हैं

दिखाने कौन से हैं ज़ख़्म उसको
और, इन में से छिपाने कौन से हैं

वो ज़ुल्फ़ें होना चाहें भी परेशां
तो अपने पास शाने कौन से हैं

परिंदे पूछते हैं बिजलियों से
हमारे आशियाने कौन से हैं

हमारा क़त्ल वाजिब है अगर, तो
नए अब के बहाने कौन से हैं

ज़मीं, तुझमें कशिश कैसी है आख़िर
तिरे अंदर खज़ाने कौन से हैं

बस इक ज़िद है जिसे देते हैं पानी
वगरना आशिक़ाने कौन से

'ज़फ़र', बाक़ी नहीं ऐबे-सुख़न भी
हुनर अब आज़माने कौन से हैं

ज़फ़र इक़बाल

ऐब को महफ़ूज़ करने से हुनर जाता नहीं
और, चला भी जाये तो इस का असर जाता नहीं

ख़ुद से ख़ाली हो चुका हूँ, और, पड़ा हूँ मुंतज़िर
ये सुबू इक बार फिर जब तक कि भर जाता नहीं

भागता हूँ जिससे, आँखों के उफ़ुक़ पर बार-बार
जम सा जाता है वही मंज़र, गुज़र जाता नहीं

साज़-बाज़ उसकी हवा के साथ रहती है अजब
फूल सा खिलता भी है, लेकिन, बिखर जाता नहीं

अब यही होगा कि उसको ढूँढ़ने निकले अगर
हम उधर फिरते रहेंगे वो जिधर जाता नहीं

यूँ गुज़र जाता है जैसे कुछ न हो उसको ख़बर
अस्ल में हालांकि इतना बे-ख़बर जाता नहीं

ख़ुद ही अपनी मीठी मर्ज़ी से वो रुक जाये तो है
वरना अपने रोकने से तो ठहर जाता नहीं

कुछ न कुछ आसार रह जाते हैं उसके जा-बजा
वो यहाँ से जाए भी तो इस क़दर जाता नहीं

मुझसा बुज़दिल जाएगा बज़्मे-अदू में क्या 'ज़फ़र'
मैं तो मुद्दत हो गई अपने भी घर जाता नहीं

ख़ुश बहुत फिरते हैं वो घर में तमाशा करके
काम निकला तो है उनका मुझे रुस्वा करके

रोक रखना था अभी और ये आवाज़ का रस
बेच लेना था ये सौदा ज़रा मंहगा करके

इस तरफ़ काम हमारा तो नहीं है कोई
आ निकलते हैं किसी शाम तुम्हारा करके

मिट गई है कोई मुड़ती हुई सी मौजे-हवा
छिप गया है कोई तारा सा इशारा करके

फ़र्क़ इतना न सही इश्क़ो-हवस में, लेकिन
मैं तो मर जाऊँ तेरा रंग भी मेला करके

साफ़-ओ-शफ़्फ़ाफ़ थी पानी की तरह निय्यते-दिल
देखने वालों ने देखा उसे गदला करके

शौक़ से कीजिये, और देर न फ़रमाइयेगा
कुछ अगर आपको मिल जाएगा ऐसा करके

यूँ भी सजती है बदन पर ये मुहब्बत क्या-क्या
कभी पहनो इसी मलबूस को उल्टा करके

मुझसे छुड़वाए मेरे सारे उसूल उसने, 'ज़फ़र'
कितना चालाक था, मारा मुझे तन्हा करके

ज़फ़र इक़बाल

ऐबो-हुनर

सवाले-वस्ल पर कुछ देखते न भालते हैं
जो आज करना है वो काम कल पे टालते हैं

रंगे नहीं वो हमारे भी रंग में अब तक
न ख़ास अपने ही साँचे में हमको ढालते हैं

कई दिनों से अजब तौर है मुहब्बत का
कि आते-जाते हैं, पर, बोलते न चालते हैं

किसी के ज़िम्मे हमारा भी कुछ निकल आए
इसी ख़याल से खाता कोई खंगालते हैं

निकलता आता है अंदर से और भी तारीक
दिले-सियाह को जितना भी हम उजालते हैं

सवाल उठाता है ता'मीरे-शहर का जो कोई
तो शहरयार उसे शहर से निकालते हैं

जो गिरने वाले हैं, उनके क़रीब आते नहीं
जो हैं ही क़ाइमो-दाइम उन्हें सँभालते हैं

ये आने वालों से अच्छे हैं, जिस तरह के भी हों
कि मारते हैं, अगर, छाँव में तो डालते हैं

'ज़फ़र', हुनर लिए फिरते हैं क्या हथेली पर
छुपाने वाली है जो शय उसे उछालते हैं

ऐबो-हुनर

मैं कह सकता नहीं जो बात कहना चाहता हूँ
ना ऐसी अनकही हालत में रहना चाहता हूँ

ये पत्ते फूट निकले हैं मेरे अंदर ही अंदर
इसी ख़ातिर कोई शाख़े-बरहना चाहता हूँ

जो रुकता हूँ तो इस का बस यही मतलब समझिये
कि मैं कुछ और भी ज़ोरों से बहना चाहता हूँ

तभी शायद कोई आकर मुझे ता'मीर कर दे
कुछ ऐसी ख़स्तगी में हूँ कि ढहना चाहता हूँ

मुहब्बत कुछ मुझे भी थी बहुत इस ज़िंदगी से
सो, मैं इसको अभी कुछ और सहना चाहता हूँ

मुझे पहचान ही पाए न कोई शहर भर में
कोई इस तरह का मलबूस पहना चाहता हूँ

कोई अपने लिए हथियार है दरकार मुझको
ना मैं उसके लिए ही कोई गहना चाहता हूँ

बहुत बरसा चुका हूँ चाँदनी शहरे-सुख़न पर
और, अब मैं अपनी मर्ज़ी से गर्हणा चाहता हूँ

ज़फ़र, ये काहिली तो ग़ैर आदत है पुरानी
नया ही कोई मैं अब के उलहना चाहता हूँ

ज़फ़र इक़बाल

सोचता रहता हूँ क्या-क्या नहीं करने वाला
कर रहा हूँ जो तमाशा नहीं करने वाला

अपनी, हर काम के बारे में यही सोच रही
करने वाला है भला या नहीं करने वाला

क्यों न पसपाई हो तक़दीर हमारी कि यहाँ
आगे बढ़कर कोई हमला नहीं करने वाला

कहने वाले तो बहुत फिरते हैं अंदर बाहर
हमने, लेकिन, कोई देखा नहीं करने वाला

बे अमल जितने हैं, सब शोर उन्हीं का है यहाँ
कर गुज़रता है, सो, कहता नहीं करने वाला

इस तगो-दो में बहुत है मुझे अपनी ही गिरफ़्त
मैं किसी और की परवा नहीं करने वाला

अपने ही ज़ोर में फट जाऊँगा, लगता है मुझे
जबसे मैं कोई धमाका नहीं करने वाला

दिल तो दरवेश है, थोड़ा भी बहुत है इसको
कौन कहता है, गुज़ारा नहीं करने वाला

आपने बात बढ़ा दी यूँही ज़िद में, वरना
'ज़फ़र इक़बाल' तो झगड़ा नहीं करने वाला

ऐबो-हुनर

जिसका भी क़सीदा हो, तश्बीब तो मेरी है
मज़मूँ ना सही मेरा, तर्तीब तो मेरी है

क्या है जो फ़लक मेरी परवा नहीं रखता कुछ
ऐ ख़ाके-सुख़न तुझ पर तंसीब तो मेरी है

ता'मीर करें जो कुछ, तशकील करें जो भी
नक़्शा तो है मेरा ही, तरकीब तो मेरी है

अंदर ही से उगता है हर ऐबो-हुनर मुझमें
बिगड़ा हूँ कि सँवरा हूँ, तहज़ीब तो मेरी है

क्यूँ-कर नहीं मानूँगा मैं अपने हरीफ़ों को
तसलीम न करने में तकज़ीब तो मेरी है

मैं कैसे गिराने दूँ, घर है मेरे दुश्मन का
इसमें भी अगर समझो, तख़रीब तो मेरी है

लोगों को पकड़ते हैं जिस जुर्मे-तमाशा पर
मुझसे भी कोई पूछे, तरग़ीब तो मेरी है

तारीफ़ अदू की वो करते हैं, सो करने दो
इतना तो, मगर, सोचें, तक़रीब तो मेरी है

हिस्सा 'ज़फ़र', अपना है इस दादो-दहश में भी
इनआम न हो बे-शक, तादीब तो मेरी है

ज़फ़र इक़बाल

है वही दिल को दु:खाने की, सताने की अदा
काश दिखलाते कभी तुम भी ठिकाने की अदा

हर घड़ी कह के मुकर जाने का नख़रा है अलग
और फिर सबसे जुदा हीले-बहाने की अदा

सबसे पहले बात वो मेरी ही सुनता है, मगर
ये भी है इक बज़्म से मुझको उठाने की अदा

ख़ुद ही आ बैठे सही इस गुंबदे-ईमाँ में हम
रस्मे-दरबंदी तो उस काफ़िर-अदा ने की अदा

उसके जाने की ख़बर मुझको कहाँ होती है अब
मार रखती है मुझे तो उसके आने की अदा

किन फ़िज़ाओं की झलक बेचैन रखती है मुझे
क्या हवा थी, और, उसके सरसराने की अदा

झिलमिलाहट लफ़्ज़ में सुब्हों की और शामों की है
और लहू में मौसमों के आने जाने की अदा

शोरो-शर में एक सन्नाटे की लहरें सी रवाँ
और कुछ ख़ामोशियों में सनसनाने की अदा

चाहिए इस उम्र में मा'शूक़ तो ऐसा, ज़फ़र
ख़ूबियाँ जिसमें बहम सब हों, वफ़ा, नेकी, अदा

ऐबो-हुनर

खोल कर भी पाओगे बारे-दिगर बाँधा हुआ
इस तरह से है मेरा दस्ते-हुनर बाँधा हुआ

कुछ समझ हमको ही इस दिल की नहीं आती कि जो
सू-ब-सू आज़ाद है, और सर-बसर बाँधा हुआ

मैं भी इस बंदिश से पूरे तौर पर वाक़िफ़ नहीं
शायद उसने भी है मुझको बे-ख़बर बाँधा हुआ

इक हवा इस तरह से पाबंद रखती है मुझे
ख़ाक से होता है जैसे हर शजर बाँधा हुआ

तोड़ देना भी तो आख़िर मेरे अपने बस में है
ये इरादा सा भी है मैंने अगर बाँधा हुआ

उस तरफ़ से भी कभी होकर निकल जाता वो शोख़
मुद्दतों से रंग है मैंने जिधर बाँधा हुआ

खुल के फैला है तो दुनिया को हुआ कैसा मुहीत
एक मज़मूने-मुहब्बत मुख़्तसर बाँधा हुआ

कौन सा रिश्ता है जिसने इस क़दर बिखराव में
गिरते-पड़ते भी है गोया सारा घर बाँधा हुआ

जाने क्या सूझी कि उठकर चल दिए यूँही, 'ज़फ़र'
रह गया घर में ही सामाने-सफ़र बाँधा हुआ

ज़फ़र इक़बाल

नित-नए उस्लूब से शामो-सहर मुश्किल में है
क्या करें दिल को सहूलत ही अगर मुश्किल में है

पहले मैं मुश्किल में था उस बेमुरव्वत के तुफ़ैल
और, अब मेरे सबब से सारा घर मुश्किल में है

थोड़ी आसानी भी पहुंची थी मुहब्बत को बहम
लेकिन अब कुछ रोज़ से बारे-दिगर मुश्किल में है

उस तन आसाने-तग़ाफ़ुल को ये क्या परवा कि दिल
कितनी आसाइश में था, और किस क़दर मुश्किल में है

बात अभी कुछ भी नहीं है, लेकिन इस के बावजूद
मैं यहाँ उलझन में हूँ और वो उधर मुश्किल में है

उस से मिलकर और भी वीरान हो जाएगा दिल
सामना होने से पहले ही नज़र मुश्किल में है

कुछ हवा हैरान कर जाती है उसको बार-बार
और, कुछ बारे-समर से भी शजर मुश्किल में है

सख़्त मुश्किल में तुझे डाला तो है उसने मगर
शायद अब वो आप भी तौफ़ीक़ भर मुश्किल में है

मार डालेगी, मुहब्बत हो कि मंहगाई, 'ज़फ़र'
ज़िंदगी दोनों के हाथों सर-बसर मुश्किल में है

ऐबो-हुनर

कब ये आँखें तेरी दहलीज़ से चिपका सकता
मैं जो ख़ाशाके-तमाशा नहीं बिखरा सकता

शहर सारा ही मेरे घर से तेरे घर तक है
एक दीवार नहीं है जिसे मैं ढा सकता

मेरे होंटों पे कोई आग सी खिल उठती कहीं
तेरी आँखों में कोई अब्र सा लहरा सकता

शायद आता किसी पहलू से तुझे भी ये पसंद
मैं जो मलबूसे-मुहब्बत तुझे पहना सकता

तुझे खो देने को तैयार भी हूँ हर लम्हे
और, ये हसरत भी नहीं है कि तुझे पा सकता

यूँ भी हर-रोज़ तेरी दीद की आदत थी इसे
आँख अब दिल तो नहीं है जिसे बहला सकता

ऐसी वैसी कोई उम्मीद न रखना मुझसे
मैं तेरे साथ बहुत दूर नहीं जा सकता

यूँ भी हो सकता कि जब भी मेरा जी चाहता मैं
पैकिटों में तुझे बाज़ार से मंगवा सकता

ख़ुद ख़याल उसको कभी भी नहीं आएगा, 'ज़फ़र'
और, इधर मैं हूँ कि दामन नहीं फैला सकता

ज़फ़र इक़बाल

जो न आया मेरे बुलाने से
आएगा अब किसी बहाने से

इक नई शय वजूद में आई
ख़ाक और ख़्वाब को मिलाने से

धुन उसी की है रात-दिन मुझको
जो है बाहर मेरे निशाने से

अब कहाँ जाइये कि शौक़े-विसाल
और ज़ाहिर हुआ छिपाने से

काश मैं भी कभी निकल सकता
ख़्वाहिशों के ख़ुमार ख़ाने से

आग बाहर कहीं लगी है, मगर
धुआँ उठता है आशियाने से

ख़ौफ़ ने कर दिया मुझे क़ायम
जड़ पकड़ता हूँ थरथराने से

जिस्म की रौशनी बहाल हुई
रूह की बत्तियाँ बुझाने से

शक, 'ज़फ़र', शाम की तरह उतरा
आसमानों के शामियाने से

ऐबो-हुनर

रंग जमाना भी है, रंग उड़ाना भी है
ज़िंदा भी रहना है, और, जान से जाना भी है

उतना ताम्मुल है फिर चेहरा दिखाने से क्यों
एक दिन उसने अगर सामने आना भी है

घेर तो रख्खा भी है चारों तरफ़ से उसे
इस दिले-वहशी से अब उसको बचाना भी है

करनी है उसके लिए अंजुमन आराई भी
और कहीं से उसे ढूंढ के लाना भी है

गहरे समन्दर में है कश्ती-ए-ख़्वाबे-विसाल
उसको डुबोना भी है, पार लगाना भी है

दोस्त अगर है तो वो, दुश्मन अगर है तो वो
उसको गिराना भी है, और, उठाना भी है

जिस्म की चादर थी एक, वो भी सलामत नहीं
ओढ़ना भी है जिसे, और, बिछाना भी है

ज़िंदगी जैसी भी है करनी तो होगी बसर
टूट के रोना भी है, झूम के गाना भी है

दोहरी मुसीबत है ये राज़े-मोहब्बत, 'ज़फ़र'
उसको बताना भी है, उससे छुपाना भी है

ज़फ़र इक़बाल

देखा न हमने, और, तमाशे लगे रहे
लफ़्ज़ों के जोड़ तोड़ में ऐसे लगे रहे

बाहर निकल सके न कभी अपनी हद से हम
दरिया के दोनों सिम्त किनारे लगे रहे

दिल पर तनी रही किसी वहमो-गुमाँ की धूप
सर में ख़यालो-ख़ाब के ख़ेमे लगे रहे

कुछ और काम भी रहे दरपेश जिन दिनों
अपने लहू में आपके मैले लगे रहे

गमलों में ख़्वाहिशात के पीले, सियह गुलाब
जैसे कभी लगाए थे, वैसे लगे रहे

थे और ही किसी के तआक़ुब में आप तो
और, हम फ़ुज़ूल आपके पीछे लगे रहे

इक मस्लिहत ने साथ हमारे किया तुम्हें
ऐसे ही साथ हम भी तुम्हारे लगे रहे

रोका किसी ने भी न तुम्हें सारे शहर में
और तुम भी अपने काम में अच्छे लगे रहे

इक रब्ते-ख़ास फिर भी रहा उम्र-भर, 'ज़फ़र'
कहने को दरमियान में पर्दे लगे रहे

ऐबो-हुनर

ख़बर को ख़्वाब से आरी न करना
हवा पर हर्फ़ को भारी न करना

डुबो देंगे तुम्हें इक दिन उसी में
नया चश्मा कोई जारी न करना

मुख़ालिफ़ भी न होना बे-शक उसके
मगर, उसकी तरफ़-दारी न करना

अभी कुछ होने वाला है, ख़बरदार
अभी सोने की तैयारी न करना

मुहब्बत वाजिबी अच्छी है ,ऐ दिल!
इसे आसाब पर तारी न करना

अगर वो ज़ोरो-ज़र से भी न माने
तो उसके सामने ज़ारी न करना

बहुत नेकी है काफ़ी इस क़दर भी
कभी चोरी, कभी यारी न करना

भले इनकार ही कर दो, मगर तुम
हमारे साथ हुशियारी न करना

'ज़फ़र', शायर हूँ दरबारी, सो मुझको
बहुत मुश्किल है सरकारी न करना

बिलआख़िर किसी घाट उतरना तो है
जो करना नहीं है सो भरना तो है

सदा हमने करनी नहीं भी अगर
तेरे रास्तों से गुज़रना तो है

बिखरते-बिखरते सिमट लें ज़रा
सिमटते-सिमटते बिखरना तो है

ज़रूरत नहीं शायरी की, मगर
कोई काम हमने भी करना तो है

ग़लत काम करने हैं, और, साथ-साथ
ग़लत काम करने से डरना तो है

बहुत याद आती है उसकी तो क्या
बहुत जल्द उसने बिसरना तो है

बहुत धूप काटी है, ऐ ख़्वाबे-दिल
किसी छाँव में अब ठहरना तो है

ये एज़ाज़ होता है किस को नसीब
कि ये डूबना ही उभरना तो है

उसी पर न क्यों मर-मिटें, ऐ 'ज़फ़र'
कि आख़िर किसी रोज़ मरना तो है

ज़फ़र इक़बाल

ऐबो-हुनर

छोटी-मोटी कोई तदबीर तो कर सकते थे
और अगर कुछ नहीं, ताख़ीर तो कर सकते थे

बात करने से अगर रोक रखा था उसने
हम इसी बात पे तक़रीर तो कर सकते थे

दूसरों को भी कोई फ़ायदा होता जिनसे
उन ख़यालात की तशहीर तो कर सकते थे

काम आता जो कभी बे-सरो-सामानी में
हम किसी ख़्वाब को तस्वीर तो कर सकते थे

न सही और किसी पर तो इजारा अपना
दिले-दीवाना को ज़ंजीर तो कर सकते थे

उस में रहते कि न रहते, ये अलग बात है अब
घर हम अपने लिए ता'मीर तो कर सकते थे

कम न थी अपने लिए ख़ाके-तमाशा भी यहाँ
हम कम-अज़-कम इसे अकसीर तो कर सकते थे

फिर भला हम उसे क्या करते, कहाँ ले जाते
वरना उस हुस्न को तसख़ीर तो कर सकते थे

हम अगर क़ैद न कर पाए क़फ़स में तो, 'ज़फ़र'
उसको दीवार पे तहरीर तो कर सकते थे

ज़फ़र इक़बाल

जीना है न मुझको मरना है
काम और ही कोई करना है

इस ख़्वाब सराब सफ़र में अब
रुकना है कहीं न ठहरना है

मैं ख़ाक हूँ किस वीराने की
मुझे कहाँ पहुँच के बिखरना है

कुछ भी मा'लूम नहीं कि मुझे
अभी मिटना है कि उभरना है

अभी कालक चढ़नी है दिल पर
अभी चेहरा और निखरना है

करने से भला डरना कैसा
जब और किसी को भरना है

हूँ लुत्फ़े-सुख़न से दूर अभी
उसको छू कर भी गुज़रना है

सब लिखता जाता हूँ, मैंने
कल जिन बातों से मुकरना है

ले डूबेंगे तुमको भी, 'ज़फ़र'
ऐसे ही पार उतरना है

ऐबो-हुनर

इसकी नहीं है फ़िक्र कि उक़बा ख़राब है
फ़िलहाल तो 'ज़फ़र' मेरी दुनिया ख़राब है

हक़ तो ये है कि आप समझते हैं जिस क़दर
हालत हमारी उससे ज़ियादा ख़राब है

पहले भी था बहुत, सो मज़ीद आपने किया
दुहरा ख़राब ये दिले-ख़ाना-ख़राब है

जिस दिन से ठीक ठाक है वो दुश्मनों के साथ
उस रोज़ से ही काम हमारा ख़राब है

इनकारे-वस्ल होना था अपने ख़िलाफ़े-तबअ
लेकिन मिज़ाज उस का ही उल्टा ख़राब है

आबो-हवाए-दिल नहीं इस बार साज़गार
या फिर वही ज़मीने-तमन्ना ख़राब है

इस का ही फ़ैसला नहीं कर पाए आज तक
आँखों में है कसर कि तमाशा ख़राब है

कोई तो बात है जो मछेरे हैं दर-बदर
मछली नहीं दुरुस्त कि दरिया ख़राब है

हम ख़ुद ख़राब हैं तो हमारे लिए, 'ज़फ़र'
सारी ख़ुदाई, सारा ज़माना ख़राब है

रह गई है शबे-सफ़र कुछ और
अभी होना है दर-बदर कुछ और

हम भी ख़ुद को बदल रहे हैं मगर
निकल आया वही अगर कुछ और

हम लगाएँगे और अंदाज़ा
उसको पाएँगे सरबसर कुछ और

बादा-ए-बादे-हिज्र से पहुंचा
शीशा-ए-शाम को ज़रर कुछ और

यूँ तो काफ़ी है ये भी दिल के लिए
थरथरी चाहिए मगर कुछ और

मिल गई और जब ख़बर अपनी
हो गए ख़ुद से बे-ख़बर कुछ और

शायरी ठीक ठाक है ये भी
हाँ, अगर डालते हुनर कुछ और

राय सबकी बहुत बजा, लेकिन
अपना है नुक़्ता-ए-नज़र कुछ और

अपना मक़सद तो और कुछ था, 'ज़फ़र'
और, उस पर हुआ असर कुछ और

ज़फ़र इक़बाल

ख़्वाबे-फ़राग़त मुश्किल है
और, निहायत मुश्किल है

कभी क़याम नहीं आसां
कभी मुसाफ़त मुश्किल है

दिल को अंदाज़ा ही नहीं
जितनी मोहलत मुश्किल है

जितनी सोची थी हमने
उतनी क़ुरबत मुश्किल है

नफ़रत कर नहीं सकते हम
और, मुहब्बत मुश्किल है

चूमेंगे उन हाथों को
लेकिन, बैअत मुश्किल है

शहर तो है मफ़तूह, मगर
माले-ग़नीमत मुश्किल है

जो भी मयस्सर है सो, 'ज़फ़र'
उस पे क़नाअत मुश्किल है

ज़फ़र इक़बाल

ऐबो-हुनर

ये उम्र है तो फिर इसको बसर भी करना है
क़याम करने से पहले सफ़र भी करना है

कुछ अहितराज़ भी करना है उस गली से हमें
किसी बहाने उधर से गुज़र भी करना है

किसी क़दर हमें ख़ुद भी तो कर सके क़ाइल
वो बात जिसने किसी पर असर भी करना है

अभी से थकने लगा है ये क्या रगों में लहू
अभी तो मैंने उसे दर-बदर भी करना है

इस ए'तबार पे शक है मुझे, सो, अब मैंने
कुछ अपने आपको ना-मो'तबर भी करना है

ज़ियादा तूल पकड़ने लगी है बात, सो, अब
किसी तरह से इसे मुख़्तसर भी करना है

ये लफ़्ज़ ही तो मेरी कायनात हैं सारी
ये लफ़्ज़ जिनको इधर से उधर भी करना है

हम अपनी बात को ख़ुद भी समझ न पाएँ कभी
यही बजा है, सो, अब ये हुनर भी करना है

हज़ार उससे तसल्ली भी हो चुकी हो, 'ज़फ़र'
वो काम आपने बारे-दिगर भी करना है

ऐबो-हुनर

लिखिये तो ग़ज़ल, हो जैसी भी
कभी ऐसी भी, कभी वैसी भी

मज़मून कोई बाँधेंगे नया
मज़मून की ऐसी-तैसी भी

कुछ काम भी करना पड़ता है
कुछ आपकी कासा-लेसी भी

मोहलत जो मिले तो देर न कर
हो कितनी भी और कैसी भी

मौजूद तो होगी इधर-उधर
कहीं खोई हुई किसी शय सी भी

इस तरह भी होगा हाल अपना
कभी नौबत आएगी ऐसी भी

है जिस्म के बंदी-ख़ाने में
इक चीज़ लहकती लय सी भी

निकले भी नहीं मुसाफ़त पर
लगती है बज़ाहिर तय सी भी

फ़ाक़े से 'ज़फ़र', झूम उठता हूँ
मस्ती है ये मस्ती-ए-मय सी भी

ज़फ़र इक़बाल

मरने वाले मर जाते हैं
दुनिया ख़ाली कर जाते हैं

रोकते-रोकते, देखते-देखते
ख़्वाब से लोग बिखर जाते हैं

आते हैं हर-रोज़ कहाँ से
और, ये लोग किधर जाते हैं

दुनिया को ललकारने वाले
अपने साये से डर जाते हैं

चढ़ते दिन के साथ ही गोया
कुछ दरिया से उतर जाते हैं

रहते हैं बाक़ी भी वहाँ पर
जहाँ से आप गुज़र जाते हैं

हो नुक़्सान जिधर जाने से
हम तो उधर अक्सर जाते हैं

दिल से गुज़रते जाते मौसम
कभी-कभार ठहर जाते हैं

वो भी, 'ज़फ़र' मसरूफ़ बहुत है
हम भी अपने घर जाते हैं

जवाब उसने दिया है मलाल करते हुए
मुझे भी शर्म न आई सवाल करते हुए

बचा न शीशा-ए-दिल दस्त बुर्द से उसकी
रखा था इसको बहुत देखभाल करते हुए

जो उम्र कट न सकी उसकी बात भी करना
वहाँ पे तज़किरा-ए-माहो-साल करते हुए

क़सूर मेरा भी इसमें बता रहा था बहुत
जो शर्मसार था मेरा ये हाल करते हुए

गिला-गुज़ारे-शबे-हिज्र हूँ किसी करवट
कभी शिकायते-शामे-विसाल करते हुए

कहीं किए हुए शौक़े-फ़ुज़ूल की तहसीन
कभी सताइशे-क़ौलो-मुहाल करते हुए

मैं रंग बांध रहा था हवा की लहरों पर
मैं ख़्वाब देख रहा था ख़याल करते हुए

मैं फ़िक्रमंद न था अपने आपसे कि मेरी
ज़वाल पर भी नज़र थी कमाल करते हुए

लड़ाई है तो फिर अब सुलह किसलिए कि 'ज़फ़र'
गुज़र ही जाएगी जंगो-जदाल करते हुए

ज़फ़र इक़बाल

ऐबो-हुनर

ऐसे है कि जैसे घर में होना
मुश्किल है बहुत सफ़र में होना

होना है न होने के बराबर
ऐसा है नमे-नज़र में होना

मुम्किन हुआ कितनी मुद्दतों बा'द
उड़ती हुई एक ख़बर में होना

मसरूफ़ कभी नहीं थे इतने
दिन रात ही एक डर में होना

इक मरहला छोड़ना है पीछे
सद मरहला-ए-दिगर में होना

होने ही का है करिश्मा, ऐ दिल
शबनम में भी शरर में होना

कब तक यूँही गर्द-बाद बन कर
किसके लिए दश्तो-दर में होना

कम-कम ही रहा नसीब हमको
हैरत कदा-ए-हुनर में होना

निकलो भी 'ज़फ़र', फ़ुसूँ से उसके
अपने भी कभी असर में होना

और ये जो सर पे सबके चमकता है आसमाँ
शीशे की तरह टूट भी सकता है आसमाँ

होने को आई जुर्रते-आदम को एक उम्र
चश्मे-ज़मीं में अब भी खटकता है आसमाँ

किस चर्ख़-ख़ेनीलगूं का तमाशा है ख़ाक पर
किस गर्दे-कारवाँ में झलकता है आसमाँ

बे-मंज़री ही ख़ाक की क़िस्मत है आजकल
क्या चश्मे-आफ़ताब से तकता है आसमाँ

किसकी हवस में रात लबालब था इस तरह
जिस तरह कोई दम में छलकता है आसमाँ

छाया हुआ मेरे ही दिले-ज़ार पर नहीं
उस चश्मे-नाज़ में भी झलकता है आसमाँ

इस ख़ाक के ख़ुमार में जब डूबता है दिल
मेरी तरफ़ कुछ और हुमकता है आसमाँ

बादे-ख़िज़ाँ से उलझा हुआ ख़्वाब-ख़्वाब चाँद
इक फूल है कि जिससे महकता है आसमाँ

तारे से दिल में टूटते रहते हैं, ऐ 'ज़फ़र'
और, सारी-सारी रात धड़कता है आसमाँ

ज़फ़र इक़बाल

ऐबो-हुनर

हाल कैसा है, वो सब जानता है
और, क्यूँ-कर है, सबब जानता है

जानता है वो बहुत पहले से
हम तो समझे थे कि अब जानता है

कैसी तकलीफ़ में हैं उसके बग़ैर
और कितनी है तलब, जानता है

हम तो सुनते थे कि जब इश्क़ में लोग
ख़ाक हो जाते हैं, तब जानता है

जाके अब उसको जताना कैसा
सूरते-हाल वो जब जानता है

दूर रहता है ख़से-ख़्वाब से वो
असरे-शो'ला-ए-लब जानता है

तबअ ही उसकी है ऐसी, वरना
सभी आदाबो-अदब जानता है

उसके वा'दे पे बहुत ख़ुश न फिरो
वो मुकरने का भी ढब जानता है

ज़ोर से उसको बताया है, 'ज़फ़र'
वरना इस तरह वो कब जानता है

शाम थी, और, सुबक-सैर ख़यालात उसके
दामने-दिल की तरफ़ बढ़ते हुए हाथ उसके

चारसू उड़ती हुई रेगे-बयाबाँ सी कभी
कभी ता-हद्दे-नज़र फैलते बाग़ात उसके

कहीं तहलील सा होता हुआ इक ख़ेमा-ए-ख़्वाब
किसी गहराई में गिरते हुए ज़र्रात उसके

नफ़ी वो करता चला जाएगा ख़ुद ही अपनी
बनते-मिटते हुए देखोगे निशानात उसके

और से और हुआ जाता है मतलब उनका
कुछ समझ में नहीं आते हैं इशारात उसके

शहर की शक्ल ही बदली नज़र आती है कि अब
और ही तरह बसर होते हैं दिन-रात उसके

मैं उसी मोड़ पे हैरान खड़ा हूँ अब तक
और, हर-रोज़ बदलते हैं बयानात उसके

बेच खाई है जो बीनाई तो अब सोचता हूँ
क़ाबिले-दीद बहुत होंगे मुक़ामात उसके

धूप उसकी है, 'ज़फ़र', और, हवाएं उसकी
और, ये अब्र, ये मौसम, ये मुज़ाफ़ात उसके

ज़फ़र इक़बाल

ऐबो-हुनर

दिल अगर इतनी मुसीबत में नहीं
ये भी मत समझो मुहब्बत में नहीं

आइना मानूस है उससे बहुत
इसलिए इतना भी हैरत में नहीं

वहम सा वो भी कहीं मौजूद है
मैं भी हूँ, लेकिन, हक़ीक़त में नहीं

आजकल वो भी बहुत मसरूफ़ है
कुछ दिनों से हम भी फ़ुर्सत में नहीं

वो भी शर्मिंदा नहीं है इस क़दर
मैं भी अब इतनी नदामत में नहीं

ये सबक़ सीखा है उसके इश्क़ से
फ़ायदा कुछ भी शराफ़त में नहीं

इत्तफ़ाक़न ही किया करता हूँ मैं
चापलूसी मेरी आदत में नहीं

शायरी की नक़्ल उतारा कीजिये
अस्ल तो अब अपनी क़िस्मत में नहीं

यूँ इफ़ाक़ा भी नहीं दिल को, 'ज़फ़र'
लेकिन, अगली सी भी हालत में नहीं

ऐबो-हुनर

शाद कैसा हो गया, आबाद कैसा हो गया
दूर रह कर मुझसे वो आज़ाद कैसा हो गया

मैं कि जो इक उम्र से परवा न रखता था बहुत
दो ही दिन में माइले-फ़रयाद कैसा हो गया

उसके जाने से असर पड़ता था पहले भी बहुत
शहर, लेकिन, इस दफ़ा बर्बाद कैसा हो गया

मुद्दतों के बा'द मिलकर ख़ुश न था इतना भी वो
मैं भी उसको देखकर नाशाद कैसा हो गया

उसकी तरकीबे-तग़ाफ़ुल मो'तबर थी किस क़दर
और, अपना इश्क़ बे-बुनियाद कैसा हो गया

क्या बदल कर रख दिया इज़्हारे-उलफ़त ने उसे
पहले वो कैसा था उसके बा'द कैसा हो गया

मैंने उसको दिल में दुहराया था बस दो एक-बार
और, वो सारे का सारा पार कैसा हो गया

मैंने मारे तो बहुत शे'रो-अदब में हाथ-पाँव
कुछ न बन पाया तो फिर नक़्क़ाद कैसा हो गया

देखो लो, थोड़ी सी कोशिश से हमारा भी, 'ज़फ़र'
नाम उस फ़हरिस्त में ईज़ाद कैसा हो गया

ज़फ़र इक़बाल

क़र्ज़ मुआफ़ भी करना था
और इन्साफ़ भी करना था

ज़ुल्म ज़रूरी था, लेकिन
लुत्फ़-अलताफ़ भी करना था

सीधी-सच्ची के हमराह
लाफ़ ग़ज़ाफ भी करना था

कहीं बिछाना था ख़ुद को
कहीं लिहाफ़ भी करना था

हो रहना था मुवाफ़िक़ भी
काम ख़िलाफ़ भी करना था

कंजूसी के साथ ही साथ
कुछ इसराफ़ भी करना था

चूम के छोड़ आए दीवार
कोई शिगाफ़ भी करना था

रहना था नाराज़ भी कुछ
रस्ता साफ़ भी करना था

सरकश भी रहना था, 'ज़फ़र'
और, तवाफ़ भी करना था

मुझे तो हार ही जाना है फिर भी
भले नहले पे दहला हो गया हूँ

मुहब्बत के लिए ख़ुद आइये गा
कि मैं अंदर से लंगड़ा हो गया हूँ

हवा क्या चल पड़ी अंदर ही अंदर
कि मैं जिससे लरज़ता हो गया हूँ

कुछ ऐसी बे-हिसाबी हो गई फिर
जो बैठे-बैठे आधा हो गया हूँ

वहाँ पर बैठ भी सकता कभी काश
जहाँ मैं आता जाता हो गया हूँ

मुझे अब ख़ुद भी शर्म आने लगी है
मैं रफ़्ता-रफ़्ता ऐसा हो गया हूँ

हरीफ़ों ने निकाले हैं मेरे बल
सो गज़ की तरह सीधा हो गया हूँ

मुझे इस्लाह रास आई नहीं कुछ
तो मैं पहले ही जैसा हो गया हूँ

ज़माने ने मुझे डाली नहीं घास
तो मैं ख़ुद ही ज़माना हो गया हूँ

ज़फ़र इक़बाल

ऐबो-हुनर

नई उस पर हमें अब ख़ुश-गुमानी कौन सी है
कभी उसने हमारी बात मानी कौन सी है

हमें मिलता भी है तो बस न मिलने के बराबर
सिवाए इसके अपनी सरगिरानी कौन सी है

मुहब्बत का जवाब उसने मुहब्बत से दिया तो
ये उसका फ़र्ज़ भी था, मेहरबानी कौन सी है

अभी क्यूँ-कर मिलेगा गौहरे-मक़्सूद हमको
अभी हमने वहाँ की ख़ाक छानी कौन किया है

ये तुग़्याने-मुहब्बत ही तो है अस्ले-हक़ीक़त
बुढ़ापा किस तरफ़ का है, जवानी कौन सी है

बहुत हमने भी देखा है ये नाटक ज़िंदगी का
सभी किरदार हैं इसमें, कहानी कौन सी है

रवानी है तो पानी से अलग करके दिखाओ
ये पानी है तो फिर इसमें रवानी कौन सी है

जो रहता है वो हर-दम अपने बंदों के दिलों में
तो फिर उस लामकां की ला-मकानी कौन सी है

'ज़फ़र' ये तो बताओ, शायरी उस कम-नुमा से
छुपानी कौन सी है, और, दिखानी कौन सी है

ऐबो-हुनर

जो यहाँ गुफ़्तगू हो गई है
फिर वही कू-ब-कू हो गई है

पहले कुछ मुख़्तलिफ़ थी जो ख़्वाहिश
देखना! हू-ब-हू हो गई है

सिर्फ दिल में थी पहले मुहब्बत
अब मेरे चारसू हो गई है

बे-ख़बर वो भी है, और मैं भी
कोई शय आरज़ू हो गई है

सात पर्दों में ख़ुश थी अगर वो
किसलिए रूबरू हो गई है

कुछ नतीजा तो निकलेगा आख़िर
जंग अब दू-ब-दू हो गई है

चलती-रुकती वो मौजे-मलामत
कुछ दिनों से लहू हो गई है

अब तो खोलें कोई दर, दरीचा
बेदिली अब तो ख़ू हो गई है

ढूँढ़ने क्या चले थे, 'ज़फ़र' हम
क्या से क्या जुस्तजू हो गई है

ज़फ़र इक़बाल

कुछ सरोकार किसी को नहीं, ऐ दिल मेरे
कि खुले फिरते हैं क्यों शहर में क़ातिल मेरे

हसरतें इतना तक़ाज़ा भी नहीं करती
हैं दस्त-बस्ता ही खड़े रहते हैं साइल मेरे

सब ख़बर रखते हैं, किस हाल में हूँ कैसा हूँ
इतने ग़ाफ़िल भी नहीं रहते हैं ग़ाफ़िल मेरे

वार छुप कर ही किए जो भी किए हैं उसने
कभी आता तो सही वो भी मुक़ाबिल मेरे

देखते देखते इतना हुआ जाता हूँ मुहाल
ख़ुद से भी तय नहीं होते हैं मराहिल मेरे

मैं तो सो जाता हूँ थक-हार के पानी सा, मगर
रात-भर जागते ही रहते हैं साहिल मेरे

रुक न सकता था, सो, चलता गया धुन में अपनी
कभी आगे, कभी पीछे रही मंज़िल मेरे

किसलिए आए थे, और, कौनसी हालत में हैं अब
फड़फड़ाते हुए शाख़ों में अनादिल मेरे

ये वो सच है कि, 'ज़फ़र', बा'द में साबित होगा
क्या है, फ़िलहाल जो दा'वे हुए बातिल मेरे

मंज़िल अलग तराशी, रस्ता अलग बनाया
फिर डूबने को हमने दरिया अलग बनाया

तसख़ीर जिस जहाँ की मतलूब थी, सो पहले
ख़ुद हमने उस जहाँ का नक़्शा अलग बनाया

खेती अलग उगाई आँखों की सरज़मीं से
और, दिल के आसमाँ पर तारा अलग बनाया

भूले न अस्ल अपनी इसकीमिया-गरी में
मिट्टी जुदा बिछाई, सोना अलग बनाया

तस्वीर के तक़ाज़े सब कर दिए हैं पूरे
पानी से दूर हट कर प्यासा अलग बनाया

तन्हाई छा गई तो महफ़िल सजाई अपनी
वहशत हुई तो हमने सहरा अलग बनाया

ख़ानों में कर दिया जब तक़सीम दिल को हमने
उसका अलग बनाया, अपना अलग बनाया

मुशतर्का भी बनाए ता'मीर के अजूबे
वैसा न बन सका फिर जैसा अलग बनाया

जैसे थे ख़ुद 'ज़फ़र', वो वैसे ही बन गए हम
इज़्ज़त बहुत कमाई, पैसा अलग बनाया

ज़फ़र इक़बाल

ऐबो-हुनर

अंदर से रवाँ रखता है मुझे
इक ख़्वाब जवाँ रखता है मुझे

कुछ वक़्त को आँखें होता हूँ
कुछ देर ज़ुबाँ रखता है मुझे

कभी धूल ही धूल हूँ चारों तरफ़
कभी धुआँ-धुआँ रखता है मुझे

रखने का जवाज़ तो हो कोई
बेसूदो-ज़ियाँ रखता है मुझे

अक्सर जहाँ ख़ुद होता नहीं वो
अक्सर ही वहाँ रखता है मुझे

कभी आ कि मकीं तू हुआ ही नहीं
कहने को मकाँ रखता है मुझे

देखें अब और कहाँ तक वो
बेनामो-निशाँ रखता है मुझे

लायक़ हूँ कहाँ रखने के, मगर
ज़ालिम है, कहाँ रखता है मुझे

रहना है तो कहना क्या है, 'ज़फ़र'
रहता हूँ, जहाँ रखता है मुझे

ऐबो-हुनर

गुज़रना पड़ा सरसराते हुए
नया कोई नक़्शा जमाते हुए

किसी और तस्वीर के शौक़ में
कोई और मंज़र दिखाते हुए

किसी और इल्ज़ाम की धुन में हूँ
कोई और हिम्मत उठाते हुए

यहाँ से निकल जाऊँगा एक दिन
कहीं और धूमें मचाते हुए

फ़िज़ा में बिखर जाऊँगा टूट कर
कहीं दूर से झिलमिलाते हुए

अब इतना भी ख़ुद पर भरोसा नहीं
जो रोने ही लग जाऊँ गाते हुए

मुझे भी ज़रा पूछ लेता है वो
बस आते हुए और जाते हुए

नदामत के साहिल पे उतरेंगे हम
मुहब्बत के छींटे उड़ाते हुए

ख़ुश-अख़लाक़ था, उसने इनकार भी
किया है, 'ज़फ़र', मुस्कुराते हुए

शीशा-ए-जाँ पे ज़रा सा ही ज़रर ले जाये
हमसे मिलता है सो इतना तो असर ले जाये

शायद इस बार नताइज हों कोई और, अगर
अपनी महफ़िल में हमें बारे-दिगर ले जाये

मुझे दे जाये वो इक लम्हा-ए-ख़ूँ गश्ता-ए-ख़्वाब
और मुझसे ये मेरे शामो-सहर ले जाये

रास्ते ही में किये बैठा हूँ अब के तो क़याम
कोई आकर मेरा सामाने-सफ़र ले जाये

यूँही बे-सम्त निकल पड़ना है दोबारा कहीं
इस से पहले कि मुझे राहगुज़र घर ले जाये

ले के जाएंगे जहाँ तक मुझे ये ऐब कभी
ग़ैर-मुम्किन है वहाँ मेरा हुनर ले जाये

शहर में कोई अगर है मेरा होता-सोता
रास्ता भूल गया हूँ, मुझे घर ले जाये

मुंतज़िर फिरता हूँ जिस मौजे-मुलाक़ात का मैं
अगर आए भी तो क्या जाने किधर ले जाये

अब तो मैं आप भी तैयार हूँ जाने को, 'ज़फ़र'
इश्क़आख़िरी उम्र का ये जिधर ले जाये

ज़फ़र इक़बाल

था दिल में ज़ेरे-ख़्वाब तो इज़हार ही करते
पैदा कहीं कुछ गर्मिए-बाज़ार ही करते

बैठे थे फ़राग़त से तो रखते इसे जारी
करना था तो ये काम लगातार ही करते

डरते ही रहे डूब न जाएँ कहीं, वरना
दरियाए-तमाशा था, उसे पार ही करते

था बंदा-बशर वो भी, कहीं मान ही जाता
लौट आने से बेहतर था कि इसरार ही करते

ये तंगिए-दिल एक तरफ़ तो कहीं लगती
वो खुल के मेरे सामने इनकार ही करते

वो शोख़ तो मसरूफ़े-मुहब्बत था कहीं और
हम इश्क़ जो करते भी तो बेकार ही करते

दुनिया से तो हमने कभी हक़ भी नहीं माँगा
ये काम जो करते भी तो नाचार ही करते

ख़ामोश तमाशाई बने बैठे हैं, देखो
इस खेल में वरना कोई किरदार ही करते

इस दिल से 'ज़फ़र' काम तो लेते कोई हम भी
दर हो नहीं सकता है तो दीवार ही करते

ज़फ़र इक़बाल

ऐबो-हुनर

मुद्दत से कोई मेरे भी जैसा नहीं आया
मैं यूँही तो मंज़र पे दुबारा नहीं आया

बाक़ी अभी कितना है बदी का ये समन्दर
हूँ कब से रवाँ, और, किनारा नहीं आया

मौसम कई गुज़रे हैं कि इस परदा-ए-दिल पर
बाज़ू नहीं लहराए हैं, चेहरा नहीं आया

निकले थे ये किस अंधे अँधेरे के सफ़र पर
आँखें तो पलट आईं, तमाशा नहीं आया

कहते हैं कि पानी अभी गुज़रा नहीं सर से
सैलाब भी शहर में इतना नहीं आया

है कैसी मुसाफ़त कि मेरी राह में अक्सर
दीवार तो आई है, दरीचा नहीं आया

हम भी वहीं फिरते रहे अतराफ़ में उसके
अलबत्ता मुलाक़ात का मौक़ा नहीं आया

ये तुरफ़ा लतीफ़ा है कि इस आग में हमको
चलना नहीं आया कभी रुकना नहीं आया

लोगों में 'ज़फ़र' आप ज़ुबाँ-साज़ भी कहलाए
और, बात भी करने का सलीक़ा नहीं आया

ऐबो-हुनर

बैठा मग़्ज़ न चाटा कर
उठ और, सैर सपाटा कर

बात भी माना कर कोई
यूँही रो'ब न छांटा कर

मतलब दोनों का है एक
घाटा खा, या घाटा कर

नेफ़े से पिस्तौल निकाल
महफ़िल में सन्नाटा कर

आटे से रोटी पकवा
फिर, रोटी को आटा कर

लम्बी तान के सो जा, और
सिसकी को खर्राटा कर

मार भी खा, हँसता भी जा
हाथ हिला, और, टाटा कर

हाथ बांध पीछे की तरफ़
आगे अपना गाटा कर

आज़ादी अच्छी है, 'ज़फ़र'
थोड़ी क़ैद भी काटा कर

कुछ तो आज़ादाना इस बस्ती में बसना चाहिए
खुल के रोना चाहिए, जी भर के हँसना चाहिए

सोचते हैं, क्यों न कीजे और भी कुछ इंतिज़ार
सब्र के फल को अभी कुछ और रसना चाहिए

सरपरस्ती भी हो थोड़ी सरज़निश के साथ-साथ
जो गरजते हैं, उन्हें कुछ तो बरसना चाहिए

आड़े आ जाती न हो अपनी शराफ़त ही अगर
ख़ुद हमें मा'लूम है, ऐसों को असना चाहिए

राह चलतों से ग़रज़ हम भी नहीं रखते मगर
कोई दुम पर पाँव रखता है तो डसना चाहिए

आम है मज़मून, इसको ख़ास करना है ज़रा
मिसरा है ढीला-ढाला, इसको कसना चाहिए

सतह से नीचे तो हैं लेकिन, ज़ियादा भी नहीं
इस ज़मीने-शे'र में कुछ और धंसना चाहिए

एक बोसे की तलब है, सो भी लौटा देंगे हम
या'नी कुछ उस बद-गुमाँ से क़र्ज़े-हसना चाहिए

दिल में हिम्मत हो तो गिर्दाबे-मुहब्बत से 'ज़फ़र'
खुद निकलना चाहिए, और, ख़ुद ही फँसना चाहिए

ज़फ़र इक़बाल

झेला है जो ठंडा तत्ता भी
घूम आए हैं क्या कलकत्ता भी

लर्ज़ां रहे बूटा-बूटा हम
उड़ते फिरे पत्ता-पत्ता भी

नीचे है फ़र्श के और इक फ़र्श
छत के ऊपर पड़छत्ता भी

इक हर्फ़ की अदला बदली ने
तन्हा से किया है निहत्ता भी

कुछ जिल्द की अपनी फ़िक्र करें
अब तो निकल आया गत्ता भी

हिस्सा रखता है भात में जो
लेता है वो हमसे भत्ता भी

लिखा हुआ पढ़ न सको मेरा
इतना तो नहीं बदख़त्ता भी

सब अलफ़ाज़ इस्ते'माल हुए
'लेकिन' भी और 'अलबत्ता' भी

इस खींचा-तानी में ही 'ज़फ़र'
उतरे कहीं कपड़ा-लत्ता भी

ज़फ़र इक़बाल

ऐबो-हुनर

जितने भी क़रीने हैं झिझकने के बहुत हैं
उनवान उसे देख न सकने के बहुत हैं

ख़ामोश न हो जाये सुलगती हुई ये शाम
पैराए बज़ाहिर तो भड़कने के बहुत हैं

बुझता हुआ दिल, ये मेरा टूटा हुआ तारा
इमकान अभी इसके चमकने के बहुत हैं

मौसम कई बे-ताब हैं खुलने के हर इक सिम्त
मंज़र अभी आँखों में झलकने के बहुत हैं

झोंके से ख़यालात में रुकने के नहीं अब
पत्ते से हवाओं में खड़कने के बहुत हैं

सूरज से लपकने को हैं रुख़्सार ब रुख़्सार
महताब से माथों पे दमकने के बहुत हैं

वाफ़र हैं अभी लफ़्ज़ लरज़ने को लबों पर
सीनों में सवालात भटकने के बहुत हैं

रंगत अभी बाक़ी है मुहब्बत की लहू पर
अस्बाब अभी दिल के धड़कने के बहुत हैं

मायूस न होना 'ज़फ़र' इस ख़्वाबे-ख़िज़ाँ से
ये बाग़ कोई दिन में महकने के बहुत हैं

ऐबो-हुनर

फ़ुग़ाँ भी वो है कि जो ख़ुद फ़ुग़ाँ से बाहर है
कि मेरा ज़िक्र तेरी दास्ताँ से बाहर है

ये रब्ते-ख़ास कोई मो'जिज़ा ही था, वरना
तेरा सितारा मेरे आसमाँ से बाहर है

दिले-गिरफ़्ता की बाबत वो कुछ तो बतलाता
कि इम्तिहाँ में है या इम्तिहाँ से बाहर है

बुरा-भला मेरे दिल का मकीं हुआ तो सही
सो, कुछ मकाँ में है, और कुछ मकाँ से बाहर है

खिला है चारों तरफ़ ज़र्द हैरतों का चमन
ख़िज़ाँ की सारी ख़राबी ख़िज़ाँ से बाहर है

अगर यही रविशे-बर्क़ो-बाद है, तो वही
बचा रहेगा कि जो आशियाँ से बाहर है

मिरा सुराग़ यहाँ ढूँढ़ने से क्या हासिल
मेरी ख़बर कहीं इस ख़ाक-दाँ से बाहर है

सुख़न-सराई थी मुम्किन सो हमने कर डाली
कि शायरी तो सरासर बयाँ से बाहर है

कहाँ से होगी 'ज़फ़र' के नसीब में मंज़िल
कि बे-मुहार है, और, कारवाँ से बाहर है

दिले-फसुर्दा जो इतना ख़बर से ख़ाली है
मुसाफ़िरी में है, लेकिन सफ़र से ख़ाली है

ये मुम्किनात से बाहर नहीं, मगर फ़िलहाल
ये ख़ाक-ज़ार तेरी रह-गुज़र से ख़ाली है

कभी-कभी का ग़नीमत है देखना भी तेरा
अगरचे ये भी बज़ाहिर नज़र से ख़ाली है

हमारे जामे-तलब का मुआमला है अजब
कि ये अभी से नहीं, उम्र-भर से ख़ाली है

कुछ इसमें रंगे-रिया की रमक़ नहीं शामिल
बयान इसलिए अपना असर से ख़ाली है

हमारे नामा-ए-आमाल में लिखा होगा
हरा-भरा ये शजर क्यों समर से ख़ाली है

ये किन हवाओं से मा'मूर हैं मेरे शबो-रोज़
अगर ये सारा ब्याबां ख़तर से ख़ाली है

मैं अब तो जैसे भटक भी कहीं नहीं सकता
कि मेरी राह ग़ुबारे-हुनर से ख़ाली है

फ़रेब खुर्दा-ए-ज़ाहिर हैं अहले-दिल, वरना
मैं वो सदफ़ हूँ, 'ज़फ़र', जो गुहर से ख़ाली है

ज़फ़र इक़बाल

ऐबो-हुनर

ज़मीं सहमी हुई है, और, सितारे रुक गए हैं
ये कैसी रात है, सारे के सारे रुक गए हैं

तमाशाए-सफ़र जारी है गोया ख़्वाब-दर-ख़्वाब
थके-हारे क़दम लेकिन हमारे रुक गए हैं

किसी सूरत कहीं जल बुझ सकें बारे-दिगर हम
अगर इस राख से उड़ते शरारे रुक गए हैं

हमारी सरज़मीं सिम्तें ही खो बैठी है अपनी
हमारे आसमानों के इशारे रुक गए हैं

हवा हैरान होकर थम गई है बाग़-दर-बाग़
महकते मौसमों के सब्ज़-धारे रुक गए हैं

ज़मीं पर सो गई हैं बहते बहते मेरी नदियाँ
फ़लक पर चलते चलते मेरे प्यारे रुक गए हैं

हमें रुकना नहीं था इस मुसाफ़त में कहीं पर
ये क्या दीवार थी जिसके सहारे रुक गए हैं

रवानी से ज़्यादा रौशनी थी रास्तों पर
अब आकर शामे-गुर्बत के किनारे रुक गए हैं

ये ख़ाके-ख़ुश्क प्यासी ही पड़ी रह जाये शायद
'ज़फ़र', लगता है, सब दरिया तुम्हारे रुक गए हैं

ज़फ़र इक़बाल

चलो, जितना भी बूढ़ा हो गया हूँ
मैं पहले से तो अच्छा हो गया हूँ

नहीं था मैं तो बस कुछ भी नहीं था
हुआ हूँ तो सरापा हो गया हूँ

कहा करता हूँ सीधी बात, लेकिन
मैं ख़ुद थोड़ा सा टेढ़ा हो गया हूँ

नज़र आता नहीं उसके सिवा कुछ
बड़ी हद तक तो अंधा हो गया हूँ

मेरी इक सिम्त गुम है कुछ दिनों से
सो लगता है, तिकोना हो गया हूँ

ऐबो-हुनर

सोच कर लिखना है, अक्सर सोचता रहता हूँ मैं
इस इरादे पर सरासर सोचता रहता हूँ मैं

घर से बाहर फ़िक्र रहती है मुझे घर की बहुत
घर में होता हूँ तो बाहर सोचता रहता हूँ मैं

यूँही मौजों के मुख़ालिफ़ चल निकलता हूँ कहीं
और कभी दरिया के रुख़ पर सोचता रहता हूँ मैं

प्यास का गिर्दाब सा रहता है मेरे चारसू
ख़्वाबे-सहरा हूँ, समन्दर सोचता रहता हूँ मैं

क्या कहूं हर-रोज़ क्यों मौजे-हवाए-सुब्ह से
फूल सा खिलता हूँ, पत्थर सोचता रहता हूँ मैं

उसको बाहर से तो है मेरी शराफ़त का यक़ीं
क्या ख़बर उसको जो अंदर सोचता रहता हूँ मैं

फ़ायदे के काम ही दुनिया में हैं इतने अगर
रायगाँ फिर क्यों बराबर सोचता रहता हूँ मैं

दूसरे अपने से बाहर क्यों न समझेंगे मुझे
दूसरों से भी तो हट कर सोचता रहता हूँ मैं

या'नी भर पाया हूँ अंदर की ख़मोशी से 'ज़फ़र'
इसलिए अब शोरे-महशर सोचता रहता हूँ मैं

ज़फ़र इक़बाल

अभी तो मेरी काविश है बस इतनी
कि मैं दुनिया में पैदा हो गया हूँ

मुझे ज़िद अपने दुश्मन से है इतनी
वो सीधा है तो आड़ा हो गया हूँ

मैं ऐसा हो सका अब तक न वैसा
जभी तो ऐसा-वैसा हो गया हूँ

मैं बाहर से तो लाग़र था ही पहले
अब अंदर से भी दुबला हो गया हूँ

मुझे नाबूद करके जब गया वो
उसी लम्हे दुबारा हो गया हूँ

हमेशा आख़िरी रहता हूँ सब में
मगर, इस बार पहला हो गया हूँ

हवाए-ताज़ा है मौजे-हवस भी
सो, मरते-मरते ज़िंदा हो गया हूँ

जो बदला है मेरे अंदर का मौसम
तो पत्थर से परिंदा हो गया हूँ

ज़ियादा और क्या होना है मुझको
यही काफ़ी है जितना हो गया हूँ

ऐबो-हुनर

ज़मीं ने अक्स क्या डाला है मुझ पर
ये मैं कैसा सुनहरा हो गया हूँ

इज़ाफ़ा और अब क्या कीजिएगा
मैं पहले ही ज़ियादा हो गया हूँ

मुझे कुबड़ा न समझो, ज़िंदगी पर
मैं हँसते हँसते दोहरा हो गया हूँ

ये दर्जे भी तो हैं सब मेरे अपने
अगर आ'ला से अदना हो गया हूँ

निशाना बाँधते ही बाँधते में
कहीं ख़ुद ही निशाना हो गया हूँ

किनारों से उछलने की हवस में
ख़ुमारे-ख़्वाबे-दरिया हो गया हूँ

अलग सबसे नज़र आने की ख़ातिर
उजाले में अंधेरा हो गया हूँ

उजड़ने की कसर बाक़ी है अब तो
मैं इतना हँसता-बस्ता हो गया हूँ

मैं क्यों इस ख़ाना-ए-ख़ामोश में फिर
फ़ुज़ूल इक शोरो-ग़ौग़ा हो गया हूँ

गिरेगी एक दिन मुझ पर ही आख़िर
मैं वो दीवारे-दुनिया हो गया हूँ

मुझे ग़ुस्साल ही नहलाएं-धुलवाएँ
बहुत मेला-कुचैला हो गया हूँ

सो, चुभ जाता हूँ अपने आपको ही
मैं कहने को तो काँटा हो गया हूँ

अभी मसरूफ़ था आहो-फ़ुग़ाँ में
अभी गाता-बजाता हो गया हूँ

मैं सीधा चल रहा था उसकी जानिब
अभी थोड़ा सा तिरछा हो गया हूँ

शराफ़त आड़े आ जाती है आख़िर
खुला आशिक़ था ,ख़ुफ़िया हो गया हूँ

अभी मर्कज़ तो हो सकता नहीं मैं
मुहब्बत का किनारा हो गया हूँ

इन्हें मैं हज़्म तो क्या हो सकूँगा
गले में भी अटकता हो गया हूँ

तने-तन्हा कोई सच बोल कर मैं
भरी महफ़िल में झूटा हो गया हूँ

ज़फ़र इक़बाल

ऐबो-हुनर

मुझे फैलाए आकर धूप में कौन
कि बैठे-बैठे गीला हो गया हूँ

कभी होता था कुछ दिन के लिए मैं
मगर, अब तो हमेशा हो गया हूँ

लहू पीता हूँ, सर खाता हूँ अपना
बहुत ही खाता-पीता हो गया हूँ

वो खेलें मुझसे, लेकिन बच-बचा कर
बज़ाहिर तो खिलौना हो गया हूँ

अब इसका फ़ैसला भी आप फ़रमाएं
नहीं हूँ अब भी मैं या हो गया हूँ

ये क्या पिलवा दिया है शर्बते-शौक़
जो पी कर और प्यासा हो गया हूँ

भला ये फूल हैं किन मौसमों के
ये किस रंगत का सब्ज़ा हो गया हूँ

नया होने की नौबत ही न आई
मैं पहले ही पुराना हो गया हूँ

उठा कर दीनो-दुनिया, उसकी चालें
समझता हूँ, सियाना हो गया हूँ

मनाएं ख़ैर कारोबार की सब
अगर मैं करता-धरता हो गया हूँ

थका हारा है, कुछ आराम कर ले
इसी ख़ातिर बिछौना हो गया हूँ

नदीदा था फ़क़त पहले, मगर, अब
हक़ीक़त है कि भूका हो गया हूँ

ये तबदीली मुझी में आई होगी
खरा था, और, खोटा हो गया हूँ

कोई शय मुझसे मिन्हा हो गई क्या
जो मैं पहले से थोड़ा हो गया हूँ

जवाब उस का था गर्मा-गर्म इतना
जभी तो सुनके ठंडा हो गया हूँ

सिमटने की सहूलत भी थी, लेकिन
बिखरने का बहाना हो गया हूँ

जहाँ रुपोश होना था ज़रूरी
वहीं खुल कर हुवैदा हो गया हूँ

मुझे वो साथ लेकर चल पड़े हैं
मगर, मैं और तन्हा हो गया हूँ

ज़फ़र इक़बाल

ऐबो-हुनर

अजब हलचल मची रहती है मुझमें
जो सच पूछो तो गदला हो गया हूँ

मैं उसकी नौकरी करता हूँ दिन-रात
मज़ा ये है कि पक्का हो गया हूँ

कहीं वो भी न आ शामिल हुआ हो
मुझे लगता है दुगना हो गया हूँ

उधर हैरत-ज़दा वो है सरासर
इधर मैं हक्का-बक्का हो गया हूँ

मैं बादल का बरसना हो न पाया
तो बिजली का चमकना हो गया हूँ

मैं अपनी ख़ाम-कारी मैं बहरहाल
बड़ी हद तक तो पुख़्ता हो गया हूँ

घना बजने लगा हूँ कुछ दिनों से
मुझे लगता है थोथा हो गया हूँ

मुझे अब तौलना और नापना क्या
मैं कब का ओना-पोना हो गया हूँ

ये होना सख़्त मुश्किल था बहरहाल
मगर मैं गिरता-पड़ता हो गया हूँ

तो, इसमें आपका नुक़सान क्या है
अगर थोड़ा सा घटिया हो गया हूँ

अभी तक तो पता चलता नहीं कुछ
मैं सूरज हूँ कि साया हो गया हूँ

मैं पहले भी नहीं था सीधा-सादा
मगर अब और खचरा हो गया हूँ

तरन्नुम से ग़ज़ल पढ़ता हूँ अब तो
ख़ुदा रखे गवय्या हो गया हूँ

ग़नीमत है कि मैं इस हाल में भी
हुआ हूँ जैसा-तैसा हो गया हूँ

अगर बढ़-चढ़ गया है मेरा दुश्मन
तो मैं भी छोटा-मोटा हो गया हूँ

उसे सीधा तो कर पाया हूँ, लेकिन
मैं ख़ुद भी उल्टा-पल्टा हो गया हूँ

मुझे बच्चा समझते हैं अभी वो
मैं हालांकि चोबच्चा हो गया हूँ

गुज़ारा तो मेरा होता रहेगा
बस इक थोड़ा सा छोटा हो गया हूँ

ज़फ़र इक़बाल

ऐबो-हुनर

मैं जब होने पे आया हूँ किसी दम
तो हरसू बे-तहाशा हो गया हूँ

मैं सीधा बह नहीं सकता किसी तौर
बराबर रुख़ बदलता हो गया हूँ

समन्दर से है मेरा भाई-चारा
कि मैं पानी का पुतला हो गया हूँ

लहू ने रंग बदला है अचानक
मैं चलते-चलते नीला हो गया हूँ

हुआ है जितना इज़्ज़त में इज़ाफ़ा
मैं उतना ही कमीना हो गया हूँ

जहाँ तफ़सील के तालिब थे अहबाब
वहाँ पर मैं ख़ुलासा हो गया हूँ

समझ पाते नहीं आक़िल भी जिसको
मैं इक ऐसा इशारा हो गया हूँ

मैं ग़ायब हो चुका हूँ काफ़ी हद तक
जो बच निकला बक़ाया हो गया हूँ

जहाँ पर तेज़ रफ़्तारी थी मतलूब
वहाँ, देखो तो, कछुआ हो गया हूँ

किया था काम कोई छुप-छुपा कर
ज़माने भर में रुस्वा हो गया हूँ

अगर वैसा न हो पाया किसी तौर
तो उससे मिलता-जुलता हो गया हूँ

मैं उससे पूछ कर होता हूँ अब तो
ये मत समझो कि बेजा हो गया हूँ

अगर ख़ुद जा नहीं सकता वहाँ पर
तो उसके घर का रस्ता हो गया हूँ

कशिश क्या रह गई होगी कि आख़िर
बहुत कुछ देखा-भाला हो गया हूँ

हवा का ख़ैर-मक़्दम था ज़रूरी
सो, ख़ुद ही पुर्ज़ा-पुर्ज़ा हो गया हूँ

गुज़र-औक़ात हो जाती है अच्छी
मैं जबसे ख़्वाब पेशा हो गया हूँ

अगर वो हो चुका है बूटा-बूटा
तो मैं भी पत्ता-पत्ता हो गया हूँ

कभी क़िस्तों में होता हूँ बमुश्किल
कभी सारे का सारा हो गया हूँ

ज़फ़र इक़बाल

ऐबो-हुनर

मेरे होने की सूरत ही न थी कुछ
मगर मैं होता-होता हो गया हूँ

सरे-दस्त इसको ही मंज़ूर कीजे
मैं जो कुछ दाल-दलिया हो गया हूँ

नहीं सुनता हूँ मतलब की भी गर बात
तो मैं बिलकुल ही बहरा हो गया हूँ

मेरी मंज़िल नहीं है कोई, बस में
किसी जानिब रवाना हो गया हूँ

मुझे जब कोई भी करता नहीं प्यार
सो, मैं अल्लाह को प्यारा हो गया हूँ

नहीं है जिसके टल जाने का इमकान
यहाँ एक ऐसा ख़तरा हो गया हूँ

किसी चेहरे पे बिखरा धूल बन कर
किसी दामन पे धब्बा हो गया हूँ

मुझे तुलवा के ले जाते नहीं क्यों
कि अब तो और सस्ता हो गया हूँ

कुछ अपना ज़ायक़ा वो भी तो बदलें
कि बे-शक मैं भी कड़वा हो गया हूँ

बुराई और नेकी जुड़ गए हैं
कि मैं दोनों का टांका हो गया हूँ

बहा ले जाऊँगा ख़ुद को भी इक दिन
मैं वो मुँह-ज़ोर चश्मा हो गया हूँ

मुझे क़ाबू में लाना ही पड़ेगा
बहुत आफ़त का टुकड़ा हो गया हूँ

उतार आया हूँ मैं बारे-शराफ़त
सो कैसा हल्का-फुलका हो गया हूँ

मसाइल सब मेरे हल हो गए हैं
मैं जब भी दस्त-बस्ता हो गया हूँ

नहीं था जुर्म तो मेरा कुछ इतना
मैं जितना ख़्वारो-ख़स्ता हो गया हूँ

'ज़फ़र', कैसा मैं होना चाहता था
मगर, देखो तो, कैसा हो गया हूँ

ज़फ़र इक़बाल

ज़मीन ढूंडते हैं आसमान के नीचे
ज़रा भी साया नहीं सायेबान के नीचे

वो इक दुकान पर हैरान रह गया, वरना
दुकान और भी थी इक, दुकान के नीचे

निगाह रुकती है जाकर निशान पर सबकी
है कारोबार तो सारा निशान के नीचे

उसी का रद्दे-अमल है मचान के अंदर
हुआ जो वाक़िआ उस दिन मचान के नीचे

किसी भी लम्हे मेरा इन्हिदाम है मुम्किन
दबा है ज़लज़ला कोई मकान के नीचे

खुलेगी और अभी मेरी असलियत क्या-क्या
रहूँगा और अभी इमतिहान के नीचे

शिकस्तो-फ़त्ह में वो भी शरीक है आख़िर
कि मैं तो लड़ता हूँ उसकी कमान के नीचे

तलाश करता रहा दरमियाँ में वो, और मैं
पड़ा हुआ था कहीं दरमियान के नीचे

मुकर भी सकता हूँ मैं साफ़ शायरी से, 'ज़फ़र'
कि दस्तख़त ही नहीं हैं बयान के नीचे

ज़फ़र इक़बाल

ऐबो-हुनर

लम्बी तान के सोना है
हो जाये जो होना है

पड़ रहते हैं सुनकर हम
उसकी बात बिछोना है

कैसे मौसम में हमने
कैसा फूल पिरोना है

चमकाना है दरवाज़ा
दीवारों को धोना है

आख़िर क्या कहने के लिए
लफ़्ज़ लहू में भिगोना है

क्या लिखने के लिए क़लम
रूह के बीच डुबोना है

ज़हनों की ज़रख़ेज़ी में
एक ख़्वाब सा बोना है

सोचा नहीं कि अब की बार
क्या किस शय में समोना है

दिल को है मंज़ूर, 'ज़फ़र'
मिट्टी है या सोना है

अगर इस खेल में अब वो भी शामिल होने वाला है
तो अपना काम पहले से भी मुश्किल होने वाला है

हवा शाख़ों में रुकने और उलझने को है इस लम्हे
गुज़रते बादलों में चाँद हाइल होने वाला है

असर अब और क्या होना था उस जाने-तग़ाफ़ुल पर
जो पहले बेशो-कम था वो भी ज़ाइल होने वाला है

ज़ियादा नाज़ अब क्या कीजिये जोशे-जवानी पर
कि ये तूफ़ाँ भी रफ़्ता-रफ़्ता साहिल होने वाला है

हमीं से कोई कोशिश हो न पाई कारगर, वरना
हर इक नाक़िस यहाँ का पीरे-कामिल होने वाला है

हक़ीक़त में बहुत कुछ खोने वाले हैं ये सादा-दिल
जो ये मुझे हुए हैं उनको हासिल होने वाला है

हमारे हाल-मस्तों को ख़बर होने से पहले ही
यहाँ पर और ही कुछ रंगे-महफ़िल होने वाला है

चलो इस मरहले पर ही कोई तदबीर कर देखो
वगरना शहर में पानी तो दाख़िल होने वाला है

'ज़फ़र', कुछ और ही अब शो'बदा दिखलाइये, वरना
ये दा'वाए-सुख़न-दानी तो बातिल होने वाला है

ज़फ़र इक़बाल

ऐबो-हुनर

ग़लत काम का है नतीजा सहीह
कुछ अंदाज़ा अपना ही निकला सहीह

गया राह में ही कहीं टूट-फूट
ये दिल आप तक तो पहुँचता सहीह

हिसाब आप ही अब लगाया करें
है कितना ग़लत, और, कितना सहीह

तमाशाई सर पीटते रह गए
लगाया न हमने तमाशा सहीह

जब उसका इशारा ही मशकूक था
तो फिर मैं भी कैसे समझता सहीह

वो आते ही जाने की जल्दी में था
न दम भर मेरे पास बैठा सहीह

यही काम होना था सारा ख़राब
जो होता न अपना तरीक़ा सहीह

बिगड़ने का इमकान ही अब कहाँ
हमें कर दिया उसने ऐसा सहीह

हमारे ही पीछे पड़े हो, 'ज़फ़र'
कोई काम वो भी तो करता सहीह

ऐबो-हुनर

निकल सकें हम अगर शबे-माह से कुछ आगे
सफ़र पड़ा है अभी सहर-गाह से कुछ आगे

कड़ी ही ग़ायब हो जैसे दोनों के दरमियाँ की
हवा की सिलवट भी है परेकाह से कुछ आगे

रहे कभी गम, कभी ख़ुशी के असीर हम तो
दिया दिखाई न आह और वाह से कुछ आगे

सफ़ाई पानी की यूँ तो मतलूब है सभी को
मुआमला है, मगर, सगे-चाह से कुछ आगे

कुछ ऐसे रल-मिल गई गिरानी में सरगिरानी
कि सोचना पड़ गया है तनख़्वाह से कुछ आगे

ख़बर-रसानी में किससे पीछे थे हम, कि अपनी
कोई कहानी गई न अफ़्वाह से कुछ आगे

अगर न हल हो सका यहीं मसअला हमारा
तो जाऐंगे हम ख़ुशामदे-शाह से कुछ आगे

बशर की हद ही न पार कर पाए ज़िंदगी-भर
तलाश करने चले जो अल्लाह से कुछ आगे

'ज़फ़र', ग़ज़ल में मचाईं धूमें तो हमने, लेकिन
ना जा सके इस घिसी-पिटी राह से कुछ आगे

ज़फ़र इक़बाल

लहरो-लहर उछलता दिन
चढ़ा हुआ था दरिया दिन

सारे वक़्त हैं गुड़-मुड़ से
कैसी रात और कैसा दिन

साथ-साथ चल सकते काश
टेढ़ी खीर और सीधा दिन

सुबह से डरता बैठा हूँ
टूट न जाए कच्चा दिन

कई दिनों से लगता है
पूरा दिन भी अधूरा दिन

रंग उतर जाऐंगे सब
रह जाएगा झूटा दिन

बाल की खाल निकल आई
घूम रहा है गंजा दिन

शाम से पहले टीले पर
खांस रहा था बूढ़ा दिन

पहनूँगा किस तौर, 'ज़फ़र'
इतना फटा पुराना दिन

बुझा है रंगे-दिल, और, ख़्वाबे-हस्ती कर्बला है
कि जीते हैं न मरते हैं, ये कैसी कर्बला है

सरों तक आ गया आबे-फ़िराते-ख़ौफ़, देखो !
जो प्यासों को डुबो देगी, ये ऐसी कर्बला है

वही ख़ंजर है पैवस्ते-गुलू ख़ेमा-ब-ख़ेमा
वही मेरे हज़ारों सिम्त फैली कर्बला है

वही तीरे-तग़ाफ़ुल सबके सीने में तराज़ू
वही कूचा-ब-कूचा देखी-भाली कर्बला है

अगर सोचो तो चलता आ रहा है इक तसलसुल
अगर समझो तो ये पहले ही जैसी कर्बला है

अज़ल से हक़-परस्तों के हैं ऐसे ही शबो-रोज़
न कोई आख़िरी है, और, न पहली कर्बला है

उन्हें तो ख़ैर छूकर भी नहीं गुज़री, कि ये तो
हमारी कर्बला है, और तुम्हारी कर्बला है

वही क़ातिल वही मक़्तूल भी हैं, लेकिन अब के
मुहम्मद के जिगर गोशे से ख़ाली कर्बला है

अज़ादारी में शामिल तो सभी होते हैं, लेकिन
'ज़फ़र', जिस पर गुज़र जाये उसी की कर्बला है

हमारा कुछ नहीं है, और, तुम्हारा कुछ नहीं है
कहीं है भी अगर कुछ तो दुबारा कुछ नहीं है

ज़मीं ज़ाहिर नहीं करती यहाँ अपने ख़ज़ाने
किसी ने आसमानों से उतारा कुछ नहीं है

निकालें इस न होने से कोई होने की सूरत
सिवाए इसके अपने पास चारा कुछ नहीं है

वही है ख़्वाबे-दिल से ख़्वाबे-दुनिया तक अंधेरा
सो, पर्दे में है सब कुछ, आश्कारा कुछ नहीं है

खुली रखता भी हूँ आँखें तो है बेसूद वो भी
कि ख़ाली कैफ़ियत है, और, नज़ारा कुछ नहीं है

अगर ये कर सको तो कुछ न करने में सरासर
मुनाफ़ा ही मुनाफ़ा है, ख़सारा कुछ नहीं है

नहीं पहुंचा कोई नुक़्सान उसको भी कुछ ऐसा
नए इस खेल में हमने भी हारा कुछ नहीं है

झमेले और भी दिल को लगा रखे हैं, लेकिन
हमें उस जाने-रुस्वाई से प्यारा कुछ नहीं है

'ज़फ़र', ख़ुश हो लिया करते हैं उसको देखकर हम
वगरना और तो मक़सद हमारा कुछ नहीं है

ज़फ़र इक़बाल

ऐबो-हुनर

यादे-हुसैन अब जो मनाने को रह गई
इक रस्म सी हमारे निभाने को रह गई

उसका सबक़ तो हमसे फ़रामोश हो चुका
बस दास्ताँ ही उसकी सुनाने को रह गई

करना था जिस घड़ी हक़्क़ो-बातिल में इमतियाज़
वो कैफ़ियत भी रोने-रुलाने को रह गई

हम एक दूसरे के ही काटा किए गले
रुस्वाई एक ये भी उठाने को रह गई

क्या चीज़ खो गई थी सरे-दश्ते-कर्बला
जिसकी तलाश एक ज़माने को रह गई

वो बेमिसाल था, मगर उस शख़्स की मिसाल
गाहे-ब-गाहे बज़्म सजाने को रह गई

इक लफ़्ज़ है कि ख़ुद पे ही रौशन नहीं हुआ
इक बात है कि सबसे छुपाने को रह गई

हम उनको नापसंद हैं, वो हमको नागवार
दीवार एक ये भी गिराने को रह गई

इक ख़्वाब देखने के लिए रह गया, 'ज़फ़र'
और, एक प्यास जैसे बुझाने को रह गई

ज़फ़र इक़बाल

तमाशा देखते रहना नहीं है
ये झगड़ा देखते रहना नहीं है

अदा करना है अब किरदार भी कुछ
कि तन्हा देखते रहना नहीं है

किनारे तक पहुंचना भी है आख़िर
किनारा देखते रहना नहीं है

बहुत इसके अलावा भी है मुम्किन लि
हाज़ा देखते रहना नहीं है

हम उसमें डूब जाऐंगे किसी दिन
वो दरिया देखते रहना नहीं है

पकड़ कर रोक भी लेना है उसको
हमेशा देखते रहना नहीं है

है इसमें टूटते रहना भी शामिल
ये वैसा देखते रहना नहीं है

भरा ही छोड़ जाना है किसी दिन
ये मेला देखते रहना नहीं है

ज़फ़र, देखा किये अब तक जो मंज़र
दुबारा देखते रहना नहीं है

जितना हँसते जाना है
उसने फँसते जाना है

टस से मस तो क्या होना
टसते-मसते जाना है

अपनी राह निकालें क्या
रस्ते-रस्ते जाना है

ऊपर आने के दौरान
नीचे धँसते जाना है

ढीले-ढाले लोगों पर
फ़िक़रे कसते जाना है

लाख उजाड़ो बस्ती को
इसने बसते जाना है

देखते रहना है उसको
और, तरसते जाना है

कहीं गरजना है ख़ाली
कहीं बरसते जाना है

था किस को मालूम, 'ज़फ़र'
इतना सस्ते जाना है

ज़फ़र इक़बाल

ऐबो-हुनर

हम हैं जिधर उसे भी उधर होना चाहिए
पहले से है तो बारे-दिगर होना चाहिए

मंज़िल जिधर कहीं नहीं, तफ़रीह के लिए
थोड़ा सा उस तरफ़ भी सफ़र होना चाहिए

सूरत अगर है ऐसी ही वैसी तो कम से कम
कोई ज़बान में तो असर होना चाहिए

वो फ़ित्ना-ख़ू हम ऐसे शरीफ़ों की बज़्म में
मौजूद तो नहीं है, मगर, होना चाहिए

अलबत्ता इख़्तिलाफ़ बहुत है दिमाग़ को
दिल तो उसी तरफ़ है जिधर होना चाहिए

पूछा कि होना चाहिए क्या बंदोबस्ते-वस्ल
कहने लगे कि आपका सर होना चाहिए

होना न चाहिए तो किसी की है क्या मजाल
है किस को ए'तराज़ अगर होना चाहिए

चल दूँ कभी तो मैं भी जिसे छोड़-छाड़ कर
मेरा भी तो कहीं कोई घर होना चाहिए

बनता है शहरयार हमारा वही, 'ज़फ़र'
दरअस्ल जिसको शहर-बदर होना चाहिए

ऐबो-हुनर

आगे क्या और पीछे क्या
ऊपर क्या, और, नीचे क्या

रही ख़िज़ाँ ही सारी उम्र
लगवाते बाग़ीचे क्या

सैलानी के सामने हैं
दर, दालान, दरीचे क्या

उठो! और, दुनिया देखो
पड़े हो आँखें मीचे क्या

आना है उसका मा'लूम
बिछवाएं ग़ालीचे क्या

हो जाये जो होना है
खिंचवाएं ज़ाईचे क्या

आप है बाराँ दीदा वो
चढ़े हमारे टीचे क्या

निय्यत ही जब साफ़ नहीं
गले लगा कर भींचे क्या

पानी है पायाब, 'ज़फ़र'
अड़से हो पाईंचे क्या

अदावत सबसे रखता हूँ कि ये मंशूर है मेरा
निशाने-मंज़िले-मक़सूद कितनी दूर है मेरा

मैं अपनी बात पर ख़ुद भी कभी रहता नहीं क़ायम
सो, जैसा भी है, ये अंदाज़ तो मशहूर है मेरा

बहुत मुम्किन है फिर से आँधीयों की ज़द में आ जाये
वगरना इस बरस भी टहनियों पर बूर है मेरा

मैं अपने मो'जिज़े की ख़ुद वज़ाहत क्या करूँ आख़िर
कि ये मेरी रिवायत है न ये दस्तूर है मेरा

मुसाफ़त पर निकलने का अभी सोचा ही था मैंने
जो देखा तो बदन सारा थकन से चूर है मेरा

सभी के सामने है, सूरते-हालात जो भी
है लबे-ख़ामोश हैं उसके, दिले-रंजूर है मेरा

मसाइल अपने-अपने थे, ज़रूरत अपनी-अपनी थी
न मैं ममनून हूँ उसका, न वो मशकूर है मेरा

कहीं पर भी कोई अब मेरी गुंजाइश नहीं बाक़ी
ज़मीं मुश्किल में है, और, आसमाँ मजबूर है मेरा

ज़फ़र, ता'मीर ऐसी कर रहा हूँ ख़्वाबे-हस्ती की
कि जिसमें बादशाहे-वक़्त ख़ुद मज़दूर है मेरा

ज़फ़र इक़बाल

लहू आपे से बाहर हो रहा है
बदन सारा ही अबतर हो रहा है

जो बरसों में हुआ करता था पहले
यहाँ बरसों से अक्सर हो रहा है

जो पहले हो चुका है शहर के साथ
वही कुछ बारे-दीगर हो रहा है

मुसलसल आ रहा है देखने में
कई दिन से बराबर हो रहा है

समझ में ही नहीं आता किसी की
ये कैसे, और, क्यूँ-कर हो रहा है

इसी पर बस नहीं, ऐ चश्म-ए-हैराँ
ये हंगामा तो घर-घर हो रहा है

मेरी अपनी भी हैं मजबूरियाँ कुछ
असर जैसा भी मुझ पर हो रहा है

नज़र भी आए, कुछ महसूस भी हो
अगर पहले से बेहतर हो रहा है

'ज़फ़र', बाहर भी आएगा किसी दिन
जो ये अंदर ही अंदर हो रहा है

ज़फ़र इक़बाल

ऐबो-हुनर

रूह में दीवार सी उठती है, दर खुलता नहीं
खुल भी जाये तो कभी बार-ए-दिगर खुलता नहीं

देर से जुंबिश नहीं संगे-समाअत में कोई
और, किसी सूरत यहाँ कुफ़्ले-नज़र खुलता नहीं

क्या तमाशा है कि सुबहो-शाम राज़े-आसमाँ
ख़ाक पर खुलता है, लेकिन, सर-बसर खुलता नहीं

बंद ही रहता था उसके दिल का दरवाज़ा कि हम
खोलते थे ख़ुद ही उस जानिब जिधर खुलता नहीं

क्या सफ़र तय हो कि दौराने-मुसाफ़त हमसे तो
अपना ही बाँधा हुआ रख़्ते-सफ़र खुलता नहीं

इक हिजाबे-ख़्वाब सा दरपेश रहता है उसे
हमसे मिल लेता भी है अक्सर, मगर, खुलता नहीं

रास्तों ही में बसर होने लगी है ज़िंदगी
बीत जाते हैं ज़माने, और, घर खुलता नहीं

कुछ भी हो सकता है इन सहमे हुए लोगों के साथ
शहर पर छाया हुआ बादल अगर खुलता नहीं

और ही सूरत निकाली जाये कोई, ऐ 'ज़फ़र'
सर भी टकराता हूँ, और बाबे-हुनर खुलता नहीं

ऐबो-हुनर

पसे-निगाह, कभी रूबरू लरज़ता है
हवा की लहर पे क्या-क्या लहू लरज़ता है

ख़िज़ाँ का ख़ौफ़ नहीं, है ये चीज़ ही कोई और
जो सुब्ह से ही गुलेआरज़ू लरज़ता है

मैं इतनी देर का जागा हुआ भी हूँ, लेकिन
वो अक्से-ख़्वाब अभी सू-ब-सू लरज़ता है

वो लफ़्ज़ क्या है कि जिसकी अदाई पर मेरी
ज़ुबाँ अटकती है अक्सर, गुलू लरज़ता है

ये ज़ोर कैसी तवानाइयों का है आख़िर
कि थरथराता हूँ मैं, और, तू लरज़ता है

हमारी कोई तो बुनियाद ढह चुकी है जो अब
तमाम सिलसिला-ए-गुफ़्तुगू लरज़ता है

ये तुर्फ़गी है मेरे इख़्तियार से बाहर
जो ज़र्द घास पर नक़्शे-नुमू लरज़ता है

धनक की एक लपकती है अध-खुली छत पर
धुआँ सा कोई सरे-आबजू लरज़ता है

वो ज़लज़ला अभी गुज़रा नहीं इधर से, 'ज़फ़र'
ये शहर जिसके लिए कू-ब-कू लरज़ता है

ज़फ़र इक़बाल

कभी ग़ुबार, किसी दिन धुआँ दिखाई दिया
बहुत दिनों में मुझे आसमाँ दिखाई दिया

वो चल-चलाव था कैसा, कि उन दिनों मुझको
रखा हुआ भी हमेशा रवाँ दिखाई दिया

मुसाफ़िरत में ख़लल भी रहा उसी के तुफ़ैल
मैं रुक गया हूँ वहीं पर जहाँ दिखाई दिया

वही सराबे-ख़बर है, वही फ़रेबे-नज़र
कि जिसको देखा है वो भी कहाँ दिखाई दिया

चलो कुछ उसकी तवज्जेह इधर हुई तो सही
वो अब की बार बहुत बद-गुमाँ दिखाई दिया

खुली तो थीं मेरी आँखें, मगर, न जाने क्यों
गुज़र गया तो मुझे कारवाँ दिखाई दिया

वो नक़्शे-नाज़ भी होगा यहीं-कहीं मौजूद
यही बहुत है जो उसका निशाँ दिखाई दिया

बयाँ का बोझ ही बनता गया है आख़िरे-कार
जो पहले-पहले तो रंगे-बयाँ दिखाई दिया

बढ़ा-चढ़ा के बताते थे जिसका मोल, 'ज़फ़र'
वही हुनर हमें ख़ुद रायगाँ दिखाई दिया

ऐबो-हुनर

मेरे दिल में मुहब्बत बहुत है
और, मुहब्बत में ताक़त बहुत है

चाहते तो ज़ियादा ही थे हम
इस क़दर भी ग़नीमत बहुत है

चूमने दो हमें हाथ अपने
हमको तुमसे अक़ीदत बहुत है

कितना मुश्किल है ख़ामोश रहना
या'नी इसमें भी मेहनत बहुत है

दुश्मनों की तवज्जोह है इतनी
दोस्तों की इनायत बहुत है

इश्क़ ख़ुद-कार है, इसलिए भी
आजकल हमको फ़ुरसत बहुत है

काम करने में अज़मत भी होगी
लेकिन, इसमें मुसीबत बहुत है

है शबो-रोज़ तहसीन बाहम
दोस्तों में मुरव्वत बहुत है

जानते हैं, 'ज़फ़र', आपको हम
शायरी कम है, शौहरत बहुत है

ज़फ़र इक़बाल

बहुत मुश्किल में रहना और कभी आसान हो जाना
अगर कुछ भी न हो सकना तो बस हैरान हो जाना

किसी तूफ़ाँ से घिर जाना है जैसे शाम पड़ते ही
फिर उस में रफ़्ता-रफ़्ता आप भी तूफ़ान हो जाना

कोई दुश्मन नहीं, कोई मुख़ालिफ़ भी नहीं, आख़िर
ये किससे लड़ते-लड़ते इस तरह हलकान हो जाना

उलट जाना भी हो अंदर का ये मौसम किसी लम्हे
बहुत आबाद भी होते हुए वीरान हो जाना

सफ़र की शर्त ही करनी है पूरी, जिस तरह भी हो
सवारी हो नहीं सकना तो फिर सामान हो जाना

हमारी तो समझ में ही न आएगा किसी सूरत
ये बे-आबाद घर में आपका मेहमान हो जाना

हम उसके घर का हिस्सा ही जो बन सकते किसी हीले
दरो-दीवार हो रहना, कभी दालान हो जाना

कभी इस भीड़ से बाहर निकल जाना भी हो मुमकिन
अकेले बैठे-बैठे इस क़दर गुनजान हो जाना

ज़फ़र, रखना था आवाज़ो-हवा से राब्ता कुछ तो
बहुत अच्छा नहीं लगता है यूँ सुनसान हो जाना

ऐबो-हुनर

कभी ये देखना वो ख़ुद लहू में शामिल है
किजिसका ज़िक्र अभी गुफ़्तुगू में शामिल है

मैंउसकोमा'र्का-ए-दिलसेक्याबचासकता
वो अपने आप ही इस दू-ब-दू में शामिल है

कहाँ का रंग है ये रास्तों पे बिखरा हुआ
ये किसका अक्स अभी आबजू में शामिल है

हवस-परस्त न कहना हमें, बस इक ये भी
हमारे सिलसिला-ए-आरज़ू में शामिल है

मज़ा तो ये है, कोई नाम भी नहीं उसका
वो एक शय जो तेरे रंगो-बू में शामिल है

कोई सुराग़ है मेरे वजूद में मौजूद
न कोई सिम्त मेरे चारसू में शामिल है

हवाए-शाम को फ़ारिग़ न जानिये, ये भी
हमारे साथ किसी जुस्तजू में शामिल है

हमारे शे'रो-सुख़न की है बात बस इतनी
कि अपना शोर भी इस हाव-हू में शामिल है

कुछ अपने साथ नहीं ख़ास ये सुलूक उसका
कमीनगी तो 'ज़फ़र', उसकी ख़ू में शामिल है

ज़फ़र इक़बाल

कुछ अभी खोया नहीं है, और, बराबर ढूंडते हैं
कोई दुनिया है जिसे दुनिया के अंदर ढूंडते हैं

जो इन्हीं गुनजान गलियों में कहीं बिछड़ा था हमसे
आओ उसको शहर से बाहर निकल कर ढूंडते हैं

जुस्तजूए-रंगे-रफ़्ता है सरे-ख़ाके-तमाशा
नक़्श जो आँखों में थे उनको हवा पर ढूंडते हैं

ख़्वाब सा आँखों में रखकर इक तलाशे-रायगाँ का
जो कहीं होता नहीं है उसको अक्सर ढूंडते हैं

कौन सी आँखों से किस को देखना है किस जगह पर
तय अभी कुछ भी नहीं, लेकिन, सरासर ढूंडते हैं

जो कहीं बाहर है उसको खोजते हैं जानो-दिल में
जो छिपा बैठा है अंदर, उसको बाहर ढूंडते हैं

ये वो है भी या नहीं, शक सा है कोई दिल के अंदर
जिसको पाया है उसी को बारे-दीगर ढूंडते हैं

शहर से जा भी चुका दीवाना अपनी बात कह कर
और, ये लड़के अभी सड़कों पे पत्थर ढूंडते हैं

बारे-मा'नी से झुकी शाख़े-सुख़न टूटी थी कैसी
क्या वो लम्हा था, 'ज़फ़र', जिसको मुकर्रर ढूंडते हैं

पसे-अलफ़ाज़ मतलब और भी है
बहुत आगे भी था, अब और भी है

सुख़न पेचीदा पहले ही था अपना
मगर, अब के मुरक्कब और भी है

इसी पर बस नहीं, गर ग़ौर फ़रमाएं
हमारी बात बेढब और भी है

अगर काफ़ी नहीं जाँ से गुज़रना
हमारे पास करतब और भी है

बज़ाहिर जो भी कुछ है, इसके बा-वस्फ़
हमारा दीनो-मज़हब और भी है

किफ़ायत किसलिए करते हो इतनी
ये कंजूसी है क्यों, जब और भी है

ये ख़्वाबे-वस्ल है, देखेंगे फिर भी
सहर है और भी, शब और भी है

कुछ उस दर की फ़क़ीरी के अलावा
सवाले-जाहो-मन्सब और भी है

लिया होगा भी नाम उसने 'ज़फ़र' का
गुमाने-जुंबिशे-लब और भी है

ज़फ़र इक़बाल

ऐबो-हुनर

कभी है शो'ला, किसी शब धुआँ निकलता है
हूँ बे-निशाँ तो ये कैसा निशाँ निकलता है

पनाह चाहता हूँ, और, ज़ुल्म तोड़ते हैं
ज़मीं समझता हूँ, और, आसमाँ निकलता है

हुनर वो शय है जिसे पूछता नहीं कोई
ज़ुबाँ से लफ़्ज़ यहाँ रायगाँ निकलता है

बहुत असर में कमी आ गई है, क्या कीजे
अगरचे रोज़ हमारा बयाँ निकलता है

कहाँ की रेगे-ब्याबाँ में जज़्ब होता हुआ
ये किस पहाड़ से दरियाए-जाँ निकलता है

कुछ एतबार किसी तरह का नहीं बाक़ी
यक़ीन करता हूँ जिसका, गुमाँ निकलता है

मैं अपनी आई पर जब आ गया तो बात बनी
कि सीधी उँगलियों से घी कहाँ निकलता है

दुकाने-ख़्वाब का देखा है करके हमने हिसाब
अभी हमारा तुम्हारा ज़ियाँ निकलता है

मैं रंज खींचता रहता हूँ इसलिए, कि 'ज़फ़र'
ग़ुबार से भी कभी कारवाँ निकलता है

ऐबो-हुनर

क्या तेरे लौट के आने के लिए ज़िंदा रहूं
शायद इस जान से जाने के लिए ज़िंदा रहूं

ये भी जीना कोई जीना है कि मैं दुनिया में
कभी रोने, कभी गाने के लिए ज़िंदा रहूं

कोई परवा नहीं रखता है ज़माना मेरी
क्यों भला मैं भी ज़माने के लिए ज़िंदा रहूं

धुंद और धूल में लिपटा हुआ ये मंज़रे-ख़्वाब
किसलिए सबको दिखाने के लिए ज़िंदा रहूं

नहीं इज़्ज़त की अगर मौत यहाँ मेरे लिए
कोई ज़िल्लत ही उठाने के लिए ज़िंदा रहूं

मेरे हिस्से की मिलावट यही क्या कम है कि मैं
शोर में शे'र मिलाने के लिए ज़िंदा रहूं

रास है सबको मेरे ख़ून-पसीने की महक
या'नी मैं सारे घराने के लिए ज़िंदा रहूं

ज़िंदगी नाम इसी का है कि मैं सबकी तरह
कहीं खोने, कहीं पाने के लिए ज़िंदा रहूं

संग-बारी की ही उम्मीद है दुनिया से, 'ज़फ़र'
लाख मैं फूल खिलाने के लिए ज़िंदा रहूं

जो इक रंगे-तमाशा टूटता है
तो उसके साथ क्या-क्या टूटता है

बड़ी मुश्किल से जिसको जोड़ता हूँ
उसी लम्हे दुबारा टूटता है

वहीं खुलती है मेरी नींद से आँख
जहाँ पर ख़्वाबे-दरिया टूटता है

चुभी जाती हैं दिल में किर्चियाँ सी
लहू में कोई शीशा टूटता है

ये उन दोनों में है कैसा तअल्लुक़
हवा चलती है, पत्ता टूटता है

फ़लक पर पारा-पारा है ज़मीं सी
ज़मीं पर आसमाँ सा टूटता है

शिकस्तो-रेख़्त ऐसी है कि हरसू
सभी कुछ वालिहाना टूटता है

ज़फ़र इक़बाल

सिमटने की हवस क्या थी, बिखरना किसलिए है
वो जीना किसकी ख़ातिर था, ये मरना किसलिए है

मुहब्बत भी है, और, अपना तक़ाज़ा भी नहीं कुछ
हम उससे साफ़ कह देंगे, मुकरना किसलिए है

झिझकना है तो उसके सामने होना ही कैसा
जो डरना है तो दरिया में उतरना किसलिए है

मुसाफ़त ख़्वाब है तो ख़्वाब में अब जागना क्या
अगर चल ही पड़े हैं तो ठहरना किसलिए है

न करने से भी होता हो जहाँ सब का गुज़ारा
वहाँ आख़िर किसी ने काम करना किसलिए है

अगर रुकना नहीं उसने हमारे पास, तो फिर
हमारे रास्ते पर से गुज़रना किसलिए है

हम अपनी जल्द-बाज़ी से हुए हैं आप रुस्वा
किसी भी और पर इल्ज़ाम धरना किसलिए है

वो कह देगा तो उठ जाएंगे उसकी बज़्म से हम
मुनासिब ही नहीं लगता, पसरना किसलिए है

ज़फ़र, उस पर असर तो कोई होता है, न होगा
तो फिर ये रोज़ का बनना-सँवरना किसलिए है

ज़फ़र इक़बाल

ऐबो-हुनर

है उसका टूटना ही बस ग़नीमत
ये मत पूछो वो कितना टूटता है

अलग भी टूटता होगा, मगर, वो
हमारे साथ कैसा टूटता है

हमारी तरह क्या टूटेगा, लेकिन
किसी दिन वो भी अच्छा टूटता है

जो पहले टूटता था आरिज़ी सा
वही अब पक्का-पक्का टूटता है

मैं ख़ुद तो साबितो-सालिम रहूँगा
फ़क़त मेरा इरादा टूटता है

वहाँ कोशिश करे वो आप भी कुछ
जहाँ पर ज़ोर अपना टूटता है

मेरा अन्दर मेरे बाहर की निस्बत
ज़ियादा ही बिखरता टूटता है

किसी शाख़े-कशीदा से शबो-रोज़
कोई पैकर उलझता टूटता है

वो आधा ही नज़र आया था, लेकिन
बदन सारे का सारा टूटता है

ऐबो-हुनर

कभी तो यूँ भी लगता है कि दिल में
मुहब्बत का किनारा टूटता है

पुरानी गर्द होती है कहीं साफ़
न ये सदियों का जाला टूटता है

नया टूटेगा देखें इस बरस भी
कि वो पहले ही वाला टूटता है

सुराही अपनी टूटेगी तो क्या ग़म
किसी का भी तो प्याला टूटता है

उलझते हैं कहीं उलफ़त के धागे
कहीं तारे;तमन्ना टूटता है

करो अब चाँद की भी फ़िक्र कोई
अभी तो सिर्फ हाला टूटता है

तो बस तैय्यार समझो दूसरा भी
अगर इस तौर पहला टूटता है

कड़ी ग़ायब है कोई दरमियाँ से
कहीं कोई हवाला टूटता है

अकारत जा रही है सारी मेहनत
बहुत मज़बूत टांका टूटता है

ज़फ़र इक़बाल

ज़मीं ज़र्रों में बटती है दमा-दम
समन्दर क़तरा-क़तरा टूटता है

तसल्ली हो नहीं पाती किसी तौर
कि सारा कुछ अधूरा टूटता है

मुहब्बत कांच का बर्तन है, लेकिन
ये उल्टा है कि सीधा टूटता है

तो असली हम भी क्यों टूटेंगे आख़िर
जो ख़ुद वो ऐसा-वैसा टूटता है

उसे कहना ख़ुद आकर देख ले वो
कोई कुछ दिन से तन्हा टूटता है

जो खोलें तो हवा ले जाएगी साथ
ना खोलें तो दरीचा टूटता है

कभी चलने से पहले ये मुसाफ़िर
कभी होकर रवाना टूटता है

किसी को ध्यान ही इस का नहीं कुछ
यहाँ बच्चे कि बूढ़ा टूटता है

किसी दिन टूटने पर आ ही जाये
तो ये दिल अच्छा-ख़ासा टूटता है

ऐबो-हुनर

तसलसुल ही नहीं रहता है कोई
जब उस का आना-जाना टूटता है

ब-सद मुश्किल अज़ाने-शौक़ से भी
सुकते-सुबहे-सहरा टूटता है

हमारे कुछ न कहने से भी अब तो
हमारा कुछ न कहना टूटता है

बहुत कुछ और है ये टूटना भी
वगरना कौन इतना टूटता है

कोई ता'मीर है तख़रीब में भी
जो सब कुछ जा व बेजा टूटता है

अगर बाज़ू सलामत रह भी जाएँ
तो सौ जगहों से चेहरा टूटता है

किसी का संग है, तोड़ेगा हर-आन
किसी का आइना था, टूटता है

बचा रखा भी है मैंने बहुत कुछ
ये सब कुछ तो बक़ाया टूटता है

बहुत भड़का मुहब्बत का अलाव
सो अब ये शो'ला-शो'ला टूटता है

अगर आग़ाज़े-कार अपना न टूटे
तो फिर इसका नतीजा टूटता है

पता चल जाएगा ये भी कि आख़िर
दिल अब के डूबता या टूटता है

जिसे पैवस्त होना चाहिए था
मेरे आगे वो उल्टा टूटता है

जो हम ईमानदारी से न टूटें
तो वो भी छोटा-मोटा टूटता है

हवा आज़ाद होने को है शायद
कि सदियों का शिकंजा टूटता है

सुकूते-शाम का हिस्सा बनें हम
तो ये कुछ और गहरा टूटता है

हवा सी चल पड़े जब टूटने की
तो सब कुछ बे-मुहाबा टूटता है

भला उस का तरद्दुद क्या करें हम
जो अपने आप जुड़ता-टूटता है

ख़याल आने लगा इस दिल-शिकन का
कई जगहों से मिसरा टूटता है

ज़फ़र इक़बाल

ऐबो-हुनर

कहीं जा कर नहीं अब टूटता दिल
यहाँ बैठा-बिठाया टूटता है

कुछ अपना ज़ायक़ा है टूटने का
यहाँ कड़वा न मीठा टूटता है

मेरी हर-सम्त टूटेगी किसी दिन
अभी तो आगा-पीछा टूटता है

कई रातों से आपस में ही अब तो
ये सारा कुछ उलझता टूटता है

लहू में गर्म-रफ़्तारी नहीं वो
सो, क्या-क्या कुछ अटकता टूटता है

नई भी टूटती आख़िर कोई चीज़
कि सब कुछ देखा-भाला टूटता है

कहीं दो लख़्त हो जाते हैं ख़ुद पेड़
कहीं पेड़ों का साया टूटता है

बहुत रोका था जिसको टूटने से
वो अब पहले से दुगना टूटता है

किसी को रोक भी सकते नहीं हम
अँधेरे में उजाला टूटता है

सो, ये तासीर भी है ख़ास उसकी
जो हर जानिब चमकता टूटता है

फ़लक पर रंग से उड़ते हैं कैसे
कहाँ का फूल खिलता टूटता है

फ़िज़ाओं पर फ़िज़ाएँ गिर रही हैं
ज़मीं पर कोई मलबा टूटता है

ज़मीनो-आसमाँ जिससे बंधे थे
बिलआख़िर वो भी रस्सा टूटता है

क़रार इसको नहीं दम-भर मयस्सर
सो, जब देखो लरज़ता, टूटता है

ये दिल का टूटना मा'मूल ही था
मगर, अब के अजूबा टूटता है

तरस भी खाने लग जाता हूँ उस पर
जो इतना भोला-भाला टूटता है

क़बा रही है ख़ुद वैसी की वैसी
मगर, एक-एक तुक्मा टूटता है

यहाँ गिरने से तो टूटे ही टूटे
सँभलने से भी मटका टूटता है

ऐबो-हुनर

यही है मंज़िले-मक़सूद उसकी
मुसाफ़िर गिरता-पड़ता टूटता है

किनारे-ख़्वाबे-हस्ती से दिल उसको
सदा देता है, गोया टूटता है

जो रब्ते-ख़ास था उसका मेरे साथ
तग़ाफ़ुल का वो धागा टूटता है

ज़ियादा फ़िक्र क्या हो, दिल तो कब से
इसी सूरत धड़कता, टूटता है

कभी दिल में टरख़ती है तमन्ना
कभी आँखों में जलवा टूटता है

बदन से रुख़सते-जाँ का ये आलम
सहर होती है, पहरा टूटता है

कोई तस्वीर होती है मुकम्मल
फ़िज़ा में इक परिंदा टूटता है

हवा चलती है जब अंदर ही अंदर
तो सारा ताना-बाना टूटता है

मकाँ के टूटने-बनने से पहले
कई बार उसका नक़्शा टूटता है

मनाए ख़ैर ख़ुद अपनी भी अब वो
अगर उस का करिश्मा टूटता है

जो अक्सर टूटता था साथ मिलकर
वो अब सबसे अलैहदा टूटता है

कभी तो टूट जाये एक ही बार
जो ऐसे लम्हा-लम्हा टूटता है

रुको तो पसलियाँ तोड़ेंगे आकर
अगर भागो तो टख़ना टूटता है

कभी ज़ोरों से टूटेगा यही जिस्म
जो अब तक हल्का-हल्का टूटता है

अटकती है ज़बां क्या उसके आगे
बनाता हूँ तो जुमला टूटता है

कभी मज़मून ही टूटे का सारा
अभी तो एक फ़िक़रा टूटता है

निकलती आ रही है अस्ल सूरत
पढ़ा था जो मुलम्मा टूटता है

मेरे अंदर की क़ीमत पर ही आख़िर
मेरा बाहर वग़ैरह टूटता है

ज़फ़र इक़बाल

ऐबो-हुनर

मुकम्मल टूटने का मुंतज़िर वो
अभी तक चीदा-चीदा टूटता है

ये तबदीली नई आई है मुझमें
सुख़न क़ायम है, लहजा टूटता है

समन्दर का हो अब जैसा भी अंजाम
अभी तक तो सफ़ीना टूटता है

कुल्हाड़ी कुंद होती है किसी दिन
किसी दिन उसका दस्ता टूटता है

मज़ा क्या टूटने में हो कि अब तो
यहाँ हर ऐरा-ग़ैरा टूटता है

फ़लक पर कोई बंदोबस्त हो अब
ज़मीं से मेरा क़बज़ा टूटता है

कभी टूटा था जैसा, आजकल भी
उसी से मिलता-जुलता टूटता है

बरामद कुछ भी हो, सब देख लेंगे
ग़नीमत है कि अण्डा टूटता है

वहीं से रास्ते निकलेंगे हरसू
जहाँ ये दायरा जा टूटता है

मुहब्बत से रिहा होना है ख़ुद ही
ये मत समझो कि पिंजरा टूटता है

ग़नीमत है कभी जो भूला-भटका
हमारे पास भी ,आ टूटता है

अकड़ कर टूटने वाला भी आख़िर
किसी दिन दस्त-बस्ता टूटता है

मुनाफ़ा है मुहब्बत का यही कुछ
जो थोड़ा सा ख़सारा टूटता है

तेरे इस्बात की ख़ातिर अज़ल से
यहाँ सारा ज़माना टूटता है

यकायक टूटने के साथ ही साथ
बहुत कुछ लहज़ा-लहज़ा टूटता है

पता चलता ही कब है टूटने का
कुछ ऐसे रफ़्ता-रफ़्ता टूटता है

मैं क्या से क्या हुआ जाता हूँ मुझ पर
मेरा सारा क़ियाफ़ा टूटता है

जुड़े हैं आप तो जा कर किसी से
कोई अब भी अकेला टूटता है

ज़फ़र इक़बाल

ऐबो-हुनर

ख़राबी है मेरे होने से क्या-क्या
सो, ये सारा इलाक़ा टूटता है

मिठाई बाँटते फिरते हैं दुश्मन
मेरा और इस का ईका टूटता है

झटक देना है अपना बोझ मैंने
कि अब तो मेरा कांधा टूटता है

कुछ ऐसे टूटता है पेड़ से फल
कि जैसे कोई नाता टूटता है

मैं ख़ुद अर्ज़े-तमन्ना कर रहा हूँ
मेरा बरसों का रोज़टूटता है

कभी लकड़ी भी टूटी थी न अपनी
मगर, अब मेरा लोहा टूटता है

नहा-धोकर भी तो टूटे किसी दिन
वही मेला-कुचैला टूटता है

यही ता'मीर की सूरत है इसकी
ये घर कब से उधड़ता टूटता है

तअस्सुर सा हमारा भी यहाँ पर
कहीं बनता-बिगड़ता टूटता है

यूँही बस ख़र्च हो जाएगा ये दिल
बहुत उससे लिपटता टूटता है

अँधेरे में अंधेरा हो रहे ख़ुद
इसी ख़ातिर शरारा टूटता है

कोई इल्ज़ाम क्या अब दे किसी को
कि अज़-ख़ुद ही घरौंदा टूटता है

तिलिस्म इस जाने-जानाने-वतन का
अभी से क़िर्या-क़िर्या टूटता है

बिखरता है कहीं बादल का बिस्तर
कहीं पानी का रेला टूटता है

ख़बर भी है कि तेरे संगे-दर पर
कोई मुद्दत से बैठा टूटता है

अभी होने को है शक्लों की पहचान
किसी हद तक अंधेरा टूटता है

तरसती मर गई बिल्ली बेचारी
कहीं अब जाके छींका टूटता है

नया होता नहीं कुछ वज़अ, लेकिन
पुराना हर तरीक़ा टूटता है

ज़फ़र इक़बाल

ऐबो-हुनर

वहाँ सरसब्ज़ रहता है जो हर-दम
यहाँ आकर सुनहरा टूटता है

तमन्नाएं हुई जाती हैं रुख़्सत
हमारे दिल का मेला टूटता है

हमें वो बांध कर लाया था जिसमें
वही कमज़ोर फ़ीता टूटता है

तुम्हारे चौक में ही क्यों पहुंच कर
हमारे दिल का भांडा टूटता है

सफ़र वो है कि दिल के पाँव में अब
नया हर-रोज़ कान्टा टूटता है

कुछ ऐसे टूटता है इस दफ़ा तो
कि जैसे कोई वा'दा टूटता है

मन-ओ-तू का कोई झगड़ा नहीं अब
जो कुछ टूटे तो सांझा टूटता है

उठाने पर क़दम होता है दो-नीम
लगाने पर अँगूठा टूटता है

उसे सारा ही समझो टूटा-फूटा
वो जिसका कोई हिस्सा टूटता है

मुझे सालिम समझता है, सद-अफ़्सोस
जो मुझसे बाला-बाला टूटता है

ये कैसा ख़्वाबे-तिफ़्ली है कि जैसे
मेरे सर में खिलौना टूटता है

मेरा बाहर जो है पुर्ज़े ही पुर्ज़े
नहीं मा'लूम कब का टूटता है

रवानी ही रवानी में कहीं पर
हवा का कोई झोंका टूटता है

ये सब कुछ खेल है उसकी नज़र में
वगरना घर तो मेरा टूटता है

जहाँ वो चाहता है भीक देना
वहीं पर अपना कासा टूटता है

चटान ऐसी हूँ मैं जिससे कमो-बेश
नया हर-रोज़ टुकड़ा टूटता है

सुरंग इस दिल में लगती है कभी, और
कभी इस घर का ताला टूटता है

मैं सीधा तोड़ने की सई में हूँ
मगर, वो है कि तिरछा टूटता है

ज़फ़र इक़बाल

ये दरवाज़ा भी टूटेगा किसी दिन
अभी तो कील-क़ब्ज़ा टूटता है

हमेशा का सलामत रहने वाला
किसी दिन बे-तहाशा टूटता है

ग़नीमत जानिये, डरते-झिझकते
वो जैसा और जितना टूटता है

सलामत है बक़ाया नाक सारी
अभी तो सिर्फ बांसा टूटता है

कभी छाबा उलटते हैं हमारा
कभी छप्पर तुम्हारा टूटता है

गिरानी के भी हाथों ख़ुद-शिकन हूँ
कुछ अपना आप सस्ता टूटता है

बहुत भी टूटने वाला हो आख़िर
तो पहले थोड़ा-थोड़ा टूटता है

इधर का भी लगाए कोई चक्कर
वो जिस मौसम में पूरा टूटता है

'ज़फ़र' ये एहतियात अच्छी है, लेकिन
जो डरता है, ज़ियादा टूटता है

ज़फ़र इक़बाल

ऐबो-हुनर

कोई हर्बा कारगर होने ही वाला है
जैसे उस पर कुछ असर होने ही वाला है

फिर बदल जाने को है आँखों का ये मौसम
फिर कहीं उस का गुज़र होने ही वाला है

उसके होने के कोई आसार भी तो हों
इस न होने में अगर होने ही वाला है

कब तक आख़िर सबसे ये कहते रहेंगे हम
हो नहीं पाया, मगर, होने ही वाला है

ज़हर अपना भी क़रीबुल-ख़त्म है आख़िर
वो भी काफ़ी बे-ज़रर होने ही वाला है

शाम भी जल बुझ रही है लम्हा-लम्हा ,और
शहर भी ज़ेरो-ज़बर होने ही वाला है

चल पड़े तो जाऐंगे पीछे की जानिब ही
लाख आग़ाज़े-सफ़र होने ही वाला है

ऐब अपने खोलना आसां नहीं, लेकिन
आज हमसे ये हुनर होने ही वाला है

रोक तो सकते नहीं, अब झेल ही जाएँ
जो न होना था, 'ज़फ़र', होने ही वाला है

ऐबो-हुनर

कहीं आता हूँ अब न जाता हूँ
यहीं दिन-रात सरसराता हूँ

प्यास रखती है ताज़ा-दम मुझको
धूप में और लहलहाता हूँ

बो रहा हूँ ज़मीन में तारे
आसमाँ पर दरख़्त उगाता हूँ

क्या ख़बर रात रात-भर आख़िर
किन हवाओं में सनसनाता हूँ

चाँद लिखता हूँ रौशनी के लिए
यूँ मैं अपना दिया जलाता हूँ

उड़ गए फूल तितलियाँ बन कर
कब से वापस उन्हें बुलाता हूँ

लफ़्ज़ सब सूख से गए मुझमें
जभी चलते में खड़खड़ाता हूँ

दोस्ती निभ नहीं सकी है तो क्या
दुश्मनी तो बहुत निभाता हूँ

बोझ अपना ही इस क़दर है, 'ज़फ़र'
कभी रखता, कभी उठाता हूँ

ये मेरी आग है, लेकिन, धुआँ मेरा नहीं है
बयाँ मेरा सही, रंगे-बयाँ मेरा नहीं है

अमाँ मुझको मिली है दिल में उसके आरिज़ी सी
मैं जिसमें रह रहा हूँ वो मकाँ मेरा नहीं है

मैं जी सकता हूँ कैसे, और, कहाँ जाऊँगा मरकर
ज़मीं दुश्मन की है, और, आसमाँ मेरा नहीं है

मुझे दिखला, कहाँ तक है मुहब्बत का इलाक़ा
किधर मेरा है इसमें, और, कहाँ मेरा नहीं है

अगर दो-चार लोग अच्छा समझते हैं मुझे भी
तो इसमें भी क़सूर ,ऐ मेहरबाँ, मेरा नहीं है

जहाने-आबो-गिल में मिल्कियत है अपनी-अपनी
यहाँ पर प्यास मेरी है, कुँआं मेरा नहीं है

में हर नफ़ओ-ज़रर से ला-तअल्लुक़ हो चुका हूँ
यहाँ मेरा भी अब सूदो-ज़ियाँ मेरा नहीं है

वही मेरा है जिसकी मैं अदा करता हूँ क़ीमत
मुझे देते हैं जो कुछ रायगाँ मेरा नहीं है

ज़फ़र, ख़ाली ही निकला सफ़हा-ए-हस्ती भी आख़िर
वहाँ पर भी कहीं नामो-निशाँ मेरा नहीं है

ज़फ़र इक़बाल

ऐबो-हुनर

एक ही बार दुबारा सी
गोल-मटोल, ग़ुबारा सी

बढ़ती बेल, हरी-हरियाल
चढ़ती पींघ बुलारा सी

ख़ुशियाँ बाँटती फिरती है
गली गली हरकारा सी

अपने मतलब की है ख़ास
हँसमुख और, आवारा सी

चलती-फिरती छाँव भी है
बैठी धूप किनारा सी

कोई समझ सकता ही नहीं
ऐसी है वो इशारा सी

लगती है आसान, मगर
अस्ल में है दुश्वारा सी

नहीं ये रोग अपने बस का
ढूंढें कोई गुज़ारा सी

क्या थी जान अपनी भी, 'ज़फ़र'
जुगनू ज़ात, शरारा सी

ज़फ़र इक़बाल

यही थी ज़िद मुझे दाना समझने वालों से
कि में भी कुछ तो समझता समझने वालों से

मैं कम समझता हूँ, और, निस्बतन सुकून में हूँ
हर एक बात ज़ियादा समझने वालों से

ग़लत जो समझे हैं मुझको तो ठीक समझे हैं
मुझे गिला नहीं ऐसा समझने वालों से

हुआ हूँ उतना ज़ियादा ही ना-समझ आख़िर
रहा क़रीब मैं जितना समझने वालों से

मेरा भी कोई तअल्लुक़ बहुत क़रीब का है
सराबे-दश्त को दरिया समझने वालों से

कुछ और तरह से समझाइए मुझे इस बार
मैं मुख़्तलिफ़ हूँ इशारा समझने वालों से

समझ कुछ और भी आई तो होगी दूसरी बार
ये पूछना है दुबारा समझने वालों से

बस एक मैं ही समझता नहीं हूँ कुछ, वरना
भरी पड़ी है ये दुनिया समझने वालों से

बुरा हूँ जिनकी नज़र में, उन्हीं में ख़ुश हूँ, 'ज़फ़र'
मैं छुपता फिरता हूँ अच्छा समझने वालों से

ऐबो-हुनर

हदों के बीच रहा बे-कनार होकर भी
किसी सबब तो मुअज़्ज़िज़ हूँ ख़्वार होकर भी

इधर हूँ या कि उधर, और, हूँ भी या कि नहीं
मुझे ये शक ही रहा आर-पार होकर भी

लगा सके कोई क्यूँ-कर दुरुस्त अंदाज़ा
छिपा हुआ सा हूँ कुछ आशकार होकर भी

मैं कुछ भी हूँ, मुझे अच्छा नहीं लगा है कि मैं
शुमार ही में रहूं बेशुमार होकर भी

कुछ एतबार नहीं इसका, ऐ हवाए-सहर
ये दिल तो दिल ही रहेगा ग़ुबार होकर भी

धरा न उसने क़दम एक-बार भी आकर
कि मैंने देख लिया रेगज़ार होकर भी

अजब तरह की जुदाई है ये कि मैं इस बार
सुकून में हूँ बहुत बेक़रार होकर भी

हुई नहीं है कोई ख़ास पेश-रफ़्त उधर
वहाँ से आए तो हैं बार-बार होकर भी

ज़बाँ को सर पे उठाए भी हम फिरे हैं, 'ज़फ़र'
सुख़न किया है ज़बां पर सवार होकर भी

कर नहीं सका, लेकिन, कमाल होता जाता हूँ
अपनी जान का भी मैं वबाल होता जाता हूँ

जुड़ने और सिमटने का ध्यान ही नहीं आता
टूटता, बिखरता सा ख़याल होता जाता हूँ

वो भी बनती जाती है सवाल मेरी आँखों का
मैं भी उसके चेहरे का मलाल होता जाता हूँ

पुर-सुकूं पड़ा हूँ मैं सुबह के किनारे पर
लेकिन अंदरे-अंदर धमाल होता जाता हूँ

सर का बोझ भी आख़िर पाँव पर ही आना था
सोचता रहता हूँ, और, निढाल होता जाता हूँ

है तो बात अनहोनी, लेकिन ऐसे लगता है
रफ़्ता-रफ़्ता जैसे मैं बहाल होता जाता हूँ

चलने वाले चलते हों जितना बच-बचा कर भी
रास्ते में हूँ, और, पामाल होता जाता हूँ

या तो सबसे अच्छा हूँ, या बुरा हूँ सबसे ही
जिस तरह का भी हूँ मैं, मिसाल होता जाता हूँ

आएगी समझ मेरी क्या, 'ज़फ़र', ज़माने को
ख़ुद भी में अपने लिए मुहाल होता जाता हूँ

ज़फ़र इक़बाल

ऐबो-हुनर

जीने के दरमियाँ हूँ कि मरने के दरमियाँ
मैं चुप खड़ा हदों से गुज़रने के दरमियाँ

बीड़ा उठा लिया है जो इस्लाह का, तो क्या
बिगड़ा हूँ कितना और सँवरने के दरमियाँ

पानी ही अजनबी है कि था मैं ही कोई और
क्यों डूबता गया हूँ उभरने के दरमियाँ

थक कर निढाल होना ही था इसलिए कि मैं
गर्मे-सफ़र रहा हूँ ठहरने के दरमियाँ

मुम्किन है सद-हज़ार सुख़न उसकी बज़्म में
करने के, और, बात न करने के दरमियाँ

पायाब था वो सिलसिला-ए-ख़्वाब अगर तो मैं
क्यों रुक गया था पार उतरने के दरमियाँ

बे-ख़ौफ़ रह के हो नहीं सकता था एक भी
जो काम कर गया हूँ मैं डरने के दरमियाँ

थी घास की घनेर सी ढलवान की तरफ़
और, चाँद-सा छिपा हुआ झरने के दरमियाँ

देना नहीं सुझाई, 'ज़फ़र', कुछ ग़ुबार में
मैं खो गया हूँ आप बिखरने के दरमियाँ

ज़फ़र इक़बाल

बुरा समझूं उसे अब या कि अच्छा कर चुका हूँ
वही काफ़ी है जैसा और जितना कर चुका हूँ

किया है जो भी कुछ, ये दर्दे-सर मेरा नहीं है
कि ऐसा कर चुका हूँ या कि वैसा कर चुका हूँ

मेरी दानिस्त में तो कारनामा ये है मेरा
कि मैं कुछ कर गुज़रने का इरादा कर चुका हूँ

भला अब और क्या करने की हो मुझसे तवक़्क़ो
उसे देखा है, और, उसकी तमन्ना कर चुका हूँ

मुझे वो काम करने के लिए अब कह रहे हैं
जिसे में अपनी जानिब से दुबारा कर चुका हूँ

किसी सूरत मुझे कुछ भी न करने दे ये दुनिया
अगर मा'लूम हो जाये मैं क्या-क्या कर चुका हूँ

मुझे तौफ़ीक़ ही सबसे अलग बख़्शी गई थी
जो ये सब कर रहे हैं, मैं वो तन्हा कर चुका हूँ

बज़ाहिर तो रवानी ही फ़क़त डाली है मैंने
कि दरिया ही न था जो, उसको दरिया कर चुका हूँ

'ज़फ़र', अब और याराने-ग़ज़ल क्या चाहते हैं
कि मैं इक बार तो मुर्दे को ज़िंदा कर चुका हूँ

ऐबो-हुनर

है आशकार, मगर, आशकार से कम है
ग़ुबार कितना है, फिर भी, सवार से कम है

शुमार होते हुए भी शुमार से कम है
कि बार-बार यहाँ एक-बार से कम है

गली-गली इसे कुछ और फैल जाने दो
ये इंतिशार अभी इंतिशार से कम है

मुझे अगर चमक उठना है इन अंधेरों में
तो फ़ुर्सत इसकी भी शायद शरार से कम है

जो है ज़ियादा तो इसका कोई सबब होगा
अगर है कम तो किसी एतबार से कम है

मुझे कहीं नहीं पहुँचाएगी मुहब्बत भी
कि रेगज़ार है, और, रेगज़ार से कम है

मैं जानता हूँ, मगर मानता नहीं, वरना
तेरी उम्मीद तेरे इंतिज़ार से कम है

मैं अपने आप भी कोशिश में हूँ संभलने की
है आसरा भी, मगर, इनहिसार से कम है

सुकेड़ रख्खे हैं चादर में अपनी पाँव, 'ज़फ़र'
करूँगा वो जो मेरे इख़्तियार से कम है

अभी किसी के न मेरे कहे से गुज़रेगा
वो ख़ुद ही एक दिन इस दायरे से गुज़रेगा

भरी रहे अभी आँखों में इस के नाम की नींद
वो ख़्वाब है तो यूँही देखने से गुज़रेगा

जो अपने आप गुज़रता है कूचा-ए-दिल से
मुझे गुमाँ था मेरे मश्वरे से गुज़रेगा

क़रीब आने की तमहीद एक ये भी रही
वो पहले-पहले ज़रा फ़ासले से गुज़रेगा

क़सूरवार नहीं, फिर भी छुपता फिरता हूँ
वो मेरा चोर है, और, सामने से गुज़रेगा

छिपी हो शायद इसी में सलामती दिल की
ये रफ़्ता-रफ़्ता अगर टूटने से गुज़रेगा

हमारी सादा-दिली थी जो हम समझते रहे
कि अक्स है तो इसी आइने से गुज़रेगा

समझ हमें भी है इतनी कि उसका अहदे-सितम
गुज़ारना है तो अब हौसले से गुज़रेगा

गली-गली मेरे ज़र्रे बिखर गए थे, 'ज़फ़र'
ख़बर न थी कि वो किस रास्ते से गुज़रेगा

ज़फ़र इक़बाल

ऐबो-हुनर

क्या करूँ आग़ाज़ को, अंजाम अधूरा रह गया है
बात है सारी मुकम्मल, काम अधूरा रह गया है

कोई मंज़र में कमी सी आ गई है कुछ दिनों से
देखते ही देखते वो बाम अधूरा रह गया है

चाँद क्या उभरा, बिखर जाने को है तस्वीर सारी
साये गुड-मुड हैं, ग़ुबारे-शाम अधूरा रह गया है

सो भी रफ़्ता-रफ़्ता मिट जाएगा दीवारे-हवा से
बे-निशाँ हूँ, और, मेरा नाम अधूरा रह गया है

दिल में हंगामे तो उठते हैं मगर कुछ वाजिबी से
सर में जो बरपा था वो कोहराम अधूरा रह गया है

मैं सबब था आप भी कुछ अपनी इन बदहालियों का
यूँ ये मेरा शिकवा-ए-अय्याम अधूरा रह गया है

बीच में छोड़ा है मैंने छेड़कर साज़े-सुख़न भी
इस तरह मेरा ये ज़ौक़े-ख़ाम अधूरा रह गया है

ठीक ही था फ़ैसला उसका मेरे ऐबो-हुनर पर
है सज़ा पूरी, मगर, इनआम अधूरा रह गया है

ऐ 'ज़फ़र', तकमील क्या करता किताबे-ख़्वाब की मैं
सिलसिला टूटा है, और, इलहाम अधूरा रह गया है

थकना भी लाज़िमी था कुछ काम करते-करते
कुछ और थक गया हूँ आराम करते-करते

अंदर सब आ गया है बाहर का भी अंधेरा
ख़ुद रात हो गया हूँ मैं शाम करते-करते

ये उम्र थी ही ऐसी, जैसी गुज़ार दी है
बदनाम होते-होते, बदनाम करते-करते

फंसता नहीं परिन्दा, है भी इसी फ़िज़ा में
तंग आ गया हूँ दिल को यूँ दाम करते-करते

कुछ बे-ख़बर नहीं थे जो जानते हैं मुझको
मैं कूच कर रहा था बिसराम करते-करते

सर से गुज़र गया है पानी तो ज़ोर करता
सब रोक रुकते-रुकते, सब थाम करते-करते

किसके तवाफ़ में थे और, ये दिन आ गए हैं
क्या ख़ाक थी कि जिसको एहराम करते-करते

जिस मोड़ से चले थे पहुँचे हैं फिर वहीं पर
इक रायगाँ सफ़र को अंजाम करते-करते

आख़िर, 'ज़फ़र', हुआ हूँ मंज़र से ख़ुद ही ग़ायब
उसलूबे-ख़ास अपना मैं आम करते-करते

ज़फ़र इक़बाल

ऐबो-हुनर

किस को ख़बर थी वो भी मेरा यार होएगा
और, तुरत साथ सोने को तैयार होएगा

कुछ होने और कुछ भी न होने के दरमियाँ
इक़रार होएगा, कभी इनकार होएगा

खोला जो उसने राज़ हमारा तो बेशो-कम
पोशीदा इसमें भी कोई इसरार होएगा

गुमनाम जो भी रहता है, इज़्ज़त उसी की है
मशहूर होएगा तो बहुत ख़्वार होएगा

जो कुछ समझ में आएगा, रुक जाएगा वहीं
जो फ़हमसे वरा है वो इज़्हार होएगा

बाहर से जितनी होएगी ता'मीर सर-बुलंद
अंदर उसी हिसाब से मिस्मार होएगा

रहने का हक़ उसी को अता होगा शहर में
अब शहरयार का जो तरफ़दार होएगा

जो छिप-छुपा के होता रहा सबसे आज तक
अब होएगा तो बरसरे-बाज़ार होएगा

अच्छा नहीं है बोसा-ए-चश्म उसका, ऐ 'ज़फ़र'
तू रफ़्ता-रफ़्ता आप ही बीमार होएगा

कहीं जाने से हुआ, और, न आने से हुआ
कुछ हुआ भी तो किसी और बहाने से हुआ

फ़ाइदा राज़े-दिले-रफ़्ता किसी सूरत भी
न बताने से हुआ, और, न छिपाने से हुआ

कुछ समझ आप भी आती गई उसको आख़िर
और, क़ाइल भी वो कुछ पास बिठाने से हुआ

राह से दिल को हटाया तो कहीं बात बनी
रब्ते-ख़ास इक ही दीवार गिराने से हुआ

था अंधेरा भी किसी और तरह का अब के
घर ये रौशन भी फ़क़त आग लगाने से हुआ

जो कहीं भी नहीं मौजूद, ये हंगामा तमाम
उसकी तस्वीर ही दुनिया को दिखाने से हुआ

सब समझते हैं कि इस बार तो बरपा ये फ़साद
रंग पर और कोई रंग चढ़ाने से हुआ

जमा-पूंजी तो बहा ले गया मेरी भी वो साथ
या'नी नुक़्सान भी तूफ़ान उठाने से हुआ

मुनकशिफ़ उस पे मेरा शौक़े-मुलाक़ात, 'ज़फ़र'
दूर रहने से हुआ, आँख चुराने से हुआ

ज़फ़र इक़बाल

ऐबो-हुनर

कुछ तुम का बदल जाना, कुछ हम का बदल जाना
बेवजह नहीं आख़िर मौसम का बदल जाना

हैरानो-परेशां से हम देखते रहते हैं
फूलों का अलग रहना, शबनम का बदल जाना

इक भीक समझ कर ही देते हैं तवज्जोह भी
फिर, गाहे-ब-गाहे से पैहम का बदल जाना

दोनों का असर दिल पर कुछ एक ही जैसा है
हमने तो ख़ुशी को भी इस ग़म का बदल जाना

कुछ धूल की लहरें सी इक धुंद के बादल पर
वाज़ेह था बहुत अबके मुबहम का बदल जाना

लालच नहीं करते हम, बदले तो सही आख़िर
काफ़ी है ज़ियादा से कुछ कम का बदल जाना

मसरूफ़ रहे दोनों कुछ दूसरे कामों में
महसूस भी क्या होता बाहम का बदल जाना

नुक़्साँ की तलाफ़ी तो इस से नहीं हो सकती
क्या हमको दिखाते हो मातम का बदल जाना

क़ायम तो कभी रहते ख़ुद पर भी, 'ज़फ़र' साहिब
अच्छा नहीं लगता है हर-दम का बदल जाना

कहाँ तक मुफ़्त में रुस्वाइयेगा
किसी दिन तो बग़ल गीराइयेगा

बहुत अर्ज़ाँ नहीं पहले भी मिलना
इसे अब और मत महँगाइयेगा

ख़याल आख़िर को आएगा कभी तो
कोई दिन और बे परवाइयेगा

सभी ता'रीफ़ करते हैं हमारी
किसी दिन आप भी अच्छाइयेगा

तबीअत की रवानी रुक गई है
कभी आकर इसे दरियाइयेगा

तग़ाफ़ुल अब तो आदत हो गया है
इसे अब और क्या पुख़्ताइयेगा

कभी तो कीजियेगा मुंसफ़ी भी
सो, कब तक रंजिशे-बेजाइयेगा

में हरसू गूँजता फिरता हूँ दिल में
कहाँ तक और इसे सहराइयेगा

'ज़फ़र', जैसा सुलूक उसने किया है
जवाबन आप भी वैसाइयेगा

ज़फ़र इक़बाल

ऐबो-हुनर

क्या कुछ वो अभी मेरे हवाले नहीं करता
लगती है मुझे प्यास तो प्याले नहीं करता

मेरे भी तक़ाज़े हैं पसंद उसको पुराने
अपने भी वो नख़रों को निराले नहीं करता

अपना वो अकेले में भरोसा किसी सूरत
कर जाए भी शायद कभी, हाले नहीं करता

रहता है रक़ीबों में ही मशगूल वो अक्सर
और, बज़्म से मुझको भी निकाले नहीं करता

कह देता है वो बात बुला कर मुझे ख़ुद ही
मेरी तरह काग़ज़ कभी काले नहीं करता

ऐसे भी न समझो कि मुहब्बत है उसे भी
ऐसा भी कोई रोग वो पाले नहीं करता

नुक़्सान-रसानी का नहीं इतना कोई ग़म
अफ़सोस तो ये है कि इज़ाले नहीं करता

अंदर भी अंधेरा सा किए रखता है अब तो
बाहर भी कई दिन से उजाले नहीं करता

जैसे हैं, 'ज़फ़र', आपके हालात, कोई भी
इस उम्र में इस तरह के चाले नहीं करता

ज़ुबाँ खींची गई जिस बात पर हलक़ूम की हद तक
हमें मा'लूम थी वो सिर्फ़ ना-मालूम की हद तक

किसी को हो ग़लत-फ़हमी तो फिर क्या कीजिये, वरना
हमारा शौक़ है उसकी गली में घूम की हद तक

सताइश अहले-सूरत की यही कुछ हो सकी हमसे
किसी पर झूम की हद तक किसी को चूम की हद तक

हमारी बात को मत लीजिये संजीदगी से भी
ये वावेला है बस इक मक़सदे-मौहूम की हद तक

उठा लाना है एक दिन अपने ख़लवत-ख़ाने में उसको
मैं दिल के साथ हूँ इस जज़्बा-ए-मा'सूम की हद तक

कुछ अपना तो गुज़ारा हो ही जाएगा किसी सूरत
कि महरूमी है सारी इस दिले-महरूम की हद तक

सिवाए-शिकवा-ए-मक़सूम ख़ुद भी कुछ किया होता
ख़ुदारा इस तरह मत कीजिये मक़सूम की हत्तक

पसे-अलफ़ाज़ भी इक हश्र बरपा है अगर देखें
वगरना आपकी तो दौड़ है मफ़हूम की हद तक

ज़ियादा फ़िक्रमंदी का नहीं मौक़ा, 'ज़फ़र', अब के
कि अपना इश्क़ है इस नामा-ए-मंजूम की हद तक

ऐबो-हुनर

सामान कुछ इधर से उधर होने वाला है
इक दूसरे की सम्त सफ़र होने वाला है

बुझते हुए दिये भड़क उठें फिर एक-बार
ऐसी भी आंधियों का गुज़र होने वाला है

जो फ़िक्र थी फ़ितूर में ढलने को है कहीं
जो ख़्वाब था कभी वो ख़बर होने वाला है

फैले हुए ख़याल की यकसूई के इवज़
सिमटा हुआ वजूद बिखर होने वाला है

तूफ़ाँ सा है बपा मेरे अतराफ़ में कोई
हंगामा इक नया मेरे घर होने वाला है

यूँ भी नहीं कि अपनी फ़ुग़ाँ हो बुलंद-बांग
ये भी नहीं कि उस पे असर होने वाला है

जो होते-होते रह गया, उसके बजाए अब
जो हो चुका है, बारे-दिगर होने वाला है

खुलने लगे जो ऐब तो हम ख़ुश हुए कि अब
ज़ाहिर हमारा उस पे हुनर होने वाला है

तंग आ गया हूँ अब तो, कि हो भी चुके, 'ज़फ़र'
वो इश्क़ ना-तमाम अगर होने वाला है

आवाज़ की लहरों में गहराई हवा की है
किस शय में है क्या शामिल, उलझन ये सदा की है

मौसम के फ़लक पर हैं तारे से तमन्ना के
तन्हाई के हाथों में तस्वीर सबा की है

किस रात के रौज़न में क्या आँख उलझती सी
कुछ बात बता की है, कुछ भेद छुपा की है

इक फ़ासिला रहता है पानी से रवानी तक
दरियाए-हवस में भी इक मौज वफ़ा की है

जिस शोर ने घेरा है इस शामे-तमाशा को
इस ख़्वाब की ख़ूबी से इक चीज़ जुदा की है

इस रेत के राज़ों से बेगाना अभी तक हूँ
सहराए-मुहब्बत में इक उम्र गंवा की है

नक़्शा ही बदल डाला मिटती हुई ख़्वाहिश का
उतनी ही सज़ा देते जितनी कि ख़ता की है

किसके लिए मरते थे, किसके लिए जीते हैं
काग़ज़ है कुजा दिल का, तहरीर कुजा की है

होते हुए खो जाना, रोते हुए सो जाना
आदत है, 'ज़फ़र', लेकिन कुछ और तरह की है

ज़फ़र इक़बाल

ऐबो-हुनर

वो सब्र था तो सब्र का फल होना चाहिए
ये मसअला है, और, इसे हल होना चाहिए

ये फ़िक्र है तो इसको कोई शक्ल हो अता
तजवीज़ है तो इस पे अमल होना चाहिए

तफ़सीले-वस्ल आपने तय की तो है, मगर
थोड़ा सा इसमें रद्दो-बदल होना चाहिए

मुम्किन है जितना, आज ही कर डालिए न क्यों
जो काम बच रहे उसे कल होना चाहिए

गिरता है वज़्न भी तो गिरे, कुछ ज़ियाँ नहीं
मक़सद है ये कि माल असल होना चाहिए

कहते हैं, रोना-पीटना ही इसमें हो फ़क़त
लेकिन ग़ज़ल को सिर्फ़ ग़ज़ल होना चाहिए

वो दस्तरस से दूर सही, इस के बावजूद
है ये दिमाग़, इसमें ख़लल होना चाहिए

गिरगिट की तरह रंग बदलना ये रोज़-रोज़
है फ़ैसला तो इसको अटल होना चाहिए

गंदुम न हो तो भुस भी ग़नीमत है ,ऐ 'ज़फ़र'
गर वो नहीं तो उसका बदल होना चाहिए

ज़फ़र इक़बाल

रहता है जो इक सिलसिला-ए-आब पसे-ख़्वाब
लगता है कि है ये भी कोई ख़्वाब पसे-ख़्वाब

आगए वो धुंदलका, बहुत आगे वो अंधेरा
पीछे वो महकते हुए महताब पसे-ख़्वाब

ये जागते में मेरी सिमटती हुई दुनिया
फैला हुआ वो आलमे-असबाब पसे-ख़्वाब

मैं संगे-हक़ीक़त से पटख़ता रहा ख़ुद को
लर्ज़ां रहा इक नग़मा-ए-नायाब पसे-ख़्वाब

तुग़याने-तमाशा था, गुज़रता रहा सर से
बाक़ी है बस इक मौजा-ए-पायाब पसे-ख़्वाब

वो भीड़, वो रौनक़, वो तबो-ताब कहाँ है
बैठा हूँ बहुत देर से तनहाब पसे-ख़्वाब

वो माहे-मुलाक़ात भिगो जाएगा सब कुछ
खोलेगा जुदाई का भी इक बाब पसे-ख़्वाब

हम-ख़्वाब था, और, साफ़ बचा ले गया ख़ुद को
हूँ मैं ही भरे शहर में रुस्वाब पसे-ख़्वाब

अलफ़ाज़ के बाग़ी हैं, 'ज़फ़र', नींद के माते
ख़ाली है मआनी की जो महराब पसे-ख़्वाब

ऐबो-हुनर

कभी छुप के, और कभी आशकार में आएगा
वो सवारे-ख़्वाब किसी ग़ुबार में आएगा

जो रुके हुए हैं वो गुल खिलाने के वास्ते
अगर आ सका तो इसी बहार में आएगा

जो न आएगा तो बताएगा कोई वजह भी
चलो कुछ मज़ा तो इस इंतिज़ार में आएगा

न तो इस तरफ़ नज़र आएगा न ही उस तरफ़
वो हवाए-दिल के आर-पार में आएगा

अभी ज़ाविये ही नहीं दुरुस्त निगाह के
उसे रुक के देखना जब मदार में आएगा

अभी दस्तरस में नहीं तो रंग ही और हैं
वो कुछ और होगा जब इख़्तियार में आएगा

सौ, रवाँ करेगा रगों में रुकता हुआ लहू
कोई आफ़ताब सा बर्फ़-ज़ार में आएगा

कोई और उसके सिवा न होगा किसी तरफ़
वो कुछ ऐसा बेहदो-बेशुमार में आएगा

किसी दिन तो खाएगा भी फ़रेबे-वफ़ा, 'ज़फ़र'
किसी रोज़ तो मेरे एतबार में आएगा

रहता नहीं ख़ामोश घनेरे में अंधेरा
कुछ और धड़कता है अँधेरे में अंधेरा

जो सूरते-हालात है, पहले तो नहीं थी
कुटिया है घटाटोप तो डेरे में अंधेरा

तानी हुई थी रात ने पहले ही से चादर
बादल ने किया और बसेरे में अंधेरा

अलबते समन्दर की स्याही है अलग चीज़
मछली में है इतना न मछेरे में अंधेरा

कुछ दिल को टटोलेंगे तो होगा कहीं मा'लूम
तेरे में ज़ियादा है कि मेरे में अंधेरा

ये प्यार का धंदा भी अजब है कि जहाँ पर
घाटे में उजाला है, विधेरे में अंधेरा

मैं वस्त में हूँ, और, मुझे अंदाज़ा नहीं कुछ
है मेरे पछेरे कि अगेरे में अंधेरा

घटती ही गई रौशनी-ए-ख़्वाबे-मआनी
बढ़ता रहा अलफ़ाज़ के घेरे में अंधेरा

तू शामे-हरीफ़ां पे, 'ज़फ़र', ख़ुश न बहुत हो
इतना है तेरे अपने सवेरे में अंधेरा

ज़फ़र इक़बाल

ऐबो-हुनर

ये तो मुम्किन ही नहीं था कि तमाशा सकता
और फिर वो भी भरे शहर में तन्हा सकता

रह गई थी कसर इक मौजे-मुहब्बत की वहाँ
वरना मैं और भी शायद तहे-दरिया सकता

इब्तिदा में जो हुआ उसको ग़नीमत समझो
मुद्दुआ ये है कि मैं उसको दुबारा सकता

था ख़से-ख़्वा के पीछे वो दहकता हुआ फूल
रोज़ इस तरह का मंज़र कहाँ पैदा सकता

कुछ दिनों से ये रगों में जो धुआँ सा है रवाँ
किसी मुँह-ज़ोर अँधेरे में चमकता सकता

दिल के इस ख़ाना-ए-ख़ुफ़िया की तलाशी के लिए
रोज़ आ जाते हैं, और कुछ नहीं मिलता सकता

मेरे हिस्से की मुसीबत ही मुझे मिल जाती
कोई इन्साफ़ मेरे साथ भी करता सकता

ख़ाके-ख़्वाहिश के उड़ाने को हवा की इक मौज
चाके-दिल के लिए इक तारे-तमन्ना सकता

रेतली रात सरकती रही आँखों में, 'ज़फ़र'
एक ही बार जो मैं वहशते-सहरा सकता

सबसे आगे गा
इतना भागे गा

आँख झपकने में
गो गो गा गे गा

पक्की उम्र में दिल
कच्चे धागे गा

कान खोल कर सुन
कुछ तो रागे गा

किसकी ख़ातिर वो
सबको त्यागे गा

सो जाएगा फिर
जूंही जागे गा

मुड़ जाएगी मौज
साहिल झागे गा

ना-हमवारी को
कौन सुहागे गा

ऐसा नहीं 'ज़फ़र'
जैसा लागे गा

ज़फ़र इक़बाल

ऐबो-हुनर

ज़माने भर से हम उसको हसीं भी मानते हैं
जो कुछ कहता है वो उसका यक़ीं भी मानते हैं

यहाँ भी मानते हैं, और उस बुत को वहाँ भी
जहाँ पर भी वो मनवाए, कहीं भी मानते हैं

किसी कमज़ोर लम्हे में हमें भी तो वो माने
हम अपना तो उसे दुनिया-ओ-दीं भी मानते हैं

उफुक़ भी कोई होगा, दोनों मिलते हैं जहाँ पर
फ़लक उसको तो हम ख़ुदको ज़मीं भी मानते हैं

चलो क़दमों से तो उसके लिपट सकता है उठकर
जो इस दिल को ग़ुबारे-तह-नशीं भी मानते हैं

फ़क़त एहसास है, और फ़ासिला कुछ भी नहीं है
कि हमसे दूर है जिसको क़रीं भी मानते हैं

बहुत आज़ादा-रू होते हुए भी कुछ दिनों से
हम अपने आपको ज़ेरे-नगीं भी मानते हैं

अक़ीदा तो हमारा और ही कुछ था, मगर अब
चुनां भी मानते हैं, और, चुनीं भी मानते हैं

'ज़फ़र', शायर हमें इस उज़लत-आबादे-सुख़न में
अगर कुछ मानते हैं, कुछ नहीं भी मानते हैं

ऐबो-हुनर

सफ़र ताज़ा पे होता हूँ रवाँ अज़-सरे-नौ
नहीं मालूम कि रुकता हूँ कहाँ अज़-सरे-नौ

चल पड़ा सिलसिला-ए-सूदो-ज़ियाँ अज़-सरे-नौ
मैंने खोली जो मुहब्बत की दुकाँ अज़-सरे-नौ

मतलए-ख़्वाब का मंज़र नहीं पहले जैसा
धूल है ताज़ा तरीं, और धुआँ अज़-सरे-नौ

गुज़र-औक़ात उसी काहिशे-देरीना पे है
कि यहाँ अज़-सरे-नौ है न वहाँ अज़-सरे-नौ

अच्छे लगते हैं मुझे अपने ग़ुरूब और तुलूअ
छिपने वाला हूँ कि होना है अयाँ अज़-सरे-नौ

अपनी ही बात समझ में नहीं आती है मुझे
मुद्दतों बाद जो खोली है ज़ुबाँ अज़-सरे-नौ

मुझमें चलती है तो इस तेज़ हवा के हाथों
बनते जाते हैं कई और निशाँ अज़-सरे-नौ

कोहना बुनियाद के दरपे हूँ कि साहिब मैंने
इसी मलबे से बनाना है मकाँ अज़-सरे-नौ

कर चुका हूँ सभी लिख्खा हुआ मंसूख़, 'ज़फ़र'
अब जो कहना है, सो करना है बयाँ अज़-सरे-नौ

"आबे-रवाँ से ऐबो-हुनर तक"

ज़फ़र इक़बाल उर्दू ग़ज़ल में तजदीद और इजतिहाद के साथ साथ क्लासिकी रिवायत के तहफ़्फ़ुज़ो-तसलसुल के हवाले से हमारे अहम तरीन शायर हैं कि उम्र की सातवीं दहाई में होने के बावजूद उनके तख़लीक़ी वफ़ूर की शिद्दत में रोज़े-अव्वल की की सरशारी और वारफ़्तगी साहिबाने-दानिश-ओ-बेनिश में एक ने'मत और सआदत तसव्वुर की जाती है

"आबे-रवाँ से ऐबो-हुनर" तक असालीब का और लहजों का मौज़ूआत का और लुग़त का लफ़्ज़ों की नशिस्त-बर्ख़ास्त और आहंग के दरो-बस्त में सलीक़े का जो कमाल और जैसा तनव्वो ज़फ़र इक़बाल के यहाँ नज़र आता है, वो हमारे ग़ज़ल के असरी मंज़र-नामे में शायद ही कहीं और नज़र आता हो ॥ ताज़ा हुनरी के इसरारो-रमूज़ से गहरी आगही और शऊरी सन्नाई व सादा-कारी के बावजूद वो ग़ज़ल के जोहरे-असली और उनसुरे-असासी या'नी "इश्क़" के इस्मे-आज़म के विर्द वज़ीफ़ा व ज़िक्रके मसलक पर ब-सद हज़ार तमकनतो-वक़ार से कार-बंद नज़र आते हैं । शे'री वजदान और फ़न्नी मुजाहिदे के ख़ुशगवार तख़लीक़ी इर्तिकाज़ों-इर्तिबात ने ज़फ़र इक़बाल के शे'र में जो तासीर पैदा कर दी है, वो उर्दू ग़ज़ल की सदियों पर फैली हुई रिवायत में एक गिरां क़द्र इज़ाफ़ा है। उनके हाँ ठुके हुए "पक्के" मिसरे आते हैं और आते चले जाते हैं, मगर बयान और उन पर कामिल दस्तरस और क़ाबिले-रश्क गिरफ़्त और बेपनाह क़ुदरत के बावजूद उनकी शादाबी और ताज़गी बरक़रार रहती है, वगरना यूँ हमारी शायरी पुख़्ता-कारों के बासी और पैवस्त ज़दा कलाम की मिसालों से भरी पड़ी है

नर्म-नर्म रेशम लहजों के मसहूर-कुन शे'री माहौल से लेकर खुरदुरे और बज़ाहिर उखड़ी-उखड़ी कुढब लफ़्ज़ों से तशकील पाई हुई फ़िज़ा तक उस्लूब की इतनी Variations हैं और इज़हार की ऐसी Range है कि हैरत होती है। वो Liberties भी लेते हैं, छेड़-छाड़ भी करते हैं, मगर बुनियादी तौर पर वो ग़ज़ल की हैयत के फ़न्नी तक़ाज़ों की रिवायत के मिसाली अमानतदारों में हैं। उर्दू ग़ज़ल के जदीद तरीन शो'रा की नस्ल पर ज़फ़र इक़बाल का असरो-नफ़ूज़ बहुत वाज़ेह नज़र आता है। फ़ैज़ के अलावा शायद ही किसी और शायर ने अपने बा'द आने वाले ग़ज़लगो शो'रा को ज़फ़र इक़बाल की तरह मुतास्सिर किया हो। एतराफ़ो-इस्तिफ़ादा के अस्बाबो-अलल का तजज़िया किया जाये तो ज़फ़र इक़बाल के शे'री क़दो-क़ामत का कुछ अंदाज़ा किया जा सकता है

ज़फ़र इक़बाल मेरे नज़दीक जदीद उर्दू ग़ज़ल के रौशन हाल के सरफ़राज़ व सुर्ख़रू शायर भी हैं और इस के मुस्तक़बिल की रिवायत के हर अव्वल दस्ते के लाइक़े-ता'ज़ीम व क़ाबिले-एतिबार रहनुमा भी। अल्लाह-तआला तौफ़ीक़ अर्ज़ानी फ़रमाए

इफ़्तिख़ार आरिफ़

(ज़फ़र इक़बाल पर मज़मून से इक़्तिबास)

मज़मून

ज़फ़र इक़बाल को मैंने उस वक़्त पहचाना जब मेरी नज़र में नासिर काज़मी की ग़ज़ल और मुनीर नियाज़ी की नज़म के सिवा दौरे-हाज़िर के किसी शायर का कलाम जचा ही न था। मुझे महसूस हुआ कि ज़फ़र इक़बाल एक ऐसा शायर है जिसकी बात भी नई है, लहजा भी नया है और ज़बान भी नई है। नासिर और मुनीर ने उर्दू शायरी को नई बात भी दी है और नया लहजा भी, लेकिन उन्होंने ज़बान के तक़द्दुस का बहुत ख़याल रखा है। यही कुछ उनके एक बड़े पेश-रू फ़ैज़ अहमद फ़ैज़ ने किया था। उसने भी नई बात नए लहजे में की थी, लेकिन ज़बानो-बयान वही इस्ते'माल की थी जो मीर, मुसहफ़ी, ग़ालिब और इक़बाल तक आते-आते कौसर तसनीम में ढल चुकी थी लेकिन ज़फ़र इक़बाल को इस रविश से इन्हिराफ़ पुर-इसरार था, उसने इन्हिराफ़ करते-करते उर्दू शायरी की ज़बान ही बदल डाली। महसूस तो बहुत सों ने किया था किकुछ और चाहिए वुसअत मेरे बयाँ के लिए लेकिन ये जुर्रत ज़फ़र इक़बाल ही ने की कि अपने वजूद में चलती हुई वुसअते-बयान की ज़रूरत के तहत ज़बान के तंग और फ़रसूदा शिकंजों को ब-यक जुम्बिशे-क़लम तोड़ कर रख दिया और यूँ उर्दूए-मुअल्ला को कोठे से उतार कर भरे बाज़ार में धकेल दिया। अजीब बात ये है कि इस सारी कोशिश में उसकी ज़बान कभी बाज़ारी नहीं हुई । हाँ, अपने ऊपर हँसते-हँसते जब वो पूरे मुआशरे पर हँसता है तो बा'ज़-औक़ात यूँ महसूस होता है कि वो फक्कड़-पन पर उतर आया है। अस्ल में जहाँ उसने ग़ज़ल में 'मीर', 'ग़ालिब' और 'यगाना' व 'फ़ुरात' तक से बहुत कुछ सीखा है वहाँ वो 'नज़ीर' अकबराबादी का भी वारिस है, और यही बात उसे ग़ज़ल और नज़्म की दोनों सिनफ़ों में दौरे-हाज़िर का नुमाईंदा तरीन शायर बना देती है। बज़ाहिर वो ग़ज़ल का शायर है, लेकिन इसकी हर किताब का एक अलग ज़ायक़ा है। इसकी किताबें ग़ज़लों का मजमूआ महसूस नहीं होतीं, बल्कि हर किताब एक तवील नज़्म की तरह अपना आप खोलती चली जाती है

एक और बात जो मुझे मुतास्सिर करती है ज़फ़र इक़बाल का ये रवैय्या है कि वो न सिर्फ पुरानों में नया नज़र आता है, बल्कि ताज़ा-तरीन शाइरों से भी ताज़ा-तर दिखाई देता

है। इसकी वजह ये है कि हर दौर के बड़े शायर और फ़नकार की तरह वो अपने इर्द-गिर्द के तमाम दरमियाना दर्जे के शाइरों और फ़न-कारों के कलाम से इस्तिफ़ादा करने में कोई हर्ज नहीं समझता है। जिसके पास जो माल होता है वो सबसे लेकर अपनी भट्टी में डाल कर अपना "ऐबो-हुनर" बना लेता है। बड़े फ़क़ीर भी यही करते हैं उनकी देग में हर किसी का लाया हुआ दाल-दलिया पक कर तबर्रुक बन जाता है। ज़फ़र इक़बाल की शायरी दौरे-हाज़िर की रंगारंग वारदात का बड़ा लज़ीज़ और मुफ़र्रह तबर्रुक है

मुहम्मद हनीफ़ रामे

मज़मून

इस किताब के बारे में काबिल-ए-ज़िक्र बात ये है कि इसे तर्तीब देते वक़्त मैं इंतिख़ाब के मरहले से नहीं गुज़रा, बल्कि पिछले मजमुए के बाद अब तक जो ग़ज़लें कही गईं, वो सब की सब यानी जिस हद तक भी दस्तयाब हुईं, शामिल कर दी गई हैं। गोया इस दफ़ा इंतिख़ाब का काम मैंने क़ारईन पर छोड़ दिया कि अपने-अपने ज़ौक़ के मुताबिक़ ये मरहले ख़ुद सर कर लें। कुछ मैंने महसूस किया है कि शायर अपने कलाम का बेहतरीन नक़्क़ाद हमेशा ही आप नहीं होता, और ये कि इसका हक़ दूसरों को भी मिलना चाहिए

तख़लीक़ी अमल के दौरान दरपेश मसाइल का ज़िक्र यहाँ पर इसलिए नहीं करूँगा कि वो बा'ज़ अशआर में ख़ुद ही बयान हो गए हैं। सिर्फ इतना है कि मैं अभी तक शायरी की तलाशो-तआक़ुब में हूँ और फ़िलहाल इस से मुठभेड़ नहीं हो सकी, ताहम मेरी ये आजिज़ाना कोशिश जारी व सारी है, और शायद ये कोशिश बजाए ख़ुद भी किसी शुमारो-क़तार में आ सके। बसूरते-दीगर नाकामी तो है ही, जिसका एतराफ़ में पहले ही कर चुका हूँ

ज़फ़र इक़बाल

www.ingramcontent.com/pod-product-compliance
Ingram Content Group UK Ltd.
Pitfield, Milton Keynes, MK11 3LW, UK
UKHW042144021026
15589UKWH00003B/1038

9 789347 915048